)07

PAUL VERLAINE

CAHIER DE CRÉATION

CHRONIQUES

NOTES DE LECTURE

Notre couverture : Verlaine, Bournemouth, 1876 (D.R.)

« PAUVRE LELIAN » ?

Pour une redécouverte des richesses de Verlaine

Qu'il existe un mythe de Verlaine comme il existe un mythe de Rimbaud ne fait pas de doute — quel auteur important n'a pas sa légende dorée ou noire, souriante ou grimaçante, tricotée avec des vérités et des demi-vérités, cousue du fil blanc des mensonges et des sottises ? L'image que l'on se fait aujourd'hui de Verlaine est inséparable de sa vieillesse, de sa misère, de son alcoolisme, de son homosexualité. Se greffant sur ces « faits » qui ne semblent requérir aucun effort de définition, aucune mise en contexte, ce mythe fait de l'œuvre le parfait reflet de la vie du poète jusque dans son essor rapide et son lent déclin, le tout assaisonné d'une cuillerée de symbolisme pour manuels scolaires. La déchéance de son art témoignerait d'une perte d'inspiration à prendre dans une acception brutalement physiologique : le jaillissement se tarirait, ce qui avait pu l'alimenter (l'alcool, la débauche…) finissant par punir le poète par où il avait péché. À force de lectures psychologisantes, mais aussi d'idées — pertinentes, mais partielles — d'une *petite musique*, d'une *fadeur de Verlaine*, d'une *chanson bien douce qui ne pleure que pour* nous *plaire*, on a oublié le travail du poète, son rapport d'adaptation rusée mais aussi de contestation face à la poésie et à la société de son époque.

Une poésie restreinte… par la critique

Partant de l'idée d'un Verlaine auteur de la *Chanson d'automne*, de *Mon rêve familier* ou d'« Il pleure dans mon cœur… », on a entretenu le portrait d'un poète dépressivement rêveur, si ouvert aux impressions qu'il ne serait qu'une feuille d'automne ballottée par les vents, inconsistant mais capable par cette hypersensibilité d'enregistrer les émotions les plus délicates, les sensations évanescentes, jusqu'à ce que le mécanisme corporel ne se détraque à force d'excès. On n'imagine guère que ce Verlaine perméable ait pu élaborer des *stratégies* d'écriture ; tout se passerait naturellement, rendant futile l'exploration de ses procédés d'écriture et du contexte intellectuel de ces textes, qu'il faudrait déguster en lâchant la bride à sa sensibilité mais en mettant en veilleuse son entendement. D'où l'irritation que peuvent susciter des recherches consacrées à la dimension idéologique de l'œuvre et l'effroi qui affleure parfois, pour peu que l'on se penche sur la métrique verlainienne, comme si l'on cherchait à trouver le *truc* derrière le tour de magie qui doit rester incompréhensible sous peine de voir son charme s'évaporer.

Verlaine a lui-même contribué à la fabrication de cette image, en s'appelant « Pauvre Lelian » dans *Les Poètes maudits*, comme en désignant dans les *Poèmes saturniens* « en quelque sorte l'œuf de toute une volée de vers chanteurs, vagues ensemble et définis, dont je suis peut-être le premier en date oiselier » (OPC 1073) [1], mais ce versant en effet capital de sa création (*cf.* K. Kurakata) a fini par occulter de larges pans de sa palette créatrice, au point de lui imputer un coloris unique, stéréotypie commode qui a entraîné la censure consensuelle de tout ce qui ne coïncide pas avec cette idée reçue.

Ce n'est pas un fait isolé, loin de là : au XIXe siècle la sacralisation de la poésie lyrique, chez les Romantiques comme chez les poètes plus ou moins postromantiques, avait pour corollaire la dévalorisation de toute autre catégorie de poésie (pourtant, la réflexion esthétique de Verlaine tient bien compte de la littérature d'avant le Romantisme, *cf.* G. Peureux). On a condamné l'épopée, seul Hugo ayant su s'y illustrer avec succès. Il est vrai que lorsque Verlaine se tourne vers l'épique, c'est surtout de façon parodique : ainsi dans le *Prologue* des *Poèmes saturniens* où Leconte de Lisle n'a peut-être pas su décrypter sa propre mise en boîte, ou dans la « petite épopée » comique du *Soldat laboureur* qui tourne en ridicule l'épopée bonapartiste, ou encore dans la fin de partie satirico-épique qu'est *La Mort de Philippe II* (*cf.* A. Bernadet). Mais Verlaine a aussi écrit d'assez longs poèmes narratifs et ceux-ci sont le plus souvent déconsidérés par la critique, comme tout ce qui relève du théâtre en vers : le poème verlainien par excellence serait court et doucement, mélancoliquement lyrique. La poésie érotique et obscène sera longtemps refoulée : elle serait obscène, certes, mais sans érotisme… et sans poésie. Les premières éditions de la Pléiade ne pouvant présenter *Femmes* et *Hombres*, il a fallu attendre 1989 pour que ces recueils soient inclus. Pourtant, Verlaine occupe une place décisive dans l'histoire de la poésie du « troisième sexe [2] » et il serait temps que la critique française s'en aperçoive [3].

La verve humoristique du poète a aussi été négligée. Avec le premier volume de la *Correspondance générale* (Fayard, 2005), on peut enfin en apprécier la dimension épistolaire grâce aux illustrations fournies et à l'annotation érudite de Michael Pakenham. L'humour épice son œuvre jusque dans les endroits où l'on s'y attend (trop) peu : ces « bouts de fumée en forme de cinq » du *Croquis parisien* qui a désarçonné en 1866 et qui s'explique par une blague réflexive (les mètres utilisés sont des décasyllabes césurés 5-5 et des pentasyllabes) ; ces poux qui, s'évadant intertextuellement de *La Légende des siècles*, se ruent sur le sang d'un roi sanguinaire ; cet Amour de *L'Amour par terre* qui « Souriait en *bandant* malignement son arc », d'où l'hémistiche « Souriant en bandant » avant que le complément d'objet direct « son arc » ne rétablisse un semblant de décence. Ces astuces apparaissent jusque dans des textes religieux (comme les *Liturgies intimes*, *cf.* S. Dupas) ou tragiques (cette « vague besogne » libidinale que Verlaine évoque dans le cycle « Lucien Létinois » d'*Amour*, *cf.* M. Imura, Y. Frémy) : la tristesse verlainienne est parfois indissociable du souvenir de plaisirs perdus où le goût du rire resurgit dans la posture énonciative même, l'humour de la relation au lecteur succédant à l'humour dans l'amour avec la personne disparue.

La dérision idéologique de Verlaine atteint souvent une causticité remarquable. Le Verlaine des *Invectives*, mais aussi celui des *Dédicaces*, a le goût de la caricature, de la parole polémique et de la parodie. Parmi ses victimes, il faudrait accorder une place de choix à Hugo, que Verlaine a admiré, mais qu'il a osé critiquer dès 1865 et auquel il allait consacrer des pages mordantes dans ses *Mémoires d'un veuf* (*cf.* L. Quéméner).

L'humour pimente la langue poétique de Verlaine, dans l'écriture d'*À A. Duvigneaux, trop fougueux adversaire de l'orthographe phonétique* (« E coi vréman, bon Duvignô, / Vou zôci dou ke lé zagnô… [4] »), dans les frontières de vers comiques d'*À Raoul Ponchon* (« Voyez de Banville, et voyez Lecon-/Te de Lisle », OPC 560), mais aussi dans les paradoxes pragmatiques de son *Art poétique* [5]. Ces exemples perdent leur saveur sans leurs contextes de référence. L'*Art poétique* lui-même suppose toute une généalogie d'arts poétiques, tout un héritage de manifestes de Hugo et de Gautier (*cf.* O. Bivort), ainsi qu'une lecture passionnelle du *Petit Traité de poésie française* de Banville (*cf.* J. Bienvenu).

La condamnation habituelle des « vers de circonstance » de Verlaine et de toute sa poésie la plus enracinée dans une référentialité contemporaine disqualifiera *Épigrammes*, *Invectives* et *Dédicaces*, sans oublier *La Bonne Chanson*. Certains de ces recueils sont truffés de noms propres et leur mode d'emploi s'est perdu. Les allusions des *Châtiments* sont élucidées par des éditions en format de poche mais pour Verlaine aucune recherche équivalente n'a été accomplie.

La politique ne disparaît jamais des recueils de Verlaine. Même dans *La Bonne Chanson*, « Les ouvriers allant au club, tout en fumant / Leur brûle-gueule au nez des agents de police » (OPC 152) disent la révolte qui ne cesse de couver (autant presque que le désir), sous la surface d'un discours apparemment innocent. Verlaine était-il comme on le dit un partisan de l'apolitisme dans ses *Poèmes saturniens* ? Qui sont alors ces « proscrits » qu'il évoque dans *Nocturne parisien* et ces *Grotesques* qui, victimes des Juins (1848…) et des Décembres (1851…) errent dans les marais d'un endroit qui ressemble étrangement à une colonie pénitentiaire (OPC 85 et 68) ? Verlaine n'a jamais accepté de subordonner l'ensemble de sa vocation poétique à une mission politique, mais il a récusé aussi les doctrines dépolitisantes de l'Art pour l'Art. La politique irrigue l'œuvre, de l'hébertisme et du communalisme des années 1860-1870 à l'idéologie réactionnaire d'après la conversion. Mais de même que bon nombre de Communards se rallieront au Boulangisme, Verlaine fera sien un monarchisme caractérisé par un violent refus de la République bourgeoise [6], de l'opportunisme de Gambetta, dont le poète avait goûté, à la fin du Second Empire, les discours républicains pour l'époque très radicaux. De sorte que dans le poème de 1874 intitulé plus tard *Opportunistes* (le mot n'existait pas encore pour désigner cette stratégie politique de Gambetta), le poète donne la parole au Père Duchêne (celui de Vermersch) pour vilipender les « Gambettards » qui trahissaient la cause communarde « tandis qu'on La confessait sous / Les balles » (OPC 929).

L'un des poèmes les plus puissants de *Parallèlement* est la *Ballade de la vie en rouge*. Dans ce poème du désir et de la révolte, la couleur a-t-elle une incidence politique, comme dans *Des morts* (« La République, ils la voulaient terrible et belle, / Rouge et non tricolore »

[OPC 18]) ? Il suffit de lire sa présentation du poème dans une lettre à Émile Le Brun du 27 février 1887 : « — Ci-joint selon votre trop flatteur vœu une ballade que complétera une autre sur le thème : On ne fusille pas de la merde. [7] » Le rapport entre la *Ballade de la vie en rouge* et la *Ballade en l'honneur de Louise Michel* est clair : la révolutionnaire a été déportée après la Commune, mais Verlaine aussi a subi les conséquences de son comportement ; il a perdu son travail et… Leconte de Lisle aurait regretté qu'on ne l'ait pas fusillé. Ceux qui font de Verlaine un poète pusillanime ne font pas qu'abonder dans le sens des témoignages de Mathilde (pas totalement désintéressés…), ils rendent impensable l'admiration de Rimbaud pour le poète saturnien et illisible son œuvre [8].

Si l'on met souvent en cause la cohérence des idées politiques de Verlaine, c'est qu'on n'a ni étudié de près la plupart des textes ouvertement politiques, ni recherché l'implicite idéologique et référentiel des autres [9] ; parfois, on déclare incohérent ce qui, simplement, échappe à *nos* cohérences politiques actuelles du XXIe siècle. Certes, Verlaine n'a jamais publié de recueil « entièrement » politique, mais il a songé à le faire. Pendant cette période (1868-1873 environ), son volume socialiste *Les Vaincus* [10] était cependant impubliable.

TROP JEUNE ET SURTOUT TROP VIEUX

Dans la Pléiade, les œuvres poétiques de Verlaine et leurs notices occupent plus de mille pages. Les seuls recueils que l'on incite généralement le lecteur à lire intégralement sont *Fêtes galantes*, *Romances sans paroles* et *Sagesse*. On fournira les *Poèmes saturniens*, mais avec un petit clin d'œil pour prévenir qu'il ne faut pas en surestimer l'intérêt : « *Fêtes galantes, Romances sans paroles*, précédé de *Poèmes saturniens* » indiquera l'édition de poche de Jacques Borel et on se complaira dans la détection d'immaturités poétiques. *La Bonne Chanson* ? Des mièvreries pour une jeune bourgeoise niaise, pourquoi s'y attarder ? [11] *Les Amies* ? Une plaquette qui ne parviendrait même pas à atteindre la salacité visée. Ne resteraient que quelque 150 pages sur le millier de départ. On y adjoint d'autres poèmes, mais la seconde moitié de l'œuvre est bradée et même une grande partie du second quart : pour *Jadis et Naguère*, *Amour* et *Parallèlement*, la poignée de poèmes à laquelle les éditeurs daignent concéder quelque génie remonte à la période canonique de création verlainienne (1868-

1875). Les notices des éditeurs se lisent souvent comme de véritables contre-publicités.

Verlaine avait déjà à résister aux attaques de ceux qui procédaient à l'autopsie prématurée de sa Muse : « [...] Surtout je suis un loup-garou, un ceci, un cela, mais *je ne suis pas un bohème et je n'ai pas cinquante ans* », écrivait-il [12]. À quarante-trois ans, il épinglait moins sa prétendue lycanthropie qu'une autre « légende » qu'il jugeait plus dévastatrice : celle qui faisait de lui un vieillard. La critique ne se lassera pas dans son recyclage de ce motif. Les dessins et les photographies montrant Verlaine attablé devant l'absinthe, la plume et l'encrier motivent de complaisantes déductions : son regard embrumé montrerait ce qu'il fallait prouver, l'impuissance poétique de celui qui n'était plus que l'ombre de lui-même. Prenant au sérieux les protestations de « sincérité » et de spontanéité du dernier Verlaine, on a parfois tenté de s'en prévaloir pour remettre en lumière des pans ignorés de l'œuvre [13]. Entreprise courageuse, mais Verlaine n'oublia jamais les leçons de lucidité du rusé doyen de « l'École Baudelaire » (selon l'expression utilisée avec un scepticisme appuyé par l'auteur des *Fleurs du Mal*), la « naïveté verlainienne » étant sous-tendue par une rhétorique profonde : « (Recette : la poésie ne consisterait-elle point par hasard à ne jamais être dupe et à parfois le paraître ?) » (Pr 608). La critique a bien voulu se laisser abuser par les protestations de simplicité du Verlaine des dernières années pour dénier à l'œuvre toute subtilité, toute sensibilité, toute intelligence. La facilité, certes, lui est accordée. Verlaine a-t-il le projet d'un livre intitulé *Varia* ? La Pléiade n'en tiendra quasiment aucun compte puisque le projet est… hétérogène, comme si ce titre n'annonçait pas une recherche programmatique de ce trait. Du coup, les poèmes qui devaient en faire partie se retrouvent, avec d'autres textes, dans la rubrique éditoriale des « Poèmes divers », quel triomphe pour l'homogénéité… Le volumineux corpus des dernières années ne se trouve que dans la Pléiade (médiocre, surtout pour les derniers recueils) et dans l'édition de la collection Bouquins (pour l'essentiel, une compilation d'informations glanées dans la Pléiade ou l'édition Garnier). Il est à craindre que la collection « Livre de poche classique » ne pousse pas jusqu'à la fin de l'œuvre la série d'éditions excellentes dont Olivier Bivort a procuré jusqu'aujourd'hui trois volumes. Peut-être faudrait-il lancer une anthologie de la poésie du « dernier Verlaine » pour faire redécouvrir quelques cimes de ce massif ?

MÉTAMORPHOSES DE LA RECHERCHE

Dans les années soixante et soixante-dix, Verlaine n'a guère été privilégié par la recherche. La critique verlainienne d'alors était dominée par des recherches empiriques éloignées des préoccupations théoriques de l'époque ; Verlaine ne sera ni l'icône de mai 1968 comme Rimbaud, ni le terrain de chasse des structuralistes et poststructuralistes comme Mallarmé ou Ducasse. Verlaine se serait lui-même condamné en écrivant ces mots inexpiables : « JE N'AURAI PAS FAIT DE THÉORIE ». Que Verlaine ait été capable de théoriser, son essai sur Baudelaire le prouve pourtant et sa répudiation de la théorie est à lire dans le cadre de ses ironies face aux poètes qui transformaient son *Art poétique* — qui « n'est qu'une chanson, après tout » (Pr 722) — en tables de pierre.

La contribution des chercheurs était importante : des études exégétiques (O. Nadal, E. Zimmermann), stylistiques (Cl. Cuénot), intertextuelles (G. Zayed), documentaires et biographiques (V. P. Underwood, A. Vial, P. Petitfils) et de nouvelles éditions de l'œuvre poétique (J. Borel, J.-H. Bornecque et J. Robichez), mais on reconduisait souvent l'idée d'une œuvre parvenue à son apogée bien avant 1880 ; certains n'étaient pas loin de sous-entendre que le poète aurait mieux fait de crever plus tôt. Or le récent renouveau de la critique verlainienne a ceci peut-être d'étonnant qu'il a été inauguré par les recherches des métriciens [14]. Loin de se limiter à quelque typologie techniciste des procédés employés, ces investigations ont permis de repenser les effets de sens engendrés par ces procédés, les provocations et tous les signaux destinés à produire chez le lecteur des réactions affectives (*cf.* B. de Cornulier). En se fondant sur une approche descriptive, où la question de la « valeur » de l'œuvre était au départ mise entre parenthèses, on a pu montrer que le dernier Verlaine n'a jamais cessé d'évoluer, qu'il a souvent cherché non pas la facilité, mais bien la difficulté, la subtilité rythmique et artistique. De fil en aiguille, on a redécouvert les jungles et savanes de ce continent inconnu dont on avait tant proclamé l'infécondité. Certes, le dernier Verlaine a laissé traîner des vers faux, mais on approuvera d'autant moins les ironies que certains éditeurs ont prodiguées sur ce point… qu'ils ont ajouté des vers faux de leur propre cru.

Il y aurait tout un travail à faire sur *les* arts poétiques *des* derniers Verlaine. Mieux encore que ce que dit le poète lorsqu'il coiffe son chapeau de « critique littéraire », ce sont ses poèmes portant sur l'art et sur la musique qui disent sa stratégie, sa manière [15].

La prise en compte limitée de l'œuvre en vers n'est rien comparée avec le sort réservé aux œuvres en prose, pour lesquelles on ne dispose que de l'édition à certains égards défectueuse de la Pléiade. La critique a boudé ce qu'elle a tenu sans autre forme de procès pour une production essentiellement alimentaire [16]. Pourtant, sans même évoquer des poèmes en prose mémorables et la richesse des évocations autobiographiques (*cf.* J.-L. Steinmetz), que de portraits littéraires acerbement burinés, que d'indices pour une compréhension de la poétique verlainienne dont on se prive… On lira ici « Les Joies de la misère », texte retrouvé par Michael Pakenham — le meilleur *trouveur* de la recherche verlainienne — qui s'ajoute ainsi aux textes qu'il a exhumés dans le volume indispensable : Paul Verlaine, *Nos murailles littéraires* (L'Échoppe, 1997).

La recherche récente a commencé à ouvrir ces chantiers. Les dernières thèses accordent une large place à sa prose, à sa correspondance et à l'ensemble de l'œuvre poétique, tenant compte aussi bien de ses propriétés formelles que de ses dimensions esthétiques, éthiques, pragmatiques. Il s'agit bien d'une redécouverte et on peut espérer qu'elle redonnera à Verlaine la place qui devrait être la sienne dans l'histoire de la poésie française.

Duplex ou sans consistance ?

Le poète qui s'adresse à Dieu dans *Sagesse* est-il *le même* que celui qui s'excuse des dimensions de son « membre viril » (pour parler comme l'argotographe Delvau) dans *Triolets à une vertu pour s'excuser du peu* ? L'auteur de la *Ballade de la vie en rouge* est-il le même poète qui préconise dans son *Art poétique* « la chanson grise » ? La critique verlainienne s'est attachée avec obstination à trouver de quoi corroborer le postulat du poète : « le bonhomme, le monsieur, est toujours le même au fond » (Pr 719). Car la multiplicité d'images du sujet poétique ne serait pas tant un trait à mettre à son actif, que le symptôme d'une incapacité chronique de se définir avec un minimum de précision ontologique.

L'œuvre même souffrirait de cette indéfinition. On reproche aux *Poèmes saturniens* le manque de construction du recueil… parce qu'on ne l'a pas examiné de près et parce qu'on prend comme prototype de recueil des volumes atypiques comme *Les Fleurs du Mal* ; le livre comporte pourtant une architecture complexe mais réelle, comme c'est le cas pour les *Romances sans paroles*, ainsi que le prouve ici Christian Hervé. Après le florilège saturnien de ses premiers textes, Verlaine s'est lancé dans des recueils (plus ou moins) monothématiques, souvent courts mais d'une extrême densité. *Les Amies*, six sonnets saphiques (*cf.* M. Robic), *Fêtes galantes*, *La Bonne Chanson*, *Romances sans paroles*, *Sagesse* — sans oublier les recueils-fantômes *Les Vaincus* et *Cellulairement*. Tant de directions divergentes, ce qui a encouragé la critique à penser que le poète avait une personnalité double, multiple ou… inexistante. À l'époque, on n'y a vu que des changements de thème et de stratégie, permettant à Verlaine de surprendre chaque fois ses lecteurs. Comparant l'inspiration des *Fêtes galantes* avec celle du volume projeté mais avorté *Les Vaincus*, Vermersch et Hugo poussaient Verlaine à ne pas rester dans une optique qui pouvait être récupérée par les tenants de l'Art pour l'Art et… par le Second Empire, mais ni l'un ni l'autre n'a conclu à quelque contradiction du poète. L'auteur des *Châtiments* pouvait aussi écrire *La Fête chez Thérèse* ou « Demain, dès l'aube… » sans qu'on le tienne pour un schizophrène.

Après *Sagesse*, Verlaine a tiré parti de plus en plus des « contradictions » qu'on lui reprochait, cultivant son aspect Jekyll catho et Hyde homo, laissant apparaître jusque dans ses œuvres les plus mystiques la survie de ce « vieux Moi » auquel la conversion avait prétendument mis fin. Lorsque Charles Morice a fait de lui un *homo duplex*, Verlaine y a vu l'occasion d'entreprendre un joli travail d'auto-publicité et le titre *Parallèlement* officialisera la méthode. Dès ses essais de 1865 il avait compris la leçon de provocation baudelairienne, mais il s'agissait désormais d'une stratégie constitutive de son avenir d'auteur, scellée par le décalage entre la bénédiction divine de *Sagesse* (1881) et la malédiction sociale des *Poètes maudits* (1883-1886).

L'AMOUR, LA MORT

Au lieu d'essayer de définir l'originalité de Baudelaire en localisant de nouvelles zones thématiques, comme l'avait fait Sainte-Beuve, Verlaine a montré qu'il avait trouvé de l'inconnu dans les territoires millimétriquement cartographiés (supposait-on) de l'amour. On peut lui adresser le même compliment : Verlaine était l'un des plus éblouissants poètes d'amour de son siècle : amour pour la femme, amour pour l'homme, amour pour Dieu, amour aussi pour l'art et pour ses idéaux. Mais il fut aussi l'un des grands poètes de la Mort : son œuvre commence par *La Mort*, hommage à Hugo dont l'anti-bonapartisme se lit entre les lignes et la mort inspirera l'un de ses tout derniers poèmes. C'est d'abord la mort des autres qui semble préoccuper Verlaine, par pudeur ou parce que les ombres que projette sur lui l'absence des êtres aimés ou leur décès ne cesseront de s'épaissir avec les années. Élisa Dujardin, Lucien Viotti, Lucien Létinois, mais aussi Arthur Rimbaud. Parmi les causes de ces morts on trouve, outre la maladie, le suicide, la guerre et l'épisode de la Commune. Si la violence et la mort jouent un rôle aussi important dans son œuvre, ce n'est pas tant parce que le poète était un alcoolique comme le veut l'explication individualisante, mais plutôt parce que l'Histoire de l'époque était une affaire sanglante, comme le dit, prodigieusement, l'un de ses derniers poèmes :

MORT !

Les Armes ont tu leurs ordres en attendant
De vibrer à nouveau dans des mains admirables
Ou scélérates, et, tristes, le bras pendant,
Nous allons, mal rêveurs, dans le vague des Fables.

Les Armes ont tu leurs ordres qu'on attendait
Même chez les rêveurs mensongers que nous sommes,
Honteux de notre bras qui pendait et tardait,
Et nous allons, désappointés, parmi les hommes.

Armes, vibrez ! mains admirables, prenez-les,
Mains scélérates à défaut des admirables !
Prenez-les donc et faites signe aux En-allés
Dans les fables plus incertaines que les sables.

Tirez du rêve notre exode, voulez-vous ?
Nous mourons d'être ainsi languides, presque infâmes !
Armes, parlez ! Vos ordres vont être pour nous
La vie enfin fleurie au bout, s'il faut, des lames.

La mort que nous aimons, que nous eûmes toujours
Pour but de ce chemin où prospèrent la ronce
Et l'ortie, ô la mort sans plus ces émois lourds,
Délicieuse et dont la victoire est l'annonce !

Décembre 1895.

Le poème est paru en janvier 1896 dans *La Revue rouge* ; le 8 janvier, Verlaine est mort. Dira-t-on vraiment que c'en était depuis longtemps fini de son inspiration ?

Steve MURPHY

1. Dans cet article, les abréviations (OPC) et (Pr) renvoient aux *Œuvres poétiques complètes*, éd. Yves-Gérard Le Dantec et Jacques Borel et aux *Œuvres en prose complètes*, éd. Jacques Borel, Gallimard, « Pléiade », respectivement 1989 et 1972.
2. Verlaine emploie cette expression que l'on trouve déjà chez Balzac dans une lettre à Rachilde du 12 nov. 1886 (*Correspondance de Paul Verlaine*, éd. Ad. Van Bever, Messein, t. 3, 1929, p. 280).
3. Voir Éric Bordas, « Censure juridique et littérature homosexuelle », in *La Censure*, éd. Jean-Jacques Lefrère et Michel Pierssens, Du Lérot, 2006, p. 107-113 et notre édition de *Hombres*, Béziers, H & O Editions, 2005.
4. Voir Arnaud Bernadet, « *Grammè* ou *phonè* ? Un "soné fonétic" de Verlaine », *Revue Verlaine*, 10, 2007.
5. L'étude de ces paradoxes a été lancée par Michel Grimaud, « *Art poétique* de Verlaine, ou de la rhétorique du double-jeu », *Romances Notes*, 20, 2, hiver 1979-1980.
6. Voir Michelle Fontana, « *Voyage en France par un Français* : les errances d'un poète », in *Verlaine à la loupe*, colloque de Cerisy, éd. Jean-Michel Gouvard et S. Murphy, Champion, 2000.
7. Catalogue de vente *Autographes littéraires. Lettres de peintres et de musiciens*, Hôtel Drouot, 4 mars 1986, n° 152.
8. On lira en particulier la préface de Yann Frémy au volume consacré à Verlaine par la *Revue des Sciences humaines*, « Forces de Verlaine », janvier-mars 2007.
9. Ce sujet est cependant abordé avec brio par Arnaud Bernadet dans un volume de la collection Foliothèque, à paraître. Voir aussi notre livre *Marges du premier Verlaine*, Champion, 2003.
10. Hun-Chil Nicolas a montré l'importance de ce projet, « Autour de la genèse de *Jadis et Naguère* », in *Verlaine à la loupe*, op. cit.
11. Vision superficielle contestée avec raison par Pierre Brunel, « *La Bonne Chanson* est-elle une mauvaise chanson ? », *L'École des Lettres*, n° spécial Verlaine, 14, juillet 1996.
12. Ed. Van Bever, citée, t. 3, p. 259-263.
13. Charles Ammirati, « La sincérité chez le dernier Verlaine », in *Verlaine à la loupe*, op. cit.
14. Benoît de Cornulier, *Théorie du vers. Rimbaud, Verlaine, Mallarmé*, Le Seuil, 1982, Alain Chevrier, *Le Sexe des rimes*, Les Belles Lettres, 1996, Jean-Louis Aroui, *Poétique des strophes de Verlaine*, Thèse, Paris VIII, 1996, Jean-Michel Gouvard, *Critique du vers*, Champion, 2000.
15. En attendant la publication des livres d'Arnaud Bernadet, nous renvoyons à sa très impressionnante thèse : *« En sourdine, à ma manière ». Pour une poétique de la voix chez Verlaine*, Paris VIII, 2003. Voir aussi Nicolas Wanlin, *Du pittoresque au pictural. Valeurs et usages des arts dans la poésie française de 1830 à 1872*, Paris IV, 2006. Les thèses que préparent Solenn Dupas et Étienne de Monneron (Rennes 2) privilégient la production des dernières années.
16. Lucie Quéméner prépare cependant un travail d'édition critique et commentée des *Mémoires d'un veuf* qui devrait contribuer à la remise en évidence de l'œuvre censément prosaïque de Verlaine.

VERLAINE PAR VERLAINE

Tout auteur perçoit bien quel dédoublement se forme quand il écrit, quelle mise à distance s'établit, jusqu'à même produire le neutre, le ni l'un ni l'autre sans lequel il ne saurait y avoir de littérature vraie [1]. Mais quel est l'un et quel est l'autre ? Celui qui vit ? Celui qui écrit ? Et quel est ce neutre qui les confond pour être, par exemple, « Verlaine (Paul), homme de lettres, poète français du XIXe siècle » ?

Si Verlaine a souvent été jugé par les autres, et le verbe *jugé* résonne ici douloureusement, il n'est pas moins évident qu'il fut son propre juge, non sans complaisance, du reste, une manie introspective l'ayant conduit à se confesser avec, comme souvent en pareil cas, la particulière mauvaise foi de l'aveu, l'obscène surenchère de l'exhibition.

Aujourd'hui mon intention n'est pas de dessiner un illusoire vrai Paul Verlaine ni de le restituer à une authenticité aussi idéale qu'impossible. Il y faudrait sans doute le désir de composer une nouvelle biographie. Il me tente plutôt de le voir œuvrant ses masques d'écrivain et s'estimant lui-même. Verlaine devenu son propre critique. La tâche paraît facile, puisqu'il s'y est appliqué par deux fois résolument, dans ses *Poètes maudits* [2] et dans le fascicule des *Hommes d'aujourd'hui* [3] qui lui revient. Elle demande à être complétée par les paratextes de ses livres : préfaces, prologues, épilogues ou finales, et par plusieurs poèmes ou proses où, au revers d'une phrase, il se présente tel qu'il se voit (ou, mieux, tel qu'il se voudrait). Paul Verlaine au tribunal de son for intérieur, en somme, et pour une postérité dont il attend, plus qu'une reconnaissance, une absolution.

Par un subterfuge aimé déjà des écrivains romantiques, Verlaine, se rangeant au nombre de ses « poètes maudits », a choisi de ne pas utiliser son patronyme. Il a formé à sa place une troisième personne à laquelle par anagramme il a donné le nom de « Pauvre Lelian ». Admirable dénomination où l'adjectif accole désormais au patronyme la misère, indéfectiblement. Pauvre Lelian, comme il y eut un pauvre Rutebeuf.

C'était assez pour se faire plaindre, et Verlaine n'a jamais eu de plus grand souci. Par sa mère, par Mathilde, par Rimbaud, par les autres. C'était aussi démontrer, en écho presque tautologique au titre du livre, la malédiction qui le couvrait de son ombre. À propos de ce malheureux qui lui ressemble comme un frère, il parle de « candeur de caractère », de « mollesse de cœur », d'« innocence » et, à sa manière, retrace sa vie de fils unique corrompu bientôt par la dépravation, sombrant dans la paresse et la rêvasserie. Il ne passe pas sous silence les origines « obscéno-macabres » de sa poésie, ce ton que l'on trouve encore dans certains de ses textes ultérieurs et qui fait de lui, par quelques côtés — les moindres, on l'admettra ! —, un successeur des frénétiques. Analysant ses œuvres au cours de cette troublante supercherie, il s'emploie, par un procédé connu, à en déguiser les titres. Il énumère donc *Mauvaise Étoile*, c'est-à-dire les *Poèmes saturniens*, *Pour Cythère*, autrement dit ses *Fêtes galantes*, *Corbeille de noces*, soit *La Bonne Chanson*. Il reconnaît la rupture qui est intervenue dans sa vie — ce qu'il appelle sa « plaie » et qu'il manifeste typographiquement par trois lignes de points de suspension, censure qu'à cet endroit lui-même pratique à son égard.

Cette « mauvaise étoile » signale bien la façon dont il veut se présenter au lecteur en appliquant sur son visage un masque, celui du prédestiné. Saturnien, par conséquent, se plaçant sous l'emprise littéraire des *Fleurs du mal* et de l'« Épigraphe pour un livre condamné [4] » publiée d'abord dans *Le Parnasse contemporain* du 31 mars 1866, quelques mois avant la sortie de ses *Poèmes saturniens*.

À partir de 1880, Verlaine considère dans son œuvre « deux portions distinctes » et il dit vouloir continuer à mettre en pratique ce système (mais est-ce un système vraiment ?) en publiant des ouvrages nettement contrastés. En fait, deux objectifs, dont l'un ne va pas nécessairement avec l'autre, le requièrent : l'*intensité*, l'*unité*. Il recherche une totalité qui combinerait des registres presque opposés : croyance et péché, mysticisme et sensualité. Cet objectif n'est pas énoncé pour atteindre, bon gré mal gré, un quelconque équilibre, mais pour justifier, au nom du catholicisme qui désormais le guide (recherche éperdue, mais volontariste de la foi), une inspiration faite de tentations multiples [5]. L'unité naîtrait du repentir capable d'intégrer la faute en l'évoquant. Verlaine ne veut rien perdre. Tout lui est bon comme matière poétique. Tantôt l'impression et la sensation, tantôt l'oraison.

Conscient de la division qui le déchire, du partage écartelé entre son corps et son cœur, il n'hésite pas à rattacher à cette représentation de lui-même deux poèmes de Rimbaud (alors qu'il n'a guère cité les siens) : « Le Cœur volé » et « Tête de faune » [6]. Placés ainsi, ils semblent le concerner de plus près et former une sorte de commentaire de sa vie. Ils insistent sur le caractère débauché du personnage et sur son « cœur » (mot typiquement verlainien) souillé. Ce que le Pauvre Lelian a lu dans ces textes — nous dit-il sans détours — ce sont « certaines phases de sa propre destinée ».

Verlaine est à l'affût de son destin. Il vit sa vie, mais il en scrute la configuration, il en guide plus ou moins le tracé, avec cette maladresse qu'on pardonne, sa naïveté, son impudence, ce « chic » invétéré pour retomber dans l'ornière. Le goût du péché rend son existence presque savoureuse. À partir d'une certaine date, sa poésie va de rémissions en rechutes. Elle se crée sur un fond de catastrophes ou de très banales infortunes. Elle s'y perd aussi, avec délices. « Pauvre Lelian » s'achève sur l'annonce de deux livres en préparation : *Charité*, autrement dit *Amour*, d'un « âpre et doux catholicisme », et *À côté*, comprendre *Parallèlement*, exposant des « sensations osées ».

Dans les mêmes années, il rédige pour *Les Hommes d'aujourd'hui* de chez Vanier son propre portrait signé « Pierre et Paul ». Cette fois, les titres de ses livres ne sont plus déguisés. Des appréciations caractérisent chaque volume en termes attendus. Les *Fêtes galantes* sont dites « étrangement gracieuses » avec « un point de mélancolie quelque peu féroce ». Il aime les « vers d'amour chaste » de *La Bonne Chanson*, considère à juste titre *Romances sans paroles* comme son volume peut-être le plus original, souligne, s'il en était besoin, la mystique de *Sagesse* et s'en tient à la même résolution que dans ses *Poètes maudits* : désormais à chaque recueil catholique il médite de donner son complément mondain. Il nomme à nouveau cette pseudo-méthode « système » et se fonde, pour la justifier, sur le fameux *homo duplex* [7] énoncé déjà par Balzac et Baudelaire, avant le fameux « Je est un autre » de Rimbaud, nettement plus discriminant, mais dont il n'est pas même sûr que Verlaine le connût. « Féroce et doux », dit-il encore, en citant Hugo qui l'avait gratifié de ces épithètes oxymoriques. Il est évident que ce Verlaine-là ne fait pas dans la nuance, tant il souhaite que tout devienne poème et que la vie lui offre tout, jouissance aussi bien qu'ascèse. Ne sachant pas choisir, il n'est que trop certain que sa propre indécision le ballotte au gré d'alternances navrantes. L'*homo duplex* entérine le contradictoire et finira par former ce mysticisme sensuel ou ce sensualisme mystique dont souffrent presque tous ses derniers recueils, encore que les plus secrets plongent dans l'abîme du corps, jouissant de contrer tous les interdits.

En 1894, ajoutant quelques lignes à son précédent portrait des *Hommes d'aujourd'hui* [8], il se félicite de sa constance : il a tenu toutes ses promesses, donné autant de vers catholiques que de livres « galants » et — ce qu'il ne dit pas — soigneusement gâté sa poésie par ce fâcheux feuilletage où la contradiction du comportement, le flottement de la conduite ne sauraient se convertir en l'art des nuances pourtant espéré.

Quatre ans plus tard, Verlaine donne des conférences en Hollande, à La Haye. Cette condition exige qu'il se présente comme un homme respectable, un repenti. Aussi ne s'attarde-t-il pas sur ses vers sensuels, vers de jeunesse à négliger presque, et souligne-t-il comme décisif le franc moment de rupture de 1873. Se réclamant du catholicisme, et des valeurs familiales (qu'il avait si scandaleusement outragées), il assure que la suite constituée par *Sagesse*, *Amour* et *Bonheur* est ce qu'il a donné de moins négligeable [9]. Peu de jours après, cependant, il se montre sous un éclairage différent [10] quand il revendique, cette fois, comme tout confessionnaire, la sincérité et parfois le naturel, cette simplicité de bon aloi qu'il apprécie surtout dans *La Bonne Chanson*, pleine de « vues naïves et vraies ». Au même titre, il retient ses *Romances sans paroles* qui expriment un « vrai vague » et un « manque de sens précis » — une illustration de son « Art poétique », en somme. Retraçant son parcours, tout en évoquant sa résignation divine et son recours au mysticisme, il offre pour conclure une vision plus complète de son œuvre et signale au sein de celle-ci le retour des textes sensuels. L'unité ici est donnée, de nouveau, par la notion d'*homo duplex*, cette profonde duplicité qui est « de l'homme même » (aurait dit Buffon), sensualité et spiritualité conjuguées.

Dans ses *Confessions* [11] qui visent à l'apologie personnelle, sont retenues, une fois encore pour des raisons strictement biographiques montrant la pureté et la probité de son amour pour Mathilde, *La Bonne Chanson*, livre « sincère par excellence, et si aimablement, si doucement, si purement pensé, si simplement écrit » : « j'ai, dès l'origine, gardé une prédilection pour ce pauvre petit recueil où tout un cœur purifié s'est mis [12] ». Touchante réflexion après coup. Mais on s'interrogera sur la purification nécessaire à ce cœur. En 1870, alors que Rimbaud n'était pas encore intervenu dans la vie du couple, de quelle souillure avait-il besoin d'être lavé ? Au vrai, c'est presque originellement que Verlaine écrit dans un monde mêlant le pur et l'impur. Tour à tour il accentue les lignes sensuelles ou gaze le paysage, les formes, les réalités. Comme Baudelaire formé à la pensée de Joseph de Maistre [13], il estime vraie l'hypothèse d'une faute première. La faute première appartient à l'humanité. Il ne peut donc dire que cette situation imposée et il le fait par un mouvement qui tantôt accuse la souillure, tantôt s'applique avec une très grande délicatesse à l'effacer, à reformer une pureté, une joie sans tache, une petite fiancée candide.

*

À lire Verlaine selon Verlaine, on constate son obstination à repenser son œuvre selon les données du catholicisme de *Sagesse*, comme si le reste, habile certes, sincère, surtout dans *La Bonne Chanson*, n'avait de valeur que pour l'histoire littéraire. Aussi pratique-t-il ostensiblement un dédoublement où le tutoiement intervient pour un véritable examen de conscience. *Sagesse* marque l'instant de l'interpellation intime : « voyageur [14] », à la faveur de laquelle il recense ses désillusions, ses dégoûts, et réoriente le trajet de sa vie pour, au milieu de tant de variations, affirmer de toutes pièces sa constance morale, son horreur permanente du mal et du laid, sa doctrine d'amour. Car il est resté — du moins, le pense-t-il — « si le même dans cette extrême décadence » qui fut la sienne. À travers ses contradictions dont témoignent à profusion l'œuvre et le dessein qu'il a de l'écrire « parallèlement », mystique et mondaine à la fois, il affiche une identité qui, traversant les épisodes les plus coupables, les turpitudes, n'aurait rien retenu de tout cela que « la grâce de Dieu ». « Qu'en dis-tu, voyageur… » est, au demeurant, le seul poème de *Sagesse* cité dans son « Pauvre Lelian » : il y étale tout un lot d'excuses pour son inconduite et proclame, comme le ferait un perpétuel accusé, sa « lourde innocence ». La primitive innocence revendiquée par Rimbaud en 1872-1873, la voici qui reparaît chez lui, mais sur le fond d'un drame et d'errements reconnus, le théâtre chrétien de la faute et de son effacement tout provisoire. Et Verlaine de décliner la litanie de ses plus gratifiants avatars : « espèce d'ange », « une sorte d'idyllique engourdi ». On le verra prendre bien d'autres visages, non pas ceux légers, vaguement mélancoliques qui peuplent ses *Fêtes galantes* mais des « portraits de l'artiste en saltimbanque », clown, pierrot, selon des transformations multiples qui ne le font nullement échapper au

« saturnien » fondamental qu'il incarne presque malgré lui, touché par la lance du chevalier Malheur [15]. On l'a clairement vu appliquer au « Pauvre Lelian » les vers du *Cœur volé* qui reviennent à Rimbaud. Et c'est encore par le truchement d'un vers adressé au mauvais ange de Charleville qu'il s'interroge lui-même : « Malheureux ! tous les dons, la gloire du baptême ! [16] »

À d'autres moments, il est l'enfant rejeté, perdu, l'orphelin de partout, le nouveau Gaspard Hauser [17] ou le triste Paul errant aux Pamplemousses après le départ de Virginie [18]. Tel chatoie le kaléidoscope verlainien et sa particulière magie, faisant intervenir une discrète alchimie de la douleur par laquelle tout se brouille. Lui qui, par doctrine, refusait dans ses *Poèmes saturniens* toute sensibilité excessive, il revendique maintenant les « délicieuses larmes », autant celles du regret que celles de la contrition.

À partir de *Sagesse* et de *Jadis et Naguère*, surtout, l'œuvre cherche à souligner pour le lecteur la vérité qu'elle entend transmettre. C'est même la seule qualité qu'en dernière analyse elle se reconnaisse, alors même qu'elle édifie avec soin et par préméditation une telle sincérité : « un cœur à tout vent, vraiment, mais vilement sincère ».

Une expression revient parfois, trouvée par Verlaine dès 1874, quand il était en prison : *aegri somnium* (ou *aegri somnia*). Les rêves d'un malade. Elle est, plus qu'on ne l'a cru, une clé pour le comprendre, une bonne définition de ce qu'il voit, de ce qu'il vit. *Sagesse* eut beau marquer une rupture, il se tient toujours sur cette ligne de fracture, qui vaut aussi comme nouvel ombilic. La vie saturnienne a fait de lui un perpétuel convalescent et le rescapé d'un cauchemar. C'est ce cauchemar qu'il repasse, qu'il ressasse. L'expression *aegri somnia* se lit dans le prologue de *Jadis* [19] où les poèmes sont définis alors comme les « petites / Mouches de mes soleils noirs », bourdonnent au soleil noir de sa mélancolie, « petits espoirs » ou désespoirs. Mais on la retrouve dans *Parallèlement*, où le « Prologue d'un livre dont il ne paraîtra que les extraits ci-après » (et qui n'est autre que *Cellulairement*) qualifie ses vers de maladifs et se réclame du rayonnement fatal de Saturne, tout en assumant le « prestige d'être bien soi ». Le prologue de *Naguère* annonce encore une écriture d'hypnagogie, des « choses crépusculaires, des visions de fin de nuit ».

Dans *Amour* [20], Verlaine projette à nouveau une image défectueuse de sa personne : « un amant », certes, mais surtout « un athée », « un brutal », « un ivrogne des rues », « un Parisien fade », « un sot », « une folle tête inquiète ». Pourtant d'autres poèmes du recueil montrent qu'il tente de rassembler ses contradictions, d'unifier son être en déroute. Il se présente [21] comme « direct et bref », « divers », oui, mais jamais « ondoyant », « homme du primesaut et de l'excès », soit, et néanmoins ni « mol », ni « lâche », ni « tiède », ni « illogique » (autant d'épithètes dont on se demande s'il ne les nie pas pour se les attribuer plus secrètement). Après s'être ainsi ménagé la part belle dans ce sonnet [22] adressé à l'un de ses anciens élèves de Rethel, son ami Edmond Thomas, il aura, plus tard, il est vrai, moins d'indulgence à son égard et détramera dans ses *Épigrammes* ce canevas trop flatteur, pour conclure, désabusé :

J'essayai de tout, et c'est drôle
Comme cela lasse, à la fin,
De changer son fusil d'épaule
Sans cible humaine ou but divin ! [23]

Le voilà bien, l'inconstant, qui n'a d'identité que son inconstance et des velléités plus ou moins morales, enfant de Marie toujours prêt à fréquenter des Marie-Madeleine qui n'ont jamais oint le Seigneur.

Le même recueil reconnaît : « je suis *destiné* [24] ». Affligé, par conséquent, d'un destin — encore Saturne ! — contre lequel il n'est rien à faire que se laisser porter par le courant. Et peut-être aimons-nous chez lui cette dérive de la pensée, ce relâchement très prémédité de la phrase, la feuille au vent. Aussi bien, « chance ou guignon », il affirme « l'incertain moi-même » et finit sur un propos éthique de courte vue :

Bah ! que ma règle suprême
Soit nous, discors ou d'accord ! [25]

On ne peut que remarquer la présence de ce *nous* insolite en place du *moi* attendu. Et tout se dit par cette anomalie. Verlaine est une première personne *au pluriel*, un pluriel sans majesté. Sa propriété se résume dans cette pluralité, celle du versatile, tout à la fois en accord avec lui et proie des contraires. « Entre le sublime et l'immonde » dira-t-il, plus loin, par exagération. Car, en réalité, il n'est capable ni de l'un ni de l'autre, alors qu'il connaît bien, trop bien la nuance, au point de marier la flûte au cor.

Depuis *Sagesse*, il s'est évertué à se justifier dans différentes préfaces, soulignant la rupture survenue dans sa vie ou ménageant la continuité. En 1880 [26], par intransigeance de croyant souhaitant l'*imprimatur* de l'Église, il ne fait qu'évoquer avec la plus grande prudence ses vers anciens, « sceptiques et tristement légers ». *Parallèlement*, plus tard, est excusé par son titre même, œuvre toute séculière et mêlée qui s'est développée à côté de *Sagesse*, *Amour* et bientôt *Bonheur*. Il prévient toutefois que se maintiennent en lui les deux types d'inspiration qu'elle suppose, puisqu'il compte développer des vers d'« intimité latérale », un probable *« Et cætera »*, à côté de textes fidèles à la religion et aux essentielles vertus qu'elle implique.

Dans un avertissement supplémentaire à une nouvelle publication de *Parallèlement* [27] qui se montre plus sévère pour le livre, il qualifie ses vers de « durs et cruellement païens » et pense qu'ils constituent « l'*enfer* de son Œuvre chrétien ». Le cœur de la contradiction est son propre cœur. Ce parallélisme choyé, qui le fait toujours écrire en marge d'autre chose. Échappant à la ligne idéale qu'il voudrait tracer, il en dessine immédiatement une autre, pris et compromis dans un débat entre catholicisme et sensualité érotique, impersonnalité et intimité. Si *Dédicaces* est présenté comme un livre fait pour quelques amis, les *Liturgies intimes* renouent, en revanche, après *Chansons pour elles*, avec l'inspiration chrétienne. Dans la préface qu'il leur donne, Verlaine s'applique encore à établir la cohérence de son œuvre, comme s'il voulait y mettre bon ordre : *Sagesse*, la conversion ; *Amour*, la persévérance ; *Parallèlement*, une défaillance confessée à dessein ; *Bonheur*, la consolation ; *Liturgies intimes*, un exposé naïf de la Doctrine [28]. Bien des recueils cependant n'ont pas été mentionnés ; bien d'autres défaillances furent passées sous silence.

Verlaine, du reste, ne tardera pas à gérer tant bien que mal l'autre série, la part maudite de ses poèmes ultra-profanes, dans la préface écrite pour *Dans les limbes* (1893) [29]. Rappelant ses *Chansons*, ses *Odes*, ses *Élégies*, il annonce maintenant l'étrange calme qui l'apaise, la sérénité de son cœur et de sa conscience : « Ce livre est le dernier d'une série qui a assez duré. » Mais, habitué aux volte-face de l'auteur, le lecteur hésite à croire une telle phrase. La préface de *Dans les limbes* était datée de 1893. Or *Chair* allait paraître, posthume, en 1896.

« L'amour est infatigable ! [30] », décidément.

*

Double ? Unique ? Verlaine sait-il qui il est vraiment ? S'il se reconnaît cette faiblesse que Claudel admirera dans ses *Feuilles de saints* [31], il est aussi celui qui refuse que l'on dispose de sa célébrité : « Ce monsieur crut plaisant de me couper en deux : / Le poète, très chic, l'homme, une sale bête [32] », observe-t-il dans ses *Invectives*, à propos d'un journaliste qui l'a brocardé — ce qui ne l'empêche pas, dans un fragment du *Livre posthume* daté du 25 janvier 1894, de faire à son sujet la même distinction [33]. Certes, ce n'est pas pour entériner une opposition si tranchée, si caricaturale. Mais il considère que « poète » il a fini sa tâche et peut désormais jouir de sa renommée, alors qu'« homme », « son rôle n'est joué qu'à demi », car il n'a résolu aucun des problèmes que lui a posés la vie. Peu importe, au demeurant, s'il aboutit à un tel constat, puisque cette non-résolution est une des causes — et non la moindre — de sa poésie qui s'est développée à la mesure même de son identification impossible. Verlaine ne coïncide pas avec lui-même. Rien ne sert de vouloir unifier le tissu rhapsodique qu'il nous offre, puisqu'il chante si bien sur ce mode — ce que manifeste avec éclat le bizarre et cacophonique *À la manière de Paul Verlaine* [34], exemplaire « larvatus prodeo » mettant le masque, le défaisant, au point que deviennent permutables la chair et le carton, la confession et la parodie, la conversion et la pose.

Dernière épreuve d'un portrait toujours implicite, *Mon Apologie* [35] le dessine selon son goût, *héautontimorouménos* (celui qui se châtie lui-même) à sa manière, prêt à la faute comme au pardon. Se définissant comme un « bonhomme assez coi », en dépit de quelques incohérences (et l'on aimerait savoir lesquelles), être de la jouissance et de l'expiation, du bonheur et de l'adversité, il s'excuse sans dérobade : « mon geste est d'un complet nature ». S'il reconnaît qu'il n'est pas « tout d'une pièce », il se croit, du moins, « fort peu compliqué » et conseille surtout :

Il faut me supporter ainsi, m'aimer ainsi
Plutôt, car j'ai besoin qu'on m'aime...

Il n'est que trop certain qu'il n'a jamais écrit pour autre chose, tout le reste étant, comme il l'a si bien dit, « littérature ». On ne lui a guère pardonné d'avoir fait servir son écriture à des fins affectives, comme tous ceux qui, prenant le lecteur à témoin, en usent pour trouver enfin l'identité qui leur manque. Sa poésie, nullement résolutoire, s'est complu à traîner un mal vivable, pas assez douloureux toutefois, comme celui de Van Gogh ou d'Artaud, pour illuminer. L'effaçant ou l'attisant, elle fut sans doute un continuel acte de vie fragilisé d'incertitudes. Verlaine, adulte encore à naître des limbes de sa versatilité, mais celui qui a su reconnaître Rimbaud, « l'enfant de colère ».

Jean-Luc STEINMETZ

1. Voir Maurice Blanchot, *L'Entretien infini*, Gallimard, 1969, p. 565-566.
2. Première édition (Corbière, Rimbaud, Mallarmé), Vanier, 1884. Deuxième édition (Corbière, Rimbaud, Mallarmé, Desbordes-Valmore, Villiers de L'Isle-Adam, Pauvre Lelian), 1888.
3. *Les Hommes d'aujourd'hui*, n° 244.
4. On lit en effet dans ce poème de Baudelaire : « Jette ce livre saturnien, / Orgiaque et mélancolique ».
5. Cette réflexion se trouve dans le cadre même de la partie intitulée « Pauvre Lelian », sous la forme d'une longue citation donnée entre guillemets et présentée comme une réponse à des amis s'inquiétant de l'unité de son livre.
6. Ces poèmes faisaient partie d'un dossier constitué par Verlaine à partir de poèmes de Rimbaud (voir Rimbaud, *IV Fac-similés*, édition établie par Steve Murphy, Champion, 2002, p. 299-300). Il est remarquable que Verlaine les applique à lui-même, au point de faire comme s'il les avait écrits. Les seules citations qu'il donne de lui dans « Pauvre Lelian » sont cinq vers de *Sagesse* (troisième pièce de la première partie) et deux extraits d'*Amour*.
7. L'expression remonte à Buffon, *Discours sur la nature des animaux* : « L'homme intérieur est double, il est composé de deux principes différents par leur nature […] (Le spirituel ou l'animal et matériel). » « *Homo duplex* » est cité par Baudelaire dans l'article qu'il a donné sur *La Double Vie* de Charles Asselineau (1859), repris dans *L'Art romantique* en 1869.
8. Cette deuxième publication des *Hommes d'aujourd'hui* eut lieu neuf ans après la première. Pour le texte, voir Verlaine, *Œuvres en prose*, « La Pléiade » (ci-après abrégé en *OPr*), p. 769.
9. Deuxième conférence à La Haye, 4 novembre 1892, *OPr*, p. 888.
10. Conférence sur les poètes contemporains, *OPr*, p. 900-901.
11. *Confessions*, publication du « Fin de siècle », mai 1895, puis *La Plume*, 1899.
12. Deuxième partie, chap. VII. Voir *OPr*, p. 509-510.
13. Une citation de Joseph de Maistre est placée en épigraphe de *Cellulairement*. Verlaine avait dans sa bibliothèque trois livres de Joseph de Maistre.
14. Troisième pièce de la première partie : « Qu'en dis-tu, voyageur, des pays et des gares ».
15. Première pièce de la première partie, d'abord intitulée « Légende intime ».
16. Quatrième pièce de la première partie. L'exemplaire Kessler porte la précision « À propos d'Arthur Rimbaud, Arras, 7bre ou 8bre 1875. (Après coup je me suis aperçu que cela pourrait s'appliquer à "poor myself" !) ».
17. « La chanson de Gaspar Hauser », poème daté août 1873 et qui figurait d'abord dans *Cellulairement* (manuscrit inédit) avant d'être repris dans *Sagesse* sous le titre « Gaspar Hauser chante ».
18. Dans « Images d'un sou », daté « Mons, décembre 1873 ». Verlaine s'identifie au Paul de *Paul et Virginie* de Bernardin de Saint-Pierre. Le poème sera repris dans *Jadis et Naguère*.
19. Premier état dans *Cellulairement* dont il tient lieu de pièce liminaire, intitulée « Au lecteur ».
20. *Amour*, Vanier, 1888. Deuxième édition, 1892.
21. Dans le poème « Un conte ».
22. « À Edmond Thomas ». La tournure de la phrase où ces qualificatifs apparaissent est retorse : « […] mais illogique ou mol ou lâche ou tiède / En quoi que ce soit, le dire, je ne le puis, / Je ne le dois. »
23. *Épigrammes*, Bibliothèque artistique et littéraire, 1894. Cinquième poème du « Prologue ».
24. Poème chiffré VIII dans *Épigrammes* : « Ton illogisme vainqueur ». Dans la citation, c'est Verlaine qui souligne.

25. Poème chiffré XIV dans *Épigrammes* : « J'ai beau faire la paix partout ».
26. La préface de la première édition de *Sagesse* est datée « Paris, 30 juillet 1880 ».
27. Daté « octobre 1893 ».
28. *Liturgies intimes* s'ouvre par une préface datée « Paris, janvier 1892 ». La Doctrine est celle du christianisme. Ce petit livre est significativement dédié à Baudelaire auquel s'adresse un sonnet à double tranchant : « Je ne t'ai pas connu, je ne t'ai pas aimé. » Sur Baudelaire, voir de Verlaine son grand texte admiratif « Charles Baudelaire », publié dans *L'Art*, 16 nov., 30 nov. et 23 déc. 1865.
29. *Dans les limbes*, préface datée « Hôpital Broussais, 3 juillet 1893 ».
30. Premier vers du « Prologue ». Première publication dans le numéro spécial de *La Plume,* février 1896 (posthume, donc), puis édition à la Bibliothèque littéraire et artistique.
31. « Faible Verlaine ! maintenant reste seul, car tu ne peux aller plus loin. » « Le faible Verlaine », dans *Feuilles de saints*, N.R.F., 1925. Première publication dans le *Mercure de France*, 16 août 1919.
32. *Invectives*, Vanier, 1896, douzième poème du livre. Ce journaliste de *L'Écho de Paris* était Bertol-Graivil.
33. Voir le premier poème du *Livre posthume*, inachevé, malgré une « Table » laissée par Verlaine. Il sera repris dans les *Œuvres posthumes* publiées en 1903. Le premier poème avait paru sous le titre « Le Livre posthume » dans *La Revue parisienne* du 25 janvier 1894 : « Le poète a fini sa tâche ».
34. « À la manière de Paul Verlaine », dans *Parallèlement.*
35. « Mon Apologie », dernière pièce d'*Invectives.*

VINICIUS DE MORAES

À Verlaine

En mémoire d'un poème
Dont l'illumination maudite
Rappelle l'étoile qui médite
Sur le jour pourrissant :

Verlaine, pauvre âme errante
Fou, sordide, toi grand frère
Du sang de mon cœur
Qui te méprise et te comprend
Humblement se détache
Cette rose pour ta tombe.

Traduit du portugais (Brésil)
par Max de Carvalho

Vinicius de Moraes (1913-1980) est né et mort à Rio. Après avoir suivi la carrière diplomatique, qui lui vaudra un poste à Paris, il deviendra au début des années soixante un auteur-compositeur très populaire et son nom reste étroitement lié à l'histoire de la bossa nova. Son premier recueil (1933) porte le beau titre de *Chemin vers la distance*. Suivra une production qui, s'inscrivant d'abord dans une tradition lyrique intimiste, d'inspiration chrétienne, évoluera vers l'expression sensuelle et directe du chansonnier.

Nombreuses sont, dans la poésie brésilienne, les allusions aux poètes français. Celle, explicite et fraternelle ici, sous forme d'offrande d'une rose posthume à Verlaine, au Verlaine le plus humain qui soit, est touchante sous la plume d'un Vinicius bohème, moderne trouvère tropical huit fois marié et buveur insigne dont le souvenir évoque un précurseur méconnu, Caldas Barbosa, qui, au XVIIIe siècle, égayait déjà de ses vers chantés à la guitare les nuits de Lisbonne avec, précisait un critique du XIXe siècle, « les langueurs de la Muse mulâtre et l'accent brésilien ». (*N. d. T.*)

SINGULIER VERLAINE

Aussi loin que je me souvienne de ma rencontre avec la poésie, c'est sur les bancs du primaire, dans ma neuvième ou ma dixième année, j'étais alors dans ce quartier ouvrier appelé Maupomet, tilleuls dans la cour et vaste préau, entre Guerville, mon village, et Mantes qui fut autrefois *jolie* et qui l'était encore, à l'école de Monsieur Loyau : nous apprenions du Musset, du Verhaeren, du Verlaine, aussi Jean Richepin, François Coppée, Léon Dierx, André Theuriez… désormais presque totalement oubliés. Mais Verlaine, entre tous, était le plus captivant. *Le ciel est, par-dessus le toit… Il pleure dans mon cœur… L'heure du berger… Chanson d'automne…* Le verlainisme fut ma première fascination et probablement celle à qui je dois en profondeur l'essentiel de mon ancrage en poésie.

Le verlainisme que Rimbaud dénonça après en avoir été lui-même atteint : « … une chimie sans valeur, et des mélodies impossibles ». On ne peut imaginer la trajectoire de l'enfant de Charleville sans l'élan qui lui vint de celui qui fut son aîné de dix ans, auteur déjà, au moment de la décisive rencontre, des *Poèmes saturniens* et des *Fêtes galantes*. Sans l'heureuse surprise que fut à ses yeux la métrique inventive et toute baroque d'un imprévisible virtuose, Verlaine. Printemps-été 1872, au moment probable où Rimbaud écrit ses *Vers nouveaux* (et Verlaine bientôt ses *Romances sans paroles*), Rimbaud est encore conquis par le maniérisme verlainien, il lui arrive d'en mimer les réussites, ses langueurs et ses fadeurs, comme dans cette sorte étonnante de parodie (« Entends comme brame / près des acacias / en avril la rame / viride du pois ! ») où le poudroiement, les incertitudes ou le brouillard du sens, la ténuité, la minceur d'une écriture courte, laconique, amincie, montrent un Rimbaud qui s'installe dans le tremblement, notifiant l'aléatoire, procédant par ellipses, suggestions, *impressions fausses*. Sa poésie, comme celle du saturnien, nous séduit par un leurre, celui du sens qui est et qui n'est pas :

> *Ce charme ! il prit âme et corps*
> *Et dispersa tous efforts.*
>
> *Que comprendre à ma parole ?*
> *Il fait qu'elle fuie et vole !*

La musique des *ariettes* d'un ouvrage nouvellement paru de Favart est à la source de l'inspiration de l'un comme de l'autre, « opéras vieux, refrains niais, rythmes naïfs » selon Rimbaud, « ariettes oubliées » selon Verlaine dans la proximité de l'auteur d'*Une saison en enfer*.

> *[...] Sais-je*
> *Moi-même, que nous veut ce piège*
>
> *D'être présents bien qu'exilés,*
> *Encore que loin en allés ?*

Melancolia, Paysages tristes, Eaux-fortes : ce qu'il y a de meilleur dans les *Saturniens*, le Verlaine qui trouve sa voix identifiable entre toutes, Rimbaud ne pouvait qu'en être bouleversé. Et c'est cela qui nous enchante toujours. Cela qui oscille entre la mélodie et la discordance, l'effet vibrant d'un improbable crépuscule, l'archaïcité du blafard, des sons qui blessent et ne blessent pas, une sorte d'effroi feutré, un bruit pincé ou le sanglot qui s'étrangle, une parole aveugle et qui vibre sans fin. Et l'écho des rimes par sa perfection même fait entendre une sorte de vie exténuée et comme proche de la mort. Verlaine, poète des soleils couchants, dès ses débuts, il lui fallait l'automne comme miroir à sa propre vie.

Il m'a toujours semblé entrer dans sa poésie comme par effraction, à la dérobée, avec le sentiment d'être indiscret, et il faudrait prendre des précautions infinies, parler un langage très éduqué, crainte de forcer quelque intime défense. Cette pudeur insensée (déjà dans *Mon rêve familier*) à quoi Verlaine nous convie dans ses meilleurs moments, Verlaine tout à ses *impressions fausses*, ses masques, ses troubles, ses mots spécieux qui brillent d'un éclat voilé, tout près de s'éteindre.

« Cet immatériel deuil » dont parle le sonnet de Mallarmé, il me semble que les vers équivoques de Verlaine le vêtent et le portent, alors que toutes les ruses de l'ainsi-dire circulent, fantômes muets, entre les mots…

Verlaine ? il est caché parmi l'herbe, Verlaine

Et cette bise éperdue, atone, qui souffle dans l'hiver des mots, c'est lui encore et toujours : « Dans un demi-jour de lampes / Qui vient brouiller toute chose » *(Romances sans paroles)*.

Ses vers comme murmurés à mi-voix, ont toute l'étrangeté des infinis miroirs qu'une sciure insidieuse envahit déjà. « Chanson grise ». Tel prologue dans *Jadis et Naguère* le confirmera :

Ce sont choses crépusculaires
Des visions de fin de nuit.

Ou encore dans *Kaléidoscope* :

Des mots anciens comme un bouquet de fleurs fanées.

Verlaine ne nous semble jamais aussi près de lui-même que lorsqu'il parle « D'une voix jusqu'alors inouïe / Et qui va se taire tout à l'heure ». Son domaine est l'impalpable, une réalité insubstantielle, le diaphane, entre magie et mystère, le contraire du littéral. Sa langue allégée dérobe l'objet du poème et nous place à un niveau de conscience indistinct, dans l'innommable et le trouble de l'insaisi, de l'inouï.

Dès ses débuts Verlaine semble avoir tout connu de l'usure patiente du cœur, comme s'il avait déjà dépassé le temps des larmes, et que tout l'automne des arbres et des voix était entré dans son être. C'est l'amenuisement du moi, le cœur « qui s'écœure » quand il semble que l'avenir sans forme et sans lieu n'a plus aucun sens et qu'aucun sésame ne l'ouvrira jamais. C'est la version affadie du mal du siècle. Tout se dérobe avant même d'avoir été.

Sa poésie aura d'emblée parlé un langage de mémoire à la lisière du sens et de l'oubli. Qui parle dans le poème ? Est-ce lui ? Est-ce un autre ? « Qu'est-ce que je fais en ce monde ? » Tout est faux et tout est vrai, en apesanteur, dans l'inexplicable et l'indéterminé, l'inépuisable aussi, l'aveu de l'inavouable et la systématisation de l'impossible, quand les pronoms personnels sont dépourvus de toute personne et que l'inconscient dialogue avec les plus savantes approches de la pensée. Il ne lui en fallait pas moins pour construire ce monde appelé poésie où ça grince comme dans une maison ancienne les marches mal jointes d'un escalier qu'il ne parviendra jamais à gravir.

Ces « mélodies impossibles » que Rimbaud finira par stigmatiser (« Assez ! des erreurs qu'on me souffle, magies, parfums faux, musiques puériles »), ce qu'il y avait en lui de plus précieux, c'est l'expression du moi profond, tout en grâces délicates, et dont on sait depuis Marcel Proust qu'il est à la source de l'œuvre. Sans commune mesure avec ce moi apparent, social, grossier, disgracieux, emporté par « les ivresses pénitentes » et les criminelles colères : je crois en la métempsycose, écrit l'époux infernal — « ainsi, j'ai aimé un porc ». Singulier Verlaine.

Lionel RAY

AYANT POUSSÉ...

Tout est là, chez Verlaine, tout est présent en même temps que ça échappe comme avec : *Les roses étaient toutes rouges...*

À peine s'arrête-t-on sur le *e* de ros*e*s qu'il faut prononcer, syllabe indispensable puisqu'elle permet, pour qu'on les voie bien, d'isoler *les roses*, à peine les avons-nous vues que voici l'imparfait, le passé. *Les roses* ne sont plus comme elles étaient, elles n'ont plus cette intensité, *toutes rouges*, que marquent allitération et assonance. Le vivant, n'est-ce pas la surprise, ici, dans le passage de *roses* à *rouges* ? Passage qui se renverse puisque cela n'est plus. Ah ! ce pouvoir que Verlaine a de saisir, dans l'immense simplicité d'un vers, l'énigme, qui est à la fois vivre, et la vie et sa disparition.

C'est que ce vers, ce qu'on entend, ce qu'on lit, devient geste, comme chez les plus grands. Qu'on songe, par exemple, aux derniers vers de *Mon rêve familier* : *... Elle a / L'inflexion des voix chères qui se sont tues.* Ils se terminent chaque fois par un verbe, l'un au présent *elle a*, l'autre « rejeté » dans un passé qui demeure présent et perdure à peine un instant grâce au *e* du participe passé qu'il faut, à peine un instant, faire entendre.

Tout est là, chez Verlaine. Son vers est l'énigme même. Évidence qui échappe, qui nous tient à distance. Est-ce pourquoi on le tient, lui, le poète, trop à distance ? Trop simple ? Trop « banal » ? Alors que cette distance est sans aucun doute ce qu'on appelle « poésie », ouverture à l'autre, aux autres, à l'inconnu. Le geste d'ouvrir, de s'ouvrir, et le monde qui vacille :

Ayant poussé la porte étroite qui chancelle...

Chaque fois tout Verlaine, en un seul vers. Immense.

Bernard VARGAFTIG

PAUL-MARIE VERLAINE

Le texte de Boris Pasternak qu'on lira ci-après fut écrit et publié au printemps 1944 à l'occasion du centenaire de Verlaine. Les lecteurs avisés remarqueront quelles « transformations » le poète russe fait subir à la biographie de Verlaine — comme à celle de Rimbaud — et la façon très personnelle qu'il a d'interpréter sa poétique et en particulier son rapport au langage parlé — au « langage de la rue » — et à la « musique » du vers. Il faudrait en dire autant des infléchissements du texte verlainien qu'il imprime à ses traductions.

Pour éclairer la démarche de Pasternak, je citerai ici quelques passages d'un remarquable article d'Irina Podgaïevskaïa publié dans la revue russe De visu *(n° 1, 1993) et que j'avais signalé dans « In memoriam Irina Podgaïevskaïa »* (Europe *n° 887, mars 2003).*

« La difficulté persistante de ce thème [Pasternak et Verlaine], de même que la comparaison de Pasternak avec n'importe quel poète russe ou d'une autre langue consiste en ceci que de Shakespeare, Pouchkine, Verlaine, Rilke, Blok, etc. il extrayait ce qui le soutenait et le confirmait dans la justesse du choix de sa propre voie, dans son propre art poétique. […]

« En absorbant la tradition poétique de cultures diverses et de différentes époques, Pasternak les ramenait pour ainsi dire à un dénominateur commun de manière que dans la culture universelle surgissent de nouvelles relations et que les poètes soient réunis en une nouvelle lignée poétique avec laquelle il se retrouvât naturellement proche. […]

« Particulièrement essentiel est le jugement général de Pasternak sur ce que c'est que la tradition : "Je compris, écrit-il dans Sauf-Conduit *(IIe partie, chapitre 18), que l'histoire de la culture était une chaîne d'équations en images, reliant deux à deux un inconnu toujours*

différent au connu, ce connu, constant pour toute la série, étant la légende qui sert de base à une tradition, tandis que l'inconnu, chaque fois nouveau, est le moment actuel de la culture courante." Cela est dit à propos de la Bible qui est aux yeux de Pasternak "moins un livre au texte figé qu'un carnet de notes de l'humanité [...] *réceptif, de même que tout ce qui est éternel, à toutes les analogies que peut y projeter le regard des siècles suivants".*

« C'est un pareil carnet de notes de l'humanité, un livre au texte non figé qu'était pour Pasternak également toute la poésie universelle dont le développement se déploie comme une chaîne d'analogies, fondées sur les légendes, c'est-à-dire les topos *poétiques, réceptives à toutes analogies des poètes des siècles ultérieurs qui projettent sur elles leur regard. Mais ce "regard rétrospectif" n'est fécond que lorsque le poète considère la tradition avec "élan" et "don". Telle est précisément l'attitude de Pasternak à l'égard de la tradition poétique et de Verlaine, qu'il s'agisse des poèmes originaux ou des traductions.* [...] *Il convient donc de se souvenir que pour Pasternak* [...] *toute l'œuvre de Verlaine, comme une des analogies à l'éternel, était "un livre au texte non figé". »*

Je rappellerai pour ma part ce qu'écrivait Pasternak lui-même au poète géorgien Simon Tchikovani, lorsqu'il entreprit de traduire des poèmes du classique géorgien Baratachvili : « Il faut en faire des vers russes comme je l'ai fait de Shakespeare, Chevtchenko, Verlaine et d'autres [...]. *Cela fait à peu près une demi-semaine que je m'y suis mis et je suis content de la façon dont cela marche : non seulement je n'ai pas été contraint de m'écarter de la manière dont j'écris ces dernières années, mais, au contraire, Baratachvili s'est révélé un excellent prétexte pour faire quelques pas de plus dans la même direction. »*

L. R.

Il y a cent ans, le 30 mars 1844, naissait à Metz le grand poète lyrique de la France, Paul Verlaine. Par quoi peut-il nous retenir, à présent, en ces ardentes journées nôtres, au cœur de choses graves, à l'heure de notre prodigieuse victoire ?

Il a restitué avec éclat ce qu'il avait vu et vécu, dans un esprit et selon un mode d'expression proches de l'œuvre plus tardive de Blok, de Rilke, d'Ibsen, de Tchekhov et d'autres écrivains modernes. Des liens de profonde parenté l'unissent également à la jeune peinture impressionniste française, scandinave et russe.

Les artistes de ce type étaient entourés d'une réalité urbaine nouvelle, autre que celle de Pouchkine, Mérimée ou Stendhal. Le XIXe siècle avait atteint son apogée et tirait à sa fin, avec ses caprices, son despotisme de l'industrie, ses tempêtes financières et sa société composée de victimes et d'enfants gâtés. On venait de recouvrir les rues d'asphalte et de les éclairer au gaz. Elles étaient serrées par les fabriques qui poussaient comme des champignons, de même que les quotidiens dont le nombre s'était considérablement accru. Le chemin de fer avait connu un formidable essor et était devenu pour tous les enfants une partie de leur vie, selon que leur enfance traversait à toute vitesse les villes nocturnes à bord d'un train ou que les trains de nuit fonçaient à côté de leur misérable enfance des faubourgs.

Sur cette ville au nouvel éclairage les ombres ne se posaient pas comme du temps de Balzac, on y marchait différemment et on avait envie de la peindre de nouvelle façon, en consonance avec son aspect. Cependant la plus grande nouveauté de la rue n'était pas les becs de gaz ni les fils télégraphiques, mais le tourbillon d'une poussée égoïste qui la parcourait avec la netteté d'un vent d'automne et qui, comme les feuilles mortes sur les boulevards, chassait sur les trottoirs la misère, la tuberculose, la prostitution et autres délices de ce temps-là. Ce tourbillon sautait aux yeux de tout le monde et se trouvait au centre du tableau. Sous l'effet de son souffle, le mouvement ouvrier entra dans une phase consciente. Sa respiration structura d'une façon toute particulière la vision des peintres.

S'ils peignaient par touches et par points, par allusions et par demi-teintes, ce n'est pas parce qu'ils en avaient envie et étaient symbolistes. C'est la réalité, toute en transitions et en fermentations, qui était symboliste ; elle signifiait quelque chose plutôt qu'elle ne le constituait, elle servait de symptôme et d'indice plutôt qu'elle ne donnait satisfaction. Tout avait bougé et se déplaçait, l'ancien et le nouveau, l'église, la campagne, la ville et le peuple. C'était un vif tourbillon de conventions, entre l'absolu qu'on avait abandonné et celui qu'on n'avait pas encore atteint, un lointain pressentiment de la chose la plus importante du siècle — le socialisme — et de son événement facial : la révolution russe.

En tant que réaliste Blok a livré le portrait le plus accompli et le plus fidèle de Petersbourg à l'heure de ce flamboiement significatif. Il en a été de même pour le réaliste Verlaine qui, dans ses confessions si intimes qu'elles passaient les bornes de la convenance, a donné le rôle principal au temps historique et à l'atmosphère dans laquelle se produisaient ses chutes et ses repentirs.

Il était le fils d'un colonel mort prématurément, enfant chéri de sa mère et de la domesticité féminine, et, tout jeune, on l'envoya de province à Paris, dans un pensionnat. Il y avait quelque chose de comparable à la destinée de Lermontov dans la pureté colombine qui lui venait de cet entourage féminin et dans ce qu'il en advint plus tard au contact de ses camarades parisiens dévergondés. Après ses études, il devint fonctionnaire à l'Hôtel de Ville. L'année 1870 le trouve sur les fortifications de Paris, engagé volontaire dans la Garde nationale. Il se marie. L'insurrection éclate. Il prend part aux travaux de la Commune dans le secteur de la presse. Cela laissera des traces dans son destin. Une fois l'ordre rétabli, on le licencie. Il se met à boire. C'est alors que le sort lui envoie son mauvais génie, sous les traits de ce monstre de talent qu'était le poète adolescent, l'original, le tapageur Arthur Rimbaud.

Verlaine, pour son malheur, avait lui-même déterré ce « débutant » quelque part à Charleroi et l'avait fait venir à Paris. Dès que Rimbaud se fut installé chez les Verlaine, leur vie normale prit fin. La vie ultérieure de Verlaine est arrosée des larmes de sa femme et de son enfant. Et ce furent les errances de Rimbaud et de Verlaine, qui avait abandonné pour toujours sa famille, sur les routes de France et de Belgique, leurs soûleries ensemble, leur vie de famine à Londres avec des salaires d'un sou, leur bagarre à Stuttgart, les séjours dans les geôles et les hôpitaux.

Un jour, à Bruxelles, après une violente dispute, Verlaine poursuivit Rimbaud qui le quittait, tira par deux fois sur lui, le blessa, fut arrêté et condamné à deux ans de prison à Mons.

Rimbaud partit ensuite pour l'Afrique et se mit au service de Ménélik d'Abyssinie pour participer à la conquête de nouveaux territoires, tandis que Verlaine écrivait en prison l'un de ses meilleurs livres.

Il mourut au cours de l'hiver 1896, sans rien ajouter à sa gloire depuis longtemps déjà établie, entouré de l'attention respectueuse de la jeunesse et des imitateurs.

Les débuts de Verlaine furent assez précoces. Les *Poèmes saturniens*, qui forment son premier livre, ont été composés au collège. Les apparences trompeuses de sa poétique ainsi que les titres de certains de ses livres, comme *Romances sans paroles* (intitulé assez provocateur pour une œuvre de langage) ont pu induire en erreur. On pouvait penser que son mépris affiché pour le style lui était suggéré par son aspiration à la fameuse « musicalité » (rares sont ceux qui la comprennent), et qu'il sacrifiait les aspects signifiants et graphiques de la poésie à son aspect vocal. Il n'en est rien. C'est même tout le contraire. Comme tout grand artiste, il exigeait « non des paroles, mais des actes », même dans *l'art verbal* ; autrement dit, il voulait que la poésie contienne le réellement vécu, la vérité du témoignage de l'observateur.

Voici ce qu'il dit à ce propos dans son célèbre « Art poétique », dont on a fait à contresens le manifeste du langage transmental et de l'intonation mélodieuse :

Prends l'éloquence et tords-lui son cou !
Tu feras bien, en train d'énergie,
De rendre un peu la Rime assagie.

Et plus loin :

Que ton vers soit la chose envolée
Qu'on sent qui fuit d'une âme en allée
Vers d'autres cieux à d'autres amours.

Que ton vers soit la bonne aventure
Éparse au vent crispé du matin
Qui va fleurant la menthe et le thym...
Et tout le reste est littérature. [1]

Verlaine avait le droit de parler ainsi. Dans ses vers, il a su reproduire le son des cloches, il a saisi et fixé les senteurs de la flore la plus répandue dans son pays, il est parvenu à imiter les oiseaux et à passer en revue toutes les modulations du silence intérieur et extérieur, du mutisme hivernal des étoiles jusqu'à la chaude torpeur de l'heure méridienne sous le soleil d'été. Il a su exprimer comme personne la durable douleur qui vous ronge et ne vous lâche pas, celle de la dépossession, peu importe que ce soit la perte de Dieu, qui était et n'est plus, ou celle d'une femme qui a changé d'idées, ou d'un lieu devenu plus cher que la vie et qu'il faut quitter, ou la perte de la tranquillité.

1. Voici la retraduction en français de la traduction russe de ces vers de Verlaine : « Oh ! si dans la révolte contre les règles / Tu ajoutais de la conscience aux rimes ! [...] Que dans ton vers en plein essor / Brillent au loin, transfigurés / Un autre ciel, un autre amour. / Et qu'il déballe sottement / Tout ce qu'en l'ombre, magicienne, / Lui aura prédit l'aurore : / Tout le reste est littérature. »

Qui faut-il donc être pour se représenter un grand artiste triomphant comme un bambin médiumnique, un enfant gâté qui ne sait pas ce qu'il fait ? Nos représentations sous-estiment de même la pénétration d'esprit aquiline de Blok, son tact historique, *son sentiment de l'opportunité terrestre* qui est indissociable du génie. Oui, Verlaine savait admirablement ce dont il avait besoin et ce qui manquait à la poésie française de son temps pour restituer ce nouveau tourbillon qui traversait les âmes et la ville et dont nous parlions tout à l'heure. Et même au dernier degré de l'ivresse ou du gribouillage ludique, étendant sa sensation jusqu'à la frontière voulue et amenant sa pensée jusqu'à la clarté supérieure, il donnait à la langue dans laquelle il écrivait cette liberté infinie qui était précisément sa découverte en poésie et qu'on ne trouve que chez les maîtres du dialogue en prose dans le roman et dans le drame. La phrase parisienne en toute son authenticité intacte et sa justesse de frappe arrivait au vol de la rue et se logeait tout entière dans le vers, sans la moindre altération, comme un matériau mélodique pour la construction ultérieure. C'est dans le mouvement même de cette aisance que réside le charme essentiel de Verlaine. Les tours de la langue française étaient pour lui indivisibles. Il écrivait par locutions entières et non par mots, il ne les brisait ni ne les déplaçait.

Simples et naturels, beaucoup de gens le sont, sinon tous ; mais ils sont simples à un degré initial où c'est l'affaire de leur conscience, et la seule chose curieuse est alors de savoir s'ils le sont sincèrement ou par affectation. Une telle simplicité est une valeur non-créative et n'a aucun rapport avec l'art. Or la simplicité dont nous parlons est idéale et infinie. C'est de cette simplicité-là que Verlaine était simple. Par comparaison avec la simplicité de Musset, Verlaine est naturel de façon imprévisible, sur-le-champ, il est naturel comme on cause, à un degré surnaturel, c'est-à-dire qu'il est simple non pour qu'on le croie, mais pour ne pas faire obstacle à la voix de la vie qui cherche à jaillir hors de lui.

Voilà, en somme, tout ce que nous nous sommes permis de dire, compte tenu des limites de temps et de place.

Boris PASTERNAK

Traduit du russe et présenté par Léon Robel

VERLAINE, À L'ÉVIDENCE

Comme T.S. Eliot, Sergio Solmi (1889-1981) fut à la fois poète et employé de banque. Opposé au fascisme, puis engagé activement dans la Résistance, il fut confronté à la censure du régime mussolinien et connut par deux fois l'épreuve de la prison. Il disait aspirer à une poésie « dont la musique fût le souffle même de la voix humaine, selon des rythmes équivalant au jeu des muscles et à la pulsation du sang ». Il est déjà connu en France par ses admirables Méditations sur le scorpion *traduites par Éliane Formentelli et Gérard Macé aux éditions Verdier, mais aussi par trois recueils d'essais traduits par Monique Baccelli pour le compte des éditions Allia :* La Santé de Montaigne, La Vie et la pensée de Leopardi, Études léopardiennes. *En Italie, ce sont les prestigieuses éditions Adelphi qui ont entrepris la publication de ses œuvres complètes. Ce petit texte sur Verlaine fut écrit en 1973, confié à un périodique et recueilli trois ans plus tard dans* La Lune de Laforgue, *ouvrage couronné par le Prix Viareggio.*

On s'accorde aujourd'hui à reconnaître en Verlaine l'un des grands poètes français du XIXe siècle. Il me semble que plus personne ne l'exclurait des anthologies, comme le fit jadis le classiciste Thierry Maulnier, parlant avec mépris « des quelques vers agréables de Verlaine » (*Introduction à la poésie française*, Gallimard, Paris, 1939). André Gide fit preuve de moins de préjugés et de plus de goût en lui réservant une place importante dans son *Anthologie de la poésie française* (Gallimard, « La Pléiade », Paris, 1949).

Peut-être la gloire de Verlaine a-t-elle pâti de sa relation avec Rimbaud. Certains critiques, éblouis par le génie du jeune homme de

Charleville, se sont appliqués à lui attribuer une influence considérable sur son aîné. S'il y eut influence, elle s'exerça plutôt en sens contraire. François Ruchon, dans son livre magistral sur Rimbaud [1], revendique la pleine originalité de Verlaine et souligne l'influence qu'il exerça, au moins dans un premier temps, sur le poète du « Bateau ivre » et, surtout, des « Derniers vers ».

Verlaine est probablement le plus grand compositeur de lieder du XIXe siècle, à côté des grands Allemands. Des *Fêtes galantes* aux *Romances sans paroles* et à *Sagesse*, jusqu'à maints poèmes plus tardifs, l'élément musical, le devenir musique du mot, est incomparable. Comme il l'a écrit dans son « Art poétique » *(Jadis et Naguère)* : « De la musique avant toute chose / Et pour cela préfère l'Impair / Plus vague et plus soluble dans l'air, / Sans rien en lui qui pèse ou qui pose. / [...] Rien de plus cher que la chanson grise / Où l'Indécis au précis se joint. » Ce sont là des vers que presque tous les étudiants d'autrefois connaissaient par cœur. Aujourd'hui, si j'en crois les témoignages des professeurs de littérature française, il n'en va plus ainsi. Rimbaud continue de briller de tout son éclat dans le cœur de nos lycéens, non tant pour la valeur intrinsèque de sa poésie, mais parce qu'ils le rattachent aux mythes de la contestation. Pour la plupart des jeunes lettrés, me semble-t-il, Verlaine n'est probablement qu'un nom d'une flagrante inactualité, à classer dans les manuels d'Histoire littéraire, comme Lamartine ou Musset.

C'est pourquoi j'ai tenu à citer des vers qui pour ma génération furent presque proverbiaux.

*

Je souhaite offrir aujourd'hui un échantillon du Verlaine de la maturité, qui a peu de chose à voir avec celui des exquises chansons qui se trouvent dans les livres que j'ai cités. Un Verlaine autobiographique et réaliste, dans une pièce vivement ciselée, où le vers impair prend l'allure chancelante d'une chanson d'ivrogne.

Nous sommes en 1885. D'après ce que rapporte l'un de ses biographes, François Porché, dans son *Verlaine tel qu'il fut* (Flammarion, Paris, 1933), le poète, après avoir tâté une deuxième fois de la prison à

1. François Ruchon, *Jean-Arthur Rimbaud, sa vie, son œuvre, son influence,* Paris, H. Champion, 1929. (N.d.T.)

Vouziers, se retrouve sans un sou en poche. Il est de retour à Coulommes, le mois de mai touche à sa fin. Verlaine lui-même, dans « La Goutte », un récit autobiographique écrit à la troisième personne, relate en ces termes l'épisode : « La petite ville où il devait prendre le train se trouvait en fête. Chanteuses et jeu firent tant qu'il y passa une nuit, au bout de laquelle il se trouvait juste nanti du prix de son billet. » Porché raconte qu'il avait accepté l'hospitalité que lui offrit, à bord de sa voiture, un photographe ambulant, également vendeur de balais. Mais écoutons encore Verlaine : « Il lui restait trois sous qu'il boit, puis il enfile une longue venelle par un soleil de 1er juin (on enterrait Victor Hugo), coiffé d'un haut-de-forme et vêtu d'un pardessus à fourrures. Il avait chaud… À moitié chemin, comme il n'en pouvait presque plus, le voilà […] accosté par un mendiant qu'il connaissait. Cet homme lui dit : "Comment va ? Il fait soif, payez-vous quelque chose ? — Mais je n'ai pas un rotin. Sans cela, vous savez bien… Je vais même à J. […] pour y chercher de l'argent qu'on me doit. — Qu'à cela ne tienne, je me permets, moi, de vous offrir la goutte, là-haut, chez Chose. Voulez-vous ? — Comment donc ! En face de l'église […] le cabaret est propre. L'eau-de-vie d'Aisne, marc de bas champagne, rit bleuâtre dans les gros petits verres ; on choque, on boit, et c'est, parbleu ! la meilleure goutte que j'aie lampée de ma vie." »

Porché ajoute d'autres détails. Le marchand de balais, au matin, a donné dix francs au poète. Ce dernier a reçu quinze autres francs d'un aubergiste, plus généreux encore, car lui-même dans le besoin. Le biographe confirme que le poète portait un haut-de-forme et une pelisse. Il ajoute que dans le cabaret où il entra, s'exhibait une chanteuse accompagnée au piano. Et c'était bien le jour des funérailles de Victor Hugo.

Le poème que je vous présenterai s'intitule « Poème saturnien », et pour éclairer ce qui avait déjà incité Verlaine à donner ce titre à son premier livre, *Poèmes saturniens*, publié en 1866, il faut lire les vers sur lesquels il s'ouvre :

. . .
Or ceux-là qui sont nés sous le signe SATURNE,
Fauve planète, chère aux nécromanciens,
Ont entre tous, d'après les grimoires anciens,
Bonne part de malheur et bonne part de bile.
L'Imagination, inquiète et débile,
Vient rendre nul en eux l'effort de la Raison.

Dans leurs veines le sang, subtil comme un poison,
Brûlant comme une lave, et rare, coule et roule
En grésillant leur triste Idéal qui s'écroule.
Tels les Saturniens doivent souffrir et tels
Mourir — en admettant que nous soyons mortels, —
Leur plan de vie étant dessiné ligne à ligne
Par la logique d'une Influence maligne.

Le nouveau « poème saturnien » semble en vérité répondre à cette « ouverture ». Dans le premier livre abondaient déjà les éléments atrabilaires, mélancoliques, fantastiques. Comme dans l'admirable « Chanson d'automne », où l'imitation phonique des violons atteint les sommets de l'onomatopée : « Les sanglots longs / des violons / de l'automne / bercent mon cœur / d'une langueur / monotone… » Ou comme dans l'ironie amère de « Monsieur Prudhomme », poème auquel sont redevables « Les Assis » du jeune Rimbaud. Mais l'on pourrait citer encore « Nevermore », « L'Angoisse », etc.

Nous en arrivons donc au nouveau « Poème saturnien », qui figure dans *Parallèlement*. Comme le lecteur pourra le constater, il est constellé de tournures populaires et de mots d'argot, tels qu'on les imagine sortis de la bouche d'un poivrot :

Ce fut bizarre et Satan dut rire.
Ce jour d'été m'avait tout soûlé.
Quelle chanteuse impossible à dire
Et tout ce qu'elle a débagoulé !

Ce piano dans trop de fumée
Sous des suspensions à pétrole !
Je crois, j'avais la bile enflammée,
J'entendais de travers ma parole.

L'évidence du cadre, avec cette chanteuse de quatre sous, cette fumée, ces lampes à pétrole, est impressionnante :

Je crois, mes sens étaient à l'envers,
Ma bile avait des bouillons fantasques.
Ô les refrains de cafés-concerts,
Faussés par le plus plâtré des masques !

Dans des troquets comme en ces bourgades,
J'avais rôdé, suçant peu de glace.
Trois galopins aux yeux de tribades
Dévisageaient sans fin ma grimace.

L'impression d'ébriété devient encore plus sensible. Ces « galopins aux yeux de tribades » sont puissamment suggestifs, si l'on songe aux inclinations sexuelles « bivalentes » du poète de *Hombres*.

Je fus hué manifestement
Par ces voyous, non loin de la gare,
Et les engueulai si goulûment
Que j'en faillis gober mon cigare.

Je rentre : une voix à mon oreille,
Un pas fantôme. Aucun ou personne ?
On m'a frôlé. — La nuit sans pareille !
Ah ! l'heure d'un réveil drôle sonne.

Quelle extraordinaire flagrance remonte vers nous depuis les profondeurs du temps ! Les sonorités quasi spectrales de ce réveil matinal, et surtout la braise de ce cigare que le poète est à deux doigts d'avaler, dans ce décor de graveleuse ivrognerie, c'est comme si nous les entendions et les voyions. Ce cigare est le point ardent d'une vie, qui comme toutes les vies — mais chez Verlaine de manière particulièrement relevée — est faite de bonté et de faute, d'aspiration à la sainteté et de vertige du péché et de la débauche.

Sergio SOLMI

Traduit de l'italien par Jean-Baptiste Para

DES JOIES DE LA MISÈRE

Un article de Verlaine retrouvé

Le travail accompli par Henri de Bouillane de Lacoste et Jacques Borel pour les *Œuvres complètes* de Verlaine en deux volumes dans l'édition du Club du Meilleur Livre (1959-1960) avait permis de faire un grand pas dans les études verlainiennes. En 1972, Borel publia les *Œuvres en prose complètes* dans la Bibliothèque de la Pléiade et, comme il l'avait déclaré lui-même, l'apparat critique de cette édition était très supérieur à ce qui avait précédé. Cependant, la déclaration suivante, concernant l'important article de jeunesse consacré à Charles Baudelaire, prouve que Borel n'était pas un rat de bibliothèque : « *L'Art* (rédacteur en chef : Louis-Xavier de Ricard), 16 novembre 1865. Pas de manuscrit connu. D'autre part, nous n'avons pu trouver ces numéros de *L'Art* dans les bibliothèques parisiennes, et nous reproduisons ici le texte de l'édition Messein (*Œuvres posthumes*, t. II). »

En fait, Borel n'avait qu'à consulter la collection de *L'Art* qui était bien accessible dans la salle de lecture de la rue de Richelieu ; qui plus est, la table des matières de ce journal avait été publiée dans l'édition des *Petits Mémoires d'un Parnassien* de Ricard parue chez Minard en 1967. De même, il n'avait pas pris la peine de reprendre, dans l'édition originale des *Œuvres en prose complètes* (1972), deux articles de Verlaine retrouvés par Pascal Pia et publiés en 1969.

Le hasard joue évidemment un rôle important dans la découverte de textes ensevelis dans de vieux journaux. Cela avait été le cas pour une série d'articles de Verlaine intitulés « Nos Murailles littéraires » parus dans *La France artistique* en 1867 (articles réédités à L'Échoppe en 1997). « Des Joies de la misère » a été découvert dans *L'Écho de Paris* du 27 juillet 1891. On s'étonne de ne trouver aucune allusion à cet article dans la correspondance du poète et on ne connaît aucun reçu révélant son existence. Verlaine a-t-il jamais eu l'intention de le récupérer dans un volume tel que *Varia*, resté à l'état de projet ? « Des Joies de la misère » est un bel article. La misère était un sujet que le pauvre Lélian connaissait à fond ! Ce mot revient souvent dans sa correspondance après 1886, année du décès de sa mère. Écrivant à l'avocat de son ex-femme, Verlaine datait avec précision le début de sa déchéance : « Ma misère, l'atroce misère où je me débats, viennent [*sic*] de la cession de mes titres, le 25 janvier 1886. Cette cession fut spontanée, parce que j'ai toujours pensé qu'on m'en saurait gré un peu et que je ne mourrais pas de faim pour avoir été très loyal, plus loyal que les quatre-vingt-dix-neuf centièmes des gens de notre temps. Faut-il donc expier si horriblement l'horreur du mensonge et le respect de la Justice ? Non, n'est-ce pas ? et j'abjure encore une fois la mère de Georges d'y bien penser et d'agir tout de suite. »

En janvier 1887, de l'hôpital Broussais, il s'ouvrit à Jules Tellier : « Je ne suis pas sans inquiétude, sans angoisse même quant à ce qui m'attend à ma sortie. Misère noire ou gêne atroce, tel est le dilemme peu séduisant qui emmerde mes jours et canule mes nuits. Leçons, articles, volumes, bureaux (oh !) défilent dans ma pauvre tête en jeux optiques fatigants au possible. Ô pour cent mille livres ou simplement un million de rente ! »

Cet ancien bourgeois gardait sa fierté et n'hésitait pas à dire à son ami Lepelletier combien sa susceptibilité avait été froissée par un article écrit par ce dernier qui établissait un parallèle entre le poète et toute « la lyre poitrinaire », autrement dit Malfilâtre, Gilbert et Hégésippe Moreau, tous morts à l'hôpital.

Toutefois le poète n'était pas sans amis ni admirateurs. En mars 1892, ils ouvrirent une *Cotisation amicale pour la pension et la chambre de Paul Verlaine*. Ce cahier, passé en vente le 14 juin 1995, montre que, parmi les souscripteurs, figuraient le Dr Julien, Coppée, A. Remacle, J. Renard, G. Vicaire, M. Schwob, L. Tailhade, A. France, M. Barrès, E. Chausson, A. Besnard, G. Fauré et Eugène Carrière. La souscription s'éleva à 180 francs mensuels. Cet effort collectif ne dura pas mais une autre tentative fut lancée en 1894. Verlaine ne manqua pas de faire plusieurs demandes de subvention au ministère de l'Instruction publique qui le tira d'affaire *in extremis*.

Verlaine jouera sur l'antithèse « Misère » et « Richesse » dans deux sonnets de *Dédicaces* consacrés à son éditeur Léon Vanier ; ici, il utilise le paradoxe de « Joies » et « Misère » dans un texte qui nous fait découvrir un Verlaine inattendu, qui contraste avec l'anecdote d'un Verlaine décorateur, peignant d'or ses chaises.

Michael PAKENHAM

Des joies de la misère

Depuis plus de cinq ans, pour des causes, il se trouvait infiniment plus bas, comme on dit, que son niveau qui était une *aurea mediocritas* relativement gentille. Dès l'abord cette situation l'ennuya, puis elle le désespéra. Finalement il prit, ainsi qu'on parle dans mon pays, qui est, après Paris, l'Est, « le pardessus ».

Et dès lors ce lui furent des joies point aussi médiocres qu'on pourrait le supposer.

Comme il avait un métier des plus aléatoires, qui consistait à être un poète lyrique (fichu métier au fond ? non !) sa vie était une salade en quelque sorte, plus vinaigrée, de vrai, qu'huilée de hauts et de bas, mais savoureuse, en somme, plus que telle panade, si l'on me permet ces peut-être trop culinaires assimilations, bourgeoise, honnête, et que tel bouillon de veau paisible et confortable.

Ses *bas* se trouvaient, qui ne s'en doute ? fréquents, mais combien intenses ses *hauts*, ce n'est rien que de vous le dire.

Exemple : on sonne, et

— « Monsieur, c'est le facteur… (car généralement pour le pauvre, le facteur monte peu à Paris en cas de lettre chargée ou recommandée).

Et notre héros de dégringoler cinq ou six ou sept étages, comme à la poursuite de quelque billet, mandat, bon de poste, et autre *nanan* de cette farine…

Arrivé au bas de l'escalier : « Vite, donnez la plume que je signe. »

« Voici. »

De quelle plume fébrile et mal, hélas ! habituée, il signe sur l'administratif carnet ! De quels doigts extasiés ne déchire-t-il pas l'enveloppe recélatrice !….

C'est vrai qu'il n'attendait ni héritage, ni envoi de tel notaire, ni solution quelconque de sienne créance, mais le hasard est si grand et l'imprévu n'est-il pas son prophète tout-puissant !

Et ses yeux vont pour dévorer — telles des dents, qui seraient les siennes, — du pain avec du lard ou du beurre ou du fromage dessus — la dive missive et son contenu... Mais nul contenu complémentaire à une demi-feuille détestablement orthographiée dans une calligraphie déplorable, et signifiant une réconciliation depuis longtemps inespérée et un rendez-vous immédiat aux fins de tromper le plus terriblement trompé jadis des époux !

Aussi bien l'épistolière est en quelque sorte aussi pauvre que le destinataire, — mais que fait ?

Et en route, de quel cœur et de quels pas, vers de nouvelles bonnes aventures !

Et je vous le dis en vérité, jamais M. de Rothschild dans toutes ses rentrées, ne fut aussi riche que ce poète rien moins que plus indigent que nature !

Bien d'autres joies encore pour le pauvre diable, plus calmes, mais non moins douces à son cœur au fond, tout au fond, très au fond, ulcéré, dame !

Me faut-il les énumérer ? Non, après ce suprême spécimen.

Ah ! si, pourtant, et il me suffira en vous suffisant, j'espère, de vous dénoncer une autre et pour le moment dernière *béatitude*, si j'ose emprunter ce terme aux Saintes Écritures.

Ce fut, un jour qu'il n'avait littéralement pas un radis, de pouvoir, en la chambre haute dont il avait la chance d'encore disposer, héberger — ô littéraux millions de la mansarde ! — un ancien compagnon d'hôpital et d'asile rencontré mourant de faim, et de le gaver, il s'en souvient et s'en souviendra toujours avec une de ses meilleures émotions ressenties, de pommes à l'huile et de morue acquises *à l'œil*, car l'occasion fait le larron et aussi l'homme habile ? chez un pas déjà si bénévole que ça gargotier des environs.

Ce qu'il prenait plaisir à voir manger son hôte, non sans se régaler un peu lui-même, le pauvre bougre aussi ! Et, le lendemain, après une nuit, du moins abritée, sur un grabat commun, cette bonne, cette précellente poignée de main du départ, pour, hélas ! l'asile de nuit, du compagnon de misère, qu'il devait tôt presque rejoindre !

Croyez-moi, ne soyez jamais pauvre, mais, le cas échéant, courage !

Et ne doutez jamais ni de la femme, ni même, Mesdames, de l'homme.

Paul VERLAINE

CE QUE LE XVIIe SIÈCLE FAIT À VERLAINE

VERLAINE ET LE XVIIe SIÈCLE, LES DONNÉES DU PROBLÈME

La pratique verlainienne des marges, cette « parapoésie » décrite par Steve Murphy dans les *Marges du premier Verlaine* [1], paraît renvoyer le lecteur familier des poésies libertines aux textes recueillis au cours des vingt premières années du XVIIe siècle dans les *Parnasse satyrique*, *Cabinet satyrique*, *Satyres bastardes* ou *Delices satyriques* : même rapport aux genres et formes usuels, même sociabilité interlope, même rapport ambivalent avec les institutions littéraires, et, parfois, même rapport au désir qui passe par l'érotisme et l'obscène, même jeu avec la censure et mêmes modes de publication restreinte avant l'imprimé. Des pratiques ressemblantes, ces « choses vraiment drôles dans le genre obscèno-macabre [2] », ne relèvent pourtant pas forcément de causes analogues, ce qui n'exclut pas, par ailleurs, une connaissance verlainienne des écrits littéraires du XVIIe siècle en France. Les études d'Antoine Adam [3], de Georges Zayed [4] et de Michel Simonin [5], différentes par leur ampleur et les méthodes employées, aboutissent toutefois à des conclusions semblables : il n'est pas possible de considérer ces recueils collectifs et leurs poètes comme des sources pour Verlaine. La « dette », faute d'un terme plus adéquat, réside moins dans une innutrition propre à produire une intertextualité manifeste que dans une proximité que Verlaine cherche à établir et à faire connaître, mais qui demeure difficile à saisir pour la critique. En outre, Verlaine fait une large place aux « classiques » (c'est-à-dire aux références scolaires par excellence) que sont Racine, Corneille, Molière, Bossuet, La Bruyère, Boileau et Fénelon, ce qui rend son rapport au XVIIe siècle d'autant plus complexe à comprendre. Il y a donc, au désespoir de celui qui voudrait décrire le XVIIe siècle de, ou selon Verlaine, conjointes dans son œuvre, d'une part, une culture apparemment marginale, d'origine incertaine et curieusement traitée, et d'autre part, une culture scolaire, classique, maîtrisée et identifiable. Toutefois, ces deux modes de savoirs peuvent être appréhendés dans leur interaction et pour les effets qu'ils produisent. Si Verlaine manifeste, comme tant d'autres, le souci de s'inscrire dans des lignées d'auteurs non retenus par les palmarès institutionnels, ce sont le sens et les effets de son inscription dans ce mouvement collectif qui nous intéresseront.

Force et mise en crise des palmarès scolaires. Des classiques au baroque

Le savoir sur le XVIIe siècle français dont Verlaine fait montre dans toute sa production se révèle pour une part commun, banal, conditionné par les institutions scolaires et littéraires. Mais il apparaît également que ce matériau fait parfois l'objet d'une réécriture significativement réorientée.

Les signes de présence du « Grand Siècle » sont de natures diverses : il peut notamment s'agir d'onomastique, mais parfois simplement d'une sorte de coloration. La critique a depuis longtemps signalé combien les *Fêtes galantes* étaient redevables à l'univers poétique et pictural du XVIIIe siècle [6]. Pourtant, sans contester ce dû au siècle de Watteau, on peut observer comme l'égrènement d'un lexique et d'une onomastique qui, pour des effets d'archaïsme ou comiques par exemple, émanent directement des textes du XVIIe siècle. Ainsi, Tircis, Aminte, Clitandre, Damis, Léandre ou Dorimène rappellent certaines pièces moliéresques, des poésies galantes ou pastorales de la même époque. Ces noms sont le signe d'une imprégnation qui semble au moins aussi importante que celle qui fait apparaître Arlequin et Colombine, Scaramouche et Pulcinella. La référence à Monsieur Trissotin et à *L'École des femmes* dans le « Portrait académique [7] » indique combien le siècle des « Classiques » semble structurant dans l'imaginaire verlainien quand il est question de réflexion poétique, d'exemplification et de connivence avec le lecteur. En outre, la présence filigranée de la mélancolie, ce mal du XVIIe siècle, ou encore celle des squelettes pendus d'« Effet de nuit », qui évoquent ceux des solitudes, comme celle de Saint-Amant par exemple, témoignent d'une connaissance que le vocabulaire même met en valeur, quand il est question des « gigues nonpareilles » dansées par ces « pendus rabougris [8] » (où l'adjectif « nonpareil » est un évident archaïsme qui entre en écho direct avec l'imaginaire morbide « à la Callot » qui irrigue cette pièce extraite des *Eaux-fortes* [9]). Références explicites ou en filigrane, épigraphes, emprunts signalés par la critique, tout indique que l'auteur des *Poèmes saturniens* fut comme pétri par sa formation scolaire d'auteurs du « Grand siècle ».

Mais si les notions de « Grand siècle » et de « classicisme » font partie de son univers mental [10], il recourt également aux notions de « frivolité », de « galanterie » (qui font des arlequinades de Fragonard et de Watteau des relais entre le XVIIe siècle et lui sans être des sources exclusives qui interdiraient tout regard rétrospectif plus poussé) [11]. Les textes IX à XI de la première section de *Sagesse* [12] illustrent pleinement cette connaissance du passé. La coloration des deux premiers textes est celle d'une quête spirituelle : il s'agit d'identifier la période de l'histoire où se serait déployée de la manière la plus ardente la foi catholique, « Haute théologie et solide morale » (v. 12) (afin de découvrir une voie à la sagesse). Ces deux sonnets constituent un diptyque où la seconde pièce est une sorte de repentir. Dans le sonnet IX, Verlaine enchaîne les lieux communs sur un « grand siècle » (v. 3) où s'articulent idéalement religion modérée et plaisirs mondains : l'influence « sur la France ravie » (v. 5) de madame de Maintenon, fondatrice de l'institution de Saint-Cyr et devenue dévote, la journée rythmée par la prière et l'amour du bon dieu, le printemps marqué par des promenades à Auteuil, etc. Mais le sonnet X revient sur ces lieux communs pour leur en substituer d'autres, moins riants : « Non, commence-t-il, il fut gallican, ce siècle, et janséniste ! »

La pièce XI est quant à elle adressée aux esprits forts,

Petits amis qui sûtes nous prouver
Par A plus B que deux et deux font quatre… [13]

L'écho avec la première scène de l'acte III du *Dom Juan* de Molière, où le héros éponyme explique à son valet : « Je crois que deux et deux sont quatre, Sganarelle, et que quatre et quatre sont huit », est manifeste. La citation par laquelle Verlaine reprend l'argument de Don Juan ridiculise le personnage et son libertinage [14]. Or, pour les institutions littéraires, critiques et scolaires, pour Michelet dans son *Histoire de France* (XII), Musset dans *Namouna*, ou Sainte-Beuve dans les

Nouveaux lundis, Don Juan est un révolté, un ennemi des préjugés et de la religion (catholique). En croisant sa piété individuelle et des lieux communs sur le XVIIe siècle soi-disant janséniste et mondain (avec quelques excès libertins parfaitement circonscrits), Verlaine se fonde sur ses compétences scolaires et sur des poncifs sur le « Grand Siècle ». Il n'est pas anodin que le poète recoure aux tensions religieuses du XVIIe siècle telles qu'elles sont usuellement présentées pour exprimer quelque chose de l'ordre d'un discord entre des aspirations spirituelles d'un côté et rebelles ou libertines de l'autre. Tout se passe comme si une part de son imaginaire était structurée par la *doxa* sur le « Grand Siècle ».

En cela, il se révèle, comme d'autres, prisonnier de ce qu'écrit Voltaire. Car il n'a pas pu éviter la lecture du *Siècle de Louis XIV* [15]. Inscrit au programme de français des lycées en France au moment où il y étudiait, objet de nombreuses rééditions au cours du XIXe siècle, l'ouvrage a nécessairement contribué à structurer son imaginaire du « grand siècle » [16]. Et si l'on ne peut pas établir le détail de ce qu'il en a lu et retenu, on note en revanche un étrange mais révélateur silence, celui qui touche Malherbe. Or, Voltaire fait montre d'un silence comparable à l'égard de Malherbe. Si ce dernier ne fait pas partie, au sens strict, du « siècle de Louis XIV », qui commencerait en 1661, Voltaire se penche pourtant régulièrement sur les années 1600-1640 et dans l'imaginaire collectif, Voltaire inclus, le poète caennais incarne la naissance d'une modernité poétique et linguistique [17]. Or, Malherbe ne se voit consacrer dans *Le Siècle de Louis XIV* que la phrase suivante, ce qui est peu : « Quelques vers de Malherbe faisaient sentir seulement qu'elle [la langue française] était capable de grandeur et de force ; mais c'était tout. [18] »

Malherbe n'est pas non plus tellement présent à travers l'œuvre de Verlaine, sinon pour de rares remarques relatives à la rime, d'ailleurs reprises presque à l'identique dans « Un mot sur la rime » et dans *Les Hommes d'aujourd'hui* [19]. On objectera que l'absence de Malherbe chez les deux auteurs n'est pas significative et pourrait relever du hasard. Mais ce serait négliger que, par-delà la seule et probable influence voltairienne, cette absence est doublement significative : d'une part, elle révèle une focalisation héritée notamment du *Siècle de Louis XIV* sur les quarante dernières années du XVIIe siècle et, d'autre part, de manière complémentaire, elle signale que ce qu'on pourrait appeler « les années Malherbe » sont autre chose pour Verlaine que ce que leur appellation désigne : ce sont aussi les années d'une truculence linguistique et poétique jusqu'alors méconnue ou négligée et qui se fait parfois nommer « baroque » [20].

Autrement dit, cette absence de Malherbe nous invite à considérer le rapport de Verlaine au XVIIe siècle d'une façon nouvelle : s'il est avéré qu'il est l'héritier volontaire d'une tradition scolaire et critique, il est possible aussi qu'il s'en soit démarqué.

Dans ses « Opinions sur la littérature et la poésie contemporaines [21] », Verlaine met en scène une sorte de bataille d'auteurs en 1830, où les « romantiques », à qui va sa préférence, combattent les « soi-disant classiques, prétendus descendants du grand siècle [22] » qui apparaissent comme les tenants d'une esthétique inspirée des productions dix-septièmistes (Racine, Boileau, etc.), et sont « sans talent, sans style aucun, sans rien que ce fût de ce surtout scientifique ou, d'autre part, *tout à fait* frivole et exquis et quelquefois profond, mais *tout à fait* unique dans le frivole, mais eux, les classiques d'alors, réalisant en Mossieu Viennet, brave homme d'esprit et de cœur, mais quel "poète" ! leur grande figure contemporaine et leur… idéal, ces classiques-là osent se réclamer de Racine. [23] »

Derrière cette critique mordante, le poète révèle un savoir tout à fait spécifique où, plus ou moins implicitement, les romantiques seraient plus dignes de se proclamer descendants des « classiques » que ceux qui le font publiquement. C'est-à-dire que tout en entretenant le mythe d'un XVIIe siècle à la fois « scientifique » ou « frivole », cartésien ou lafontainien, Verlaine introduit un élément qui n'est pas secondaire : les lignées d'hommes de lettres ne seraient pas celles que l'on croit. Il opère un déplacement qui répond à une optique élargie, compréhensive du XVIIe siècle, qui dépasse en fait les conceptions scolaires dont il a hérité.

Dans son article intitulé *« De profundis »* (*Le Figaro*, 26 juillet 1893), il recourt d'ailleurs à l'adjectif « baroque ». Le contexte de cette utilisation est tout à fait frappant : « … un matin, je me réveillai comme d'un rêve laborieux : j'avais vu des choses, actuellement évaporées, si intenses. Quels paysages baroques ! Un entre autres dont je me souviens imperceptiblement. C'était en même temps la place Saint-Médard, à l'endroit où la rue Mouffetard s'offre un peu d'air et d'espace, et pas ça du tout, un grand espace vide dans ce monde toutefois. [24] » L'emploi de « baroques » ne laisse pas de surprendre. À la fin du XIXe siècle, ce mot est supposé renvoyer à quelque chose « d'une bizarrerie choquante » (*Littré*, 1863-1877, 1re et 2e éd.), à une œuvre architecturale de la Renaissance se démarquant de l'architecture classique, avant de renvoyer, au cours du XXe siècle, à une période de l'histoire de la musique, de l'architecture puis de la littérature. Verlaine, alors, désignerait un rêve un peu fou, où des éléments architecturaux parisiens se retrouvent comme disposés dans un espace qui n'est pas le leur dans la réalité. Certes. Toutefois, les paragraphes précédents relatent l'arrivée du poète à l'hôpital Broussais, où on lui trouve des « humeurs peccantes [25] », symptômes qu'il relie de manière explicite à Molière [26] et, de manière implicite, à ses personnages de mélancoliques dont les rêves et les manies se caractérisent précisément par des songes invraisemblables, comme celui de la place Mouffetard située dans un espace qui n'est pas le sien et qui est de surcroît historiquement associé aux convulsionnaires de Saint-Médard. Or, s'il est une manifestation « baroque », c'est bien le caprice pictural, défini justement comme un assemblage hétéroclite d'éléments architecturaux dans un espace inventé [27].

Verlaine s'est montré sensible à la question de la production d'œuvres « capricieuses [28] » et a recouru à trois reprises à ce terme pour désigner certaines de ses œuvres : un chapitre des *Mémoires d'un veuf*, un poème de *Parallèlement* et une section des *Poèmes saturniens*. Ainsi, comme saisi d'une intuition remarquable [29], il rapporte le « siècle du classicisme » à une réalité autre : d'une part, à la sienne propre, puisqu'il se compare aux mélancoliques moliéresques et, d'autre part, puisqu'il invente le sens actuellement donné à « baroque » (littérature du premier XVIIe siècle, et au sens large, production artistique bizarre), à la première période du siècle, mal connue, remisée en raison de l'irrégularité qu'on attribue aux œuvres produites alors. La rencontre du « baroque », d'une définition du « caprice pictural » et la proximité textuelle de Molière ne saurait relever du seul hasard. Verlaine donne à lire, au détour d'un article, une véritable vision, personnelle, du XVIIe siècle, qui traduit un démarquage à l'égard des représentations alors en vogue, puisqu'elle mobilise des figures ambivalentes à travers Molière et ses personnages à l'humeur peccante, et qui s'apparente à une étape dans la constitution de l'idée de « baroque » à laquelle Jean Rousset donnera la dernière main [30].

Sans majorer l'importance de ces quelques lignes extraites de *« De profundis »*, on peut souligner que Verlaine semble s'être approprié le savoir sur le XVIIe siècle acquis à l'école, mais sans tout à fait s'en contenter, et que, finalement, il s'est aussi démarqué du discours voltairien [31].

Renouvellement des palmarès et fabrique d'une figure d'auteur

Le mouvement bibliophilique qui a permis la redécouverte des « grotesques », selon le mot de Théophile Gautier [32], et qui a donné lieu notamment au *Cabinet satirique du dix-neuvième siècle* est celui de la découverte d'une poésie et d'une manière d'être poète. C'est aussi un geste d'ordre linguistique et politique, puisqu'il s'agit de jeter de la lumière sur ce que les institutions littéraires se sont efforcées de faire disparaître de leurs palmarès et des parcours scolaires [33]. Ce geste n'est pas exempt de projections : il s'accompagne d'un imaginaire où s'affrontent de grandes puissances littéraires. Il y a, d'une part, des auteurs vigoureux, recourant à la grossièreté et au grotesque, des auteurs de l'excès et de la nouveauté décalée, et d'autre part, des auteurs tels que le « divin Racine », porteurs du sublime et de la mesure. L'histoire littéraire vers laquelle se tourne Verlaine se partage sur un front d'auteurs qu'il compare et confronte et dont il tente lui-même, dans son œuvre, voire dans la construction de sa figure d'auteur, de réunir les qualités. Dans cet effort, ce sont à la fois l'héritage scolaire et les auteurs découverts à l'extérieur des institutions qu'il tend à faire se rencontrer, inspiré en cela par l'univers qui gravite autour de Poulet-Malassis et de ses publications [34]. Deux points semblent particulièrement importants dans cette réflexion menée sur l'histoire littéraire et les auteurs : la mise en question du « classicisme » auquel on rattache le XVIIe siècle, et la dissolution de la notion même de « XVIIe siècle » liée notamment à l'établissement de parallèles entre des auteurs usuellement éloignés dans les histoires littéraires.

Redéfinir collectivement les « classiques »

La démarche de Verlaine semble liée à l'invention d'un nouveau classicisme (entendu comme un nouveau corpus institutionnalisé), revigoré et comme animé d'une sève nouvelle. Une telle position trouve des échos auprès de ceux qui écrivent l'histoire littéraire au même moment, qu'il s'agisse d'auteurs d'anthologies, dont les choix sont déterminants, ou des critiques, comme Sainte-Beuve ou Philarète Chasles [35]. En 1861 paraît sous la direction de Charles Asselineau une vaste anthologie intitulée : *Les Poëtes français. Recueil de chefs-d'œuvre de la poësie française depuis les origines jusqu'à nos jours* [36]. Elle est précédée d'un avertissement d'Eugène Crépet qui, dès la troisième page, s'en prend aux jugements littéraires établis qu'il estime erronés et assimile à une « fausse monnaie qui, en l'absence d'un contrôle suffisant, a impunément cours depuis deux siècles ». La substance critique et la visée historiographique de ce propos ne sauraient être plus claires : les palmarès les plus consensuels doivent être mis à bas. Pour Crépet, la France n'a pas produit de « génies », des inventeurs, comme l'ont fait l'Italie ou l'Angleterre. Il convient donc de reconsidérer d'autres talents jusque-là méconnus [37]. Parmi « ces grands écrivains », on trouve Racine. La puissance d'invention fait défaut, mais l'expression, qui est ici à la fois langue et versification, est des meilleures. On retrouve la dichotomie entre le divin Racine et l'inventif Shakespeare, entre un XVIIe siècle classique et son pendant anglo-médiéval, puissamment inventif. Et si entre la préface et les notices consacrées aux auteurs recueillis dans l'anthologie on peut noter certaines divergences, il reste que Sainte-Beuve, dans l'introduction qu'il offre à l'ouvrage, synthétise l'effort général, qui consiste à renouveler les palmarès en vertu de « cette sève vigoureuse [...] perdue », « cette verte sève qui tenait aux racines mêmes de la vieille France [38] », *id est* celle du XIIIe siècle notamment. Une fois encore, Malherbe est presque ignoré, au bénéfice d'une liste d'auteurs aujourd'hui pour certains d'entre eux retombés dans l'oubli mais qui sont alors supposés incarner un génie français injustement oublié : Régnier, Chassignet, Gombaud, Maynard, Schélandre, Racan, Viau, Boisrobert, Chapelain, Maleville, Voiture, Colletet, Saint-Amant, Gomberville, Saint-Pavin, Billaut, Basselin, Tristan L'Hermite, Sarrazin, Godeau, d'Aceilly, P. Corneille, Scarron, Blot, Marigny, Bensérade, Charleval, Brébeuf, Maucroix, Montreuil, La Fontaine, Molière, Segrais, Chapelle, Pavillon.

La mise en crise du « Grand Siècle » et, en fait, d'un certain nombre d'académismes poétiques qui se camouflent derrière l'étiquette de « classicisme », invite alors à poser sur la littérature un regard rétrospectif autrement plus large que celui en usage. Villon n'est plus appréhendé comme le point de départ de la poésie française [39], et la périodisation proposée par la tomaison provoque quelques surprises : le premier volume est consacré au Moyen Âge, le second couvre la période qui va de Ronsard à Boileau non inclus, le troisième fait planer l'ombre de ce dernier sur le XVIIe siècle, tandis que le quatrième s'ouvre avec Lamartine. Autonome, le Moyen Âge précède une période poétique qui minore la place du « classicisme poétique », le troisième tome illustre les méfaits de ce dernier, le quatrième ouvre de nouvelles perspectives. On ne peut être plus clair. On change de classiques pour donner sens et valeur à certaines expériences poétiques du temps.

Anticipant sur l'anthologie d'Asselineau, Sainte-Beuve s'interrogeait déjà en 1850 : « Qu'est-ce qu'un classique ? [40] » Le seul fait de poser cette question suggère que la réponse ne va pas de soi ou qu'on peut la mettre en cause. Ainsi, pouvait-il écrire : « le Temple du goût, je le crois, est à refaire ; mais en le rebâtissant, il s'agit simplement de l'agrandir, et qu'il devienne le Panthéon de tous les nobles humains, de tous ceux qui ont accru pour une part notable et durable la somme des jouissances et des titres de l'esprit ». Car, il faut comprendre qu'« en France, nous n'avons pas eu de grand classique antérieur au siècle de Louis XIV ; les Dante et les Shakespeare, ces autorités primitives, auxquelles on revient tôt ou tard dans les jours d'émancipation, nous ont manqué. Nous n'avons eu que des ébauches de grands poètes, comme Mathurin Régnier, comme Rabelais et sans idéal aucun, sans la passion et le sérieux qui consacrent ».

De la « sève » évoquée par Sainte-Beuve à ces « autorités primitives » qui semblent véhiculer une vigueur perdue (la verve du satirique Régnier n'étant parvenue qu'à une « ébauche », sa langue n'étant en somme pas encore « épurée [41] »), c'est tout un imaginaire de la puissance poétique perdue et que les romantiques auraient retrouvée qui se fait jour, où Sainte-Beuve s'oriente en quelque sorte vers une classicisation des poètes précurseurs de son temps par le biais de la reconnaissance institutionnelle. Mais la définition se veut plus large que d'ordinaire : « on y fait entrer surtout des conditions de régularité, de sagesse, de modération et de raison qui dominent toutes les autres. [...] La part faite aux qualités classiques semble plutôt tenir à l'assortiment et à la nuance, au genre orné et tempéré : c'est là aussi l'opinion la plus générale. En ce sens, les classiques par excellence, ce seraient les écrivains d'un ordre moyen, justes, sensés, élégans [*sic*], toujours nets, d'une passion noble encore, et d'une force légèrement voilée. Marie-Joseph Chénier a tracé la poétique de ces écrivains modérés et accomplis, dans ces vers où il se montre leur heureux disciple :

C'est le bon sens, la raison qui fait tout,
Vertu, génie, esprit, talent et goût.
Qu'est-ce que la vertu ? raison mise en pratique ;
Talent ? raison produite avec éclat ;
Esprit ? raison qui finement s'exprime ;
Le goût n'est rien qu'un bon sens délicat ;
Et le génie est la raison sublime. »

Se fondant sur le modèle des classiques étrangers tels que le Tasse, Dante ou Shakespeare, Sainte-Beuve conteste l'importance accordée à la raison dans la définition des classiques français, ridiculisant gentiment l'exemplaire définition du frère d'André Chénier. S'il semble exagéré de parler d'une mise en crise des palmarès traditionnels, ne serait-ce que parce que Sainte-Beuve a des difficultés à définir à nouveaux frais un « classique » — il s'agit en somme dans son esprit d'un grand auteur capable de connaître une postérité universelle —, et parce qu'il n'envisage pas non plus que les palmarès sont *construits* — puisqu'il les appréhende comme naturellement élaborés par les qualités intrinsèques des écrivains —, on peut tout de même lui reconnaître une volonté de renouveler les modalités de sélection et d'écriture.

Un XVIIe siècle de 400 ans (au moins). Les petits bricolages de Verlaine

L'établissement de nouveaux classiques passe chez Verlaine par la fusion des siècles et par le rapprochement inattendu entre des auteurs dont les traditions ont exclusivement consacré les différences.

Les palmarès verlainiens et les analyses d'auteurs se fondent sur des comparaisons que la prudence actuelle réprouverait. Il semble avoir envisagé l'histoire littéraire comme un archipel qu'il pouvait parcourir sans égard pour les différences de contextes et de temps. C'est ainsi qu'il évoque la vie bohème de Shakespeare, « ce que nous appellerions de nos jours la bohème ou quelque chose d'équivalent [42] » ; de la même manière, il souligne que le *Parnasse contemporain* est lié à un projet originel d'édition des poètes français du XVIIe siècle [43]. Ces deux exemples montrent que Verlaine n'a pas une approche historiciste telle que nous pouvons l'entendre aujourd'hui, et qu'en lisant des auteurs il s'intéresse à la possibilité d'établir entre eux de fécondes comparaisons, ou de trouver des points de tangence avec des phénomènes modernes, comme s'il s'agissait de s'inscrire dans une filiation qui nécessiterait non pas la mobilisation d'un, mais de plusieurs auteurs aux réputations contrastées afin, en somme, de justifier sa propre pratique. Verlaine défend donc Shakespeare contre ceux qui l'opposent à Racine pour mettre en scène l'origine mêlée d'une lignée de poètes en interdisant l'opposition de ces deux auteurs, puisque « *Racine, Shakespeare* [...] c'est sur ces deux noms illustres d'uniques poètes qu'au fond s'engage la grande lutte de 1830, et c'est de leurs deux influences que nous sortons tous tant que nous sommes, Parnassiens, Décadents, Romans, Symbolistes [44] ». Les nouveaux groupes de poètes incarneraient précisément cet héritage hybride. Un héritage revendiqué sur la base d'une contestation des hiérarchies d'auteurs et qui s'articule logiquement à la révision de la notion de siècle.

La phrase suivante, extraite de son article « *Le Pèlerin passionné* par M. Jean Moréas [45] », paraît décisive non seulement pour comprendre comment Verlaine conçoit et le XVIIe siècle et la nécessité de le combiner à d'autres périodes (à l'instar des *Grotesques* de Théophile Gautier, par exemple, où les auteurs du « Grand siècle » côtoient Villon), mais aussi pour comprendre comment auraient pu émerger les nouvelles écoles : « Nous sommes, nom, tout de même, d'un chien ! plutôt du XVIIe et surtout du XIXe siècle que du XIIe ou du XVIe siècle et toutes joliesses d'antan et toutes vigueurs *"syntassiques"* d'antan, tout en étant pour nous plaire pieusement, n'en sont pas moins de l'antiquaille, et Corneille et Racine et le Voltaire en prose, et Chénier fils d'Athènes, mais élève de Racine, et Victor Hugo l'énorme, et Baudelaire l'immense et le condensé, et Banville charmeur très haut et très large, et Leconte de Lisle, le plus noble poète, avec Vigny, de ce temps, nous imposeront toujours à nous, vieux relatifs, leur prosodie et leur syntaxe classique et romantique [46]. »

Se classant parmi les « vieux relatifs », Verlaine ne s'inscrit pas dans une ligne unique mais à la confluence de diverses veines dont les dominantes seraient la maîtrise du discours poétique et de ses techniques, mais également une puissance d'invention et de renouvellement [47]. Sa « relativité », sorte de syncrétisme ou de poétique idéale conçue en diachronie, voire en achronie, est entretenue par la combinaison d'influences dix-septièmistes et dix-neuvièmistes qui semblent pourtant *a priori* opposées. Le XVIIe siècle n'est alors plus le siècle de référence par excellence, ses auteurs sont comme intégrés, fondus dans un palmarès pluriséculaire qui dépasse les partitions usuelles si courantes dans notre histoire littéraire. C'est, en somme, un renouvellement des « classiques » qui va non seulement englober des auteurs du XIXe siècle, mais aussi d'autres périodes.

« Effet de nuit [48] », dans les *Poèmes saturniens*, trahit ainsi, outre des emprunts lexicaux au XVIIe siècle, une forme d'indifférence à l'égard de ce que peuvent être un siècle, une période, etc. L'univers décrit est celui des *Caprices* (*c.* 1621) et surtout des *Grandes Misères de la guerre* (1633) de Callot, mais il est aussi qualifié de « gothique » (v. 3), terme qui, par extension, renvoie au Moyen Âge, tout comme les « pertuisaniers », qui sont au XIXe siècle des gardiens du bagne, alors que la pertuisane, longue hallebarde, est une arme médiévale. Autrement dit, Verlaine retrouve dans la macabre puissance imaginative et évocatoire de l'eau-forte à la manière de Callot non pas seulement un XVIIe siècle vigoureux et en marge du « Grand Siècle », mais aussi un passé lointain aux contours indéterminés, où se mêlent sans distinction un premier XVIIe siècle marginalisé et une représentation du Moyen Âge rapporté à une certaine vigueur. Le passé est ainsi fondu en une représentation un peu floue qui permet de réunir à la fin du XIXe siècle le Moyen Âge et le début du XVIIe siècle.

Sans tout rapporter à l'*homo duplex*, on peut donc insister sur l'importance pour Verlaine de la binarité dans la description du génie moderne. Ce génie trouve sans doute une mise en place théorique dans l'alliance du grotesque et du sublime réclamée par Hugo dans la préface de *Cromwell*, texte décisif pour Verlaine (qui jugeait par ailleurs que l'art de son prédécesseur était « enfantin et géant [49] »). D'où : « … le plus révolutionnaire manifeste qu'il ait jamais écrit, *sive* la préface de *Cromwell*, le chef éclatant, le déjà très glorieux porte-drapeau des nouvelles doctrines avait, en toute conviction bien arrêtée, de propos bien délibéré, en pleine lumière polémique, parlé du "divin Racine", à une époque où le mot "divin" énervé, galvaudé, devenu banal de nos jours, avait toute sa force métaphorique et magnifiante [50] ».

Hugo apparaît comme celui qui a su reconnaître le vrai talent d'un Racine tout en plaidant pour une poésie qui fût à la fois la sienne et une autre. L'hommage ici rendu révèle le goût verlainien pour un mélange des compétences de poète. On comprend que Racine n'apparaisse finalement jamais seul et qu'il soit souvent convoqué en présence de Shakespeare, dans un mouvement quasi beylien de « romanticisation » des « classiques [51] ». Le texte anglais que Verlaine leur consacre [52], et d'autres mentions plus brèves, rendent compte de la nécessaire mise sous tension de deux auteurs pour réunir des qualités propres à définir un génie moderne. Car Verlaine, pour cela,

EFFET DE NUIT

La nuit. La pluie. Un ciel blafard que déchiquette
De flèches et de tours à jour la silhouette
D'une ville gothique éteinte au lointain gris.
La plaine. Un gibet plein de pendus rabougris
Secoués par le bec avide des corneilles
Et dansant dans l'air noir des gigues nonpareilles,
Tandis que leurs pieds sont la pâture des loups.
Quelques buissons d'épine épars, et quelque houx
Dressant l'horreur de leur feuillage à droite, à gauche,
Sur le fuligineux fouillis d'un fond d'ébauche.
Et puis, autour de trois livides prisonniers
Qui vont pieds nus, un gros de hauts pertuisaniers
En marche, et leurs fers droits, comme des fers de herse,
Luisent à contresens des lances de l'averse.

n'oppose pas les deux auteurs, comme le font selon lui les « gens de vue courte [53] ».

L'ultime étape de cette manière verlainienne de revisiter les corpus anciens est illustrée dans *Femmes* et *Hombres*. Si l'ensemble de ce diptyque répond à un effet de mode [54], il s'agit aussi d'une reprise des poésies *satyriques* évoquées en introduction, au sens où l'on reprend et poursuit une histoire interrompue — comme si, en somme, le temps qui s'écoule en années et en siècles n'avait pas tout à fait le pouvoir de *séparer* les œuvres. On ne peut qu'être frappé par l'attaque de « Reddition » dans *Femmes* : « Je suis foutu. Tu m'as vaincu / Je n'aime plus que ton gros cu », mais aussi par les derniers vers :

Je veux remplir en tout ta loi,
N'ayant, dure maîtresse, en toi
Plus de maîtresse, mais un maître. [55]

L'écho est évident avec l'attaque du sonnet théophilien tant décrié, mais aussi avec le reste du poème, dont le texte verlainien semble être l'explicitation :

Phylis tout est... outu, je meurs de la verolle,
Elle exerce sur moy sa derniere rigueur,
Mon V. baisse la teste et n'a point de vigueur
Un ulcère puant a gasté ma parole.

J'ay sué trente jours, j'ay vomy de la colle
Jamais de si grands maux n'eurent tant de longueur
L'esprit le plus constant fust mort à ma langueur,
Et mon affliction n'a rien qui la console.

Mes amis plus secretz ne m'osent approcher,
Moy-mesme en cet estat je ne m'ose toucher,
Phylis le mal me vient de vous avoir... tue.

Mon Dieu je me repans d'avoir si mal vescu :
Et si vostre courroux à ce coup ne me tuë,
Je fais veu desormais de ne... tre qu'en cu.

L'allusion à ce sonnet de Théophile de Viau, qui donne en fait lieu à une réécriture, révèle une connaissance explicite des marges, d'une littérature minoritaire qu'un lecteur averti saura goûter, mais aussi d'une histoire, celle de la chute de Théophile et de la disparition des recueils *satyriques* au terme du procès intenté (1623) contre ce dernier [56]. Théophile fut accusé de sodomie et d'homosexualité ; et si la version jouisseuse et heureuse de Verlaine se démarque des sarcasmes de Théophile, les deux poètes se rejoignent sur un point : la bisexualité mise en scène par le premier rencontre bien la conclusion du poème verlainien, où la partenaire dominatrice se dote d'une identité ambivalente, alors même que son seul « cu » semble désormais retenir toute l'attention du poète. S'articulent donc ici des problématiques personnelles et des mouvements collectifs de réhabilitation d'auteurs et de pratiques mis en minorité.

Certains textes de Verlaine font donc apparaître une indifférence aux découpages séculaires au bénéfice d'une conception élargie et finalement confuse de la chronologie. Cette indifférence, qui autorise des comparaisons entre des auteurs qui ne furent pas contemporains les uns des autres, et qui s'aligne en fait sur un questionnement propre au XIXe siècle à propos des notions mêmes de classicisme, d'institutionnalisation des auteurs et de palmarès littéraire, nourrit, à terme, la fabrique de l'auteur Verlaine. On ne saurait pour autant expliquer ce phénomène comme une simple adhésion à un mouvement collectif (qui consista finalement à élucider une poétique romantique incarnée par la *Préface* de *Cromwell* mais méconnue d'Hugo lui-même, où rhétorique et influence des modèles « classiques » s'articulaient à une représentation plus libre du poète). Et sans prétendre deviner les multiples intentions qui auraient pu présider chez Verlaine à cette posture à l'égard du passé et de sa littérature, on peut au moins réfléchir aux effets produits par cette opération qui a contribué à faire émerger l'imaginaire des « poètes maudits », à la fois géniaux et persécutés [57].

On comprend pourquoi le poète a triché sur la date de certaines lectures tendancieuses [58], en prétendant les avoir faites dans une improbable précocité (supposée indiquer la tendance suivie ensuite…). On comprend aussi pourquoi il met en scène le mélange insolite de textes canonisés par les institutions et de textes obscènes [59] : il inscrit dans son histoire personnelle une tendance ou un intérêt intellectuel partagés, entre autres, par Poulet-Malassis et Théophile Gautier, il se les approprie et les rend ainsi constitutifs de son identité d'auteur, individuants en quelque sorte. Au total, il fabrique son image dans ses écrits et renouvelle sa figure d'auteur en s'inscrivant dans une ambivalence — l'école et les marges —, ce qui s'adosse logiquement à la réunion de Racine et de Shakespeare, face et revers d'une figure d'auteur idéale.

VERLAINE : L'INTUITION DU ROMANTISME ?

On constate en fait, à l'échelle de l'œuvre entière de Verlaine, la présence continue d'un questionnement dont le XVIIe siècle est la clef de voûte : objet central de formation, critère historique et politique national, il soutient en l'occurrence des questionnements nés d'une tension entre trois pôles : le poète, les institutions consacrantes, les mouvements critiques et éditoriaux. Mieux : remis en question, renouvelé et réinventé, ce siècle qui n'en est pas un permet, par la mise en crise de ses représentations, la fabrique d'une figure complexe d'auteur. Objet artificiel de l'imaginaire français, le XVIIe siècle est ainsi devenu l'objet d'un imaginaire verlainien dont les effets paraissent sensibles : il permet notamment de créer une silhouette idéale, de se construire une figure d'auteur. Celle-ci, loin de servir chez Verlaine un projet ou des intentions définissables, fait écho à une perception singulière et sans doute perspicace de ce que fut le romantisme. Par cette construction de soi comme auteur à travers un XVIIe siècle réinventé, Verlaine illustrait quelque chose comme sa propre saisie de la nature double de la poésie romantique, tout à la fois rhétorique, empreinte des modèles classiques, mais aussi animée par une intensité dont il cherchait des manifestations dans le passé.

Guillaume PEUREUX

Certains points de cette étude m'ont été suggérés par Steve Murphy. Je l'en remercie beaucoup. Toute erreur ou approximation restant mienne par ailleurs.

1. Steve Murphy, *Marges du premier Verlaine*, Paris, Champion, « Romantisme et modernités », 2003.
2. « Pauvre Lélian », *Les Poètes maudits*, in *Œuvres en proses complètes*, éd. J. Borel, Paris, Gallimard, « Bibliothèque de la Pléiade », 1972, p. 687.
3. Antoine Adam, *Verlaine, l'homme et l'œuvre*, Paris, Hatier-Boivin, 1953.
4. Georges Zayed, *La Formation littéraire de Verlaine* (avec documents inédits), Paris, Nizet, 1970, p. 60 et suiv. Il met l'accent sur la dette de Verlaine dans les *Fêtes galantes* et dans *La Bonne Chanson.*
5. Dans « Verdeur de Verlaine » (*Verlaine 1896-1996*, éd. Michel Bercot, Klincksieck / Université de Bourgogne, 1998), Michel Simonin évoque une « innutrition érotique » (p. 93) puis la possibilité à la lecture des œuvres libres de Verlaine d'établir le « petit dictionnaire désordonné des idées et figures reçues » (p. 95), manière de noyer le poisson tout en postulant l'existence des filiations pourtant indécidables.
6. Ainsi, par exemple : J.-H. Bornecque, *Lumières sur les* Fêtes galantes *de Paul Verlaine*, Paris, Nizet, 1969.
7. *Œuvres poétiques complètes*, éd. Y.-G. Le Dantec, révisée par J. Borel, Paris, Gallimard, « Bibliothèque de la Pléiade », 1962, p. 905-906. Le parcours de l'*index*

nominum des œuvres de Verlaine informe immédiatement le lecteur sur l'importance, dans sa réflexion sur la poésie, de Racine, Molière, La Fontaine ou Corneille.
8. *Eaux-fortes*, in *Œuvres poétiques complètes*, op. cit., p. 67.
9. Ce texte qui est une condamnation de la peine de mort ne vise pas à produire quelque chose comme un « effet XVIIe siècle ».
10. Il n'est que de songer à « La chanson des ingénues » des *Poèmes saturniens* où « … le jour n'est pas plus pur / Que le fond de nos pensées » réécrit le plaidoyer d'Hippolyte (Racine, *Phèdre*, IV, 2).
11. La catégorie du « galant » par exemple, à laquelle s'agrègent dans l'imaginaire collectif le « mondain », la préciosité et le « frivole », semble dans la *doxa* tout droit venue du XVIIe siècle de Louis XIV et ne s'être prolongée que jusqu'à Louis XV sans qu'on puisse, comme on le fait parfois en lisant les *Fêtes galantes* en particulier, rattacher cet ensemble au seul XVIIe siècle. D'ailleurs, comme on l'a souligné précédemment, ce recueil se réfère parfois clairement au XVIIe siècle entendu comme un moment privilégié de lutinages mondains et d'un léger libertinage. Sur la difficulté d'appréhender cette catégorie, voir en particulier : A. Viala *et al.* : *L'Esthétique galante. Paul Pellisson.* Discours sur les Œuvres de Monsieur Sarasin *et autres textes*, Toulouse, Société de Littératures Classiques, 1989.
12. *Sagesse*, in *Œuvres poétiques complètes*, op. cit., p. 249.
13. *Idem*, p. 250.
14. Son calcul devient au vers 12 « philosophie », ce qui entre évidemment en écho avec « Aristote et toute la philosophie » qui auraient condamné le tabac selon Sganarelle dans la toute première scène de la pièce. Sur ce passage, voir les analyses d'O. Bloch, *Molière / philosophie*, Paris, Albin Michel, « Idées », 2000.
15. L'édition employée est la suivante : *Le Siècle de Louis XIV*, éd. É. Bourgeois, Paris, Hachette, 1906 (5e éd.).
16. A. Chervel, *Les Auteurs français, latins et grecs au programme de l'enseignement secondaire de 1800 à nos jours*, Paris, I.N.R.P.-Presses de la Sorbonne, 1986.
17. Voir : G. Peureux, « Réflexions sur la modernité et la construction de la postérité de Malherbe », colloque « Malherbe » de Caen des 24-25 novembre 2005, Ch. Liaroutzos dir., à paraître.
18. *Le Siècle de Voltaire*, op. cit., t. 2, p. 45.
19. *Œuvres en prose complètes*, op. cit., respectivement p. 697 et 831. Voir aussi p. 1081, dans « Shakespeare and Racine », une variation sur le thème de la rigidité métrique de Malherbe et Ronsard.
20. Dans « Les Ingénus » des *Fêtes galantes*, significatif est l'écho au sonnet suivant de Malherbe : « Il n'est rien de si beau comme Caliste est belle : / C'est une œuvre où Nature a fait tous ses efforts : / Et notre âge est ingrat qui voit tant de trésors, / S'il n'élève à sa gloire une marque éternelle. // La clarté de son teint n'est pas chose mortelle : / Le baume est dans sa bouche, et les roses dehors : / Sa parole et sa voix ressuscitent les morts, / Et l'art n'égale point sa douceur naturelle. // La blancheur de sa gorge éblouit les regards : / Amour est en ses yeux, il y trempe ses dards, / Et la fait reconnaître un miracle visible. // En ce nombre infini de grâces, et d'appas, / Qu'en dis-tu ma raison ? crois-tu qu'il soit possible / D'avoir du jugement, et ne l'adorer pas ? » Dans le poème de Verlaine, le « dard » des insectes jaloux qui menacent les belles a remplacé leur simple « vol », terme qui apparaît dans la leçon initiale du manuscrit.
21. *Œuvres en proses complètes*, op. cit., p. 932-940.
22. *Idem*, p. 933.
23. *Ibid.*
24. *Idem*, p. 422.
25. *Idem*, p. 421.
26. Qui ne rentre régulièrement dans les programmes scolaires qu'à partir de 1895 (d'après Chervel, *op. cit.*) même si dès 1870 on assiste à ce que R. Albanese J[r] a

appelé « l'émergence du culte moliéresque » (*Molière à l'école républicaine. De la critique universitaire aux manuels scolaires (1870-1914)*, Stanford, Anma Libri, 1992). Surtout il finit par se voir attribuer les caractéristiques d'une identité nationale, ce qui distingue la citation qu'en fait Verlaine. Par ailleurs, sur Molière et la mélancolie, voir : P. Dandrey, *La Médecine et la maladie dans le théâtre de Molière*, Paris, Klincksieck, « Bibliothèque française et romaine », 1998, 2 vol.

27. Pour une analyse lexicale de l'émergence du paradigme lexical de *caprice* dans le vocabulaire critique, voir : R. Le Mollé, *Georges Vasari et le vocabulaire de la critique d'art dans les « Vite »*, Grenoble, ELLUG, 1988, p. 153-208.

28. Sur ce point, lire : Cl. Cardone, « Urgence du réel et désillusion : la migration du caprice verlainien entre les *Mémoires d'un veuf* et *Parallèlement* » et A. Bernadet, « L'art, c'est bizarre… "Caprices" et "Eaux-fortes" chez Verlaine », *La Licorne, Caprice*, G. Peureux dir., 2004, respectivement p. 259-267 et p. 243-257.

29. Noter toutefois que H. Wölfflin fit paraître *Renaissance und Barock* en 1888, où, en étudiant l'évolution de l'art de la Renaissance, il identifia l'âge baroque comme étant celui qui succédait à cette période.

30. En particulier : *La Littérature de l'âge baroque en France. Circé et le paon*, Paris, J. Corti, 1953 ; « Le baroque », *Encyclopédie de la Pléiade. Histoire des littératures. 2. Littératures occidentales*, Paris, Gallimard, 1956 ; et son *Anthologie de la poésie baroque française*, Paris, A. Colin, 1961.

31. Voir en particulier : *Œuvres en proses complètes*, op. cit., p. 934.

32. Cf. Théophile Gautier, *Les Grotesques*, Paris, Desessart, 1844.

33. Victor Cousin dénonce ainsi (*Rapport à l'Académie française sur la nécessité d'une nouvelle édition des* Pensées *de Pascal, lu dans les séances d'avril à août 1842*, paru dans *Le Journal des savants*, avr.-nov. 1842) ce renouvellement qui affecte selon lui la langue française : « Quand la bonne langue s'en va, est-il donc sans utilité de recueillir pieusement les vestiges effacés de l'un des plus beaux monuments du grand langage du dix-septième siècle ? Je ne m'en défends pas : j'ai de la passion pour cette admirable langue que jadis l'Académie a contribué à fonder et qu'aujourd'hui plus que jamais peut-être elle a le droit et le devoir de défendre, soit contre des innovations opposées au génie national, soit contre les retours artificiels et maniérés de la langue du XVIe siècle, efforts également impuissants pour simuler l'originalité, quand l'originalité ne peut être, aujourd'hui comme toujours, que dans des pensées nouvelles vivement senties et naturellement exprimées dans la langue de tout le monde, rappelée sans violence à celle des grands modèles. »

34. Gérard Oberlé, *Poulet-Malassis. Un imprimeur sur le Parnasse. Ses ancêtres, ses auteurs, ses amis, ses écrits*, Montigny-sur-Canne, Librairie du Manoir de Pron, 1996.

35. Sur ce dernier, voir : G. Peureux, *Le Rendez-vous des enfans sans soucy. La poétique de Saint-Amant*, Paris, Champion, « Lumière classique », 2002, p. 9 et suiv.

36. Paris, Librairie Gide. Édité par Poulet-Malassis, Asselineau, auteur de *L'Enfer du bibliophile*, éditeur du *Tracas de Paris* de Colletet (1854), s'est défini par son intérêt pour les auteurs dits « mineurs », au XVIIe siècle comme parmi ses contemporains.

37. « Si la France n'a produit aucun de ces grands poëtes, tels que Dante ou Shakespeare, dont les conceptions sont au nombre des chefs-d'œuvre de l'esprit humain ; si elle n'a même ni un Milton, ni un Tasse, ni un Arioste, elle a de ces grands écrivains qui, ne venant par l'invention qu'au second rang, sont au premier par l'expression. » (Eugène Crépet, *Les Poëtes français, recueil des chefs-d'œuvre de la poésie française depuis les origines jusqu'à nos jours*, Paris, 1861, vol. 1, p. VIII).

38. *Idem*, p. XVII.

39. *Ibid.* : « On commençait à Villon comme au premier anneau de la chaîne ; après Marot on traversait rapidement le XVIe siècle, comme si l'on avait marché sur des charbons ardents, et l'on atteignait d'un bond au désiré Malherbe, comme au sauveur qui dispensait de toute autre recherche : une recherche par-delà Malherbe, c'était un péril. »

40. *Le Constitutionnel*, 21 octobre 1850.
41. Voir : Voltaire, *Le Siècle de Louis XIV*, op. cit., p. 622. Comparer avec : Verlaine, *Œuvres en prose complètes*, *Les Hommes d'aujourd'hui*, op. cit., p. 812 et 863.
42. *Œuvres en prose complètes*, op. cit., p. 937. Voir aussi dans les *Œuvres poétiques complètes*, op. cit., p. 637.
43. *Idem*, p. 107. Par ailleurs, *Le Parnasse satyrique du dix-neuvième siècle*, première parution de Poulet-Malassis à Bruxelles, dont le sous-titre est le suivant : *Recueil de vers piquants et gaillards de MM. De Béranger, V. Hugo*... est également présenté sur le modèle du Parnasse du XVIIe siècle — plutôt que sur celui du XVIe siècle.
44. *Œuvres en prose complètes*, op. cit., « Opinions sur la littérature et la poésie contemporaine », p. 935.
45. *Œuvres en prose complètes,* op. cit., p. 739-740.
46. « *Le pèlerin passionné.* Par M. Jean Moréas », *Œuvres en prose complètes,* op. cit., p. 740.
47. Voir aussi *Amour*, « À propos d'un centenaire de Calderon (1600-1681) », *Œuvres en prose complètes,* op. cit., p. 437-437, où le dramaturge espagnol est à la fois « terrible et divinement doux », sorte de Shakespeare mêlé de Racine.
48. *Œuvres poétiques complètes*, op. cit., p. 67-68.
49. « À propos d'un livre de Victor Hugo », *Œuvres en prose complètes,* op. cit., p. 730. Voir aussi p. 726 et, par ailleurs : « Lui toujours — et assez », p. 105 et « Quinze jours en Hollande », p. 374.
50. « Opinions sur la littérature et la poésie contemporaine », *Œuvres en prose complètes,* op. cit., p. 933.
51. Voir n. 43.
52. « Shakespeare and Racine », *Œuvres en prose complètes,* op. cit., p. 1096-1104. Voir aussi ses « Opinions sur la littérature et la poésie contemporaine », p. 932-940.
53. « Opinions sur la littérature et la poésie contemporaine », *Œuvres en prose complètes,* op. cit., p. 934.Voir aussi *infra.*
54. En effet, on pourrait parler d'une vogue de poésie érotique et pornographique. Voir, par exemple, la récente réédition des poèmes de Th. Gautier : *Le Godemichet de la gloire. Poésies libertines*, s.l., *L'Archange minotaure*, s.d., d'abord parus sous le titre suivant : *Poésies de Th. Gautier qui ne figureront pas dans ses œuvres* (1873). Noter que la curiosité esthético-politico-bibliophilique est accompagnée de recherches lexicologiques, dont celles d'Alfred Delvau, auteur du *Dictionnaire érotique moderne* (1864).
55. Verlaine, *Œuvres libres*, éd. Jissey, Metz, Au verger des amours, 1949, p. 70-71.
56. Pour une histoire de ce procès, lire : Fr. Lachèvre, *Le procès de Théophile de Viau (11 juillet 1623-1er septembre 1625)*, Paris, Champion, « Le libertinage devant le parlement de Paris », 1909, p. 119 et suiv.
57. Posture d'ailleurs renforcée par les candidatures verlainiennes à l'Académie française. L'ironie qui y présidait témoigne de la mise en scène d'une marginalisation. Marc de Maillet, qui apparaît d'ailleurs dans le *Capitaine Fracasse,* est l'incarnation parfaite du poète crotté, rejeté, conspué par les poètes de son temps ; figure repoussoir par sa misère, il incarne après Villon ces auteurs mal aimés. Voir : Saint-Amant, *Œuvres complètes*, éd. J. Lagny et J. Bailbé, Paris, STFM, 1967, vol. II, p. 32-70 ; les *Poésies diverses de Mr Colletet, contenant des sujets héroïques, des passions amoureuses et d'autres matières burlesques et enjouées*, Paris, L. Chamhoudry, 1656, p. 406.
58. Voir dans les *Œuvres en prose complètes*, op. cit., p. 481, et : M. Simonin, « Verdeur de Verlaine », *Verlaine (1896-1996)*, op. cit., p. 89 et suiv.
59. *Œuvres en prose complètes*, op. cit., p. 481.

UNE POÉTIQUE « SANS PAROLES »

Musicalité et impersonnalité chez Verlaine

Pour son quatrième recueil, Paul Verlaine a choisi un titre qui est plutôt digne d'une œuvre musicale : *Romances sans paroles*. Comme le signale Olivier Bivort, plusieurs prédécesseurs avaient exploité cette appellation d'origine musicale pour le domaine littéraire, mais « sans jamais faire l'impasse sur les "paroles" [1] ». Un recueil intitulé *Paroles sans musiques* d'Ernest Prarond a été publié en 1855, puis Jean Caselli [Henri Cazalis] a groupé ses poèmes en prose sous le titre « Romances sans musiques dans le mode mineur » dans *Vita tristis* en 1865. Plus près de Verlaine, Albert Mérat, son ami et collègue, a inséré un poème intitulé « Paroles sans musiques » dans ses *Chimères* en 1866. Au moment de nommer leurs œuvres, ils ne pouvaient s'empêcher d'arranger l'expression « Romances sans paroles », pour l'approprier à la littérature ; autrement dit, à ce qui est composé de paroles, sans musique. Néanmoins, Verlaine, lui, opta pour le titre *Romances sans paroles* tel quel.

On estime en général que Verlaine aurait emprunté cette expression à Felix Mendelssohn [2]. En effet, sous ce titre sont compris huit volumes de pièces pour piano du compositeur, dont les six premiers furent publiés entre 1830 et 1845, les deux derniers étant posthumes. Certes, ils devancent bien le recueil de Verlaine ainsi que ses prédécesseurs, mais cet écart dans le temps est-il suffisant pour affirmer une quelconque influence de l'œuvre du compositeur sur celle du poète ? Verlaine ne mentionne le nom et les œuvres de Mendelssohn nulle part dans ses écrits, ni dans les correspondances connues à ce jour.

Il est indubitable que le poète, au même titre que bon nombre de ses contemporains, connaissait le nom du compositeur ainsi que ses œuvres. Dans le *Grand Dictionnaire universel du XIXe siècle* de Pierre Larousse, initialement paru la même année que les *Romances sans paroles* de Verlaine, l'article sur Mendelssohn est relativement détaillé par comparaison aux notices consacrées à d'autres compositeurs étrangers contemporains, comme par exemple Schubert ou Schumann. Ce traitement de faveur est sans doute lié à la plus grande popularité de Mendelssohn auprès du grand public. À cette époque, certaines œuvres de Mendelssohn faisaient partie du répertoire des Concerts Pasdeloup [3] où se rendaient en nombre les mélomanes, et parmi eux, le jeune Verlaine [4]. Le poète, bien qu'il n'ait jamais reçu de véritable formation musicale, évoluait, après ses fiançailles, dans un milieu plutôt favorable à l'épanouissement de son goût pour la musique : le beau-frère et la belle-mère du poète étaient tous deux pianistes. Il est donc peu probable que le nom de Mendelssohn, et quelques-unes de ses œuvres, lui fussent inconnus.

Toutefois il semble difficile de déterminer si Verlaine, au moment de baptiser son quatrième recueil, avait ou non présent à l'esprit le titre de l'œuvre de Mendelssohn. Concernant l'existence d'un lien éventuel entre le poète et le compositeur, il faut se garder de conclure hâtivement. Pour commencer, il convient d'insister sur le fait que le titre original des pièces pour piano de Mendelssohn n'est pas *Romances sans paroles* mais en allemand : *Lieder ohne Worte*. La traduction française est utilisée dans l'article du *Grand Dictionnaire universel du XIXe siècle* mentionné ci-dessus, mais le titre original n'y figure pas. Il semble alors légitime de supposer que la signification de « Lieder ohne Worte », au sujet de laquelle les pièces pour piano du compositeur ne fournissent aucun commentaire verbal, et qui se trouve, sans doute, en partie déformée par la traduction, n'exerce qu'une influence bien faible sur les *Romances sans paroles* de Verlaine. Ce qui importe donc ici n'est pas le compositeur allemand et la signification qu'il attribue à son titre, mais la tournure française « Romances sans paroles » elle-même.

Cette traduction anonyme, considérée comme équivalente, par les contemporains de Verlaine, et peut-être encore aujourd'hui, de « Lieder ohne Worte », creuse un écart sémantique qui n'est pas négligeable. Les deux mots centraux n'ont pas exactement le même sens dans le titre original et sa traduction. La signification du mot allemand « Lied » est plus large que celle du mot « romance ». Un « Lied » serait plus proche d'une « chanson » ou d'un « chant » en français, tandis qu'une « romance » est tout autre chose : un « Lied » n'a pas spécialement pour thème les sentiments amoureux, ce que suggère l'existence du mot composé « Liebeslied » (chanson d'amour) en allemand. Par contraste avec le « Lied » qui est un genre dont l'éventail thématique reste indéterminé, l'élément qui définit le mieux une « romance » est son caractère essentiellement sentimental. D'ailleurs cette définition se maintient au XIXe siècle. Le *Grand Dictionnaire universel du XIXe siècle* de Larousse définit une « romance » comme une « chanson sur un sujet tendre ou touchant » et le *Dictionnaire de la langue française* d'Émile Littré en donne cette définition : « Toute pièce de vers moderne, en couplets, roulant sur un sujet tendre ou même plaintif, et mise en musique. » Ainsi, tendre ou plaintive, l'émotion produite fait de la « romance » un genre où, selon une formule attribuée à Marmontel, « tout doit [...] être en sentiment [5] ».

Cette caractéristique distingue donc une « romance » d'un « Lied », et il en va de même de la distinction entre *Romances sans paroles* et *Lieder ohne Worte*. Dans le *Dictionnaire de la langue française*, on trouve la définition de ce qu'est une « romance sans paroles » : « Romance sans paroles, morceau de piano ou de quelque instrument assez court et présentant un motif gracieux et chantant. Mendelssohn a composé des romances sans paroles. [6] »

Puisque la musique et les paroles constituent les deux éléments indispensables d'une « romance », le titre *Romances sans paroles* est contradictoire. Au contraire, le paradoxe dans le cas de *Lieder ohne Worte*, est plus apparent que réel : lorsque Mendelssohn, qui avait déjà écrit certains « Lieder », nomme ses pièces pour piano *Lieder ohne Worte*, on peut deviner son intention. Chaque pièce possède une mélodie assez claire, à laquelle on peut sans difficulté associer des paroles : en un mot, « Lieder ohne Worte » signifie simplement « chansons dont on a omis les paroles », ou encore « chansons disponibles pour que l'on en ajoute [7] ». Quant aux « Romances sans paroles », la signification contenue dans le titre serait plus riche. Nommer ainsi une pièce instrumentale implique l'expression effective d'émotions plaintives ou tendres. D'ailleurs, la comparaison avec la traduction anglaise, « Songs without words », permet peut-être de mieux saisir la particularité de l'expression. La tournure française explicite une tendance sentimentale tandis que « Lieder ohne Worte » et « Songs without words » ne la tiennent qu'implicitement, qu'accessoirement.

En s'appliquant à la littérature, le titre *Romances sans paroles* révèle une autre contradiction : une œuvre littéraire ne peut être constituée « sans paroles ». L'incompatibilité y est évidente, et c'est assurément ce qui faisait éviter aux poètes de nommer ainsi leurs œuvres. Par exemple, dans une pièce d'opéra-comique nommée *Le Carnaval de Venise*, un personnage « chante » le concerto de violon, sous le titre d'*Ariette sans paroles*[8]. Comme le laisse entendre le qualificatif, cette *Ariette sans paroles* n'est qu'une vocalise. Prendre l'expression « romance sans paroles » à la lettre, c'est suggérer un cas similaire.

Si l'on considère que l'éloquence était alors la visée principale d'une entreprise littéraire, l'appellation « Romance sans paroles » attribuée à une œuvre littéraire peut se colorer d'une nuance péjorative[9]. Il nous semble qu'au moyen de ce titre, Verlaine cherche à rapprocher une œuvre poétique faite de paroles d'un ensemble de pièces de musique instrumentale exprimant des sentiments sans paroles. Comment poursuit-il ce rêve absolument impossible ? Il nous faut bien tenir compte de cette question pour examiner ses *Romances sans paroles*.

*

Avant d'intituler son quatrième recueil, Verlaine a déjà utilisé les mots « romances sans paroles » dans « À Clymène », poème inclus dans les *Fêtes galantes* :

> *Mystiques barcarolles,*
> *Romances sans paroles,*
> *Chère, puisque tes yeux,*
> *Couleur des cieux,*
> [...]

Les « Romances sans paroles » s'y trouvent en apposition aux « Mystiques barcarolles ». L'adoption de cette expression est compréhensible : pour le poète ainsi que pour les lecteurs en général, une barcarolle, « chanson des gondoliers vénitiens », donc chantée en italien, serait une chanson dépourvue de sens. Le titre que le poète a failli assigner, à en juger par le manuscrit renforce cette interprétation : « Galimathias double[10] ». Dans le poème, l'expression « Mystiques barcarolles » se trouve grammaticalement isolée du reste de la phrase, et cependant, mise tout au début, elle fonctionne comme une scène du poème où se déroulent des « correspondances » à la manière de Baudelaire. La création dans ce poème d'un lieu où affluent d'abondantes images fonctionne comme une maquette de la « romance sans paroles » verlainienne [11]. Ce procédé ébauché à l'époque des *Fêtes galantes* est développé plus résolument en 1872, avec un poème au titre simple et net : « Romance sans paroles ». Ce poème paru indépendamment dans une revue deviendra le poème liminaire du recueil, auquel il donnera d'ailleurs son nom (à ceci près que le titre du recueil est au pluriel). Nous pouvons alors penser que cette « Romance sans paroles », sans doute plus ancienne que les autres poèmes du recueil, explicite la conception dominante du recueil tout entier [12].

ROMANCE SANS PAROLES

Le vent dans la plaine
Suspend son haleine.
FAVART

C'est l'extase langoureuse,
C'est la fatigue amoureuse,
C'est tous les frissons des bois ;
Parmi l'étreinte des brises,
C'est, vers les ramures grises,
Le chœur des petites voix.

Ô le frêle et frais murmure !
Cela gazouille et susurre,
Cela ressemble au cri doux
Que l'herbe agitée expire,
Cela fait sous l'eau qui vire
Le roulis sourd des cailloux.

Cette âme qui se lamente
En cette plainte dormante
C'est la nôtre, n'est-ce pas ?
La mienne, dis, et la tienne
Dont s'exhale l'humble antienne
Dans ce tiède soir, tout bas ? [13]

Ce poème évoque un ensemble d'éléments qui agissent sur les sens. Cet ensemble est désigné par « ce » ou « cela », termes qui fournissent progressivement des indications suggestives. Dans ce processus, le contenu de ce qui est désigné par le pronom démonstratif « ce », s'accroît afin que se crée un lieu situé entre deux mondes, le réel et le spirituel. Et à la fin du poème, dans ce lieu, l'entente entre les deux personnages (« je » et « tu ») est conclue. Un examen détaillé de la structure du poème — structure qui est un développement de la poétique de « À Clymène » — permettra d'éclaircir le sens de l'expression « romance(s) sans paroles » chez Verlaine. Le pronom démonstratif apparaît dans les deux premiers vers du poème qui, mis en parallèle, créent un mélange et une fusion du climat psychique et de l'état physique : l'« extase » et la « fatigue ». Par un croisement sémantique entre les deux vers, l'extase est qualifiée d'amoureuse, et la fatigue devient langoureuse. Ces deux expressions, par leur association, évoquent alors un état d'âme dont la nature et l'origine demeurent obscures et inexplicables : resté en suspens, « ce » est laissé aux lecteurs comme tel, sans aucune définition exacte.

Les circonstances dans lesquelles naît cet état mental sont également peu claires. Certes, dans le poème, le pronom démonstratif se réfère au monde extérieur, et les substantifs qui semblent évoquer un lieu concret (comme les « bois », l'« herbe » et l'« eau ») abondent, mais tous sont utilisés avec des expressions figurées. Même si elles nous évoquent très vaguement quelques lieux, les expressions figurées ne sont que des descriptions secondaires de ce qui est désigné par le pronom démonstratif. Il n'y a donc ici au sens strict aucune indication précise relative à un lieu. On notera toutefois l'exception que constitue l'épigraphe, tirée d'une pièce de Favart, qui désigne nettement une « plaine » : néanmoins, en raison de sa situation imprécise vis-à-vis du contenu du poème, la signification de l'épigraphe n'exerce qu'un effet secondaire. Avec cette manière indirecte d'indiquer le lieu évoqué par le poème, propre à l'idée d'une « romance sans paroles », une nouvelle forme de poétique est mise en œuvre : il s'agit ici de la construction imaginaire d'un lieu chez le lecteur, selon l'impression que suscitent les expressions du poème. Ici, comme dans l'audition de la musique, le lecteur participe à l'œuvre, avec sa sensibilité et son imagination propres.

L'affinité avec la musique se révèle aussi dans les autres images du poème. Aux verbes intransitifs « gazouiller » et « susurrer », qui tirent leurs origines d'onomatopées, font écho les expressions « frisson de bois » et « roulis sourd des cailloux ». Toutefois, le pronom démonstratif sujet de ces deux verbes n'a aucune signification précise, aucun caractère distinctif. Et quand « ce » semble enfin se rapporter à une voix humaine, il s'agit toujours d'une pluralité de voix impersonnelles : « ce » prend toujours l'aspect d'un ensemble de plusieurs voix, comme le « chœur » ou l'« humble antienne ». À cet ensemble indistinct de voix se mêlent alors celles de « moi » et de « tu ». C'est une très douce mêlée, une plainte imperceptible, comme ensommeillée. Dès l'épigraphe, le vent « suspend son haleine », et dans toute la composition, la rumeur du monde est atténuée, les bruits sont filtrés, toute voix s'élève en sourdine, chaque souffle est léger, rien ne blesse la part du silence.

Ce poème consacre tous ses vers à décrire une ambiance si vague qu'elle ne peut être désignée que par les pronoms démonstratifs, « ce » ou « cela ». Toutes les questions demeurent sans réponse malgré les images et suggestions accumulées au fil des strophes : le contexte d'énonciation et l'identité de « je » et de « tu » ne seront pas élucidés, pas plus que leurs relations ou que la cause de cet état d'âme évoqué au début. Le poème n'a pour visée ni une analyse ni un approfondissement de son propre sujet, mais se présente comme une tentative d'évocation extrêmement raffinée. Par sa simplicité et son rejet de l'éloquence ainsi que par l'atmosphère qui le caractérise, il parvient à diffuser un sentiment amoureux propre à susciter l'émotion. Fidèle au principe énoncé ultérieurement par Verlaine dans son « Art poétique [15] », ce poème qui a pour sujet une « romance sans paroles » se fait lui-même « romance sans paroles ».

Cette poétique que nous avons examinée ici, se reflète dans la totalité du recueil au titre ambitieux : *Romances sans paroles*. Par exemple, dans la première partie, *Ariettes oubliées*, qui s'ouvre par l'ancienne « Romance sans paroles », l'effet poétique semble d'abord « musical ». Dans chaque « ariette », les circonstances demeurent volontairement vagues et les pronoms personnels utilisés, comme « je », « tu », « elle » ou encore « nous », sont sans véritable référent établi. Tout se passe comme si Verlaine avait voulu faire bénéficier la poésie de l'anonymat et de l'indétermination propres à la musique. Pour susciter l'émotion du lecteur, il convient au poète d'éviter le recours à des expressions trop transparentes. Verlaine souhaite maintenir une forme d'« impersonnalité », ou plutôt d'« indétermination », qui fait du poème un objet véritablement « sans paroles ».

Kensaku KURAKATA

1. *Romances sans paroles* suivi de *Cellulairement*, éd. Olivier Bivort, Le Livre de Poche, 2002, p. 7.
2. Voici, par exemple, ce qu'on peut lire sur la quatrième de couverture de l'édition ci-dessus : « En 1874, lorsque Verlaine reprend à Felix Mendelssohn le titre de ses courtes pièces pour piano, *Romances sans paroles*, […] ».
3. Voir la liste des œuvres favorites du répertoire classique de Jules Pasdeloup d'après un compte rendu de 1865, dans l'article « Jules Pasdeloup et les concerts populaires », *Revue de Musicologie*, n° 57, 1971, p. 170.

4. Paul Verlaine, *Correspondance générale I, 1857-1885*, éd. Michael Pakenham, Fayard, 2005, p. 85.
5. Discours attribué au pianiste et musicographe français Antoine François Marmontel (1816-1898), cité par Evelyn Reuter dans *La Mélodie et le Lied*, PUF, « Que sais-je ? », 1950, p. 86.
6. Il faut également ajouter que l'absence de majuscules ou d'italiques dans cette citation semble faire de « romances sans paroles » une expression lexicalisée. On trouve dans le *Dictionnaire universel du XIXe siècle*, ces « romances sans paroles » utilisées en tant que nom commun dans les articles sur Hensel (Fanny Mendelssohn, sœur de Felix), Mathias, Raff et Hillemacher (Nous avons exploité ici les résultats de la recherche automatique du texte intégral du *Grand Dictionnaire universel du XIXe siècle*, en DVD-ROM.) Verlaine qui, comme nous l'avons déjà mentionné, était entouré de pianistes, devait connaître cet usage. On peut donc supposer que c'est cet usage de l'expression que le poète avait à l'esprit au moment de baptiser son recueil.
7. Plusieurs pièces de ses *Lieder ohne Worte* sont effectivement arrangées à cette époque pour la musique vocale. Cf. Hans Christoph Worbs, *Felix Mendelssohn Bartholdy*, Reinbek bei Hambourg, Rowohlt Taschenbuch, coll. Rowohlts monographien, 1987, p. 113.
8. *Le Carnaval de Venise : opéra-comique en trois actes*, paroles de Thomas Sauvage, musique d'Ambroise Thomas, représenté à l'Opéra-Comique le 9 décembre 1857. Le résumé de cette pièce se trouve dans le *Grand Dictionnaire universel du XIXe siècle*. La combinaison de « ariette » et « sans paroles » suggère un lien éventuel avec notre recueil (cf. le chapitre intitulé « Ariettes oubliées »), quand on se rappelle que le poète était amateur d'opéra-comique, particulièrement à l'époque des *Romances sans paroles*. Voir V. P. Underwood, « Sources théâtrales de Verlaine », *Revue d'Histoire littéraire de la France*, avril-juin 1957, p. 196-203.
9. Henri Guillemin mentionne, dans l'article sur Lamartine de l'*Encyclopædia universalis*, le fait qu'un critique, « s'imaginant sans doute le griffer, invente pour ses vers [= de Lamartine], dès 1821, une définition curieuse ; il les appelle des *romances sans paroles* ». Nous n'avons pu trouver le texte original. Cet usage est intéressant par le fait qu'il devance les pièces de Mendelssohn, et, quand on pense au jeune Verlaine qui critique les « jérémiades lamartiniennes » en 1865, cette coïncidence semble curieuse.
10. Paul Verlaine, *Fêtes galantes : l'œuvre manuscrite*, Bibliothèque de l'Image, 1997, p. 43.
11. Nous rejoignons l'avis de Jacques Robichez commentant la situation d'« À Clymène » dans l'œuvre de Verlaine : « par l'imprécision, l'absence d'anecdote, la syntaxe déliée, le poème tout entier est plus proche des *Romances sans paroles* de 1874 que des *Fêtes galantes* » (Paul Verlaine, *Œuvres poétiques*, éd. Jacques Robichez, « Classiques Garnier », 1983, p. 565).
12. Verlaine procède ainsi à plusieurs reprises au moment de constituer un nouveau recueil ou une partie de recueil. Par exemple « Clair de lune », poème dominant des *Fêtes galantes*, avait préalablement paru sous le titre « Fêtes galantes » dans *La Gazette rimée* du 20 février 1867 avec « Trumeau » (futur « Mandoline »).
13. Texte publié dans la *Renaissance littéraire et artistique* du 18 mai 1872 : son fac-similé est reproduit dans Paul Verlaine, *Romances sans paroles*, éd. Steve Murphy, Honoré Champion, 2003, p. 144-145.
14. Olivier Bivort signale dans son édition que l'« extase amoureuse » est un cliché déjà présent dans l'*Astrée* (*Romances sans paroles* suivi de *Cellulairement*, p. 70).
15. Sur le rapport étroit entre ce poème et les *Romances sans paroles*, voir notre article : « Vers les "romances sans paroles" : Verlaine et la "musique" », *Études de langue et littérature françaises*, Société japonaise de Langue et Littérature françaises, n° 84, 2004, p. 103-116.

UN LIVRE DE CONTRADICTIONS

Romances sans paroles

À condition de ne pas chercher partout Rimbaud et Mathilde, il n'est pas trop malaisé de découvrir dans *Romances sans paroles* des organisations multiples qui, avant même qu'on sache à quoi elles tendent, font livre et renouvellent les questions, en condamnant comme arbitraires certains des prélèvements pratiqués pour définir la poétique de Verlaine. On présentera ici plusieurs de ces constructions, de façon parfois expéditive, un article se prêtant mal à l'exposé d'interrelations complexes.

L'INDIVIDUATION DES SECTIONS

Chaque section se présente dans son appareil propre, qui lui confère une part de singularité. Les titres des poèmes font séries : simples chiffres romains pour les *Ariettes*, en relation avec l'oubli probablement ; noms de villes belges ensuite, se succédant selon une trajectoire rectiligne de Walcourt à Malines ; enfin, mots anglais pour la « partie anglaise ». Les indications de date et de lieu confortent ces différences : « Mai, juin 1872 » ne fait qu'un paquet indistinct des *Ariettes* alors que chaque station des *Paysages belges* (hormis *Charleroi* mais nous n'avons pas le manuscrit) se trouve au moins datée ; *Aquarelles* se termine sur l'information la plus circonstanciée, « Douvres-Ostende, à bord de la Comtesse-de-Flandre, 4 avril 1873 », qui signale un retour mais qui, par sa place, sa précision et son caractère quasi ponctuel, prend valeur de point final pour l'ensemble du recueil. Du coup, *Beams* acquiert peut-être un statut à part, isolément et comme conclusion des *Romances*.

Enfin, les épigraphes, présentes seulement dans les premières sections, n'y jouent pas le même rôle : dans les *Ariettes*, on a le sentiment qu'elles sont retravaillées par le poème, comme si elles l'avaient suscité ou lui fournissaient une sorte de « préhistoire », tandis que celles des *Paysages belges* ressemblent à des commentaires plaisamment belliqueux, conformes à l'ironie qui marque ces pièces.

Mais les poèmes eux-mêmes tendent à se composer dans la section, selon des modalités d'ailleurs diverses. Ainsi, dans les *Paysages belges*, *Malines*, lié à *Walcourt* et à *Charleroi* par le [al] de son titre, réécrit ces deux pièces. À l'incipit de la première, « Briques et tuiles », répond « Rouge de brique et bleu d'ardoise », et à celui de la seconde, « Dans l'herbe noire », cet autre début : « Vers les prés clairs » — pour ne pas parler de l'opposition entre « Sites brutaux » et « Parmi ces sites apaisés ». Malgré l'absence de césure dans l'octosyllabe, un cadre métrique s'esquisse ainsi, en [4-4.....8]. De la même façon, les desinit extrêmes (« Bons *juifs errants* ! », « Faite à souhait pour *Fénelon* ») entretiennent une relation *a priori* déconcertante, mais qu'éclaire l'autre finale vocalique, « ... que notre amour / N'est-il là *niché* ! » : après *l'exil* des *Ariettes*, ce qui est en jeu, c'est la possibilité d'un *asile* et Fénelon, convoqué avec le Baudelaire de l'*Invitation au voyage*, n'est que le garant (incertain) d'un rapport heureux au paysage.

Le dernier quatrain de *Walcourt* — « Gares prochaines, / Gais chemins grands... / Quelles aubaines / Bons juifs errants ! » — fait litière (sur le mode ironique, si l'on songe au sens premier d'« aubaines ») du rêve suggéré dans le premier : « Ô les charmants / Petits asiles / Pour les amants ! », en apposition à « Briques et tuiles », première mention d'un paysage solide sans équivalent dans les autres sections. De strophe en strophe, cette solidité s'est dérobée : les tentes et guinguettes se substituent aux maisons en attendant gares et chemins, et, à la toute fin de chacune, les personnages se disposent de même : amants, buveurs, fumeurs et enfin juifs errants. Tout cela comme sous l'effet d'une syntaxe sans marquants, apparemment homogène mais qui substitue à l'apposition englobante (« Houblons et vignes, / Feuilles et fleurs, / *Tentes*... ») l'énumération, la pure métonymie, privée de toute coordination, (« *Guinguettes*..., Bières, clameurs, / Servantes... »), avant que le mouvement ne s'inverse pour mener à une apostrophe qui donne congé aux personnages (« Bons juifs errants ! »).

Charleroi prend le relais, dès son début : « Les Kobolds vont ». Mais le paysage devient tout entier refus, force de répulsion ou d'agression : les maisons ne sont que des bouges, le buisson gifle et les gares tonnent, l'œil étant à chaque fois victime — « Les yeux s'étonnent, / Où Charleroi ? ». Ne restent ainsi, pour finir, que bruits et odeurs, dédoublement d'une haleine qui n'est plus, comme dans l'*Ariette I*, celle de l'âme :

> *Sites brutaux !*
> *Oh ! votre haleine,*
> *Sueur humaine,*
> *Cris des métaux !*

C'est qu'on ne décline plus comme dans *Walcourt* — ou pas encore, comme dans *Malines* — un monde fait, ironiquement ou non, *pour* l'homme. Le vocatif se déplace des personnages au paysage, qui absorbe certes les signes de l'humain mais, en même temps, se réduit à des traces, émanations de plus en plus détachées de leur source (l'échelonnement « haleine » — « sueurs » — « cris »), le tout accompagné d'une dramatisation (« cris », « pleure »). En rejetant les voyageurs, le site lui-même s'efface — ce qui est aussi la leçon de *Simples fresques I*, dans une tonalité toute différente.

Simples fresques II paraît renouer avec un paysage solide et avec le rêve d'un asile. Cependant, chaque strophe est composée d'une partie consacrée à la vision (« travelling » puis plan général sur le château) et d'une autre qui formule un souhait (« Sais-tu qu'on serait / Bien sous le secret / De *ces arbres-ci* ? », « J'estimerais beau / D'être *ces* vieillards » — mais c'est déjà l'irréel du présent) puis, pour finir, un regret : « Oh ! que notre amour / N'est-il *là* niché ! ». La succession des démonstratifs démontre que la distance n'a cessé de se creuser entre sujet et objet du regard — le château est vu de loin et une apposition rompue (du vers 10 au vers 13) dit assez qu'il demeure inaccessible.

Après l'enfermement dans le tourbillon des *Chevaux de bois*, *Malines* enchâsse ce que *Simples fresques II* proposait à distance :

> Vers les prés, *le vent cherche noise*
> *Aux girouettes,* DÉTAIL FIN
> *Du château de quelque échevin,*
> ROUGE DE BRIQUE ET BLEU D'ARDOISE,
> Vers les prés *clairs, les prés sans fin*...

Le retour de « Vers les prés » dessine une figure de clôture, mais surtout insiste sur le végétal, le clair, l'horizontal infini, contre le minéral, le coloré et le détail vertical liés à la double apposition — ce que résume la rime homophonique *détail fin / prés sans fin*. La strophe II confirme ce triomphe du végétal et de l'horizontal mais ce paysage qui s'étire et se vide, « ce Sahara de prairies », autorise du mouvement : « Les wagons filent en silence », « Le train glisse sans un murmure ». Et *Malines* réussit ce que les quatre premiers *Paysages belges* excluaient : non pas à ce que le paysage donne asile, mais à concilier le mouvement et l'asile. Juste auparavant, *Chevaux de bois* faisait plus qu'en suggérer la possibilité :

> *Le gros soldat, la plus grosse bonne*
> *Sont* sur vos dos comme dans leur chambre.

L'assimilation du *wagon* à un *salon* le réalise :

> *Chaque wagon est un salon*
> *Où l'on cause bas et d'où l'on*
> *Aime à loisir cette nature...*

Le monde est conquis (aimé) dans et par le mouvement et la distance, ce qui exauce le vœu exprimé au début de *Walcourt* et à la fin de *Simples fresques II* au prix d'une adaptation qui n'est somme toute pas mince — la renonciation à l'immobilité rêvée, et l'acceptation d'un « amour » à distance qui préfigure la relation entre Elle et nous dans *Beams*.

Les *Aquarelles* se disposent, elles, en quasi-totalité selon une logique de la régression amoureuse. La section s'ouvre sur une scène de séduction réussie, puisque, comme l'a relevé Jacques Robichez, le blanc entre les quatrains II et III fait l'ellipse de l'acte amoureux : le dénonce le faux parallélisme entre « J'arrive tout couvert *encore* de rosée » et « Toute sonore *encor* de vos derniers baisers ». *Birds in the night* avait de même sa nuit de juillet, ses « instants » les meilleurs, mais Mathilde ensuite reparaissait en toilette et voilette et d'autres « instants » venaient : ceux de la tempête. Ici il n'y a eu place que pour les « chers instants » et la « bonne tempête » mais, une fois celle-ci passée, l'assouvissement rend l'amant bien cavalier : « Et que je dorme un peu puisque vous reposez. »

Spleen ensuite suggère l'attachement douloureux à une femme proche, qui semble elle aussi reposer mais est toujours susceptible de fuir, puis *Streets I* se félicite (apparemment) d'une séparation devenue définitive, sur un ton de plus en plus désinvolte tant l'amant trouve de saveur à la remémoration, sinon à l'absence de l'amante. *Streets II* vide cette mémoire qu'est l'eau-miroir, en constatant la coupure entre la rivière et, plus que la ville, l'aurore, selon un schéma que reproduit la relation entre les deux amours de *Child wife*. Cette pièce proclame en effet, en même temps que la fuite de la « sœur », miroir dégradé, l'avènement d'un (autre ?) amour, « Jeune jusqu'à la mort ». Celui-ci, à son tour, préfigure en partie celui du berger trop timide — « Mais quelle entreprise / Que d'être un amant / Près d'une promise ! » — mais pour s'y défaire : l'à-peu-près bilingue qui relie le titre, *A poor young shepherd*, à l'incipit « J'ai peur d'un baiser » *(shepherd / j'ai peur d')*, blasonne le personnage qui, par cette peur, devient le double masculin de la *Child wife* (« Car vous avez eu peur de l'orage et du cœur ») — à ceci près que nous passons de l'autre côté : à un amour d'avant l'amour.

Le fiancé pusillanime, qui redoute les baisers comme abeilles, annonce à son tour le NOUS de *Beams* — ces voyageurs satisfaits d'être les suivants soumis de leur Dame, conciliée, rassurante, mais se tenant à une distance qui interdit toute familiarité. Au terme donc : une solution fantasmatique, qui conjure la noyade en éludant l'amour (comme si les deux étaient liés dès l'origine !), en y renonçant pour la distance. De même que les *Paysages belges* libéraient du paysage par le voyage, cette marche sur les eaux semble libérer de l'amour [1].

Ce refus de l'érotisme de près se donne à deviner dans l'organisation des desinit. *Aquarelles* est la seule section avec *Birds* à se terminer sur une finale consonantique : « Elle reprit sa route et portait haut la tête », vers où la valeur suspensive trouve une illustration parfaite. Même si « tête » et « face » ne sont pas exactement synonymes, l'impassibilité du martyr de *Birds* (« sans que bouge… un nerf de sa face ») n'est pas si éloignée de la fierté de la Dame ; il y a dans les deux cas une volonté de contention, d'impavidité. Si l'on prend tout le vers, il y a aussi une relation avec « puisque vous reposez », desinit de *Green* : l'opposition vocalique conclusive / consonantique suspensive renverrait à une opposition entre repos et marche. Mais le rapport est peut-être plus étroit entre ce même *Green* et le poème pénultième, *A poor young shepherd* : leur dernière rime est quasi identique, l'ordre *baisers-reposez* étant seulement inversé dans « Je souffre et je veille / Sans me *reposer* : / J'ai peur d'un *baiser* ! ». Là s'achèverait en fait l'involution, avec la négation des termes de « l'amour de près », et même si cela prépare la distance et la contention finales, *Beams* s'en trouverait disponible à d'autres fins, pour des relations de plus d'étendue. De fait, « *haut* la tête » renvoie aussi au premier desinit du recueil, « tout *bas* » *(Ariette I)*, qui se lie lui-même à « noyées » *(Ariette IX)* d'autant que ce mot rime avec « *hautes* feuillées ». Contre les *Ariettes*, les *Aquarelles* finiraient par imposer le haut, la surrection, et le dernier vers du recueil pourrait être lu comme une sorte d'« énoncé séparable » renversant à peu près tout ce qui précède.

Le titre même de la section paraît confirmer ce rapport de plus grande ampleur. À la différence de *Paysages belges*, *Aquarelles* fait en effet écho à *Romances sans paroles* et à *Ariettes (oubliées)*, titres liés à la thématique plurielle de l'AIR. Cette parenté invite au même jeu étymologique que pour « ariette » : ce à quoi *Aquarelles* renverrait, c'est à la mer de *Beams,* à la rivière de *Streets II*. Mais, parce que l'eau est aussi présente dans les *Ariettes* et que, dans *Beams*, elle est largement « oubliée » (au profit du « haut », de la tête-soleil), sans doute faut-il surtout penser à une bipolarité qui aurait valeur générale pour les *Romances*. Au glissement de l'air à l'eau à l'œuvre dans les *Ariettes I* et *IX, Streets II* et *Beams* répondent par la prééminence de la lumière sur l'eau. La relation entre *Ariettes* et *Aquarelles* ne serait donc en aucune manière un partage, mais bien plutôt un jeu corrélé, une tension entre deux pôles qui s'inverserait.

Nous avons négligé jusqu'ici la structuration des *Ariettes*. C'est aussi qu'elle est beaucoup moins évidente, malgré ce qui rapproche la première et la dernière. Deux organisations à l'échelle du recueil, s'ajoutant à celle des desinit entre « bas » et « haut », nous aideront à jeter quelque lumière sur cette difficulté.

STRUCTURATION DU RECUEIL

On examinera d'abord la disposition des mètres, en combattant les deux thèses de la variété absolue et de l'importance de l'impair. Ces éléments, prétend-on, ruineraient la prééminence traditionnelle de l'alexandrin, mais celui-ci a le privilège d'encadrer la dernière section et donc de conclure le recueil, et la distribution des autres mètres est loin d'être sans règles. Ainsi les mètres complexes sont tous représentés, de l'ennéasyllabe dans ses deux variantes à l'alexandrin, mais de même qu'à cette date du moins, un décasyllabe 4 + 6 et un décasyllabe 5 + 5 ne peuvent se rencontrer dans le même poème, ils ne se rencontrent pas dans la même section. Les *Ariettes* ne comportent que des mètres $x + 6$ — tous les $x + 6$ possibles : ennéasyllabe 3 + 6 *(Ariette II)*, hendécasyllabe 5 + 6 *(Ar. IV)*, décasyllabe 4 + 6 *(Ar. V)* et, en composition, alexandrin 6 + 6 *(Ar. IX)*. Les $x + 5$ n'apparaissent que dans les *Paysages belges* (ennéasyllabe 4 + 5 de *Chevaux de bois*) et dans *Birds in the night* (décasyllabe 5 + 5), et l'exhaustivité est la même. *Aquarelles*, pour finir, ne compte que des alexandrins — trois, dont une fois en composition avec l'hexasyllabe. De plus, chaque série, en $x + 6$ et en $x + 5$, s'achève sur le mètre « binaire », qui semble ainsi faire borne — d'où quelques questions : faut-il rattacher *Birds* à la section précédente ? Quel est le statut exact de la dernière ariette ?

Sous réserve de cette règle d'exclusivité (ou d'exclusion), une deuxième règle d'exhaustivité s'applique aux *Ariettes*, qui offrent tous les vers de 5 à 12 syllabes, et aux *Paysages belges*, qui regroupent tous ceux de 4 à 9 syllabes — *Birds* ne faisant que continuer la série en poussant jusqu'au vers de 10 syllabes. Les *Aquarelles*, en revanche, se limitent pour l'essentiel aux vers de 5, 8 et 12 syllabes, ceux de 6 et de 4 n'intervenant qu'en composition avec les deux derniers. Ce qui aboutit à une différenciation jusqu'ici inconnue, au profit surtout des mètres classiques.

Cependant, deux mètres, et deux seulement, apparaissent jouer un rôle privilégié dans la mesure où ils forment ensemble et en chevauchement l'ossature du recueil. Ce sont l'heptasyllabe et l'alexandrin, disposés comme suit : (7…..12 / 7) (…7…) […] (12….12). On pourrait certes rêver d'une disposition encore plus claire, qui serait (7…..7) (…12 / 7…) (12…..12), mais on voit bien que cela irait contre la règle qui exclut le $x + 6$ des *Paysages belges*. Et, telle quelle, cette répartition fait de *Simples fresques I* une sorte de fin, ce que confortent d'autres constats.

Tout d'abord, les *Paysages belges* se caractérisent par une organisation concentrique, très perceptible pour ce qui est des titres *(W**al**court, Ch**arl**eroi, [Simples fresques], Chevaux de bois, M**al**ines)* et du nombre de strophes (4, 7, 3, 3, 7, 4). *Simples fresques* serait le centre et, de fait, c'est là que se fait le départ, au moins, entre les poèmes voués à un seul genre de rimes : *Simples fresques I*, qui évoque une *Ariette* attardée, est le dernier des poèmes à rimes exclusivement féminines et *Simples fresques II* le premier tout en rimes masculines. D'où l'hypothèse de deux versants qu'une étude du lexique et des « palinodies » [2], trop longue à exposer ici, conforterait.

En second lieu, la distribution du pentasyllabe, mètre « passe-partout » comme l'octosyllabe, confirme le statut à part des *Paysages belges*. Dans les deux sections extrêmes, il apparaît comme un contrepoint en position pénultième — dans *Aquarelles*, c'est d'ailleurs le seul mètre « impair », qui semble souligner par contraste le triomphe final de l'alexandrin. Or, dans *Paysages belges*, il se trouve au milieu de la section (dans *Simples fresques II*), juste après l'heptasyllabe ultime : position qui serait aux contrepoints ce que l'heptasyllabe de *Simples fresques I* est à la structuration par les vers de 7 et 12 syllabes.

Surtout, la distribution des positions grossièrement de type *(x… …x)* *(…x…..)* […] *(x… … …x)* est aussi celle des avatars d'un motif de nature. Les deux *Ariettes* extrêmes, la I et la IX, semblent reproduire le même *paysage d'arbres, d'oiseaux et d'eau,* mais en le traitant de façon différente. Dans l'*Ariette I*, nous assistons à un glissement vers le bas, le gazouillis en quoi s'étaient changés l'extase puis les frissons des arbres se transmuant en « roulis sourd » des cailloux sous l'eau : noyade du bruit, suivie de la plainte de l'âme en peine. L'*Ariette IX* oppose bien plus nettement le haut et le bas, les *ramures réelles* et leur reflet dans l'eau embrumée. La rivière devient alors un miroir qui capte le présent et le moi. Un paysage aux antipodes de la labilité initiale : arrêté.

Ces éléments réapparaissent transformés dans le troisième quatrain de *Beams*, le poème final qui dit pourtant le contraire de ces noyades — une marche sur les eaux :

> Des oiseaux *blancs volaient alentour mollement,*
> *Et des voiles au loin s'inclinaient toutes blanches.*
> *Parfois de grands varechs filaient en* longues branches,
> *Nos pieds glissaient d'un pur et large mouvement.*

Si l'on y regarde bien, l'eau — la mer —, qu'on pourrait croire omniprésente, a disparu de fait, résumée dans la strophe précédente au *déroulement des vagues*, négation du *roulis* reléguée au second plan par le glissement des pas. Les oiseaux et les voiles se répondent, en blanc, « alentour » et « au loin », et un souvenir de l'arbre devient image de l'horizontalité en mouvement. Or, dans la première *Aquarelle*, *Green*, les deux premiers vers, célèbres, effaçaient déjà le tronc : « Voici des fruits, des fleurs, des feuilles et des branches, / Et puis voici mon cœur… » La rime *branches-blanches* était la même que dans *Beams*, prolongeant les « blancs gazons » de *Malines*, mais je relève surtout la parenté avec *Le Rossignol* des *Poèmes saturniens,* qui associait déjà l'eau, l'arbre et l'oiseau avec le cœur :

> *Comme un vol criard d'*oiseaux *en émoi,*
> *Tous mes souvenirs s'abattent sur moi,*
> *S'abattent parmi le* feuillage *jaune*
> *De mon* cœur *mirant son* tronc *plié d'aune*
> *Au tain violet de l'*eau *des Regrets…*

Si les *Paysages tristes* ont été « en quelque sorte l'œuf de toute une volée de vers chanteurs », l'allégorie s'émiette du *Rossignol* à *Green*. Il n'en reste qu'une énumération en forme d'offrande, qui met sur le même plan feuillages et cœur. La filiation se trahit toutefois à un indice : remontant des fruits aux branches, on devrait logiquement aboutir au tronc. Quand le cœur en prend la place, l'offrande devient oblation, mais l'intertexte incite à voir là plus qu'une rhétorique amoureuse. Cette substitution instantanée fait soupçonner dans le thème érotique un envers, ou un endroit, du thème naturel. Réversibilité qu'on observait déjà entre « l'extase langoureuse » et les « frissons des bois / Parmi l'étreinte des brises » de l'*Ariette I* et qui se retrouvera dans le poème qui suit *Green*, *Spleen*, entrelaçant le fil du paysage et le fil amoureux. Autrement dit, il pourrait bien ne pas y avoir métaphore…

Mais un des *Paysages belges*, et un seul, reprend le thème de l'arbre à l'oiseau, et c'est *Simples fresques I* :

> *L'or, sur les* humbles abîmes*,*
> *Tout doucement s'ensanglante*
> *Des* petits arbres *sans cimes,*
> *Où quelque* oiseau faible *chante.*

L'« oiseau faible » n'est pas encore tout à fait muet comme le seront ceux de *Beams* et l'horizontalité qui s'affirmera dans *Malines* ne fait ici que s'esquisser, entre « humbles abîmes » (qui sont peut-être ce qui reste de l'eau [3]) et « petits arbres sans cimes » — les trois éléments se faisant écho en [z, a, b].

On pourrait certes convoquer encore l'*Ariette VIII*, qui prépare la *IX* avec son paysage d'arbres embrumés, paysage en partie double, ou la fin de *Birds*, avec sa tempête conjurée dans *Green* (« la bonne tempête ») et, plus encore, dans *Beams* où la marche profite d'une « embellie ». Mais bien d'autres relations secondaires pourraient être ajoutées à ce noyau et ce qui importe ici, c'est le mouvement : l'entropie, le glissement de l'air vers les profondeurs de l'eau cessent à mesure que s'efface le tronc (les ramures le cèdent à l'herbe, aux prairies ou aux seules branches et feuilles) et que l'eau perd de sa puissance de captation (le miroir de l'*Ariette IX* cesse de refléter dans *Streets* et *Child wife*). Au profit d'un paysage horizontal, quasi vidé, où on ne peut plus que « glisser ».

Cette similarité de distribution d'un motif et de deux mètres n'implique aucune solidarité entre eux et, en particulier, exclut toute sémantisation des mètres, mais elle suggère l'existence de positions fortes, organisatrices du sens. La façon dont *Simples fresques I* est désigné comme l'une d'elles est frappante à cet égard, mais nous voudrions ici insister sur l'*Ariette IX* dans la mesure où la rencontre de l'alexandrin et de l'heptasyllabe ne va pas de soi. On considère généralement, en effet, que l'écart d'une syllabe (entre deux mètres ou entre l'hémistiche de l'un et le second) compromet la perception de l'hétérométrie. Cependant, on notera que l'alexandrin, là, tarde à s'affirmer. Reprenant les césures sur préposition de *La Bonne Chanson, VII,* « Le paysage dans // le cadre des portières… », ses deux premières occurrences semblent, en effet, mettre en péril la reconnaissance du mètre. Ce n'est qu'à partir de la troisième que la composition 6+6 devient évidente. D'autre part, la division en strophes est purement typographique : le poème est composé de quatre distiques à rimes plates, chacun formé d'un alexandrin et d'un heptasyllabe. On a certes relevé des assonances, jouant sur les deux timbres du [E] et qui organiseraient ces distiques en *abba*, selon une symétrie axiale que l'on a bien sûr rapportée au thème du miroir, mais les deux mètres y concourraient encore ensemble et à égalité. Il semble donc strictement impossible de distinguer un mètre de base dans cette construction hapax [4], et cela doit certainement être rapporté à l'architecture métrique du recueil.

LES *ARIETTES OUBLIÉES* ET LA CONTRADICTION

Est-ce à rapprocher de leur variété métrique, les *Ariettes*, hormis la VI et la VII (« … s'en égaie » / « Ô triste, triste… »), ne semblent pas s'enchaîner. Ce qui ne signifie pas qu'elles soient dépourvues d'unité, celle-ci reposant sur l'omniprésence du deux, du duel, du double, de la division — c'est par exemple ce qui justifie l'insertion dans cette partie de *C'est le chien de Jean de Nivelle*, qui malmène le couple — et la rime. On ne retiendra ici qu'un aspect, pour son intérêt polémique.

L'un des rares à noter cette fréquence des « formules binaires », des « phénomènes de dédoublement et de redoublement », Daniel Bergez n'y découvre qu'une « simultanéité sans tension entre deux pôles » : « le moi se définit dès lors comme la simple conscience de ce dédoublement et se situe dans ce centre vide qui sépare ces deux images de lui-même dont il n'est que le spectateur [5] ».

Que le moi soit ce « creux au centre de [la] dualité », cela peut s'admettre. Ainsi, dans l'*Ariette III,* lorsque « [il pleut] sur la ville » se transforme en « [la pluie] / Par terre et sur les toits », puis « sans raison » en « Sans amour et sans haine », on passe les deux fois d'une notation « objective » à une division qui fait sens par rapport à l'énonciateur —

c'est lui qui se tient dans la chambre ou qui pourrait éprouver des sentiments contrastés. En revanche, dans la dernière strophe du même poème, la répétition de « peine » ne peut être mise sur le même plan que celle de « cœur » ou de « pluie ». Parce qu'elle intervient dans la même phrase, elle crée du duel, et une dualité en tension :

> *C'est bien la pire peine*
> *De ne savoir pourquoi*
> *Sans amour et sans haine*
> *Mon cœur a tant de peine.*

Les intensifs « la pire peine » et « tant de peine » entrent en concurrence, l'un en rapport avec une ignorance impersonnelle, l'autre avec « *mon* cœur » qui fait retour au terme d'une distanciation (Q I : « mon cœur » ; Q II : « un cœur » ; Q III : « ce cœur qui s'écœure ») allant jusqu'à en faire le « deuil ». C'est le comble de la dépersonnalisation qui fait resurgir le personnel, la conscience impersonnelle qui ramène la douleur personnelle en même temps qu'elle s'érige elle-même en douleur — le dédoublement se conjuguant ainsi avec le redoublement. Récursivement, ce quatrain révèle une tension symétrique entre personnel et impersonnel dans le premier vers, « *Il* pleure dans *mon* cœur », et, accessoirement, il dément l'analyse de Jean-Pierre Richard : « Il sent sur le mode de l'anonyme, mais il se sent sentir sur le mode du particulier ».

Pareillement, dans l'*Ariette VII*, le ressassement de l'exil finit paradoxalement par révéler la présence dans l'absence, comme si la tristesse naissait de cette contradiction : « ce piège / D'être présents bien qu'exilés ». À la fin de l'*Ariette IV*, les pleureuses qui quêtaient le pardon se déterminent à devenir « deux jeunes filles / Qui s'en vont pâlir sous les chastes charmilles / Sans même savoir qu'elles sont pardonnées » : ce vœu d'ignorer ce que l'on sait, réalisant « le frais oubli de ce qui nous exile », tient du paradoxe pragmatique. De même à la fin de l'*Ariette I*, il ne va pas de soi que l'âme en peine, qui se divise entre « La mienne, dis, et la tienne », puisse à la fois se « lamente[r] / *En* cette plainte dormante » et être la source « *Dont s'exhale* l'humble antienne ». On pourrait encore citer, à cause de leur rapport paradoxal aux poèmes, les titres *Romances sans paroles* et *Ariettes oubliées*.

Le dernier mot des *Ariettes*, « noyées », participe d'une contradiction similaire : il vient en effet comme une surprise, après « hautes feuillées » qui paraissait faire retour aux « ramures réelles » soigneusement disjointes de la « rivière embrumée » dans le premier pseudoquatrain. Certes, il est ici question de miroir et d'illusion, mais une chose est de dire cette illusion, une autre de la produire dans le poème. Verlaine le fait ici encore en conjoignant brutalement l'envers et l'endroit, en une sorte d'anneau de Möbius. On a l'impression que le dédoublement, la dualité, le clivage visent à retourner la nature contre elle-même.

Or cette lecture oblige à relire tout le poème. Trop souvent, on s'est contenté d'y relever les figures du miroir, les symétries. Elles sont indubitables, mais celles de l'illusion l'emportent : de même que l'eau létale a la force de capter le haut, le TU est à concevoir comme un au-delà du dédoublement — non comme un élément du dialogue intérieur, mais comme une aliénation du moi par entrée dans le miroir, comme un « estrangement ». Même chose en ce qui concerne les temps : pour expliquer que cette seconde « strophe » soit au passé alors que le poème était jusqu'ici au présent, on pourrait sans doute supposer un retour en arrière : ce serait l'évocation de souvenirs attachés au paysage précédemment décrit. Il est cependant troublant que cette coupure temporelle redouble celle du TU : comme dans les questions de l'*Ariette V* qui périment un air jusqu'à annoncer sa mort, c'est vraisemblablement toute la position d'énonciation qui se modifie d'un « quatrain » à l'autre. Le voyageur, capté par « ce » paysage, devenu pur reflet, ne peut plus être évoqué qu'à la deuxième personne et sur le mode du révolu. *Il se constitue en exilé, parlant de l'exil.* Nous n'aurions donc pas affaire à une banale rétrospection, mais à une substitution de temps, à une énallage [6] qui fait glisser le présent sous le passé — à une évocation d'outre-tombe. Dès lors, il apparaît possible de rattacher « Tes espérances noyées » au titre (un heptasyllabe également !) *Ariettes oubliées*, en le versant au nombre des paradoxes pragmatiques de cette section.

Le poème s'analyse ainsi en interrelation avec la section, obligeant à (re) lire de proche en proche. La même hypothèse incite par exemple à revenir sur la première strophe de l'*Ariette V*, qui sépare par un autre « tandis que » le piano et l'air : il se pourrait bien que la pianiste à la « main frêle » soit l'absente de la fin de la phrase (« longtemps parfumé d'Elle »). À défaut de véritable composition, la pression contextuelle imposerait alors l'oubli, la présence-absence, contre le sens obvie.

Christian HERVÉ

1. *Malines* et *Beams* sont d'ailleurs logiquement unis par les verbes « filer » et « glisser », mais aussi par des échos qui lient l'échelonnement (« vagues frondaisons »-« chaque wagon ») et le déroulement (« des vagues » et des « varechs »). Le vague n'est pas ici ce qu'on pense !
2. J'y comprends l'élimination du *murmure* et du *chant*.
3. M'appuyant sur l'irrécusable jeu de mots *shepherd / J'ai peur d'*, j'incline à lire dans « Beams » le contraire d'« abîmes » — son positif.
4. *Le Poison*, dans les *Fleurs du mal*, combine certes les deux mêmes mètres, mais dans des quintils *AbBaB* (l'alexandrin étant symbolisé par la majuscule).
5. « Incertitude et vacuité du moi dans les *Ariettes oubliées* », in *Revue d'Histoire littéraire de la France*, LXXXII, 1982, p. 412-423.
6. Souvenons-nous de l'exemple donné par Fontanier : « C'en est fait, Madame, et j'ai vécu. »

LA PENSÉE RYTHMIQUE DE VERLAINE

LE POÈTE AU LYCÉE

Avec ses « sanglots longs », l'inflexion « des voix chères qui se sont tues » et sa « musique avant toute chose », l'image de Verlaine aujourd'hui est pour un large public celle d'un poète d'inspiration sentimentale, un peu triste, un peu vague, et surtout, mot commode, « musicien » [1].

Dès le lycée pourtant ses vers révèlent, si on y prête attention, un rare goût du travail de l'expression rythmique précise de la pensée. Pour en donner une idée, voici quelques lignes d'un sonnet écrit en classe de rhétorique, transposé d'un poème de Catulle [2], où l'on pourrait apparemment trouver à redire : ainsi un éditeur de la Pléiade relève la « confusion probable entre *Sirmio* et *Sunium* » et le fait qu'un même mot, « Sirnium », est « compté pour trois pieds » (deux fois) et « pour deux » (une fois) [3], alors que normalement un mot donné a une scansion donnée et une seule en poésie.

Ô Sirnium, cap au gazon fleuri,
Enfin, c'est toi, je te revois encore [...]

Ces flots, ô cap Sirnium, sont les tiens,
Je puis enfin te voir en assurance. [...]

Aussi, salut, cap Sirnium et toi, son
Bleu miroir, lac qu'une forêt ombrage.
Gai ! que la joie emplisse la maison.

Dans le même esprit correcteur, on pourrait rappeler à l'élève que, selon l'*Art poëtique* de Boileau, Apollon avait interdit qu'un mot osât se remontrer deux fois dans un sonnet. Maladresses de débutant ? Il serait tout de même assez curieux qu'un amateur de langage confonde par erreur « Sirmio » et « Sunium », répète le mot trois fois par hasard — à chaque fois de manière vocative —, et flotte sur sa prononciation, alors qu'il prend la peine d'écrire un sonnet sur le sujet.

Il s'agit de la joie du retour chez soi après un voyage en mer, thème antique. Le nom du cap désiré, enfin revu, retrouvé, et salué, figure curieusement en trois positions métriques différentes, compte tenu de la mesure classique 4-6 de ces vers :

> *Ô* Sirnium, cap *au gazon fleuri,*
> *Ces flots, ô* cap Sirnium*, sont les tiens,*
> *Aussi, salut,* cap Sirnium *et toi, son*

Qu'on prête plutôt attention au sens du sonnet et aux variations sur ce mot — car c'est bien le même mot qui paraît trois fois dans le sonnet, mais à chaque fois il varie. Au premier vers, le nom du cap (« Sirnium ») est bien calé devant la césure, puisque « cap » en est détaché en apposition dans le second hémistiche. À sa seconde énonciation, l'expression « cap Sirnium » a été syntaxiquement ressoudée et franchit la césure, de telle sorte que « Sirnium » apparaît décalé en rejet au début du second hémistiche. À la fin, le « cap Sirnium » a complètement franchi la césure et se cale métriquement au début de l'hémistiche. Il paraît donc manifeste que, par d'habiles variations, le jeune lycéen a rendu rythmiquement l'approche du cap retrouvé [4]. Au vu d'un tel souci du détail, il est probable que la condensation syllabique de sa dernière énonciation (en deux syllabes) est intentionnelle, afin de suggérer, peut-être, l'empressement ou la familiarité. En tout cas le jeune poète est loin d'être un maladroit et il faudra se lever tôt si on veut se mêler de le corriger.

Jeu et ambiguïté rythmique

Le travail de l'expression rythmique par glissement avec calage et décalage métriques devient presque une habitude de Verlaine, qui écrit quelques années plus tard, dans ce qui deviendra la « Nuit du Walpurgis classique » des *Poèmes saturniens* : « C'est plutôt le sabbat du second Faust que l'autre. Un rhythmique sabbat. Rhythmique. Extrêmement rhythmique. — Imaginez un jardin de Lenôtre, correct, ridicule et charmant. [5] » Ici, sans nul doute, les répétitions sont calculées de manière à déplacer l'adjectif même qui désigne le rythme et finalement le décaler en rejet au détour des alexandrins, car c'est ainsi que ces mots sont disposés sur le papier :

C'est plutôt le sabbat du second Faust que l'autre.
Un rhythmique sabbat. Rhythmique. Extrêmement
Rhythmique. — Imaginez un jardin de Lenôtre,
Correct, ridicule et charmant.

La répétition de « rhythmique » est (extrêmement) rythmique, mais avec temps et contretemps : l'habile rythmicien paraît s'amuser un peu. Mais voici un autre ton, en première page des *Fêtes galantes* (1869), à propos de personnages en fête mais « quasi / Tristes sous leurs déguisements fantasques » :

Tout en chantant sur le mode mineur
L'amour vainqueur et la vie opportune,
Ils n'ont pas l'air de croire à leur bonheur
Et leur chanson se mêle au clair de lune,

Au calme clair de lune triste et beau [...]

Le « clair de lune » qui fait d'abord le titre du poème dans cette édition (re) vient à la rime concluant le second quatrain (premier ci-dessus) ; mais la phrase, qui pourrait s'arrêter là, rebondit (suivant une figure dite d'enchaînement) au début du dernier quatrain par cette même notion, amplifiée et déplacée dans le vers, en sorte que le « clair de lune » qui était bien calé en fin non seulement d'hémistiche, mais de vers et de quatrain, reparaît métriquement décalé, si on compare, suivant le rythme donné 4-6 :

Et leur chanson	*se mêle au* clair de lune,
Au calme clair	de lune *triste et beau*

Suivant ce traitement rythmique 4-6 non seulement plausible, mais sans doute incontournable dans l'esprit des lecteurs métriques de l'époque, « de lune » est alors découpé en rejet dans le second hémistiche. Si le poète s'en tenait là, on pourrait dire que l'effet est presque banal (pour l'époque et pour lui). Mais, dans ces mêmes années, Verlaine commençait déjà à faire parfois basculer — exceptionnellement — le rythme 4-6 en 6-4 (chose banale en métrique italienne). Or le sens favorisait mieux la division : « Au calme clair de lune — triste et beau », division compatible avec ce rythme 6-4, car « Au calme clair de lune » était comme un vers de mesure 6 (avec en supplément, comme à une fin de vers féminine, la voyelle post-tonique de « lune ») ; et, dans la continuité du vers, le second hémistiche, « triste et beau », pouvait fournir l'impression rythmique de longueur 4 grâce au renfort rythmique de cette voyelle. Ce vers, tiré à la fois vers le rythme 4-6 par l'habitude et le contexte et vers le rythme 6-4 par le sens et l'émergence d'un nouveau style, était donc vraisemblablement alors, dans la tête de son auteur, rythmiquement ambigu, ou ambivalent. Il est possible que cet effet ait été favorisé par le fait que le vers se prêtait à l'ondulation accentuelle binaire marquée ci-dessous par des caractères gras :

*Au c**a**lme cl**ai**r de l**u**ne — tr**i**ste et b**eau*** 2-2-2-2-2

Cette forte rythmique interne, en valorisant simultanément les quatrième et sixième voyelles, aurait favorisé la combinaison et le contrepoint des deux rythmes.

On pourrait penser qu'il ne s'agit là que d'un travail (ou d'un jeu) de subtil rythmicien. Mais ce n'est sans doute pas par hasard que cette ambiguïté coïncide avec l'expression du clair de lune, lumière incertaine dans laquelle doutent des êtres masqués et ambigus, dont la tristesse et le bonheur sont indécis, dans un paysage où des jets d'eau « sanglotent d'extase ».

La subtilité de l'expression rythmique s'appréciera d'autant plus si, du premier poème des *Fêtes galantes*, on passe directement au dernier, en quatrains démembrés en distiques, ce « Colloque sentimental » entre deux spectres qui, dans le vieux parc « glacé », évoquent le passé. Le rythme est encore 4-6, mais dès le premier échange verbal : « — Te souvient-il de notre extase ancienne ? / — Pourquoi voulez-vous donc qu'il m'en souvienne ? », la réponse contestatrice « Pourquoi voulez-vous donc » barre fortement par le quasi-mot « voulez-vous » le rythme 4-6 en faveur d'un rythme 6-4 évident : violence métrique convenant à l'expression de la violence du refus du passé.

Rimbaud (sans doute à une époque où il fréquente Verlaine) paraîtra se souvenir de ce jeu sur l'ambiguïté rythmique du 4-6 / 6-4 pour évoquer un faune troublant une feuillée « incertaine » : « Sa l*è*vre écl*a*te en r*i*res sous les br*an*ches », « Son r*i*re tr*em*ble enc*o*re à ch*a*que f*eu*ille ».

DOUCEUR OU VIOLENCE ?

Le temps qui passe a plus de prise sur les rythmes poétiques que sur les monuments. Il n'y a pas trente-six, ou même seulement deux manières de mesurer le Parthénon, alors qu'abondent les manières différentes de rythmer le moindre énoncé, en sorte que la recherche de ce qui pouvait être le mètre de tel vers dans la tête de tel poète à telle époque est toujours spéculative et plus ou moins incertaine — comme ici. Mais la pire erreur serait pour un lecteur moderne, éloigné de l'époque et de la culture poétique de Verlaine vers 1870 (par exemple), de tenir pour évident que, par la stabilité de l'encre et la magie de la lecture, le rythme se transmet directement du poète au lecteur. Ainsi quand nous lisons ce début de sonnet des *Poèmes saturniens* (1866), « Lassitude » :

De la douceur, de la douceur, de la douceur !
Calme un peu ces transports fébriles, ma charmante.
Même au fort du déduit parfois, vois-tu, l'amante
Doit avoir l'abandon paisible de la sœur.

Le rythme 4-4-4 du premier vers, banalisé et devenu comme naturel en contexte alexandrin pour la majorité de nos contemporains, peut sans doute convenir à la « douceur » qu'il exprime : on a peu de chances d'imaginer ici, sous l'évidence du ternaire martelé par répétition, un bien difficile rythme 6-6 où un article viendrait en suspens à la césure contre toute apparence de « douceur ». Pourtant l'examen méthodique des corpus de vers de cette époque, et même certains témoignages contemporains [6], incitent à penser que ce vers n'était pas seulement rythmable en ternaire, mais assurément reconnaissable comme alexandrin 6-6, le nombre total douze de voyelles jusqu'à la tonique du vers (« … douc*eu*r ») étant de toute manière inaccessible à la perception.

Mais pourquoi faire violence au rythme naturel et évident ? — Il semble que les poètes de cette époque étaient, par culture, formés à attendre et rechercher instinctivement dans les vers une mesure déterminée, codifiée. Or le sonnet « Lassitude » n'exprime pas simplement la douceur. Précédé en épigraphe de ce vers de Gongora : *« A batallas de amor campo de pluma »* — « À batailles d'amour, champ de plume » —, il s'adresse à une amante dont la fougue devient lassante et dont il s'agit de calmer la passion « fauve ». L'insistance du premier vers est impérative : c'est une injonction autoritaire lui commandant un peu de douceur. La contradiction violente entre le rythme métrique normal 6-6 — malmené par le sens — et le rythme 4-4-4 forcé par le sens convenait sans doute à cette tension dans l'esprit du poète. — Le mètre, aujourd'hui, certes, n'est plus ce qu'il était…, mais si l'on étudie ce sonnet en tenant compte de la culture du temps où il fut écrit, au lieu d'un assez douceâtre et ronronnant ternaire, il révèle le soin et la maîtrise de l'artiste dans l'expression rythmique d'une pensée complexe.

Duplicité

Le poète, tel que Verlaine le représentera plus tard dans « Caprice » (*Parallèlement*, 1889), est un homme double, même socialement : « faux riche et faux pauvre », « Tour à tour souple drôle et monsieur somptueux ». Son habit traduit cette duplicité :

Un bouton manque. Un fil dépasse. D'où venue	4 4 4
Cette tache — ah ça, malvenue ou bienvenue ? —	3 5 4
Qui rit et pleure sur le cheviot ou la toile ?	4 8
Nœud noué bien et mal, soulier luisant et terne,	6 6
Bref, un type à se pendre à la Vieille-Lanterne	6 6
Comme à marcher, gai proverbe, à la belle étoile,	4 3 5 ?

Ces vers furent sans doute écrits en 1887, à l'hôpital Broussais. Les habitudes métriques du poète (et de certains de ses contemporains) ont sensiblement évolué vers plus de liberté métrique. On peut être tenté de les rythmer par exemple comme indiqué en marge ci-dessus : il suffit de se laisser guider par le sens [7]...

Tout de même, essayons d'imaginer un traitement rythmique plus conforme au système métrique du temps. Alors, dans le premier vers, une césure 6-6 intervient dans « Un fil dépasse » : le mot « dépasse » fait ce qu'il dit — il *dépasse* la césure, comme le fil. Au vers suivant, la césure intervient dans « malvenue » : le mot « malvenue » est *malvenu* à cet endroit, comme la tache — la césure le divise en ses constituants (*mal* et *venue*), décomposition que préparait la différence dans la répétition de « venue » à « malvenue » ; ainsi rendu contrastif, le préfixe *mal* est naturellement accentuable à la césure. Et le mot « malvenue » ne se trouve pas seulement mal à cet endroit, il y est mal *venu* en effet, puisque, au premier vers, le mot « venue » était bien sagement calé à la rime. *Venue* reviendra dans « bienvenue », à nouveau bien calé sur la rime. Le poète dira un peu plus loin que les gens de son espèce sont des cœurs « mal tombés ». S'il y a césure 6-6 au vers suivant, elle convient encore, dans la foulée, à la tache apparemment malvenue « sur — le cheviot » (chic) « ou la toile » (plus modeste) ; de toute manière, le dernier hémistiche focalise métriquement la disjonction nominale « le cheviot ou la toile », résumant ainsi les tenues contradictoires du personnage. Pour finir, les deux personnages expriment la duplicité du poète, l'un du genre à se pendre à la Vieille-Lanterne comme Nerval, l'autre, plus voyou, comme Rimbaud peut-être, à marcher à la belle étoile.

Pour ce dernier, Verlaine choisit un vers encore peu vraisemblable aux alentours de 1870 : la césure 6-6 y couperait très durement « pro — verbe » (sans jeu de mot manifeste, et avec une seule voyelle dans la partie en rejet) ; mais la coupe huitième prévisible en cette situation est plus qu'improbable (« à — la belle étoile »). Or c'est apparemment vers cette époque que Verlaine commence à admettre, exceptionnellement, le rythme 4-3-5 (du type 4-8) en substitut du 6-6 ou d'un rythme à coupe huitième. Probablement alors une forte dissonance par une forme métriquement tout à fait marginale lui a paru heureuse pour exprimer une liberté d'allure.

Clandestinité et bizarrerie

C'est avec des vers peut-être encore plus déroutants (rythmiquement) que Verlaine chante l'homosexualité dans ces vers publiés en 1889 :

Ces passions qu'eux seuls nomment encore amours
Sont des amours aussi, tendres et furieuses,
Avec des particularités curieuses
Que n'ont pas les amours certes de tous les jours.

Même plus qu'elles et mieux qu'elles héroïques,
Elles se parent de splendeurs d'âme et de sang
Telles qu'au prix d'elles les amours dans le rang
Ne sont que Ris et Jeux, ou besoins érotiques, […]

Au milieu d'un ensemble d'alexandrins se prêtant sans problème à une scansion en 6-6 (ou du mois 4-4-4), deux vers détonnent violemment. Il était sans doute impossible de ne pas reconnaître dans le vers « Telles qu'au prix d'elles les amours dans le rang » un bon hémistiche final d'alexandrin (« les amours dans le rang »). Mais alors, pour que le premier « hémistiche » (« Telles qu'au prix d'elles ») mérite son nom, il aurait fallu le sentir en rythme 6, donc en s'appuyant sur la dernière voyelle post-tonique (rythmiquement « féminine ») d'« ell*e*s » — horreur prosodique intolérable. Mais un rythme compensatoire avec coupe huitième (dans « amours ») est invraisemblable, les coupes de compensation ou de substitution devant être assez naturelles pour relayer la coupe régulière. — Alors, réduit à sentir ce vers en 6-6, on ne peut pas ne pas remarquer qu'il couronne une série de bizarreries les concernant, *elles* — c'est-à-dire ces *amours* dont la grammaire changeait le sexe en les transposant du singulier *(un amour normal)* au pluriel *(des amours curieuses)*.

Le jeu grammatical sur le genre, ou le sexe, est clair dès le premier quatrain. Il est discrètement (si l'on peut dire) aggravé au second par la pronominalisation : en pronom non plus conjoint au verbe, mais autonome, dans « plus qu'elles », « mieux qu'elles », et surtout enfin « au prix d'elles », « elles » est pratiquement traité comme un pronom désignant des personnes : qui sont-« elles » donc, ces personnes aux amours curieuses, mais héroïques ? Dans ce contexte de bizarrerie générique ou sexuelle, la césure sur « ell*es* » fait sens. La voyelle post-tonique, dite féminine, est traitée comme une non-féminine, disons en termes plus récents, masculine. Et même si ce quasi-jeu de mot métalinguistique n'est peut-être pas prévu, c'est bien le mot « elles » qui grammaticalement, puis métriquement, est curieux et même choquant.

Dans le premier vers bizarre, d'autant plus qu'il succédait à deux premiers alexandrins carrés, « normaux », c'est le mot « particularités » qui barrait non seulement la césure 6-6, mais toute césure sixième ou huitième (voire quatrième) : « Avec des particularités curieuses ». La pression métrique normale chez un lecteur de l'époque se concentrait donc sur la césure régulière : « Avec des particu — larités curieuses ». Il suffit d'y faire attention pour en apercevoir la pertinence ; la syllabe *cu* vient sonner à la césure (peut-être même précédée de *parti*[e]…), puis, ainsi distinguée, peut encore se faire remarquer dans « curieuses » avec un accent d'insistance initiale.

Cette allusion crue à l'homosexualité masculine passe le plus souvent inaperçue de nos jours, parce que la pression métrique qui fonctionnait dans la culture rythmique de Verlaine a pratiquement disparu. L'allusion était transparente non seulement pour Verlaine, mais sans doute pour son éditeur (en tout cas celui du recueil) et pour la plupart des poètes qu'il fréquentait. Mais elle était suffisamment oblitérée par le sens pour échapper à des esprits sinon moins métriques, du moins plus innocents, et pouvait ainsi paraître publiable. Ici donc, on voit le poète recourir à une ambiguïté rythmique non à des fins d'expression d'une pensée subtile ou complexe, mais à des fins de contrebande sémantique, en filtrant un message selon la capacité de décodage (métrique et sémantique) de ses différents lecteurs de l'époque.

Non content de pratiquer la clandestinité métrique, l'auteur a manifestement construit une espèce de Charybde-et-Scylla métrique en faisant succéder aux « particularités » si curieuses un alexandrin si normal : « Que n'ont pas les amours certes de tous les jours ». Non seulement normal en son rythme, mais carrément balourd, le 6-6 régulier y étant souligné par une rime interne qui n'est que trop saillante et stéréotypée :

Que n'ont pas les amours
Certes de tous les jours.

Non seulement cette normalité est vulgaire, mais elle tend à porter tout le poids de la faute : la rime dite « léonine », traditionnellement proscrite comme une maladresse dans les traités de versification[8], affiche ici une platitude et une banalité méprisables — à l'instar des amours… normales.

*

Plus on prête attention à la rythmique de Verlaine, plus on se persuade que son « chant », sa « musique », relèvent d'un travail d'artiste sur le rythme et l'expression rythmique de la pensée, et ressortissent en bonne part à la culture poétique de son temps et à son évolution. Le lecteur qui essaie de comprendre les rythmes verlainiens — d'une manière hasardeuse et progressive mais, autant que possible, méthodologiquement et historiquement informée — ne peut manquer de s'interroger, au vu de ce qu'il croit deviner, sur ce qui lui échappe encore ou définitivement.

Benoît de CORNULIER

1. La versification de Verlaine a été l'objet de nombreuses études au cours des dernières décennies. En témoignent, notamment : Benoît de Cornulier, *Théorie du vers, Rimbaud, Verlaine, Mallarmé*, Le Seuil, 1982, et *Art poëtique, Notions et problèmes de métrique*, Presses de l'Université de Lyon, Lyon, 1995 ; Jean-Louis Aroui, *Poétique des strophes de Verlaine : analyse métrique, typographique et comparative,* Thèse de doctorat, Université de Paris-8, 1996 ; Jean-Michel Gouvard, *Critique du vers,* Champion, 2000 ; Jean-Pierre Bobillot, *Rimbaud, Le meurtre d'Orphée, Crise de Verbe & Chimie des vers ou la Commune dans le Poëme,* Champion, 2004.

2. Catulle, XXXI, *Ad Sirmionem insulam.*
3. Note de Y.-G. Le Dantec *in* Paul Verlaine, *Œuvres poétiques complètes,* édition par Y.-G. Le Dantec revue par Jacques Borel, « La Pléiade », Gallimard, 1992, p. 1062. Je suppose que le manuscrit a été correctement déchiffré…
4. Sirmio, à laquelle Catulle revient sans doute par voie de terre, était une presqu'île dans un lac italien. En rapprochant ce nom de celui du cap grec de Sounion (Sunium en latin), l'auteur permet d'imaginer qu'on se rapproche d'un cap par la mer.
5. Manuscrit Bodmer. La ponctuation sera moins brutale dans les *Poèmes saturniens* (1866). Steve Murphy a relevé et commenté cette technique de déplacement métrique. (Cf. notamment S. Murphy, « Pour l'étude des *Poèmes saturniens* », *Revue Verlaine*, n° 3-4, 1996, p. 233).
6. Par exemple le jeune Rimbaud, dans une lettre à son professeur de rhétorique, signalera dans les *Fêtes galantes* le vers « Et la tigresse épouvantable d'Hyrcanie », qui sonne aujourd'hui comme un ternaire assez bénin, en y indiquant une césure bizarre, disons même tigresque, dans « épou — vantable » (sans doute compatible en contrepoint avec un rythme 4-4-4).
7. En cas de finale post-tonique ou « féminine », on s'accorde généralement à considérer que, au moins rythmiquement, la voyelle compte pour le segment suivant, d'où le fait que « Qui rit et pleu-re » est rythmé 4, et le segment suivant 8 au lieu de 7. C'est que qu'on a vu plus haut pour le « clair de lu-ne ».
8. Verlaine a su faire de la rime interne, en un style métrique inspiré du chant traditionnel, un usage plus délicat, comme dans « Il pleure dans mon cœur… ».

L'*ART POÉTIQUE* DE VERLAINE

Une réponse au traité de Banville

La tradition critique oppose en général *L'Art* de Théophile Gautier paru en 1857 et l'*Art poétique* de Verlaine. Il est incontestable que Verlaine s'oppose à une poétique du marbre, du précis, de la couleur sans nuance, défendue par Gautier. Il est non moins exact que *L'Art* de Gautier était une référence absolue pour les Parnassiens. En revanche on ne parle presque jamais du *Petit Traité de poésie* de Banville, pourtant beaucoup plus d'actualité au moment où Verlaine écrivait son poème. Dans les rares cas où Banville est cité, c'est simplement pour dire que Verlaine réagissait dans son poème aux excès de l'auteur des *Odes funambulesques* en matière de rime [1], en associant tout naturellement cette critique à celle que l'auteur de l'*Art poétique* faisait du Parnasse. Le présent article propose de montrer que l'importance de Banville doit être reconsidérée, et que Verlaine pensait surtout à Banville quand il composa l'*Art poétique*.

*

On sait que ce célèbre poème de Verlaine fut écrit bien avant sa première publication en 1882 dans la revue *Paris-Moderne*. C'est en prison, à Mons, que Verlaine le composa, comme l'atteste un manuscrit daté d'avril 1874. Pourtant, l'*Art poétique* semble bien se rattacher à l'expérience poétique de Verlaine et de Rimbaud vécue deux ans auparavant, au moment où celui-ci écrit ses derniers vers de 1872 et Verlaine ses *Romances sans paroles*. Ce fait a d'ailleurs été souligné par Jacques Borel qui note que *Art poétique* n'annonce aucunement *Sagesse* et retrouve la vibration des vers de *Romances sans paroles* [2]. André Vial estime aussi que l'*Art poétique* est le bilan des deux ans de recherches précédentes [3]. Claude Zissmann va plus loin en affirmant que l'*Art poétique* a été écrit en 1872 [4]. Pour ma part, je pense que ce poème est le fruit des discussions que Verlaine et Rimbaud ont eues, principalement à Paris, autour du *Petit Traité de poésie française* de Théodore de Banville [5] dont l'importance n'a pas été, à mon avis, assez remarquée par la critique [6].

C'est d'abord une coïncidence qu'il faut relever. Lorsque Rimbaud arrive chez Verlaine à Paris en septembre 1871, la publication du petit traité de Banville s'achève dans les livraisons de *L'Écho de la Sorbonne*. On sait que Rimbaud logera chez Banville en novembre 1871 après avoir été hébergé chez Verlaine puis chez Charles Cros. Il est donc hautement improbable que Rimbaud et Verlaine aient pu ignorer cette publication. Quoi qu'il en soit le traité fut publié en volume à la fin de l'année 1871, et non en 1872 sans autre précision de mois, comme il est communément admis. Le traité de Banville est considéré comme une sorte d'évangile du *Parnasse* situé à des lieues de la poétique de Verlaine et de Rimbaud. De plus, on a mal compris un chapitre du traité dans lequel Banville interdisait toutes licences. On l'a interprété en disant que Banville était contre toute liberté et de ce fait il fut rangé comme un strict Parnassien. On s'était mépris sur la signification du mot *licence* qui signifiait pour Banville que le poète devait simplement respecter l'orthographe et la grammaire. En fait, l'interprétation du traité est beaucoup plus complexe qu'il n'y paraît. Certes, Banville y énonce des axiomes comme celui relatif à la rime dont nous allons parler, mais il exprime par ailleurs des idées très avancées sur la liberté du vers et c'est, nous le verrons, par ses contradictions que le traité est capital dans l'histoire de la poésie, car il soulève des questions profondes. Banville y affirme que la rime est tout le vers : *on n'entend dans le vers que le mot qui est à la rime* [7]. Une idée que même Leconte de Lisle jugera excessive [8]. Banville ajoutait que le secret de la poésie était dans la rime et il avait échafaudé toute une théorie pour se justifier. Or, une position extrême conduit mathématiquement à son contraire. Banville dans son traité suscitait fatalement les questions : pourquoi la rime ? La rime est-elle vraiment le secret de la poésie ? Mais il y avait plus dans le traité de Banville. Il se déclarait ennemi des règles, prônait par exemple le refus de l'alternance des rimes masculines et féminines, critiquait Ronsard qui avait édicté ces règles. Il était pour la liberté complète des coupes, et défendait des idées que les symbolistes reprendront plus tard. La meilleure preuve que le traité de Banville contenait en germe le symbolisme est que le fameux manifeste du symbolisme de Jean Moréas est constitué pour une bonne part d'extraits du traité de Banville, en excluant naturellement tout ce qui avait trait à la rime. Moréas ajoute même dans une réponse à Anatole France concernant son manifeste : « je crois avoir suffisamment prouvé par des extraits que, dans son admirable *Traité de poésie*, M. de Banville a préconisé toutes les réformes rythmiques que nous avons eu le courage de réaliser, en ce moment, mes amis et moi [9] ». Dans son manifeste, Moréas voyait une filiation entre Verlaine et Banville : « M. Paul Verlaine brisa en l'honneur du mouvement actuel les cruelles entraves du vers que les doigts prestigieux de M. Théodore de Banville avaient assoupli auparavant » ; et en 1892 Robert de Souza écrivait : « Au vrai, les ouvriers du progrès poétique ne virent, à la première heure, en la métrique de Verlaine qu'une réalisation des vœux de Banville. [10] » Verlaine, lui-même, avait écrit en 1887 que la nouvelle école symboliste « prétend se débarrasser de certaines règles déjà dénoncées par Banville », extrait capital montrant que Verlaine connaissait bien cet aspect de la poétique énoncée dans le *Petit Traité* [11]. Mais, par ailleurs, Banville acceptait les anciennes contraintes des poèmes à formes fixes et cherchait à les ressusciter. Verlaine et Rimbaud ont bien vu, comme après eux Moréas, que le traité de Banville contenait de grandes idées de liberté pour le vers. Mais le traité affirmait aussi avec autorité la très haute importance de la rime. Un énorme malentendu résulta de cette situation paradoxale et de ces contradictions. À tout cela s'ajoute une anecdote ridicule, reprise volontiers par les biographes et les spécialistes de Rimbaud : ce dernier aurait traité Banville de « vieux con » après lui avoir donné lecture du *Bateau ivre*. Rimbaud aurait en somme relégué Banville au rang de vieux poète borné, incapable de comprendre la poétique nouvelle [12]. C'est oublier que Banville avait été le premier grand poète à reconnaître le génie de Baudelaire, c'est oublier que Mallarmé le considérait comme un maître, c'est oublier que Charles Morice théoricien écouté du symbolisme disait qu'il était la voix même de la poésie. C'est oublier enfin l'importance qu'il a eue pour des poètes comme Jules Laforgue et Francis Vielé-Griffin. L'oubli presque complet dans lequel a sombré Banville n'a pas favorisé une perception objective de l'importance de ce poète.

Avec sa fougue révolutionnaire, Rimbaud a écrit le sonnet *Voyelles*, faux manifeste de la rime riche, qui contredit [13] la théorie de Banville concernant ce que le poète des *Odes funambulesques* appelait « l'imagination de la rime ». Il entreprit ensuite une étude systématique de la déconstruction de la métrique des vers dans ses étonnants poèmes de l'année 1872, allant jusqu'à supprimer la rime dans certains d'entre eux. Verlaine de son côté n'ira pas aussi loin que Rimbaud. L'auteur de *Sagesse* avait beaucoup d'admiration pour Banville. C'est peut-être le seul poète de son temps qu'il considérait comme son véritable maître [14]. Michael Pakenham note que dans sa correspondance Verlaine exprime des sentiments constants de respect et d'admiration à l'égard de Banville [15]. Dans ses souvenirs Verlaine écrit que la lecture des *Cariatides* et des *Stalactites* a eu sur lui une *influence décisive*. Lorsque l'*Art poétique* de Verlaine fut publié en 1882, dans un premier temps Charles Morice le critiqua. La réplique de Verlaine fait justement apparaître l'estime dans laquelle il tenait Banville : il répond qu'il respecte la rime et n'en combat que les excès, mais il veut surtout montrer que Banville n'est pas visé. S'il s'insurge contre les calembours, il explique qu'ils « sont exquis dans les *Odes funambulesques* » mais que son « cher Maître Théodore de Banville » ne les utilise plus dans « ses merveilleuses œuvres purement lyriques ». Banville, lui-même prêta évidemment attention à l'*Art poétique* de Verlaine. Ainsi dans le tableau qu'il dresse de la poésie en 1889, il écrit que le délicat Verlaine proscrit même la rime : « Non sans raison, Verlaine accuse la Rime d'avoir servi à bien des infamies et à bien des crimes ; mais n'en peut-on pas dire autant de toutes les nobles armes ? [16] » Banville n'avait peut-être pas lu que Verlaine avait pris sa défense en 1888 dans *Le Décadent*. Verlaine écrivait : « Quant à Banville, que semblerait viser de façon plus spéciale le reproche de rimer trop richement, relisez-le, et citez-moi une rime de lui qui ne soit rigoureusement judicieuse. » Un peu plus loin il évoquait son « très illustre et très indulgent maître Théodore de Banville [17] ».

*

Mais au fil du temps, la position de Verlaine avait évolué. Il est certain qu'en 1872, tout comme Rimbaud, il avait réfuté la théorie de la rime de Banville. Nous montrerons ici que l'*Art poétique* fut la réponse de Verlaine au *Petit Traité de poésie*.

La critique la plus évidente formulée par l'*Art poétique* concerne la rime :

Prends l'éloquence et tords-lui son cou !
Tu feras bien, en train d'énergie,
De rendre un peu la Rime assagie.
Si l'on n'y veille, elle ira jusqu'où ?

Ô qui dira les torts de la Rime ?
Quel enfant sourd ou quel nègre fou
Nous a forgé ce bijou d'un sou
Qui sonne creux et faux sous la lime ?

Verlaine écrit Rime avec une majuscule comme le faisait Banville dans son *Traité*, mais le plus amusant est que Verlaine reprend les rimes mêmes de Banville. Ainsi la rime « cou // jusqu'où » est issue des *Odes funambulesques* : une rime casse-cou inventée par Banville, une rime-gigogne [18] :

Et toujours le Budget dévore. Ô ciel ! jusqu'où
Fourre-t-il cet or ! Quelle autruche !
Il sue, on voit saillir les veines de son cou :
Il enfle comme une baudruche ! [19]

Banville redonnera cette rime dans son poème *La Marseillaise* paru en 1871 dans *Les Idylles prussiennes* que Verlaine connaît bien :

Elle vous mènera jusqu'où
Grince la défaite au front hâve !
Ah ! vous pouvez lui mettre au cou
Votre ignoble collier d'esclave ;

La rime « lime // rime » se trouve aussi dans le poème *Virelai à mes éditeurs* des *Odes funambulesques* : « Ciseleur, brise ta lime, / Barbanchu nargue la rime ! [20] ». Dans sa *Ballade de Victor Hugo père de tous les rimeurs* parue dans *La Renaissance littéraire et artistique* en 1872, Banville commence son poème par : « En ce temps dédaigneux, la Rime », et le troisième huitain du poème par : « D'autres encor tiennent la lime [21] ».

Même si Verlaine critique incontestablement les propos de Banville sur la rime, dans l'*Art poétique* il est loin de rejeter l'ensemble de ses idées. Déjà dans la préface des *Stalactites*, Banville écrivait : « il ne serait pas plus sensé d'exclure le demi-jour de la poésie, qu'il ne serait raisonnable de le souhaiter absent de la nature ; et il est nécessaire, pour laisser certains objets poétiques dans le crépuscule qui les enveloppe et dans l'atmosphère qui les baigne, de recourir aux artifices de la négligence. C'est le métier qui enseigne à mépriser le métier ; ce sont les règles de l'art qui apprennent à sortir des règles. C'est surtout quand il s'agit d'appliquer des vers à de la musique qu'on sent vivement cette bizarre et délicate nécessité, et surtout encore lorsqu'il faut exprimer en poésie un certain ordre de sensations et de sentiments qu'on pourrait appeler musicaux. » Ces réflexions de Banville ne préfigurent-elles pas l'*Art poétique* de Verlaine ? [22] Dans son petit traité, Banville écrivait : « J'aurais voulu que le poète, délivré de toutes les conventions empiriques, n'eût d'autre maître que son oreille délicate, subtilisée par les plus douces caresses de la musique [23] ». Paroles auxquelles fait écho le célèbre vers de Verlaine : « De la musique avant toute chose ». Banville énonçait aussi son rêve que le vers français « puisse s'élever assez haut dans l'air libre pour ne plus rencontrer ni barrières ni obstacles pour ses ailes [24] ». Là encore, Verlaine lui fait clairement écho : « Que ton vers soit la chose envolée. »

L'*Art poétique* revendiquait l'emploi des mètres impairs : « Et pour cela préfère l'impair / Plus vague et plus soluble dans l'air. » Or les vers impairs sont plusieurs fois utilisés par Banville dans *Les Stalactites*, notamment pour donner tout son effet musical à *La dernière pensée de Weber*. Dans son commentaire des *Stalactites* E.-M. Souffrin écrivait, non sans raison, à propos de ce poème : « Vingt ans avant Verlaine, Banville compose un poème qui est de la musique avant toute chose. [25] » On notera que ce poème de Banville allait inspirer à Debussy sa première œuvre : « Nuit d'étoiles ». Toujours dans *Les Stalactites* on remarque une tentative métrique fort intéressante : Banville fait alterner un vers de dix syllabes à césure 5-5 avec un vers impair de sept syllabes. Surtout, il fait rimer un vers masculin avec un vers féminin. Cette tentative trouve un prolongement chez Verlaine dans la sixième des *Ariettes oubliées* de *Romances sans paroles* : « C'est le chien de Jean de Nivelle ». Si Verlaine fut attentif aux essais de non-alternance des rimes féminines et masculines auxquels s'était livré Banville, c'est parce qu'il pensait en retirer des effets musicaux, notamment par le prolongement sonore des rimes féminines. Comme l'a signalé Alain Chevrier dans *Le Sexe des rimes*, Verlaine s'est montré en ce domaine le plus parfait disciple de Banville [26]. Verlaine fut probablement l'initiateur de Rimbaud à la non-alternance, car on trouve justement cette particularité dans les poèmes de ce dernier, mais semble-t-il seulement après son arrivée à Paris.

Dans son traité Banville justifiait pleinement l'emploi du vers impair. Il écrivait : « On a prétendu à tort que les vers de neuf, de onze et de treize syllabes n'existent pas. Ce n'était qu'une appréciation vaine et qui ne s'appuie sur rien. [27] » Banville donne des exemples de ces différents mètres. S'agissant du vers de onze syllabes il invente pour la circonstance un poème — non sans s'excuser par avance de se citer lui-même. Cela n'a pas échappé à René Ghil qui écrivait qu'on avait oublié, à propos des audaces métriques dans les vers « le petit traité de poésie de Banville et ses vers de onze pieds, qu'avait médités Verlaine recommandant de préférer l'impair [28] ». Le témoignage de Ghil montre bien que ce poème de Banville pouvait difficilement passer inaperçu aux yeux de Verlaine. Je ne doute pas cependant que ce poème a été l'occasion pour Rimbaud d'épingler de nouveau Banville : n'avait-il pas omis de citer Marceline Desbordes-Valmore qui avait utilisé avant lui le vers de onze syllabes ? Je le crois d'autant plus que Verlaine a déclaré que c'était Rimbaud qui lui avait fait découvrir la poétesse, et que nous savons depuis peu que Rimbaud avait inscrit une citation de Marceline Desbordes-Valmore au dos d'un poème qu'il avait écrit en 1872 [29]. Quoi qu'il en soit, Banville mettait l'accent sur le vers de onze syllabes et l'on observe que c'est l'une des créations communes de Verlaine et de Rimbaud au moment où tous deux élaborent leur nouvelle poétique.

Tout à la fin de son traité, Banville revient sur le vers de neuf syllabes. Il se rend compte avec horreur qu'il a précédemment affirmé une chose fausse : « Hélas ! qui sait mon infirmité mieux que moi ? Pour t'en donner une seule preuve, j'ai indiqué au Chapitre Premier (page 12) le vers de neuf syllabes avec deux césures, l'une après la troisième syllabe, l'autre après la sixième syllabe, — comme étant le seul vers de neuf syllabes qui existe. Eh bien ! je viens de m'apercevoir à ce même instant qu'on peut faire un très-excellent *vers de neuf syllabes, avec une seule césure après la cinquième syllabe* [30] ! comme en voici l'exemple, qui eût gagné à être mis en œuvre par un ouvrier plus habile que je ne le suis. » Puis il conclut son traité en donnant son poème avec des vers à césure 5-4. En voici la première strophe — c'est Banville lui-même qui indique les césures par des tirets :

En proie à l'enfer – plein de fureur,
Avant qu'à jamais – il resplendisse

Le poète voit – avec horreur
S'enfuir vers la nuit – son Eurydice [31]

Dans son exemple précédent l'auteur du *Petit Traité* précisait : « Vers de neuf syllabes avec deux repos où *césures*, l'une après la troisième syllabe, l'autre après la sixième. » Voici les quatre premiers vers de Scribe donnés par Banville :

Oui ! c'est Dieu – qui t'appelle – et t'éclaire !
À tes yeux – a brillé – sa lumière,
En tes mains – il remet – sa bannière.
Avec elle – apparaît – dans nos rangs, [32]

Il est significatif que Verlaine poursuive la leçon autrement avec les neuf syllabes de l'*Art poétique* puisqu'il propose une autre césure 4-5 reconnue par tous les métriciens :

De la musique – avant toute chose,
Et pour cela – préfère l'Impair
Plus vague et plus – soluble dans l'air
Sans rien en lui – qui pèse ou qui pose.

Par ailleurs, Banville donnait une vision impressionniste de la poésie : il s'agit de « fixer une impression » avec des mots. Ce sont essentiellement les mots à la rime qui ont selon lui ce pouvoir, et il ajoute : « De même au moyen d'une touche juste, le peintre suscite dans la pensée du spectateur l'idée du feuillage de hêtre ou du feuillage de chêne ; cependant vous pouvez vous approcher du tableau et le scruter attentivement, le peintre n'a présenté en effet ni le contour ni la structure des feuilles de hêtre ou de chêne ; c'est donc dans notre esprit que se peint cette image, parce que le peintre l'a voulu. Ainsi le poète. [33] » Dans son étude sur Ronsard, il avait déjà évoqué cette « sorcellerie grâce à laquelle des idées nous sont nécessairement communiquées d'une manière certaine par des mots qui cependant ne les expriment pas [34] ». À la fin du *Petit Traité* l'accent est mis avec plus d'insistance encore sur la vision impressionniste. Parlant du poète Gramont qui avait composé une sextine, Banville observe : « Et ces mots inévitables, avec quelle science il les éclaire de façon différente et fait jouer sur eux et à côté d'eux la lumière ! Il réalise tous les *effets* que cherchent le musicien et le peintre ; et voyez, dans notre Sextine, avec ce seul mot VOLAGES il rend tous ces ondoiements et ces frémissements dans l'atmosphère visible qui sont la magie de la palette de Corot, ce demi-dieu du matin et du crépuscule. [35] »

Il y avait là de quoi engendrer une réflexion sur le pouvoir des mots qui par leurs juxtapositions peuvent susciter des impressions. Ce n'est peut-être pas un hasard si les *Romances sans paroles* sont considérées comme l'œuvre la plus impressionniste de Verlaine. Observons, en outre, que Banville parle des effets recherchés par *le musicien et le peintre*. Dans la conclusion du *Petit Traité* il en résume les propos, soucieux d'offrir au lecteur la quintessence de son enseignement : « Il faut que les sons soient toujours variés harmonieux et pondérés, car le son a comme la couleur ses rappels et ses équilibres. N'abuse pas, et je dirais presque, n'use pas de l'antithèse pour comprendre à quel point c'est un moyen grossier et trop simple, rappelle-toi que tous les arts sont absolument similaires, et regarde quel effet on obtient en peinture avec l'antithèse nette, crue et *réelle*, car tu peux, par un artifice, présenter l'apparence d'une antithèse, mais qui en effet sera adoucie par toutes sortes de préparations et de ménagements. Au contraire les similitudes, les gradations, les gammes de couleurs et de sons pareils sont les derniers mots de l'art ; mais avec quelle délicatesse il faut toucher à ces effets, qui veulent une touche magistrale ! [36] »

On voit que pour Banville comme pour Verlaine la nuance qui s'oppose au « moyen grossier » de l'antithèse est le dernier mot de l'art. Notons au passage que Banville, peut-être inconsciemment, attaquait Victor Hugo, son vénéré maître, considéré à juste titre comme le Roi Soleil de l'antithèse.

Verlaine, au sujet de la nuance, s'exprime à sa manière :

Car nous voulons la Nuance encor
Pas la Couleur, rien que la nuance !
Oh ! la nuance seule fiance
Le rêve au rêve et la flûte au cor !

Ce sont bien les sons et les couleurs qui sont en jeu ici : Verlaine a mis une majuscule au mot Couleur. Et pour lui la nuance permet le mariage des sons contraires : la flûte et le cor. Banville dans son traité met la peinture et la musique à égalité, tout en insistant davantage sur les effets de la peinture. Pour Verlaine c'est la musique des mots qui l'emporte sur la couleur. L'expression « Pas la couleur » peut aussi se comprendre dans ce sens. La formule « les gammes de couleurs et de sons pareils » donnera à Rimbaud l'idée du sonnet *Voyelles*, mais il réfutera à sa manière la théorie des rimes de Banville.

*

Verlaine a bien vu qu'il y avait deux Banville. Le Banville jeune qui écrivait dans la préface des *Stalactites*, que le poète peut s'écarter de la règle, surtout quand il s'agit d'exprimer des sentiments musicaux ; et un Banville plus âgé, pétri de contradictions, qui pose comme axiome la règle absolue de la rime riche, un Banville qui dénonce des règles édictées par Ronsard tout en parlant de la *divine beauté de la Règle* [37]. Il y a un Banville qui admire profondément Hugo, mais qui se sent étouffé par lui et ne manque pas une occasion de le critiquer avec toutes les précautions possibles. Si Rimbaud a mis en pièces le traité de Banville, Verlaine s'est montré beaucoup plus nuancé, comme son *Art* le réclamait. Il ne cessa de revendiquer Banville comme son maître et il semble bien qu'on ait sous-estimé l'influence que ce poète exerça sur lui.

Banville terminait sa *Ballade à la gloire de Hugo père des tous rimeurs* par cet *envoi* : « Gautier parmi ces joailliers / Est prince, et Leconte de Lisle / Forge l'or dans ses ateliers ; / Mais le père est là-bas, dans l'île. » On y voit réunis d'un même coup Théophile Gautier, Leconte de Lisle — le roi du Parnasse — et Victor Hugo. C'est ce second Banville, celui qui défend sans réserve le Parnasse et Hugo que Verlaine attaque, et Rimbaud ne pouvait que l'y encourager. Banville trahissait en quelque sorte ce qu'il y avait de révolutionnaire dans son traité. On relèvera une petite raillerie de Verlaine à l'égard de Banville : il recourt à une licence poétique dans la rime « cor // *encor* [38] » — mais Banville venait justement de faire de même en écrivant dans sa *Ballade* le vers déjà cité : « D'autres *encor* tiennent la lime. » C'était un comble pour l'auteur du *Petit Traité* qui bannissait ces licences, osant même critiquer Hugo sur ce chapitre ! Alain Chevrier a noté que Rimbaud avait ironiquement usé par deux fois de la même licence dans le poème : « Qu'est-ce que pour nous mon cœur… [39] ». Il ne fait guère de doute que cette ironie de Rimbaud s'exerçait de nouveau à l'égard de Banville.

Certes, Verlaine s'était défendu de vouloir théoriser dans l'*Art poétique*. Ce n'était qu'une chanson disait-il. Mais cette chanson a pesé plus lourd pour la postérité que tout un traité, oublié aujourd'hui, et qui pourtant l'avait inspirée. Il est singulier, en outre, que Banville ait en quelque sorte préfiguré son propre destin : « on ne sait pas assez comment chaque poète vient à son heure, pour remplir une mission définie d'avance et à laquelle ni les circonstances, ni lui ne peuvent rien changer. Les uns, et ceux-là sont les heureux entre tous, ont été élus pour achever les poèmes définitifs et durables ; d'autres n'apparaissent que pour préparer la venue de ceux qui suivront, et nul travail humain ne modifierait cet ordre providentiel. [40] »

On voit comment le génie critique de Verlaine et de Rimbaud à l'égard de Banville a permis aux deux poètes d'élaborer chacun une nouvelle poétique, quinze ans avant les poètes symbolistes. Il est hautement significatif que l'*Art poétique* et *Voyelles* aient été considérés comme des manifestes du symbolisme.

Jacques BIENVENU

1. Ainsi dans le célèbre ouvrage scolaire « Lagarde et Michard » il est dit que Verlaine réagissait aux acrobaties de Banville, *XIXᵉ siècle*, Bordas, 1969, p. 510.
2. Verlaine, *Œuvres poétiques complètes*, éd. Jacques Borel, « La Pléiade », 1962, p. 222.
3. A. Vial, *Faits et significations*, Nizet 1973, p. 161.
4. « Rimbaud décadent », in *Rimbaud 1891-1991*, éd. André Guyaux, Champion, 1994, p. 166.
5. Notre référence (désormais *PT*) est l'édition originale, non datée, mais publiée en décembre 1871 : *Petit Traité de poésie française*, Bibliothèque de l'Écho de la Sorbonne.
6. J'ai déjà abordé ce point dans divers articles : « *Parade* ou la caricature de l'hermétisme », *Parade sauvage* (désormais *PS*) n° 17-18, p. 192 (« Le mystère Banville »), « Ce qu'on dit au Poète à propos de rimes », dans *Vies et poétiques de Rimbaud*, *PS*, Colloque n° 5, 2005 et « Intertextualités rimbaldiennes : Banville, Mallarmé, Charles Cros », *PS* n° 21 2006 (désormais *IR*).
7. *PT*, p. 42.
8. « Sans aller aussi loin que Banville qui soutenait que tout le vers était dans la rime, je crois [...] que la rime est la raison d'être du vers français » in *Enquête sur l'évolution littéraire*, Jules Huret, 1891, Thot, 1984, p. 240.
9. Lettre de Jean Moréas à Anatole France, publiée par *Le Symboliste* du 7 octobre 1886.
10. Robert de Souza, « Paul Verlaine », *Verlaine*, Collection « Mémoire de la critique », Presses de l'Université de Paris-Sorbonne, éd. Olivier Bivort, 1997, p. 349.
11. Verlaine, *Œuvres en prose complètes*, éd. Jacques Borel, « La Pléiade », 1972, p. 830.
12. Sur l'importance de cette anecdote, voir Steve Murphy : « Logiques du *Bateau ivre* », in *Littératures*, 54, *Rimbaud dans le texte*, éd. Yves Reboul, 2006.
13. J'ai abordé ce point dans *IR*, p. 83.
14. Dans son excellente étude sur la formation littéraire de Verlaine, Georges Zayed montre l'importance de Banville qui occupe, selon lui, une place de choix à côté de Hugo et Baudelaire. Par ailleurs G. Zayed cite le traité de Banville et donne des extraits concernant l'importance de la rime, mais sans faire de rapprochement avec l'*Art poétique*. Georges Zayed, *La Formation littéraire de Verlaine*, Nouvelle édition augmentée, Nizet, 1972.

15. *Correspondance générale*, tome I, Fayard, 2004, p. 1017-1018.
16. « État de la poésie en 1889 », *Revue de l'exposition universelle*, reproduite dans : *Théodore de Banville*, « Critique littéraire, artistique et musicale choisie », édition Peter J. Edwards et Peter S. Hambly, tome I, Champion, 2003 (désormais *CL*), p. 227.
17. « Un mot sur la rime », Verlaine, *Œuvres en prose complètes,* éd. citée, p. 696.
18. J'ai appelé « rimes-gigognes » les rimes dont l'une est incluse dans l'autre.
19. *Le Budget, Nouvelles Odes funambulesques*, Lemerre, 1869, p. 126.
20. *Odes funambulesques*, Michel Lévy, 1859, p. 254.
21. *Ballade, Écrite du temps que Victor Hugo était à Guernesey*, *La Renaissance littéraire et artistique*, n° 7, 8 juin 1872, p. 51-52.
22. Ceci a été vu notamment par Georges Zayed et André Vial, *op. cit.*
23. *PT*, p. 96.
24. *PT*, p. 96.
25. E.-M. Souffrin, *Les Stalactites*, édition critique, Didier, 1942, p. 405.
26. *Le Sexe des rimes* (désormais *SR*), Les Belles Lettres, 1996, p. 253.
27. *PT*, p. 9.
28. René Ghil, *Les Dates et les œuvres*, Paris, G. Crès et Cie, 1923, p. 11.
29. Lucien Chovet, « Un faux *Rimbaud* non encore identifié », *Histoires littéraires,* n° 5, 2001.
30. C'est Banville qui souligne.
31. *PT*, p. 241.
32. *PT*, p. 12.
33. *PT,* p. 44.
34. *Pierre de Ronsard*, « Poésie et poètes », *CL*, p. 1.
35. *PT*, p. 212.
36. *PT*, p. 234-235.
37. *PT*, p. 174.
38. Le but de cette licence est de respecter l'alternance des rimes masculines et féminines. C'était un signe double adressé à Banville qui, dans la seconde partie de son traité, semblait être revenu sur sa contestation initiale de cette règle. Rimbaud mettra lui aussi en évidence cette contradiction dans le sonnet *Voyelles.* Cf *IR.*
39. *SR*, p. 257-258.
40. *CL*, p. 5.

L'ART POÉTIQUE DU XIXe SIÈCLE

La fortune de l'*Art poétique* est singulière. Voilà un poème qui a contribué à fonder un courant littéraire auquel il était étranger, qui a déterminé les destinées de la poésie moderne alors qu'il concluait une étape dans le parcours de son auteur, qui a été érigé en programme malgré la méfiance de celui-ci pour toute espèce de théorie et en dépit de son insouciance. La critique fin de siècle ignorait que Verlaine avait écrit l'*Art poétique* en 1874 et que le poème devait figurer dans un recueil qu'il ne réussit pas à publier de son vivant : en effet, ce n'est qu'après la découverte d'un manuscrit de *Cellulairement* en 1912 que l'*Art poétique* put être étudié dans son contexte et qu'il trouva sa place réelle dans la chronologie verlainienne [1]. Entre-temps, il était devenu la bannière de la jeune génération, — et Verlaine un de ses porte-drapeau.

Verlaine publie ce texte pour la première fois le 10 novembre 1882, dans *Paris moderne,* une petite revue de tendance parnassienne dirigée par son futur éditeur, Léon Vanier. Il a légèrement changé son titre par rapport à la version de *Cellulairement* : *Art poétique* a remplacé *L'Art poétique*, mais la date « avril 1874 » qui figurait au bas du poème a été conservée [2]. Elle ne semble pas avoir attiré l'attention de Charles Morice pour qui, au moment de sa publication, le texte « indiqu[ait] avec assez de précision où en sont les novateurs à outrance, ce qu'ils pensent faire de l'art et quelle est leur audace [3] ». Seul le caractère doctrinaire et révolutionnaire du poème heurtait le jeune critique qui, contrarié par les déclarations de Verlaine, ne prenait pas en compte les qualités de son œuvre, — qu'il ne connaissait peut-être pas. Mais le propos de Morice reste isolé et il faudra attendre *Jadis et naguère*, publié en 1884, pour que l'*Art poétique* de Verlaine atteigne un public plus vaste et se transforme peu à peu en manifeste, tout en perdant les derniers indices qui le rattachaient à son contexte d'origine et qui en éclairaient la composition. Deux tendances ont prévalu dans l'histoire de la réception du poème à la fin du XIXe siècle : la constance de la nouveauté du discours de Verlaine d'une part, son autorité et sa facilité d'adaptation d'autre part. La critique officielle, prisonnière de ses préjugés, ne réussit pas à établir le lien entre les préceptes de Verlaine et la production poétique du temps ni à les aborder dans une perspective évolutive. Le poète aurait « trouvé sur le tard son "art poétique" tout à fait subtil et mystérieux » pour Jules Lemaitre [4] et six ans plus tard, il continuerait à exprimer, pour Brunetière, « un nouvel état d'esprit, qu'on ne saurait définir encore ni caractériser avec exactitude, mais dont quelques traits pourtant commencent à se dessiner [5] ». Quant aux poètes nouveaux en mal de programmes et de chefs d'école, ils s'accrochent à l'*Art poétique* comme à une bouée de sauvetage : le poème devient alors « la Loi et les Prophètes pour la petite école dite *décadente* », « les Commandements », « le Credo du nouveau Parnasse » ou encore « l'art poétique de l'école des Symbolistes » [6]. La fin du symbolisme et le contrecoup classique donneront à la critique le recul nécessaire pour que l'*Art poétique* soit jugé à sa juste valeur et replacé correctement dans l'histoire. Maurras, peu suspect de sympathie à l'endroit de Verlaine et de la poésie moderne en général, lui donnait ainsi ses lettres de noblesse un an avant la mort du poète : « C'est dans le recueil qui suivit *Sagesse*, dans *Jadis et naguère*, qu'il a publié ce code de la liberté et de la dissolution nécessaire qu'il avait reçu de Rimbaud et de Baudelaire. Il faut le lire avec une extrême attention ; car c'est là qu'aboutissent toutes les déclarations de l'indépendance esthétique, criées depuis 1830. Il donne, en neuf quatrains, le véritable *Art poétique* du XIXe siècle. Encore qu'il soit ingénieux et charmant, il ne fait pas un très grand honneur à ce pauvre siècle. [7] »

Le titre du poème de Verlaine est lourd de sens et d'histoire, mais il n'est pas exempt d'ironie et de sarcasme, illustrant un texte qui se plaît à déjouer l'attente du lecteur et à se jouer parfois de lui-même. Et il fallait de l'ironie pour l'emprunter au législateur de la doctrine classique, exactement deux siècles après la publication de son célèbre code (1674), en un temps où un nouveau Parnasse s'était affirmé, observant lui aussi un décalogue plus modestement intitulé *L'Art* [8].

Comme l'écrivait Charles Morice dans son « Boileau Verlaine » : « le titre est effrayant, — mais il n'y a que trente-six vers [9] ». Or, si la suppression de l'article dans le titre a quelque peu neutralisé la référence à Boileau et à Gautier et a donné à l'ensemble une dimension plus modeste, son détachement apparent n'éloigne pas pour autant le poème de la tradition de l'*ars poetica* dont il fait partie. Depuis l'Antiquité, un très grand nombre de textes en vers et en prose consacrés à la poétique et à l'esthétique ont vu le jour, sans que l'on puisse parler *stricto sensu* de genre [10] ; quoique leurs règles de composition soient extrêmement lâches, leur typologie se fonde néanmoins sur des constantes telles que la théorie du beau, la différence entre les genres, les suggestions aux jeunes poètes, l'exposé des doctrines et des règles à suivre, etc., leur modèle principal restant l'épître aux Pisons d'Horace, plus couramment appelée *Art poétique*. Aussi Verlaine adopte-t-il naturellement quelques traits du chef-d'œuvre d'Horace et qui sont communs à de nombreux textes postérieurs : du point de vue rhétorique, il mêle les préceptes aux conseils et, sur le plan des formes, il utilise l'impératif et le tutoiement, préférant aussi le vers à la prose. C'est que, tout moderne qu'il soit et quelque suggestif que paraissent ses vers, il est évidemment tributaire de l'histoire de la poétique : rythmes et mètres, usage de la rime, propriétés du discours et des mots, rôle de l'éloquence et du ton sont les matières dont il traite, à l'instar de ses prédécesseurs mais pas forcément dans leur esprit. Car si la structure de son poème et les thèmes qu'il aborde sont ceux de la plupart des arts poétiques en vers, il faut se garder d'établir tel parallèle ou telle ressemblance avec des textes anciens dont les visées et les techniques ne sont pas comparables aux siennes. Ainsi la musique, « en faveur de [laquelle] il semble que la poésie soit née », donnée fondamentale de son *Art poétique*, est déjà mise en évidence par Ronsard dans son *Abrégé de l'Art poétique français* (1565) ; mais c'est parce que, à la Renaissance, les vers sont encore accompagnés par des instruments de musique et que la poésie, sans ce support, n'est « nullement agréable » [11]. Ainsi la pointe, condamnée par Verlaine au nom de la banalité et de la vulgarité, l'est avant lui par Boileau ; mais c'est au nom de la raison et parce qu'elle est d'origine étrangère [12]. L'*Art poétique* de Verlaine se termine sur une pirouette, comme s'il avait voulu prévenir à l'avance le mauvais usage qu'on ferait de ses vers. Bien des années plus tard, il devait aussi recommander à ses lecteurs de ne pas le « prendre au pied de la lettre », se défendant d'avoir jamais fait de théorie [13]. Or il a beau tenter de se libérer des doctrines antérieures et proposer de nouveaux principes tout en faisant mine de ne pas s'y intéresser, il reste qu'il se pose bien en continuateur d'une tradition qui fait de sa soi-disant « chanson » un art poétique au sens plein, déterminé en partie par des modèles antérieurs au sien.

C'est Édouard Rod qui, l'un des premiers, a mis en évidence le caractère anti-parnassien de l'*Art poétique* [14]. Verlaine avait feint d'adhérer aux idéaux des « impassibles » dans son premier recueil et l'*Épilogue* des *Poèmes saturniens* (1866) est, en leur faveur, une manière d'art poétique qu'il fut lui-même « quelque temps à considérer comme la crème de l'esthétique [15] », même si la parodie y est souvent plus sensible que l'éloge. Sous l'influence de Poe et de Baudelaire, il y affirmait avec force sa méfiance de l'inspiration et sa foi dans la volonté et le travail ; en suivant Leconte de Lisle et ses épigones, il y défendait le principe de la solidité plastique du poème et des mots. Les analogies entre la sculpture et la poésie abondent à l'époque et, parce que « l'art robuste seul a l'éternité [16] », le poème est semblable au marbre le plus dur, celui dont on fait — ou dont on devrait faire — les plus belles statues ; et Verlaine cède lui aussi au cliché du « bloc de Paros » dans son *Épilogue*, empruntant des images tantôt à Banville, tantôt à Gautier et imitant leurs exhortations [17]. Il y a loin de l'*Épilogue* des *Poèmes saturniens* à l'*Art poétique* où Verlaine prend le contre-pied de ses propres affirmations, mais aussi de *L'Art* à l'*Art poétique*, comme s'il tenait expressément à se démarquer de Gautier et de son manifeste. À l'auteur d'*Émaux et camées* qui recommande au peintre-poète de « fui[r] l'aquarelle [et de] fixe[r] la couleur / Trop frêle / Au four de l'émailleur [18] », Verlaine réplique en effet par « la Nuance, Plus la couleur, rien que la Nuance ! [19] » ; aux idées de robustesse et de solidité de Gautier, l'auteur de *Cellulairement* oppose la légèreté et l'impalpabilité de son vers, « plus vague et plus soluble dans l'air, / Sans rien en lui qui pèse ou qui pose ».

Quoiqu'il n'ait jamais partagé réellement leur esthétique, Verlaine avait aussi, en 1874, quelques comptes à régler avec les Parnassiens. Alphonse Lemerre, son éditeur et le leur, avait refusé de publier les *Romances sans paroles* et les anciens confrères de Verlaine n'avaient pas apprécié son engagement pendant la Commune et sa relation avec Rimbaud, pour ne pas parler de l'opprobre jeté sur lui après sa condamnation. Le comité de rédaction du *Parnasse contemporain* devait d'ailleurs lui signifier son mépris un an plus tard au nom de la Morale et de l'Art, en refusant les vers qu'il avait envoyés à la revue. Mais l'*Art poétique* n'est pas uniquement un acte de rupture avec le Parnasse ou, plus largement, avec les doctrines qui limitent d'une manière ou d'une autre l'élan de la poésie. Il se réclame d'une poétique de la liberté qui n'a que faire des règles pour produire de bons poèmes. Verlaine a exprimé cette méfiance pour la théorie jusqu'à ses dernières années, un peu par bon sens, un peu parce qu'il n'était pas enclin à défendre à tout prix des principes que contredisaient nombre de ses poèmes : « Liberté absolue, telle ma devise si j'avais à en avoir une, écrivait-il en 1889, — et je trouve bon tout ce qui est bon, en dépit et en raison des règles [20] ».

Or en 1874 il est un auteur, — et non des moindres, — qui s'est fait le champion de la liberté et pas seulement dans l'art : c'est Victor Hugo. Les relations entre Verlaine et Hugo sont complexes, partagées entre le respect, l'admiration, le désir d'émancipation ; elles prendront un tour critique après *Sagesse*, pour les raisons idéologiques que l'on devine. Il n'y a pas lieu ici d'entrer dans le détail [21] mais, à la fin des années 1860 et au début de la décennie suivante, Verlaine a tout à gagner à en appeler à l'autorité du maître, tant du point de vue poétique que politique, pour ne pas parler de sa relation personnelle avec lui [22]. Il ne pouvait qu'adhérer aux déclarations de l'auteur des *Contemplations* lancées dans sa *Réponse à un acte d'accusation* et, vingt ans plus tard, se faire à son tour le défenseur de la liberté contre la règle. « L'Art poétique pris au collet dans la rue », la démolition de « la bastille des rimes » et le vers noble « jeté aux chiens noirs de la prose » [23] concernaient autant l'un que l'autre, chacun dans le contexte de son époque et par rapport aux idées qu'il combattait :

> *Le vers* [...]
> *Rompt désormais la règle et trompe le ciseau,*
> *Et s'échappe, volant qui se change en oiseau,*
> *De la cage césure, et fuit vers la ravine,*
> *Et vole dans les cieux, alouette divine.* [24] (Hugo)
>
> *Que ton vers soit la chose envolée*
> *Qu'on sent qui fuit d'une âme en allée*
> *Vers d'autres cieux à d'autres amours.* (Verlaine)

L'art poétique de Hugo avec lequel celui de Verlaine a le plus d'affinités est *Genio libri (Les Chansons des rues et des bois)*, un poème qui pourrait avoir aussi attiré l'attention du Rimbaud de *Ce qu'on dit au poète à propos de fleurs,* autre modèle du genre. Daté

1859, succédant à *L'Art,* il reprend les idées principales de la *Réponse* : il s'agit toujours de « remue[r] / L'art poétique jusqu'au fond », de troubler Boileau et de laisser pleine liberté au chant de voler ; mais le mélange des registres, la disposition en quatrains, les formes exhortatives à la deuxième personne du singulier ou les impératifs présentent une parenté structurelle entre les deux textes que l'on jugerait singulière si les *patterns* des deux poèmes n'étaient aussi ceux de nombreux arts poétiques en vers et si Verlaine n'avait exprimé — en 1885 il est vrai — son désappointement pour le recueil de Hugo [25] :

> *Fais ce que tu voudras, qu'importe !*
> *Pourvu que le vrai soit content ;*
> *Pourvu que l'alouette sorte*
> *Parfois de ta strophe en chantant.* [26]

Il y a certes des rapprochements intéressants à faire entre les deux poèmes, depuis « Pourvu qu'en ton poème tremble / L'azur réel des claires eaux » (Hugo) et « Fuis du plus loin la pointe assassine, / L'esprit cruel et le rire impur / Qui font pleurer les yeux de l'Azur » (Verlaine), à « Pourvu qu'on sente la rosée / Dans ton vers » (Hugo) et « Que ton vers soit la bonne aventure / Éparse au vent crispé du matin / Qui va fleurant la menthe et le thym » (Verlaine), mais il ne faut parler ici ni de sources, ni de démarcations : il s'agit d'intertextes ressortissant à une typologie textuelle plus qu'à des phénomènes de dissémination lexicale, topique ou conceptuelle, et qui indiquent à quel point Verlaine est sensible au discours métapoétique de son temps, au-delà de sa sympathie ou de son antipathie pour les idées de Victor Hugo.

« La musique avant toute chose » a fait couler beaucoup d'encre et il est regrettable que l'incipit de l'*Art poétique* soit devenu un cliché : musique et musicalité sont des traits essentiels de la poétique de Verlaine depuis ses débuts. Elles acquièrent un véritable statut dans les *Romances sans paroles*, non seulement parce qu'elles sont exploitées comme thème et comme technique expressive, mais parce que Verlaine donne à son recueil un titre qui appartient au langage musical et qu'il s'apprête à affirmer haut et fort leur importance dans son *art poétique.* Le poème est placé d'emblée sous le signe de la chanson : dans *Cellulairement,* l'épigraphe empruntée à la *Nuit des rois* évoque en effet un vieil air chanté par des fileuses, simple et naïf, « qui joue avec l'innocence de l'amour, comme au bon vieux temps [27] » et l'on sait que la pièce de Shakespeare est liée à la musique dès l'ouverture de la première scène :

If music be the food of love, play on,
Give me excess of it, that, surfeiting,
The appetite may sicken, and so die. [28]

Mais ce ne sont ni l'épigraphe shakespearienne, ni la lecture de l'œuvre de Shakespeare qui ont porté Verlaine à énoncer le précepte poétique de « la musique avant toute chose ». Tout au plus ont-ils servi à plonger son poème dans une atmosphère légère et féerique. Quant à l'hypothèse selon laquelle il aurait composé son art poétique en réponse à un compte rendu des *Romances sans paroles* écrit par Émile Blémont, elle est intéressante mais invérifiable [29]. L'idée de la poésie musicale chez Verlaine est antérieure à 1874. Il suffit de se reporter aux *Romances sans paroles* et, si l'on veut jouer sur le mot « musical », il est bon de rappeler que dans une lettre à Lepelletier du 16 mai 1873, Verlaine, parlant d'un projet de livre et d'une poétique nouvelle à laquelle il travaille, prévoit que « ça sera très musical, sans puérilité à la Poe […] et aussi pittoresque que possible [30] ».

Il y a cependant un motif musical dans l'*Art poétique* qui, tout en liant le poème aux *Romances sans paroles,* le rattache aussi à l'histoire des arts poétiques et montre combien cette filiation est loin d'être superficielle. En 1886, dans l'article qu'il consacre à Pauvre Lelian (c'est-à-dire à lui-même) pour la deuxième série de ses *Poètes maudits*, Verlaine se complaît à un petit jeu de cache-cache avec les titres de ses œuvres [31]. *Flûte et cor*, celui qu'il réserve aux *Romances sans paroles*, semble être une citation d'un vers de son *Art poétique* :

Oh ! la Nuance seule fiance
Le rêve au rêve et la flûte au cor !

Comme l'indécis se joint au précis pour créer la « chanson grise », les tons de la flûte et du cor se mêlent et s'harmonisent pour constituer à leur tour une « musique grise » et c'est cette qualité musicale que Verlaine reconnaît aussi à la poésie de Marceline Desbordes-Valmore :

Tel l'œuvre et tel le cœur, fleurs et pleurs, flûte et cor
En harmonie avec la femme et le génie. [32]

Les commentateurs ont cru reconnaître un emprunt à Victor Hugo [33]. Verlaine avait en effet reporté quatre vers du *Pas d'armes du roi Jean (Ballades)* en épigraphe de *Chevaux de bois*, dans les *Romances sans paroles*, une heureuse coïncidence lui ayant permis d'associer le thème de son poème, les chevaux, au lieu de sa composition, le champ de foire de Saint-Gille[34]. Or dans *Le Pas d'armes*, véritable tour de force rythmique, Hugo décrit la chute d'un jeune page et les deux instruments, la flûte légère et vive, le cor grave et funèbre, symbolisent la lutte de ce jeune homme entre la vie et la mort :

La fanfare,
Aux sons d'or,
Qui t'effare,
Sonne encor
Pour sa chute ;
Triste lutte
De la flûte
Et du cor !

On pense aussi aux célèbres poèmes de Vigny, *Le Cor (Poèmes antiques et modernes)* et *La Flûte (Les Destinées)* : le cor nostalgique annonçant la mort de Roland et la flûte spirituelle rachetant l'âme d'un pauvre homme s'y opposent de la même manière et, à l'image du cuivre et du bois dont ils sont faits, ils se distinguent par la puissance et la force pour l'un, par la légèreté et la délicatesse pour l'autre. *Ut musica poesis est*... Les intertextes sont nombreux qui associent tel instrument de musique à tel sentiment, tel son à telle sensation.

Or les métaphores de la flûte et du cor (et plus généralement d'autres cuivres) appartiennent depuis l'Antiquité au discours *critique* sur la poésie, où elles traduisent autant une opposition de genre que de ton. En Grèce et à Rome, la flûte accompagnait la poésie dramatique de sa mélodie et de son rythme et « elle avait l'emploi de donner le ton aux chœurs[35] », alors que les cuivres étaient réservés aux activités officielles et militaires ou aux jeux du cirque. L'opposition entre les instruments est soulignée par Horace dans l'épître aux Pisons, pour indiquer la différence entre les registres et l'évolution des genres : *« Tibia non, ut nunc, orichalco vincta tubaeque aemula*[36] *»*. D'un art poétique à l'autre, Boileau reprend lui aussi ces figures pour souligner la nécessité d'adopter un registre conforme au genre choisi et de ne pas s'en écarter. Prenant comme exemple l'idylle, il précise que

[…] *Souvent dans ce style un rimeur aux abois*
Jette là de dépit la flûte et le hautbois ;
Et follement pompeux dans sa verve indiscrète,
Au milieu d'une églogue entonne la trompette.[37]

Il n'est pas jusqu'à Banville qui, à l'occasion d'un compte rendu de *La Bonne Chanson* publié la veille de la déclaration de guerre, associait la « flûte de Sicile » à la poésie tendre et amoureuse en attente des « clairons » que les poètes entonneraient pour exprimer leur amour de la patrie : « Ne dédaignons pas les jeunes poètes qui chantent à présent ; car de cette même voix qu'ils mariaient tendrement aux accords de la flûte de Sicile, ils entonneront, dès qu'il faudra, l'hymne sacré qui mêle les cris de sa colère avec les mugissements furieux des clairons. [38] »

On prendra soin de ne pas considérer le compte rendu de Banville comme une source de l'*Art poétique* ; en utilisant une figure appartenant à la tradition critique, Verlaine affirme la légitimité du mélange des registres et la liberté pour le poète d'en user à sa guise. Inséré dans *Cellulairement* à la charnière entre deux périodes, celle qui précède et celle qui suit sa conversion, l'*Art poétique* est un poème où Verlaine fait le point sur sa poésie et sur celle de son temps. En 1874, il n'était ni question de décadence, ni de symbole. Il lui importait de prendre position dans l'histoire de la poésie moderne, une histoire qui avait comme protagonistes Hugo, Gautier, Baudelaire, Banville, Leconte de Lisle et tant d'autres. En adhérant à un système éprouvé, il assurait à son poème une place dans un débat de longue haleine, tant du point de vue de l'histoire des formes que des contenus. Son *Art poétique* ne pouvait être mieux intitulé.

Olivier BIVORT

Ce texte a fait l'objet d'un séminaire aux universités de Tokyo (Sophia) et Kyoto en octobre 2005. Je remercie Yoshikazu Nakaji, Hitoshi Usami et Kazuaki Yoshimura ainsi que les collègues et étudiants pour leurs interventions.

1. Ernest Dupuy, « L'évolution poétique de Paul Verlaine. À propos d'un manuscrit du poète », *Revue des Deux Mondes*, 1er décembre 1912, p. 595-632.
2. La date figurait aussi dans la version envoyée à Léon Valade en janvier 1881 (*Correspondance générale,* éd. Michael Pakenham, Paris, Fayard, t. 1, 2005, p. 687-688).
3. Karl Mohr [Charles Morice], « Boileau Verlaine », *La Nouvelle Rive gauche*, 1er-8 décembre 1882. Reproduit dans *Verlaine*, éd. Olivier Bivort, Paris, Presses de l'Université de Paris-Sorbonne, coll. Mémoire de la critique, 1997, p. 69.
4. Jules Lemaitre, « M. Paul Verlaine et les poètes "symbolistes" et "décadents" », *Revue bleue*, 7 janvier 1888, *Ibid.*, p. 154.
5. Ferdinand Brunetière, *L'Évolution de la poésie lyrique en France au XIXe siècle*, Paris, Hachette, t. 2, 1894. *Ibid.*, p. 361.
6. Dans l'ordre : Auguste Dorchain, « Paul Verlaine », *Anthologie des poètes français du XIXe siècle*, Paris, Lemerre, t. 3, 1888 ; Charles Morice, *Paul Verlaine,* Paris, Vanier, 1888 ; Victor Jeanroy-Félix, *Nouvelle Histoire de la littérature française sous le*

Second Empire et la Troisième République (1852-1889), Paris, Bloud et Barral, 1889 ; Charles Gidel, *Histoire de la littérature française*, Paris, Lemerre, t. 5, 1891. *Ibid.*, p. 181, 257, 290, 332.
7. Charles Maurras, « Paul Verlaine : les époques de sa poésie », *Revue encyclopédique,* 1er janvier 1895. *Ibid.*, p. 440.
8. Le célèbre poème de Gautier, publié en 1857, inclus dans la deuxième édition d'*Émaux et camées* (1872).
9. Charles Morice, « Boileau Verlaine », art. cité, p. 69.
10. Voir l'anthologie de Jacques Charpin et Pierre Seghers, *L'Art poétique*, Paris, Seghers, 1956, le numéro d'*Études littéraires* préparé par Jeanne Demers et consacré à l'*ars poetica*, t. 22, n° 3, Hiver 1989-1990 et l'article de Pierre Popovic, « Les deux "arts poétiques" de Verlaine », *Études françaises*, t. 29, n° 3, 1994, p. 105-108.
11. *Traités de poétique et de rhétorique de la Renaissance*, éd. François Goyet, Paris, Le Livre de poche classique, 1990, p. 433-434.
12. « N'allez pas toujours d'une pointe frivole / Aiguiser par la queue une épigramme folle » (Nicolas Boileau-Despréaux, *Œuvres complètes*, éd. Charles-Henri Boudhors, Paris, Les Belles Lettres, 1952, p. 93) et Verlaine : « Fuis du plus loin la Pointe assassine ».
13. Verlaine, « Critique des *Poèmes saturniens* » [mars 1890], *Œuvres en prose complètes*, éd. Jacques Borel, Paris, Gallimard, coll. Bibliothèque de la Pléiade, 1972, p. 722.
14. Édouard Rod, « Paul Verlaine et les décadents », *La Bibliothèque universelle et revue suisse*, novembre 1888 ; *Verlaine*, Mémoire de la critique, *op. cit.*, p. 205-207.
15. « La poésie contemporaine » [conférence faite à Bruxelles le 2 mars 1893], *Œuvres en prose complètes*, éd. citée, p. 900.
16. Théophile Gautier, *L'Art*, *Émaux et camées*, éd. Jean Pommier et Georges Matoré, Genève, Droz, 1947, p. 131.
17. Voir Jacques-Henry Bornecque, *Études verlainiennes. Les « Poèmes saturniens » de Paul Verlaine,* Paris, Nizet, 1952, p. 196-203.
18. Théophile Gautier, *L'Art*, éd. citée, p. 131.
19. Les versions successives à celle de *Cellulairement* donnent : « Nous ne voulons… *Pas* la Couleur ». Rappelons en outre que *Aquarelles* est le titre d'une partie des *Romances sans paroles*. Voir Alfred J. Wright Jr, « Verlaine's *Art poétique* re-examined », *PMLA,* Vol. 74, n° 3, June 1959, p. 271-272.
20. « Anatole France », *Les Hommes d'aujourd'hui* [mars 1889], *Œuvres en prose complètes*, éd. citée, p. 831.
21. Voir Jean-Marc Hovasse, « Hugo et Verlaine », *Victor Hugo, La Revue des lettres modernes,* n° 5, 2002, p. 171-218 et, de Verlaine, « À propos d'un récent livre posthume de Victor Hugo » [juillet 1890], *Œuvres en prose complètes*, éd. citée, p. 723-732.
22. Verlaine lance un appel désespéré à Victor Hugo au moment de son arrestation. Voir *Correspondance générale*, éd. citée, p. 341-345.
23. Victor Hugo, *Réponse à un acte d'accusation* [1854], *Les Contemplations*, éd. Ludmila Charles-Wurtz, Paris, Le Livre de poche classique, 2002, *passim.*
24. *Ibid.*, p. 56, v. 184-191.
25. Verlaine, « Lui toujours — et assez » [novembre 1885], *Les Mémoires d'un veuf, Œuvres en prose complètes*, éd. citée, p. 106.
26. Victor Hugo, *Les Chansons des rues et des bois*, *Œuvres poétiques*, éd. Pierre Albouy, Paris, Gallimard, coll. Bibliothèque de la Pléiade, t. 3, 1974, p. 23.
27. Shakespeare, *Twelfth Night*, II, IV. *Le Soir des rois, Œuvres complètes,* trad. François-Victor Hugo, Paris, Lemerre, t. 8, 1878.
28. « Si la musique est l'aliment de l'amour, jouez toujours, donnez m'en à l'excès, que ma passion saturée en soit malade et expire ! » *(ibid.).*

29. Vernon P. Underwood, *Verlaine et l'Angleterre*, Paris, Nizet, 1956, p. 160. Hypothèse relancée récemment par Kensaku Kurakata, « Vers les *Romances sans paroles*. Verlaine et la "musique" », *Études de langue et de littérature françaises* (Tokyo), n° 84, 2004, p. 109-110.
30. *Correspondance générale,* éd. citée, p. 314.
31. *La Vogue*, 7-14 juin 1886 et *Les Poètes maudits*, Paris, Vanier, 1888. *Œuvres en prose complètes*, éd. citée, p. 688.
32. *Marceline Desbordes-Valmore* [21 avril 1895], *Œuvres poétiques complètes*, éd. Yves-Gérard Le Dantec et Jacques Borel, Paris, Gallimard, coll. Bibliothèque de la Pléiade, 1962, p. 641. Verlaine associe encore la flûte et le cor dans son *Voyage en France par un Français* (1877-1880) pour caractériser le son des cloches d'église (*Œuvres en prose complètes*, éd. citée, p. 1015).
33. Verlaine, *Poésies choisies*, éd. Antoine Fongaro, Roma, Signorelli, 1952, p. 127.
34. « Par Saint-Gille / Viens nous-en / Mon agile / Alezan ».
35. Horace, *Art poétique,* v. 204, dans *Épîtres*, éd. François Villeneuve, Paris, Les Belles Lettres, 4e éd., 1961, p. 213.
36. « La flûte n'a pas toujours été, comme aujourd'hui, cerclée d'orichalque et rivale de la trompette », *Ibid*, v. 202-203.
37. Boileau, *L'Art poétique*, éd. citée, p. 89.
38. Théodore de Banville, « *La Bonne Chanson* par Paul Verlaine », *Le National,* 18 juillet 1870 ; reproduit dans Verlaine, *Correspondance générale*, éd. citée, p. 977.

PAUL VERLAINE

La mort de Philippe II

À Louis-Xavier de Ricard

Le coucher d'un soleil de septembre ensanglante
La plaine morne et l'âpre arête des sierras
Et de la brume au loin l'installation lente.

Le Guadarrama pousse entre les sables ras
Son flot hâtif qui va réfléchissant par places
Quelques oliviers nains tordant leurs maigres bras.

Le grand vol anguleux des éperviers rapaces
Raye à l'ouest le ciel mat et rouge qui brunit,
Et leur cri rauque grince à travers les espaces.

Despotique, et dressant au-devant du zénith
L'entassement brutal de ses tours octogones,
L'Escurial étend son orgueil de granit.

Les murs carrés, percés de vitraux monotones,
Montent droits, blancs et nus, sans autres ornements
Que quelques grils sculptés qu'alternent des couronnes.

Avec des bruits pareils aux rudes hurlements
D'un ours que des bergers navrent de coups de pioches
Et dont l'écho redit les râles alarmants,

Torrent de cris roulant ses ondes sur les roches,
Et puis s'évaporant en de murmures longs,
Sinistrement dans l'air du soir tintent les cloches.

Par les cours du palais, où l'ombre met ses plombs,
Circule — tortueux serpent hiératique —
Une procession de moines aux frocs blonds

Qui marchent un par un, suivant l'ordre ascétique,
Et qui, pieds nus, la corde aux reins, un cierge en main,
Ululent d'une voix formidable un cantique.

— Qui donc ici se meurt ? Pour qui sur le chemin
Cette paille épandue et ces croix long voilées
Selon le rituel catholique romain ? —

La chambre est haute, vaste et sombre. Niellées,
Les portes d'acajou massif tournent sans bruit,
Leurs serrures étant, comme leurs gonds, huilées.

Une vague rougeur plus triste que la nuit
Filtre à rais indécis par les plis des tentures
À travers les vitraux où le couchant reluit,

Et fait papilloter sur les architectures,
À l'angle des objets, dans l'ombre du plafond,
Ce halo singulier qu'on voit dans les peintures.

Parmi le clair-obscur transparent et profond
S'agitent effarés des hommes et des femmes
À pas furtifs, ainsi que les hyènes font.

Riches, les vêtements des seigneurs et des dames
Velours panne, satin soie, hermine et brocart,
Chantent l'ode du luxe en chatoyantes gammes,

Et, trouant par éclairs distancés avec art
L'opaque demi-jour, les cuirasses de cuivre
Des gardes alignés scintillent de trois quarts.

Un homme en robe noire, à visage de guivre,
Se penche, en caressant de la main ses fémurs,
Sur un lit, comme l'on se penche sur un livre.

Des rideaux de drap d'or roides comme des murs
Tombent d'un dais de bois d'ébène en droite ligne,
Dardant à temps égaux l'œil des diamants durs.

Dans le lit, un vieillard d'une maigreur insigne
Égrène un chapelet, qu'il baise par moments,
Entre ses doigts crochus comme des brins de vigne

Ses lèvres font ce sourd et long marmottement,
Dernier signe de vie et premier d'agonie,
— Et son haleine pue épouvantablement.

Dans sa barbe couleur d'amarante ternie,
Parmi ses cheveux blancs où luisent des tons roux
Sous son linge bordé de dentelle jaunie,

Avides, empressés, fourmillants, et jaloux
De pomper tout le sang malsain du mourant fauve,
En bataillons serrés vont et viennent les poux.

C'est le Roi, ce mourant qu'assiste un mire chauve,
Le Roi Philippe Deux d'Espagne, — Saluez ! —
Et l'aigle autrichien s'effare dans l'alcôve,

Et de grands écussons, aux murailles cloués,
Brillent, et maints drapeaux où l'oiseau noir s'étale
Pendent de çà de là, vaguement remués !…

— La porte s'ouvre. Un flot de lumière brutale
Jaillit soudain, déferle et bientôt s'établit
Par l'ampleur de la chambre en nappe horizontale :

Porteurs de torches, roux, et que l'extase emplit,
Entrent dix capucins qui restent en prière :
Un d'entre eux se détache et marche droit au lit.

Il est grand, jeune et maigre, et son pas est de pierre,
Et les élancements farouches de la Foi
Rayonnent à travers les cils de sa paupière ;

Son pied ferme et pesant et lourd, comme la Loi,
Sonne sur les tapis, régulier, emphatique ;
Les yeux baissés en terre, il marche droit au Roi.

Et tous sur son trajet dans un geste extatique
S'agenouillent, frappant trois fois du poing leur sein,
Car il porte avec lui le sacré Viatique.

Du lit s'écarte avec respect le matassin,
Le médecin du corps, en pareille occurrence,
Devant céder la place, Âme, à ton médecin.

La figure du Roi, qu'étire la souffrance,
À l'approche du fray se rassérène un peu,
Tant la religion est grosse d'espérance !

Le moine, cette fois, ouvrant son œil de feu,
Tout brillant de pardons mêlés à des reproches,
S'arrête, messager des justices de Dieu.

— Sinistrement dans l'air du soir tintent les cloches.

Et la Confession commence. Sur le flanc
Se retournant, le Roi, d'un ton sourd, bas et grêle,
Parle de feux, de juifs, de bûchers et de sang.

— « Vous repentiriez-vous par hasard de ce zèle ?
Brûler des juifs, mais c'est une dilection !
Vous fûtes, ce faisant, orthodoxe et fidèle. » —

Et, se pétrifiant dans l'exaltation,
Le Révérend, les bras croisés, tête dressée,
Semble l'esprit sculpté de l'Inquisition.

Ayant repris haleine, et d'une voix cassée,
Péniblement, et comme arrachant par lambeaux
Un remords douloureux du fond de sa pensée,

Le Roi, dont la lueur tragique des flambeaux
Éclaire le visage osseux et le front blême,
Prononce ces mots : Flandre, Albe, morts, sacs, tombeaux.

— « Les Flamands, révoltés contre l'Église même,
Furent très justement punis, à votre los,
Et je m'étonne, ô Roi, de ce doute suprême.

Poursuivez. » — Et le roi parla de don Carlos.
Et deux larmes coulaient tremblantes sur sa joue
Palpitante et collée affreusement à l'os.

— « Vous déplorez cet acte, et moi je vous en loue !
L'Infant, certes, était coupable au dernier point,
Ayant voulu tirer l'Espagne dans la boue

De l'hérésie anglaise, et de plus n'ayant point
Frémi de conspirer — ô ruses abhorrées ! —
Et contre un Père, et contre un Maître, et contre un Oint ! » —

Le moine ensuite dit les formules sacrées
Par quoi tous nos péchés nous sont remis, et puis,
Prenant l'Hostie avec ses deux mains timorées,

Sur la langue du Roi la déposa. Tous bruits
Se sont tus, et la Cour, pliant dans la détresse,
Pria, muette et pâle, et nul n'a su depuis

Si sa prière fut sincère ou bien traîtresse.
— Qui dira les pensers obscurs que protégea
Ce silence, brouillard complice qui se dresse ? —

Ayant communié, le Roi se replongea
Dans l'ampleur des coussins, et la béatitude
De l'Absolution reçue ouvrant déjà

L'œil de son âme au jour clair de la certitude,
Épanouit ses traits en un sourire exquis
Qui tenait de la fièvre et de la quiétude.

Et tandis qu'alentour ducs, comtes et marquis,
Pleins d'angoisses, fichaient leurs yeux sous la courtine,
L'âme du Roi mourant montait aux cieux conquis.

Puis le râle des morts hurla dans la poitrine
De l'auguste malade avec des sursauts fous :
Tel l'ouragan passe à travers une ruine.

Et puis, plus rien ; et puis, sortant par mille trous,
Ainsi que des serpents frileux de leur repaire,
Sur le corps froid les vers se mêlèrent aux poux.

— Philippe Deux était à la droite du Père.

Poèmes saturniens

L'INTIME ET LE POLITIQUE CHEZ VERLAINE

La mort de Philippe II

> Au cours de ces dernières années, la littérature française, au moyen des armes de la recherche historique, de la critique, de la satire et de l'ironie, a donné le coup de grâce à la légende de Napoléon. Hors de France, cette rupture violente avec les croyances populaires traditionnelles, cette immense révolution intellectuelle, a été peu remarquée et encore moins comprise.
>
> Karl MARX, *Le 18 Brumaire de Louis Bonaparte* [1]

Dans « Lui toujours — et assez », étude insérée dans *Mémoires d'un veuf* et consacrée l'année de sa mort à Victor Hugo, Verlaine oppose les « vers intimes, rarement politiques » des *Feuilles d'automne* ou *Les Rayons et les ombres* à « la langue désagrégée » et « incommensurable [2] » qui, avec *Châtiments* et *La Légende des siècles* tourne le dos aux principes de l'art pour l'art. Ce partage a de quoi surprendre puisqu'il inscrit la « vraie gloire de bon poète » (*ibid.*, p. 105) à revers de la lecture moderne attachée plutôt aux recueils de l'exil. C'est que « les quatre œuvres de demi-teintes » qui fondent après *Les Orientales* la deuxième manière du maître laissent entendre « un certain accent sincère [...] *modéré*, discret, sourdine et nuance [3] », un condensé de la poétique personnelle de Verlaine. Cette paradoxale proximité ne motive pour autant aucun clivage sensible entre un régime esthétique du texte littéraire d'un côté et son historicité de l'autre. À partir des *Poèmes saturniens* où l'auteur se reconnaît déjà une voix en *mode mineur*, elle s'efforce au contraire d'impliquer mutuellement une requête de spécificité hautement revendiquée dans la lecture admirative et fusionnelle des *Fleurs du Mal* [4] et les enjeux collectifs liés à la pratique du langage. À ce titre, elle dénonce ce double écueil que constituent en art l'illusion de l'autonomie et la subordination inverse du poème aux événements et au temps du siècle. La manière de Verlaine qui s'énonce en sourdine s'invente différemment une politique de l'intime. Ce vis-à-vis qu'explore *La Mort de Philippe II*, l'écrivain l'associe étroitement à la satire du genre historiographique et au rejet à peine voilé du bonapartisme régnant. Les fondements de cette politique y deviennent alors inséparables d'une interrogation sur le statut de l'art confronté aux violences du pouvoir et de l'État.

LE « PORTRAIT DU ROI »

Face à « la dépolitisation forcée de la littérature après 1850 [5] » dont les conséquences fatales se font évidemment encore sentir dans le recueil saturnien en 1866, *La Mort de Philippe II* s'applique d'abord à défaire les catégories par lesquelles un pouvoir s'énonce et s'impose, et tend de la sorte à saper les modes de pensée qu'il construit pour assurer sa légitimité et son hégémonie. Sa révolution intellectuelle, le texte l'accomplit dans l'ordre allégorique. Telle est du moins la leçon parodique qui ressort d'une comparaison avec *César Borgia*, le poème qui précède immédiatement. Les zones titrologiques s'instituent ici en véritable programme. La démarcation typographique, « Le duc CÉSAR » (v. 6), qui exhibe une troncation onomastique et supplante la mention familiale *(Borgia)*, rend déjà possible une allusion à Jules César. En continuité avec la figure de Philippe II, elle ouvre donc sur la communauté des tyrans. Source du mal, fondateur d'une histoire de la domination, l'homme d'État romain réfère obliquement à Napoléon III qui à partir des années 1860 prépare en collaboration avec Victor Duruy une *Histoire de César*. Comparaison flatteuse pour les partisans du régime, paradigme de la dictature et de la violence au contraire pour l'opposition qui la reprend comme une injure, cette dénomination *via* Philippe II fait donc retour dans *Poèmes saturniens* au présent de l'énonciation, ce que confirme la dédicace à Louis-Xavier de Ricard qui oriente *La Mort de Philippe II* vers une idéologie ouvertement anticléricale et républicaine. Il faut en effet rappeler que le parnassien responsable de la *Revue du progrès moral, littéraire, scientifique et artistique* qui devait accueillir dès 1863 le sonnet bien satirique *Monsieur Prudhomme*, fut condamné et incarcéré à Sainte-Pélagie pour outrage à la morale religieuse sous l'inculpation d'avoir de surcroît traité sans autorisation d'économie politique et sociale [6].

Dans cette perspective, le théâtre allégorique de la satire qui manœuvre étroitement chez Verlaine avec le joug de la censure, dénoue une logique des détails, il convertit le poids des contraintes et des règles discursives en mode critique du langage. En s'adressant à la peinture et au genre du « portrait en pied », sous-titre de *César Borgia*, le texte retrouve une liberté dans la manière de *faire entendre* des éléments minuscules. Steve Murphy a bien mis en évidence ces constituants aussi bien latéraux que symboliques, en soulignant l'identification de César Borgia et de Jules César [7]. C'est d'abord la moustache qui retient l'écoute amusée du lecteur :

> *Tandis qu'un rire doux redresse la moustache,*
> *Le duc César en grand costume se détache.* (v. 5-6)

Cette précision n'est pas séparable de sa position à la rime. La moustache n'est cette réalité caractéristique et définitoire d'un être que parce qu'elle se détache justement à la rime. Une fois entendu, il est impossible désormais d'oublier ce détail, de ne plus le voir. C'est dans ce cadre que bien ironiquement la moustache devient un fait historique majeur. L'allusion au « grand costume » associe cet emblème politique propre à être raillé à l'image d'un pouvoir travesti et camouflé, originairement lié à la fois à l'exhibition de soi et à la trahison : Verlaine ébauche une caricature. Logiquement, la moustache du duc César rejoint le symbole de l'aigle dans *La Mort de Philippe II*, dont l'occurrence succède immédiatement à l'appellatif royal :

> *C'est le Roi, ce mourant qu'assiste un mire chauve,*
> *Le Roi Philippe Deux d'Espagne, — Saluez ! —*
> *Et l'aigle autrichien s'effare dans l'alcôve* (v. 67-69)

L'intonation porte l'impératif « Saluez ! » au comble de l'ironie. Le volume qu'occupe le titre dans l'alexandrin, « Le Roi Philippe Deux d'Espagne », confirme cette tonalité grâce au pastiche. On songe à Heredia, mais ce procédé évoque aussi les vers onomastiques de *La Légende des siècles*. Sans doute la mention de « l'aigle autrichien » se réfère-t-elle de son côté à l'Empire acquis par Charles Quint, en partie démembré et partagé lors de son abdication en 1555-1556 devant les Français. Mais les possessions autrichiennes et allemandes dont hérita le roi Ferdinand manifestent par connexion familiale l'extension du pouvoir despotique de Philippe II sur l'Europe entière. L'idée d'Empire sous-jacente au symbole de l'aigle y introduit alors un autre motif, napoléonien cette fois, tel que le réactive le bonapartisme depuis 1851. Ce discret supplément rend l'injonction verlainienne duplice. Exiger le salut n'est pas appeler uniquement au geste physique de respect et d'obéissance devant le drapeau, un *habitus* qui répond aux protocoles de la hiérarchie imposés par l'ordre monarchique. C'est auprès du lecteur engager aussi un rituel sarcastique de *reconnaissance*, par-delà toute allusion au passé, des signes d'un autre État oppresseur dont la figure de Philippe II n'est au fond que l'anticipation. Ce rituel de reconnaissance s'accompagne paradoxalement d'un désir lui-même ambivalent de *méconnaissance*. Selon une simulation d'abord qui consiste à lire sans lire comme si le symbole sollicité n'avait aucune incidence contemporaine, restait cet élément univoque, l'histoire pleinement révolue de l'Espagne au XVIe siècle : l'aigle est bel et bien autrichien et rien d'autre. Selon un détournement ensuite où lire devient synonyme de refus. Méconnaître le symbole bonapartiste, c'est plus simplement cesser de l'admettre, ne pas en légitimer les implications politiques. Ainsi, la méconnaissance que l'auteur réclame de son lecteur équivaut à forger un pacte fondé sur le rejet de tout ralliement.

Le segment prosodique /se/ qui encadre la forme jussive (*Saluez*) se redistribue ensuite sous deux formes réfléchies, « *s'e*ffare » puis « et maints drapeaux où l'oiseau noir *s'é*tale » (v. 71). Au frémissement excessif qui accompagne le salut devant la force symbolique indéniablement imposante du pouvoir s'ajoute une pointe satirique à l'égard de sa grandiloquente omniprésence, une suggestion déjà audible en finale de vers entre *rapaces* et *espaces* (v. 7-9). De l'aigle aux éperviers, le despotisme ne poursuit pas uniquement une logique d'occupation maximale qui vise à s'emparer du réel et par là à en déposséder les moindres sujets soumis à sa tutelle féroce. Cette emprise est le symptôme d'une extension du portrait du roi. Avec *La Mort de Philippe II*, le politique sort de son cadre, au sens matériel du terme, celui que lui assignait encore le sous-titre de *César Borgia*. Dans ce texte, l'angle adopté « en pied » déclare une exhaustivité du portrait qui se double paradoxalement d'une défaillance optique. La revendication d'un regard intégral n'exclut pas le pouvoir d'occulter, l'excès de présence que met en son centre la peinture implique aussi de l'invisible. Ce constat de non-figurabilité constitue précisément le je-ne-sais-quoi du portrait, ironique indétermination qui apparaît sous la forme d'une impression reçue :

> […] *et l'on dirait // que la tenture bouge*
> *Au souffle véhément qui doit s'en exhaler* (v. 14-15)

Le poste césural qu'occupe l'expression figée réactive la valeur locutoire primitive du verbe. Propre à traduire la semblance, le registre d'un effet, « et l'on dirait » manifeste aussi l'effort pour les caractériser et les cerner. Sa distribution dans le vers en fait un geste d'appel, un acte de formulation en devenir. Cette exigence du dire que provoque le portrait se marie à la valeur hypothétique du conditionnel et requalifie de la sorte le mode de perception de l'allégorie verlainienne. L'humoristique renouvellement du voir suppose en effet une pneumatique, ce *souffle véhément* qui redonne vie au personnage et soustrait la peinture à la stase de l'icône. Cette mobilité inattendue et moqueuse suscite des ambiguïtés car tandis que les bustes d'Horace et de Tibulle (v. 2) restent inexorablement pétrifiés dans leur marbre, de son côté « la tenture bouge » (v. 14). L'écho qui relie *bouche* et *bouge* (v. 13-14) associe la peinture en action à la virtualité d'une parole. Quoique le portrait reste évidemment muet, la tâche que s'assigne désormais le poète sera de le faire parler [8]. Par cette éloquence forcée, l'écrivain entend donner voix autrement à l'histoire, à ses silences, contre le discours officiel du tyran.

Mais cette position implique une rupture avec la manière traditionnelle du portrait, des critères et des conventions génériques admis. À cet égard, on ne saurait se méprendre sur l'appariement qui rapporte l'intitulé « portrait en p*ied* » à « comme il s*ied* aux anciennes peintures » (v. 17). Le poème hypothèque toute soumission aux codes esthétiques régnants car l'artiste ne saurait ici entreprendre quelque portrait du roi sans se rendre aussitôt prisonnier de règles perfidement dictées par le pouvoir et destinées à sa glorification. La rime *visage / usage* (v. 9-10) témoigne de cette discordance assumée. Quand à travers le tableau s'imposent l'aura et la transcendantalité du visage royal, l'œil s'en trouve monopolisé et subséquemment aveuglé. Au risque de cette aliénation politique du regard, la seule réponse critique est cette part secrète du portrait qui échappe nécessairement au public. Parce que le despote est vu « de trois quarts et très ombré » (v. 10), la voix du portrait, sa mise en écoute, suggère une zone irréductible et invisible, un quart-exclu qui fonde toute l'ironie de la vision puisqu'elle témoigne d'un défaut technique, d'une aporie de la représentation. Il est en effet impossible de voir intégralement, bref d'épuiser dans l'absolu le portrait et sa personne. C'est en ce lieu dérobé pourtant que l'acte de formulation, « et l'on dirait », entend puiser sa principale force de résistance et son ressort polémique contre l'État bonapartiste.

Architecture et utopie

Rendre audible ce qui ne se voit pas est un projet qui ressortit littérairement à un impératif catégorique dès lors que le pouvoir se signale par une prolifération incessante. Ainsi que s'attache déjà à le montrer la ligne prosodique entre « *esp*aces » (v. 9) et « d*esp*otique » (v. 10), motif que complète l'écho entre « brut*al* » (v. 11) et « l'Escuri*al* » (v. 12), l'emphatique visibilité du politique dans *La Mort de Philippe II* dépend de la rigueur plastique de l'architecture qui en signifie l'extension sous la forme d'un rapt. La place du pouvoir selon Verlaine reste solidaire de la catégorie du lieu. Du Guadarrama à la chambre royale, le palais de l'Escurial se définit moins comme un cadre unifié qu'à travers un réseau d'interrelations entre les espaces. Sans doute l'architecture renvoie-t-elle d'abord à l'ordonnancement de l'édifice, mais à son tour l'édifice suppose les rapports entre son centre et ses périphéries et à ce titre épuise autant l'intérieur que l'extérieur. Enfin, le complexe architectural doit se comprendre à deux autres niveaux. À la différence du portrait encore centré sur le visage du tyran, l'édifice engage entièrement la catégorie de l'habitat, il est un espace de vie quotidien, implique le passage à une structuration du collectif. Autrement dit, le palais ne se contente pas d'être la manifestation symbolique du pouvoir, il est la réalisation d'un art comme pouvoir. Aussi l'architecture suscite-t-elle dans *La Mort de Philippe II* la critique d'un art qui impose aux individus une forme radicale de soumission. Devant le réseau de rimes qui associe *octogones* (v. 11), *monotones* (v. 13) et *couronnes* (v. 15), la « scène de la raison géométrique [9] » dont parle Louis Marin à propos du Louvre et de Versailles au XVIIe siècle, se transforme ici en scène de la raison d'État. À travers l'organisation hiérarchisée et normée du palais, il faut peut-être voir « le prince en sa topo-prosopographie » (*ibid.*, p. 228), mais selon Verlaine l'architecture semble plus encore une pratique immédiatement aliénée et aliénante puisqu'elle exalte la démesure du vainqueur, « octogones », « orgueil » (v. 12). En lui-même, le palais joue le rôle d'un monument et suffit à produire cette rhétorique de l'éloge royal auquel se refuse précisément le poète saturnien. L'*hybris* du pouvoir se traduit par un principe d'identité et de répétition et renvoie à l'amour de la symétrie et de la régularité chez le tyran. C'est ainsi que « les murs carrés » (v. 13) supposent les « quelques grils sculptés qu'alternent des couronnes » (v. 15), en une extrême rationalisation de l'espace.

De la monotonie à l'alternance, l'architecture devient synonyme d'une soustraction paradoxale de l'artistique comme valeur. Un terme concentre en particulier cette négativité :

> *Les murs carrés, percés de vitraux monotones,*
> *Montent* droits, *blancs et nus, sans autres ornements* (v. 13-14)

La rectitude transpose ici la forme d'un dépouillement, et même une pauvreté de l'ouvrage. L'austérité de l'édifice fait l'autorité du politique. Toute recherche a définitivement déserté l'ingénierie du bâtiment, ce que prouverait encore l'image de l'« entassement » (v. 11), marque de désordre et manque d'harmonie. Aux extérieurs du palais répond alors l'ornementation des intérieurs — « Des rideaux de drap d'or roides comme des murs / Tombent d'un dais de bois d'ébène en *droite* ligne » (v. 52-53) — une correspondance établie sur l'écho inversé de « m*ont*ent » à « *tom*bent ». Au nom d'une même mais pesante verticalité, l'édifice en exploite les sens opposés, du bas vers le haut d'abord, du haut vers le bas ensuite. L'univers politique s'intègre à une architecture carcérale. Figures de l'enfermement, les « *m*urs carrés » inévitablement « *m*onotones » au vers 13 passent à la rime avec « diamants d*urs* » (v. 54). La richesse des ornements qui compense le dépouillement des façades possède ici la stérilité de l'éclat. Mais le circonstant « en droite ligne » qui vient qualifier cette verticalité ne saurait être séparé ici de l'hiatus de consonnes entre « d'o*r* » et « *r*oide », une dissonance qui introduit une caractérisation figée de la matière. L'effet de droiture rapporte l'architecture à une plastique dénuée d'éthique et explique ainsi son assujettissement complet à la tyrannie. Une telle servitude coupe l'art des enjeux qui sont normalement les siens. Impuissante à réinventer la catégorie même du lieu et des relations entre les lieux, l'architecture ne saurait non plus réinventer les rapports entre l'art et la société dans le sens d'une liberté des sujets. Contre elle-même, et une part essentielle de son histoire, elle manifeste littéralement un malaise de l'utopie dans *La Mort de Philippe II*. Car s'il est vrai qu'utopie et architecture « passent par des modélisations communes », l'une étant un projet de société, l'autre un projet de bâtiment, « l'architecture est la validité du programme utopique [10] ». Plus exactement, elle « rend visible, "réalise" l'utopie, elle lui donne une existence, une façon de réalité », que ce soit en acte ou sur les diagrammes et les schémas. À ce titre, l'art participe « à l'inculcation ou à l'incorporation des nouveaux modes de vie » *(id.)*. Mais tandis qu'il y faut comme condition « la morale de l'architecte » (p. 13, col. 2), sa dissolution complète passe aux yeux de Verlaine pour une catastrophe sociale et historique. D'évidence, les rigidités du despotisme architectural se règlent ici sur le parallèle allégorique très élaboré entre Philippe II et Napoléon III et laissent lire une virulente critique de l'haussmannisation. Ce seul glissement dans l'allusion transfère le lieu architectural du palais vers la ville, élargit ses implications politiques de l'État et de son représentant à l'entité *peuple*. La question de l'utopie communique ainsi de *La Mort de Philippe II* à *Nocturne parisien* au point de mettre en cause à son tour l'attitude littéraire :

> *Tout bruit s'apaise autour. À peine un vague son*
> *Dit que la ville est là qui chante sa chanson,*
> *Qui lèche ses tyrans et qui mord ses victimes* (v. 51-53)

À peine dissimulée sous la morphologie du pluriel *(tyrans)*, l'accusation lève toute équivoque quand elle suppose en outre une étroite complicité entre la ville et le genre de la chanson qui pour le poète saturnien symbolise idéalement sa poétique de la voix. À l'utopie de l'architecture correspond maintenant l'utopie du poème qui trouve toujours dans l'alliance du chant et de la parole le sens même de son oralité. Confronté à une géographie menaçante et à une topographie mortelle, « *vi*lle », « *vi*ctimes », la manière du texte cherche au contraire à faire « *vi*brer l'âme aux proscrits, aux femmes, aux artistes » (v. 62), un paradigme des sujets dominés. Contre le néant collectif dont l'architecture a fait l'intégralité de sa plastique, le poème doit son pouvoir inverse de communication aux airs de rues, « romances et polkas » (v. 59), et au « cri désespéré » (v. 56) de l'orgue de Barbarie. Au cœur des réalités populaires, il y puise une éthique de la révolte.

Le contraste s'accuse alors d'autant entre la voix impersonnelle du peuple, le poète qui s'en fait le relais et ceux qui, compromis avec le pouvoir, se confondent dans *La Mort de Philippe II* avec le temps et la mesure du despote. Ainsi de l'ignoble fray qui, accompagné d'autres moines, vient confesser le roi mourant : « Un d'entre eux se détache // et marche *droit* au lit » (v. 78). De l'édifice au personnage qui y évolue, une même sujétion se traduit comme une mise au pas exactement opposée à la « marche lente » (v. 82) des Chanteurs du *Prologue*. La division du vers perd ici l'humour que contenait encore la peinture dans *César Borgia*. Ce n'est plus la moustache qui se détache à la rime et fait vaciller le portrait vers la charge caricaturale mais le fanatisme religieux qui se détache à la césure révélant ainsi sa profonde désincarnation *(un d'entre eux)*. Au fondement de la violence étatique qui va du sujet qui exerce le pouvoir au sujet qui contribue par sa soumission à la dureté et à l'efficacité de la domination, cette dynamique du *droit* s'achève alors triomphalement et ironiquement dans la béatification finale du tyran :

> — *Philippe Deux était* à la droite *du Père.* (v. 149).

Cette ligne de clôture, entourée par des blancs et décrochée à l'aide du tiret, constitue une véritable ponctuation du poème. Elle ne conclut nullement la narration satirique, elle fait *événement*, produit l'*histoire*. Ce procédé graphique répond à la ligne qui ferme le premier bloc en *terza rima* du texte :

> — *Sinistrement dans l'air du soir tintent les cloches.* (v. 97)

D'un côté s'énonce une prophétie lugubre, de l'autre domine l'âpreté d'une pointe spirituelle. L'adverbe qui s'associe à l'écoute fatidique du glas construit la perception d'une agonie, métaphore de la déchéance royale. Là où l'atmosphère d'obscurité laisse percer un jugement transcendant à venir, l'apparition du moine « messager des justices de Dieu » (v. 96) fait basculer l'intervention surnaturelle dans le sarcasme. À l'heure du trépas du roi, un jugement doit être prononcé par une instance autre que l'Église trop prompte à donner l'absolution au tyran — le verdict sera celui de l'Histoire elle-même. C'est de ce strict point de vue que l'auteur demande à son lecteur de juger et de condamner le despote. À cet égard, la ligne finale s'emploie à déplacer un art formulaire très présent dans *La Rose de l'Infante** :

> *Philippe Deux était // une chose terrible.* (v. 105)
> *Philippe Deux était // le Mal tenant le glaive* (v. 109)
> *Philippe dans sa droite // a la gerbe des foudres* (v. 202)

L'enchère ironique dans *La Mort de Philippe II* appauvrit en rhétorique l'oralité hugolienne et la conception de l'histoire qui lui est liée. Elle déjoue les sources d'un grandissement épique possible du pôle tyrannique. Comme Marx à travers les « invectives amères et spirituelles » de *Châtiments*[11] mais pour d'autres raisons, Verlaine perçoit un risque dans la fresque critique et politique d'Hugo, celle d'une

---

* Dans *La Légende des siècles* de Victor Hugo.

célébration involontaire du mal, involontaire parce que nécessaire à l'économie visionnaire des « petites épopées ». Car lorsqu'il projette en Philippe II une divinité satanique, Hugo lui confère aussi un statut mythologique dans l'Histoire, exactement ce que lui refuse l'écrivain saturnien. Du dieu guerrier et terrassant *(la gerbe des foudres)* auquel rien ne résiste et capable de châtier, sorte de synthèse de Mars et de Jupiter, une idole bientôt brisée par la dispersion de sa terrible *armada*, on bascule avec Verlaine dans le registre décalé d'une sanctification chrétienne. La place de Philippe II « à la droite du Père » doit être d'abord entendue littéralement (le mourant est à la droite de son confesseur), au sens biblique ensuite : grâce à cette confession, le roi est élu parmi les élus. La droiture et la justice riment donc ensemble comme Napoléon III et Pie IX eux-mêmes !

« Ce halo singulier qu'on voit dans les peintures »

Cette parodie de *gloire* qui affecte le portrait du roi, il convient de lui restituer ici son acception pleinement technique, l'auréole qui enveloppe le corps du Christ devenue une convention des représentations artistiques. La tension qui s'établit en fin de vers entre *architectures* (v. 37) et *peintures* (v. 39) témoigne assez du rôle d'anamorphose de la lumière qui « à l'angle des objets » (v. 38), au cœur de la rectitude élémentaire du bâtiment, réintroduit de l'imprécis et du vague, toutes caractéristiques qui appartiennent habituellement à la voix chez Verlaine :

> *Une vague rougeur plus triste que la nuit*
> *Filtre à rais indécis par les plis des tentures*
> *À travers les vitraux où le couchant reluit* (v. 34-36)

Ces valeurs qui engendrent des chromatiques étrangères à la blanche neutralité des murs de l'Escurial trouvent manifestement leur origine dans *Spleen*, LXII : « Il nous verse un jour noir plus triste que les nuits » (v. 4). Grâce à la caution baudelairienne, le poète réinscrit son allégorie politique dans le monde intérieur de la mélancolie. Plus précisément, il déplace le cachot de l'âme dans la bâtisse du tyran, projetant au cœur de l'intimité les atteintes et les brutalités du pouvoir, y puisant réciproquement une force de déstabilisation. La « vague rougeur » qui rappelle l'évocation primitive du sang (v. 1) complète la rime *nuit / reluit* et place la vocation de l'indécis dans l'obscur. Le mouvement de la lumière est simultanément d'expansion et d'élucidation, il atteint l'en-deçà de la raison géométrique. Si l'obscur lui est tellement nécessaire, c'est qu'il en dérive ce principe paradoxal de vision : le « vague » et « l'indécis » captent la dimension que le politique s'efforce de soustraire au regard. Cette tâche critique revient au « clair-obscur transparent et profond » (v. 40) qu'inverse « l'opaque demi-jour » (v. 47) pour faire aboutir une infime révélation — « Ce halo singulier // qu'on *voit* dans les peintures » (v. 39) —, une analogie qui à la frontière interne du vers se construit en parallèle avec *César Borgia* : « [...] et *l'on dirait* // que la tenture bouge ». D'un texte à l'autre, le support indéfini, « on voit », « l'on dirait », ouvre l'expérience culturellement partagée d'un mode et d'un objet de perception à une suggestion inédite. Cette source circulaire et diffuse de la lumière qui entoure la tête du saint ne s'entend qu'avec la distance propre au dispositif des rimes, quand avec tout le respect qu'on doit aux règles métriques de l'euphonie elle réapparaît dans la joue « palpitante et collée affreusement *à l'os* » (v. 118) du roi. À l'aspiration près (/alo/ *vs* /'alo/), ce lien prosodique qui conjoint l'écoute du poème aux passages du clair et de l'obscur superpose au portrait du roi une vision macabre, en double la surface trompeuse d'une profondeur tragique.

La vérité du pouvoir réside donc dans le cadavre. Ce rapport imprévu s'institue en véritable poétique de l'analogie dans *La Mort de Philippe II*. Cette poétique se manifeste tantôt avec discrétion : « Entre ses doigts crochus // *comme* des brins de vigne » (v. 57), prodigue tantôt des marques plus saillantes à la césure : « Avec des bruits *pareils // aux* rudes hurlements (v. 16) », « À pas furtifs *ainsi // que* les hyènes font » (v. 42), « Péniblement, et *comme* // arrachant par lambeaux » (v. 108), ou va jusqu'à faire l'élan du vers : « *Tel* l'ouragan passe à travers une ruine » (v. 145), « *Ainsi que* des serpents frileux de leur repaire » (v. 147).

De ses origines baudelairiennes, il semble donc que la lumière ait conservé le sens du passage des *Correspondances* à *Une charogne* où le morphème *comme* qui jetait les bases théoriques d'une unité entre les paroles et les symboles occupe le centre d'un spectacle obscène dans l'alexandrin — « Les jambes en l'air, *comme* // une femme lubrique » (v. 5) — et se développe en ouverture des octosyllabes qui l'accompagnent :

> *Comme afin de la cuire à point* (v. 10)
> *Comme une fleur s'épanouir* (v. 14)
> *Comme l'eau courante et le vent* (v. 26)

En basculant de « halo » en « à l'os », *La Mort de Philippe II* retrouve cette énergie de la décomposition. Les correspondances verlainiennes n'y exaltent plus une nature mystique mais la configuration matérielle d'une histoire, les exhalaisons putrides de la chair royale :

> / ∪   1 —   ∩ 2 3 ∪ ∪
> — *Et son haleine pue // épouvantablement.* (v. 60)

L'attaque vocalique que provoque la présence du tiret est à la source du vis-à-vis prosodique qui suit à la césure. Loin de se réduire à une dissonance de registre, le verbe *pue* présent dès l'adresse *Au lecteur* des *Fleurs du Mal* tourne en dérision le maniérisme syntaxique de l'adverbe en *-ment*, sa tendance naturellement louangeuse devant l'objet à styliser. La chaîne d'intensité qui rend solidaires ici deux composantes aux valeurs linguistiques opposées renverse le sens de l'hyperbole. Puisque le tyran et avec lui le Second Empire se révèlent être la véritable charogne, la déjà très étrange déclaration d'amour chez Baudelaire ne peut pas ne pas se transformer aussitôt ici en déclaration de haine. Le régicide qui fait désormais office d'acte artistique assimile l'éthique du poème à une forme d'attentat contre le corps impérial.

Parce qu'il perd sa dimension sacramentelle, ce corps en décadence aggrave le processus de désymbolisation du politique. Du moins « le sang malsain du mourant fauve » (v. 65) retrouve-t-il un autre imaginaire, celui-là personnel, qui regarde vers une physiologie et s'intègre particulièrement au cadre saturnien de l'œuvre et à sa théorie des humeurs. La place du mot *sang* à la césure du vers évoque spontanément le poème liminaire du recueil : « Dans leurs veines le *sang*, // subtil comme un poison » (v. 14). Du pouvoir au poème, ce liquide se transmet et circule entre les sujets sous la forme d'une expansion virale du mal. Du coup, les mouvements physiques du corps et l'acharnement sanguinaire dont le roi fait l'objet constituent ici la revanche du mélancolique, et avec lui des victimes de l'Histoire. La vermine est la projection macabre de la crapule du peuple, des insoumis dans *La Mort de Philippe II* :

> *En bataillons serrés vont et viennent les poux.* (v. 66).

Cette métaphore militaire qui opère déjà dans *Une charogne* de Baudelaire se réadapte à l'instant historique présent. La rime *trous / poux* (v. 146-148) redouble ironiquement le volucraire de l'orgueil présent dans l'aigle et les éperviers. Mais elle déplace également toute la phraséologie réactionnaire de juin 1848 qui associait la racaille populaire à une vision zoologique, une bestialité générale des classes démunies et pauvres. En dernier lieu, ce sont donc les animalcules et les parasites, cachés ou oubliés dans « leur repaire » (v. 147), nourris des ordures du pouvoir, qui resurgissent et agissent. Leur entrain dévorateur témoigne assez bien d'un désir de destruction intérieure. Au fond, l'État est le premier responsable par sa décrépitude des pulsions qui bravent son autorité. Aussi paraît-il logique qu'avec cet anéantissement de la matière — « le corps froid » (v. 148) du roi —, une dynamique de l'Histoire se trouve inversement sauvée : la désincarnation hideuse du politique ouvre des possibles. Fin 1866, cette usure du pouvoir sous le Second Empire a bien entendu une signification concrète pour les contemporains. Elle se réfère à la maladie (la lithiase) de l'Empereur et au vieillissement du personnel dirigeant, son manque d'adaptation face aux nouvelles réalités sociales et économiques, etc. Un marasme qui favorise en tout cas le durcissement de l'opposition républicaine et l'espoir qu'un jour le régime s'effondre. Mais cette usure constitue avant tout le devenir poétique du sujet.

Mots et tombeaux

Au lieu d'être voué à célébrer la gloire du roi dans l'instant sacré de la mort et d'en dresser un portrait digne d'être retenu par la postérité, l'éloge de la pourriture devient ici inacceptable, la rhétorique de l'épidictique est proprement congédiée sous l'accusation de formuler un discours étroitement complice du pouvoir. Les deux finales *loue / boue* (v. 119-121) en dénoncent déjà l'ambivalence. Du décès dont les vers décrivent l'imminence, *La Mort de Philippe II* fait donc la source d'une crise qui affecte la solidarité présumée entre historicité et exemplarité. Il n'y a plus comme dans l'historiographie officielle cet « acteur originaire, un acteur qui est l'agent de l'histoire à raconter, le roi : archi-acteur » parce qu'il a le pouvoir d'être par là le seul « sujet de l'histoire [12] ». S'assurant de la maîtrise du temps, convaincu qu'aucun événement ne saurait sans lui émerger, le roi est ainsi la condition *sine qua non* d'un avènement de l'Histoire : il lui prête sa puissance. Mais c'est aussi par ce moyen qu'il s'autorise à discourir sur elle : nulle parole ne saurait circuler sans lui. Le rite d'inhumation auquel se livre Verlaine, convoquant la figure du roi à l'horizon de l'Histoire pour la faire disparaître aussitôt, menace cette corrélation. Puisque le roi ne capte plus la grandeur des temps, cela signifie qu'une autre forme de l'Histoire peut désormais exister indépendamment de lui. Face à l'ère vide du bonapartisme, émerge une reconquête fragmentaire, irrégulière, inaboutie, qui exploite les défaillances du pouvoir. Cette figure inattendue de l'individuation ne se lit pas uniquement dans les machinations de l'ironie, les silences ou les équivoques, elle naît de cette « voix cassée » (v. 107), de l'épuisement de la locution royale :

> *Se retournant, le roi, d'un ton sourd, bas et grêle*
> *Parle de feux, de juifs, de bûchers et de sang.* (v. 99-100)

Toute l'intensité du mineur, du phrasé de la *Nuit du Walpurgis classique* à l'atmosphère intimiste et à la symbolique de l'effritement d'*Après trois ans*, se concentre dans le ton de la confession despotique, accusant de la sorte un décalage entre l'agonie discursive d'un sujet du pouvoir et les virtualités d'un sujet du poème qui prennent essor sur ces mêmes faiblesses. L'allusion aux « juifs » ne concerne pas la seule Inquisition, elle met en rapport la politique de la sourdine et la diaspora des républicains depuis le coup d'État. Dans ce cadre, l'audibilité décroissante du sujet est à la mesure de son aliénation historique, d'autant que la voix cassée du tyran et le manque de vitalité qu'investit la révolte du saturnien se trouvent relayés et étouffés par les exclamations du Tartuffe : « Brûler des juifs, mais c'est une dilection ! » (v. 102). Quant à l'évocation du meurtre de l'Infant don Carlos, elle renvoie à la manière dont le Prince-Président a de l'intérieur étranglé la République et mis fin aux espérances révolutionnaires : « Vous déplorez cet acte, et moi je vous en loue ! » (v. 119). Sans qu'on ait accès véritablement aux propos tenus par Philippe II, sans cesse la confession est avantageusement commentée, ré-énoncée et même traduite. Le dispositif de l'intonation a ici pour fonction paradoxale de parasiter l'écoute du lecteur et d'imposer à l'homme d'État comme à ses sujets une *croyance*.

C'est que les codes ecclésiastiques représentent un modèle rêvé de gouvernement pour le despote qui perçoit sous l'institution du sacré le sacré de l'institution, sous les dogmes et les pratiques les procédures qui donnent un fondement acceptable à l'autorité religieuse et partant politique. D'où l'ironie de Verlaine qui s'attaque à l'apparat religieux, conscient de sa connivence avec l'appareil répressif :

> *— Qui donc ici se meurt ? Pour qui sur le chemin*
> *Cette paille épandue et ces croix long-voilées*
> *Selon le rituel catholique romain ? —* (v. 28-30)

Sans doute la roublardise propre à l'empilement adjectival *(catholique romain)* ne cache-t-elle rien de la politique menée en Italie par Napoléon III depuis 1850, mais le tiret double interrompt le déroulement narratif au nom du geste passionné de l'éloquence et transforme le locuteur en *prédicateur*. Cette soudaine exubérance du langage s'applique sans hésitation au genre de l'oraison funèbre à la manière de Bossuet : émouvantes apostrophes à l'auditoire, méditations sur l'immortalité, constats lyriques sur les vanités de l'existence terrestre, ces tours suffisent à résumer la rhétorique d'un ardent défenseur du catholicisme, auteur en 1681 d'un *Discours sur l'histoire universelle* où la seule Providence assigne à l'homme son devenir. Des *Sermons* aux *Oraisons funèbres*, Bossuet est préoccupé par la sortie des grandes figures de ce monde (Henriette d'Angleterre, le prince de Condé, etc.). Du lié de son oraison, le poème pointe en niveaux isolés les artifices jusqu'à poser une question absurde *(qui donc ici se meurt ?)* puisque le titre y a d'avance répondu. Enfin, ce contre-modèle discursif n'est pas séparable du cantique ululé « d'une voix formidable » (v. 27). L'animalité fantastique qui n'exclut pas l'expression de la peur *(formido)* fait de la voix une nouvelle technique de domination et en cela contraste d'autant avec l'oralité en mode mineur. C'est pourquoi les contrepoints de la satire réintroduisent l'ironie là où l'enflure de la ritualité et du prêche maintient l'illusion sacrée du pouvoir. Les principales catégories de la théologie forment autour d'une même diérèse une axiologie exécrée, fondatrice de conduites et de comportements qui au nom de la transcendance divine ont justifié une folle débauche d'intérêts individuels, de manigances et de manipulations, de crimes et de tortures : *religi-on* (v. 93) puis de façon rapprochée *Confessi-on* (v. 98), *dilecti-on* (v. 102), *exaltati-on* (v. 104), *l'Inquisiti-on* (v. 106), *l'Absoluti-on* (v. 136). Autant la rhétorique du fray, par son omniprésence même, occulte l'intensité paradoxale de la sourdine, autant les prosodies du mineur cherchent à parasiter inversement la parole officielle. Dans la bouche du monarque, la confession déjà dépossédée par l'exégèse du fanatique perd entièrement sa validité. Ce travail de démystification culmine dans le couac phonétique qui achève l'hypocrite absolution des péchés politiques :

L'Infant, certes, était coupable au dernier point,
Ayant voulu tirer l'Espagne dans la boue

De l'hérésie anglaise, et de plus n'ayant point
Frémi de conspirer — ô ruses abhorrées ! —
Et contre un Père, et contre // un Maître, et un contre un Oint !
(v. 120-124)

La préposition anaphorisée *(contre)* qui vient se loger à la césure se partage prosodiquement avec « *con*spirer » et rattache cette scansion exaltée à une paranoïa du complot. Lorsque les trucages de la parole retournent à leur profit l'assassinat, le stratagème prend un aspect ridicule : « contre un Oint ». À la rencontre de deux voyelles, l'hiatus induit un comique de la diction, dévoile l'éloquence mensongère du pardon et transforme l'énumération mystique en retournement parodique de la Sainte Trinité. À l'art du casuiste dont les ruses visent à achever la transfiguration d'un pouvoir pervers et injuste en l'enveloppant sous les concepts de la théologie, Verlaine oppose l'art de la dissonance.

Entre une parole royale tarie — ces « lambeaux » (v. 108) de mots où un sujet tente de s'inscrire en creux — et les dissonances de la satire qui viennent lacérer ou nuancer une prière « sincère ou bien traîtresse » (v. 131), l'indécidabilité l'emporte. Le poème laisse place à une part d'énigme.

> *L'œil de son âme au jour clair de la certitude,*
> *Épanouit ses traits en un sourire exquis*
> *Qui tenait de la fièvre et de la quiétude.* (v. 137-139)

La sérénité intérieure qui envahit l'âme du gisant, après que sa chair a été en proie à l'agression de la vermine, selon les deux phases traditionnelles de la statuaire baroque, signale un dédoublement de la conscience. Le sourire est porteur d'une feinte, une cynique sagesse de la domination. Qu'est-ce que qualifier ce jeu physionomique d'*exquis* sinon, au plan étymologique, désigner la recherche d'un *effet*, d'une *composition* du visage ? Une dernière ruse consiste donc à organiser pour le tyran, aussi précisément que l'aveu chrétien, *sa* sortie au sens théâtral du terme : disparaître de la scène de l'Histoire pour mieux y subsister. La sérénité du masque mortuaire est une réponse à l'ironie du narrateur, elle tient au sentiment d'un triomphe définitif de l'autorité par-delà la mort. Si l'on préfère, la mort fait le succès de l'État oppresseur. Tel est du moins le « brouillard » (v. 133) d'un spectacle politique qui laisse courir autour de lui des « bruits » (v. 128) et du silence, d'un État assez habile pour nourrir les aspirations insurrectionnelles de ses propres victimes. De façon circulaire, l'ouverture à un sens de l'opposition fait donc partie de l'économie despotique. Au lieu où le sujet cherche à percer les ressorts secrets du pouvoir, il n'y a peut-être nulle énigme. Cette terrifiante méprise, le sourire s'efforce justement de la suggérer. La non-transparence supposée de l'État et de son représentant n'est probablement qu'une pleine et absolue transparence, le pouvoir une pure violence qui jamais ne se dissimule complètement. À ce titre, la satire du genre historiographique ne suffit pas à les déstabiliser. Mais l'éthique de la révolte se prendrait au piège si à la force elle répondait par la force. Dans son exil et sa sujétion, l'intimité littéraire doit être guidée par un autre principe, le seul qui fasse justement défaut à la tyrannie : l'*utopie*. Cette utopie ne se réalise pas dans *La Mort de Philippe II*. Parce qu'elle exige un autre lieu de la parole, ce sont les *Grotesques* qui se chargent d'en faire une alternative véritable à l'expérience tragique de l'Histoire [13].

Arnaud BERNADET

1. « Préface à la seconde édition allemande (1869) », Paris, Éditions sociales, 1976, p. 10.
2. Dans *Œuvres en prose complètes* (*OEP*), Paris, Gallimard, « Bibliothèque de la Pléiade », 1972, p. 105-106.
3. « À propos d'un récent livre posthume de Victor Hugo », *OEP*, p. 726.
4. « Charles Baudelaire », *OEP*, p. 605.
5. Dolf Oehler, *Le Spleen contre l'oubli*, Paris, Payot, « Critique de la politique », 1996, p. 19.
6. Cette information est donnée par J. Robichez dans : Verlaine, *Œuvres poétiques*, Paris, Garnier, 1969, préface aux *Poèmes saturniens*, p. 3.
7. *Marges du premier Verlaine*, Paris, Honoré Champion, 2003, p. 232.
8. Sur cette question, Gérard Dessons, « "La peinture est une poésie silencieuse" », *La Licorne* n° 41, UFR Langues Littératures Poitiers, 1997, p. 234.
9. *Le Portrait du Roi*, Paris, Les Éditions de Minuit, 1981, p. 221.
10. Dominique Rouillard, art. « Architecture » dans M. Riot-Sarcey, T. Bouchet, A. Picon (dir.), *Dictionnaire des utopies*, Paris, Larousse, 2002, p. 10, col. 1.
11. *Le 18 Brumaire de Louis Bonaparte*, « Préface de l'auteur à la deuxième édition allemande (1869) », édition citée, p. 10.
12. Louis Marin, *op. cit.*, p. 81 et 52.
13. Je renvoie à mon étude, « De l'exil à l'utopie : l'expérience de l'histoire dans *Grotesques* », *Revue Verlaine* n° 9, Charleville-Mézières, Musée-Bibliothèque Arthur Rimbaud, 2004, p. 35-123.

VERLAINE CRITIQUE DE HUGO

dans les *Mémoires d'un veuf*

Toujours lui ! Lui partout — ou brûlante ou glacée,
Son image sans cesse ébranle ma pensée. [1]

L'article de Gustave Simon intitulé « Paul Verlaine et Victor Hugo » publié en 1924 dans *La Revue de France*, est, à notre connaissance, le premier texte critique à avoir abordé de manière centrale la question de la relation Verlaine-Hugo, depuis la première lettre de Verlaine à Hugo jusqu'aux textes en prose tardifs de Verlaine. L'analyse vise à démontrer que les griefs de Verlaine à l'égard de Hugo ne sont pas fondés. Pour cela, Gustave Simon s'appuie notamment sur des considérations stylistiques (« phrases bizarres, incohérentes, désordonnées [2] ») et clôt son article en excusant le poète : « La souffrance physique ou morale engendre l'amertume. Cette amertume avait troublé son jugement, et son jugement était d'autant plus fragile qu'il subissait le joug d'une fantaisie débridée. Pardonnons-lui ses étrangetés et ses débordements qui lui enlevaient tout esprit critique. […] [3] » Cette conclusion, qui a valeur de justification quasi « médicale » de ce que l'auteur considère comme des erreurs de « jugement » de la part de Verlaine, est pour le moins frustrante. Certes, les textes cités par Gustave Simon sont d'une écriture frénétique — il s'appuie notamment sur un extrait de « Lui toujours — et assez » des *Mémoires d'un veuf* (1886) —, pleine de contradictions et qui respire la souffrance, l'angoisse de la mort, la jalousie, etc., mais une telle conclusion revient à nier que Verlaine prend position dans le champ littéraire à travers ces textes. Or, il nous semble que c'est bel et bien ce qu'entreprend le poète dans les *Mémoires d'un veuf*, et cela précisément dans les textes consacrés à Victor Hugo.

En effet, cinq textes sur les trente-cinq du recueil évoquent Victor Hugo et notamment ses funérailles du 1er juin 1885 : « Apologie »,

« Mon testament », « Monomane », « Lui toujours — et assez » et « Panthéonades » (tous ont donc été écrits peu après la mort de Victor Hugo). Nous souhaitons réfléchir sur les enjeux de la critique dans ce *corpus* de textes en prose tardifs des *Mémoires d'un veuf*, critique souvent contradictoire et qui mêle inextricablement autobiographie, fiction et politique, afin de montrer qu'elle se donne comme un désir d'inverser les valeurs au risque du paradoxe, et de renverser la blague du Poète en un hommage sur le mode de la prétérition.

LES ENJEUX DE LA CRITIQUE : ENTRE AUTOBIOGRAPHIE, FICTION ET POLITIQUE

Dans les *Mémoires d'un veuf*, la relation Verlaine-Hugo se décline à trois niveaux qui sans cesse se croisent et se mêlent. Cette relation est d'abord d'ordre autobiographique puisque Verlaine avait connu Hugo peu après son mariage et que celui qu'il appelait « Maître [4] » dans sa correspondance allait jouer le rôle d'intercesseur au moment où Verlaine était incarcéré [5]. Pour Verlaine, Hugo reste nécessairement rattaché à l'expérience du mariage avec Mathilde et donc à son échec. À ce titre, le discours sur Hugo rejoint tacitement l'esprit de « règlement de compte » qui parcourt l'ensemble des *Mémoires* quand il s'agit d'évoquer Mathilde ou sa belle famille [6]. Aucun texte des *Mémoires d'un veuf* cependant ne relate explicitement sa rencontre avec le Poète ou le rôle qu'il tint dans le divorce de Verlaine, et c'est naturel dans un ouvrage qui se donne moins comme une autobiographie que comme un recueil de poèmes en prose.

Cette relation s'exerce également sur le plan littéraire. Dans les *Mémoires d'un veuf*, Verlaine prend doublement position par rapport au modèle incontournable que représente Hugo. D'une part, il s'écarte du modèle hugolien en manifestant à nouveau son adhésion vis-à-vis de la poétique baudelairienne héritée de Poe. Cette adhésion était, dès 1865, année de la publication de son étude « Charles Baudelaire [7] », une manière de se désolidariser de Hugo qui représentait l'idée de la subordination de la poésie à une mission sociale. Or la conception baudelairienne du « Beau » est encore perceptible dans un texte des *Mémoires d'un veuf* comme « Mal'aria » qui propose une sorte de manifeste poétique à la manière de Baudelaire [8]. D'autre part, Verlaine critique explicitement l'œuvre de Hugo en déclarant préférer certains textes de l'auteur à d'autres. Certes, cette critique n'est pas exempte de provocation lorsque Verlaine prétend que « Gastibelza dépasse toute son œuvre [9] ». Mais on ne peut nier sa cohérence devant le choix des poèmes de jeunesse légers de Hugo s'apparentant à la chanson, au détriment des poèmes épiques et politiques des *Châtiments*. Parmi ces poèmes figure « Le Pas d'armes du Roi Jean », *Odes et Ballades* (1828), dont les premiers vers constituent l'épigraphe de « Bruxelles, Chevaux de bois » dans *Romances sans paroles* (1874), poème dont on n'a pas contesté la bonne foi.

Par ailleurs, d'un point de vue sociologique, le poète du XIXe siècle qu'était Verlaine avait à se situer par rapport à la figure auctoriale que représentait Hugo. Jean-Marc Hovasse écrit à ce sujet : « […] la présence de [Victor Hugo] a pu être gênante pour un poète contemporain — et beaucoup moins sa présence physique (Gautier non plus n'était pas mort et Verlaine lui règle son compte entre parenthèses) que sa présence dans les librairies au rayon nouveautés. [10] » En effet, il est frappant de voir que les textes consacrés à Hugo dans les *Mémoires d'un veuf* traitent moins de Hugo lui-même que de ses funérailles par lesquelles Verlaine semble littéralement « obsédé ». À ce sujet, et avec prudence, on peut se demander si Verlaine ne désigne pas sa propre obsession à travers le titre « Monomane » qu'il donne à l'un des textes consacrés aux funérailles du Poète.

Dans « Lui toujours — et assez », Verlaine énumère les « œuvres [de Hugo] à conserver », celles qui « constitueront sa vraie gloire de bon poète de demi-teintes » parmi lesquelles il cite *Les Burgraves*, *Les Orientales*, *Les Feuilles d'automne*, — il s'agit des œuvres antérieures à l'exil — contre le « fatras incorrect [11] » des œuvres postérieures à l'exil, et en premier lieu contre *Les Châtiments* : « Oui, tout ce qui part des CHÂTIMENTS, CHÂTIMENTS compris, m'emplit d'ennui, me semble turgescence, brume, langue désagrégée, l'art non plus pour l'art, incommensurable, monstrueuse improvisation, bouts-rimés pas variés, *ombre, sombre, ténèbres, funèbres*, facilité déplorable, ô ces CONTEMPLATIONS, ces CHANSONS DES RUES ET DES BOIS, manque insolent platement de la moindre composition, plus nul souci d'étonner que par des moyens pires qu'enfantins. [12] »

Dans une syntaxe lourde et particulièrement retorse, Verlaine juxtapose l'adjectif « insolent » et l'adverbe « platement », possible allusion, en prose, à ce qui serait une rime plate — et facile — dans des vers hugoliens. En outre, en inversant les deux mots (on attendrait « manque platement insolent »), il brouille la compréhension et met en valeur l'adverbe « platement » désignant l'objet de sa critique, cette « langue » hugolienne qui « n'étonne » plus.

On notera par ailleurs que la rupture étant posée par un fait politique — *Les Châtiments* symbolisant l'exil de Hugo à partir de 1851 —, on perçoit d'ores et déjà qu'il est impossible de dissocier fiction, autobiographie et politique. Concernant ce dernier point, on pourrait penser que Hugo incarne, en 1885, les valeurs républicaines dont Verlaine s'est désolidarisé au moment de sa conversion. La rupture serait donc profondément politique et reviendrait pour Verlaine à s'écarter *a posteriori* des œuvres d'un poète lorsqu'il fut républicain. Mais l'article sur Barbey révélait dès 1865 un Verlaine pour le moins « tiède » au sujet de certaines œuvres de Hugo [13], et donc à un moment où le républicanisme de Verlaine n'était pas en doute. En fait, c'est moins le républicanisme de Hugo qui est décrié dans les *Mémoires d'un veuf* que sa posture de faux ami du peuple, voire d'imposteur. « Monomane » et le parodique « Mon testament », qui prend le contre-pied de celui de Hugo en pointant cette figure abusivement populaire qu'aurait voulu construire le « Poète », sont éloquents à ce sujet. Dans une sorte de prosopopée grotesque visant à railler le testament faussement généreux de Hugo, son corbillard prend la parole :

> *Le corbillard des pauvres lui suggérait bien des divagations. À le considérer comme pur et simple parmi tant de somptuosités, il disait, interprète de son client, ce véhicule orgueilleux : « Ah ! ah ! tas d'imbéciles, tourbe de badauds, vous avez blagué mes antithèses de mon vivant ; eh bien, voilà ma dernière et c'est la bonne, pleurez* et erudimini. » *Et c'est qu'en effet beaucoup de larmes furent répandues ce jour-là, au milieu même de la rigolade générale. Tel l'acte pour mouchoirs à un théâtre de mélodrame. « Ô peuple, ajoutait la voiture hautaine, peuple absurde qui m'as fichu des balles heureusement maladroites, en Juin 48, qu'en penses-tu ? J'ai ton seul carrosse. Mais ce n'est pas toi qui aurais les moyens de te payer* gratis *un tel supplément. Il est vrai qu'il me coûte cher le louage de ton haquet : 50 000 francs à répartir entre 200 000 pauvres ! »* [14]

L'allusion aux « balles heureusement maladroites, en Juin 48 » renvoie aux émeutes ouvrières réprimées au nom de la République. Hugo s'était aventuré dans les rues de Paris sous la mitraille. Il fut épargné et écrivit à ce sujet : « j'avais une ferme foi, pas une balle ne m'a atteint [15] », considérant « l'insurrection » comme « coupable » dans le cadre d'une République [16]. Mais alors Hugo était du côté de l'ordre, et ce détail avait son importance aux yeux du Communard que fut Verlaine. Si celui-ci est devenu nettement réactionnaire à l'époque de la rédaction de « Monomane », il ne manque pas d'attaquer Hugo sur ce point, raillant insidieusement une posture jugée désormais faussement républicaine. En 1890, dans son dernier article consacré à Hugo, Verlaine raillera une fois encore le « républicain très mauvais teint [17] » en Victor Hugo.

Par ailleurs, il est intéressant de noter l'imbrication des registres politique et littéraire dans cet extrait de « Monomane » dans lequel Verlaine dénonce le misérabilisme hugolien à l'aide d'un vocabulaire de critique littéraire : le corbillard est « interprète » d'un poète habitué des « antithèses » et ses funérailles se donnent comme « l'acte pour mouchoirs à un théâtre de mélodrame ». Cependant, tout en mêlant inextricablement ces registres, le discours sur Hugo propose avec constance une bipartition nette entre les œuvres antérieures et les œuvres postérieures à l'exil. Comment justifier cette dichotomie systématique ?

Politiquement, d'abord. Verlaine, converti et devenu monarchiste, tracerait *a posteriori* une frontière symbolique entre les œuvres du Hugo monarchiste, auxquelles il adhérerait, et celles du Hugo républicain qu'il dénoncerait comme mauvaises.

Biographiquement, ensuite. Verlaine condamnerait les œuvres de Hugo écrites au moment où lui-même était un écrivain. Jean-Marc Hovasse défend cette thèse en s'appuyant notamment sur cette phrase extraite de « Lui toujours — et assez » dans les *Mémoires d'un veuf* : « Il eût fallu que Victor Hugo meure vers 1844-1845, au lendemain des BURGRAVES. [18] »

On est tenté en effet de rapprocher cette date de celle de la naissance de Verlaine en 1844 et de dire avec Jean-Marc Hovasse : « Verlaine admire l'œuvre de Hugo, presque dans son intégralité, […] avant sa naissance, c'est-à-dire au moment où l'homme Hugo n'existait pas pour lui. Les réticences de Verlaine envers l'œuvre de Hugo naissent dès que l'œuvre et l'homme se rencontrent, c'est-à-dire à peu près à partir des *Contemplations*. […] Enfin, le moment où Verlaine devient Verlaine, le moment où sa notoriété grandit, correspond à la disparition de l'homme Hugo. C'est alors que se déchaînent ses sarcasmes contre l'œuvre du Hugo d'à partir de l'exil, c'est-à-dire de celui qui a été son contemporain. [19] »

Doit-on penser comme Jean-Marc Hovasse que la frontière tracée par Verlaine *a posteriori* dans l'œuvre de Hugo est avant tout liée à la proximité temporelle entre la publication des *Burgraves* et sa propre naissance une année plus tard ? Cette analyse, centrée sur Hugo et non sur Verlaine, quoique menée de manière convaincante, résout la question en la verrouillant. Elle affirme en effet la suprématie du biographique, voire du psychologique, sur le littéraire et le politique, puisqu'il est question de « supporter » ou non la contemporanéité de Victor Hugo. On peut aussi considérer que les *Burgraves* marquent en 1843 le déclin du Romantisme et dans ce cas, la rupture est moins le fruit d'une angoisse existentielle que d'un positionnement sur le plan esthétique.

Littérairement, enfin. Verlaine préfère, en cohérence avec sa propre œuvre, les poèmes légers et les poèmes-chansons des débuts de Hugo à la poésie des *Châtiments*. C'est en s'appuyant sur la littérature encore qu'il dénonce l'idée d'une mauvaise foi dans le changement idéologique de Hugo. Selon Verlaine, si Hugo avait été profondément républicain, son œuvre en porterait la trace, or, selon lui, ce n'est pas le cas. Verlaine poursuit en effet dans son article consacré à Hugo, et dans une langue de plus en plus emmêlée, comme pour signaler le brouillage des fils biographique, politique et littéraire de sa propre critique : « Il est, me semble-t-il, très facile de conclure de tout ce qui précède que le républicanisme de Victor Hugo, tout extérieur, venu sur le tard et pour des causes relativement accessoires et contingentes, non par l'évolution lente et normale d'un esprit bien équilibré, en ce sens devait influencer sur sa littérature postérieure aux événements tant matériels que mentaux, déterminatifs de sa seconde manière. [20] »

Pour Verlaine, c'est parce que l'œuvre littéraire postérieure à l'exil ne porte pas la trace du changement idéologique que ce changement est considéré comme infondé. On sent bien dans cet article comme dans le *corpus* des *Mémoires* à quel point la critique est aussi le résultat d'une relation complexe qui ne manque pas de mauvaise foi. Si Verlaine se plaît à dénoncer les oscillations idéologiques de Hugo, il rejoindra lui-même les positions de l'exilé glorieux trois ans plus tard, par exemple dans le poème d'*Amour* « Ballade en l'honneur de Louise Michel [21] ».

Les modalités de la critique : les figures du renversement

Si Verlaine critique l'homme Hugo, parfois de manière très directe, comme dans « Lui toujours — et assez » par exemple, il se sert du prétexte de ses obsèques pour railler indirectement l'homme et son œuvre en cultivant la blague.

Les titres des textes sont eux-mêmes le lieu du renversement des valeurs, soit parce qu'ils sont antiphrastiques — comme « Apologie » qui est en réalité un réquisitoire contre Victor Hugo —, soit parce qu'ils jouent sur les mots en contaminant un terme sérieux par un terme grotesque : « Panthéonades », publié sous le titre « Sales blagues, Panthéonades » dans *Lutèce* les 23-30 août 1885, est un jeu de mots qui associe le Panthéon, monument sérieux par excellence ayant très récemment reçu la dépouille de Victor Hugo, et la « pantalonnade », pièce de théâtre tenant de la farce, jouée par le personnage burlesque de la *Commedia dell'arte*, Pantalon, vieillard amoureux et dupé. *Le Dictionnaire universel du XIXe siècle* précise que « Pantalon est vieux, très-vieux [...] C'est le barbon libidineux et avare, poltron et crédule ; très-savant avec cela, crachant du latin avec ses dents en même temps, lançant à Béatrice des madrigaux interrompus par une quinte de toux. » Dans ce texte, Hugo serait insidieusement comparé à Pantalon, du fait de sa longévité, de son rapport avec les femmes, de son érudition grotesque et peut-être aussi de sa fausse générosité, qui le poussa à faire un don de 50 000 francs à partager entre 200 000 pauvres.

Enfin, le titre « Lui toujours — et assez » pastiche « Lui », poème des *Orientales* de Victor Hugo (1829) consacré à la gloire de Napoléon 1er et dont les premiers vers figurent en épigraphe de cet article. Après avoir désigné Napoléon chez Hugo, « Lui » renvoie ici à Victor Hugo lui-même, superposition d'autant plus narquoise que le Poète avait soutenu le prince Louis-Napoléon Bonaparte avant le coup d'État. Non seulement Verlaine ajoute au titre de Hugo une suite ironique « toujours — et assez » qui permet de conserver la rime en [ase] (« assez » / « glacée »), mais il inverse aussi les deux premiers mots du poème (« toujours lui », « lui toujours »), retournant l'intention élogieuse du poème en vers de Victor Hugo en un blâme dont le texte en prose de Verlaine se fera le développement.

La parodie, forme particulièrement prisée par Verlaine, tant envers lui-même (dans « Art poétique » par exemple) qu'envers ses camarades (on pense notamment aux pastiches de Coppée), est également exploitée dans « Mon testament », parodie du célèbre testament de Hugo dans lequel nous soulignons quelques effets de parallélisme et d'inversion :

Je donne *cinquante mille francs aux pauvres.* Je désire *être porté au cimetière dans leur corbillard.* Je refuse *l'oraison de toutes les églises ; je demande une prière à toutes les âmes.* Je crois en Dieu. VICTOR HUGO [Remis à Auguste Vacquerie le 2 août 1883]	Je ne donne rien *aux pauvres parce que je suis un pauvre moi-même.* Je crois en Dieu. PAUL VERLAINE CODICILLE. — *Quant à ce qui concerne mes obsèques,* je désire *être mené au lieu du dernier repos dans une voiture Lesage et que mes restes soient déposés dans la crypte de l'Odéon. Comme mes lauriers n'ont jamais empêché personne de dormir, des chœurs pourront chanter pendant la triste cérémonie, sur un air de Gossec, l'ode célèbre « La France a perdu son Morphée ».* *Fait à Paris, juin 1885.*

Pour mieux s'écarter du testament de Hugo, Verlaine reprend fidèlement sa structure scandée : « Je donne », « Je désire », « Je refuse », « Je crois en Dieu », en ne conservant dans le corps de son propre testament que la première phrase inversée et la dernière. Il reprend néanmoins le groupe verbal « je désire » dans le codicille, afin de mieux renverser les valeurs défendues par Hugo. Contre le Panthéon, il choisit le théâtre de l'Odéon, et au corbillard des pauvres, il préfère une voiture « Lesage » dont Edmond Lepelletier précise qu'il s'agit d'une « entreprise de vidange [22] ». Le choix du compositeur Gossec dans la perspective de ce testament « burlesque », est moins clair. Ce compositeur belge (1733-1829), avait composé *La Messe des Morts* qui demeura le type consacré du genre funèbre jusqu'au *Requiem* de Mozart. Peut-être le clin d'œil aux funérailles de Hugo est-il dans le fait que Gossec, qui avait des opinions républicaines, composa la partie musicale des funérailles de Mirabeau, dont on sait qu'il fut le premier homme à entrer au Panthéon. On notera enfin que Verlaine s'attribue le nom de « Morphée », ses « lauriers n'ayant empêché personne de dormir », par allusion possible à Orphée, symbole du Poète.

Une autre figure du renversement, sur le plan structurel cette fois, apparaît avec malice dans notre *corpus* si l'on prête attention à la construction du recueil et notamment à l'ordre selon lequel Verlaine a disposé les textes consacrés à Hugo : « Apologie » est suivi de « Mon Testament », tous deux raillant Hugo et visant tout particulièrement l'énormité de funérailles à la hauteur du « grand homme » qu'elles célébraient. Suite à « Mon Testament », on lit « Un héros », texte d'inspiration autobiographique, avant de retrouver Hugo et ses funérailles dans « Monomane ». Pourquoi cette intrusion de « Un héros » au milieu de textes dédiés à la critique de Hugo ? Le titre, allusion possible à la poésie épique du Poète, désigne en fait dans le texte un corbeau mal intentionné qui, dans une prison, fait ses besoins sur le linge de la « patronne ». La présence du scatologique au milieu de textes consacrés à Hugo ne peut pas être fortuite chez un Verlaine si soucieux des effets de son écriture. Si nous n'avons pas démontré que les *Mémoires d'un veuf* obéissent à une structure rigoureuse qui se donnerait comme une clé de lecture du recueil, certains détails dans la construction frappent par leur apparence « concertée ».

Enfin, outre les titres et la construction du recueil, le langage des textes est lui-même traversé par le renversement des valeurs et « la blague ». Le début de « Panthéonades » est frappant :

> *Eh quoi ? l'auteur exquis de si jolies choses,* Sara la Baigneuse, Gastibelza-l'homme-à-la-Carabine, Comment disaient-ils, En partant du golfe d'Otrante, Me voici, je suis un éphèbe, Dormez (*bis*), ma belle, Par saint Gille, Viens nous-en *et cætera, ils l'ont fourré dans cette cave où il n'y a pas de vin ! Oh !*
> *Et au-dessus, donc !*
> *Soit ! On a enlevé les stalles en toiles peintes, la chaire idem, les confessionnaux itou, l'autel toc et le baldaquin rien mouche. Mais quoi à la place ? Du* public. *Vrai, j'aimais mieux les « fidèles », quelque un peu* melon *qu'ils parussent.*

Alerté par le titre bouffon, le lecteur ne pourra pas manquer les nombreux signaux de l'ironie en ce début de texte : niveau de langue familier dans la formule orale « Eh quoi ? » et dans l'emploi du verbe « fourrer », effet hyperbolique de l'adjectif « exquis » suivi de l'expression faible à référence vague « si jolies choses », effet de liste de poèmes cités approximativement de mémoire, liste qui se conclut par un « et cætera » on ne peut plus cavalier. Plus loin, ce procédé de liste est même thématisé : « J'oubliais, dans l'énumération des œuvres à conserver […] » Ces signaux contribuent à la désacralisation de Hugo voulue par Verlaine. Mais pour ridiculiser le poète jusqu'au bout, il fallait aussi désacraliser l'édifice qui le recueillerait. Verlaine vise donc également les « rebondissements » successifs dont le Panthéon fut l'objet, ayant été tour à tour lieu de culte et monument laïc. Comme un amusant écho, la liste du mobilier de culte (« les stalles », « la chaire », « les confessionnaux », « l'autel »), rythmée par les désinvoltes « idem » et « itou », répond à celle des poèmes légers de Victor Hugo (où il est question de « baigneuse » et d'« éphèbe »). Le Panthéon semble alors passer, dans le texte de Verlaine, du statut d'église à celui de théâtre, car s'« il n'y a plus de vin » dans la « cave » de cet édifice qui n'est plus une église, il possédait un « autel toc » et un « baldaquin rien mouche ». Les funérailles de Hugo étaient, aux yeux de Verlaine, une farce populaire, il était donc juste qu'elles se produisissent dans un théâtre.

La critique de Victor Hugo par Verlaine fonctionne donc comme un renversement quasi systématique des valeurs incarnées par Hugo, à la manière du portrait du poète que Verlaine accroche à l'envers : « Victor Hugo, (Le Petit *pinxit*) en soleil couchant, y figure *la tête en bas, parce qu'il l'a mé-ri-té*[23] ». Mais ce renversement est bien trop systématique pour n'être pas aussi la trace d'un hommage ultime rendu au Poète au cœur des *Mémoires d'un veuf*.

Un éloge sur le mode de la prétérition

Le texte intitulé « Apologie » occupe exactement le cœur du recueil. Verlaine s'adonne à un dialogue avec un lecteur fictif dans lequel celui-ci questionne son statut de « veuf ». Il est frappant de voir comment l'évocation de Hugo vient remplacer celle de Mathilde dans la version définitive du texte :

> — *Mais, excusez l'indiscrétion. Veuf, l'êtes-vous ?*
> — *Je le suis.*
> — *Alors pourquoi votre livre a-t-il l'air de ne s'en douter qu'à peine, à grand-peine ?*
> —...
> ....
> — *Quittons ce sujet. N'êtes-vous pas bien sévère pour Victor Hugo ?*[24]

Les pointillés masquent un passage — tout en désignant simultanément son absence — dans lequel Verlaine réglait ses comptes avec Mathilde. Mais ce qui est intéressant, c'est qu'une fois ce passage supprimé, le dialogue crée une continuité entre le statut de veuf de Verlaine et la critique de Victor Hugo. On est donc tenté de se demander de qui Verlaine est finalement le veuf. S'agit-il uniquement de sa femme — « C'est moi le quitté », dira-t-il dans une lettre adressée à Hugo au moment de son incarcération —, du Poète auquel il fit lire son tout premier poème intitulé « La Mort », ou encore de la poésie tout entière, qu'incarne Hugo dans l'imaginaire de Verlaine et des poètes de son temps — Mallarmé écrira dix ans plus tard : « il était le vers personnellement [25] » — et dont il fait peut-être le deuil dans ce recueil de poèmes en prose ?

Par ailleurs, le dispositif énonciatif du texte place Hugo au point de convergence de la parole entre le lecteur et Verlaine. On peut même aller plus loin en constatant un parallèle entre la posture de Verlaine dans ce texte, victime de la critique du lecteur, et celle de Hugo qui, dans les *Mémoires d'un veuf*, est victime de la critique de Verlaine. Un signe égal se dessinerait de manière souterraine entre les deux poètes Victor et Verlaine, tous deux Veufs et « critiqués ».

Le dialogue se poursuit sur un ton sarcastique et théâtral :

> *— Ah ça, m'allez-vous aussi reprocher d'aimer Gastibelza ?*
> *— Ce n'est...*
> *— D'estimer les* Voix intérieures *et autres* Feuilles d'automne, *de supporter les drames et plusieurs romans ?....*
> *— Permettez...*
> *— D'admettre en partie la* Légende *et* Quatre-vingt-treize *?....*
> *— Écoutez donc.*
> *— De compter jusqu'à deux vers bien dans* Les Châtiments...
> *— Le diable d'homme !*
> *— De déplorer une mort tardive ?....*
> *— Me laisserez-vous parler ?*
> *— On est tout oreilles.*

Le style du dialogue, manifestement concerté, est le témoignage d'une critique « de goût » : les verbes employés progressent remarquablement du laudatif (« aimer », « estimer ») au péjoratif (« supporter », « admettre en partie », « compter jusqu'à deux vers bien », « déplorer »). Critiquer, chez Verlaine, revient donc essentiellement à dire si l'on aime ou pas. Par ailleurs, dans cet extrait, Verlaine se met en scène « clouant le bec » du lecteur lorsqu'il s'agit d'évoquer Victor Hugo. Non seulement il refuse la critique — ce qui est pour le moins « critiquable » dans un texte critique —, mais il semble surtout dire au lecteur qu'il est le seul critique autorisé de Hugo ! C'est dans ce sens qu'il dénigre tant la foule présente lors des funérailles du Poète dans « Apologie » comme dans « Lui toujours — et assez » :

> *Maintenant que le bruit intrus s'est tu, que le Poète, après les secousses d'obsèques irrespectueuses, rentre par degré dans la glorieuse impopularité due, maintenant que la foule est retournée à ses besognes et que les poètes, seuls enfin, gardent le deuil, il m'est permis de parler de mon maître, de* bien lui, *abandonnant à mes colères, passées ? non ! récentes ! et à mes rudesses de naguère les exploiteurs inqualifiables de sa grande mémoire.* [26]

Ce que Verlaine souhaite en définitive, malgré les coups d'éclat d'une critique virulente et théâtrale, c'est retrouver l'intimité d'une relation personnelle entre poètes. La foule lui a, en quelque sorte, volé son deuil. Verlaine, poète veuf de Hugo, se sent seul légitime à évoquer celui qui fut son « Maître ».

Si « Panthéonades » déconstruit le prestige du Panthéon et réduit Hugo à un personnage de farce, le texte apparaît aussi, de même que le *corpus* que nous venons d'étudier, comme un « panthéon » à l'échelle des *Mémoires* dans lequel Hugo a manifestement toute sa place. Éloge sur le mode de la prétérition, le discours sur Hugo est hanté par les figures de l'inversion qui, si elles sont le ressort du burlesque servant la critique, disent aussi que le blâme se retourne en éloge à force d'être chanté. Mais cet éloge a un goût amer pour Verlaine qui, se mirant dans les grandioses funérailles de Hugo, contemple sa solitude et son propre échec. Les funérailles peuvent alors être lues comme une métaphore de la trace qu'un écrivain laisse dans son Siècle. Le texte « Monomane » est marqué par ce douloureux constat : « Et son esprit travaillait. Il se donnait en songe des obsèques marquantes, lui aussi. Ses moyens lui permettaient toutes fantaisies. Que choisir ? Une noble simplicité, ou de belle ostentation ? Inventer, lui, du neuf, impossible : tête commerciale sans guère plus. [27] »

L'hommage au Poète ne pouvait donc se dire qu'en creux, dans la dénégation et la provocation.

Lucie QUÉMÉNER

1. Victor Hugo, « Lui », *Les Orientales*, 1829.
2. Gustave Simon, « Paul Verlaine et Victor Hugo », *La Revue de France* n° 19, 1er octobre 1924, p. 510.
3. *Ibid*, p. 511.
4. La correspondance de Verlaine est riche d'indices sur le regard que portait Verlaine sur Hugo : en 1868, il est empli d'admiration pour celui qu'il nomme « Cher illustre et vénéré maître » (p. 139), il utilise presque la même formule en 1873 : « Cher vénéré Maître » (p. 341). Les références correspondent à l'édition

suivante : *Correspondance générale de Verlaine I, 1857-1885*, établie et annotée par Michael Pakenham, Fayard, 2005.

5. On consultera à ce sujet les lettres de Verlaine adressées à Victor Hugo alors qu'il était incarcéré, *Correspondance générale de Verlaine*, op. cit., p. 254, 341-345.

6. Paul Verlaine, *Mémoires d'un veuf* (désormais *MV*), « Bons bourgeois », « La Morte », « Humble envoi », *Œuvres en prose complètes,* texte établi, présenté et annoté par Jacques Borel, Gallimard, Bibliothèque de la Pléiade (désormais *Pr.*)

7. « Charles Baudelaire », *Pr.,* p. 599-612.

8. Dans ce texte, publié pour la première fois dans *Le Hanneton* le 15 août 1867, mais bel et bien republié en 1886 dans les *MV*, l'auteur commence par dénoncer une poétique de la « santé » : « j'abhorre la poésie prétendue bien portante » pour ensuite valoriser une esthétique automnale typiquement baudelairienne : « […] parlez-moi d'une après-midi de septembre, chaude et triste, épandant sa jaune mélancolie sur l'apathie fauve d'un paysage languissant de maturité. Parmi ce cadre, laissez-moi évoquer la marche lente, recueillie, impériale, d'une convalescente qui a cessé d'être jeune depuis très peu d'années […] », « Mal'aria », *MV*, *Pr.*, p. 81-82. L'adhésion à la poétique baudelairienne dans les *MV* supposerait une étude à elle seule. À ce sujet, on consultera en particulier les poèmes en prose « Quelques-uns de mes rêves », « À la campagne », « Les Estampes », « Les Fleurs artificielles », « L'hystérique », « Jeux d'enfants », « Corbillard au galop », *ibid.*

9. « Lui toujours — et assez », *ibid.*, p. 106-107.

10. Jean-Marc Hovasse, « Hugo-Verlaine », article disponible sur le site Internet du « Groupe Hugo » animé par Claude Millet, Équipe de recherche de l'Université de Paris 7 : http://groupugo.div.jussieu.fr/Groupugo/96-11-23hovasse.htm, p. 20.

11. « Lui toujours — et assez », *MV, Pr.,* p. 105.

12. *Ibid.,* p. 106. Verlaine reprend ici un point de vue sur l'œuvre de Hugo qu'il avait déjà exprimé dans son article « Les œuvres et les hommes, par J. Barbey d'Aurevilly » publié dans *L'Art* en 1865. À propos des *Contemplations*, Verlaine écrivait : « *Les Contemplations* ne sont pas le chef-d'œuvre de Victor Hugo, tant s'en faut ; je les trouve même son livre le plus faible. » Un astérisque précise, en bas de page, après le mot « faible » : « Avec *Les Chansons des rues et des bois*. » Au sujet de *La Légende des siècles*, il écrit plus loin : « De ces défauts, il en est un que M. Barbey d'Aurevilly n'a pas signalé, et pour cause. J'entends ces déplorables passages *attendrissants* qui ont la prétention d'être réalistes, et qui ne constituent rien moins qu'une grotesque parodie. », *Pr.*, p. 613-614.

13. Cf. note précédente.

14. « Monomane », *Ibid.,* p. 88-89.

15. Victor Hugo à Ullric Guttinger, 10 juillet 1848 ; Le Club français du livre, 1967-1970, t. VII, p. 750, cité par Jean-Marc Hovasse, *Victor Hugo, Tome 1. Avant l'exil, 1802-1851*, Fayard, 2001, p. 1028.

16. « En monarchie, l'insurrection c'est la légitime défense ; en République, l'insurrection, c'est le suicide », *Actes et paroles III*, « Paris et Rome », IV, cité par Jean-Marc Hovasse, *op. cit.*, p. 1031.

17. « À propos d'un récent livre posthume de Victor Hugo », publié dans *La Revue d'aujourd'hui* le 11 juillet 1890, *Pr.*, p. 729.

18. « Lui toujours — et assez », *ibid.*, p. 105.

19. Jean-Marc Hovasse, *op. cit.*, p. 24.

20. *Op. cit.*, *Pr.*, p. 727.

21. *Pr.* p. 426, le poème reprend un motif déjà traité par Hugo, lui-même partisan de l'amnistie des Communards. Il est également question de Louise Michel dans un passage supprimé de « Nuit noire » dans les *Mémoires d'un veuf* : « Louise Michel, la dernière mystique, première bonne bougresse sérieuse ou LA Toquée par excellence, au choix. »

22. « Il ne faut pas attacher plus d'importance à cette fumisterie, dont la gloire de Victor Hugo fut l'objet momentané, qu'au *Testament* burlesque, dont Verlaine consigna teneur et codicille dans ses *Mémoires d'un veuf* […] Ce sont là débauches spirituelles, succédant sans doute à d'autres, plutôt spiritueuses. » Edmond Lepelletier, *Paul Verlaine, Sa vie, son œuvre,* Paris, Mercure de France, 1923 [1907], p. 456. On avancera par ailleurs l'hypothèse d'un jeu autour du mot « sage », plusieurs fois remarqué dans les *Mémoires d'un veuf*, notamment dans une variante de « Nuit noire » : « Que ces pauvres sont insolents ! Sans exception ! Et qu'ils seraient effrayants si l'on n'était sceptique en diable et un Parisien pour de bon ! Le Veuf ainsi s'exclame […] » (*Pr.* p. 70) Or, avant d'écrire « Le Veuf », Verlaine avait, dans une épreuve corrigée, d'abord proposé « Jean-qui-pleure » — conformément au titre de la rubrique du *Réveil* dans laquelle ce texte était publié — avant de préférer « Le Sage », terme qui sera lui-même biffé au profit de « Veuf ».
23. Extrait d'une lettre à Charles Morice, datée du 15 octobre 1883, *Correspondance générale de Verlaine, I, 1857-1885*, op. cit., p. 816. Jean-Marc Hovasse cite cette lettre dans son article et précise concernant ce portrait qu'il s'agit probablement de la « couverture du *Grelot* du 11 mars 1883, dessin d'Alfred Le Petit sur lequel Hugo, revêtu d'une toge, ceinturé d'un nuage, dominant de très haut le monde sur lequel ses pieds reposent encore, est un dieu dont le crâne est déjà transformé en soleil », *op. cit.*, p. 18.
24. « Apologie », *MV*, op. cit., p. 85.
25. « Hugo, dans sa tâche mystérieuse, rabattit toute la prose, philosophie, éloquence, histoire au vers, et, comme il était le vers personnellement, il confisqua chez qui pense, discourt ou narre, presque le droit à s'énoncer. » Stéphane Mallarmé, « Crise de vers », publié dans *La Revue Blanche* en 1895.
26. « Lui toujours — et assez », *MV, Pr.*, p. 105.
27. « Monomane », *MV*, *Pr.*, p. 90.

LA MORT VERLAINE

Au sujet de la section « Lucien Létinois » dans *Amour*

Né sous le signe de Saturne ?

Le premier poème de Verlaine qui nous soit parvenu dans son intégralité s'intitule *La Mort*. Ces vers, envoyés et dédiés à Victor Hugo, sont l'œuvre « d'un élève de quatrième, âgé d'un peu plus de quatorze ans » et soucieux de se lancer « dans l'orageuse carrière de la poésie [1] ». Voilà un thème en apparence sinistre eu égard à l'âge de son auteur, mais la thématique macabre était un véritable « poncif » que beaucoup de jeunes poètes choisissaient alors de traiter, notamment dans la continuité des romantiques « noirs ». En outre, la mort n'avait-elle pas présidé à sa manière à la naissance de Paul Verlaine, un jour de mars 1844, en disposant non loin du berceau les bocaux contenant les fœtus de ses quatre frères ou sœurs, soigneusement conservés par la mère du poète ? Assurément une atmosphère lugubre devait régner au domicile des Verlaine !

L'essai de 1865 consacré à Baudelaire constitue néanmoins une étape déterminante dans l'approfondissement par Verlaine de son approche de la mort (*OEP* 599-612). Certes, le poncif poétique s'y montre encore, mais la réalité tragique y a aussi sa place. D'ailleurs, le premier poème de Verlaine, derrière l'allégorie convenue de la faucheuse des âmes, laissait déjà se profiler une appréhension fort concrète de la mort [2]. La présence de celle-ci se faisait alors instantanément absence définitive de l'homme, comme en témoigne ce « plomb cruel, qui, dans sa course, brille, / Siffle, et, fendant les airs vous frappe sans pardon », rendant déjà une telle mort irréductible, dès ce premier texte, au discours traditionnel sur la mort, alors même qu'elle en fait nécessairement partie. Dans son essai postérieur, Verlaine estimera du reste que le mérite de Baudelaire est d'avoir redonné paradoxalement vie au « lieu commun, hélas ! le plus banal de tous ! »

(*OEP* 603). De fait, l'objectif du poète des *Fleurs du Mal* était bel et bien de faire de la mort une conscience [3], quand ses prédécesseurs, Gautier compris, n'avaient su en déceler la véritable profondeur [4].

Tout cela se passe néanmoins dans la littérature, dans le langage. Évoquant les *Poèmes saturniens*, parus en 1866, Edmond Lepelletier estime qu'« [i]l ne se rencontre aucune pièce dans tout le volume qui puisse se rapporter à un événement précis de la vie du poète, à une sensation éprouvée, à une joie ou à un chagrin ressentis […] [5] ». Et de souligner : « Les douleurs qu'il annonce et qu'il chante sont de simples suppositions. […] Il n'avait encore reçu aucun choc de la vie [6] ». Ce jugement doit certes être nuancé pour la période antérieure à 1866, mais il annonce en revanche fort bien l'importance des traumatismes à venir : au cours de l'année 1867, la faucheuse des âmes s'invite directement dans la biographie de Verlaine. L'irruption de la mort se révèle alors la catastrophe par excellence et elle frappe de surcroît l'imaginaire intime du poète, puisque les deux victimes s'appellent Élisa Dujardin (née Moncomble [7]) et Lucien Viotti. Ces deuils entraînent inévitablement chez Verlaine un effondrement de toute sa personne : la conscience de la mort se manifeste essentiellement chez ce poète d'une façon indirecte, sous la forme d'un sentiment d'absence se confondant avec l'Enfer [8]. Verlaine met d'ailleurs en scène la disparition des êtres chers d'une manière plus symbolique que réaliste. Ainsi en va-t-il de cette évocation de l'enterrement de la cousine aimée, que le poète faillit manquer de peu : « Il était trop tard pour songer à me changer et ce fut tout souillé de boue et fumant de pluie comme un chien mouillé et sous l'averse sans fin pour tout le jour, que je suivis ma cousine, ma chère à jamais regrettée, bonne, bien-aimée Élisa […] » (*OEP* 499).

Ne pouvant accéder à nulle connaissance par la mort, c'est dans l'alcool que Verlaine réalisera cette liquéfaction du monde et de soi, la déchéance du corps et la désagrégation de l'esprit suivant inéluctablement la disparition de l'autre.

Le suicide d'Ernest Lambert de Roissy [9] et, surtout, la mort de Lucien Viotti constitueront pour Verlaine de nouvelles épreuves. Dans *Les Mémoires d'un veuf*, le poète relate de manière lyrique le « sacrifice » de ce dernier [10] : « Hélas ! ô délicatesse funeste, ô déplorable sacrifice sans exemple, ô moi imbécile de n'avoir pas compris à temps ! Quand vint l'horrible guerre dont la patrie faillit périr, tu t'engageas, toi qu'exemptait ton cœur trop grand, tu mourus atrocement, glorieux enfant, à cause de moi qui ne valais pas une goutte de ton sang, et d'elle, et d'elle ! » (*OEP* 80).

On remarquera que Verlaine tend toujours à se rabaisser pour grandir l'Autre, l'Absent, le Mort : il vit dès lors dans la chute et la disgrâce, le poète n'éprouvant de sentiment de beauté [11] et de vérité que dans l'approche d'individualités qu'il juge exceptionnelles et qui confèrent en retour une dignité à son existence. Verlaine a ainsi déjà traité de la finitude dans ses aspects les plus concrets et matériels, aussi bien dans des poèmes politiques comme *La Mort*, *La Mort de Philippe II*, *Les Loups* ou *La Pucelle* [12] que dans l'évocation pudique, en prose, de la disparition d'êtres chers. Dans le cycle « Lucien Létinois » (du nom même du compagnon de Verlaine décédé de la fièvre typhoïde), le poète rend toutefois explicitement compte d'un référent biographique pour conférer un relief nouveau à son écriture intime de la mort. Si la disparition de son amant entraîne de nouveau un profond désarroi chez Verlaine et un probable accès d'alcoolisme, la poésie aura cette fois non seulement son mot à dire sur la mort, mais également un mot à dire à Dieu.

AMOUR

Le recueil *Amour* est diversement apprécié. On ne peut pas vraiment donner tort à Jacques Robichez lorsqu'il estime qu'« en face des démonstrations ostentatoires de cette pseudo-paternité, on songe par contraste à la pudeur de Stéphane Mallarmé accablé par la mort de son fils [13] ». Et l'éditeur d'ajouter : « Cette ostentation devient insupportable quand elle se mêle à une phraséologie bigote, quand Verlaine affecte le souci de sauvegarder la vertu de l'ingénu, quand, jetant l'anathème sur les femmes, il se désespère du "péché mortel" que Lucien aurait commis avec la complicité de quelque jeune Anglaise [14] ». À ce constat s'ajoute une difficulté majeure, que Gilles Ernst a bien mise en évidence : toute réflexion sur la mort est pour un écrivain non seulement un affrontement avec une douleur personnelle intense, mais avec toute une littérature *sur* la mort, préexistante, pesante [15]. En outre, si mourir est une ennuyeuse affaire, comme l'affirme Hegel, et qui ne change guère sur le fond [16], on peut craindre qu'en s'ajoutant aux bondieuseries du poète, les clichés dans l'évocation de la mort de Létinois ne mènent le recueil droit à la catastrophe. Pourtant, s'agissant particulièrement des morts de « Lucien Létinois », Jacques Robichez indique que « [leur] présence […] dans le cœur du survivant est authentique [17] ».

Désormais, c'est dans l'univers des mots qu'habite le souvenir de Lucien. Ce dernier est pour Verlaine un être de fiction, dont la demeure est le poème, plutôt que l'individu Létinois en son état civil. La perception verlainienne de Lucien Létinois ne saurait se limiter à une vérité autobiographique, elle repose sur une poétique de la *disparition anticipée*. Cette poétique a deux origines possibles (qui, peut-être, ne font qu'une) : soit il s'agit de la perception première de l'être Létinois par le poète ; soit du résultat du ressouvenir de Verlaine, après la disparition tragique de son amant, qui porte témoignage du travail de la mort en sa manière précisément d'offrir désormais à l'aperception du poète une image mélancolique de Lucien.

L'ÉVOCATION EN POÉSIE OU « LA MORT DANS LA VIE »

À cet effet, Jean-Michel Gouvard a pu interpréter la pièce « Âme, te souvient-il… » (XVIII) dans la perspective d'une poétique de l'évocation [18]. Verlaine renonce cependant moins à l'autobiographie qu'il ne dispose dans son poème des « autobiographèmes [19] », tout en ayant recours au prototype du « cher disparu ». La stratégie évocative permet au poète d'irréaliser et d'idéaliser Lucien, ce qui n'empêche nullement Verlaine de mentionner telle « besogne » à accomplir, certes qualifiée de « vague », mais dont le sens véritable ne saurait échapper au lecteur averti [20]. S'il s'opère ainsi un glissement du particulier à l'universel, Verlaine vise pourtant une évocation personnelle à travers le recours au prototype susmentionné. À la « forme du langage » choisie par le poète répond en effet « une forme de vie [21] ». Se détache alors et se singularise une vision du monde qui entre en relation directe avec la mort. Celle-ci *travaille*, à proprement parler, la perception verlainienne. En effet, la poétique de l'évocation (ou de l'invocation au disparu) mise en place par le poète est le produit du point de vue d'un qui parle *depuis la mort* (le sujet lyrique prétend n'être plus qu'une ombre, « [p]lus qu'à moitié mort » (II) et même « plus mort qu'eux » (V), ses amours). Proust distinguait ainsi Hugo, qui « n'a cessé de parler de la mort, mais avec le détachement d'un gros mangeur, et d'un gros jouisseur », de Baudelaire qui « conten[ait] la mort prochaine en [lui] [22] ». Ici, l'influence de Baudelaire se fait encore sentir. L'épure de la représentation est en fait, dans ce poème, une érosion, l'auteur parlant désormais avec la mort en lui, ce qui agit sur le portrait de l'être jadis chéri, à moins que celui-ci n'ait été *toujours déjà* rongé par la mort : ne reste dès lors (et peut-être, en fait, *n'était* dès l'origine) qu'un monde désert dessinant vaguement le visage d'un amant qui, d'ailleurs, peut-être lui-même, du fond du paradis, ne se souvient pas. Car, c'est bien un mort vivant qui parle d'un mort décédé. Commentant le nom seul (« Âme ») qui ouvre le poème, Jean-Michel Gouvard indique qu'« aucun dictionnaire ne définit le mot comme un terme permettant d'apostropher (affectueusement) un mort [23] ». Absente de tout livre, l'Âme n'est-elle pas toutefois tout ce qui subsiste de la personne défunte, du moins lorsqu'elle est au Ciel ? Dans *Délires I*, l'Époux infernal utilise ce terme en ce sens précis pour interpeller la Vierge folle, bien que tous deux soient en enfer. Le poème verlainien est le résultat d'une semblable dramatisation : l'évocation pathétique se mue en drame d'une vision mélancolique.

Nos corps ranimés par la poésie

Il est par ailleurs difficile de séparer la vie de la mort dans *Amour*. La pièce X est un morceau d'allure autobiographique offert au lecteur, une tentative pour faire ressurgir le corps de Lucien, non sans ambiguïtés. Acte sacrilège en quelque sorte, car la résurrection des corps doit être l'acte du seul Sauveur, mais Verlaine confie bel et bien à la poésie la mission de redonner vie à Lucien, malgré l'apparente fidélité de l'auteur d'*Amour* au dogme chrétien que, par ailleurs, semble promouvoir la perspective d'ensemble du recueil. La poésie s'affirme ainsi souveraine face à la religion : elle reprend au christianisme son bien. Cet acte de réactivation a d'autant plus d'importance que ces vers ont été écrits au dos d'un faire-part de décès daté du 1er mars 1887. Ils ont paru dans *La Revue indépendante d'art et de littérature*, en mars 1887, en tête du groupe « Pour un mort ».

Verlaine a-t-il toutefois réussi à ressusciter (le corps de) Lucien ? Dans ce poème, Lucien est plus « évoqué » que décrit, bien que cette évocation soit particulièrement « vivante ». La réapparition de son corps implique d'ailleurs dans les deuxième et troisième strophes une ellipse verbale au profit de phrases nominales, qui permettent à Verlaine de rendre à Lucien une présence. Écrit à l'imparfait, le poème contient deux appositions au participe présent : le procès est ainsi envisagé en cours de déroulement (aspect inaccompli). Assurément, n'importe quel jeune patineur que l'on a aimé peut correspondre à cette évocation « vivante », mais à travers celle-ci Verlaine vise un lectorat compétent et complice à même de mettre au jour la dimension homosexuelle du recueil [24].

La poésie n'est toutefois en rien une magie et Létinois est réellement mort, *le* mort ; cependant, *la* mort, qui entame son portrait, est paradoxalement active. Un tel travail de la mort sur Lucien est peut-être bien anthume. Ce dernier serait en quelque sorte *toujours déjà mort* pour Verlaine. Aussi n'est-il ici rien de macabre, mais de simplement mélancolique. Lucien est « fin », il est comparé à une « anguille » pour devenir finalement « comme invisible ». Verlaine ajoute : « Invisible de même aujourd'hui ». Avec la mort physique, Lucien n'a atteint qu'à un degré supplémentaire d'invisibilité de son être. Dans la *Revue indépendante d'art et de littérature*, ce poème est suivi de ce qui deviendra la pièce XII de la section, qui procède d'une tentative comparable de réactivation évocative du corps de Lucien :

Je te vois encore à cheval
Tandis que chantaient les trompettes,
Et ton petit air martial
Chantait aussi quand les trompettes ;

Je te vois toujours en treillis
Comme un long Pierrot de corvée
Très élégant sous le treillis,
D'une allure toute trouvée ;

Je te vois autour des canons,
Frêles doigts dompteurs de colosses,
Grêle voix pleine de crés noms,
Bras chétifs vainqueurs de colosses ;

Pourtant, la mort est à la fois irrévocable et irréversible. Elle agit telle une *césure*, sectionnant aussi bien la vie que l'œuvre, même si d'évidence la première n'est pas la seconde. La mort ne se résume plus à l'instant mortel ou à la disparition physique, mais pénètre la vie. Bien que cette césure demeure absolue, autrement dit impensable, elle n'est pas vraiment nouvelle en régime verlainien, dès lors que des aspects mortifères sont présents dans l'ensemble des poèmes évoquant Lucien Létinois (et pas seulement parmi ceux rappelant son agonie ou sa mort). La pièce X donne à cet égard une véritable « leçon d'amour mélancolique [25] » conjuguant discrète luxure et passion pour l'art.

Verlaine parvient à décrire le « miracle » que fut Lucien Létinois, celui d'une existence cinétique sur fond de néant et qu'ont en charge de traduire le participe « S'élançant » et surtout l'étonnant tour « R'arrivant », augmenté de l'audacieux « qu'impétueusement », comme si la langue tentait d'exprimer par des élisions multiples la célérité du patineur. Le poème poursuit une ambition déréalisante. Or Létinois, qui est manifestement dans ses plus belles années et dont le corps fascine Verlaine, est évoqué comme un être en voie de disparition, et dans l'amour même se devine le travail de la mort. Il est déjà à sa manière cette « Ombre » dont parle Pierre Jean Jouve dans *Paulina 1880* [26] : « comme invisible » écrit Verlaine. Ce dernier parlerait-il *depuis* la mort de Lucien et *d'après* cette mort, comme lieu et / ou moment et comme manière ? En fait, l'effacement de Lucien semble avoir été *toujours déjà là*. Dès le départ, la mort était au travail. Quand Verlaine écrit : « Invisible de même aujourd'hui », on voit bien que Létinois *disparaissait déjà*. De même, dans la pièce XIV du recueil, l'« être fin » de Lucien vivant doit laisser place au « spectre fin » de Lucien mort : de la vie au trépas, il semble que, dans la perception verlainienne, il y ait une différence de degré — la présence de Lucien s'amenuisant encore et encore — plutôt que de nature ou de substance (« La vie n'est pas la mort »).

De la mort en représentation divine à la mort de la représentation divine

La mort de Létinois est cependant un événement réel survenu dans la vie du poète. Dans la pièce XX du recueil, son agonie est soigneusement consignée :

> *Tu mourus dans la salle Serre,*
> *À l'hospice de la Pitié :*
> *On avait jugé nécessaire*
> *De t'y mener mort à moitié.*

Si les deux premiers vers semblent purement descriptifs ou anecdotiques, l'utilisation du pronom indéfini peut indiquer que Verlaine désapprouve le choix fait par « on ». L'agonie de Lucien contrarie certainement l'idée verlainienne d'une mort esthétique pour son amant : c'est le temps des « propos confus » que tient un homme qui agonise. La possibilité d'« [u]n service en noir » rend de nouveau possible cette esthétisation de la mort, même si, au début du poème, la comparaison prime la métaphore : ainsi, « [l]es cierges autour de la bière / Flambent *comme* des yeux levés » et « [l]a croix du tabernacle et celle / De l'absoute luisent *ainsi / Qu'*un espoir infini [...] » (je souligne) [27]. La dernière strophe semble revenir sur cette initiale dissociation au sein du rapport de ressemblance, au profit d'une assimilation de la bière où repose le corps de Lucien à un « [b]erceau plus frêle et plus touchant ». L'atmosphère religieuse devient alors plus prégnante : « [D]anger de l'identification », prévient Michel Deguy [28].

Une autre conception de la mort hante en effet le recueil, celle-ci moins esthétique, moins plastique, moins théorisable, banalement événementielle, celle qui fit dire à Simone de Beauvoir : « Je sais que je ne verrai plus jamais Sartre [29] ». La mort est ce qui rend impensable l'idée même de la mort, elle est toujours différente de sa représentation :

Et je te rêvais une mort
Militaire, sûre et splendide,
Mais Dieu vint qui te fit la mort
Confuse de la typhoïde... (XII)

Si Dieu n'est certainement qu'une fiction moralisatrice, une capacité de révolte pointe néanmoins à la fin de ce même poème. Dans le quatrain suivant, les vers s'opposent par groupe de deux :

Seigneur, j'adore vos desseins,
Mais comme ils sont impénétrables !
Je les adore, vos desseins,
Mais comme ils sont impénétrables !

Le complément d'objet du vers 1 (« vos desseins ») est repris au vers 2 sous une forme pronominale (« ils »). Au vers 3, « les » est cataphorique relativement à sa proposition puisque le groupe nominal auquel il est relié le suit. En revanche, au niveau textuel de la strophe, il relève d'une lecture anaphorique (ici transphrastique). Le groupe nominal initial est lui-même répété en position de dislocation droite dans ce même vers, ce qui traduit chez Verlaine une prise de distance avec Dieu, sinon un sursaut de révolte : la répétition marque la différence, dessinant un parcours mental et moral, évoluant de la piété au doute, face au scandale d'une mort que le poète sait intimement être *sans lendemain*. À vrai dire, la version d'*Amour* euphémise celle du manuscrit Doucet et de la préoriginale, où l'hétérodoxie des vues verlainiennes se faisait plus explicite :

Seigneur, j'adore vos desseins,
Mais comme ils sont impénétrables !

Je les adore, vos desseins,
Mais qu'ils sont donc impénétrables ! (*OP* 1194)

Contrairement à la version d'*Amour*, le dernier vers relate ici l'incompréhension de Verlaine, qui se manifeste par le refus du retour à l'identique de la modalité exclamative, au profit d'une structure plus véhémente qui traduit l'irréductibilité de l'entendement humain à la loi de Dieu et que vient significativement renforcer l'adverbe modalisateur « donc », destiné à marquer davantage encore dans l'énoncé la désapprobation profonde du poète. Sans abolir l'ambiguïté, la version définitive rendra moins perceptible le scandale absolu que représente la mort de Létinois et plus probable, sans être vraiment convaincante, la soumission du sujet lyrique à la loi de Dieu. Verlaine malmène considérablement Dieu dans *Amour*. Comme dans *Sagesse*, les poèmes du recueil contredisent fortement le poème liminaire. Dans la pièce XII, *la venue de Dieu* perturbe le projet verlainien d'une mort glorieuse pour Lucien : « Il » est donc celui qui introduit la confusion dans le monde, et non celui qui l'ordonne comme cela apparaît au début de la *Genèse*. La pièce XVI est plus sacrilège encore : par des moyens obliques et avec une feinte soumission, Verlaine accuse Dieu de ne pas avoir compris son projet, et même de lui nuire tout à fait. Étrangement, Dieu semble conseiller l'indifférence et l'absence de charité. L'éducation morale et physique de Lucien est le seul fait du poète, son *éthique*, différente de la *morale* de Dieu. Il y aurait certes beaucoup de choses à dire sur cette supposée éthique, mais le raisonnement de Verlaine est bien celui-là. À la limite, on peut inférer que le poète incarne le Bien, alors qu'officie un Dieu méchant et injuste qui, sans être pour autant celui — sanguinaire — des *Chants de Maldoror*, se révèle manquer tout de même d'humanité. Les pièces IX et XII marquent bien cette soumission problématique du poète à la loi de Dieu : « *Mais* quelle horreur de suivre, ô toi ! ton blanc convoi ! », « *Mais* Dieu vint qui te fit la mort / Confuse de la typhoïde… », « Seigneur, j'adore vos desseins / *Mais* comme ils sont impénétrables ! ». Dénonciation oppositive de la « logique » épouvantable de Dieu. Souvent, l'ingéniosité hypocrite du raisonnement ne parvient pas à maquiller cette violence fondamentale :

Cette adoption fut le fruit défendu ;
J'aurais dû passer dans l'odeur et le frais
De l'arbre et du fruit sans m'arrêter auprès.
Le ciel m'a puni... J'aurais dû, j'aurais dû ! (XVI)

On a du mal à croire au sentiment de culpabilité éprouvé par Verlaine : suivre la voie de Dieu aurait consisté à entrer dans le temps de l'indifférence, à moins que le poète ne veuille indiquer quelle fut sa « faiblesse » sur le chemin que lui a tracé le Seigneur (mais il peut indiquer également le manque d'humanité de Dieu). De fait, le propos de la pièce liminaire est contrarié, voire démenti, par les poèmes du recueil et particulièrement par la pièce conclusive, qui contient une allusion païenne à Ovide. De telles allusions abondent également dans *Sagesse* et constituent un dispositif ambigu au sein de la matière liturgique. Certes, Verlaine pourrait utiliser les mythes païens pour exalter des vertus chrétiennes. L'allusion à Ovide surprend néanmoins, même si Verlaine fait référence aux *Tristes*, long poème de l'exil loin de Rome d'un auteur qui avait eu le malheur de déplaire à l'empereur Auguste. Comment oublier toutefois qu'Ovide fut également le poète galant des *Amours* et de *L'Art d'aimer* ? Définitivement, Verlaine a « la fureur d'aimer » (pièce V) [30].

Pauvreté de la mort

Verlaine sait, sent qu'il ne reverra *jamais* son amant. La pièce IX évoque les obsèques de Lucien : le corbillard quitte l'hôpital de la Pitié, où le moribond avait été admis, pour rejoindre le cimetière d'Ivry. Delahaye, présent ce jour-là aux côtés du poète, rapporte que Verlaine eut ces mots à la vue du cercueil drapé de blanc : « Comme pour une jeune fille… et lui, certes, le mérite… [31] ». Dans ce poème, la mort est spatialement mise en scène : les treize premiers vers évoquent la foi du poète, pour faire littéralement place au monostiche final. Le blanc typographique procède lui-même d'un décrochement énonciatif (« Ainsi parlait ma foi »), à la suite duquel Dieu et la foi du poète sont congédiés : seule règne désormais l'« horreur », l'apostrophe étant très humainement dédiée à « toi » (et non plus à « Lui »). Le blanc convoi renvoie de fait au blanc qu'on voit. Pourtant, une fois de plus, le recours à la préoriginale est instructif : la version alors proposée ne comportait pas de blanc typographique. La question de la foi et celle de l'horreur humaine constituée par la mort de Létinois, étaient ainsi *réunies*. L'horreur prenait place dans le poème liturgique même, alors que, typographiquement et sémantiquement, elle s'en détache dans la version définitive. On peut se demander ce qui est le plus poignant, de cette vertu dévastée dans le poème ou de ce scandale isolé dans le monostiche, de ce trouble vécu dans l'espace dévolu à la foi ou de ce sentiment d'horreur éprouvé dans le pauvre lieu humain.

Batignolles va assurément dans le même sens. Il est néanmoins incontestable que Verlaine repense, réécrit et finalement recrée la mort dans *Amour*. Ce « processus de translittération » a été mis en évidence par Arnaud Bernadet [32] : celui-ci opère « une historisation des énoncés translatés dans leurs formes d'origine et valide à rebours leur réinvention comme éléments d'une autre énonciation [33] ». En ce sens, *Batignolles* semble proposer une réécriture dépolitisée et théologique des énoncés de *Sub urbe*, étant entendu que cette réénonciation constitue une création à part entière. Or, pour prendre un terme qui s'impose, semblable tentative de *conversion* d'un énoncé en un autre et du sujet païen politisé en sujet chrétien politiquement modifié, se révèle imparfaite, des éléments irréductibles survivant au processus d'unification voulu avec plus ou moins de conviction par le poète. La mise en scène par Verlaine de cette disparité (qui aboutit à une ambiguïté du poème, proprement *critique*) est précisément la part échue à l'*éthique* du poète. Le poème juxtapose ainsi la mort humaine — ou plutôt les morts — à la gloire future, mais improbable, de la résurrection des corps :

Un grand bloc de grès ; quatre noms : mon père
Et ma mère et moi, puis mon fils bien tard,
Dans l'étroite paix du plat cimetière
Blanc et noir et vert, au long du rempart.

Cinq tables de grès ; le tombeau nu, fruste,
En un carré long, haut d'un mètre et plus,
Qu'une chaîne entoure et décore juste,
Au bas du faubourg qui ne bruit plus.

C'est de là que la trompette de l'ange
Fera se dresser nos corps ranimés
Pour la vie enfin qui jamais ne change
Ô vous, père et mère et fils bien-aimés.

Verlaine rend ainsi possible une autre lecture de cette pièce, qui ressortit à l'idée d'une irréductibilité de la condition finie de l'homme à la doctrine du salut. La sécheresse descriptive des deux premiers quatrains semble arrêter définitivement toute évolution vers l'ultime strophe. En dépit du présentatif, qui inscrit une certaine rhétorique dans le poème, de la tentative de localisation (« de là »), la jointure s'avère bien fragile, et donne au lecteur l'impression d'un « collage », d'un montage cinématographique dépourvu de raccords, comme si le propos développé dans le dernier quatrain n'était qu'artificiel, sans la moindre concertation, la moindre frange de contact avec la triste réalité du « tombeau nu, fruste » à laquelle est vouée sans gloire, ni possibilité de salut, la condition humaine. La différence entre ce poème et *La Mort des amants*, dont sans aucun doute Verlaine s'inspire, se situe notamment au niveau de la temporalité de la résurrection. Chez Baudelaire, la certitude est grande : « Plus tard ». Verlaine échange ce *temps* contre le *lieu* proprement *gouffre* du tombeau (qui n'apparaissait chez Baudelaire que de manière comparative [34]), et, paradoxalement, l'utilisation du futur simple à valeur prédictive semble éloigner encore la probabilité de cette résurrection. Le poème est donc passible à la fois d'une lecture traditionnelle selon l'idéologie en vigueur du recueil, et d'une autre lecture que Verlaine a su rendre possible.

Il est vrai que la pièce XXII anticipait « Batignolles ». Les « reliques » de Lucien Létinois demeuraient alors à Ivry, « [s]ous de pâles fleurs sans odeur / Et des arbres nains sans mystères ». Le poète évoque ce triste lieu :

Le cimetière est trivial,
Dans la campagne révoltante,
Mais je sais le coin filial,
Où ton corps a planté sa tente.

Des variantes du recueil Doucet montrent que Verlaine avait d'abord écrit : « ta chair » (*OP* 1198), un terme qui était susceptible d'évoquer la décomposition, alors que « corps », dans la version finale, permet de souligner la « tentative de sacralisation » esquissée par le sujet lyrique au début du poème [35]. La tente où la « chair » de Létinois était naguère plantée (avant son remplacement opportun par « corps ») apparaissait le lieu d'un futur incertain. La résurrection y prenait l'allure d'un artifice et le dialogue entre Paul et Lucien semblait le délire du poète désespéré. La version finale tente de remédier à cette possible ambiguïté, mais bien loin de célébrer la certitude de la résurrection, cette pièce ménage toujours un espace de doute.

La mort multipliée

De conscience, la mort peut devenir une vision. Quasiment aux deux extrémités de la section se déploie la vision allégorique verlainienne de la mort. La pièce II du recueil est indissociable de la précédente (le poème débute en effet par la conjonction « Car », qui éclaire sa visée argumentative et souligne le lien entre les deux premières pièces de la section) :

La Haine et l'Envie et l'Argent,
Bons limiers au flair diligent,
M'entourent, me serrent. Ça dure
Depuis des jours, depuis des mois,
Depuis des ans ! Dîner d'émois,
Souper d'effrois, pitance dure !

Mais, dans l'horreur du bois natal,
Voici le Lévrier fatal,
La Mort. — Ah ! la bête et la brute ! —
Plus qu'à moitié mort, moi, la Mort
Pose sur moi sa patte et mord
Ce cœur, sans achever la lutte !

Verlaine semble remettre au goût du jour la très vieille tradition de l'allégorie en littérature, manière *Roman de la rose*. Mais les entités personnifiées sont nouvelles, et créées par la biographie. Rhétorique artificielle, sinon maladroite ? Non pas, mais le sentiment, voire la sensation que, dans le malheur, la vie sensible peut prendre des proportions inouïes : le poète est en quelque sorte soumis au *fatum*. Sans affirmer que la pratique verlainienne de l'allégorie consiste à voir le cadavre de l'intérieur [36], la Mort n'a ici rien d'abstrait : dans une image impressionnante qu'exprime un calembour, elle est celle qui, dotée d'une certaine force physique, mord le cœur du poète. Bien que fortement ancrée dans le réel, l'allégorie de la Mort ne peut faire oublier la réalité absolue, humaine, que sont les morts. Morts sans majuscule.

Ô mes morts tristement nombreux
Qui me faites un dôme ombreux
De paix, de prière et d'exemple,
Comme autrefois le Dieu vivant
Daigna vouloir qu'un humble enfant
Se sanctifiât dans le temple,

Ô mes morts penchés sur mon cœur,
Pitoyables à sa langueur,
Père, mère, âmes angéliques,
Et toi qui fus mieux qu'une sœur,

Et toi, jeune homme de douceur
Pour qui ces vers mélancoliques,

Et vous tous, la meilleure part
De mon âme, dont le départ
Flétrit mon heure la meilleure,
Amis que votre heure faucha,
Ô mes morts, voyez que déjà
Il se fait temps qu'aussi je meure. (XXV)

Les deux dernières strophes du poème placeront davantage encore le discours verlainien sous l'égide de la religion :

Car plus rien sur terre qu'exil !
Et pourquoi Dieu retire-t-il
Le pain lui-même de ma bouche,
Sinon pour me rejoindre à vous
Dans son sein redoutable et doux,
Loin de ce monde âpre et farouche.

Aplanissez-moi le chemin,
Venez me prendre par la main,
Soyez mes guides dans la gloire,
Ou bien plutôt, — Seigneur vengeur ! —
Priez pour un pauvre pécheur
Indigne encor du Purgatoire. (XXV)

Les approches humaine et religieuse de la mort peinent le plus souvent à aboutir à une synthèse supérieure. Nul discours ne parvient à masquer efficacement chez Verlaine la réalité de la mort, la douleur infinie des « morts tristement nombreux » et particulièrement celle liée à la disparition de Lucien Létinois.

Yann FRÉMY

Les abréviations utilisées sont les suivantes : *OP* : *Œuvres poétiques complètes*, édition établie par Jacques Borel, Gallimard, « Bibliothèque de la Pléiade », 1962. *OEP* : *Œuvres en prose complètes*, édition établie par Jacques Borel, Gallimard, « Bibliothèque de la Pléiade », 1972. Les références entre parenthèses renvoient à ces éditions. S'agissant du cycle « Lucien Létinois » dans *Amour* (seconde édition de 1892), les chiffres romains renvoient aux différentes pièces de la section sans mention des numéros de pages. Toute ma reconnaissance va à Bruno Claisse, Solenn Dupas, Steve Murphy et Philippe Rocher pour leurs remarques judicieuses et toujours constructives portant sur une ébauche de cet article.

1. Le texte de la lettre et le poème sont reproduits dans : Verlaine, *Correspondance générale*, tome I, édition établie et annotée par Michael Pakenham, Fayard, 2005, p. 54-55.
2. Ce réalisme s'explique en particulier par la dimension politique du poème : sur ce point, voir Steve Murphy, *Marges du premier Verlaine*, Champion, 2003, p. 19-28.
3. « Baudelaire a choisi la mort, et que la mort grandisse en lui comme une conscience, et qu'il puisse connaître par la mort » (Yves Bonnefoy, *L'Improbable et autres essais*, Folio *essais*, 1992, p. 35).
4. Comme l'a montré John E. Jackson dans *La Mort Baudelaire. Essai sur « Les Fleurs du Mal »*, À la Baconnière, coll. Langages, 1982, p. 23-54.
5. Cité par Alain Buisine dans *Verlaine. Histoire d'un corps*, Tallandier, 1995, p. 97
6. *Ibid.*
7. On trouve un écho de cette perte dans la pièce IV de la section « Lucien Létinois ».
8. « Elle ne savait pas que l'Enfer c'est l'absence » (« Amoureuse du diable » dans *Jadis et Naguère*, *OP* 397).
9. Verlaine en propose le récit dans ses *Confessions* (*OEP* 532-534).
10. Viotti aurait été, selon les dires de Lepelletier, secrètement amoureux de Mathilde. Le mariage de Paul et de Mathilde l'aurait décidé à s'enrôler dans l'armée. L'hypothèse a été contestée de manière convaincante par J.-S. Chaussivert (« Pour un dossier Viotti », *Studi francesi*, 1972, p. 302-307).
11. Cet aspect est remarquable dans le portrait physique que Verlaine dresse de Viotti dans *Les Mémoires d'un veuf* (*OEP* 80, premier paragraphe).
12. Ces poèmes sont significatifs, en ce sens que l'approche politique et historique de la mort n'empêche pas son appropriation intime par le poète.
13. Verlaine, *Œuvres*, édition de Jacques Robichez, classiques Garnier, 1995, p. 349.
14. *Ibid.*
15. Sur ce point, voir Gilles Ernst, « Verlaine et l'Absence », in *Verlaine 1896-1996*, textes réunis par Martine Bercot, Klincksieck, 1998, p. 67-85.
16. Cité par Gilles Ernst, *ibid.*, p. 68.
17. Éd. cit., p. 350.
18. « Évocation poétique et poétique de l'évocation : *Âme, te souvient-il…* », *L'École des Lettres*, numéro consacré à Paul Verlaine, études réunies par Steve Murphy, juillet 1996, p. 191-203.
19. Voir Solenn Dupas, « La figure poétique de "pauvre Lelian" ou les malices de Paul Verlaine », in *Revue de Sciences humaines, « Forces de Verlaine »*, textes réunis par Yann Frémy, janvier-mars 2007.
20. Comme le rappelle en effet Jean-Michel Gouvard, « "besogne" est la forme féminine de "besoin" et, comme ce nom, désignait à l'origine un "besoin quelconque", mais il prit et avait encore au XIXe siècle un sens plus spécifique que Verlaine ne pouvait ignorer, qui renvoyait explicitement à l'acte sexuel » (art. cit., p. 201-202).
21. Henri Meschonnic, quatrième de couverture de *Je n'ai pas tout entendu*, Bernard Dumerchez, coll. Double Hache, 2000.
22. *Contre Sainte-Beuve*, précédé de *Pastiches et mélanges* et suivi de *Essais et articles*, édition établie par Pierre Clarac avec la collaboration d'Yves Sandre, Gallimard, « Bibliothèque de la Pléiade », 1971, p. 621-622.
23. Art. cit., p. 193.
24. Cette autre lecture est notamment rendue possible par l'acception argotique du verbe « patiner », dont Verlaine a déjà usé dans un poème des *Fêtes galantes* intitulé *En patinant*. Jacques Robichez propose à cet effet quelques rapprochements très éclairants : « Le verbe "patiner" signifie au XVIIe siècle "caresser indiscrètement". Scarron l'emploie à plusieurs reprises dans *Le Roman comique* ; Claudine s'écrie, dans *George Dandin* (acte II, scène 1) : "Ah ! doucement : je n'aime pas les patineurs". Il n'est pas impossible que Verlaine se soit souvenu de ce sens, encore donné par Littré, en adoptant son titre définitif » (Verlaine, *Œuvres*, éd. cit., p. 561, n.1). De son côté,

Alain Buisine estime que ce poème est « d'une parfaite transparence libidinale » (*op. cit.*, p. 341).
25. Expression que nous empruntons à Jean Decottignies dans son essai intitulé *Pierre Jean Jouve romancier*, José Corti, 1994, p. 198.
26. *Œuvre* II, texte établi et présenté par Jean Starobinski, Mercure de France, 1987, p. 10. Dans l'élégie qu'il consacre à Élisa (pièce IV), Verlaine écrit : « Tu m'apparais, *chère ombre*, ainsi qu'en ton vivant, / Blonde et rose au profil pourtant grave et rêvant » (je souligne).
27. Ces vers ne sont pas sans en évoquer d'autres tirés de *La Mort de Philippe II*, mais qui seraient ici transformés par leur implantation dans un autre contexte et leur recentrement sur une écriture sur l'intime.
28. « Notes sur la méthode d'Arthur Rimbaud », *Parade sauvage*, n° 4, avril 1986, p. 5. La dimension politique (et même polémique) n'est donc pas absente de ce poème (comme le montre explicitement la version du manuscrit Doucet, *OP* 1197-1198).
29. Cité par Gilles Ernst, art. cit., p. 73.
30. Dans « Poétiques de l'intime dans *Amour* » (*Studi francesi*, à paraître), Solenn Dupas a bien étudié la duplicité du cycle « Lucien Létinois », qui admet au moins deux lectures et implique peut-être deux interprétations distinctes : d'une part, une lecture « officielle » liturgique qu'illustrent assez bien certaines pièces du recueil, d'autre part une lecture « oblique », fondamentalement déviante, adressée à un public complice et cultivé, qui serait « compétent » pour repérer la dimension homosexuelle du recueil. À ce titre, Verlaine déclarait déjà au sujet des *Fêtes galantes*, en parlant de son ex-femme, Mathilde Mauté : « [L]es *Fêtes galantes*, très justiciables de leur intitulé, devaient lui sembler… durs à comprendre ou plutôt à deviner » (*OEP* 504-505). Verlaine ménagera toujours cette possibilité d'une autre lecture, l'aveu de l'homosexualité masculine étant notamment rendu impossible par la censure.
31. *Verlaine*, Messein, 1919, p. 329.
32. « Une poétique duelle. Vers les prosodies de *Sagesse* », in *Spiritualité verlainienne*, textes réunis et publiés par Jacques Dufetel, Klincksieck, 1997, p. 136.
33. *Ibid.*
34. Comme me l'indique Philippe Rocher, de nombreux points communs existent entre le poème de Baudelaire et celui de Verlaine : le thème de la mort, la première rime féminine en « ère », le mètre 5-5, le futur de la troisième strophe, le mot « ange » et le verbe « ranimer ».
35. Dans la pièce XVIII et dans « Batignolles », le mot « corps » fait en effet clairement référence à la promesse de la résurrection. Dans la pièce XXII, la modification opérée par Verlaine s'impose, dès lors que le poète souhaite opposer le « coin filial » (comme lieu sacralisé abritant le corps de Lucien) aux « charniers flétris » du début du poème. Le maintien du mot « chair » aurait rendu problématique cette opposition aux charniers initiaux. Son remplacement dans la version finale semble donc réactiver la possibilité de la résurrection du « corps » de Lucien qui, paradoxalement, est érotisé en retour.
36. « L'allégorie baroque ne voit le cadavre que de l'extérieur. Baudelaire le voit aussi de l'intérieur » (Walter Benjamin, *Charles Baudelaire. Un poète lyrique à l'apogée du capitalisme*, Petite Bibliothèque Payot, 1979, p. 244).

CE QU'EST D'ATTENDRE À LA GARE

« Âme, te souvient-il... »

« Âme, te souvient-il… » commence par le souvenir d'une attente à la gare [1]. Sur les 24 vers que compte le poème, la moitié disent cette attente — attendre à la gare, distinguer la personne attendue qui descend l'escalier, saisir son regard. Après (v. 13-14), sont racontés les gestes qui suivent la rencontre — l'échange des premiers mots, et le départ de la gare. Intitulé d'abord *À un Mort*, publié en 1886 dans *Le Décadent*, le poème a été recueilli, en 1888, dans *Amour*, sous le numéro XVIII dans la section consacrée à Lucien Létinois et qui porte son nom.

XVIII [2]

Âme, te souvient-il, au fond du paradis,
De la gare d'Auteuil et des trains de jadis
T'amenant chaque jour, venus de La Chapelle ?
Jadis déjà ! Combien pourtant je me rappelle
Mes stations au bas du rapide escalier
Dans l'attente de toi, sans pouvoir oublier
Ta grâce en descendant les marches, mince et leste
Comme un ange le long de l'échelle céleste,
Ton sourire amical ensemble et filial,
Ton serrement de main cordial et loyal,
Ni tes yeux d'innocent, doux mais vifs, clairs et sombres,
Qui m'allaient droit au cœur et pénétraient mes ombres.
Après les premiers mots de bonjour et d'accueil,
Mon vieux bras dans le tien, nous quittions cet Auteuil
Et, sous les arbres pleins d'une gente musique,
Notre entretien était souvent métaphysique.
Ô tes forts arguments, ta foi du charbonnier !

Non sans quelque tendance, ô si franche ! à nier,
Mais si vite quittée au premier pas du doute !
Et puis nous rentrions, plus que lents, par la route
Un peu des écoliers, chez moi, chez nous plutôt,
Y déjeuner de rien, fumailler vite et tôt,
Et dépêcher longtemps une vague besogne.

Mon pauvre enfant, ta voix dans le Bois de Boulogne ! [3]

Pourquoi Verlaine insiste-t-il sur l'acte d'attendre ? Comment crée-t-il son poème à partir de la représentation de la gare ? Et quel lien le poème entretient-il avec Lucien Létinois ? Pour répondre à ces questions, nous relirons d'abord brièvement *La Bonne Chanson* car c'est dans ce « recueil de circonstance [4] » que le poète a introduit la ville moderne comme matière de sa poésie, et c'est là aussi qu'il nous offre deux facettes de l'acte d'attendre. Nous situerons ensuite « Âme, te souvient-il… » dans la convergence de la modernité et de l'attente. Et nous montrerons enfin, replaçant la gare dans le contexte de l'urbanisation de l'époque, comment chez Verlaine l'attente à la gare favorise l'apostrophe à un mort.

La Bonne Chanson, poésie de la ville moderne et recueil de l'attente

Jean-Michel Gouvard, mettant en cause toute approche biographique, propose une lecture généralisante de ce poème et considère que « Âme » est une appellation générique [5]. Il nous semble pourtant naturel de relier cette invocation au titre de la section où prend place le poème, et de penser que le narrateur s'adresse à ce Lucien Létinois qui y est nommé. Comme l'a noté Gérard Genette, « un certain nombre de productions, […] comme un nom d'auteur, un titre, une préface, des illustrations, entourent [le texte] et le prolongent, précisément pour le *présenter*, au sens habituel de ce verbe, mais aussi en son sens le plus fort : pour le *rendre présent*, pour assurer sa présence au monde [6] ». Et même si on ignore le titre original *À un Mort*, l'adresse initiale du poème (« Âme »), immédiatement suivie de « au fond du paradis », laisse deviner que la personne invoquée est morte. Ces données nous autorisent donc à chercher un éclairage dans la vie de Verlaine et dans l'époque où il écrit ce texte.

Or, ce n'est pas la première fois que Verlaine consacre un ensemble de poèmes à une personne aimée. Les vingt et un poèmes qu'il a écrits entre juillet 1869 et juin 1870, pour Mathilde Mauté, forment le recueil

La Bonne Chanson. Cet « exercice de rhétorique appliquée [7] » qui consiste en envois réguliers de poèmes pour plaire à une jeune fille de 16 ans, a amené le poète à élargir son horizon poétique. S'il continue d'écrire des poèmes empreints de romantisme — comme « Le soleil du matin doucement chauffe et dore… » (I) — ou des portraits célébrant l'objet aimé — « Toute grâce et toutes nuances… » (II), « En robe grise et verte avec des ruches… » (III), « Une Sainte en son auréole… » (VIII), ou « Son bras droit, dans un geste aimable de douceur… » (IX) —, il s'en lasse bien avant sa destinataire. Son compromis consiste alors à trouver une construction où Mathilde puisse projeter sa propre image comme dans « Avant que tu ne t'en ailles… » (V) ou « Le foyer, la lueur étroite de la lampe… » (XIV) qui sont exempts de détails renvoyant expressément à Mathilde et ne laissent deviner sa silhouette que vers la fin du poème. Un pas de plus, et dans « La lune blanche… » (VI) la présence de l'aimée est si vague que Mathilde seule la pourrait percevoir, guidée par son propre amour, et par le fait même que le recueil lui est dédié.

C'est dans ces expériences que Verlaine a introduit dans sa poésie le quotidien, c'est-à-dire la société « moderne » dans laquelle il vivait. « Le paysage dans le cadre des portières… » (VII) qui traite du voyage en train, et « Le bruit des cabarets, la fange du trottoir… » (XVI) qui assemble des dessins vifs d'une grande ville se distinguent des paysages verlainiens antérieurs. De plus, le poète a su saisir l'essor de la modernisation avec l'œil aigu du contemporain. « Le paysage […] / Court », poème consacré à la perception du paysage depuis un train, marque une innovation par rapport aux nombreux poèmes de ce genre écrits à l'époque [8]. C'est d'ailleurs le poème le plus commenté du recueil [9]. Le voyageur compare les fils télégraphiques en mouvement dans la vitesse à « un paraphe » : « […] les poteaux minces du télégraphe / Dont les fils ont l'allure étrange d'un paraphe ». La description de la vitesse s'apparente à une signature rapide qui ne prend pas le soin de tracer chaque lettre. Le poète fait allusion ainsi à la limite de l'aptitude de l'écriture à noter la modernisation, emblématisée par la vitesse.

De même, le marcheur du poème XVI n'est plus libre de se promener à son propre rythme. Le poème est entièrement construit par juxtaposition de petites scènes d'où le narrateur est absent. Il n'est plus celui qui se promène, intégré dans la nature du poème initial du recueil.

Le bruit des cabarets, la fange du trottoir,
Les platanes déchus s'effeuillant dans l'air noir,
L'omnibus, ouragan de ferraille et de boues,

Dans la cacophonie de la capitale où se heurtent les véhicules et les gens, c'est la ville qui détermine la vitesse de chaque piéton. La ville est presque entièrement artificielle. Les uniques éléments relevant de la nature, « les platanes », sont « déchus » et « s'effeuill[e]nt dans l'air noir » ; ils ne sont là que pour prouver la domination totale de l'artifice sur la nature.

Verlaine accepte désormais la réalité de l'urbanisation et ses progrès, et sa poésie va s'en enrichir. Le train apparaît dans ses œuvres en différentes occasions, de même qu'en divers endroits se retrouve l'image du passant qui marche dans la ville. C'est dans le prolongement de ces figures que se situe « Âme, te souvient-il… ».

Autre point commun entre ce poème et *La Bonne Chanson* : l'attente. *La Bonne Chanson* est un recueil écrit dans l'attente. Le poète envoyait d'abord ses poèmes en attendant le jour où il allait revoir Mathilde, puis, une fois Mathilde retrouvée, dans l'attente du jour de leur mariage. Pendant qu'il composait *La Bonne Chanson*, Mathilde était toujours séparée de lui. Les indications de temps et les dates y sont naturellement nombreuses :

> *Quinze longs jours encore et plus de six semaines / Déjà !* (X)
> *Pendant qu'ici* […] *lents et moroses / Coulent les jours* (X)
> *Ils sont passés les jours d'alarmes* (XI)
> *Impatient des mois, furieux des semaines !* (XIV)
> *Tout mon être et tout mon amour / Acclament le bienheureux jour* (XI)
> *Et que voici le grand jour !* (XII)
> *Donc, ce sera par un clair jour d'été* (XIX)

Ces vers manifestent l'impatience du poète et sa lamentation dans l'attente du jour de leur union. Sa fiancée sera contente d'y voir combien elle lui est précieuse et elle percevra comme autant de clins d'œil les évocations de tel ou tel moment qu'elle seule reconnaîtra. Mais marquer le temps dans ses poèmes était indispensable aussi pour le poète car, ce faisant, il le scandait et fixait en son écoulement des points de repère. Il s'agissait pour lui de s'inscrire dans le courant du temps, moyen efficace de découper une expectation qui lui paraissait sans fin, et de la changer en une série de courtes attentes plus délimitées.

Verlaine appréhende comme « lent et morose » le temps de l'attente. Malgré cela, le recueil ne présente pas l'attente en tant que telle d'une manière uniquement négative. Bien au contraire, sous certaines conditions, il conçoit souvent ces moments comme une source de bonheurs extrêmes. Dans « Le foyer, la lueur étroite de la lampe… » (XIV), poème d'« un ménage petit-bourgeois [10] », il énumère les circonstances qui rendent l'attente « adorable » : la fin d'une journée ; la rencontre de deux regards ; la fatigue ; la paresse qu'évoquent « des livres fermés » ; la chaleur que symbolise le « thé fumant » ; l'éclairage contrôlé où surgit une partie du visage… Le moment attendu dans ces conditions est celui de la satisfaction de son désir ainsi qu'on le comprend dans ces vers : « La fatigue charmante et l'attente adorée / De l'ombre nuptiale et de la douce nuit. »

Pour Verlaine, qui est certain que la satisfaction viendra et que les conditions de sa production sont en place, l'attente se transforme en un faisceau de moments privilégiés. Si la réalisation de son désir est programmée dans un décor concret et tangible, elle peut être reportée. Il est même plutôt préférable qu'elle soit retardée, parce que la durée de l'attente s'étire, et que le plaisir qu'il éprouve au moment où il satisfait son désir grandit d'autant plus qu'il est différé. Habilement, le poète inscrit le mot « attente » dans la dernière moitié du poème. Avant l'apparition de ce mot, du temps s'est écoulé dans l'histoire que raconte le poème, et une fois le mot posé sur la page, le champ sera cette fois ouvert à la description de moments d'« attente ». Il en est de même dans le poème XIX (« Donc, ce sera par un clair jour d'été… ») : c'est intentionnellement que le poète dispose le mot « attente » au huitième vers d'un poème qui n'en compte que douze. À l'issue des moments d'attente, aura lieu « le soir aux époux ».

Le ciel tout bleu, comme une haute tente,
Frissonnera somptueux à longs plis
Sur nos deux fronts heureux qu'auront pâlis
L'émotion du bonheur et l'attente ;

Et quand le soir viendra, l'air sera doux

Au cours de la rédaction de *La Bonne Chanson*, Verlaine a connu deux versants de l'attente : celle, douloureuse, qui ne voit pas arriver le terme espéré, et celle, voluptueuse, bercée par la conviction que son issue est à portée de main. C'est à l'aide de l'écriture qu'il a adouci la première forme d'attente, et c'est aussi par l'écriture qu'il a prolongé la seconde. Dans « Âme, te souvient-il… », il risquera tout pour prolonger ce plaisir.

Attente à la gare

Seize ans plus tard, ce que développe Verlaine dans « Âme, te souvient-il… », ce sont de nouvelles formes d'anticipation et de plaisir rendues possibles par l'urbanisation qui fait maintenant partie de la vie quotidienne du citadin. Pour celui qui attend à la gare d'Auteuil, le chemin de fer de la petite ceinture offrait le plaisir de l'attente dans des conditions optimales. Rappelons brièvement ce qu'était la petite ceinture. En 1851, le gouvernement, confronté à l'incommodité pour Paris d'avoir de grandes gares isolées, décide de construire un chemin de fer circulaire intra-muros afin de les relier. L'opération se fait en trois étapes : 1854, Auteuil-Batignolles ; 1862, Batignolles-Orléans ; 1869, raccordement d'Orléans à Auteuil. La petite ceinture servait non seulement pour les voyageurs qui transitaient entre deux grandes gares mais aussi pour les habitants et les travailleurs des faubourgs de Paris. Alors que Paris comptait 2 450 000 habitants, plus de 20 millions d'usagers l'empruntent en 1889.

Les trains, partant de la gare Saint-Lazare, de Courcelles-Ceintures ou de la Gare du Nord, faisaient ou bien le tour complet de Paris ou bien une partie de la ligne [11]. Parler de trains « venus de La Chapelle », quand on était à Auteuil, était une manière de désigner ceux qui tournaient dans le sens des aiguilles d'une montre. Aux heures de pointe, la fréquence de desserte était d'un train toutes les 10-15 minutes [12], ce que confirme l'observation de Verlaine : « Amusante, l'arrivée des trains toutes les sept minutes ou tous les quarts d'heure selon le moment de la journée. [13] »

Lui, attend au bas de l'escalier les voyageurs descendus de l'une ou l'autre rame. Il les voit arriver sans savoir à cet instant si leur train était l'un de ceux qu'a dû emprunter l'homme qu'il attend. L'escalier étant « rapide », c'est-à-dire en pente raide, du bas de cet escalier il ne peut distinguer d'emblée les visages des voyageurs. Une fois tous les passagers descendus, il sera déçu de ne pas trouver celui qu'il espère. Mais la déception se transformera aussitôt en plaisir accru d'attendre le prochain train. Au bout de quelques arrivées et déceptions, il verra surgir Lucien. Il vient, assurément. Et il continuera de venir. Le poète n'a plus besoin pour son attente du décor intérieur, soigneusement préparé dans *La Bonne Chanson* XIV. Car les trains arrivent, et continueront d'arriver. Verlaine ne craindra plus « ce qu'est d'attendre » comme dans *Romances sans paroles* (« Je crains toujours, — ce qu'est d'attendre ! / Quelque fuite atroce de vous. ») L'objet du désir ne s'enfuit plus pendant l'expectative. La régularité assurée par la modernisation y est pour quelque chose.

Quinze ans plus tôt, le poète évoquait un voyage en train et s'éblouissait de la vitesse de la machine transformant le paysage en un être animé : « Le paysage […] / Court furieusement ». En 1886, le train est entré dans son quotidien, le poète a changé de place, le mouvement pour lui s'est arrêté : il attend, statique, le voyageur (« stations au bas de l'escalier »). En cette immobilité même, il peut imaginer le dynamisme du train. La modernisation, enracinée en lui, n'a plus rien d'étrange et fait partie de sa routine. Il est habitué à attendre le voyageur et il sait même contrôler son attente et prolonger son plaisir. Son changement d'attitude, tributaire du progrès de la technique, imprègne parallèlement sa poésie de la quotidienneté.

Contre le travail du deuil

Comme nous l'avons indiqué, « Âme, te souvient-il… » commence par une question adressée à un mort. Dans les trois premiers vers, le narrateur s'adresse au défunt et le tutoie affectueusement. Il est bien entendu impossible d'obtenir une quelconque réponse du disparu, aussi est-ce le « je » de Verlaine qui, prenant le relais, « [se] rappelle » toute la suite. Et il va réussir à exaucer ses vœux — faire ressusciter le disparu, le voir, l'entendre, le toucher — dans le poème. Lucien semble resurgir de tout son être : son allure (« ta grâce »), son expression (« ton sourire »), son regard (« tes yeux »). Le poète entend sa voix (« les premiers mots de bonjour et d'accueil »), sa présence est maintenant tangible et corporelle (« ton serrement de main », « Mon vieux bras dans le tien »).

Qu'est-ce qui déclenche cette série de souvenirs ? C'est « la gare d'Auteuil », et les « trains venus de La Chapelle », les « stations au bas du rapide escalier ». Le décor ferroviaire s'avère propice aux réminiscences. Lucien alors descendait du train, empruntait l'escalier — « Comme un ange le long de l'échelle céleste ». Au paradis où il est supposé demeurer maintenant, se superpose l'image de cette gare où la fin de l'attente illuminait l'instant d'un bonheur édénique.

À la différence de l'évocation par Lamartine d'un être disparu dans « Le Lac », embrayée d'ailleurs par la même question au tour impersonnel (« Un soir, t'en souvient-il ? »), c'est chez Verlaine le paysage urbain le plus trivial qui devient l'arrière-fond du souvenir de l'amour. Le rivage nocturne, chez Lamartine, était censé garder éternellement le souvenir d'un instant éphémère. Chez Verlaine, la mécanisation des transports ayant naguère assuré le retour de l'être aimé, c'est l'évocation de la gare qui ranime désormais le souvenir du disparu. Dans cette ressouvenance, Verlaine ne convoque pas un moment extraordinaire contrairement à

François Edme Ricois
Le pont du Point du jour, Auteuil
Musée Carnavalet, Paris

Lamartine. Aller chercher Lucien à la gare était, pour lui, une habitude. Ce que Verlaine tente ici relèverait-il d'un travail du deuil ? Ce lent et pénible processus de détachement fut décrit et théorisé par Freud en ces termes : « chacun des souvenirs, chacun des espoirs par lesquels la libido était liée à l'objet est mis sur le métier, surinvesti et le détachement de la libido est accompli sur lui [14] ». Verlaine, cherchant volontairement un souvenir qui lie son moi à l'objet perdu, s'y attache, au lieu de s'en détacher, et le développe pour se plonger dans la jouissance d'être avec lui.

La reprise exclamative de « jadis » apprend au lecteur que le poème a été écrit plusieurs années après la mort de Lucien. Les souvenirs attachés au disparu se sont perdus dans le cours sans relief des années. Il fallait un cadre spécifique pour les susciter, et ce sont, pour le Verlaine de l'époque, la gare, les trains et la situation d'attente. Il lui était primordial de citer la gare d'Auteuil dans les premiers vers pour y faire éclore le souvenir du mort.

Essayons d'imaginer concrètement le décor. La personne espérée traverse la Seine, de la rive gauche à la rive droite. Peu avant d'arriver à Auteuil, le train franchit le viaduc du Point du Jour. La différence de hauteur entre les quais de Grenelle et d'Auteuil a retardé la construction de cet ouvrage d'art, et en conséquence la mise en service complète de la petite ceinture jusqu'en 1865. Sa structure à deux étages, en bas pour les diligences et les piétons, en haut pour le chemin de fer, avait un aspect imposant. Le viaduc du Point du Jour, avec un soupçon de romanité dans son architecture, permettait de faire traverser la Seine aux trains coiffés d'un panache de fumée. Ce nouveau paysage pittoresque était prisé des Parisiens. L'union de la beauté classique et de la technique moderne en faisait un symbole du triomphe de la science et du machinisme. À l'époque, on l'a beaucoup reproduit sur des cartes postales et il a souvent été choisi comme sujet par les peintres. Le tableau de François Edme Ricois, *Le pont du Point du jour, Auteuil* [15], témoigne d'un paysage inhabité dans la dernière moitié des années 1860, soit juste après la construction du pont. On n'y aperçoit aucune présence humaine, aucune construction sur les berges. Au-delà d'un bois touffu, le pont se dresse dans la lumière dorée. Dans la toile *Vu du Point du jour, coucher de soleil* d'Henri Rousseau [16], peinte en 1886, l'année même de la première publication du poème, le changement est visible : on distingue divers bâtiments et des quais en cours d'aménagement, des promeneurs du dimanche dans un soleil de fin d'après-midi, tandis que le pont se dessine nettement à l'arrière-plan comme un des éléments apprivoisés du paysage. Verlaine lui-même a consacré deux poèmes à ce pont, en 1883 et en 1885 [17], et dans chacun d'eux, l'ouvrage d'art est nommé dès les premiers vers : il est l'objet central de chaque composition qui en vante la splendeur. En vingt ans, le viaduc a transformé le paysage de cette extrémité de Paris, l'a ouverte, animée et offerte à la promenade.

Lucien mort, passant ce pont, commence à reprendre vie et à se réincarner comme s'il avait franchi la frontière entre la mort et la vie, aidé par la puissance colossale de la modernité. Celui qui était si loin (« au fond du paradis »), par les trains venus « de La Chapelle », traverse « chaque jour » le Point du Jour et s'approche du monde des vivants où se trouve le narrateur. L'existence du pont est manifeste pour tous, et le franchissement de la Seine par les trains est assuré avec régularité. L'« Âme », traversant le fleuve, rejoint une lumière diurne. Elle descend du train et retrouve beaucoup de ses particularités humaines. Une fois dévalées toutes les marches, la résurrection de Lucien semble complète. Pour Verlaine, cette position — l'attendre « au bas du rapide escalier » — était de première importance. C'est là, dans le décor urbain, qu'il dépouille Lucien de sa dernière enveloppe mortuaire. En bas de l'escalier de la gare d'Auteuil, Verlaine substitue une distance réelle — le haut et le bas des degrés — à celle qui sépare dans la vision chrétienne les vivants des morts — le Ciel de la Terre. Comparant d'abord Lucien descendant les marches à « un ange le long de l'échelle céleste », il substitue ensuite à cette épiphanie la présence terrestre d'un voyageur. Il aperçoit d'abord des attributs à la fois lumineux et vagues — « ta grâce », « ton sourire ». Puis se précisent des détails réels, condensés dans l'unicité du regard — « tes yeux ». L'ordre des perceptions — du vague au précis — mène à bonne fin le travail de résurrection. Quand il arrive sur terre, Lucien retrouve la liberté de parler, de marcher, de manger, de fumer, jusqu'à la plus grande des libertés terrestres évoquée dans une manière de litote au vers 23. En effet, « besogne » était un euphémisme traditionnel désignant l'acte sexuel (sens attesté encore aujourd'hui, dans l'emploi familier de « besogner quelqu'un »).

Pourquoi Verlaine a-t-il insisté sur la gare ? Pourquoi s'y est-il attardé tout au long des quatorze premiers vers ? Nous pensons que c'est pour faire resurgir l'objet aimé, et le travail du resurgir demande autant de temps et d'énergie que celui du deuil. Il faut surtout qu'il ajuste l'ordre d'émergence des souvenirs, pour lequel la scène ferroviaire était indispensable.

Lucien, revivant ainsi dans les vers du poète, ayant passé quelques heures avec lui, s'en ira à la fin du poème. Cette séquence est succincte comparée aux quatorze vers initiaux. Le poète converse avec Lucien, ils cheminent ensemble, partagent un instant l'intimité du logis. Voilà tout. Le poème a essayé de prolonger leur rencontre en gagnant du temps (« plus que lents »), en faisant des détours (« la route / Un peu des écoliers »), ou en se reprenant comme si c'était exprès (« chez moi, chez nous plutôt »). Au vers 23, le manuscrit montre les tâtonnements du poète avant de trouver l'oxymore « dépêcher longtemps [18] ». Il avait hésité entre « Travailler jusqu'au soir à quelque » ou « Travailler beaucoup » ou « ferme », ou « dépêcher enfin quelque vague besogne », avant de se fixer au texte définitif. Il veut à la fois « se dépêcher » et y rester « longtemps » [19].

Réaliser la rencontre avec le disparu annonce déjà la fin du rendez-vous. Inéluctablement, Lucien s'en retourne, désigné au dernier vers par la formule affectueuse, pleine d'affliction retenue, « mon pauvre enfant ». Il ne laisse derrière lui que l'écho de sa voix. Revenu brièvement dans le décor urbain, il franchit à rebours les confins de la modernité et disparaît dans la pénombre du bois. Le poète n'a suscité sa fugitive résurrection que par les ressources de son écriture. Le décor nécessaire à ce travail — « Auteuil », le « bas de l'escalier » — peut changer, voire disparaître dans la réalité. L'écriture est le seul domaine où le désir et la liberté du poète ne sauraient renoncer. Quand il quitte ce lieu épiphanique, les moments ressuscités de nouveau s'évanouissent, cédant toute la place à cette réalité irréversible où Lucien est bien mort. Il ne lui est plus possible de s'unir avec son amour, il lui échoit donc de s'approcher de lui. Le dernier vers annonce, avec ses sonorités sombres, « l'après » du poème : attiré par le disparu, le poète fait un pas vers sa propre mort.

Manami IMURA

1. L'expression *ce qu'est d'attendre*, utilisée dans notre titre, se trouve dans *Spleen* (*Romances sans paroles*), Verlaine, *Œuvres poétiques complètes*, éd. Y.-G. Le Dantec et Jacques Borel, Gallimard, « Bibliothèque de la Pléiade », 1962, p. 205. Nous reviendrons sur ce point.

2. Jacques Robichez note : dans la seconde édition (1892) se place, après le poème III, une pièce nouvelle qui porte le n° IV, introduisant pour la suite de « Lucien Létinois » un décalage dans la numérotation entre l'originale et toutes les éditions postérieures. Nous suivons celle de l'édition citée. Cf. Verlaine, *Œuvres poétiques*, éd. Jacques Robichez, Garnier, « Classiques Garnier », 1995, p. 675.

3. Verlaine, *Œuvres poétiques complètes*, éd. citée, p. 456-457.
4. Verlaine, *Fêtes galantes*, précédé de *Les Amies*, et suivi de *La Bonne Chanson*, éd. Olivier Bivort, Livre de poche classique, 2000, p. 22.
5. Jean-Michel Gouvard, « Évocation poétique et poétique de l'évocation : "Âme, te souvient-il..." », *L'École des Lettres*, n° 14, juin-juillet 1996, p. 191-203.
6. Gérard Genette, *Seuils*, Éditions du Seuil, 1987, p. 7. C'est Genette qui souligne.
7. O. Bivort, éd. citée, p. 27.
8. Sur ce point, voir Marc Baroli, *Le train dans la littérature française*, thèse pour le Doctorat ès lettres, présentée à la Faculté des Lettres et Sciences humaines de l'Université de Paris, 1963, p. 133-147.
9. Par exemple, Constantina Mitchell, « Encadrements spatio-temporels : le chemin de fer comme exemple du procédé euphémique chez Verlaine », in *Romances Notes*, 30, 2, 1989, p. 131-139 et Jean-Pierre Bobillot, « Le discours des figures ou la figure sous les figures : "Le paysage dans..." », in *Verlaine à la loupe*, Colloque de Cerisy, éd. Jean-Michel Gouvard et Steve Murphy, Champion, 2000, p. 137-157.
10. Verlaine, *Œuvres poétiques complètes*, éd. citée, p. 137.
11. Jean-Pierre Rigouard, *Mémoire en Images*, *La Petite Ceinture*, Alan Sutton, 2002, p. 7.
12. http://www.petiteceinture.org/presentation85.html
13. Verlaine, *Œuvres en prose complètes*, éd. Jacques Borel, Gallimard, « Bibliothèque de la Pléiade », 1972, p. 77.
14. Sigmund Freud, « Deuil et mélancolie », in *Métapsychologie*, traduction de l'allemand, revue et corrigée, par Jean Laplanche et J.-B. Pontalis, Gallimard, 1968, p. 148.
15. François Edme Ricois, *Le pont du Point du jour, Auteuil*, dernière moitié des années 1860, huile sur toile, 50 × 63 cm, Musée Carnavalet-Histoire de Paris. Cf. *Railways in Arts* : *Inventing the Modern*, supervised by Atsushi Miura, Catalogue, Insho-sha Co. Ltd., 2003, p. 75.
16. Henri Rousseau, *Vue du Point du jour, coucher de soleil*, 1886, huile sur toile, 88,7 × 116 cm, Collection privée, Japon. Cf. *ibid.*, p. 90.
17. « L'Aube à l'envers », in *Jadis et naguère*, Verlaine, *Œuvres poétiques complètes*, éd. citée, p. 375 et « Sur le point du jour », in *Parallèlement*, ibid., p. 519.
18. Verlaine, *Œuvres poétiques*, éd. citée, p. 779
19. Cet oxymore rappelle l'auteur d'un autre *Art poétique*, Boileau, qui préférait « un ruisseau [qui] lentement se promène » à « un torrent débordé » et qui recommandait : « Hâtez-vous lentement ; et sans perdre courage, / Vingt fois sur le métier remettez votre ouvrage. »

AU-DELÀ DE L'ANGOISSE

Vers pour être calomnié

VERS POUR ÊTRE CALOMNIÉ [1]

À Charles Vignier

Ce soir je m'étais penché sur ton sommeil.
Tout ton corps dormait chaste sur l'humble lit,
Et j'ai vu, comme un qui s'applique et qui lit,
Ah ! j'ai vu que tout est vain sous le soleil !

Qu'on vive, ô quelle délicate merveille,
Tant notre appareil est une fleur qui plie !
Ô pensée aboutissant à la folie !
Va, pauvre, dors ! moi, l'effroi pour toi m'éveille

Ah ! misère de t'aimer, mon frêle amour
Qui vas respirant comme on expire [2] *un jour !*
Ô regard fermé que la mort fera tel !

Ô bouche qui ris en songe sur ma bouche,
En attendant l'autre rire plus farouche !
Vite, éveille-toi. Dis, l'âme est immortelle ?

Contextes et référence

C'est en 1884 que Verlaine publie *Vers pour être calomniés*, sonnet dont le titre suppose une démarche peu banale : l'acte de réfuter des reproches n'a rien d'inédit (cf. la *Réponse à un acte d'accusation* de Hugo), mais quel est ce poète masochiste ou retors qui cherche à se faire calomnier ? Paradoxe si radical que des traducteurs ont pu choisir de s'en défaire : *Libellous Lines* (*« Vers calomniateurs »*) [3]. Or le titre de la première publication était bien *Vers pour être calomniés* [4] : si l'auteur estimait qu'il avait été calomnié et qu'il le serait sans doute encore, il en allait de même pour son « frêle amour ». Verlaine supprima le *s* terminal dans la coupure de la *Revue critique* utilisée pour l'un des « manuscrits » de *Jadis et Naguère*, focalisant sur le sujet lyrique toute la force des calomnies.

Figurant dans le manuscrit de *Sagesse* donné à Sivry, la première version connue du poème, une transcription biffée par Verlaine, était simplement numérotée comme tous les poèmes du recueil ; il a pu exister des versions antérieures pourvues d'un titre (pas forcément le même). L'identité de la personne aimée était laissée dans le flou (sinon, le poète n'aurait pas confié le sonnet à son beau-frère), alors que par le titre ultérieur, Verlaine désignait ce fond de commerce de ses détracteurs qu'était sa « pédérastie », assurant performativement la pérennité des calomnies. D'où l'inanité du commentaire de Delahaye faisant du poème « un exemple significatif de cet amour pour les fumisteries dangereuses » du poète : la bouche qui rit en songe sur une autre bouche serait un « détail de tendresse conjugale, jugé, par son scrupule, trop sensuel » pour *Sagesse* [5] ; la version sans titre aurait rendu crédible un tel alibi mais on a rarement méconnu les motivations réelles du sonnet et de son éviction du recueil, le titre autorisant officiellement des supputations et des imputations.

Les rares lecteurs contemporains de *Sagesse* (1881) n'ignoraient ni l'incarcération du poète, ni sa liaison avec Rimbaud. Depuis *Les Poètes maudits* (1883-1886), Verlaine jouait sur cette réputation, pour la répudier ou… la conforter. Dans *Sagesse*, la lecture du sonnet aurait été surdéterminée par son rôle édifiant dans la logique d'une conversion, mais aussi par la présence de sonnets qui lui étaient apparentés. Dans le manuscrit Sivry, ces vers suivaient un autre sonnet : « La tristesse, la langueur du corps humain / M'attendrissent, me fléchissent, m'apitoient. ». À la juxtaposition de deux sonnets en hendécasyllabes (de types différents : « La tristesse… » propose un schéma 3-8 avec une forte tendance 3-4-4), s'ajoutent d'autres convergences, encourageant l'hypothèse d'une coréférence, voire d'une filiation génétique : le sujet poétique « fléch[i] », le « frêle décor » du « corps humain », « faible », qui ne voit que « du fini », les « sommeils noirs » d'une implicite mélancolie. Mais on pense aussi à « L'espoir luit comme un brin de paille… » (*Sagesse* III, III), où le sujet veille sur un ami avec une tendre sollicitude dont témoignent des impératifs (« **Pauvre** âme pâle, au moins cette eau du puits glacé, / Bois-la. Puis **dors** après », « **Va, dors** ! ») proches de ceux de *Vers pour être calomnié* (« **Va, pauvre, dors !** »). Dans *Jadis et Naguère*, *Vers pour être calomnié* sera non moins fortement lié au sonnet *Luxures* qui le suit. La critique ne tardera pas à mettre un visage sur ces corps anonymes, y décelant la présence spectrale de Rimbaud.

Pour certains, *Vers pour être calomnié* aurait été « composé en janvier 1872, lors de la cohabitation de Verlaine et de Rimbaud dans une chambre de la rue Campagne-Première », à moins qu'il ne s'agisse d'une « évocation plus tardive de ce moment » (*OPC* 1151). Cette déduction partait d'un rapprochement avec *Le Poète et la Muse*, dont un manuscrit s'intitulait *Le Poète et la Muse* : *À propos d'une chambre, rue Campagne-Première, à Paris, en janvier 1872*, titre raccourci puisqu'il ne pouvait évoquer la vie avec Mathilde. Or le texte en question est « daté de la prison de Mons en 1874 » [6] : la date de composition ne coïncide pas forcément avec l'époque référée et si *Vers pour être calomnié* évoquait sans doute en effet Rimbaud, rien ne confirme une allusion à la même chambre. Le sonnet ne présente pas la versification verlainienne de janvier 1872 et risque fortement de dater de 1873-1874.

ANGOISSE

On a beaucoup exploré la manière dont la poétique verlainienne puise dans le souvenir, s'alimentant de ce qui a été perdu, chantant l'éloge de l'évanescent, l'épiphanie du bonheur saisie dans la fragilité de son jaillissement. On a moins insisté sur l'importance qu'elle assigne à l'anticipation, à l'attente rendue encore plus délicieuse par sa frustration provisoire [7]. Mais l'anticipation a souvent comme revers le pressentiment de la perte. Celle de la vie, comme dans les évocations fébriles de « La tristesse, la langueur… » et *Vers pour être calomnié*, celle de l'être aimé qui risque de laisser l'amoureux claquemuré dans sa solitude, comme dans *Spleen* [8]. Il ne s'agit ni du « spleen » de la tradition, caractérisé par une apathie devant le passé, le présent et l'avenir — tout est indifférencié dans une telle vision monochrome — ni de la mélancolie nostalgique où le passé polychrome permet au sujet de fuir un présent sans saveur et un avenir sans espoir. C'est le caractère multicolore du présent qui envahit douloureusement la perception d'un sujet incapable de vivre sans projeter sur la plénitude de ce présent l'ombre d'une séparation future. Cette mélancolie *prospective* est proche de celle (qui n'est pas, en effet, que rétrospective) du *Cygne* de Baudelaire : une poétique des ruines… de l'avenir. Adoptant la posture emblématique de la mélancolie [9], le sujet calomniable n'est pas en extase penché sur le tombeau vide d'Hector, comme l'Andromaque du *Cygne*, mais (comme ce corps en miroir amoureux qui a lui aussi vocation de *plier*, grâce à la comparaison qui surgit dans l'imagination du sujet lyrique), se replie sur celui, présent et vivant, qu'il aime, transformé cependant en gisant par son regard effrayé. Comme la *lassitude* dans *Spleen* (« Du l**ui**sant b**ui**s je s**ui**s las »), son *effroi* s'exprime dans les sonorités de son discours : « m**oi**, l'effr**oi** pour t**oi** m'éveille » ; dans ce monde de la hantise, la répétition peut être comme la dissonance rythmique un symptôme de l'obsession [10]. En même temps, comme nous l'a fait remarquer Yann Frémy, cette chaîne de signifiants « permet de circonscrire des mots-clefs : *moi*, *toi*, *effroi* ».

L'évocation commence par le passé très proche : « Ce soir », supposant avec l'emploi du plus-que-parfait (« je m'étais penché ») une distance entre le moment de l'énonciation et le moment de l'énoncé. Mais on passe vite de l'imparfait (« dormait ») à une prise de conscience graduelle ou soudaine de la vanité (« j'ai vu… j'ai vu ») où le « tout » n'est plus celui du « corps », mais celui de l'existence : « tout est vain sous le soleil » nous plonge dans un présent gnomique qui suppose, dans ce discours d'Ecclésiaste du XIXe siècle, l'exégèse de ce corps où se déchiffre sa future déréliction (« j'ai vu comme un qui s'applique et qui lit »). Dans les vers 5-8, ce passage de l'individuel à l'universel, dépliant les conséquences du « tout » — « Qu'*on* vive… *notre* appareil », le lecteur n'est-il pas lui aussi mortel ? — glisse du présent de vérité générale (« comme *on* expire ») vers le présent d'énonciation, débouchant sur un emploi du futur (« fera ») qui souligne l'immanence plus encore que l'imminence de l'avenir, avant l'impératif et l'interrogation de la fin. Les interjections des tercets (« Ah !…. Ô… Ô… ») renchérissent sur celles des quatrains (« Ah !…. Ô… »), dramatisant l'urgence de l'interrogation, comme dans un commentaire en direct de cette méditation, d'où l'impression d'une accélération du passage du temps : on voyage plus vite qu'on ne le pense dans le train de la mort.

Cette posture existentielle a été d'autant plus souvent associée à l'idée reçue d'un poète passif, englué dans l'inaction, que Rimbaud l'a mise en scène dans deux poèmes qui caricaturent les veillées de son ami [11]. Mais justement, il s'agit de portraits-charges qui ne prétendent guère offrir une vision exacte : Rimbaud taquine durement son ami mais… maintient le dialogue. La « Vierge folle » qui suit l'Époux infernal, le vagabond qui suit l'homme qui veut le transformer en fils du Soleil, font preuve malgré leur dépendance psychique d'un courage… insensé. Puis, comment oublier les audaces formelles du poème ?

L'HENDÉCASYLLABE APRÈS MARCELINE

Dans l'histoire de la versification romantique, c'est surtout l'alexandrin qui aura été la cible des opérations de sape : ce mètre emblématique du « Classicisme » était le vers composé le plus prestigieux et le plus solidement inscrit dans la mémoire rythmique du lecteur. La versification d'*Hernani*, avec ses « vers brisés » et ses enjambements, faisait figure en 1830 de révolution formelle, ce que corsaient des « trimètres » qui superposaient au rythme métrique 6-6 un rythme accompagnateur 4-4-4, d'où des ambivalences rythmiques dont les enjeux allaient croître de décennie en décennie. L'entreprise Baudelaire, Banville & Cie poussa plus loin cette poétique de la discordance. Verlaine repéra les alexandrins insolites dans *Les Fleurs du Mal* (*Pr* 611) et continua sur cette voie, d'où des reproches de Sainte-Beuve qui, rappelant ses propres audaces passées, postulait toutefois une limite à la capacité d'apprentissage de l'oreille, révélant par là une sorte de querelle rythmique des générations [12].

Vers pour être calomnié propose des hendécasyllabes, césurés pour la plupart au moins 5-6. Il s'agit de la mesure la plus fréquente dans les hendécasyllabes du Moyen Âge et du XVIe siècle, reprise par Marceline Desbordes-Valmore dans deux poèmes publiés dans le volume posthume *Poésies inédites* en 1860. Lorsque Baudelaire écrivait en 1861 que « personne n'a pu imiter ce charme, parce qu'il est tout originel et natif [13] », il ne connaissait pas ces hendécasyllabes : la notion d'un charme natif et naïf est incompatible avec les exigences de facture du 5-6. Dans *Les Poètes maudits*, Verlaine sera plus nuancé : « Marceline Desbordes-Valmore a, le premier d'entre les poètes de ce temps, employé avec le plus grand bonheur des rythmes inusités, celui de onze pieds entre autres, très artiste sans *trop* le savoir et ce fut tant mieux » (*Pr* 674) ; Marceline serait « le poëte vainqueur / Du rhythme souple » (*OPC* 642).

Pour ses décasyllabes, Marceline balisait fermement la structure interne du vers. Ce marquage était *a fortiori* indispensable pour ses hendécasyllabes : le lecteur ignorait, au départ, l'emplacement de la césure (indiquée ici par le signe « + ») :

LA FILEUSE ET L'ENFANT

J'appris à chanter + en allant à l'école :
Les enfants joyeux + aiment tant les chansons !
Ils vont les crier + au passereau qui vole ;
Au nuage, au vent, + ils portent la parole,
Tout *légers, tout fiers* + de savoir des leçons.

La blanche fileuse + à son rouet **penchée**
Ouvrait ma jeune âme + avec sa vieille voix
Lorsque j'écoutais, + toute lasse et fâchée,
Toute buissonnière + en un saule cachée,
Pour mon avenir + ces thèmes d'autrefois.

Elle allait chantant + d'une voix affaiblie,
Mêlant la pensée + au lin qu'elle allongeait ;
Courbée au travail + **comme un pommier qui plie ;**
Oubliant son corps + d'où l'âme se délie ;
Moi, j'ai retenu + tout ce qu'elle songeait :
[…]
« Si vous avez peur + lorsque la nuit est noire,
Vous direz : Mon Dieu, + je vois clair avec vous !
Vous êtes la lampe + au fond de ma mémoire ;
Vous êtes le jour + et vous brillez pour nous ! [14]

Cette « intermétricité » (Alain Chevrier) aide à repérer une relation proprement intertextuelle (voir les mots imprimés en gras), discrètement signalée par l'analogie entre la fileuse « comme un pommier qui plie » et la métaphore *in praesentia* verlainienne : « Tant notre appareil est une fleur qui plie [15] ».

Aux vers où la césure est balisée par la ponctuation s'ajoutent des anaphores, parallélismes et antithèses entre hémistiches : loin de viser une élite en déployant une technicité savante, l'auteur voulait émouvoir un large public avec une métrique chansonnière (commentant sa mort, on la disait cependant oubliée…) [16]. C'est ainsi que dans son *Rêve inter-*

mittent d'une nuit triste ses comparaisons vont faire du rythme poétique un phénomène naturel, voire organique. Le poème fait allusion au choix surprenant du « long rythme » de l'hendécasyllabe en en postulant la clarté : « Que vos ruisseaux clairs, + dont les bruits m'ont parlé, / Humectent sa voix + d'un long rythme perlé ! », soulignant par une comparaison non moins « naturelle » la structure binaire de ce rythme (« Car l'insecte armé + d'une sourde cymbale / Donne à la pensée + une césure égale » : l'adjectif *égale* insiste sur l'uniformité de la césure tout en pointant *a contrario* l'inégalité inéluctable des hémistiches de tout vers composé en impair). Mais cette réflexivité montre que l'on se trouve devant une rhétorique du naturel rythmique mise en place d'une façon (pour reprendre la formulation de Verlaine) « très artiste ». L'hendécasyllabe n'a rien en effet de spontané.

Dans les vers césurés 5-8 de *Sonnet boiteux* [17], la fonction balisante des répétitions demeure, mais dans *Vers pour être calomnié* les parallélismes et répétitions (« Et j'ai vu / Ah ! j'ai vu », « Ô pensée / Ô regard / Ô bouche », « aimer / amour », « respirant / expire », « bouche / bouche », « ris / rire ») ne marquent pas l'emplacement de la césure, que brouille aussi la surponctuation (et la suraccentuation) du vers 8.

Affectant des hendécasyllabes, les discordances créent des effets bien plus puissants que leurs homologues dans des alexandrins. Posent surtout problème les césures des vers 5, 7, 9 et 13 (chiffres tous impairs, ce qui n'est pas forcément un hasard dans ce poème en vers impairs, Verlaine étant adepte des blagues numérales ; du reste, le chiffre « manquant » 11 est-il vraiment sans portée dans ce sonnet en hendécasyllabes ?). On a pu envisager une mesure de substitution, mais rien ne suggère que l'idée ait effleuré le poète ; la solution consistant à permuter les hémistiches (5-6 / 6-5) serait hasardeuse : le 5-6 est déjà une mesure surprenante, l'écart d'une seule syllabe entre les hémistiches ne simplifiant guère la perception rythmique. Du coup, on a pu conclure à l'amétricité des vers déviants [18]. Nous pensons qu'il faut y maintenir la césure 5-6, d'où un large éventail d'effets de sens. Au vers 1, le verbe *penché* est mis en vedette par la séparation de l'auxiliaire et de son participe ; au vers 2, c'est l'adjectif *chaste* qui, après l'accent tonique de *dorm**ait***, se trouve mis en relief par cette contiguïté de deux syllabes accentuées. Restent les quatre vers qui ont perturbé les méninges des verlainiens.

— Vers 5. Contrairement au vers plus conventionnellement discordant de *Birds in the night* (« Ô quels baisers, *quels* + enlacements fous ! »), « Qu'on vive, ô ***quelle*** + délicate merveille » présente un *e* féminin avant la césure, ce que proscrivait la versification classique. Il s'agissait, comme dans la « romance », où le second hémistiche est également consistant, de produire un effet suspensif, mais la discordance plus radicale rend celui-ci bien plus énergique. L'effet aurait pu à nouveau donner expression au ravissement du sujet si ce second hémistiche ne désignait pas une merveille menacée par la vanité que le sujet venait de proclamer, les implications de l'adjectif « délicate » étant confirmées par « frêle » au vers 9. Commentant le vers « Mais encore un coup, Dieu + bon, illuminez-les », Verlaine a écrit : « Ce vers, très boiteux, exprime la chute dans l'orgueil, comme le pied s'enfoncerait dans un trou pas vu » (*CG* 622-623). C'est un peu ce qui se passe ici, comme dans un vers de *Sagesse* : « Ô va prier cont**re** + l'orage, va prier » (I, VII, v. 14), où la césure « lyrique » exprime l'angoisse du sujet priant non pas pour, mais *contre* [19]. La césure était de celles qui donnaient au poète lui-même une certaine anxiété rythmique, d'où l'une de ses indications marginales : « césure à changer » (mais Verlaine ne la modifiera pas). L'alexandrin produisait une ambivalence rythmique : le lecteur pouvait éluder la discordance en supposant un « trimètre » (« Ô va pri**er** contre l'or**a**ge va pri**er** », les segments 1 et 3 se terminant sur le même verbe), sentir pleinement le désarroi du sujet avec la lecture 6-6 ou percevoir ces deux rythmes avec leurs effets de sens différents, ce que le poète espérait certainement ; le vers de 11 syllabes ne laisse subsister ici que l'option discordante.

— Vers 7. « Ô pensée **abou + tissant** à la folie ! » ne permet donc pas, comme « Accable, b**e**lle indo + lemm**en**t comme les fl**eu**rs » de Mallarmé ou « Avec du s**ang** desho + nor**é** d'encre à leurs m**ain**s » dans *Sagesse* (I, III), une solution en « trimètre ». Une lettre de Rimbaud de 1870 parlant des « fortes licences » des *Fêtes galantes* évoquait le vers « Et la tigresse épou + vantable d'Hyrcanie » en 6-6 plutôt qu'avec les coupes d'une scansion ternaire (que Rimbaud a dû également envisager). Ici aussi, il faut privilégier « l'obstination métrique » [20]. De telles césures favorisent l'apparition fantomatique de mots équivoques [21] ou ce syntagme virtuel tragique qui remplit le premier hémistiche : « Ô pensée à bout ». On *aboutit* à la *folie*, mot figurant justement au bout du vers, à la rime. Dans ce discours à bout de nerfs, l'instabilité du sujet est figurée par le déséquilibre du vers.

— Vers 9. Avec une préposition monosyllabique en 5ᵉ position, « Ah ! misère **de** + t'aimer, mon frêle amour », ce vers suspend pour mieux le souligner « t'aimer », épicentre de l'évocation de ce qui conduit à ces « calomnies »… fondées, ce que renforce « mon… amour » dans le même hémistiche.

— Vers 13. Par la césure « à l'italienne » affectant « l'au + tre rire », Verlaine souligne la métaphoricité du rire que signifiait encore plus nettement la première version : non seulement *« l'autre rire »* était souligné, redoublant l'implication de la césure en faisant ressortir ce syntagme par une altérité typographique, mais l'expression « plus farouche » était suivie d'un point d'exclamation et de trois points de suspension, encourageant l'exhumation du ou des sens de ces mots.

En radicalisant la difficulté rythmique d'un vers rare, tenu souvent pour « boiteux », Verlaine était sûr de perturber son lecteur. Lorsque Octave Nadal affirmait que l'hendécasyllabe « fait naître on ne sait quel sentiment d'insécurité » et une « impression d'inachèvement[22] », il partait d'une conception du vers impair que l'on serait tenté d'écarter, tant on a subi un déluge de lectures vaseuses fondées sur les prétendues qualités immanentes de l'impair[23]. On peut cependant penser que de telles associations escortaient bel et bien les vers impairs longs dans l'esprit de bon nombre de poètes. Un peu comme pour la technique lipogrammatique de Perec dans *La Disparition*, le contenu traumatique du *Rêve intermittent* de Marceline a pu motiver son choix du mètre : *quelque chose* manque, une syllabe et sa fille morte.

Cette métrique du vers de 11 syllabes n'est pas celle de *Crimen amoris*, où des vers césurables en 4-7 se mélangent avec de nombreux vers incompatibles avec cette mesure, ni celle des étonnants vers de « La tristesse… » (3-8 avec une forte proportion de vers rythmés 3-4-4) mais elle n'est pas non plus celle adoptée dans la quatrième « ariette oubliée » des *Romances*, la section des « ariettes » datant de mai-juin 1872 selon l'indication de Verlaine. Car dans l'ariette, le système 5-6 est totalement concordant (les poèmes en vers 3-6 et 4-5 du recueil contiennent quelques discordances ponctuelles). Si l'on observe de fortes discordances dans certains vers 5-5 de *Birds in the night*, la force et la concentration des discordances de *Vers pour être calomnié* ne trouvent aucun équivalent dans les *Romances sans paroles*. Le sonnet a probablement été écrit après les « romances », à l'époque où Verlaine songe à publier des textes érotiques et politiques plus audacieux, les uns antérieurs, les autres neufs (par exemple la première version de *Luxures*, intitulée *Invocation*).

Baudelaire disait du sonnet que « parce que la forme est contraignante, l'idée jaillit plus intense[24] ». Ici, l'intensité des dissonances naît de la densité des effets percutants dans une forme fixe brève, force décuplée par l'emploi d'un vers aussi rare. Octave Nadal a probablement eu raison lorsqu'il observait que *tous* les quatre premiers poèmes en hendécasyllabes de Verlaine semblent se référer à Rimbaud [25], par une allusivité intime et, à l'époque, nécessairement clandestine. La puissance des effets serait à la (dé)mesure de l'amour éprouvé par le sujet lyrique, mais il s'agit bien d'une poétique de l'effet, d'un travail conscient sur le potentiel expressif du vers et non de quelque jaillissement spontané de l'inspiration.

ÉTHIQUES

Avec un début qui paraît promettre une réfutation des calomnies, Verlaine instaure momentanément une apparence trompeuse d'innocence. Les adjectifs du vers 2, *chaste* et *humble*, semblent lorgner vers ce sous-réalisme coppéen que Verlaine sait simuler lorsque l'occasion libidinale fait le larron pragmatique comme dans *La Bonne Chanson* où il s'agit notamment d'offrir un discours que Mathilde saura apprécier. Ces mots renvoient à la posture idéologique d'adversaires qui affirment que le poète n'était ni chaste, ni humble. L'adhésion à ces valeurs est postiche, à moins de penser que ce poème d'avant la conversion, publié bien après la ferveur religieuse de *Sagesse*, a *accidentellement* dérapé. L'humilité et la chasteté pouvaient être pour Verlaine des traits saillants de la poésie de Marceline, cette « chaste amoureuse » (*OPC* 642). Au début des années 1870 (et toujours en 1884 ?), la référence à *La Fileuse et l'Enfant* devait être très confidentielle. Rimbaud pouvait la repérer, lui qui avait obligé Verlaine à lire toute l'œuvre de Marceline [26] et qui allait dès mai 1872 composer des poèmes en vers de 11 syllabes… sans césure. De 1872 à 1874, il est *le* lecteur privilégié de Verlaine et en 1884, le sonnet pouvait lui être adressé comme un message dans une bouteille.

Si rien ne suggère une relation parodique, ce sonnet dévie, ontologiquement aussi bien que formellement, de la voie tracée par les hendécasyllabes de Marceline. On a pu voir dans *Vers pour être calomnié* les prodromes de la conversion, ou déduire d'*Une saison en enfer* que Verlaine était sur le chemin de Dieu. Le catholicisme lui apportera peut-être, pendant un certain temps, une réponse à cette angoisse tenace, ce qui pouvait donner au sonnet, *a posteriori*, un cadre possible dans *Sagesse*, mais ce n'est pas encore le cas. On oublie trop vite que c'est à l'Époux Infernal que la Vierge folle se dévoue, ce que ne contredit pas l'allusion à *La Fileuse et l'Enfant* : Marceline incarne une foi que Verlaine ne peut faire sienne, lui qui s'amusait à parler dans ses lettres… du « Con Dieu ». Le motif de la fileuse ne figure pas dans *Invocation* en

1873, mais il apparaît aux vers 10 et 12 de la version intitulée *Luxures* qui suivra *Vers pour être calomnié* dans *Jadis et Naguère*, poursuivant l'évocation du dualisme d'une manière sacrilège ; le dialogue intime entre le poète et son prédécesseur catholique continue.

Les ingrédients convenus du début supposent l'énormité de la calomnie, par l'adjectif *chaste* comme par la posture du sujet qui ne se trouve pas *dans* le lit avec le corps contemplé. Mais le lecteur malin se dira que « *tout* ton corps » peut être… suggestif : rien ne précise si l'homme est recouvert d'un de ces draps qui zèbrent la peau dans « La tristesse, la langueur du corps humain… » ou s'il porte un pyjama et, pourquoi pas, pour faire plaisir à Delahaye, un bonnet de nuit ; le fait qu'il soit évoqué non pas *dans* le lit mais *sur* le lit invite à penser qu'il est couché nu, ce *tout* du corps étant offert au regard anxieux mais aussi désirant du sujet.

Le poème associe ainsi étroitement le désir (et la vie) à la mort, jusque dans cet « autre rire » dont on a déjà entrevu la métaphoricité. Orgasme ou mort ? La critique verlainienne a hésité entre ces deux interprétations, mais Verlaine semble avoir tenu à les associer, jouant sur la corrélation paradoxale mais topique entre la « petite mort » sexuelle et la mort véritable.

Vicaire et Beauclair, dans *Les Déliquescences d'Adoré Floupette*, se sont amusés à parodier ce poème dans des vers de 9 syllabes (ils ont préféré l'Impair et le prototype de l'impair verlainien était le poème en vers césurés 4-5 *Art poétique*) de *Pour être conspué*. La réplique de Verlaine, comme l'a révélé Hun-Chil Nicolas [27], se trouve dans le poème *Explication*, dédié « À A.F. » : à Adoré Floupette. Joli cas de récidive : Verlaine y énonce à nouveau la nature de son amour. S'ils ne désignent pas le versant érotique du poème, les parodistes le laissent entendre par leurs rimes exclusivement féminines qui renvoient à une mode saphique lancée par Baudelaire et Banville et reprise par Mendès et Verlaine [28], ce dernier innovant par l'application à l'homosexualité masculine de cette mode. Or le schéma rimique de *Vers pour être calomnié* reliait *sommeil-soleil* à *merveille-m'éveille*, *lit-lit* à *plie-folie*. Ces liens auraient pu sembler facultatifs si la fin du poème n'imposait pas en chute ou clausule la rime *tel-immortelle* (« la *mort* fera *tel* » / « im*mortelle* ») [29]. Voisin de l'effondrement terminal du système rimique dans *Sonnet boiteux*, le procédé rappelle celui employé par Banville dans des distiques qui appariaient des mots masculins et féminins (*Élégie* : *confus-touffues*, *rochers-cachées*, *fleuris-prairies*…) et que Verlaine avait repris dans son « ariette oubliée VI » (*Nivelle-Michel, Guet-s'égaie, public-Angélique, obscure-mur*...). Or dans *Jadis et Naguère*, un autre poème recourt à ce système d'alternance en genre par strophe : *Sonnet boiteux* aussi présente la structure Q1 : m, Q2 : f, T1 : m, T2 : f [30]. Dans *Le Poète et la Muse*, les quatrains sont féminins, les tercets masculins [31]. Ces traits relient ainsi les trois sonnets du recueil qui évoquent nettement l'homosexualité ; plus largement, comme nous l'a fait remarquer Jacques Bienvenu, ces liens remontent sans doute à une logique de l'époque de composition de ces poèmes et on peut y associer aussi *Sagesse* III, VII [32]. Dans *Vers pour être calomnié*, la redéfinition des pratiques de la rime ne serait pas loin de figurer la redéfinition de l'amour [33].

Dans sa lettre du 25 décembre 1883 où il envoyait à Morice des « masses de vers », dont sûrement la version de *Vers pour être calomnié* publiée trois mois plus tard dans la *Revue critique*, le poète indiquait : « J'ai envie de coller les *Vers pour être calomniés* dans les *Choses de jadis* etc., en le dédiant à qui ? Tiens, parbleu ! à Mérat » (*CG* 834). Le poète venait de transcrire *Le Trou du Cul*, qu'il avait composé avec Rimbaud en 1871 pour parodier une plaquette de blasons du corps féminin, *L'Idole* du même Mérat. C'est parce que ce dernier fut l'un des premiers calomniateurs qu'il a bénéficié du *Sonnet du Trou du Cul* apocryphe qui le transformait en « pédéraste » (selon le mot de l'époque) et qui le traitait de… « trou du cul ». Déjà, on répondait à la « calomnie » par le défi : le poème disait en catimini la vérité de la liaison entre Verlaine et Rimbaud. Tel est aussi le paradoxe pragmatique constitutif de *Vers pour être calomnié* : ces vers invitent le lecteur à corroborer l'hypothèse d'un amour homosexuel, d'où de possibles retombées pour le « bénéficiaire » de la dédicace de 1884. Véritable disciple de Verlaine, Vignier avait-il lui-même une personnalité calomniable ? Si l'on ne peut dire que le recueil *Centon* que ce dernier allait publier en 1886 « célèbre l'amour homosexuel [34] », on y trouve tout au moins quelques suggestions de cet ordre.

*

Au déni succède ainsi le défi. Enlisée dans l'idée d'un poète passif au point d'être pusillanime, la critique a surtout retenu la peur du sujet verlainien, son besoin d'être réconforté par l'ami qui dort sereinement sans éprouver d'angoisse existentielle. Vision partielle, faisant abstraction de l'extraordinaire courage avec lequel Verlaine publie ce sonnet qui renforcera l'opprobre dont il souffre ; la « fumisterie » joue ici dans le sens d'une pudeur qui s'associe paradoxalement à la provocation. Une dizaine d'années après sa conversion, le poète estime toujours que si la vie vaut la peine d'être vécue, c'est grâce notamment à l'amour, et que ses ennemis ne parviendront pas à lui dicter sa conduite : « Nous encaguions ces cons avec leur air bonasse, / Leurs normales amours et leur morale en toc », dira-t-il [35]. Car si la mort fait peur, les « calomnies » ne seraient que les conséquences d'une recherche de l'authenticité. Si bien qu'il y aurait en effet une calomnie, non pas celle consistant à accuser Verlaine de relations « pédérastiques » mais celle tendant à confiner au domaine sexuel son homosexualité. Car dans *Vers pour être calomnié*, il est question de l'amour.

Steve MURPHY

N.B. Nous remercions Christophe Bataillé, Jacques Bienvenu, Solenn Dupas et Yann Frémy de leurs critiques et suggestions.

1. Pour ce poème, on connaît trois sources principales : 1° un autographe biffé dans le manuscrit conservé à la B.N.F. de *Sagesse* qui avait appartenu à Charles de Sivry (voir Verlaine, *Sagesse*, éd. Olivier Bivort, Livre de poche, 2006, p. 246) ; 2° la version de *La Revue Critique* du 23 mars 1884 dont une coupure, avec une correction autographe, figure dans le recueil de *Jadis et Naguère* de la Bibliothèque littéraire Jacques Doucet ; 3° le texte de la première édition de *Jadis et Naguère* (Vanier, achevé d'imprimer novembre 1884). C'est à Morice que Verlaine envoyait des textes pour la *Revue critique* (dont quelques poèmes de *Jadis et Naguère*), où son correspondant publiait lui-même des textes (voir Paul Verlaine, *Correspondance générale,* éd. Michael Pakenham, Fayard, 2004 [désormais *CG*], p. 833, 835, 848…).
2. La leçon « respire » fournie par la 2e édition (1891) était sûrement une coquille.
3. Paul Verlaine, *Selected Poems*, trad. Martin Sorrell, Oxford University Press, 1999, p. 127.
4. Comme l'a montré Hun-Chil Nicolas, « Verlaine aux prises avec sa légende (1885) », *Revue Verlaine*, 6, 2000, p. 37-46 ; il ne s'agissait pas d'une coquille, comme le prouve une lettre de Verlaine du 25 déc. 1883 qui indique bien *calomniés* (*CG* 834).
5. Ernest Delahaye, *Verlaine*, Messein, 1923, p. 470 (Ad. Van Bever indiquait déjà qu'il s'agissait d'une pièce « inspirée par Madame Paul Verlaine », éd. citée, p. 179).
6. Charles Donos, *Verlaine intime*, Vanier, 1898, p. 94.
7. Cf., ici même, Manami Imura, « Ce qu'est d'attendre à la gare : "Âme, te souvient-il…" ».
8. Voir *Romances sans paroles*, éd. S. Murphy, Jean Bonna et Jean-Jacques Lefrère, Champion, 2003, p. 314-327.
9. Jean Starobinski, *La Mélancolie au miroir. Trois lectures de Baudelaire*, Julliard, 1989.

10. « Mais là où [Baudelaire] est sans égal, c'est dans ce procédé [...] qui consiste à faire revenir un vers toujours le même autour d'une idée toujours nouvelle et réciproquement ; en un mot à peindre l'*obsession.* » (*Œuvres en prose complètes*, éd. Jacques Borel, Gallimard, « Pléiade », 1972 [désormais *Pr*], p. 611).
11. *Délires I* (*Une saison en enfer*) : « À côté de son cher corps endormi, que d'heures des nuits j'ai veillé, cherchant pourquoi il voulait tant s'évader de la réalité. [...] Tout de suite je me pressentais, lui parti, en proie au vertige, précipitée dans l'ombre la plus affreuse : la mort. » ; *Vagabonds (Les Illuminations)* : « Et, presque chaque nuit, aussitôt endormi, le pauvre frère se levait, la bouche pourrie, les yeux arrachés, — tel qu'il se rêvait ! — et me tirait dans la salle en hurlant son songe de chagrin idiot. »
12. Voir Olivier Bivort, *Verlaine*, Presses de l'Université de Paris-Sorbonne, 1997, p. 23.
13. Charles Baudelaire, *Œuvres complètes*, éd. Claude Pichois, Gallimard, « Pléiade », t. 2, 1976, p. 146.
14. Nous fournissons le texte des *Poésies inédites de Madame Desbordes-Valmore*, publiées par Gustave Revilliod, Genève, Imprimerie de Jules Fick, 1860, p. 61-64 (le même texte est donné dans la réédition chez le même éditeur publiée en 1873).
15. Il n'est pas exclu que la combinaison *moi-toi-effroi* déjà commentée se réfère à un poème du même recueil (éd. de 1860, p. 37) : « Sans souci, sans **effroi**, / Comme on est dans l'enfance, / J'étais là sans défense ; / Rien ne gardait mon cœur, rien ne veillait sur **moi** : / Où donc étais-tu, **toi** ? » Le locuteur verlainien veille précisément sur son ami... Comme nous le souffle Jacques Bienvenu, il faut aussi tenir compte du *Bon Disciple*, daté de mai 1872 (« benoît effroi... roi... moi ») où le désir se mêle à l'angoisse (« Faucon je plane et je meurs cygne ! »), ainsi que de *Sagesse* III, VII (nous y reviendrons).
16. Dans *La Fileuse et l'enfant*, la première répétition se fait entre les *chanter* et *chansons* ; dans le *Rêve intermittent*, le verbe *chanter* se trouve placé dans la même position métrique aux vers 4 et 7.
17. Voir notre article « Métrique et pragmatique du *Sonnet boiteux* de Verlaine », *Studi francesi*, à paraître.
18. Pour des réactions à ces vers, voir Jean-Pierre Bobillot, « De l'anti-nombre au quasi-mètre et au non-mètre : le "hendécasyllabe" chez Verlaine », *Revue Verlaine*, 2, 1994, p. 79, Michel Aquien et Jean-Paul Honoré, *Le Renouvellement des formes poétiques au XIXe siècle*, Nathan, 1997, p. 40, Jean-Louis Aroui, « Métrique des sonnets verlainiens », *Revue Verlaine*, 7-8, 2002, p. 221 et Alan English, *Verlaine : poète de l'indécidable*, Rodopi, 2005, p. 132.
19. Christian Hervé, « Le catéchisme et la métrique », *Revue Verlaine*, 7-8, 2002, p. 65-71.
20. Jean-Pierre Bobillot, *Rimbaud, le meurtre d'Orphée*, Champion, 2004, p. 40-42.
21. Voir J.-P. Bobillot, *ibid.*, p. 41 ainsi que Solenn Dupas, « Les *Liturgies intimes* entre l'Esprit saint et l'esprit "satyrique" » et Benoît de Cornulier, « La pensée rythmique de Verlaine » dans ce même numéro d'*Europe*.
22. *Paul Verlaine*, Mercure de France, 1961, p. 152-153.
23. Voir les déconstructions offertes par W. Theodor Elwert, *Traité de versification française des origines à nos jours*, Klincksieck, 1965, p. 113-114 et Benoît de Cornulier, « Mètre "impair", métrique "insaisissable" ? Sur les derniers vers de Rimbaud », in *Le Souci des apparences*, éd. M. Dominicy, Editions de l'Université de Bruxelles, 1989, p. 75-91.
24. Charles Baudelaire, lettre du 18 févr. 1860, *Correspondance*, éd. Claude Pichois, Gallimard, "Pléiade", 1973, t. 1, p. 676.
25. *Op. cit.*, p. 154.
26. « Quant à nous, [...] nous l'ignorions, nous contentant de la parole des maîtres, quand précisément Arthur Rimbaud nous connut et nous força presque de lire *tout* ce que nous pensions être un fatras avec des beautés dedans. » (*Pr* 666).

27. Art. cité.
28. Voir Alain Chevrier, *Le Sexe des rimes*, Les Belles Lettres, 1996 et, dans ce volume, l'analyse de Myriam Robic.
29. Voir Dominique Billy, « La Rime androgyne », in *Le Vers français*, éd. Michel Murat, Champion, 2000, p. 297-347 et Jean-Louis Aroui, « Hyper-rime et métarime en poésie française du XIXe siècle », in *Le Sens et la mesure. Hommages à B. de Cornulier*, éd. J.-L. Aroui, Champion, 2003, p. 426-427.
30. Voir A. Chevrier, *op. cit.*, p. 226-227.
31. Pour ce poème, voir la brillante analyse de Thierry Chaucheyras, in *Verlaine à la loupe*, Champion, 2000, p. 40-45.
32. Comme le souligne J. Bienvenu, plusieurs similitudes se présentent dans ce poème qui pourrait s'adresser à Rimbaud : la même alternance par strophe, l'emploi de vers impairs (de 5, 9 et 13 (5-8) syllabes), des répétitions similaires dans le premier sizain qui clôt en boucle le poème (« pourquoi… effroi… Pourquoi, pourquoi ? »), la rime entre « soleil », « sommeil » et « vermeil », la combinaison analogue d'inquiétude, de folie (« mon âme inquiète et folle ») et d'amour, « Ivre de soleil / Et de liberté »…
33. Comme l'a bien vu D. Billy, art. cité, p. 341-342.
34. Paul Verlaine, *Poésies*, éd. Maurice Mourier, Pocket, 1999, p. 132.
35. Voir notre édition de *Hombres*, Béziers, H & O éditions, 2005.

VERLAINE ET LE SAPHISME

Autour des *Amies*

À la fin du XIXe siècle, Sappho [1] sert d'alibi culturel pour évoquer le lesbianisme. En effet, en 1884, Jean Richepin publie *Sapphô*, roman qui s'ouvre sur des adolescentes présentées comme les élèves et amantes de la poétesse, et Daudet publie *Sapho*, roman dans lequel il déplore le glissement qui s'est opéré de « Sappho, nom de déesse » à « l'étiquette d'une maladie [2] ». Une trentaine d'années plus tôt, Baudelaire mettait déjà en scène Sappho dans « Lesbos », pièce condamnée lors du procès de 1857 pour outrage à la morale publique et aux bonnes mœurs, et Delvau citait la poétesse ainsi qu'un extrait du « Lesbos » baudelairien [3] dans son *Dictionnaire érotique moderne* (1864) pour définir la « lesbienne » (« Femme qui préfère Sapho à Phaon, le clitoris à la pine »). Pourtant, nombre de philologues et traducteurs des œuvres de Sappho persistaient au même moment à nier l'homosexualité de la poétesse [4]. Même si Claude Pichois affirme à juste titre que le terme « lesbienne » se définit surtout au milieu du XIXe siècle comme l'habitante de Lesbos (« Les grands dictionnaires contemporains ou légèrement postérieurs ignorent le sens homosexuel donné aujourd'hui à *lesbienne* »), nul ne peut ignorer les connotations sexuelles du terme comme le suggère le premier titre choisi par Baudelaire pour *Les Fleurs du Mal* (« Les Lesbiennes »). Ainsi le seul fait de choisir « Lesbos », terme qui disparaît au XIIe siècle au profit de Mytilène, pourrait être symptomatique d'une référence aux mœurs des lesbiennes dans les productions du XIXe siècle. Si le *Grand Dictionnaire universel du*

XIXe siècle de Pierre Larousse n'en donne aucune précision dans l'article « LESBIENNE » — absence qui fait sens et qui renvoie tout simplement à la mentalité de l'époque qui refuse d'aborder la question de l'homosexualité jugée comme une pratique contre-nature —, ce dernier semble tout de même évoquer en filigrane l'homosexualité féminine dans l'article « LESBOS ». Les quelques mots tirés de l'extrême fin de l'article portent ainsi un jugement tranché sur le lesbianisme (« mœurs étranges », « corruption », « mœurs dissolues », « couvent de courtisanes »…). C'est pourquoi, à l'image de Baudelaire, les jeunes poètes de la seconde partie du XIXe siècle, cherchent à utiliser l'effet de scandale des « amours lesbiennes » pour promouvoir le produit de leur plume [5].

Imprégné des *Fleurs du Mal* — l'une de ses premières lectures [6] —, Verlaine entame sa collaboration avec *Le Hanneton* en y publiant le 8 août 1867 un sonnet intitulé « Sappho ». Parallèlement à la composition des *Fêtes galantes*, il compose un recueil de six sonnets en rimes féminines consacré aux amours lesbiennes que « Sappho » clôture sur un mode tragique : la série s'ouvre sur l'harmonie du couple lesbien dans « Sur le balcon » et s'achève sur la figure esseulée et hystérique de Sappho se jetant du haut du cap Leucade [7]. Les derniers mots de « Sappho » « lui serviront de titre : *Les Amies* [8] » : « La pâle Séléné qui venge les Amies ». Le titre de cette plaquette appelle d'ailleurs une réflexion d'ordre intertextuel sachant qu'il pourrait faire référence aux fragments poétiques intitulés *Le Temps des Amies* (ou *Cycle des Amies*) où Sappho n'a de cesse de qualifier la femme aimée d'« amie » [9], à moins que l'allusion ne renvoie à Banville qui se réfère déjà à la poétesse de Mitylène en évoquant la main de « l'amie » dans « Erinna », ode en rimes féminines portant sur le saphisme publiée dans la *Revue fantaisiste* le 1er septembre 1861 [10]. De même, Verlaine a-t-il pu influencer le titre d'une peinture de Félicien Rops, datée de 1879, intitulée *À vendre* puis rebaptisée *Les deux Amies*. Rops et Verlaine entretenaient une correspondance où l'on trouve mention du recueil *Parallèlement* qualifié de « livre d'une extrême et pour ainsi dire ingénue sensualité » (lettre à Félicien Rops, 5 janvier 1888). Les sonnets des *Amies* seront d'ailleurs repris dans cet ouvrage en 1889. Quoi qu'il en soit, le poète utilisera un lexique beaucoup moins euphémisant que « l'amie » pour désigner ses pièces saphiques dans une lettre à Charles Morice où il s'interroge sur « l'opportunité ou la non-opportunité de publier toutes ces gousses-là [11] ».

À cause de la censure impériale féroce et du sort réservé aux pièces saphiques des *Fleurs du Mal*, Verlaine décide de faire paraître son recueil en Belgique chez l'éditeur des *Épaves* baudelairiennes, Auguste Poulet-Malassis. Ce second recueil du poète est ainsi publié clandestinement à Bruxelles sous le pseudonyme de Pablo de Herlagnez en 1867 [12], le manuscrit original confirmant l'identité du poète puisque la signature « Paul Verlaine » y est barrée et remplacée par le pseudonyme. Comme l'indique Olivier Bivort, « une partie de l'édition courante tomba aux mains de la justice avec d'autres livres "licencieux" et le 6 mai 1868, le tribunal correctionnel de Lille ordonna la suppression des *Amies* pour « outrages à la morale publique et religieuse ainsi qu'aux bonnes mœurs ».

Après un relâchement de la censure encouragé par les lois sur la liberté de la presse en 1880 [13], ces sonnets seront republiés dans la *Revue indépendante* en 1884 et repris au début de *Parallèlement* en 1889 suivis de *Filles*, section du recueil qui montre que Verlaine a tenu à mettre en place un diptyque de sections consacrées à la femme. Dans *Parallèlement*, Verlaine ouvre et ferme son recueil sur des images saphiques (*Les Amies* / « Ballade Sappho »), tout en utilisant l'homosexualité féminine comme le reflet narcissique de son identité sexuelle dans la « Ballade Sappho » de la section « Lunes ». L'évocation de Sappho, poétesse et courtisane marquée par une identité sexuelle ambivalente (amours homosexuelles / hétérosexuelles), semble métaphoriquement liée à la personnalité de Verlaine, poète « bisexuel ». Un second lien se tisse entre « Sappho », sonnet dont la pointe évoque Séléné, déesse de la pleine lune qui venge les Amies, et la « Ballade Sappho » qui apparaît en fin de recueil dans la section « Lunes » : Sappho elle-même célébrait ses partenaires amoureuses en les comparant à des figures mythiques telles qu'Hélène et Séléné. Déesse de la pleine lune, Séléné devenait ainsi la représentante des amours lesbiennes, par opposition à Phaon — étymologiquement le soleil comme l'indique Yves Battistini [14] —, représentant de l'amour hétérosexuel. Le poète insiste donc métaphoriquement sur la lutte entre la lune, astre féminin par excellence (l'ensemble des scènes d'amour saphique des *Amies* possède un cadre nocturne et la pleine lune est également convoquée dès le poème d'ouverture des *Amies* : « Tandis qu'au ciel montait la lune molle et ronde »), et le soleil, astre masculin. Le recueil s'ouvre sur l'astre lunaire et se clôt logiquement sur sa victoire.

Le cycle des *Amies* est marqué par une forte intertextualité que nous nous proposons ici de mettre en lumière, sachant que le poète avait songé à faire entrer cet ensemble de poèmes dans *Jadis et Naguère* parmi les « Vers à la manière de plusieurs [15] ».

SAPHISME ET RELIGION

Contrairement aux chroniqueurs à scandale et aux romanciers de la seconde moitié du XIXe siècle qui font du tribadisme le corrélat de la prostitution, la poétisation du lesbianisme conduit Verlaine à l'associer à un lexique religieux [16], ce dernier puisant son inspiration dans les pièces saphiques baudelairiennes (« Lesbos », « Delphine et Hippolyte »). Le poète se plaît en effet à évoquer le blasphème de Sappho en proposant des analogies liturgiques notamment le « Rite » qui désigne communément la « cérémonie religieuse » (*Grand Dictionnaire universel du XIXe siècle*) et, par métonymie, une cérémonie réglée ou un geste prescrit par la liturgie d'une religion :

> *Elle songe à Phaon, oublieuse du Rite,*
> *Et voyant à ce point ses larmes dédaignées,*
> *Arrache ses cheveux immenses par poignées.* (« Sappho »)

> *— De Sapho qui mourut le jour de son blasphème,*
> *Quand, insultant le rite et le culte inventé* (Baudelaire, « Lesbos »)

Chez Verlaine, le terme « Rite » ne possède pas de majuscule lors de la prépublication de « Sappho » dans *Le Hanneton* en 1867. Le rajout de la majuscule est symptomatique de la prépondérance de l'idée du culte dans la représentation du saphisme au milieu du XIXe siècle, à l'image des « lesbiennes » de Banville qui cherchent à « garder l'esprit vivant de l'ancien rite ». Au demeurant, Sappho utilisait elle-même cette notion de « rite » dans sa poésie en évoquant le souvenir des amours passées (« L'Adieu » [17]). Verlaine aurait d'ailleurs pu être en contact avec nombre de traductions des Odes de Sappho compte tenu de leur floraison dans la seconde moitié du XIXe siècle — notamment celles de « l'Ode à l'aimée » par Paul-Pierre Rable [18] ou J.-H. Rédarez Saint-Rémy [19] — ou au moins avec les versions originales des œuvres de Sappho. On sait qu'il maniait un peu le grec ancien, en tant que bachelier ès lettres et « professeur » de grec et de latin à Londres en mars 1874, et conformément au titre du poème « ΙΗΣΟΥΣ ΧΡΙΣΤΟΣ ΘΕΟΥ ΥΙΟΣ ΣΩΤΗΡ [20] ». Quoi qu'il en soit, Verlaine évoque non seulement ce « Rite » dans « Ces passions… », poème publié dans *Parallèlement* (« ceux-là que sacre le haut Rite ») et présenté par Jacques Robichez comme « un éloge de la pédérastie », mais aussi dans *Hombres*, recueil pornographique sur l'homosexualité masculine dans lequel le sexe de l'amant est l'objet « du "rite" et du "culte" exploré dans le recueil (culte du cul…) [21] ». Cette référence irrévérencieuse au « culte du cul » est aussi présente à la pointe du poème de clôture de *Femmes* intitulé « Morale en raccourci » (« Cul féminin, culs sur tous culs, los, culte et gloire »). S'il est possible que Verlaine ait envisagé un triptyque *(Les Amies*, *Femmes*, *Hombres* [22]*)*, les allusions religieuses ne se font pas sur le même mode dans les trois recueils, *Les Amies* n'employant aucune formule liturgique ou symbole chrétien de manière blasphématoire contrairement à *Hombres* (« son nom / De Dieu de cul ») et à *Femmes* dont le dernier poème joue de calembours irrévérencieux et des parodies des cantiques I et II [23] (« Gloire et louange à vous. Seins très saints. Fesses très augustes ! [24] »). Dans cette perspective religieuse, Verlaine présente donc les tribades comme des martyres modernes — le dernier sonnet « Sappho » replaçant l'homosexualité féminine dans une perspective historique. Elles sont ainsi marquées corporellement par le « Stigmate » christique dans *« Per amica silentia »* :

> *Aimez, aimez ! ô chères Esseulées,*
> *Puisqu'en ces jours de malheur, vous encore,*
> *Le glorieux Stigmate vous décore.*

Il est fort possible que Verlaine doive le motif du stigmate à une autre pièce saphique des *Fleurs du Mal* dans laquelle Delphine s'adresse à Hippolyte en faisant appel à un lexique religieux (« Tu me rapporteras tes seins stigmatisés »). Ce poème présentait, de plus, les tribades comme de « lamentables victimes », l'adjectif « lamentables » trouvant en quelque sorte son antonyme dans *« Per amica silentia »* (« adorables victimes »). Verlaine semble donc réutiliser nombre de motifs baudelairiens en les re-motivant et en les dotant d'une allégorisation, qu'il s'agisse du « Rite » ou du « Stigmate » comme l'indique Joan Dejean : « Verlaine reconnaît ouvertement la priorité de Baudelaire quand il décrit Sappho comme "oublieuse du Rituel" [25] ». Il est cependant étonnant que les textes écrits après la conversion de Verlaine *(Femmes, Hombres)* soient bien plus blasphématoires que ceux de l'époque de l'athéisme *(Les Amies)*.

De l'érotisme à la soif d'infini ?

Comme l'indique Olivier Bivort, Verlaine poursuit « dans *Les Amies* une tradition érotique dans le sillage des *Femmes damnées* [26] ».

Le poète n'hésite pas à faire preuve d'un certain voyeurisme dans la mise en scène de l'enlacement des corps féminins tout en jouant sur les références baudelairiennes non sans une pointe de mièvrerie [27] :

> *Et l'enfant répondit, pâmée*
> *Sous la fourmillante caresse*
> *De sa pantelante maîtresse :*
> *« Je me meurs, ô ma bien-aimée »* (« Été »)

Si l'association de l'orgasme à la petite mort est exploitée par Baudelaire dans « Hymne à la beauté » (« L'amoureux pantelant incliné sur sa belle / A l'air d'un moribond caressant son tombeau ») ou dans « Delphine et Hippolyte » (« Je veux m'anéantir dans ta gorge profonde / Et trouver sur ton sein la fraîcheur des tombeaux »), Étiemble ne cite pourtant que la myriade d'adjectifs en lien avec l'érotisme sans souligner les métaphores liées à l'intertextualité ni l'originalité de certains adjectifs comme « fourmillante [28] » qui possède un double sens (« abonder, en parlant de ce qui a vie et mouvement [29] » et « fourmillements, picotements » à relier métaphoriquement à l'orgasme [30]). L'association de la petite mort à une formule très stéréotypée du discours amoureux (« ô ma bien-aimée ») rappelle également une réplique d'Henriette de la saynète de Monnier intitulée *Deux gougnottes, dialogues infâmes* (1866) que Verlaine cite d'ailleurs comme l'une de ses premières lectures avec *Les Fleurs du Mal* dans ses *Confessions* [31] : « Ah ! mon ange, tu me combles !... Je... Je me... Je me meurs... ah ! tu m'as tuée [32] ». Verlaine reprendra ce parallèle entre l'érotisme et le morbide dans le poème « Ouverture » de *Femmes* à travers l'évocation morcelée du corps féminin — ici les bras : « Chauds dans l'amour, après, frais comme des tombeaux ».

Le poète joue également de la métaphore florale dans « Sur le balcon » (« Et toutes deux avec des langueurs d'asphodèles ») dont l'intertexte principal est un sonnet de Catulle Mendès intitulé « Calonice [33] », et dans « Printemps » dont le titre annonce la thématique de la floraison associée ici au sexe féminin :

> *Sève qui monte et fleur qui pousse,*
> *Ton enfance est une charmille :*
> *Laisse errer mes doigts dans la mousse*
> *Où le bouton de rose brille,*
>
> *Laisse-moi, parmi l'herbe claire,*
> *Boire les gouttes de rosée*
> *Dont la fleur tendre est arrosée,*

Les métaphores florales « bouton de rose », « gouttes de rosée » et « fleur… arrosée » renvoient à un érotisme à la fois cru et euphémisé : Verlaine joue d'un glissement de sens puisque la « rosée », euphémisme du « foutre » comme l'indique Delvau dans son *Dictionnaire érotique moderne*, vient ici désigner l'humidité féminine. Avant Verlaine, Baudelaire utilisait déjà quelques métaphores florales et naturelles dans ses poèmes saphiques (« vierges en fleur », « Caressent les fruits murs de leur nubilité », « l'holocauste sacré de tes premières roses »). Comme Baudelaire, Verlaine poursuit donc une tradition érotique en associant la fleur au sexe féminin [34]. D'autres rapprochements sont également à signaler entre l'intertexte baudelairien et *Les Amies* quant aux stéréotypes physionomiques du couple féminin, à moins que la fameuse « sanguine représentant deux femmes entrelacées, à mi-corps, encadrée », objet signalé dans la liste des affaires de Verlaine laissées chez ses beaux-parents, ait inspiré quelques-uns de ces clichés. Si Mireille Dottin-Orsini affirme que l'on rencontre surtout ces stéréotypes dans les romans saphiques à cadre contemporain de la fin du XIXe siècle [35], Verlaine propose déjà ce genre de couple dans « Sur le balcon » où deux femmes sont identifiées selon des critères physiques stéréotypés, la blonde et la brune (« pâles », « cheveux de jais », « blonde et rose ») :

L'une pâle aux cheveux de jais, et l'autre blonde
Et rose, et leurs peignoirs légers de vieille blonde [36]
Vaguement serpentaient, nuages, autour d'elles.

Dans *« Per amica silentia »*, ce sont deux voix aux attributs antinomiques qui s'enlacent et fusionnent, l'une « douce », l'autre « furieuse » :

Les grands rideaux du grand lit d'Adeline
Ont entendu, Claire, ta voix rieuse,
Ta douce voix argentine et câline
Qu'une autre voix enlace, furieuse.

Cette complémentarité du couple lesbien est ainsi symboliquement mise en relief par la rime antithétique « rieuse » / « furieuse ». À l'image de Baudelaire qui associe la beauté forte à Delphine et non à Hippolyte (dont le prénom marque pourtant une ambivalence sexuelle virilité / féminité), Verlaine joue d'un effet de surprise : la voix câline n'est pas celle d'Adeline comme le laissaient présager les sonorités du prénom féminin mais la voix « furieuse ». Il est fort possible que la rime « Adeline » / « câline » fasse référence au « Vin du solitaire [37] » des *Fleurs du Mal*, tout comme le dernier vers de « Sur le balcon » (« Et plein d'odeurs, le lit défait s'ouvrait dans l'ombre ») rappelle « La Mort des amants » (« Nous aurons des lits pleins d'odeurs légères ») [38].

Si le poète doit beaucoup au saphisme baudelairien, les critiques s'accordent pour dire que le saphisme verlainien « ne garde aucune trace de cette intellectualisation du saphisme qu'on trouve dans *Les Fleurs du Mal* » (J. Dejean) ou que le libertinage des *Amies* n'a rien de « l'érotisme baudelairien caractérisé par la "dimension métaphysique" » (J. Robichez). En effet, Verlaine présente *Parallèlement* comme « un livre orgiaque, sans trop de mélancolie [39] » (lettre à Lepelletier, 28 novembre 1887), mélancolie qui est la base du saphisme baudelairien sachant qu'il tire sa justification de son poids de souffrance face à l'infini qu'il poursuit. *Les Amies* serait réduit à un simple exercice de style dénué de toute dimension métaphysique et débouchant sur le néant [40] : Verlaine retourne, par exemple, la damnation des lesbiennes baudelairiennes et le tragique de l'éros (« Descendez, descendez, lamentables victimes [41] ») en véritable *carpe diem* (« adorables victimes », « Aimez, aimez ! ô chères Esseulées ») par le recours à un parallélisme de construction. Pourtant, dans « Ballade Sappho », derrière l'obscénité du lexique (« goulûment », « bande », « s'amollit »...) associé au genre léger de la ballade — emprunt à Villon dans une perspective probablement historique [42] —, le poète semble avoir conscience d'un néant lié au plaisir stérile puisqu'il utilise Sappho dans un jeu de miroirs pour affirmer sa propre homosexualité : « Pour la stérile étreinte où le cerveau / Vient faire enfin la nature complète / Je suis pareil à la grande Sappho ».

Saphisme et versification

Enfin, le saphisme réserve un sort tout particulier aux règles de la versification. Dans la poésie des années 1860-1870, le recours unique à des rimes isosexuelles s'accompagne souvent de connotations homosexuelles à l'image des *Amies* — recueil entièrement rimé en vers féminins —, de « Un dahlia », poème saturnien en rimes masculines, et du diptyque écrit en vers masculins « César Borgia » et « Henri III » [43]. À la même époque, Banville écrivait « Erinna », pièce portant sur le saphisme des origines rimée en vers féminins [44] et Baudelaire « À une mendiante rousse », odelette en vers masculins portant sur une mendiante du quartier Latin connue pour « sacrifier sur l'autel de Lesbos [45] ». De plus, le dernier sonnet des *Amies*, où l'on voit Sappho trahir l'homosexualité et choisir l'hétérosexualité, intervertit l'ordre des quatrains et des tercets. Cette inversion — Huysmans parle d'un sonnet que Verlaine « retournait, la queue en l'air » — est attestée aussi dans d'autres recueils ou manuscrits verlainiens (« Résignation », *Poèmes saturniens* ; « Henri III » ; « Le bon disciple ») et donne lieu à plusieurs interprétations. La position finale du sonnet renversé dans *Les Amies* permet, d'une part, de dramatiser le renversement des valeurs chez la lesbienne : intervertir quatrains et tercets présente métaphoriquement l'hétérosexualité de Sappho comme une inversion du Rite lesbien. Mais peut-on voir dans le sonnet inversé « Sappho » l'inversion sexuelle [46] du poète ? Que « Résignation » renvoie par la technique du sonnet inversé à l'homosexualité du poète comme l'indiquent Henri Morier [47] et Claude Zissmann [48], cela ne saurait être le cas de « Sappho ». Dans « Résignation », poème qui ouvre la section « Melancholia » des *Poèmes saturniens*, le refus de la « femme jolie » et la référence à « Héliogabale » [49] pourraient en effet évoquer l'homosexualité tout comme la rime « hommes » / « Sodomes » de « Marco ». On pourrait, de plus, suggérer un parallélisme entre le diptyque « César Borgia » / « Henri III », et « Sappho » : « César Borgia » évoque l'homosexualité masculine dans un sonnet en rimes masculines qui se clôt sur l'évocation de « l'Ami » (v. 13), et « Sappho », sonnet en rimes féminines clôt la suite des *Amies* par ce même terme mis également en relief par la majuscule, les deux substantifs étant placés symboliquement à la rime. Verlaine ajoutait d'ailleurs une majuscule à « l'Ami » dans le manuscrit de « César Borgia », peut-être dans l'optique d'un parallélisme avec *Les Amies* ou après maturation du projet des *Amies* si ces deux manuscrits sont effectivement antérieurs à la composition des « scènes d'amour sapphique ». La question du sonnet inversé pose quelques problèmes d'interprétation dans le cadre de l'homosexualité car il touche directement à la biographie de Verlaine, problème d'interprétation *a fortiori* dans *Les Amies*, suite composée dès 1867 et intégrée à *Parallèlement* en 1889 qui comporte un autre poème saphique ouvertement rattaché à l'homosexualité masculine du poète : « Je suis pareil à la grande Sappho ».

Verlaine n'a donc pas attendu sa rencontre avec Rimbaud en 1871 pour méditer sur l'homosexualité ni pour éprouver de tels désirs.

Myriam ROBIC

1. Sappho possède de multiples variantes orthographiques : Sapho, Sappho, Sapphô, Psappha, Psappho… Nous retiendrons celle choisie par Verlaine dans « Sappho ».
2. A. Daudet, *Sapho, mœurs parisiennes* (1884), Flammarion, 1887, p. 77.
3. « Parisienne qui semble née à Lesbos, "terre des nuits chaudes et langoureuses" » (A. Delvau, *Dictionnaire érotique moderne*, Dentu, 1864). De même, Arsène Houssaye précise dans ses *Confessions* que dans les années qui suivent 1830 : « Sapho ressuscita dans Pâris, ne sachant pas si elle aimait Phaon ou Érinne. Pourquoi ne pas le dire ? Ce fut des hautes régions de l'intelligence que descendirent les voluptés inavouées. »
4. « À travers les siècles, les commentateurs et les traducteurs ont fait preuve d'une nervosité […], qu'atteste leur refus obstiné de parler d'homosexualité féminine sous quelque nom que ce soit. Si bien qu'ils se retrouvent dans la position délicate de devoir récuser l'homosexualité de Sappho sans jamais nommer ce dont ils veulent l'innocenter » (Joan Dejean, *Sappho, Fictions du désir*, Hachette, 1994).
5. Sur ce point, voir Joan Dejean, *ibid.*, p. 229.
6. « Mes premières lectures ou pour parler plus nettement, ma première, toute première lecture fut, […] dis-je, *Les Fleurs du Mal*, première édition, qu'un pion avait laissé traîner sur sa chaire et que je confisquai sans scrupule » *(Confessions)*.
7. C'est pourquoi Joan Dejean présente la « Sappho » de Verlaine comme « la seule fiction anti-lesbienne produite dans la foulée immédiate de Baudelaire » (*op. cit.*, p. 241) par la concordance entre la chute de Sappho et la chute de ce petit recueil sur l'homosexualité féminine.
8. *Fêtes galantes, La Bonne Chanson, Les Amies*, éd. O. Bivort, Livre de Poche, 2000.
9. Voir l'édition d'Y. Battistini, *Sapphô, Odes et fragments*, Poésie / Gallimard, 2005. Les fragments qui y font référence sont les suivants : « Puisses-tu dormir sur le sein de la douce amie qui te ressemble ? » (126), « Pour mes amies, mes sœurs, je veux chanter de ma belle voix ce chant de nos plaisirs » (160).
10. Le terme est souvent utilisé à partir de la seconde moitié du XIXe siècle pour qualifier le saphisme, notamment dans la littérature décadente et la peinture : « Douce amie » (poème de Raoul Ponchon qui parodie le « Lesbos » baudelairien), *À vendre*, ou *Les deux Amies* (Rops, 1879), « Les 5 Amies » (Maizeroy), « Entre Amies » (Mourey), *Le Sommeil* de Courbet (connu sous le nom *Les Deux Amies*)…
11. *Lettres inédites à Charles Morice*, éd. G. Zayed, Paris, Nizet, 1969, p. 70. Le substantif « gousse » renvoie à l'ancien argot signifiant « mangeuse » comme l'indique N. Albert : « Selon Émile Chautard, "toutes les épithètes données aux tribades par les argotiers viennent d'un verbe de l'ancien argot : *gousser*, manger, et dont le sens est facile à comprendre. Gousse, association d'idées avec gousse d'ail". Dans *L'Amour à l'envers*, un courriériste, soupçonnant des relations lesbiennes entre l'actrice Fabiana et la directrice d'un théâtre, écrit qu'elles sont "inséparables comme deux gousses d'ail". » (N. Albert, *Saphisme et décadence dans Paris fin-de-siècle*, Éd. de la Martinière, 2005, p. 76). Au XIXe siècle, on parle souvent des tribades, des gougnottes, des fricatrices…
12. *Les Amies*, sonnets par le licencié Pablo de Herlagnez, Ségovie [Bruxelles, Poulet-Malassis], 1867. Édition originale tirée à 50 exemplaires. Deuxième édition : *Les Amies, scène d'amour sapphique*. Sonnets par le licencié Pablo de Herlagnez, Ségovie, Bruxelles, 1870.
13. Trente ans plus tôt, « enseveli sous le culte de la famille instauré par l'Empire, il [le saphisme] n'était abordé que dans les œuvres clandestines » (N. Albert, *op. cit.*, p. 10).
14. « Dans leurs analyses romancées de la vie et de l'œuvre de l'héroïne, Danièle Calvo-Platero et Edith Mora supposent et devinent plus juste : Phaon par l'étymologie est symbole de lumière ; on songe à Phaéton ; le cap Leucade, au large de l'Épire, d'où l'amante déçue se serait précipitée dans l'abîme marin, ce promontoire de la Falaise blanche, c'est le même motif brillant, le même signe sous-jacent » (Y. Battistini, *op. cit.*, p. 12).

15. P. Verlaine, *Œuvres poétiques*, éd. de J. Robichez, Garnier, 1969, p. 683.
16. Voir aussi Baudelaire, « Lesbos » : « Vierges au cœur sublime, honneur de l'archipel, / Votre religion comme une autre est auguste ».
17. « Aux saints rites / Jamais / nous ne faisions défaut, nous n'étions pas absentes » (Sapphô, *op.cit.*, p. 61).
18. « Traduction qui a honte d'elle-même : à partir de la deuxième strophe la page réservée est vierge, totalement blanche, à cause — croit se justifier le translateur — du caractère "scandaleux" d'un texte évoquant des "mœurs" et des sentiments "dont le cours dépravé choque la nature et la religion" » (Y. Battistini, *op. cit.,* p. 7).
19. J.-H. Rédarez Saint-Rémy, *Les poésies de Sappho de Lesbos*, L. Hachette, 1852. Précisons tout de même que la première traduction intégrale des poèmes de Sappho date seulement de la fin du XIXe siècle.
20. Verlaine, « Iesous Kristos Theou Uios Soter » (Jésus-Christ, Fils de Dieu, sauveur), *Œuvres poétiques complètes*, éd. de J. Borel, « Pléiade », Gallimard, 1962.
21. P. Verlaine, *Hombres*, éd. S. Murphy, Béziers, H & O éditions, 2005, p. 27. Les pièces qui mentionnent cette notion de « rite » sont « Balanide I » et « Hombres X ».
22. « *Hombres*, où le poète célèbre la beauté des adolescents, devait avec certains vers de *Parallèlement* dédiés aux lesbiennes *(Les Amies)* et ceux de *D'aucunes* consacrés à l'amour féminin, former une sorte de triptyque de la Volupté » (F.-A. Cazals, G. Le Rouge, *Les Derniers jours de Paul Verlaine*, Mercure de France, 1923, p. 255).
23. *Daniel*, 3.
24. P. Verlaine, « Partie carrée », *Femmes*, Mercure de France, 1999.
25. J. Dejean, *op. cit.,* p. 240.
26. P. Verlaine, *Fêtes galantes…, op. cit.* p. 6.
27. Il est fort possible que Verlaine fasse référence à l'érotisme des poèmes saphiques dans le premier commentaire des *Fleurs du Mal (Confessions)* comme l'indique O. Bivort : « J'avais dévoré le bouquin sans y comprendre rien sinon que ça parlait de "perversités" (comme on dit dans les pensionnats de jeunes demoiselles) et de… nudités parfois, double attrait pour ma jeune corruption ».
28. « Fourmillant » et « pantelant » ne sont d'ailleurs pas signalés par Delvau dans son *Dictionnaire érotique moderne*.
29. P. Larousse, *Grand Dictionnaire universel du XIXe siècle*, Slatkine reprints, 1982.
30. Il en est de même pour « pantelant » qui désigne la respiration (« qui respire avec peine, par l'effet d'une forte émotion, d'une course trop rapide ») et métaphoriquement renvoie à l'orgasme en tant que petite mort (« Se dit des chairs qui palpitent encore, après qu'un animal vient d'être abattu »).
31. « Mes premières lectures ou pour parler plus nettement, ma première, toute première lecture fut, — en dehors naturellement des livres classiques dans l'espèce, *Gamiani, L'Enfer de Joseph Prudhomme, L'Examen de Flora, Les œuvres secrètes de Piron*, — fut, dis-je, *Les Fleurs du Mal* » *(Confessions).*
32. H. Monnier, *Deux gougnottes*, Poulet-Malassis, 1864.
33. Sur ce point, voir S. Murphy, *Marges du premier Verlaine*, Champion, 2003.
34. Dans « Pensionnaires », Verlaine mentionne les « rougeurs de fraise » qui sont, dans le vocabulaire érotique, les « bouts des tétons d'une femme, à cause de leur couleur » (Delvau) comme le signale O. Bivort. Le poète a probablement voulu renvoyer à des appas suscitant un désir oral.
35. « Les romans à cadre contemporain (et visée plus moralisatrice) proposeront des couples féminins complémentaires, petite brune et grande blonde, ou l'inverse, le duo lesbien formant ainsi une idéale créature cumulant les principales formes de beauté » (M. Dottin-Orsini, *Cette femme qu'ils disent fatale*, Grasset, 1993, p. 176).
36. O. Bivort signale que le second terme désigne une dentelle de soie (Littré), éd. citée, p. 50.

37. « Un baiser libertin de la maigre Adeline ; / Les sons d'une musique énervante et câline » (« Le Vin du solitaire », *Les Fleurs du Mal*, éd. de J. Dupont, Flammarion, 1991, p. 155).
38. Ce point est signalé par O. Bivort, *op. cit.*, p. 50.
39. Verlaine fait ici référence à « Épigraphe pour un livre condamné » de Baudelaire : « Jette ce livre saturnien, / Orgiaque et mélancolique ».
40. Sur ce point, consulter l'article de Yann Frémy, « Notes sur l'art poétique verlainien », *Revue Verlaine*, n° 6, p. 2-7.
41. « Delphine et Hippolyte », *Les Fleurs du Mal*, éd. de J. Dupont, *op. cit.,* p. 195.
42. Yvan Lepage, « François Villon et l'homosexualité », in *Homosexual Themes in Literary Studies*, Eds. Wayne R. Dynes and Stephen Donaldson, Studies in homosexuality, 8, New York, Garland, 1992, p. 203-223.
43. Voir A. Vial, *Verlaine et les siens, heures retrouvées*, Nizet, 1975 et S. Murphy, *Marges du premier Verlaine,* op. cit.
44. « Et j'ai rimé cette ode en rimes féminines / Pour que l'impression en restât plus poignante, / Et, par le souvenir des chastes héroïnes, / Laissât dans plus d'un cœur sa blessure saignante » (Banville, *Les Exilés*, *Œuvres poétiques complètes*, Champion, tome IV, 1994). Banville compose aussi « Vers sapphiques » (*Améthystes*), poème en rimes masculines dont la forme rend hommage au « génie mâle » de Sappho.
45. Champfleury, *Le Corsaire-Satan*, 14 mars 1846. Sur ce point, consulter S. Murphy, *Marges du premier Verlaine,* op. cit., p. 180.
46. Notons à ce titre que le concept d'« inversion » n'apparaît qu'en 1870 avec Westphal. Les études cliniques publiées dans la seconde moitié du XIXe siècle, témoignent bien de l'importance du terme dans la désignation de l'homosexualité (G. Saint-Paul, *Tares et poisons, […] perversité sexuelle : une enquête médicale sur l'inversion*, éd. G. Carré, 1896). Mais la datation des *Amies* ne nous permet cependant pas d'affirmer que Verlaine connaissait l'acception, le recueil étant antérieur à l'émergence du terme.
47. H. Morier, *Dictionnaire de stylistique et de rhétorique*, Presses Universitaires de France, 1989.
48. C. Zissmann, « Verlaine décadent », *Verlaine à la loupe*, sous la dir. de J.-M. Gouvard et S. Murphy, Champion, 2000.
49. J.-H. Bornecque présente les pratiques sexuelles d'Héliogabale de la manière suivante : « sexualité ambivalente », « s'habillant volontiers en femme dans son palais », « il prenait temporairement pour époux quelque vigoureux athlète » (*Verlaine par lui-même*, coll. « Écrivains de toujours », Le Seuil, 1996, p. 200).

ENTRE L'ESPRIT SAINT ET L'ESPRIT « SATYRIQUE »

Les *Liturgies intimes*

Dans les préfaces et les articles qu'il compose à partir de *Sagesse,* Verlaine se montre soucieux de justifier la cohérence de son œuvre. Il présente sa création comme un ensemble bipartite, en s'appuyant sur le paradigme de l'*homo duplex,* qui postule le dualisme de la nature humaine. Le lecteur est ainsi invité à excuser les vers profanes de « l'ancien Adam » pour mieux apprécier la valeur des vers pieux. Mais ces paratextes sont diversement interprétés par ses contemporains. Si certains louent les vers « très beaux et très catholiques [1] » en acceptant de mettre les impertinences païennes entre parenthèses, d'autres abordent cette logique pénitente de manière beaucoup plus nuancée. Ils présentent en effet ce discours comme un argumentaire promotionnel destiné à occulter la complexité de l'œuvre pour garantir sa reconnaissance auprès de lecteurs conformistes. Et surtout ils dessinent les contours d'une herméneutique oblique à même de saisir les multiples feuilletés interprétatifs des textes. Dès 1885, Henri Beauclair et Gabriel Vicaire évoquent par exemple le goût de Verlaine et de son entourage pour les œuvres dotées de plusieurs « sens » : « un pour les gens du monde, un pour les journalistes, et le troisième, affreusement obscène, pour les initiés, à titre de récompense [2] ». Dans leurs parodies « Vers pour être conspué » ou « Rythme claudicant », ils confrontent les isotopies spirituelle et charnelle pour suggérer que l'auteur de *Sagesse* est loin d'ignorer les audaces licencieuses de la culture « satyrique ». En 1894, Adolphe Brisson s'en prend de son côté aux analyses immanentistes et lénifiantes que Jules Lemaître élabore pour expliquer certaines pièces déconcertantes au regard des normes esthétiques et morales[3]. Et dans le même temps, *Le Lys rouge* d'Anatole France représente le poète sous les traits d'un converti excentrique qui multiplie les réparties malicieusement ambiguës, pour le plus grand plaisir de ses auditeurs connivents[4].

Récemment plusieurs études[5] ont souligné les dissonances qui traversent les recueils chrétiens, au risque de heurter la « délicatesse » des « oreilles catholiques[6] ». Mais elles portent surtout sur *Sagesse*, les autres œuvres du corpus demeurant singulièrement en retrait. Les *Liturgies intimes* continuent notamment à être présentées comme un ensemble particulièrement représentatif de l'univocité des derniers vers pieux du poète. Qu'il soit réduit à une faillite esthétique[7], ou considéré au contraire comme un « joyau du lyrisme chrétien[8] », le recueil est le plus souvent assimilé à un pan particulièrement édifiant de l'œuvre. Yves-Alain Favre, Charles Ammirati[9] et Bernard Bonnejean[10] louent ainsi des vers composés dans le plus strict respect du Dogme. Afin d'étayer leur approche résolument univoque, ils rappellent qu'en 1892 Verlaine se tourne vers le directeur du *Saint Graal,* Emmanuel Signoret, pour publier son volume. Cependant on ne saurait oublier que la seconde édition est confiée à Léon Vanier, qui a déjà fait paraître le recueil « païen » *Parallèlement* en 1889. Pour tâcher d'éclairer les enjeux du projet verlainien, il convient donc de revenir à l'analyse des poèmes. À ce titre, Claude Cuénot est un des rares commentateurs à avoir mis en cause l'orthodoxie du recueil, en évoquant la « curiosité » de certaines pièces qui susciteraient chez le lecteur une « délectation sacrilège[11] ». Ce faisant, il nous invite à jeter un nouveau regard sur le recueil, à délaisser l'approche néo-beuvienne rivée à l'évaluation de la sincérité du poète dans l'expression de sa foi, pour mieux interroger les composantes sémantiques et pragmatiques de ses œuvres.

L'AMBIVALENCE DES SEUILS

La « Préface » adresse le recueil à un public catholique, en excluant les « esprits plus ou moins mondains[12] ». Bernard Bonnejean note qu'une telle *captatio* risque « de provoquer l'ennui ou l'agacement d'un lectorat indifférent ou hostile[13] » à cette religion. Mais ce seuil participe d'une stratégie d'élection tout à fait maîtrisée, puisqu'il place la relation lyrique sous le signe de la communion évangélique. Le sujet de l'énonciation se propose de « donner [aux lecteurs] l'impression nette et directe qu'eux-mêmes ressentent » à travers l'« exposé de la Doctrine et de sa réflexion dans une âme ». Cette « Préface » paraît confirmer le programme édifiant inscrit dans le titre du recueil. Celui-ci associe le terme « liturgie », dont l'étymologie indique sa fonction de lien, et la notion d'intimisme, qui s'est progressivement constituée en idéal communicationnel au cours du XIXe siècle [14]. Verlaine semble donc remotiver cette posture romantique prototypique qu'a étudiée Yves Vadé : « une instance d'énonciation [prétend] produi[re] des énoncés poétiques dont le référent serait l'intimité même de l'auteur, en tant qu'elle partage un domaine commun avec l'intimité du lecteur. [15] »

Ces éléments suffisent-ils cependant à conclure avec Bernard Bonnejean que « la totalité du paratexte [16] » est univoque ? Il apparaît plutôt que le titre du recueil est susceptible de s'inscrire simultanément dans deux systèmes signifiants concurrents. Si le qualificatif « intime » renvoie d'abord aux tréfonds de la vie psychique, il désigne également ce qui appartient à la sphère de la sexualité. Rimbaud exploite déjà cette ambivalence dans le sous-titre de son récit *Un Cœur sous une soutane, Intimités d'un séminariste.* De plus le détournement des notions liturgiques relève d'un véritable lieu commun de la littérature satyrique. Le *Dictionnaire érotique moderne* d'Alfred Delvau mentionne par exemple ce cliché fumiste qui consiste à user du terme « prière » pour désigner « l'acte vénérien [17] ». Les lecteurs de Verlaine connaissent les titres ironiques de l'« Oraison du soir » rimbaldienne, citée aux côtés des « Premières communions » dans les *Poètes maudits* [18]. Dans « Le Bon disciple », il se plaît lui-même à problématiser le titre de son sonnet en convoquant ensuite un vocabulaire religieux équivoque [19]. Et le récit « Extrêmes-onctions [20] », qui paraît en 1890 dans *Le Chat noir*, est encore doté d'un seuil « piégé [21] ». Dans cette perspective, l'expression *Liturgies intimes* risque d'emblée d'attirer l'attention des lecteurs habitués à la subversion des codes.

D'autant que si la « Préface » invite le destinataire à interpréter ce titre sous un angle catholique, de son côté le poème liminaire « À Charles Baudelaire » confirme l'ambivalence des seuils. Certes dans un premier temps, ce sonnet paraît simplement rendre compte d'une pénitence exemplaire. Le sujet lyrique « pleur[e] [ses] déroutes [22] » au pied du Calvaire, dans une posture de repentance conventionnelle. Mais la question se pose de savoir quel rôle Baudelaire vient jouer dans cette contrition dramatisée. Il semble d'abord incarner les blasphèmes de l'« ancien Adam » que le sujet lyrique entend exorciser.

Cependant l'invective du premier quatrain se mue rapidement en hommage. En effet Verlaine présente son aîné comme un compagnon sur la voie de la conversion. Le lecteur est ainsi invité à se souvenir de l'argumentaire que l'auteur des *Fleurs du Mal* oppose à ses détracteurs pour légitimer ses audaces blasphématoires. On sait comment le poète de « Révolte » se défend d'avoir écrit autre chose que « des pastiches des raisonnements de l'ignorance [23] » destinés à illustrer sa ferveur catholique. Pourtant certains contemporains sont loin d'avoir oublié les réserves que Baudelaire formule lui-même à l'encontre de ces stratégies de justification imposées par la censure. À la fin des années 1880, Jules Lemaître continue à lire dans ces vers « un goût de paradoxe, [de] sensualité [24] ». Et Léon Bloy d'ajouter que ce catholique « à rebours » cultive une posture de « blasphémateur compliqué, versatile et déconcertant [25] ». C'est en ce sens que Verlaine place les *Fleurs du Mal* au cœur de la bibliothèque érotique des *Confessions* [26]. Au seuil des *Liturgies intimes*, cette dédicace contribue donc à susciter une hésitation chez le lecteur. D'autant que la fin du sonnet fait retour sur les « doutes » et les « grimaces » des protagonistes, réunis dans la clausule sous le signe du « péché ». L'évocation de la Croix, du « baiser affamé » adressé à Jésus ou du « chrême fol » ne suffisent pas à conduire le sujet lyrique au terme de sa conversion. Situé à la croisée des discours catholique et subversif, ce seuil ouvre donc le recueil sous le signe de l'irrésolution.

« C'EST LE SEL ET NON LE SUCRE QU'IL PRÉFÈRE [27] »

L'ensemble des *Liturgies intimes* confirme cette ambivalence structurelle, en sollicitant des compétences linguistiques et culturelles hétérogènes. Verlaine s'appuie d'abord sur une conception traditionnelle de la liturgie, puisqu'il s'approprie des textes et des symboles destinés à célébrer la Nouvelle Alliance au nom du Christ. La lumière des cierges renvoie par exemple à la présence de Jésus ressuscité parmi les croyants. Conventionnellement, l'encens représente encore la prière qui monte vers Dieu. Michel Viegnes note justement que le poète assimile l'image catholique à un « mémorial de la Passion » qu'il s'agit « de visualiser, afin d'approfondir et de raffermir la conscience du Sauveur [28] ». Cet exercice doit susciter chez le fidèle un émoi sacré que Verlaine exprime à travers une isotopie du sensible, témoignant ainsi de sa fidélité à l'héritage des textes mystiques. « Dévotions » évoque les

« Grains enflammés de chaste délire », les « hymnes brûlants d'une théologie intense » et le « feu des *Ave* » qui élèvent l'âme du croyant [29]. Conformément à l'herméneutique catholique, ces expressions sollicitent une lecture selon l'Esprit [30], relevée par le sel de la Sagesse que le poète évoque dans *« Agnus dei »*. Elles marquent l'aboutissement d'une dialectique consacrant l'abolition des tentations charnelles et l'avènement de délices transcendantes.

Cependant certains poèmes viennent compliquer ce niveau interprétatif. Ainsi dans « Avent », Verlaine fragilise la frontière entre les cultures évangélique et profane à la faveur d'un jeu discret sur le terme « coq ». Cette pièce commence par faire référence aux traditions qui accompagnent l'attente de la Nativité. Pour compenser l'obscurité hivernale et entretenir l'espoir d'un renouveau, le sujet poétique invite les fidèles à rendre hommage à la lumière. Les coqs qui chantent « comme un beau rêve [31] » renvoient alors à une figuration conventionnelle du Messie ; comme lui, ils annoncent le jour qui succède à la nuit. Mais la quatrième strophe opère une distinction entre les « bons coqs » et une gente de coqs coupables. Cette antanaclase confronte alors le bestiaire évangélique au bestiaire érotique. En effet ce gallinacé est associé à l'épanouissement de la sexualité dans la culture satyrique. En témoignent par exemple les *Lettres à la Présidente* [32] de Théophile Gautier, dont plusieurs copies semblent avoir circulé sous le manteau à l'époque. Ou le tercet latin de l'*Album zutique,* que Pascal Pia traduit en ces termes : « Tout animal est triste après le coït / Sauf le coq qui chante / Et le clerc qui fait l'amour gratis » :

Omne animal post coïtum triste
Praeter Gallum cantantem
Et clercicum gratis amantem. [33]

Verlaine est loin d'ignorer les virtualités grivoises de cette image qu'il convoque dans un poème d'*Invectives* dédicacé à Jean Moréas [34]. De plus dans « Avent », la référence aux coqs coupables est étayée par la métaphore du « poulailler », qui joue avec l'usage familier du terme « poule » pour désigner la « prison » du péché. *A priori* incompatibles avec la poétique des « récitatifs lentement en-allés [35] », ces éléments introduisent de la dissonance dans le recueil.

Moins explicites, mais relevant d'un fonctionnement tout aussi topique, certains poèmes des *Liturgies intimes* procèdent d'une logique sylleptique. *« Asperges me »* cultive par exemple des motifs récurrents aussi bien en contexte catholique que dans la littérature érotique. Cette pièce paraphrase le psaume 51, qui accompagne l'onction d'eau bénite et symbolise la naissance de l'homme nouveau. En ce sens l'hysope, qui fait office d'aspersoir dans les textes de l'Ancien Testament, figure la Nouvelle Alliance. Cependant les légères modifications ajoutées par rapport au texte-source vont dans le sens de l'opacification. Le sujet lyrique commence ainsi par s'identifier à l'aspersoir rituel sous la tutelle de Dieu :

> *Moi qui ne suis qu'un brin d'hysope dans la main*
> *Du Seigneur tout-puissant qui m'octroya la grâce* [36]

Mais dans le dernier alexandrin, qui se trouve mis en valeur par son isolement typographique, la métaphore est séparée de son complément déterminatif : « Moi qui ne suis qu'un brin d'hysope dans la main. » La bizarrerie du suspens syntaxique crée alors un effet de surdétermination. Privée de la caution divine qui assurait son orthodoxie, l'image risque de paraître suspecte aux yeux de certains lecteurs. Car l'utilisation licencieuse des motifs de l'aspersoir et de l'onction est courante dans la poésie satyrique. Dans une célèbre chanson anticléricale, Béranger s'approprie par exemple ce cliché pour accuser les Jésuites de se livrer à des pratiques réprouvées par l'Église [37]. *L'Œuvre libertine des poètes du XIX*e *siècle* [38] illustre plus largement le succès de ce *topos* fumiste qu'Alfred Delvau mentionne dans son *Dictionnaire érotique moderne* [39]. De son côté, Verlaine l'exploite à l'envi dans le recueil *Hombres* [40]. Et dans *« Asperges me »*, plusieurs éléments sont réunis pour susciter l'équivoque. Le poème modifie d'abord la logique actantielle du psaume 51, puisque le sujet lyrique n'attend plus d'être oint et purifié par Dieu, comme dans la prière rituelle. Il souhaite lui-même « Laver [s]on prochain, le blanchir plus que la neige », comme « un païen » peut le faire « en cas pressant ». Cette appropriation profane des prérogatives de l'officiant devient franchement ambiguë lorsque l'on considère que toutes les images ajoutées à la source psalmique sont susceptibles d'être interprétées dans une perspective licencieuse. Le sujet poétique rêve de « bander » son cœur et constate que son « sang bout ». La figure du faune risque en fait de se superposer à celle du médiateur de l'Esprit saint, et le sel satyrique de venir se mêler à celui de la Sagesse. Pour autant, on ne saurait prétendre que la poétique d'*« Asperges me »* relève de la franche satire irréligieuse. Si Verlaine fait écho aux confusions d'une Emma Bovary adressant au Christ « les mêmes paroles de suavité qu'elle murmurait jadis à son amant, dans les épanchements de l'adultère [41] », c'est toujours de manière oblique. À la différence de Rimbaud qui dénonce les ravages de l'endoctrinement catholique dans « Les Premières Communions », il ne ruine pas la possibilité d'une interprétation orthodoxe de ses textes. En fait son œuvre appelle une lecture résolument plurivoque.

DES *LITURGIES* PLURIVOQUES

À un premier niveau en effet, le discours catholique est doté d'une véritable cohérence poétique et polémique dans le recueil. Placé sous le signe de la simplicité et de la familiarité, articulé à un idéal de communion intersubjective, il participe d'une mise en cause des valeurs de la Troisième République. *« Veni Sancte »* paraphrase par exemple un hymne traditionnellement lu le jour de la Pentecôte, dans lequel les fidèles demandent à l'Esprit saint de leur conférer les dons sacrés de la foi. Mais alors que les locuteurs du texte-source adressent cette supplique pour leur propre compte, dans le poème de Verlaine ils supplient la transcendance d'accorder la grâce aux adeptes de l'« esprit » et de l'« argent [42] », qui représentent les gouvernants anticléricaux. Ces railleurs matérialistes sont ensuite l'objet d'une diatribe virulente. Le déplacement énonciatif vise donc à exclure l'élite matérialiste de la situation de communication pour mieux réunir les lecteurs autour des valeurs évangéliques.

C'est aussi à ce titre que Verlaine s'approprie les mots des « pays » « rustiques [43] » dans plusieurs poèmes. On sait en effet la place que les langues régionales occupent au cœur des débats contemporains. Face aux lois sur l'école instaurées par Ferry et Goblet au début des années 1880, face à la politique républicaine d'imposition du français, l'Église entend encourager la piété populaire en défendant les patrimoines culturels régionaux. Lors des apparitions de La Salette (1846), Lourdes (1858), Pontmain (1871) et Pellevoisin (1876), qui suscitent des mouvements de ferveur populaire intenses, c'est en langue vernaculaire que la Vierge est censée s'adresser aux voyants. Pour consolider cette représentation de la foi, Verlaine substitue également un rythme sacralisé à la représentation profane de la temporalité, en structurant le recueil autour des grands cycles de l'année, des heures et de la messe catholiques. Il fait plus particulièrement référence à la ritualité populaire, à rebours des modèles de l'Église savante. Dans « Vêpres rustiques » ou « Dévotions », les cultes célébrés pour les saints locaux rappellent la politique des missions intérieures, qui tâchent d'entretenir la ferveur du peuple, quitte à accepter que les pratiques superstitieuses se mêlent à la religion révélée. Les *Liturgies intimes* présentent donc la foi des humbles comme un contrepoint à l'opportunisme et à l'hypocrisie de la République des « Gambettards ».

Mais il faut ajouter que l'ambivalence de certains poèmes confère implicitement au recueil une seconde dimension polémique. En effet ces pièces ont en commun d'interroger l'héritage paulinien et ses avatars répressifs. Dans « Circoncision », Verlaine pose par exemple la question de l'hygiénisme et du refoulement des désirs. Présentant cet épisode de l'enfance christique comme une annonce de la Passion, il invite d'abord le fidèle à suivre l'exemple du Sauveur sur un plan purement symbolique, conformément à la parole de Paul [44] : « Et nous circoncisons nos cœurs suivant Votre exemple ». Ces épreuves sont figurées dans l'Eucharistie, qui fait couler le sang « mystiquement » sur l'autel, à travers le vin consacré [45]. On peut cependant se demander pourquoi le poète opère ce détour par l'épisode de la circoncision, au lieu de renvoyer directement à la célèbre dévotion au Sacré-Cœur, comme il le fait volontiers dans *Sagesse.* Car le rapprochement établi entre le sang versé lors de la circoncision et celui qui jaillit de la blessure infligée sur la Croix implique un curieux parallèle entre le sexe et le cœur du Christ. Or la « circoncision des cœurs » que le fidèle se promet d'accomplir est d'autant plus équivoque que la symbolique phallique du « cœur », attestée par Alfred Delvau [46], est courante en contexte satyrique. Elle participe en général d'une mise en cause ironique des emplois idéalistes de ce terme dans la littérature sentimentale et mystique. Après Rimbaud, qui évoque un Tartufe « tisonn[ant] » « son cœur amoureux [47] », Glatigny et Huysmans la convoquent également dans leurs œuvres [48]. Elle apparaît aussi à plusieurs reprises dans *Hombres* [49] et *Femmes.* Le poème « Reddition » associe ainsi l'isotopie du cœur et l'image du sang qui s'écoule d'une plaie pour métaphoriser la relation charnelle [50]. On pourrait encore évoquer ce passage des *Confessions* où le narrateur commence à sentir « grouiller en [s]on… cœur » un éveil de la *libido* [51]. Les points de suspension fonctionnent alors comme un signal métadiscursif orientant le lecteur vers une interprétation licencieuse du terme « cœur ». « Circoncision » comprend également des vers susceptibles de jouer un rôle réflexif. Le poème renvoie à une herméneutique du sang qui :

Coule mystiquement comme il coula littéral
Au Golgotha, comme il stilla non pas plus réel
Mais littéral aussi ce jour dont le rituel
Retient l'anniversaire cruel et lilial,

Dans cette strophe, l'intrication des niveaux interprétatifs et la complexité de la syntaxe risquent de créer la confusion chez le lecteur. Tout se passe comme si Verlaine cherchait à exprimer implicitement le désarroi des fidèles contraints d'opérer des va-et-vient permanents et finalement déstabilisants entre la lettre et l'Esprit.

Le poème XIV participe encore d'une mise en cause oblique de la censure des désirs charnels. Il évoque le dogme de l'Immaculée Conception, qui proclame depuis 1854 la pureté de la naissance de la Vierge. Cet acte s'inscrit dans la continuité du culte marial, qui s'est particulièrement développé dans le contexte miraculaire de la seconde moitié du XIXe siècle. Cependant il ne manque pas de susciter des réactions narquoises auprès des esprits les plus libéraux, qui le considèrent comme le fruit des crispations hygiénistes de l'Église traditionaliste. Or dans les premiers vers de son poème, Verlaine paraît adresser un discret clin d'œil à ces contempteurs sceptiques :

Vous fûtes conçue immaculée.
Ainsi l'Église l'a constaté
Pour faire notre âme consolée
Et notre foi plus fort conseillée [52]

Les vers 2 à 4 de cet incipit semblent exploiter les virtualités ludiques de l'expression liminaire « conçue immaculée », qui fait entendre les syllabes [kõ] et [ky]. En effet dans ces trois vers, tous les mots à la rime comprennent une occurence du phonème [kõ]. Or cette insistance risque de rappeler ces jeux paragrammatiques que les auteurs satyriques pratiquent déjà aux XVIe et XVIIe siècles, lorsqu'ils déclinent des syllabes suggestives à des endroits stratégiques du vers. Gratien du Pont se vante par exemple d'avoir composé une pièce dont tous les mots à la rime commencent par « ce deshoneste villain de tres parverse nature mot CON [53] ». Au XIXe siècle, de nombreux poètes héritent de ce goût pour la rime badine. Barthélémy signe ainsi des vers rimés en « con » dans le *Parnasse satyrique du XIXe siècle* [54]. En contexte érotique, Verlaine se livre lui-même à ce genre de facéties métriques. Dans la première strophe du poème XVIII des *Chansons pour Elle,* il joue ainsi avec les potentialités expressives de la césure en isolant les phonèmes [kõ] dans la sixième syllabe des vers 3 et 5. L'expression « Tel que nous l'entendons » fonctionne comme un signal réflexif invitant le lecteur à prendre en compte la teneur érotique de cet art d'aimer, de cette ode à la légèreté et à l'amoralité :

> *Deux admirables* con*ditions pour l'amour*
> *Tel que nous l'entendons, c'est-à-dire sans tour*
> *Aucun de bête* con*venance ou de limites,* [55]

Dans « Immaculée Conception », Verlaine semble également souligner les virtualités grivoises des mots à la rime en terminant cette strophe ambiguë par une référence à l'« esprit plus ferme et bandé ». Comme pour adresser un nouveau clin d'œil à son public averti en confrontant clairement les isotopies spirituelle et charnelle.

Avant de conclure, on ne saurait éviter de se demander si de telles équivoques ne relèvent pas de simples maladresses, de « rencontre[s] malencontreuse[s] [56] » entre le profane et le sacré. Mais il faut souligner sur ce point que la récurrence des phénomènes d'ambiguïsation crée un effet de surdétermination manifeste à l'échelle du recueil. Et surtout il apparaît que les critiques soucieux de préserver l'orthodoxie de la poétique religieuse de Verlaine s'obligent à occulter les positions libérales que ce dernier affiche sans relâche lorsqu'il évoque « La Luxure, ce moins terrible des péchés [57] ». Ainsi sa correspondance témoigne clairement d'un refus d'étouffer l'expression des désirs, même en contexte catholique. En 1884, lorsqu'il parle à Léon Vanier de sa conversion, il se refuse pour autant à corriger sa réputation faunesque : « Quant aux choses de C… œur, ça m'est égal. [58] » De même lorsqu'il écrit à Frédéric-Auguste Cazals pour peindre « l'intrinsèque beauté de la messe », il ajoute au détour d'une plaisanterie fumiste que la religion ne peut venir à bout de la réalité des corps désirants : « un chrétien sentira toujours quelque peu frétiller la queue du vieux serpent [59] ». Nul doute que ces correspondants constituent pour Verlaine des exemples de lecteurs susceptibles de prendre la mesure des virtualités polémiques inscrites dans les *Liturgies intimes*. Non content de façonner une figure d'auteur « naïf aux cent replis [60] », le poète élabore donc à dessein une figure ambivalente et « troublée [61] » du destinataire. Il déstabilise la frontière qui sépare le licencieux et le sacré, pour distiller un doute dans l'œuvre, et placer le lecteur dans une position d'hésitation herméneutique. En le laissant prendre le risque de sacrifier les subtilités d'un texte allusif à une exégèse pusillanime, ou au contraire de paraître s'enferrer dans les surinterprétations et les contresens licencieux, il le confronte habilement aux problèmes éthiques et esthétiques posés par la représentation de ce « carrefour normatif [62] » primordial que constitue le corps.

Solenn DUPAS

1. Jules Lemaître, « Un petit-fils de Villon : Paul Verlaine » [1892], cité par Olivier Bivort, *Verlaine,* Presses de l'Université Paris-Sorbonne, coll. « Mémoires de la critique », 1997, p. 355-360.
2. Henri Beauclair et Gabriel Vicaire, *Les Déliquescences, poèmes décadents d'Adoré Floupette,* Nizet, 1984 [1885], p. 34.
3. Adolphe Brisson, « M. Paul Verlaine » [1894], cité par Olivier Bivort, *op. cit.,* p. 408.
4. Anatole France, *Le Lys rouge,* Calmann-Lévy, 1927 [1894].
5. Voir notamment Michel Viegnes, *Sagesse, Amour, Bonheur de Paul Verlaine,* Gallimard, coll. « Foliothèque », 1998, p. 88-110 ; Yann Frémy, « *Sagesse* : une lecture profane », *Revue Verlaine* n° 7-8, 2001, p. 72-83.
6. Paul Verlaine, « Préface » à *Sagesse, Œuvres poétiques complètes,* Gallimard, coll. « Bibliothèque de la Pléiade », 1962, p. 239. Désormais cette édition est notée *OC.*
7. Voir notamment Jacques Borel, *OC*, p. 31.
8. Yves-Alain Favre, *Œuvres poétiques complètes,* Robert Laffont, coll. « Bouquins », 1992, p. XI.
9. Voir notamment Charles Ammirati, « Le distique chez le dernier Verlaine », *Revue Verlaine* n° 1, 1993, p. 165.
10. Bernard Bonnejean, *Les Poètes français d'inspiration catholique,* thèse soutenue à l'Université Rennes 2, 25 juin 2003, p. 173.
11. Claude Cuénot, *État présent des études verlainiennes*, éd. Les Belles Lettres, 1938, p. 84.
12. *OC,* p. 733.
13. Bernard Bonnejean, *op. cit.*, p. 292.
14. Voir Daniel Madelénat, *L'Intimisme,* PUF, coll. « Littératures modernes », 1989.
15. Yves Vadé, « L'émergence du sujet lyrique à l'époque romantique », dans *Figures du sujet lyrique,* PUF, coll. « Perspectives littéraires », 1996, p. 15.
16. Bernard Bonnejean, « *Liturgies intimes* : un recueil à redécouvrir », dans *Spiritualité verlainienne,* dir. Jacques Dufetel, Klincksieck, 1997, p. 25.
17. Alfred Delvau, *Dictionnaire érotique moderne,* Éditions 10 / 18, 1997, p. 417.
18. Paul Verlaine, *Œuvres en prose complètes*, Gallimard, « Bibliothèque de la Pléiade », 1972, p. 645. Désormais cette édition est notée *OPr.*
19. *OC*, p. 215.
20. *OPr,* p. 166.
21. Michael Pakenham, « Je suis élu, je suis damné », dans *Spiritualité verlainienne,* op. cit., p. 87.
22. *OC,* p. 734.
23. Charles Baudelaire, *Œuvres complètes,* t. I, Gallimard, « Bibliothèque de la Pléiade », 1975, p. 1075-1076.
24. Jules Lemaître, « M. Paul Verlaine et les poètes "symbolistes" et "décadents" » [1888], cité par Olivier Bivort, édition de *Sagesse,* Le Livre de Poche, 2006, p. 299.

25. Léon Bloy, « Le Lépreux » [1889], *ibid.*, p. 309.
26. *OPr,* p. 481.
27. *« Agnus dei »*, *OC,* p. 749.
28. Michel Viegnes, *op. cit.,* p. 83.
29. *OC,* p. 748.
30. *Épître aux Corinthiens,* II, 3, *Le Nouveau Testament.*
31. *OC,* p. 735.
32. Théophile Gautier, *Correspondance générale,* t. IV (1849-1851), Genève, Droz, 1989, p. 243.
33. *Album zutique,* éd. Pascal Pia, Imprimerie française des Arts Graphiques, Villetaneuse, 1962, p. 129.
34. Paul Verlaine, « Conseils », *Invectives, OC,* p. 910 : « Bon coq, chante clair et baise ta poule ».
35. *OC,* p. 753.
36. *OC*, p. 735.
37. Pierre Jean de Béranger, *Chansons,* tome I, Paris, Garnier Frères, 1875, p. 296, v. 36-38 : « Perdons femmes et filles. / Que tout le sexe enflammé / Nous chante un *Asperges me* ».
38. Voir notamment « Le curé de Saint-Étienne » et « Curiosités d'un bordel » dans *L'Œuvre libertine des poètes du XIXe siècle*, pièces recueillies par Germain Amplecas [Guillaume Apollinaire], Paris, Bibliothèque des Curieux, 1910, p. 81-82 ; p. 228.
39. Alfred Delvau, *op. cit.*, p. 286-287 : « Goupillon » : « Le membre viril, avec lequel on asperge de sperme les femmes, heureuses d'être ainsi aspergées ».
40. Voir par exemple le poème « Balanide I », où le sexe masculin est comparé à un « évêque » donnant l'onction. Le poème VII mentionne encore une bénédiction érotique, dans une sorte de gradation obscène (*Hombres,* éd. Steve Murphy, H & O éditions, 2005, p. 78 ; 91).
41. Gustave Flaubert, *Madame Bovary,* Classiques Garnier, 1971, p. 220.
42. *OC,* p. 744.
43. *OC,* p. 735.
44. *Épître aux Romains,* II, 3, *Le Nouveau Testament*.
45. *OC,* p. 738.
46. Alfred Delvau, *op. cit.,* p. 94 : « Accroche-cœurs : petites mèches de cheveux que les femmes se collent sur les tempes, afin de se rendre plus séduisantes aux yeux des hommes et d'accrocher ainsi le cœur qu'ils portent à gauche — dans leur pantalon. »
47. Arthur Rimbaud, *Poésies complètes,* éd. Pierre Brunel, Le Livre de Poche Classique, 1998, p. 118, v. 1.
48. Voir Albert Glatigny, *Joyeusetés galantes,* cité par Jean-Paul Corsetti dans *L'Érotisme Second Empire,* Éditions Carrère, 1985, p. 282 ; Joris-Karl Huysmans, *Là-bas*, éd. Pierre Cogny, Garnier-Flammarion, 1978, p. 189. Ces références sont mentionnées par Steve Murphy dans son édition d'*Un cœur sous une soutane,* Musée-Bibliothèque Arthur Rimbaud, 1991, p. 93-95.
49. Paul Verlaine, « Balanide I », *Hombres,* éd. citée, p. 77, v. 1-4.
50. *OC,* p. 1400.
51. *OPr,* p. 484.
52. *OC,* p. 746.
53. Gratien du Pont, *Controverses des sexes Masculin et Féminin,* publié en 1534, cité par Jean-Paul Goujon, *op. cit.*, p. 337-338.
55. *OC,* p. 722. Nous soulignons.
56. Bernard Bonnejean, *op. cit.,* p. 173.
57. *OC,* p. 755.
58. Lettre à Léon Vanier, 9 novembre 1887, *Œuvres complètes*, Le Club du Meilleur Livre, tome 1, 1960, p. 1280.

59. Lettre à Frédéric-Auguste Cazals, 26 août 1889, *Œuvres complètes,* Le Club du Meilleur Livre, tome 2, 1960, p. 1598.
60. *OC,* p. 777.
61. Jean-Pierre Cavaillé, « Introduction » à *Stratégies de l'équivoque, Cahiers du centre de recherches historiques,* Centre de Recherches Historiques, avril 2004, n° 33, p. 9.
62. Philippe Hamon, « De l'allusion en régime naturaliste », dans *L'Allusion dans la littérature,* colloque de la Sorbonne, textes réunis par Michel Murat, Presses de l'Université Paris-Sorbonne, 2000, p. 187.

VERLAINE AU MIROIR DE L'ART

Voyez mieux comme j'étais. [1]

L'hommage de Verlaine à Puvis de Chavannes commence par ces mots : « Victor Hugo ». Cherchez l'erreur ! C'est que le premier mérite d'un grand artiste est sans doute, selon Verlaine, de savoir reconnaître et honorer les grands poètes. Le premier mérite de Puvis serait donc d'avoir choisi pour décorer l'Hôtel de ville de Paris, de représenter Hugo offrant sa lyre à la ville [2].

L'échange de bons procédés entre peinture et poésie était monnaie courante à l'époque romantique : que l'on songe aux célèbres habitants de l'impasse du Doyenné, haut lieu de la bohème artistique. Mais en 1895, les souvenirs de 1830 sont bien lointains, et même l'âge d'or du Parnasse et de sa nouvelle bohème est révolu. La fin du siècle voit culminer l'individualisme dans l'art : l'exigence de singularisation et même ce que l'on peut appeler le « régime de singularité » mènent à une atomisation du champ et un relatif isolement des individualités artistiques [3]. La solidarité entre les arts est ainsi battue en brèche et les stratégies personnelles l'emportent généralement sur l'esprit d'école. L'attitude de Verlaine est typique à cet égard : il n'a jamais beaucoup tenu à se fondre dans le groupe parnassien, refusa d'être considéré comme père du symbolisme et consentit à peine à se dire décadent.

De son côté, Puvis de Chavannes est également perçu comme un artiste individualiste, ayant creusé son sillon tout seul et ne revendiquant aucune appartenance. Il y a donc quelque artifice, pour les poètes qui lui rendent hommage dans le numéro spécial de *La Plume*, à citer complaisamment sa peinture murale *Le Bois sacré cher aux Arts et aux Muses* comme évoquant la solidarité des arts. Puvis n'a jamais eu besoin du soutien des poètes et ces derniers ne se voient témoigner qu'une très abstraite solidarité.

Tout au long de sa carrière, Verlaine n'a d'ailleurs guère cherché la complicité des artistes. S'il sature ses premiers recueils de références artistiques, c'est en fait principalement pour se situer momentanément dans une tradition, celle de la poétique artiste de Gautier et de Baudelaire. Un style pictural, ou qui se veut aquafortiste, le thème du paysage ou encore une allusion filée à Watteau ont certes été des procédés majeurs de positionnement stylistique dans le champ poétique. Même s'il n'y a guère de réalité objective derrière les proclamations de picturalité, c'est-à-dire aucune transformation de l'objet scriptural en objet pictural, il y a manifestement un très efficace effet de programmation de la lecture : le lecteur a bien cru *lire* des « eaux-fortes », des « tableautins », des « paysages », etc [4].

En revanche, passées les *Fêtes galantes*, Verlaine ne se réfère plus aux arts comme à des modèles esthétiques. Les descriptions d'art que l'on trouve à quelques reprises dans ses textes des années 1890 relèvent toutes de la confrontation de deux identités artistiques. Que ce soit avec Puvis de Chavannes, Redon, Carrière, Rossetti, Rodo ou d'autres encore, la singularité verlainienne se mesure (étalonnage et affrontement) à d'autres fortes singularités. Les œuvres d'art sont autant d'occasions de réagir à l'altérité pour affirmer son identité propre. Aussi Verlaine n'est-il jamais aussi loin de la « transposition » d'art qu'à ce moment-là. Il ne transpose ni ne reproduit mais *se sert* de l'art, il en fait usage en raison des valeurs et des significations qu'il peut lui attribuer.

La mauvaise réputation

Verlaine eut très tôt le souci de sa postérité en ce sens qu'il était préoccupé par l'image qu'il produisait. On a suffisamment étalé, de son vivant et depuis, les malheurs de son existence pour qu'il soit aisé de comprendre que Verlaine n'ait eu de cesse de « soigner » son image. L'expression « ce n'est pas ce que l'on pensa » est emblématique de ses dernières années [5]. Or, je fais l'hypothèse que cette défense de son image biographique coïncide avec une défense, de plus ou moins bonne foi, de son image stylistique. Comme il ne cessa de proclamer la correction de sa vie, il ne cessa de corriger des malentendus quant à son identité de poète. Ce qui unit ces démarches est que la confrontation à l'œuvre de l'autre lui offre matière à revenir sur lui-même, son style de vie et son style poétique.

Mallarmé, qui avait été très proche de Verlaine dans ses dernières années, et qui fut l'un de ses plus avisés lecteurs, fit aussi preuve d'une grande compréhension pour sa vie. En témoigne le très touchant discours prononcé lors de ses funérailles. Mallarmé s'y attache surtout à défendre l'image de son défunt ami et lui prête cette réclamation d'outre-tombe : « Voyez mieux comme j'étais. » Victime de son image, Verlaine s'intéressa beaucoup à ceux qui la façonneraient pour la postérité. Ainsi, on sait qu'il avait de la tendresse pour Auguste de Niederhausern, dit Rodo, qui sculpta son buste. Mais ce portrait répondait-il vraiment à ses attentes ?

SUR UN BUSTE DE MOI

Pour mon ami Niederhausern.

Ce buste qui me représente
Auprès de la postérité
Lui montre une face imposante
Pleine de quelle gravité.

Devant cette tête pensante
Du poids tous les jours augmenté
D'une pensée, ô pas puissante,
D'un souci plutôt entêté,

Qu'est-ce que vont dire les femmes
Et les hommes des temps futurs ?
« Au fait, on sent, sous ces traits durs

Et derrière ces yeux de flammes
Noires, un monsieur malveillant,
Mais le sculpteur eut du talent. » [6]

Le poète est ici doublement fondé à évaluer et interpréter l'œuvre d'art : il peut prétendre juger du succès de l'artiste à pénétrer sa nature et il entend commenter, sinon maîtriser, l'image que l'on donne de lui aux lecteurs. Ce qui se joue, dans l'écriture sur ces œuvres très particulières que sont les portraits du poète, c'est la construction de son image, si importante pour faire accepter l'œuvre poétique et guider sa lecture. Le chapitre « Pauvre Lelian » dans *Les Poètes maudits* est une manière de gérer cette image, de même que les autres écrits autobiographiques. Mais finalement, pour le poète qu'il est, et qui tient avant tout à sa reconnaissance en tant que poète, la poésie reste le moyen le plus indiqué pour tenter de modeler une sorte d'autoportrait par l'intermédiaire d'un artiste.

Verlaine blâme-t-il doucement Rodo d'avoir restitué un caractère peu amène, voire asocial ? C'est peut-être surtout une manière d'admettre, en se retournant sur le passé, qu'il ne fut guère enclin à faire corps avec la société. L'art du sculpteur a révélé son peu d'affinité avec les critères de respectabilité. En fait, le poète n'en veut pas à son ami sculpteur et il y a même de la goguenardise ou du moins de la désinvolture dans sa façon d'évoquer le « qu'en dira-t-on ». Finalement, il suppose que l'attention sera plutôt retenue par le talent du sculpteur que par la personnalité de celui qu'il a représenté. Il prend acte, ainsi, de la double valeur du portrait, esthétique et véridictoire [7]. En l'occurrence, l'expression de la singularité de Rodo a eu le dessus sur la représentation de Verlaine. En revanche, dans ces vers dédiés à son ami F.-A. Cazals, la réflexion porte plus spécifiquement sur la vraisemblance de l'image construite :

Grâce à toi je me vois de dos
Et bien plus vraisemblable :
Dans ton croquis, à pas lourdauds,
Je m'en vais droit au diable.

Moi qui, pour la postérité,
Sur une aile céleste
Croyais m'envoler, révolté,
Fatal et tout le reste !

— Je m'achemine doucement,
D'un trot plus ou moins leste,
Attiré par un double aimant,
Vers le diable... ou le reste. [8]

La différence entre l'image que l'on se fait de soi et celle que perçoit le public est ici explicitée. C'est encore une fois une image négative que Verlaine constate dans sa représentation publique. Il l'oppose à ce qu'il s'imaginait de lui-même, mais avec un humour évident. Il va au diable et non au ciel, « à pas lourdauds » et non, comme le voudrait un reste d'imagerie romantique, « sur une aile céleste ». C'est la confirmation de son image marginale de « poète maudit » et de « vilain bonhomme ».

Verlaine par lui-même

Le fonctionnement du réseau d'artistes et d'hommes de lettres peut ruiner une réputation mais il est aussi essentiel pour construire une postérité. Alors que Verlaine, après 1870, avait affirmé sa singularité sans plus guère jouer des références artistiques, sans guère fréquenter d'artistes, pas même (ou surtout pas) impressionnistes, il revient sur le tard, dans les années 1890, à de plus fréquentes relations avec l'art contemporain. C'est notamment dans l'orbite des revues littéraires et artistiques qu'il peut se confronter à cet art. Il relève alors le défi d'affirmer sa singularité tout en s'inscrivant dans un réseau et en se comparant à d'autres singularités artistiques [9]. Il évacue parfois complètement l'œuvre et son style pour se replonger tout entier dans ses souvenirs, dans sa propre image : c'est le cas lorsqu'il écrit sur son portrait par Aman-Jean [10]. Mais c'est dans celui par Eugène Carrière que Verlaine se retrouve le mieux [11] :

À EUGÈNE CARRIÈRE

À travers ma blague voyoute,
Et le dur flux des mots atroces,
Tandis que voyageaient vos brosses
Sur la toile que l'art veloute

Insensiblement par la route
— On eût dit — des écoliers rosses,
S'évoquaient un front plein de bosses
Où celle du crime n'est toute,

Et de petits yeux de malice
Luisant pourtant sous l'arc mal lisse
De sourcils que leur ligne rate,

Luisant comme mouillés de comme
Des pleurs, vrais au fond, d'un bonhomme
Un peu jadis et mal Socrate.

Le front est bien sûr le détail frappant de tout portrait de Verlaine, qui en avait conscience. Il savait aussi que ses traits s'offraient à une appréciation physiognomonique, à laquelle fait allusion la « bosse du crime ». Car le front de Verlaine n'est pas celui de Hugo, autre front monumental du XIXe siècle. Si l'on veut bien croire que le crâne de Hugo s'enfle de son génie, on devine que celui de Verlaine se déforme sous la poussée des mauvaises pensées ! Mais c'est dans les yeux que se trouve la nuance exacte du caractère : avec la « malice », on y perçoit aussi la fragilité et la sensibilité qui les mouillent de larmes. Cette ambiguïté évoque alors l'image de Socrate, autre « faune » controversé mais illustre [12]. Ainsi, dans la manière d'Eugène Carrière, Verlaine voyait peut-être moins de flou que d'ambiguïté ; et c'est dans cette attitude qu'il se reconnaissait, dans un art de l'incertitude, du doute et de la nuance.

« Clair-obscur d'âme » : c'est la brillante formule de Paul Bourget pour dire ce qui intéresse le jeune public chez Verlaine aussi bien que chez Moreau, Redon ou Dostoïevski [13]. Elle s'applique bien à ce portrait qui devait servir de frontispice au *Choix de poésies* à paraître dans la « Bibliothèque Charpentier », chez Fasquelle ; autant dire qu'il s'agissait d'une véritable carte de visite pour la postérité, en cette occasion éminemment stratégique qu'est une anthologie à grand tirage. Contrairement au buste par Niederhausern, qui faisait oublier le modèle au profit du style, le portrait par Eugène Carrière met son style au service du modèle. Du moins Verlaine le comprend-il ainsi. De ce fait, la valeur esthétique du portrait se fait discrète et Verlaine redevient le seul sujet du poème. La référence artistique n'est plus que le prétexte à un retour sur soi.

À LA MANIÈRE DE PAUL VERLAINE

Dans la confrontation à l'art des autres — et à un art autre — Verlaine se cherche ou cherche à ne pas se perdre, ne pas se trahir, il se rappelle et se commémore en faisant saillir ses traits propres, en faisant remonter à la surface sa propre manière. Ainsi, décontenancé comme on l'imagine devant un dessin de Redon, ou évitant sciemment l'iconographie de la Mélancolie que laisse deviner la main au front, il risque une description à tâtons et finit par y retrouver une formule sienne, comme il avait retrouvé son style chez Carrière, mais c'est à peu près tout ce qu'il y trouve :

TÊTE DE PIPE

à Odilon Redon.

C'est une face avec un casque en cône tronqué,
Sur le front de laquelle une main mal définie
Au bout d'un bras de rêve a sa poigne en harmonie,
Comme contre la pensée un geste un peu manqué.

Un sein, est-ce le gauche ou le droit ? mais un seul sein
Pend sous le bras, — battant pour qui ? Près d'allaiter, qu'est-ce ?
Et du cône tronqué du casque un panache laisse
Monter parfois dans son allure un cœur sans dessein... [14]

Curieusement, ce poème fait penser au « César Borgia » des *Poèmes saturniens*. C'est aussi le portrait en buste d'un personnage plein de mystère et les derniers vers sur le panache du casque font écho à ceux qui closent « César Borgia » dont le front « Sans doute de projets formidables rempli, / Médite sous la toque où frissonne une plume / Émise hors d'un nœud de rubis qui s'allume. [15] »

La figure sibylline de Redon et le portrait de César Borgia se recoupent par la manière dont ils ménagent le mystère, le silence, par leur manière de faire échapper la consistance de caractère par un appendice ornemental. Et c'est encore le motif final du « Pitre » :

> *Mais ce qu'il sied à tous d'admirer, c'est surtout*
> *Cette perruque d'où se dresse sur la tête,*
> *Preste, une queue avec un papillon au bout.* [16]

Encore et toujours, plutôt qu'un enlisement dans la psychologie de l'artiste névrosé, c'est la fuite descriptive au long de cette coda vestimentaire, fioriture décorative. Or, il semble significatif que les trois occurrences de ce motif soient liées, d'une manière ou d'une autre, à une image, comme si la description d'art portait en elle, chez Verlaine, cette résorption du psychologique au profit du superficiel. « Tête de pipe » laisse donc l'impression d'un mystère impénétrable, du moins Verlaine reste-t-il perplexe : « mal définie », « de rêve » ou encore « un peu manqué » et les formules interrogatives en témoignent. Du reste, ces vers de treize syllabes, sont les seuls du recueil et ceux qui s'en rapprochent le plus, les hendécasyllabes de la pièce III dédiée à Edmond de Goncourt, traitent également d'un style artistique qui étonne Verlaine :

> *Lourd comme un crapaud, léger comme un oiseau,*
> *Exquis et hideux, l'art japonais effraie*
> *Mes yeux de français* [17]*…*

Tout se passe comme si le mètre impair long exprimait ici systématiquement l'irrégularité, l'imparfait, l'inachevé ou une irréductible étrangeté. Mais pour Verlaine, fourbir à nouveau, dans les années 1890, des vers de onze et treize syllabes, c'est aussi se remémorer le temps où il prescrivait l'impair avec conviction et s'amuser avec ceux qui, suivant et outrepassant son exemple, torturent le vers traditionnel. À se frotter à la modernité picturale, Verlaine est provoqué à se remémorer le temps de ses expérimentations, si bien qu'on est tenté de voir dans le vers de treize syllabes une réponse en écho, un

« équivalent », aux figures absconses de Redon ; un équivalent, c'est-à-dire non pas un analogue (les vers ne « ressemblent » pas au dessin) mais une prise de position esthétique dans le champ littéraire similaire à celle du peintre dans le champ artistique.

Il y a sans doute de l'à-propos dans ce traitement de Redon. On peut même juger que Verlaine a exprimé avec justesse la réception bienveillante qui pouvait être faite d'un art qui le déconcertait tant. Car rien n'indique que Verlaine ait eu des dispositions à apprécier la peinture symboliste. Sa méfiance à l'égard des avant-gardes, à la fin de sa vie, aurait même pu faire craindre une réaction d'incompréhension. Sa bienveillance peut aussi s'expliquer si l'on fait l'hypothèse que Verlaine répondait par ces vers à un envoi de Redon. Mais la manière reste celle de Verlaine : sa syntaxe est typique. Il préfère suggérer prudemment l'absence de « dessein » dans ce personnage plutôt que de broder une glose mystique alambiquée. Surtout, il retrouve ce motif de clôture qui lui avait déjà servi à signaler et à contourner les pièges de la poésie psychologique. Il ne répond donc pas à la création contemporaine par une pose avant-gardiste mais puise dans ses ressources propres pour répondre au mieux à l'œuvre plastique.

DES VERS « APPROPRIÉS *AD HOC* [18] »

La réponse aimable à l'envoi d'un admirateur, fût-il artiste célèbre, n'est guère contraignante en comparaison d'une commande prestigieuse et rémunérée. En 1895, la revue anglaise *The Pageant* propose à Verlaine d'écrire des vers à partir de la photographie d'un tableau de D. G. Rossetti, *Monna Rosa* [19]. Il y répond avec diligence en écrivant à son commanditaire : « Reçu votre lettre et la photo. Voici [les] vers : je les crois appropriés *ad-hoc*, "and the right lines of the right thing". » Quelle connotation faut-il entendre dans *« ad hoc »* ? Est-ce simplement la satisfaction de l'ouvrier fier de son travail ? Ou faut-il y voir quelque ironie, consciente de l'artifice que représente cette écriture de circonstance ?

Même si Verlaine se plaît à évoquer les couleurs (blanc, or, vert, noir, bleu…), ce qui pourrait rappeler les nuances chromatiques de jadis, il faut pourtant remarquer que la palette n'a plus rien à voir dans ce poème avec celle des premiers recueils. Les couleurs sont franches et contrastées, au contraire des mélanges et des dégradés anciens. Certes, Verlaine ne pouvait restituer les nuances d'une perception en demi-teintes puisqu'il ne disposait que d'une photographie en noir et blanc et d'une description fournie par un collaborateur du *Pageant*. Cette atmosphère colorée semble surtout bien faite pour se fondre dans la mode des variations chromatiques développées à l'envi par les poètes contemporains de tendance symboliste [20]. Pourtant, l'adoption de ce trait de style n'est que superficielle. En effet, Verlaine demeure réticent à certains principes de l'esthétique préraphaélite : il minimise la portée symbolique et psychologique de l'œuvre de Rossetti et seul « un paon jadis vainqueur / Aux jardins de ce cœur » fait rapidement allusion à l'atmosphère sentimentale du tableau. Car en 1895, même ses souvenirs de Baudelaire semblent trop lointains pour disposer Verlaine à l'interprétation psychologique et symbolique de la figure féminine rossettienne.

Néanmoins, son poème comporte un dernier trait d'époque qui confirme une certaine affinité avec la théorie picturale contemporaine ou montre, plus exactement, que Verlaine lit le préraphaélisme au filtre du symbolisme. La métaphore musicale occupe massivement une strophe qui décrit

> *Un flot mélodieux,*
> *— Selon le rythme juste —*
> *De roses, chœur auguste ;*
> *Bouquet mélodieux,*
> *Aux conseils radieux !*

On peut se demander quelle est la part d'inspiration personnelle et celle de l'emprunt. Il n'y a plus guère dans ce poème de trace de la petite musique verlainienne, si ce n'est peut-être dans l'admirable « Elle, belle comme elles ». Dans l'ensemble, Verlaine semble composer tardivement avec une autre poétique que la sienne plutôt qu'il n'apparaît comme le fondateur de cette poétique symboliste. Ici, la couleur et la musique, si elles rappellent à juste titre que Verlaine en a été l'un des plus grands promoteurs avant même l'émergence du symbolisme, manifestent surtout l'artifice qu'il y a, pour lui, à sacrifier à la transposition d'art.

Qu'elle soit préraphaélite ou symboliste, la peinture contemporaine appelait — et obtenait souvent — l'explicitation psychologique, autant que symbolique. Or, ce que Verlaine semble avoir conservé de son expérience des *Fêtes galantes*, c'est le refus de l'exposé psychologique. Le détour par Watteau lui avait été un exercice de superficialité et d'artificialité fondateur. Le rôle de la peinture, dans les *Fêtes galantes*, était en effet d'abolir l'intériorité en ramenant tout caractère, toute profondeur, à une comédie de masques, un vertigineux jeu d'artifices.

On peut se demander si finalement, le style descriptif et le parti pris de superficialité de Verlaine ne se fût pas plus heureusement adapté à la peinture de Whistler qu'à celle de Rossetti — Whistler qui avait décliné l'offre du *Pageant* de se voir proposé à Verlaine comme sujet de son poème. De même que Mallarmé était « pour — aucune illustration [21] », on peut comprendre que Whistler ait préféré éviter l'illustration verbale de sa peinture. Mais même si « Monna Rosa » est « un Rossetti revu et corrigé par Whistler », comme l'écrit Laurence Brogniez [22], Verlaine s'acquitte bien de sa tâche, à tel point que le style de ce poème semble trancher sur la production de ces derniers mois de sa vie. Il est tentant d'évoquer à ce propos le scrupule qui lui venait dans une *Épigramme* :

Le poète qu'il faut être
Et que j'ai, dit-on, été
(Le suis-je, dites, resté ?)
Craint de ne plus le paraître,
— Cas terrible en vérité ! —
Dès qu'il se sent moins sincère
Que par trop judicieux. [23]

Écrire *« ad hoc »*, était-ce être « trop judicieux » ? On sait que la sincérité de sentiment est un maître mot de la dernière manière poétique de Verlaine. Néanmoins, les années 1890 le voient plus que jamais écrire et publier des vers de circonstance, c'est-à-dire des vers dans lesquels le contexte social entre en concurrence avec la singularité créatrice du poète. Les valeurs en tension sont alors la conformité sociale et l'authenticité personnelle. Dans cette situation, la défense d'une réputation et l'affirmation d'un style se confondent puisque l'*ethos* du poète dépend de l'expression sincère de ses vers.

« Dans l'âme ayons un haut dessein [24] »

C'est sans doute chez Puvis de Chavannes que le style du dernier Verlaine s'acclimate le mieux, mais ce n'est pas du fait du symbolisme présumé de ce peintre. D'ailleurs, le poète n'en apprécie pas tant le mystère que l'affichage d'un très clair « dessein » — ce qui manquait à Redon.

En 1895, *La Plume* consacra au peintre un numéro d'hommage, suite au banquet donné en son honneur. L'impression qui se dégage de tout le numéro, et notamment des discours prononcés et des poèmes offerts au peintre lors du banquet, est l'exaltation d'une très vague spiritualité à laquelle il n'est guère donné de contenu précis. La contribution de Verlaine tranche dans ce concert consensuel. Alors que la plupart des hommages restent flous et que l'œuvre la plus citée est *Le Bois sacré cher aux Arts et aux Muses*, indiqué pour la circonstance, Verlaine choisit et cite précisément quatre autres œuvres :

VICTOR HUGO, soleil dont tous sont le Memnon,
Donnant à nous sa lyre étoilée et fleurie,
Extase du poète, orgueil de la patrie,
Honneur du genre humain qui se lève à son nom ;

PICARDIA MATER, compagne courageuse,
Race blonde aux corps blancs brunis par le grand air,
LUDUS PRO PATRIA, beaux éphèbes, sang fier
Et chair forte et des yeux où rit la mort songeuse,

GENEVIÈVE paissant ses ouailles, tandis
Que l'oignent de douceur tel saint et tel évêque ;
Et, le Hun éloigné, rêvant de paradis.

Autant, Gloire, de droits et de titres avecque
Tant d'autres, à ton temple ouvert de son vivant
À l'artiste impeccable, au Maître triomphant. [25]

Tandis que d'autres poètes louent l'atmosphère de Puvis, sa simplicité, son aspect traditionnel, bref, son style, Verlaine met en avant ses idées, ou plus exactement celles qu'il remarque et approuve dans ses œuvres : il s'agit clairement d'un éloge patriotique de la France traditionnelle [26]. Or, parmi les discours qui furent prononcés au banquet, seul celui de Brunetière loua en Puvis de Chavannes un peintre d'idées. Après avoir opposé Puvis au formalisme des symbolistes et décadents aussi bien qu'au prosaïsme des réalistes, il conclut ainsi : « Sachant bien que le peintre, comme le poète, a vraiment charge d'âmes, vous avez fait exprimer à vos compositions ce que nous appelons des idées. […] Vous avez rendu l'art à la dignité de sa fonction ou de sa mission sociale. »

Brunetière fut hué pour cela. Si Verlaine avait eu les moyens d'assister au banquet, il n'eût sans doute pas fait partie de ses contempteurs. Lui aussi avait apprécié les « idées » qu'il voyait chez Puvis. Est-il si étonnant, d'ailleurs, de voir Verlaine et Brunetière se rejoindre ? Dans un article de 1898, Coppée ne les classait-il pas tous deux parmi les convertis de la « Renaissance chrétienne [27] » ?

Ce n'est donc pas un symbolisme éthéré que Verlaine perçoit ou approuve chez Puvis ; il y cherche un reflet de ce qui le préoccupe. Et que la figure hugolienne soit le terrain d'entente sur lequel se rencontrent le peintre et le poète signifie surtout une sorte de « classicisme » affiché de part et d'autre, puisque Hugo était d'ores et déjà devenu un « classique » de la culture française. En effet, Puvis ne fait pas signe en direction des poètes immédiatement contemporains et, à cette époque, Verlaine a depuis longtemps mis à distance la figure tutélaire des poètes symbolistes, Baudelaire, de même qu'il ignore les grandes gloires à la mode des symbolistes et décadents : « Qu'ils gardent Ibsen ! Nous, c'était Hugo. [28] »

Ainsi, lorsqu'il se frotte à l'art de ses contemporains parce qu'on lui fait l'honneur d'une commande ou pour répondre à un envoi, Verlaine se trouve en quelque sorte confronté à lui-même, c'est-à-dire à l'image que les autres lui renvoient de lui-même. Est-il parnassien, décadent, symboliste ? Il ne revendique pas ces étiquettes. Se reconnaît-il dans la peinture, comme les poètes romantiques se reconnurent en Boulanger, Devéria ou Delacroix ? Il s'y adapte, plutôt, et en reçoit avec bonheur certains aspects. Mais c'est en lui-même et dans sa propre poétique que Verlaine cherche matière à répondre aux attentes, et s'il va parfois jusqu'à épouser un peu l'attente du commanditaire ou du destinataire, du moins manifeste-t-il, en greffant sa pensée sur les œuvres d'autrui, la force d'affirmation de sa propre singularité. S'il est vrai que « l'art, mes enfants, c'est d'être absolument soi-même [29] », Verlaine trouva dans l'art de ses contemporains un miroir paradoxal pour faire son autoportrait.

Nicolas WANLIN

1. Mallarmé prête cette phrase à Verlaine dans son discours funèbre publié dans *Le Temps* du 11 janvier 1896 (puis dans *La Plume*, n°163, 1er février 1896, p. 121), *Œuvres complètes*, « Pléiade » de B. Marchal, 2003, t. II, p. 119-120.
2. *La Plume*, 15 janvier 1895, p. 60, *Œuvres poétiques complètes*, « Pléiade », 1962 (désormais *OPC*), p. 638-639 (poème cité *infra*).
3. Sur le « régime de singularité », voir Nathalie Heinich, *L'Élite artiste*, Gallimard, 2005. Sur le délitement des stratégies solidaires entre artistes et écrivains, voir Dario Gamboni, *La Plume et le pinceau. Odilon Redon et la littérature*, Minuit, 1989.
4. J'ai récemment développé ces questions dans une thèse de doctorat partiellement consacrée à Verlaine : *Du Pittoresque au Pictural. Valeurs et usages des arts*..., Paris-Sorbonne, 2006.
5. Verlaine se cite lui-même en épigraphe de « Explication », *Parallèlement*, *OPC*, p. 504.
6. *Dédicaces*, ibid., p. 605.

7. Voir sur ce sujet l'article de Claude Lapaire, « Auguste de Niederhausern-Rodo, sculpteur de Verlaine », *Dédicaces à Paul Verlaine*, Éditions Serpenoise, 1996, p. 137-157.
8. *Épigrammes*, XVII, *OPC*, p. 869-870. Voir aussi dans le même recueil le poème XXIV, « Au bas d'un croquis [par Félix Régamey]. (Siège de Paris) », *ibid.*, p. 874.
9. Voir N. Heinich, *op. cit.*, p. 131 et suivantes : « Faire groupe : comment être plusieurs quand on est singuliers ».
10. Daté de décembre 1891, *Dédicaces*, *OPC*, p. 615.
11. Daté du 7 novembre 1890, *Poèmes divers*, ibid., p. 982.
12. Voir notamment Laurent Tailhade, « Paul Verlaine. Causerie donnée aux *Soirées Procope* le 25 octobre 1894 », *La Plume*, 15 novembre 1894, p. 466, cité par Alain Buisine, *Verlaine. Histoire d'un corps*, Tallandier, 1995, p. 486.
13. Paul Bourget, « La poésie anglaise contemporaine », *Le Journal des débats*, 14 avril 1885, repris dans *Verlaine*, coll. « Mémoire de la critique », éd. d'Olivier Bivort, PU Paris-Sorbonne, 1997, p. 110.
14. *Épigrammes*, *OPC*, p. 873 (probablement écrit en 1894).
15. *Poèmes saturniens*, ibid., p. 88.
16. Publié dans *Sonnets et Eaux-fortes* en 1869 associé à une eau-forte de Paul-Adolphe Rajon puis dans *Jadis et Naguère* en 1884, *OPC*, p. 328.
17. *Épigrammes*, ibid., p. 856.
18. Lettre du 15 septembre 1895 à William Rothenstein, citée *ibid.*, p. 1356.
19. *The Pageant*, octobre 1896, *OPC*, p. 1038-1039 (daté sur le manuscrit de septembre 1895). Le tableau est un portrait de Mrs F. R. Leyland peint en 1867.
20. Voir Laurence Brogniez, *Préraphaélisme et Symbolisme. Peinture littéraire et image poétique,* Champion, 2003, p. 325-329.
21. Réponse à l'enquête d'André Ibels, *Mercure de France*, n° 98, février 1898, p. 110.
22. *Op. cit.*, p. 329.
23. *Épigrammes*, II, I, *OPC*, p. 854.
24. Derniers mots de « Çavitri », *Poèmes saturniens*, *OPC*, p. 78.
25. *La Plume*, 15 janvier 1895, p. 60, *OPC*, p. 638-639.
26. Seul Émile Bergerat est aussi engagé, et même plus explicite que Verlaine. Il appelle le peintre « Artiste de la race immortelle, Aryen ! » puis « Maître national et traditionnel ! » (*ibid.*, p. 55.) L'interprétation de Puvis par Verlaine est attestée dans la monographie de Marius Vachon, *Puvis de Chavannes*, Braun, Clément et Cie et A. Lahure, 1895, notamment p. 86 et 108.
27. « Renaissance chrétienne », *Le Journal*, 10 mars 1898, repris dans *Chroniques artistiques, dramatiques et littéraires*, éd. de Yann Mortelette, PU Paris-Sorbonne, 2003, p. 265-269.
28. *Épigrammes*, II, III, *OPC*, p. 855.
29. *Bonheur*, XVIII, *OPC*, p. 683.

LES DIEUX DE VERLAINE

On ne connaissait le sonnet « Les Dieux » publié dans le premier volume des *Œuvres posthumes* de Verlaine que d'après une copie portant la mention « sonnet de jeunesse ». Or il a paru une première fois en 1869 dans *L'Almanach du Quartier latin* d'Eugène Vermersch. Le texte qui y est donné (p. 9-10) est identique à la version des *Œuvres poétiques complètes* de la Bibliothèque de la Pléiade :

LES DIEUX

Vaincus, mais non domptés, exilés, mais vivants,
Et malgré les édits de l'Homme et ses menaces,
Ils n'ont point abdiqué, crispant leurs mains tenaces
Sur des tronçons de sceptre, et rôdent dans les vents.

Les nuages coureurs aux caprices mouvants
Sont la poudre des pieds de ces spectres rapaces
Et la foudre hurlant à travers les espaces
N'est qu'un écho lointain de leurs durs olifants.

Ils sonnent la révolte à leur tour contre l'Homme,
Leur vainqueur stupéfait encore et mal remis
D'un tel combat avec de pareils ennemis.

Du Coran, des Védas et du Deutéronome,
De tous les dogmes, pleins de rage, tous les dieux
Sont sortis en campagne : Alerte ! et veillons mieux.

L'Almanach du Quartier latin (BnF : Lc33-36) est une mince brochure in-16 proposée en vente aux Bureaux de L'Éclipse, 16, rue du Croissant et dont la couverture brique est illustrée par un dessin de Hadol. Il représente dans un médaillon ironiquement sentimental l'image d'un jeune viveur et d'une horizontale à côté desquels sont représentés les emblèmes des Écoles : deux traités, un de droit romain et un d'anatomie sur lesquels sont posés une chope et une tête de mort. Dans une introduction très convenue et d'une rhétorique toute bohème, Vermersch déplore la disparition du Pays latin, victime des coquettes et de l'individualisme. Il présente ensuite ses collaborateurs les plus proches : Gustave Maroteau, journaliste ami de Jules Vallès, qui semble impliqué dans cette publication, Francis Enne avec qui il a fondé le bref *Journal des bals masqués* (1868), Ernest d'Hervilly, et E. Forcade. Enfin il met en avant des « noms qui se recommandent trop d'eux-mêmes », ceux d'Albert Mérat, d'André Lemoyne et de Paul Verlaine.

Venu à Paris pour faire des études de Médecine, Eugène Vermersch collabora au *Hanneton* et à *L'Éclipse*. Il avait publié notamment *Lettres à Mimi sur le Quartier latin* (E. Sausset, 1866) et *La Lanterne en vers de Bohême*, illustrée par de Frédéric Régamey (Impr. parisienne, 1868). La participation de Verlaine à cette publication n'est pas une surprise. Le 2 mai 1867, Vermersch déclarait dans *Le Hanneton :* « Je ne connais pas M. Paul Verlaine, mais j'ai lu son livre quatre fois, et à chaque fois j'ai trouvé de plus en plus juste l'application faite à son œuvre, des paroles de Baudelaire : des qualités gigantesques coudoient des qualités énormes [1] ». Verlaine confia rapidement plusieurs poèmes à ce journal d'août à octobre 1867, puis l'année suivante en janvier et avril. C'est dans la préface qu'il a donnée à *L'Infamie humaine*, roman posthume de Vermersch (A. Lemerre, 1890) que Verlaine a raconté comment les deux hommes s'étaient connus lors de la parution des *Poèmes saturniens*. Attaqué par le journaliste Charles Bataille, Verlaine fut vivement défendu par Vermersch et l'affaire avait failli aboutir à un duel. Ils se retrouveront à Londres après la Commune : « J'habite la propre chambre de Vermersch, écrit-il à Blémont [2], lequel vient de se marier, l'insensé ! » C'est enfin à lui que Rimbaud confiera les livres et les manuscrits de Verlaine lors de la crise de juillet 1873.

Jean-Didier WAGNEUR

1. Verlaine, *Correspondance générale*, t. I, 1857-1885, établie et annotée par M. Pakenham, Fayard, 2005. Lettre du 2 mai 1867, p. 967.
2. *Ibid.*, lettre du 22 septembre 1872, p. 247.

POÈMES DE JADIS ET DE NAGUÈRES

I

DIZAIN MIL HUIT CENT TRENTE

Je suis né romantique et j'eusse été fatal
En un frac très étroit aux boutons de métal,
Avec ma barbe en pointe et mes cheveux en brosse,
Hablant espanôl, très loyal et très féroce,
L'œil idoine à l'œillade et chargé de défis.
Beautés mises à mal et bourgeois déconfits
Eussent bondé ma vie et soûlé mon cœur d'homme
Pâle et jaune, d'ailleurs, et taciturne comme
Un infant scrofuleux dans un Escurial..,
Et puis j'eusse été si féroce et si loyal !
1873.

II

SONNET BOITEUX

Ah ! vraiment c'est triste, ah ! vraiment ça finit mal.
Il n'est pas permis d'être à ce point infortuné.
Ah ! vraiment c'est trop la mort du naïf animal,
Qui voit tout son sang couler sous son regard fané.

Londres fume et crie, O quelle ville de la Bible !
Le gaz flambe et nage et les enseignes sont vermeilles,
Et les maisons dans leur ratatinement terrible
Epouvantent comme un sénat de petites vieilles.

Tout l'affreux passé saute, piaule, miaule et glapit
Dans le brouillard rose et jaune et sale des *sohos*
Avec des *indeeds* et des *all rights* et des *hâos*.

Non vraiment c'est trop un martyre sans espérance,
Non vraiment cela finit trop mal, vraiment c'est triste :
O le feu du ciel sur cette ville de la Bible !
Londres, 1873.

PAUL VERLAINE

JADIS ET NAGUÈRE EN DEVENIR

Le n° 6 du journal *La Nouvelle Lune* du dimanche 11 février 1883 laisse lire deux poèmes de Verlaine, *Dizain mil huit cent trente* et *Sonnet boiteux* [1], que l'on retrouvera dans *Jadis et Naguère* lors de la parution du recueil fin 1884 [2] à compte d'auteur chez Vanier. Nous ne possédons malheureusement aucune lettre du poète relative à cette publication de *La Nouvelle Lune*. Toutefois, l'observation de cette demi-colonne de journal et la consultation d'autres semblables prépublications par Verlaine de son recueil dans d'autres journaux ou revues nous apportent nombre d'indications sur cette publication ponctuelle de *La Nouvelle Lune*, sur la genèse de *Jadis et Naguère* mais encore sur la manière dont Verlaine élaborait ses recueils.

Mis à part quelques différences — qu'il faut probablement envisager comme des fautes de composition de l'imprimeur dans la mesure où il est raisonnable de penser qu'il n'y eut pas d'épreuve(s) d'imprimerie [3] — chaque poème est semblable à la version parue dans *Jadis et Naguère*. L'ensemble est coiffé d'un titre, *Poèmes de Jadis et de Naguères* [4], séparé du dizain et du sonnet par un filet, et se conclut par « Paul Verlaine » ; les poèmes se trouvent de fait encadrés par le titre général et par le nom de l'auteur, ceux-ci ayant respectivement fonction d'ouverture et de clôture. Le corps même de cette publication laisse lire une numérotation en chiffres romains : le dizain est chapeauté « I » et le sonnet « II ». Cette numérotation ne peut avoir une fonction discriminante pour bien séparer par exemple les deux poèmes, leur titre respectif suffisant à remplir ce rôle.

On est en droit de se demander si Verlaine a pu imposer sa volonté d'auteur et donner l'aspect qu'il souhaitait à cette publication ou si la direction du journal lui a imposé ce que nous appellerions aujourd'hui un format ou une maquette. Cette dernière éventualité repose sur le fait que l'on retrouve une numérotation similaire dans le n° 19 du 13 mai 1883 chapeautant deux sonnets de Tancrède Martel, *Tuileries d'automne* (I) et *Luxembourg de printemps* (II), l'ensemble ayant pour titre *Sonnets*, titre ne justifiant donc d'un point de vue littéraire aucune numérotation des poèmes. On notera toutefois que dans le n° 34 du 31 octobre de la même année apparaissent *Deux sonnets* de Fréd. Letaquin mais en revanche pas la moindre présence d'une numérotation — cela pourrait s'expliquer par le titre respectif des deux poèmes indiquant assez combien l'étroitesse de leur *dialogue* est nécessaire à leur compréhension, le premier s'intitulant *Demande* (en mariage d'un monsieur à une dame) et le second *Réponse* (de cette dame au monsieur)...

En 1882-1883, Verlaine publie dans d'autres journaux ou revues, soit *La Nouvelle Rive-Gauche*, *Paris-Moderne* et *Le Chat noir*, un certain nombre de poèmes que l'on retrouvera également pour la majorité d'entre eux dans *Jadis et Naguère*. La maquette adoptée pour *Paris-Moderne* est exactement la même que celle retenue pour *La Nouvelle Lune*, avec cette petite différence ici ou là de l'ajout du nom d'un dédicataire avant un poème. Les prépublications du *Chat noir* laissent, elles aussi, apparaître cette numérotation mais pas celles de *La Nouvelle Rive-Gauche* de sorte que notre supposition d'une numérotation par Verlaine lui-même dans *La Nouvelle Lune* semble très probable mais non absolument certaine. Dans *Paris-Moderne* et *Le Chat noir*, cette numérotation est suivie, c'est-à-dire qu'elle se poursuit d'un numéro du journal ou de la revue sur l'autre, inscrivant par conséquent les prépublications successives d'un même périodique dans une série. Si pour *Paris-Moderne*, par exemple, le numéro du 25 juillet 1882 laisse lire « I » pour *Le Squelette* et « II » pour *À Albert Mérat,* le numéro du 10 novembre 1882 marquant la seconde collaboration de Verlaine dans la revue fait apparaître « III » pour *Pierrot* et « IV » pour *À Léon Valade*, etc. On peut de fait, concernant les projets de Verlaine avec *La Nouvelle Lune,* procéder à une conjecture sérieuse : le poète pensait à l'époque de cette publication très probablement faire imprimer d'autres poèmes dans les numéros suivants du journal. On comprend dans le même temps que cette numérotation romaine ne se doit pas d'être interprétée comme participant à la bipartition littéraire des deux poèmes, puisque bipartition il y a comme nous allons le voir.

Pour ce qui est du titre, *Poèmes de Jadis et de Naguère(s)* [5], on peut en revanche le tenir de Verlaine avec certitude [6] puisque nous le retrouvons dans d'autres prépublications mais surtout dans la lettre à Lepelletier du 9 janvier 1883 : « [...] et te parler longuement de projets et de volumes de vers (*Poèmes de Jadis et de Naguère* [...] [7] ». Concernant *La Nouvelle Lune*, un tel titre n'en autorise pas moins deux interprétations littéraires *a priori* : soit (a) les poèmes sont tous les deux de *jadis* et de *naguère*, c'est-à-dire ayant et des choses anciennes et des choses relativement récentes chacun (thème ? composition ? vocabulaire ? versification ? caractère autobiographique ?, etc.), soit (b) ce titre nous engagerait à considérer le premier poème — le dizain — comme renvoyant à *Jadis,* et le second — le sonnet — à *Naguère(s)*, le terme de « Poèmes » étant en quelque sorte mis en facteur (au pluriel) afin d'éviter la lourdeur d'un titre trop long et répétitif tel que « Poème de Jadis et poème de Naguères ». Si ces deux lectures du titre sont *a priori* tout aussi valables l'une que l'autre, c'est qu'elles résultent des différentes valeurs propres à la conjonction de coordination *et*, faisant ressortir pour (a) une valeur d'addition (poèmes de jadis + naguère) et pour (b) une valeur de succession (poème de jadis *puis* poème de naguère). On peut à ce stade tirer une première conclusion : quelle que soit l'interprétation à retenir, à la différence de son emplacement dans la section *Jadis* du recueil, le *Sonnet boiteux* a peu ou prou à voir avec « Naguères » dans cette publication de *La Nouvelle Lune*.

Les deux adverbes *jadis* et *naguère* sont en soi deux indications chronologiques des plus floues dont le caractère relatif ne se précise qu'à partir des éléments auxquels ils réfèrent en discours. En observant les prépublications de *Paris-Moderne* et de *La Nouvelle Rive-Gauche*, on s'aperçoit que le premier poème est toujours daté de fin 1860-début 1870 et le second du début des années quatre-vingt, celui-ci tout à fait contemporain donc de ces publications (1882-1883) [8]. De fait, c'est notre hypothèse (b) (poème de jadis *puis* poème de naguère) qui est à retenir pour comprendre la composition de ces autres prépublications : l'idée de Verlaine était alors manifestement de vouloir composer un recueil bipartite fondé sur un partage chronologique des textes selon leur date d'écriture ; le poète composait à cette époque un certain nombre de poèmes devant figurer dans la section *Naguère* du futur recueil. Malgré les apparences, la publication de *La Nouvelle Lune* respecte dans le principe cette idée chronologique. Les deux poèmes sont affublés d'une date identique, « 1873 », que l'on peut tenir pour celle de la composition des deux poèmes également, de sorte que l'hypothèse d'une éventuelle partition de cette prépublication fondée à son tour sur la date d'écriture des textes est de toute évidence à abandonner ici. La double indication chronologique et géographique (« Londres, 1873 ») du *Sonnet boiteux* renverrait au séjour londonien en compagnie de Rimbaud en 1873, renvoi autobiographique que semble confirmer la dédicace à Ernest Delahaye[9] lors de la publication du poème en recueil. Si l'on tient compte de la mention chronologique du dizain (1830) et de la référence autobiographique datable du sonnet (1873), on comprend que la bipartition de cette publication s'établit bien sur une dimension chronologique elle aussi mais fondée en l'occurrence sur le contenu littéraire et autobiographique des poèmes. C'est qu'il faut prendre en considération également que Verlaine lors de telles prépublications puisse adopter une démarche quelque peu différente de l'idée qui est alors la sienne pour son futur recueil, ce qui lui permet d'offrir une nouvelle lecture des poèmes par le bouleversement de leur entourage contextuel tout en ne dérogeant pas toutefois fondamentalement au principe chronologique de base (véhiculé par le titre).

Les prépublications de Verlaine que nous avons ici abordées, conçues comme des micro-recueils, n'ont du point de vue de la structure littéraire (bipartition temporelle) plus rien à voir avec le recueil de 1884 qui ne respectera pas d'idée chronologique, *Jadis et Naguère* apparaissant souvent comme un véritable fourre-tout. En effet, nombre de poèmes publiés sous la rubrique *Naguère* de ces différentes prépublications en journal ou revue ne seront tout simplement pas repris dans l'édition en volume (ou le seront dans un autre recueil, *Amour*) quand dans le même temps des poèmes comme *Sonnet boiteux* ou *À Albert Mérat* se retrouveront dans la section *Jadis* et que tous les poèmes présents dans la section *Naguère* dateront des années 1873-1874[10]. Si les textes des poèmes eux-mêmes sont semblables dans ces prépublications à leur version publiée en recueil[11], en revanche l'aspect global de ces micro-recueils témoignant d'un projet littéraire différent de celui finalement retenu pour l'édition originale empêche de lire ces prépublications comme des échantillons de l'œuvre à paraître.

Christophe BATAILLÉ

1. Cette publication se trouve page 2 du journal, en tête de la colonne centrale, chaque page comportant 3 colonnes. Voir notre retranscription de cette publication en tête de cet article.
2. L'achevé d'imprimer mentionne le 30 novembre 1884.
3. Ce qui pourrait expliquer le *s* à « Naguères » (graphie qui était encore en concurrence à l'époque avec notre graphie actuelle sans le *s*) seulement présent dans cette publication mais jamais dans la correspondance de Verlaine quand le poète cite le titre de son recueil. On notera également la graphie d'« espanôl » au v. 4 du *Dizain mil huit cent trente* (*ô* pour remplacer ou plutôt compenser le tilde manquant (*ñ*) sur le *n* ?) et l'omission de l'adverbe *trop* dans le 1er vers du *Sonnet boiteux*, faisant de ce vers un alexandrin dans un poème en 13-syllabes.
4. Le titre étant en majuscules dans la publication, nous optons pour cette version en minuscules plus commode pour notre article (voir note suivante).
5. Les majuscules ne nous permettent pas de savoir si l'initiale des deux adverbes se voit dotée d'une majuscule mais Verlaine en met généralement dans sa correspondance lorsqu'il évoque ce titre et ce tout particulièrement dans la lettre du 9 janvier 1883 ; dans la table des matières de *Paris-Moderne* les titres des poèmes sont écrits en minuscules et ne laissent apparaître aucune majuscule pour les deux adverbes, mais on peut penser que cette table des matières soit le fait de la revue et non des auteurs.
6. Et non comme un titre pratique donné à la va-vite par le journal en désespoir d'obtenir plus de précisions de l'auteur. Notons que dans toutes les prépublications de 1884, soit dans *Lutèce*, *La Libre Revue* et *La Revue Critique*, Verlaine ne donnera plus de titre général, se contentant seulement de faire imprimer ses poèmes.
7. Paul Verlaine, *Correspondance générale*, tome I (1857-1885), édition établie et annotée par M. Pakenham, Fayard, 2005, p. 781.
8. Avec là encore l'exception verlainienne qui confirme la règle verlainienne de la publication de *La Nouvelle Rive-Gauche* du 5-12 janvier 1883 dans laquelle le 1er poème *À Horatio* est daté de 1867 et le second *Le Clown* de 1869. Il n'est pas sans logique que les prépublications du *Chat noir* portant le titre *Vers à la manière de plusieurs*, « rubrique » (le mot est celui employé par Verlaine lui-même au sujet justement de *Vers à la manière de plusieurs* dans une lettre à C. Morice de la fin juillet 1884) incluse dans la future partie (ou section) « Jadis » du recueil, ne laissent lire aucune date à la fin des poèmes.
9. L'un des grands amis d'enfance de Rimbaud devenu plus tard l'ami de Verlaine.
10. Exception là encore du *Prologue* de « Naguère » composé en 1883 en prévision de l'édition.
11. Voir le début de notre article et la note 3.

DES VERS INÉDITS DE VERLAINE ?

Michel Georges-Michel (1883-1985) a publié en 1924 Les Montparnos, roman nouveau de la bohême cosmopolite *(Fayard), dont la couverture s'ornait d'une gouache de Picasso, et qui rapportait l'histoire romancée de Modigliani et des artistes de l'« École de Paris ». Ce peintre, journaliste, romancier, critique d'art, dont l'activité artistique fut multiforme, a fait ensuite paraître* Autres Montparnos *en 1935. La couverture montre une chanteuse mexicaine, un sein dénudé et un pistolet en main, chantant dans un café. Le contenu est une suite de scènes avec des illustrations de Pavis. Nous reproduisons ci-dessous les deux passages de ce livre qui rappellent la présence de Verlaine. Le premier contient un poème.*

Vrais verlainiens

De vrais verlainiens ?… Il en est encore à Montparnasse.

Du fin bout du Quartier Latin, de cette *Closerie des Lilas* où s'enterrèrent les dernières soirées de *La Plume*, quelques-uns, comme, le premier, Guillaume Apollinaire, ont glissé jusqu'à ce boulevard. Voici F.-A. Cazals, carreau sur l'œil et de qui les chansons amusaient tant Mendès. Et voici même Paul Fort, tel que je le vis chez Pierre Louÿs, chez Claude Debussy, quand celui-ci nous lut la musique qu'il écrivit sur les *Chansons de Bilitis*. Et même chez Moréas à qui le Prince des Poètes dédiait ces vers :

Ce que je dois à Moréas
Ne peut être dit en paroles.

J'avais une âme obscure, hélas !
Quasiment, il en fit la folle...

« Fées des feux libres dans l'éther,
Aérez, aérez les mots,
Qu'ils soient de ces flammes légères
Dansant plus haut que des flambeaux ! »

Ce que j'appris de Moréas
Fut mon secret, non pas pour lui,
Puisque vivant — mon maître, hélas !
Il savait tout comme aujourd'hui...

Mais savez-vous quand fut rimé cet éloge qui sans doute est inédit, à la gloire de Moréas ? Ô Paul Fort, vers cinq heures du matin, sur le parapet d'un quai, et après quelle ribouldingue ! une ribouldingue de poètes [1]…

Verlaine a écrit beaucoup de poèmes sur Moréas, qui le fascinait et l'irritait, et il s'est brouillé un temps avec lui. Mais ce poème n'a pas été recueilli dans ses œuvres.

Le couplet central paraît une citation, car Verlaine n'aurait sans doute pas écrit lui-même : fées *à l'intérieur d'un vers, mais nous n'avons pu consulter la totalité des premières œuvres de Moréas où ce quatrain a quelque chance de se trouver. À moins qu'il s'agisse d'une parodie par Verlaine des « rythmes en assonances » de Moréas... Les deux autres couplets, en revanche, peuvent être de Verlaine, car à cette époque il lui arrivait de versifier fort lâchement (d'où la rime mixte* éther / légères, *et le quatrain masculin). La rime* Moréas / hélas *était un lieu commun.*

◆

Le second passage ne contient que deux vers, au sein d'un témoignage autobiographique. La scène se passe au Bar de la Marine, boulevard Raspail, au coin de la rue Campagne-Première, en face du cimetière, par une nuit d'hiver, à deux heures et demie du matin. Parmi les « Attractions extraordinaires », une danseuse en tutu, puis une dame « digne sous sa perruque blanche d'un blanc de coton hydrophile, drapée dans un plaid d'Écosse, et bottée ». C'est une chanteuse. Le dessin de son visage orne le texte.

« Une filleule » de Verlaine

[…] Et elle chanta *Écoute, ô mon cœur*, de « son vieux camarade Marcel Legay ».

Elle chantait, d'une belle voix grave, et les yeux clos. Et sur le corsage qui se soulevait, on entrevoyait trois petits rubans fanés : les palmes, la mutualité, un autre.

La salle, séduite, écoutait, réclama une seconde chanson tandis que nous imaginions les tribulations de la chanteuse…

— Je vais vous dire une poésie de mon parrain Verlaine, celui qui m'a donné mon nom d'Ywonna… *La Chanson de la Pluie*...

— Tiens, tiens…

Ah ! comme nous revenions en arrière, le caveau du *Soleil d'or*, les soirées de la Plume, Cazals, le vieux Quartier Latin…

Il pleure dans mon cœur...

*
* *

— Vous avez connu Verlaine ?

— Mais, monsieur, comme je vous vois.

— Racontez…

— J'avais beaucoup de succès alors…

— Mais Verlaine ?…

— Je connaissais Montoya, ah ! un poète !

— Mais Verlaine ?…

— Et l'hydropathe Beni Bardes, un type.

— Mais Verlaine ?…

— À cette époque, je chantais à l'Eldorado et je fus engagée au Petit Casino.

— Mais Verlaine ?…

— Et pour ne pas payer un dédit de trente-cinq mille francs, j'ai fait les cabarets de France, à pied, monsieur, de Quimper à Bordeaux, en chantant partout, quelle randonnée !…

— Mais Verlaine ?…

— Ça m'a duré trente mois. Et j'en ai rencontré des types, des artistes, des poètes…

— Mais Verlaine, Verlaine, Verlaine…

— Eh bien, voilà comment c'est arrivé : je chantais au caveau du *Soleil d'or*, vous savez, un de ces caveaux comme il y en avait au Quartier Latin. Il paraît que celui-là était le plus spécial. J'ai chanté avec un succès… À ce moment, un homme qui avait un front comme une bosse et une pipe si courte qu'elle ne passait pas le niveau de ce front, vint se planter devant moi, et il me dit :

— Tu t'appelles Ywonna.

Et puis il regagna sa place.

— C'était Verlaine. Depuis, tout le monde m'a appelée Ywonna. Même Montoya, qui m'a fait des chansons.

— Mais Verlaine ?

— Ah ! Il a couché à la corde, vous savez, pour de bon. Dès qu'il avait de l'argent, il le donnait… Il le donnait à la Goulue. Ah ! et à moi aussi…

— C'est tout ?

— Et il m'a fait des stances. Il m'a offert le manuscrit avec une dédicace…

— Mais il fallait le dire !… Vous avez toujours le manuscrit ?

— Ah ! sans doute, dans des papiers…

— Et vous les connaissez par cœur, ces stances ?…

— Ah ! oui… Attendez… Mais avec ce jazz, c'est difficile, les rythmes ne concordent pas… Attendez tout de même, le titre, c'est…

— C'est ?

— LA VOIX ENCHANTÉE, STANCES À YWONNA

Vous avez fait vibrer mon cœur bien las…
Et depuis, nos vivats ont salué vos pas…

Nous nous regardions…

— Je ne sais plus… Avoir eu des vers faits pour soi, par Verlaine et les avoir perdus… mais c'est ce jazz, n'est-ce pas…

— Ah ! Montparnasse… Nouveau Montparnasse ! [2]…

◆

Léon Deschamps, le directeur de La Plume, *a commencé à réunir les artistes et les poètes à la fin de l'été 1889, dans le sous-sol du café Le Soleil d'or, au coin du quai Saint-Michel* [3]*. Les soirées furent folles.*

Verlaine y faisait des entrées remarquées[4]. *Dans « Au Quartier ; souvenirs des dernières années » (1891), il a parlé de ces banquets et des femmes présentes*[5].

Tout est bien flou dans la tête de la chanteuse, à propos de faits qui remontent à plus de quarante ans. La « Chanson de la pluie » rappelle évidemment le vers « Ô, le chant de la pluie », dans l'une des « Ariettes oubliées ». Cazals, l'ami de Verlaine, fut le boute-en-train des soirées de La Plume. *Marcel Legay chantait au* Chat Noir, *et Gabriel Montoya écrivait des chansons. Beni Bardes est inconnu au bataillon, mais il existe un certain André Barde qui a écrit des chansons pour Marcel Legay*[6].

Il n'est rapporté nulle part que Verlaine ait donné de l'argent à la Goulue, la fameuse danseuse du Moulin-Rouge, et encore moins à la jeune Ywonna. On n'a jamais signalé non plus que le poète ait été « à la corde », dormant debout en tenant la corde avec d'autres pauvres hères toute la nuit, même s'il a vécu dans des lieux de hasard.

Ce baptême, où Verlaine joue le rôle du prêtre plus que du parrain, est très possible. Le prénom Ywonna est curieux, mais il existe en Europe du Nord.

Verlaine n'a jamais écrit d'autre poème intitulé « Stances à X. » : c'est plutôt la dernière période de Moréas qu'évoqueraient les « stances ». Mais le ton est bien verlainien. Les deux vers ne sont pas isométriques : la chanteuse n'est-elle que contrariée par le rythme du jazz, ou sa mémoire est-elle défaillante ?

Comme pour le poème précédent, l'authenticité de ce fragment restera impossible à établir tant que l'on n'aura pas retrouvé un manuscrit, ou, à défaut, des témoignages concordants. En attendant, ces souvenirs valent pour leur atmosphère…

Alain CHEVRIER

1. Michel Georges-Michel, *Autres Montparnos,* Illustrations de Pavis, Paris, Albin Michel, 1935, p. 149-150.
2. *Ibid.*, p. 142-146.
3. Ernest Raynaud, *La Mêlée symboliste (1870-1910),* rééd. Nizet, 1971, p. 132-133.
4. *Ibid.*, p. 144.
5. Paul Verlaine, *Œuvres en prose complètes*, éd. Jacques Borel, Paris, Gallimard, « Bibliothèque de la Pléiade », 1972, p. 297-298.
6. Anne de Bercy et Armand Ziwès, *À Montmartre… le soir*, Paris, Grasset, 1951, p. 146.

CAHIER DE CRÉATION

VOLKER BRAUN

Le grand Zidane

Quand le footballeur Zidane
Fut au seuil de l'immortalité
Il acheva sa carrière
Sur un coup de boule. Pas sur un coup de tête
Mais en une volte-face, crâne incliné comme un
taureau blessé à mort
Il se jeta contre la poitrine de Materazzi
De la troupe de la commedia dell'arte
Une faute criante contre dix cachées
Et le carton rouge définitif.
Ce fut l'instant de vérité
Dans un match médiocre qui n'avait pour enjeu
Que la coupe du monde, laquelle
Fut tirée au sort après prolongation ;
Et l'absurde clameur de joie fut la dernière combine
Pour afficher supériorité plutôt que grandeur
Celle-ci n'eût pu être démontrée
Que par un humble silence
Sous les applaudissements circonspects de l'adversaire
Saluant les tribunes d'un air nonchalant.
Mais seuls en sont capables
Ceux de la cinquième division
Place au sport.

Traduit de l'allemand par Alain Lance

Choé Joo-Young, *Bambous*

YI HO-U

APRÈS LA CHUTE

Les pieds boueux foulent
les feuilles mortes trempées.

Leur saison est certes passée,
mais pourquoi ce silence ?

J'abhorre ces feuilles, mes semblables.
Oalak je marche dessus.

FASCINATION

Tout passe.
Toi, moi aussi, nous passons.

Quelque chose…
s'approche de plus en plus.

Le ciel est toujours ainsi,
souriant béatement.

INVOCATION À AMIDA

Assis, les yeux fermés,
le moine égrène son chapelet.

La main tendue de Bouddha
ne peut être ressentie qu'en soi-même.

Ma vie comme un îlot solitaire.
Mon *sijo* [1], mon invocation.

EFFLORESCENCE

La fleur éclôt pétale par pétale,
un ciel est en train de s'ouvrir.

Enfin moment crucial
du dernier pétale frémissant.

Le vent, la lumière retiennent leur souffle.
Je ferme aussi mes yeux, ébloui.

L'ÎLE BIKINI

Des tortues qui ont perdu le sens
meurent tous les ans.

Des mouettes couvent des œufs
qui n'écloront jamais.

Comme le paysage se confond
avec celui de l'île Bikini !

L'OURS

Les yeux fermés je vois encore
cette image refoulée.

Au son des cymbales du clown barbare
l'ours gauchement jonglait.

---

1 Poème bref, l'équivalent coréen du haïku japonais.

Le pays natal comme une auréole
de la lune blafarde flotte.

La fêlure

Apprendre plutôt le désespoir
debout face au piton rocheux.

Sur d'innombrables rides,
la pluie tombe, le vent souffle.

Ne souffre-t-il pas lui aussi du temps
ce rocher qui se fêle à nouveau ?

La grue

On a beau voler dans le ciel librement,
pas moyen d'étancher sa soif.

Posée sur la branche d'un grand pin,
écoutant seule le murmure du vent.

La lumière du couchant sur son long cou.
Encore un jour perdu.

La perdition

Le pays natal n'est plus
quand s'éloigne la patrie.

Nul amour mutuel,
ni attachement haineux.

La perdition ne peut être hurlée.
Pleurer au-delà des sanglots.

Choé Joo-Young, *Étang*

Clair de lune

Le ponton du fleuve Nakdong au clair de lune bleu.
La nuit d'une indicible tendresse, je pars sans direction.
À la lumière dorée du couchant, je laisse aller le bac.

Ce paysage familier est retouché au clair de lune
comme si j'étais parti sans promesse de retour.
Je me retourne vers les monts et les champs qui défilent.

Lointain tableau des chaumières purifiées.
Cette nuit-là, grand-mère s'endormait à Jowoongjeon,
grand-père récitait ses principes, la lune se levait.

La haine et la vulgarité sont devenues sur la voie
du souffle du monde le bel et pur amour transparent.
Malgré ma solitude puisse cette nuit s'estomper.

Le crépuscule

Les jours passent comme le vent
effleurant tout.

Le temps s'est enfui
comme si j'avais été un autre.

Au seuil de la cinquantaine,
la lueur du couchant s'éclaire.

Le poêle

Un long ensevelissement pétrifiait
le souffle de l'immémoriale forêt bleue.

Le poêle résiste
aux flammes crépitantes qui revivent.

Puissent mes cheveux blancs t'apaiser,
cœur qui ne se ferme pas.

Un souvenir

C'était un jour glacial.
Je prenais café sur café.

Tu ne faisais sans un mot
que casser des allumettes.

Les chemins de nos vies
bifurquaient.

L'azalée

Dans la montagne où le printemps est appelé,
elle aussi se sent plutôt seule.

Elle ne peut participer à la foire
des abeilles et papillons.

Être fier de sa solitude… ?
Je ne comprends pas non plus ce triste sort.

Premier chagrin

Une jeune fille assise
regardait tous les jours le couchant.

Maintenant j'ai l'habitude
de fixer la fenêtre.

La vitre brûlait peu à peu
mais n'était pas ouverte.

Traduit du coréen par Henri-Charles Alleaume
et Choé Joo-Young

Yi Ho-U est né en 1912 dans le sud-est de la Corée du Sud (au sud de Taegu). À cette époque, la Corée, tout d'abord occupée par le Japon depuis 1905, subit un traité d'annexion signé en 1910. Le Japon prend alors durement en main la péninsule et exerce une domination impitoyable, nullement freinée par la résistance des Coréens. En 1928, Yi Ho-U retourne dans son village natal suite à une dépression nerveuse, puis entreprend des études à l'Université d'art de Tokyo. En 1930, une nouvelle dépression et des problèmes gastriques l'obligent à renoncer à ses études et à rentrer en Corée. Il se marie en 1934 — mariage qui lui donnera trois fils. En 1936, il obtient le deuxième prix d'un concours de poésie organisé par le quotidien national *Dong-A Ilbo*, ce qui lui donne l'occasion de publier régulièrement dans ce journal jusqu'en 1940. Yi Byeông-Ki (1891-1968), auteur qui fut à l'origine du renouveau poétique coréen, aussi bien en tant que poète de *sijos* (poèmes à forme fixe dont l'apparition remonte probablement à la fin du XIVe siècle) qu'en tant que transcripteur et commentateur de nombreux classiques, recommande Yi Ho-U auprès de la revue de littérature *Munjang*. De 1941 à 1945, il est gérant de plusieurs entreprises. La situation de dépendance et de spoliation de la Corée se maintient jusqu'à la reddition du Japon le 15 août 1945. La Corée est alors divisée en deux zones d'occupation, l'une administrée par l'URSS et l'autre par les États-Unis. En 1946, Yi Ho-U s'installe à Taegu. Il est brièvement responsable du service de gestion du Palais de Justice de cette ville et responsable de l'administration d'un théâtre. En 1949, victime d'un complot, il est accusé d'être un cadre communiste provincial, puis condamné à mort par la cour de justice militaire. Grâce à l'intervention du premier secrétaire du Président de la République, il est libéré. De 1950 à 1953 : Guerre de Corée entre les forces de la Corée du Nord communiste et la Corée du Sud capitaliste. Yi Ho-U assume par la suite des responsabilités importantes comme éditeur dans divers journaux nationaux. En 1955, il publie *Recueil de poèmes de Yi Ho-U*. En 1961, il crée l'Association artistique nationale. Il devient, en 1967, le premier président du Centre de recherche de la littérature *sijo*. En 1968, publication du recueil *Volcan en sommeil*. Il décède en 1970 d'une crise cardiaque. Dans son *Recueil de poèmes* de 1955, il avait écrit : « En tout peuple, il y a nécessairement une poésie populaire qui est comme sa respiration. J'ai essayé de retrouver ce souffle dans le *sijo*. Cette poésie populaire doit être d'abord de forme simple, facile à écrire et à mémoriser. Le contenu doit être clair. L'ancienne rime ne permet pas aujourd'hui d'atteindre cette dimension populaire. De nombreux poètes se sont efforcés de rendre le *sijo* populaire, mais ils n'ont pas su se dégager de l'ancien modèle. Aussi, j'ai essayé de résoudre ce problème en dehors de ce système. Après vingt ans de recherche je n'ai pas encore abouti. Je ne suis pourtant pas déçu, car je crois fortement que le futur verra des hommes suffisamment volontaires pour y arriver. Peut-être que mes prières et mes espoirs à l'endroit du *sijo* proviennent de mon attachement à ce peuple. Mon amour est si fort que j'implore de chacun la passion et le soutien afin que l'on développe la poésie populaire qui accompagnera l'esprit du peuple et son histoire future. »

CATHARINE SAVAGE BROSMAN

Les hérons bleus et autres poèmes

Cholla

Le cactus cholla, rarement isolé, recherche la compagnie
de son semblable : en voici un petit régiment désordonné,
et même canaille, qui traverse le terrain, avec des arbustes
et des arbres rachitiques comme aides de camp. Cette année,
les dieux de la pluie ont été généreux : dans le maquis,
les broussailles semblent tendres ; herbes de bison et graminées,
feuilles de sauge verdissent comme des légumes. Mais les chollas,
sombres, indifférents sur le sable, semblent moribonds —

jusqu'à ce qu'une idée de verdure, une vapeur de chlorophylle
miroitant un moment dans la lumière d'un spot annonce
qu'ils sont vivants. Des gaillards très étranges les chollas, les bras
biscornus et maigres, saluant tels des personnages de dessins
animés — comme satisfaits de leur improbable silhouette,
de leurs épines et de leurs fleurs minuscules. Ils descendent
avec moi dans un arroyo, franchissant les pierres sèches, puis
déterminés, remontent par vagues. Voici une étrange forme cubiste

sculptée par Duchamp-Villon, son profil démultiplié, avançant
en trébuchant comme le joueur de tambour lève sa baguette ;
de ce côté un chemineau avec son chargement d'herbes folles ;
un autre cholla tient un chandelier en tremblant un peu.
Et moi je suis là — vachère solitaire à la retraite
du nouveau millénaire, parcourant le territoire dans mon camion

en quête de compagnie, sans savoir si je la souffrirais
cependant. Dans ma rêverie, les chollas m'engagent

avec eux, hérissés, grêles, obligeants pourtant ; nous partons
ensemble — les rangs sont incertains, mais le but
est l'horizon. Troupe de convertis au désert, nous progressons
vers les crêtes les plus distantes, où les rayons du soleil parlementent
avec l'abondante pluie voisine ; de vastes perspectives
nous poursuivent, le ciel est océanique, et j'établis notre bivouac
devant, compensation verte d'un cœur desséché,
là où des sentinelles épineuses patrouillent, portant des javelots
de lumière.

Le grand pin

Pas une âme en cette après-midi estivale au Ranch
Kiowa, proche de Taos, sauf un gardien, vieil
homme bougon, aux brèves réparties
et à l'intelligence très imparfaite, je pense,
de ce que Lawrence, Frieda, Brett, O'Keeffe
avaient pu croire, imaginer,

poursuivre. Pourtant, tout en admirant l'horizon,
le plus beau du monde, selon Lawrence,
j'essaie de lier conversation, et je l'interroge
sur son chien, qui trottine en boitant, un plâtre
à la patte. « Raccoon. Il m'a coûté deux
cents dollars chez le véto. » — Au moins

il ne l'a pas soigné tout seul. Le quittant,
nous visitons l'endroit par nous-mêmes — le mémorial,
de gypse blanc, sa pureté dans l'azur, le phénix
d'or et dans les murs, les cendres de Lorenzo mêlées
au sable du Nouveau-Mexique ; la grange,
les maisonnettes de pionniers, celle de Brett ouverte,

avec à peine la place pour un lit, l'autre celle de Lawrence,
un peu plus vaste, fermée et encore accueillante,

c'est visible, pour un écrivain. Soudain, devant nous,
le grand pin ponderosa — mon Dieu !
L'arbre même que Georgia a peint, allongée pendant
des jours sous ses frondaisons, le voyant d'abord peut-être

comme un polype, un labyrinthe ou un puzzle, le vert du premier plan
en lutte avec le ciel turquoise, puis stylisé,
emplissant entièrement sa vision, de même que l'idéal
s'était emparé d'eux tous. Une incantation m'attire
vers le tronc ancien, l'écorce, un bas-relief
dur et ciselé. Les branches immenses s'élancent

vers la nue, les montagnes embrumées de bleu,
se tressant un chemin vers le haut : cinquante pieds, cent ?
Je me campe parmi les racines, énormes serpents plus sages
que l'animal du mythe, pour saisir une branche
très basse. J'arrache une grappe d'épines, je sens leurs pointes
piquantes, familières et je parfume mes mains

à l'odeur de résine. Demeuré chaman, l'arbre libère
des messages comme du pollen, puis secouant son énorme tête,
    il redevient
lui-même, ignorant les indifférents —
plus aucune passion phallique désormais pour le révérer,
aucun corps prosterné devant Cybèle — l'esprit
païen disparu, le génie du désir aussi calme que la pierre.

Les hérons bleus

Cosmopolites, les grands hérons bleus,
souples et gracieux, d'appétit
éclectique, se plaisent sous les chênes et les mousses espagnoles,
dais de verdure des bayous louisianais, nichent dans les pins
le long de la rivière Sabine à Toledo Bend
et dans les dunes de Matagorda, couvertes d'avoine marine. Même
dans les Rocheuses, avec leurs mœurs d'oiseaux dans les épicéas

et les trembles — rouges-gorges, hiboux et mésanges —
les hérons prospèrent, en colonies sur les bancs de sable

du fleuve Colorado quand il s'aplatit, désenfle, s'élargit
et s'apaise après sa course dans la montagne, reprenant son haleine
entre Grand Mesa au sud, et White River Forest
vers le nord. Alors que nous négocions un virage en *s,* serrés
dans le défilé, à la manière du héron repliant son cou

pendant son vol, en voici un au bord du flot, le plumage
bleuté, les revers noirs, une huppe et une couronne de neige,
aussi digne que n'importe quel *maître d'hôtel* new-yorkais.
L'ordre du jour est voiles d'eau dans l'azur d'été
pour glisser, cirrus bas duvetés louvoyant au vent,
et eau de lavoir musicale sur les pierres ou mélodieuse
dans les joncs et les saules. Les Romains nommaient le héron

ardea, et celui-ci *herodias* — en hommage
à sa danse de séduction, ses barbes de plume ajustées comme un voile,
la lumière et l'ombre métamorphosées en un désir bleu.
En aval, deux hérons explorent la vase, pour se nourrir.
Soudain, l'éclair d'un geste se reflète,
un bec acéré harponne sa proie. Un autre héron
surgit, traînant ses longues pattes, le battement d'ailes lent

et distingué. Je me sens emportée avec lui
par les courants ascendants, la pensée étrangement ailée
et inarticulée, et je plane au-dessus de la rookerie
avec de nouvelles facultés, plus haut encore ; j'entends un cri surnaturel,
et je sais jusqu'au bout des ailes comment tuer, aimer, voler, être,
tout cela
ne fait qu'un — rien au-delà de l'acte, le moment
et sa conscience dans une harmonie lisse, dense, cristalline.

Pluie rouge au soleil couchant

Le ciel revêt toute sa grandeur, ici :
le long d'un canyon, les peupliers sont écrasés par l'espace,
et les pins ponderosas perdent leur majesté
dans les étendues ; à l'horizon les plateaux, hissant
notre imagination à leur hauteur,
sont à peine des marches dans l'immensité, tournant

au pourpre. Même les cumulus qui avaient guidé aujourd'hui
notre route tels des anges prenaient
peu de place : le ciel, si vaste, les accueillait
en s'approfondissant, mais très haute encore, une coupole bleue
s'élevait, son vide, l'affirmation
d'une parfaite plénitude. Comme l'éblouissant

disque jaune descend, une masse de très gros nuages
se tasse derrière nous sur une arête, mi-sombres
mi-clairs, alors que les rayons bas atteignent leurs franges.
Quelque chose bourdonne — des cigales ? — et des bruissements
dans les saules du désert s'accordent à l'invisible. Nous attendons :
le soleil gonflé semble inerte,

suspendu dans l'attente du rougeoiement. Les nuages
s'assombrissent... s'épaississent — puis se colorent
de rose et de vermillon foncé, et laissent crever enfin
leur fardeau fondu au sommet des plateaux, sur les talus,
sur la rivière, tandis que les éléments changent d'état —
des draperies d'eau cramoisie se déversant

dans l'arroyo ombrageux, le déluge embrasé,
la poussière, soulevée maintenant et portée
par les gouttes de pluie tourbillonnantes, incandescentes,
dans le vent desséché, la terre ferreuse devenue
liquide — le firmament en feu,
ruisselant du sang du Christ versé goutte à goutte.

Traduit de l'anglais (États-Unis) par Jeannine Hayat

Catharine Savage Brosman est poète et essayiste. Actuellement professeur émérite de français à la Tulane University (Nouvelle-Orléans), elle a publié deux volumes d'essais « à la Montaigne » et six recueils de poèmes, dont le plus récent a pour titre *Range of Light* (Baton Rouge, Louisiana State University Press, 2007). C'est de ce livre que sont extraits les poèmes publiés ici.

SAADI YOUSSEF

Les visages et les masques

CHOTT EL-ARAB

Rêve I

Il trempe la saveur de l'oreiller dans les nuits de regret et d'orage
il vient comme l'odeur des algues, ses pas sont verts,
il essuie ma main droite
avec une branche de treille :
— Réveille-toi
je suis le fleuve…
Tu ne m'aimes pas ? Tu ne veux pas atteindre Bassora
avec les ailes de l'oreiller ?
— Ô toi le fleuve,
je suis réveillé, je suis réveillé.

« Il y a une goutte sur mon oreiller
elle a le goût des algues… »
C'est Bassora.

Rêve II

Le ciel me fait de l'ombre
le ciel bas et les oiseaux me font de l'ombre
et mon grand-père me tient la main
son keffieh rouge lui fait de l'ombre…
et l'eau brille dans le lointain
et mon grand-père me tient la main :

dépêchons-nous avant que les oiseaux ne partent
avant que la lumière n'arrive sur nos filets…

Sur l'herbe, les poissons se déversent de nos filets
dans le brouillard du fleuve on dirait des bateaux verts
des bateaux rouges
des bateaux bleus
qui ont appareillé avant la marée

Rêve III

Sur les rivages de Koût ez-Zein, l'aube pleuvait
les palmiers mettaient des chapeaux pourpres
et dans mes cheveux, les étoiles, la tiédeur, la pluie
et je nageais vers l'autre rive
je nageais pour atteindre Ahwâz
et à Ahwâz, l'aube pleuvait
les palmiers mettaient des chapeaux pourpres
et l'eau du Karoun était comme l'eau de Bassora.

Sidi-Bel-Abbès, 4 mai 1969

LES VISAGES ET LES MASQUES

Mon voyage dans la boisson
mon voyage dans les déserts
mon voyage dans le ciel des coupoles
où chaque étoile abrite un météore
où nous refusons l'orbite

Mon pays est dans les mers du soleil, sur son front clair, les époques font la course, et fleurit l'espoir printanier qu'a chanté une terre, tout en elle est blessure du plus loin du lointain…

Mon pays je ne le connais pas
je ne lui vois pas de visage

j'ai arpenté les rochers, dans l'espoir qu'ils accouchent d'une face
j'ai dispersé les yeux comme si j'étais dans le cœur d'une grenade
je cherche des soleils qui contiennent mon voyage
je guette la source ou le bourgeon dans le dessin d'un basilic
Où est son chant bleu ?
Où sont l'ombre et le drapeau ?
Où sont les capitales ? Où sont la hache et le principe ?

Mon voyage dans une ville
mon voyage dans le sang de l'électricité
mon voyage dans la pureté
où dans chaque étoile est une ville
où ma terre est un ciel

Ne vois-tu pas ce que les jardins donnent à la ville ?
Tes yeux sont le miroitement des forêts
sur la terre que recouvraient les déserts
tes paumes sont le ruissellement lumineux de l'eau sur les villages…
Veillons ce soir
nos rues de pierre
nos rues de bitume
nos rues sans arbres
nos rues sans pluie
au-dessus d'elles chantent les mouches, le policier et le voleur
Le pas des gens est assassiné dans les cafés
et dans leurs bars plantés d'arbres
s'écoule un vomissement.
C'est l'opium d'Oum Kalsoum
c'est le silence des villages et le hululement du hibou

Mon voyage dans l'Euphrate
mon voyage dans ma consomption
mon voyage en Irak
où chaque empan porte mes signes
où mon ombre est lumières

Les phares m'appellent, et ils poussent dans le lointain,
comme des forêts de palmiers aux branches alourdies d'or,
et l'Irak me suit, avec ses pas d'eau et de flamme,

la fraternité m'appelle, et la jeunesse, et les maisons où sont nés
mes livres

1258 — chute de Bagdad
sur les morts, sur les moitiés de minarets, tombe la nuit mongole
les incendies montent, ils ont un goût de livres
l'encre et la flamme deviennent
ma nourriture…

C'est la nuit mongole.

Traduit de l'arabe par Nathalie Bontemps

Saadi Youssef naît en 1934 dans un village du sud de l'Irak proche de Bassora. En 1962, ses convictions communistes lui valent d'être emprisonné. À sa libération, en 1964, il s'exile en Algérie, où il exerce le métier d'enseignant. Il rentre par la suite en Irak, où il collabore à la revue culturelle *Al-turath al-chaabi*. Mais en 1979, sujet à diverses pressions, il repart en exil, cette fois définitivement. Solidaire de la cause palestinienne, il réside à Beyrouth, qu'il quitte en 1982 avec les combattants palestiniens. Il travaille alors à Aden comme conseiller culturel, et la quitte lors des événements de 1986. Il devient journaliste dans plusieurs pays : Chypre, Tunisie, Yougoslavie. En 1990, il s'installe à Paris, qu'il quitte pour la Syrie deux ans plus tard. Il se partage alors entre Damas et Amman, et devient rédacteur en chef de la revue culturelle *Al-Mada*. En 1999, il s'installe à Londres, où il réside actuellement. Son œuvre est traversée par le souci de faire vivre le pays perdu, mais aussi par une très grande attention au monde : aux lieux, aux gens, à la vie quotidienne. Cette ouverture sur l'extérieur se manifeste aussi dans sa pratique de la traduction : Saadi Youssef a, entre autres, traduit en arabe des poèmes de Ritsos, de Cavafy, et six romans africains. Il est enfin l'auteur de nombreuses chroniques et d'un roman. *Le Triangle du cercle. Loin du premier ciel*, chez Sindbad / Actes Sud, propose aux lecteurs francophones une anthologie de ses poèmes.

EVA STRITTMATTER

Le refus de Paris

Solitaire comme une seiche [1] qui irait à terre, j'ai nagé à travers Paris,
Nagé par les rues jusqu'à la place de l'Odéon.
Corps tumescent, flottant parmi les bleus ondoiements des nuages.
Personne ne me voit, personne ne m'entend, je me sauve
À la nage vers *Les Quatre-Vents*...
Il y avait une ruelle qui portait ce nom de rêve.
De toute la journée je n'avais rien mis à la bouche.
Et cela à Paris, *La Mecque des mangeurs* !
Je regardais les autres bêtes marines,
Qui ne nageaient pas comme moi par les rues.
Elles étaient posées en tas devant des *mets* sur des tables.
Pattes et pinces et carapaces comme des flammes,
Carmin des profondeurs que blessait la lumière des lampes.
Leurs seigneurs et maîtres en tabliers jusqu'aux pieds
— J'appréhende tout cela par mes tentacules meurtris —
Pimentent leur ennui de discours railleurs
Et me barbouillent de mots, moi femme-poisson errante
Qui passe là en nageant, un poisson terrestre sait-il donc nager...
Mais tout n'est pas tenu de tomber juste
Comme tombent juste la table de multiplication et le contrôle douanier,
Lors duquel on me délivre deux cents francs,
En cas d'imprévu, et à ramener
À Berlin, maintenant hélas si loin et si sombre,
Où me renvoient toutes mes angoisses,
Car *là* je suis à l'abri, *là* je suis au courant,

Là d'autres horloges indiquent une autre heure,
Et je ne suis pas une seiche, une femme au quotidien,
En manteau de velours côtelé, bleu nuit et replette,
Faisant route de — à, et sans incertitude,
Et mon estomac ne grince pas des dents, criant
Qu'il me faut entrer dans ce snack grec,
Seulement occupé par des hommes debout,
Et demander un riz aux aubergines...
Combien j'aurai souffert de ces regards !
Bien plus que de passer devant ces chauds effluves :
Aubergines à l'ail, viande de mouton... Air
De Paris ! Première soirée dans la ville *promise*,
Dans laquelle on m'a lâchée, moi la seiche.
Lonely. Si solitaire. *Seule pour moi* [2].
Maintenant rue Saint-Sulpice. Rue de Vaugirard.
Je nage et je nage. Voici le *Jardin*...
Demain je le verrai à la lumière du soleil
Et me tiendrai debout, consumée du désir
De l'amour, devant la Fontaine de Médicis...
Mais maintenant c'est le soir et à nouveau la ravine
Des rues derrière la place de l'Odéon.
Je gravite dans l'orbite de l'hôtel Michelet,
La pieuvre glissommeille ainsi par la mer,
Jusqu'à son antre dans les flots miroitants,
Là elle peut se plonger dans son obscurité
Et du fond de l'ombre lorgnant vers la lumière
Embuer de ses regards troubles les mets,
Qu'en face derrière la vitrine
Du *Méditerranée* les riches engloutissent,
De toute façon ça ne serait pas mon genre,
Et l'on m'a dit un mot des prix, pour ma sauvegarde !
Mais je n'ai pas besoin d'argent, peux boire gratuitement
Au robinet, le poisson est dans la mer...
Seulement au bout de quelques jours j'apprends que l'eau
Est chargée de chlore et de particules en suspension.
À Paris, on achète l'eau potable en bouteilles...
Je me suis empoisonnée jusqu'à la moelle des os,
Non, seulement dans mes tentacules qui exploraient les rues
Et me collaient par leurs ventouses aux choses qui défilaient

Autour de moi, de tous mes sens palpante.
Combien j'étais prête à me lancer dans Paris !
Mais il ne voulait pas de moi, il se refuse à moi.
Je nage à travers la nuit, énigme animale...

*

À présent j'ai enfin desserré mes dents
Et j'ai craché des mots
Dans une longue nuit berlinoise,
Sur le fond de laquelle des ombres de lumière traversent
Ma chambre, projetées par le *néon* qui éclaire l'allée.
Ma chambre au troisième étage est lumineuse,
La rue humide de boue de neige noirâtre,
Et des autos giclent à travers mon poème
À trois heures du matin, la chambre est surchauffée à mort,
Et je ne peux dormir, me souviens de Paris,
Qui m'a meurtrie de son refus et m'exaspère,
Parce qu'il a rejeté mon amour en marâtre.
Il ne m'a pas laissé entrer, m'a fermé sa porte —
Et pourtant j'ai arpenté ses rues...
Triste soirée que celle de la seiche, mais en contrepartie
Le matin suivant commença dans le bonheur...
J'allai dans le parc. Jardin du Luxembourg.
J'y ai été en chair et en os !
Des années durant j'avais relevé la trace
De poètes qui l'avaient parcouru.
Une sorte de sacre semblait les auréoler,
Quand s'attardant ils marchaient sous ses arbres.
Marronniers et érable qui avaient déjà vu Rilke,
Platanes qui susurrant avaient attrapé des pensées
Qui, murmurées en mètres, s'élevaient dans les airs :
Panthère, flamants, torse d'Apollon
Et ce coup de clairon final qui parle de victoire,
Auquel nul d'entre nous ne peut, ne doit s'égaler,
Dont il peut, doit encore moins triompher,
Mais auquel il peut, il doit : *survivre*...
Je l'ai vu de mes yeux, en ai goûté
La paix ce matin-là pendant deux heures.

(Rassasiée de *croissants* et de *café au lait.*
J'avais trouvé le recoin près de l'entrée
Où l'on sert le petit-déjeuner à l'hôtel Michelet.
Et déjà là avait commencé le bonheur de l'instant,
Le sentiment de liberté, et le soleil brillait,
Je mangeais sans regarder ni devant ni derrière
Et me laissais happer dans la fraîcheur du petit matin)
Maintenant je marche sens en éveil le long des allées,
Traversée par le rougeoiement de parterres encore estivaux,
Géraniums et dahlias. Et à plus d'un mètre de haut
Au milieu de diverses nuances de rouge
Se dressent des buissons d'hépatiques d'azur,
Chez nous aussi leurs fleurs sont bleu lavande,
Mais elles ne font que quelques pieds, leurs feuilles sont vert-de-gris,
Ici leurs fleurs dépassent les dahlias,
Proches des belles-de-jour surplombant le parterre,
Rose pâle, filigranées, le parterre rustique,
Flamants végétaux auxquels ne manque que la vie,
Mais on sait combien de temps le flamant peut rester debout sur
un pied...
Ne l'a-t-il pas écrit, le poète qui m'a ici précédée,
Le petit Monsieur R. à la barbiche slave,
Qui a capté toute sa vie dans des mots,
Pénétré de ce qui était sien, son origine, sa lignée.
Et jamais ne perdit la dignité du sens,
La solitude aussi devait être affrontée comme un devoir,
Et des monstres qu'elle lui enfanta,
Il fit des humains qui hantèrent son *Malte.*
Il ne se déroba jamais, il soutint.
Sa mort lutta contre lui, suçant son sang.
Sa propre mort, peinte sur le mur,
Désirée en vers, criée en *Malte*
Par le corps bouffi du chambellan...
À la mort non plus il n'a pas cédé,
N'a pas cherché de sédatif. « Tel que c'est, écris-le ! »
Non pas : une chose est la mort, une autre est la vie,
Une seule chose sont les deux, et la vie est bonne
Quand on témoigne de la vérité : « Cela qui m'arrive à présent ! »
Et du sang décoloré, presque incolore

Extraire encore des forces pour la fin du chant...
Et c'était paix que d'ainsi faire mémoire...
Après cette promenade je m'assis dans l'éclat de midi
Entre des autochtones qui s'abîmaient en eux-mêmes,
Fin octobre un jour d'été presque,
Et sur le bassin de la grande fontaine
Une voile tournoyante, par des enfants oubliée,
Un canard en plastique, pas de cygnes royaux,
Tels que le Jardin en avait sûrement jadis possédés.
Mais il y a des pigeons, leur omniprésence,
(Par centaines de mille sur l'usine Pompidou),
Et des petits enfants, élan d'omni-enfance,
Poursuivent en voletant les oiseaux et les attrapent nigauds
Quand les pigeons picore-niquent. Ils paient leur frasque,
Tombant sur leur petit minois de guingois.
À trois pas de là, poitrail cuivré,
Le ramier roucoule dans la lumière de bronze...
Et toujours encore une, et encore une minute,
Ne pas partir encore, ne pas partir encore, ça ne reviendra pas.
Mon mal, qui me fait saigner au dedans,
Trop tard maintenant, trop tard, maintenant : la douleur, c'est
le bonheur.
Plus d'amour ne m'arrivera, je suis bien trop vieille.
Et cela fait du bien d'être assise au soleil.
En ce lieu dont le nom et l'emprise
Lancent dans le visible des éclairs magiques,
Ceux dont ils m'ont frappée, quand je les ai lus...
J'inspire l'air, et me pénètrent les images
Trouvées par d'autres avant moi : ayant été pour toujours.
Désormais le Jardin sera pour toujours tel
Que le vois : telle cette paix simple
D'un midi estival que j'ai trouvée ici,
Coupée de tout et de tous par des inconnus,
En mon âme, ce pays qui m'est propre.
Dernière flânerie jusqu'à la fontaine discrète.
Sous les platanes le fossé de lumière
Auquel le murmure de la larme qui perle
Parle de vasque en vasque toujours plus bas...
À la perfection le ciel s'y reflète,

Arbres, nuages, margelle de pierre,
Pigeon en train de voltiger vers l'abreuvoir,
Seul un étudiant, qui lit, est assis près de là,
Sa chaussure posée en haut sur la rambarde,
On peut voir dans l'eau la semelle
À côté des poissons qui, cherchant le soleil,
Rouge et or, sont montés plus au chaud.
Au-dessus d'eux feuilles en dérive,
Jaunes de platanes, d'érable brunes.
Silence, immobile, rester, rester...
S'en aller s'en aller. Déjà le portail. La grille.

Traduit de l'allemand par Fernand Cambon

Notes du traducteur

1. Je me suis demandé un moment s'il convenait de faire droit à la lettre du mot allemand *Tintenfisch*, mot à mot : « poisson à encre », allusion à la *sépia*. En effet, Eva Strittmatter aurait pu s'appréhender elle-même comme un poisson « qui écrit ». À lire et à méditer l'ensemble du poème, il m'a semblé que ce trait n'était pas véritablement pertinent, qu'elle avait sans doute choisi cette comparaison pour d'autres raisons...
2. En français dans le texte. La même mention vaudra pour d'autres mots ou séquences à venir, également en italiques.

À PROPOS D'EVA STRITTMATTER ET DU « REFUS DE PARIS »

Qui fréquente la revue *Europe* a déjà pu lire quelques poèmes d'Eva Strittmatter, traduits par mes soins, dans son numéro 861-862, en date de janvier-février 2000. Je rappelle qu'elle est née en 1930 et que l'essentiel de sa production poétique s'est inscrit dans la réalité de l'ex-R.D.A. Ce qui a attiré mon attention sur son œuvre, alors que j'ignorais jusque-là même son nom, le patronyme « Strittmatter » se rattachant plutôt, pour un germaniste d'alors, à son romancier de mari, c'est une lecture publique, qui fut donnée en 1985 à Paris, dans l'éphémère « Centre culturel de R.D.A. » De l'utilité de ce rite : c'est à compter de ce jour que je me mis à la lire, puis, peu à peu, à tenter de la traduire.

Le long poème « Le refus de Paris », extrait du recueil *Atem* (« Haleine »), relate, de manière insolite, le bref séjour qu'il lui fut donné d'effectuer à Paris à cette occasion. Il faut mesurer le caractère exceptionnel et inespéré d'un tel voyage pour qui vivait alors de l'autre côté du « Mur ». Eva Strittmatter le vécut entre autres comme un pèlerinage en des lieux qui inspirèrent maint poète germanophone, elle qui se déplaçait le plus souvent « à l'est » de l'Allemagne, parfois là-bas aussi en quête de pèlerinages, en d'autres langues. Au fait de ces circonstances particulières, on comprendra mieux certaines allusions aux conditions matérielles de son séjour.

J'invite le lecteur à ne pas trop « dramatiser » la négativité inhérente à la première moitié du poème, et qui a donné son titre à l'ensemble. Pour replacer les choses dans une juste perspective, je lui livre ce que m'écrivit Eva Strittmatter le 3 avril 2000, quand elle eut appris que j'habitais rue de Vaugirard : « Votre "rue de Vaugirard" m'a touchée comme un "pays connu" ; elle faisait partie en 1985 de mon "trajet", et il en est question dans mon long poème "Le refus de Paris" — Paris fut pour moi un MIRACLE : ces jours d'été en septembre, où je parcourais la ville toute SEULE, ils sont restés en moi comme une DOULEUR, parce que je ne serai plus jamais dans cette lumière bleu laiteux, dans l'air pur du matin au-dessus de l'eau ruisselant dans les caniveaux, cette eau pure et purifiante, que je n'avais jamais vue nulle part auparavant. Je ne peux plus voyager... [Eva Strittmatter explique que des problèmes vertébraux la handicapent désormais gravement]... En cette époque où il m'était presque impossible de jamais revenir à Paris, j'espérais tout de même que je pourrais un jour me retrouver, pour plus longtemps, dans cette ville qui avait *parlé à mon cœur* comme aucun lieu avant ou après. Je comprenais tous ces gens venus d'Amérique et d'Europe de l'Est qui s'étaient installés à Paris pour longtemps, qui l'avaient tout simplement CONQUIS. C'eût été la ville où j'aurais voulu, moi aussi, vivre. Tellement riante, tant de couleurs, cette lumière ! Il en va sans doute tout autrement pour vous ; vous voyez tout beaucoup plus prosaïquement, vous voyez et vous vivez le QUOTIDIEN de la ville, mais ce fut aussi pour moi une FÊTE. (J'avais d'ailleurs avec moi le livre d'Hemingway, et je suis allée par ses chemins.) »

Pouvoir du regard étranger de nous restituer le familier à neuf, de nous le faire redécouvrir comme au premier jour. Pouvoir qui ne fait que redoubler celui de tout poète, pour qui tout renaît et recommence chaque fois qu'il prend la plume.

Fernand CAMBON

CHANTAL BIZZINI

Boulevard Magenta

À Emmanuel Bex

And the Prophet said, « And lo, the beast looked upon the face of beauty. And it stayed its hand from killing. And from that day, it was as one dead »

La nuit atomisée, l'ombre,
est entrée dans la chair des choses,
sable-semence noir,
et la voie dévie sur l'asphalte inondé ;
des perspectives inabouties de murs
tombent et s'effacent,
semblent découvrir une rue élargie ;
puis le ciel insituable bascule :

voix gazouillant un dialogue
accéléré, incompréhensible,
amoureux : femme blonde,
the screaming beauty (Fay Wray,
known as the « Queen of Scream »)
et le cap'tain
sur le pont du bateau
filmmakers en route
destination inconnue...

Le film a commencé.

À l'origine du battement de nos tempes,
vers Skull Island,
pays barbare
où la tribu — the voodoo natives —
danse ;

et la ville, palissadée de bois,
ouvre ses portes :
guerriers noirs
agitent leur fureur meurtrière au bout des lances,
des flèches.
Les voilà, ils les assaillent,
saisissent la femme
blanche, blonde ;
l'audacieuse,
attachée au poteau, crie, se tourne et,
nouvelle Andromède,
tente en vain d'arracher ses liens...

Naissance, dans l'instant,
par le geste et le jeu,
qui prolongent, puis élargissent
le dessin que trace la mémoire.
Voici le mouvement de commencer,
la main, l'épaule, puis le repos de la main
parmi les instruments couchés ou laissés.

Trois hauts fûts, frappés avec fureur,
orgue Hammond,
aspirateur :
Voici the Beast,
Kong,
la victime lui est livrée,
Kong,
contre les dinosaures
battements, sifflements
d'ici et des tam-tam sauvages
King Kong *(the unique Beast creature)*
héros à la sauvagerie amoureuse
effeuille les vêtements
de sa curiosité native...
noir et blanc,
évanouissement

New York 1933 :
Kong brought back to « Jazz Age » New York

to be put at display in a Broadway theatre
« Gee ain't we got enough of them in New York ? »

He was a King and a God in the world he knew,
but now he comes to civilization,
merely a captive,
on show to gratify your *curiosity*
the frustrated Kong kills the driver of a car in his mouth.
In his violent rampage
and assault on Manhattan (a symbolic Depression-era attack
by the impoverished victim
on Wall Street and its bankers and stock dealers ?)
he rips the marquee from the hotel intrance
and throws it into the crowds in the street
...
Empire State Building,
lui, Kong,
enlève Andromède,
monte et tente d'échapper,
les avions l'encerclent,
le touchent, le blessent,
il souffre, il meurt,
la beauté...
on the street pavement below,
next to Perseus's lifeless body that is
sprawled there with blood
trickling from his mouth.

Ouverture du visage, croire ;
ruisseau sur des pierres noires,
tresses de lumière et sa noirceur,
son absence,
couleur aluminium fondu,
d'une pensée à une autre,
vibration amoindrie dans l'épanchement du temps,
descente dans le cercle des sensations et des idées,
arrachement sans retour,
couleur rouge mat ;
la sueur,
d'un

revers de main :
l'imprévu, puisque tout échappe.

Dehors, les trottoirs tièdes
et les entrées d'immeubles,
grands cafés ouverts et brillants ;
enseignes électriques rouge feu.
Des hommes debout ;
à la lumière, leurs visages luisent,
ces rues plus sombres, de bureaux aux néons éteints,
aux escaliers de pierre sombres,
passages privés et îlots de pseudo-jardins
entre deux murs,
d'autres terrasses chaudes et buveurs attablés
regardant,
au loin, les structures métalliques du métro
aérien s'éclairer des wagons
dans un hurlement d'animal blessé ;
beaucoup sont assis dans l'ombre
ou accroupis,
des bandes à rire au coin des rues
et l'impression vient d'avenues élargies,
de ville étrangère,
d'Afrique,
encombrées d'un désordre insolite.

Les tambourins frissonnent
sur l'étendue des collines de la nuit qui approche,
inondées de sons qui prennent plus d'ampleur
et s'acidifient,
l'inquiétude gagnant,
s'appuyant, se reposant
sur certaines notes,
se fondant ; le geste
se rallie à l'infini,
est repris en vagues, rayonne,
relancé en échos, en minces traits
à la surface blanche de l'eau,
trait noir ondulant,

tresses se croisant et se continuant
jusqu'à la rive où des senteurs
montent de buissons sauvages,
cristallisés dans la dernière lumière
qui s'y accroche et les montre comme
talismans de feu
damier rouge-orange des yeux fermés,
avec encore ponctuation rythmique
et frottement incessant des instruments sixties.

Dans cette nuit torrentielle,
où les animaux progressent
lentement
vers l'or oublié : l'aube,
nous nous frayons aussi
un passage incertain,
perdus et nus,
habités de la nature tremblante.

Et les rochers se penchent sur les
dernières places de lumière
et le brin d'herbe s'éteint.
La nuit est là,
le chant la décore,
et s'en détache aussi, unique,
jusqu'à s'enrouler à notre être
et traverser la substance insensibilisée
de nos corps légers :
les yeux, les yeux ouverts.

« Oh, no. It wasn't the airplanes.
It was Beauty that killed the Beast. »

Chantal Bizzini, née en 1956, vit à Paris. Elle a publié des poèmes dans plusieurs revues, ainsi que des traductions de poésie italienne et anglo-saxonne — notamment les œuvres poétiques complètes de Hart Crane (Circé, 2007), mais aussi Ezra Pound, W. H. Auden, Adrienne Rich, Denise Levertov, John Ashbery, Clayton Eshelman, Jorie Graham... Elle a soutenu, il y a quelques années, une thèse en littérature comparée sur Ezra Pound et Hart Crane et poursuit actuellement ses recherches sur ces deux poètes.

JEAN-MARIE PERRET

Comédie cachée

Nous ne pouvons changer notre âme.

1. L'éprouvant seigneur des soleils
(ou autre métaphore) des fenêtres
renvoyant quand elles tournent un
éclat vif à la ronde pourquoi cette
épreuve avant que paraisse le torse
au corsage blanc figure dans l'ombre
et de quoi l'ombre cette preuve.

2. Sur le personnage une âme
un œil pas un discours
et voilà qu'il parle corps
soulevé par nos pensées
se tait nous le suivons
dans cette ombre enfin
saluée reconnue.

3. Travail de plateau comme si
le monde nous aspirait mais
il faut le faire, chercher
apprendre, le monde passe
dans l'ombre le corps dans
la lumière reconnaître
l'itinéraire encore.

4. Il s'agit seulement de faire
apparaître ou mieux laisser
paraître ce qui ne demande
qu'à le faire on ne sait pas
encore quoi on l'oublie après
on s'aide de quelques bruits mots
et lumières.

5. Le geste disparu revient
solitaire langue coupée
le mot fleurit, le sol
vient aux pieds, aux poumons
l'air il n'y a plus d'espace
tout est espace, vie
un instant changée.

Que nous pouvons changer notre âme.

FIN DE MARCHE EN HIVER NON LOIN DES *CRAIES*

1. Abaisse *(crac)* dans la main
la branche légère, liégeuse
mousseuse de lichens contournés
herbus dont la sécheresse étonne
et l'absence de vert ; hiver *(crac)*
de l'enfance, un pas entre les
bois : d'un tel autre pays
regarde.

2. Chaussure dans le sol léger
tuffteux, de branchettes et feuilles
posées (et autres détritus : peut-
être culotte posée) vieil émail
blanc-bleu, casserole en fer

« *plus tard*, il disait, *plus tard* »
attendant que le bleu passe là-haut,
la mer.

3. *« L'avenir, c'est-à-dire l'élégie »*
le silence, qui le cri du corbeau
condense, champ vide entre
les troncs, minutieusement travaillé
dans ses fauves et rouges passés
ses blanches pierres, comme si
l'homme était partout mon corps
regarde.

4. L'un de ceux (seuls) qui se
nourrissent de ce vert résiduel
au pied des arbres, de cette
lumière insigne que fait de l'air
la brume de ces grands paysages
ouverts, ou plateaux : *amour*, qu'est
ce mot qui dérange s'ils sont loin
ou elle.

5. Et les voyant bouger en songeries
diurnes, s'animer, comme ils sont
eux-mêmes dans leurs songes, ces
corps ou pénombres ou replis ; ce
désir qu'il leur porte, si chauds qu'ils
sont dans leur absence, ces stères, ces
coudres ; et la pensée qui fume encore
aux écobues.

6. *Eh quoi* (il marche) le cœur s'élargit
du monde en ces hivers, *monde
plus que le monde* (il se dirait) désir
encore : qu'il en souffre la
permanence, cette joie vide
d'autre clairière inverse, autre
silence au bord du bruit du pas
roulant des pierres.

7. De ces bruits sont faits les villages
les fermes murées, les villes (où il
va) et bientôt s'ennuierait d'être
encore dans le poème des ces
aîtres, çomme si le vide hiver
l'avait pris ; fuyant la compagnie
du songe qui est monde ; une auto
derrière s'arrête.

Ainsi sauvé par la vitre embuée
(et course d'un lapin distrait oreilles
célestes sur la pente).

L'ENTERREMENT À VARENNES
Port de lumière

1. Il pèse ce qu'il pèse
noir de lumières
s'élève aussi
des instants se posent
çà et là encore
d'autres instants
quelque chose tend les mains
jouit
ne saisit pas

(impossible d'expliquer par l'ombre, à moins que l'ombre soit ce cri, qu'on attend, qui ne vient pas : le cri casserait la matière, casserait les vœux, les ombres rentreraient dans l'ombre, il n'y aurait plus ni mains, ni bouche, cette face pâle disparaîtrait, le souffle reprendrait, plus lent, plus fort, la voûte à ce moment-là brille, tout est enlevé) — (la nuit nous délie).

2. À langue casseur de vœux
épouse de silence
et fête déchômée partout
raconte

s'il est perçu le jour pendant
que fuse d'or un rêve
sans rêve

(le corps est comme ailleurs, déplacé, on ne le verrait que du coin de l'œil, il s'en irait quand la tête se tourne, toujours au bord de quelque chose où l'on verrait davantage, et même si on le voyait, il paraîtrait fané, diaphane — et tout cela entier, pas fini, un peu désordre, à l'intérieur d'un récipient chaud et froid, dur et mou, ouvert, qui respire et qui bat) — (la nuit nous délie).

3. Le commencement semble une esquisse
à quatorze ans, vingt ans
à quatre-vingts c'est
autre chose où
jour ou nuit
l'œil ne s'est jamais fait
à cette alternance sans
après sans après

(car même si elle accueille nuit irruption c'est un être étrange qu'on y est on s'y présente et offre et même reçu dans elle, à même chercher si tout cela est bon, se demandant encore comme la nuit nous délie, avec ses astres lourds et ses gravitations lointaines, bleue, pourpre dans sa masse — des soleils, soleils tournants — si le pressentiment qu'un port de lumière, et que la nuit nous délie).

5. Que manquait-il au corps désormais
le souffle disaient-ils souffle qu'une
grande bouche eût soufflé d'argile
et dans le bois du coffre maintenant
la pierre de l'église et le verre qui
l'éclaire quelques chants aigrelets
et autres reniflements cherchant
que dire de l'absence.

6. Dans le froid du caveau (entre
les grandes vallées dont on
contemple les hauteurs) nul

ne songe à enterrer les cierges
tout à l'heure sable fleurs
mais flamme non et chagrins
divers se tournant vers l'hiver
clair et grand ouvrant à l'esprit
un port de lumière

(et que la nuit nous délie).

Varennes, Auxerre, décembre 2005

De Jean-Marie Perret, né en 1943, les Éditions Obsidiane ont fait paraître *Grande liberté de l'air au-dessus du fleuve* (2002) et, tout récemment, *Que nous fait l'eau éblouissante* (2007), soit deux volumes d'un ensemble poétique qui, sous le titre de *Sonates*, devrait en compter trois.

JACQUES BRODA

Le pain du visage

J'écris dans une langue qui n'est pas la mienne, ma langue maternelle est morte, dans le corps de ma mère par deux fois. *Chant du peuple juif assassiné.*

Un bout de peuple vient de partir, un bout de soi, mis bout à bout ces bouts t'ont fait, dans l'Éclipse de Dieu.

Ces bouts t'ont fait, défaite la langue a perdu par deux fois le combat, mon combat.

Rosa Luxembourg, Rosa Robota, Rosa cousine déportée à douze ans, Rosa à venir. La rose aux neufs pétales. La rose au cœur, l'épine dans le fil, je m'approche de ta main, aux tâches de vieillesse se défait le temps incertain, et la vie déjà écoulée dans un rire d'enfant, heureux.

Disparaît à cet instant — le temps, le rythme, le battement du cœur qui ne bat plus. Pulsation vaine. Lèvres bleues. Dans le drap blanc, elles te lavent, sans teneur, sans lueur. Deux bougies au pied vacillent.

Fils d'archange, divinité, soudures de l'arc, cordes tressées, pains du shabbat, miette de juive. Miette de juive, tu ne seras plus bout de peuple assassiné, dans le vent du désert, entre les grains de sable tu erres dans le vent, une rose aux neufs pétales murmure l'orphelin que tu es.

Nous sommes tous là, orphelins de père, de mère, de langues, nos langes sont les drapeaux de l'honneur, ils défient l'humanité entière dans leur blancheur resplendissante. Le soleil déchire les fibres, elles brûlent au soleil.

Dans les trains, les gares, dans l'hostilité d'un monde fou, dans la véracité d'une espérance, ils vont et j'en suis. Est-il possible qu'il en soit autrement qu'être là, avec vous enfants petits d'êtres à venir, encore si près, si proche, que votre souffle m'appelle à son souvenir ?

La fête des arbres, bénis-la, encore par-devant l'éternel notre dieu. Ton âme échappée se présente à toi, nous, elles aussi, elles surtout, une âme, un grelot, une grenade, un son, *Cantique des Cantiques* dans le cristal de la nuit.

J'entends, encore ces voix et ces chants, qui vont plus loin que la nuit céleste, que le vent d'hier, la glace au fond dans ta gorge. Eaux glacées. À même la bouche.

Bouche de juif tu ne feras pas devant. Tu chanteras plus loin, plus fort, plus gravement profond qu'il n'a jamais été dit, le cercueil dans les gencives. Un enfant naît.

Un enfant naît au désir de ton désir, du désir sans précédent, du désir d'être là enfin, dans le berceau d'osier où vous chantiez des psaumes révolutionnaires. À l'opposé de la terre, dans le sens inverse des aiguilles d'une montre, tourne l'alliance des corps emmêlés, entrelacés, enchevêtrés, dans l'unité, la vierge parole de dieu.

Rien de cette langue ne m'appartient, rien de ce mot ne me signifie, je me bats, contre lui, et dans lui, en son sein chante une mésange, une force messagère, un oiseau de feu arc-en-ciel. De mon doigt au mot je perce le voile et l'enveloppe du ciel sans oiseaux, d'étoiles singulières, premières voies lactées, du sourire qui s'efface.

Il pensait créer la joie, il voulait créer la joie, le désir sans peine. Il pensait faire de chaque instant un moment de grâce, chasser la pensée étrangère, l'esprit stérile. Il fabriquait dans sa bouche du miel.

La nuit était déjà tombée.

Tombée.

*

Elle dormait, à même le sol, duvet d'étoiles, cerne de résine dans la symphonie du siècle, sans battements d'ailes, la main amincit l'être de l'alliance, dorée.

Il vint, un soir d'éveil.

Corail, coquillages aux tons pastels, rouge à lèvres, baisers, si doux à nos peaux.

Blanches.

*

Ils vont, ignorant l'espace-temps, aveugles et borgnes, manchots, insensés, guidés par-dessus tout, déboussolés. Ils trébuchent dans le vent, à quatre pattes, en quête d'espoir, ils chantent des louanges insensées, marchandes.

*

Elle repose, auprès de son père, là où les hommes n'ont plus cours. Dans sa main dépose la sienne, et dans la sienne la mienne. La tienne, nous rattache aux sentiments d'éternité. Iris blancs, à même le ventre, à l'orée du bonheur, instant de grâce, la mère est enterrée, le père au ciel, elle les réunit pour l'éternité des temps d'Olympe. L'arc-en-ciel est fait des couleurs de leurs yeux, d'un étang à l'autre, d'une natte à l'autre, la boucle réelle démêle la brume des cieux.

Le monde se subdivise en quarante-cinq couleurs qui sont quarante-cinq sortes de lumières. Sept d'entre elles se divisent encore en sept abîmes. Chaque lumière heurte l'abîme dans lequel elle se trouve les pierres au fond de l'abîme se mettent à rouler. Puis la lumière touche ces pierres et les perce et elle en fait jaillir de l'eau. Cette eau submerge l'abîme et le recouvre d'un bout à l'autre. Les eaux sortent des trous percés dans les pierres et la lumière fait son entrée, heurtant les quatre parois de l'Abîme. Chaque lumière converge vers sa voisine et toutes se rencontrent en un point. Alors les eaux se divisent et entrent en contact avec les sept couleurs dans les sept abîmes puis elles creusent les ténèbres de l'abîme et quand ces ténèbres se mélangent à elles, les eaux montent et descendent et s'enroulent aux lumières. Se mêlent indistinctement les lumières, les ténèbres et les eaux. De ce mélange naissent des lumières invisibles et obscures. Chacune heurtant sa voisine, elles se dispersent dans les soixante-quinze canaux de l'Abîme en qui les eaux s'écoulent. De chaque canal un bruit s'élève et les abîmes en sont secoués. Dès que ce bruit est entendu, chaque abîme interpelle son voisin et lui dit : Écarte tes eaux et j'adviendrai en toi. (Béréchit).

*

Il venait de naître à peine, l'osier, le cerfeuil, l'aneth, signaient la pièce, aux frondaisons de l'archange, circulation de sens, de signes, d'indices, faux papiers, sans-papiers de la mémoire, friche d'églantine, il s'y tenait déjà fermement, dans l'énergie transmise au travers des glaciers de l'âme. Signe du temps, la blancheur de sa peau, était si délicate à sa main, qu'il neigeait.

Force d'orange, frappe de balle, férocité des temps, il allait déjà dans la tourmente des temps-présents-passés à venir, dire le pourquoi du monde, dans un monde devenu sourd, aux questions primitives du cygne. Dans ce jardin royal, l'un était blanc et l'autre franchement noir, une nuit ils s'accouplèrent silencieusement. La guerre était finie.

*

Elle commençait ailleurs, pas très loin d'ici, très près de lui, en lui. Une guerre sourde, intérieure, intime, intrarouge, sang noir, des balles tirées à bout portant. Criblé de coups venus d'ailleurs, de caresses venues à l'heure, elle le tenait dans ses bras oblique, l'épaule parlait la langue des mères.

*

Père, deux fois père, permanence des pères, pères d'azur, pères de laine, pères perdus dans la brume des plaines, du camp, affamés, nus. Père au lit absent, vide, dans le creux du lit, père où es-tu ? Il tire à toi le fil de ton fils devenu petit d'homme transversal. L'étincelle jaillit, fulgurante, foudroyante, définitive, signe l'instant du trait d'orient. L'enfant merveilleux, répond du siècle, des tentes du désert, des branchages tissés, dans les grottes futures, l'enfant compte sur les étoiles, il les nomme les unes après les autres, elles lui répondent, l'enfant d'elles, surgit.

*

Adieu, à dieu, il parle, sans cesse, sans arrêt, sans retour, il parle des fêtes, des galaxies, comètes en forme de croissants au miel. Les raisins secs se touchent en lui, il aime l'odeur de ces fruits, il aime le chant qui accompagne chaque geste, chaque babil, d'un langage naissant l'orchidée. Elle dort, dans un lieu sans nom, dans le lieu des sans-noms, déjà nommés, puis dénommés, puis renommés. Elle dort dans la coquille du temps, à l'abri, du vent, des orages, des tempêtes, des tourments. Elle dort sans dormir. Elle ne dort pas. Elle ne dort plus. Elle ne dormira plus jamais. Elle vit la lettre, et vit dans elle. Elle est devenue la lettre. Elle est la lettre. Langue maternelle. La langue maternelle c'est la langue de la mère morte, que nous devons inventer dans la tourmente de la disparition. La langue morte, n'est pas la langue de la morte, mais la langue des vivants morts aux souvenirs des morts. Elle vit dans la lettre, elle vit dans la langue, elle vit dans le mot, qui est d'elle, encore plus aujourd'hui qu'hier.

*

Il te faut inventer une autre langue maternelle, la langue de l'après, de l'après-coup, une langue consanguine à la sienne, une langue d'alertes amoureuses, combinatoire infinie des lettres aux sons liées, d'adresses synonymes, d'accents imprévus, de rires inattendus, de caresses intempestives, une langue expurgée, une langue dénationalisée, désapatriée, une langue de l'exil. Retour au pays, au lieu d'origine, sans lieu et sans origine, un lieu se crée sous tes yeux, un lieu d'amour, creuset écarlate, de modifications silencieuses, soucieuses des semences. Le silence scande la respiration encore, souffle de chérubin, puits d'amour, le *puits juif* décline une margelle sans elle, sans vie, sans vitrail. Émail bleu, émail frappé des couleurs crépusculaires, palette d'amandes, où chaque amande pilée fait grain de beauté.

La main pile, la graine, le lait et le beurre roussissent une casserole d'enfance tiède, l'odeur du gâteau envahit, la maison, la cuisine, le monde, monte aux cieux, plus que la fumée des crématoires. L'air, devient cannelle, l'odeur goût, l'enfant est là, émerveillé, les yeux agrandis de gourmandises pâtissières. Les pâtes roulent, entre tes mains fécondes, tu saisis, la graine à l'orée de la cuillère, pourlèche le doigt, et encore le doigt, et la pâte, sucre de cristal. Tu es heureux. Qu'elle le soit. Ton père sourit de bonheur. Vient le temps de la table mise, des bougies forteresses de l'âme, le raifort rouge, écarlate, la porcelaine des vitraux déposés dans ton assiette, la lumière du jour, du soir, tombe, au creux de ta cuillère, la lumière anticipe la portée aux lèvres, effleure la langue, et avale, doucement, très doucement, l'amande.

Et tu donneras, sur la table du pain de visage, à mon visage sans cesse.

Dans la cuillère naît la langue.

Elle devra s'en tenir à toujours prolonger d'un geste tendre le mot tendre. Une langue de verre. Loin, loin, loin de toi, s'allient des grillons blancs, noirs, et rouges, ils bercent ton rêve, tu te pourlèches le haut des lèvres, là où le duvet naissant, craquant, décrit ta merveilleuse infantilité. Imperceptible à la vue courante, de l'enfant courant le temps d'ici, ce duvet blond, même pas né, même pas vrai, est.

Il est la langue d'après, il est le lieu de dieu, sur ton visage silencieux. Ici, dieu parle une langue d'alliance, le papillon jaune et noir frôle ta peau, tes yeux marron, parle la langue de l'après dans le geste qui va de la taille au front, relève les cheveux en riant, boucles et mèches, blondes infinies, traces bénies du pur visage.

*

Mes ancêtres / étaient intègres / j'ai hérité / de la rosée / de leurs larmes // Inventer / un chant / cela signifie / venir au monde / et chanter vaillamment / de naissance en naissance // je cherche Dieu / et le découvre / en une fleur / qui ne fane point / Elle dit / le temps m'a ordonné / d'être bonne envers toi // Au temps où les fleurs s'ouvraient / Sur les vitres des fenêtres / Au temps où ma mère cuisinait / Nous avions le chaud et le froid / et le miel aux clairs cristaux / Nous riions tous / sous cape / Vint le renard / qui nous déroba le froid et le chaud / et le miel aux clairs cristaux / Le rire s'étouffa / sous cape / la peur et des larmes salées / remplirent nos yeux // Dieu révéré / Fais-moi signe / pour que rien / n'arrive sans toi / J'aimerais / égaler une constellation / qui doucement / m'éclaire / comme un chant //...

...Paroles / mères et pères / de mes innombrables nouvelles naissances / et de mes enfants / Paroles heureuses désespérées aveugles / perspicaces / me conduisent / à vous / me ramènent à moi-même / et à mon chant de la vie / que je vous dédie // ... (Rose Ausländer).

Jacques Broda vit à Marseille. Écrivain et sociologue, il a notamment publié *Le camp domestique*, préfacé par Armand Gatti (Éditions Encres du Sud, 2003).

JEANPYER POËLS

Tu es une ourse

Sale ourse sale ourse fripouille
qui éloigne un ourson flammé
debout sagement en travers
d'un semblant de chemin inerte
elle est sans rêve de vouloir
que les chercheurs de groins en fronde
se ravisent pour un ailleurs
ignoré des grommellements
et debout pourtant en travers
de la misère d'un chemin
ces chercheurs-là sont chasseurs
de la moindre ombre pantelante
et rien encore ne fulgure
ils ne se ravisent et font feu
sur l'étoilé de ses genoux
puis douze fusils douze rires
tentent une décollation
en théâtralisant les coups
les têtes et les mires qui tombent
c'est elle qui a commencé
drôle d'agonie et sans jeune
pour eux sans une *bête rousse*
enténébrée de s'égarer
avec la peur des passereaux
Maintenant femme-papillon

dont les jaunes sont funambules
sans bruire tu te vois en ourse
et crois qu'un morceau de forêt
comme se voit en tortue lyre
un *kiowa* du haut-le-cœur
dans le sien entre une rivière
du ciel indigne et l'échappée
d'ombelles toutes harnachées
avant que des os ne se brisent
tu crois deux ou trois crépuscules
et autant d'aurores qu'un morceau
de forêt se penche sur toi
tu es une ourse une oubliée
et ne crois plus déjà aux traces
sur les lignes de ton losange
à l'étroit après la pancarte
Ne te tiendras-tu pas aussi
debout la sagesse en travers
d'un semblant de chemin inerte
sans rêver d'un ailleurs sang d'encre
que les mires partageront
avec toi sale ourse fripouille
une fois les arbres comptés
l'odeur des rabatteurs lassée
les mires peut-être une louve
non deux et le souci des loups
l'humus se reconnaîtra peu
foui en long et puis en large
défraîchi imparfaitement
à en aliéner les chercheurs
d'une *solitude* infernale
où ton souffle commencera
de les tirer au temps perdu.

Jeanpyer Poëls a notamment publié *Nœuds de gorge* (L'Improviste), *Qui se déhanche* et *Un oiseau de guerre* (L'Attentive), *User les jours* (Éditions Henry-Écrits du Nord).

CHRONIQUES

HEINRICH BÖLL

Du risque d'écrire

Il y a sept ans de cela, je rendais visite à l'éditeur d'une revue connue à qui je voulais soumettre un manuscrit. Lorsque je fus introduit je lui remis le manuscrit — c'était un récit — sur lequel il ne jeta pas un coup d'œil mais qu'il posa sur l'une des piles qui couvraient son bureau. Il me fit servir un café par sa secrétaire, lui-même but un verre d'eau et dit : « Je lirai votre manuscrit, plus tard, peut-être seulement dans quelques mois. Vous voyez combien il y en a ici, mais s'il vous plaît, répondez à cette question à laquelle aucun de vos prédécesseurs — ce matin même il y en avait encore sept ici — n'a pu répondre de façon satisfaisante : comment se fait-il — soit dit sans ironie — qu'il y ait autant de génies et aussi peu de managers comme moi-même ? J'aime la revue que je publie, mais je ne mourrais pas d'exercer de nouveau mon ancien métier : j'étais directeur publicitaire d'une usine de lames de rasoir et écrivais en parallèle des critiques de théâtre parce que j'y prenais du plaisir. Avez-vous un métier et quel est-il ?

— En ce moment, je suis employé d'un service statistique.

— Et vous haïssez ce métier et trouvez humiliant de l'exercer ?

— Non, ai-je répondu, je ne le hais pas ni ne trouve d'aucune façon qu'il est humiliant de l'exercer : je nourris — d'ailleurs plutôt mal que bien — ma femme et mes enfants en exerçant ce métier.

— Mais vous ressentez le besoin de parcourir la région avec des manuscrits froissés et mal dactylographiés, ou de les confier à la poste, et d'en écrire toujours de nouveaux lorsqu'ils vous sont retournés ?

— Oui, dis-je.

— Et pourquoi faites-vous ça ? Réfléchissez bien à votre réponse car elle sera du même coup la réponse à ma première question. »

Cette question ne m'avait encore jamais été posée et j'y réfléchissais tandis que le rédacteur commençait à lire mon récit.

— Je n'ai, dis-je subitement, je n'ai pas d'autre choix. »

Le rédacteur leva les yeux du manuscrit, fronça les sourcils et dit :

— C'est un bien grand mot, j'entendis une fois le même d'un pilleur de banques : le juge lui demanda pourquoi il avait conçu et conduit à son terme le cambriolage. “Je n'ai pas d'autre choix” répondit-il.

— Il avait probablement raison, dis-je, ça n'exclut pas que moi aussi j'ai raison. »

Le rédacteur se tut et lut mon récit jusqu'à la fin : il était long de quatre pages tapées à la machine et, pendant les dix minutes dont il eut besoin pour la lecture, je me demandai si dans mon cas il n'y avait pas de meilleure réponse à sa question et n'en trouvai aucune. Je bus mon café, fumai une cigarette et j'eusse préféré qu'il ne lise pas mon récit en ma présence. Enfin il avait fini. Je venais juste d'allumer ma seconde cigarette.

— Votre réponse à ma question m'a plu, dit-il, mais votre récit ne me plaît pas. En avez-vous d'autres ?

— Oui, ai-je dit, et, parmi les cinq manuscrits que j'avais encore dans ma serviette, j'en choisis un court et le lui donnai.

— J'apprécierais de pouvoir sortir pendant ce temps-là, dis-je.

— Non, dit-il, il est préférable que vous restiez là. »

Le deuxième récit était long seulement de trois pages tapées à la machine, juste ce dont j'avais besoin pour fumer entièrement ma cigarette.

— Ce récit est bon, dit le rédacteur, il est si bon que je ne peux croire que l'un et l'autre aient été écrits par une seule et même personne.

— J'ai pourtant écrit les deux, dis-je.

— Je ne peux le concevoir, dit le rédacteur, ce n'est pas croyable : le premier est d'une veine compliquée et en cela particulièrement abominable de kitsch religieux, le second — je n'ai pas la moindre raison de vous flatter, je le trouve remarquable. Expliquez-moi ça ! »

Je ne pus le lui expliquer, et n'ai trouvé jusqu'à aujourd'hui aucune explication. L'écrivain m'apparaît en fait en tout point comparable à ce pilleur de banques qui prépare à grand peine son cambriolage et qui, dans une solitude mortelle, la nuit, force le coffre sans même savoir combien d'argent et de bijoux s'y trouvent ; il met en jeu vingt ans de bagne, de déportation, de colonie pénitentiaire sans rien savoir du butin. Les écrivains et les poètes, je crois, mettent en jeu dans chaque nouvelle entreprise tout ce qu'ils ont écrit jusque-là ; ils prennent le risque de trouver le coffre vide, d'être attrapés et de perdre le profit de tous les cambriolages précédents. Son unicité distingue certainement un auteur ;

celui qu'il est par son style, avec son filigrane qui le différencie de tous les autres ; avec son cachet de maître. Mais du jour où les autres, ses lecteurs, ses critiques, lui attribuent ce sceau, alors commence la véritable mise à l'épreuve, car écrire, dès lors, ne signifie plus toujours « ne pas avoir d'autre choix » mais peut devenir simple routine, quand bien même cette routine serait-elle ornée d'un sceau. Pour le voleur qui persévère dans sa voie, pour le boxeur qui progresse, chaque nouveau cambriolage est plus lourd de conséquences, chaque nouveau combat devient plus dangereux que le précédent — car l'innocence n'est perdue qu'une fois et le savoir en prend la place — ; ainsi devrait-il en être pour l'écrivain et je suis sûr que c'est le cas pour la plupart — bien que le brevet de maîtrise orné du sceau de la corporation soit accroché dans leur bibliothèque. Diverses possibilités s'offrent à l'artiste, une seule lui est interdite : prendre sa retraite, et le mot fin de journée — un mot grand et humain, qui a de la valeur, objet de convoitise —, ce mot il ne le connaît pas : il signifierait qu'il est à « la fin de son art », pour toujours ou pour un certain temps, et qu'il s'y résigne : il cesserait alors d'être un artiste — une idée, cela va de soi, qu'il m'est impossible de mettre en œuvre. Je lisais un jour dans un compte rendu de lecture dont je ne peux citer l'auteur parce que tout simplement j'en ai oublié le nom : on ne peut être *un peu* enceinte et il me semble qu'on ne peut être *un peu* artiste, ce qui vaut aussi pour les autres métiers que l'on peut exercer.

Ne pas avoir d'autre choix est un bien grand mot, mais à la question « pourquoi j'écris ? » je n'ai trouvé jusqu'à présent de meilleure réponse : parmi peu de possibilités l'art est celle qui permet d'être et de rester en vie, pour celui qui s'y consacre comme pour celui qui le reçoit. Si la naissance, la mort et tout ce qui se trouve entre les deux ne souffrent guère d'appartenir à la routine, l'art ne le supporte pas davantage. Il y a cependant des gens qui ont routiné leur vie : seulement ils ne vivent plus. Il y a des artistes, des maîtres qui sont devenus de simples routiniers mais, sans se l'avouer à eux-mêmes ni le confesser à autrui, ils ont cessé d'être des artistes. On ne cesse pas d'être un artiste en produisant quelque chose de mauvais mais à partir du moment où l'on commence à se dérober à tous les risques.

Traduit de l'allemand par Pierre Malherbet

Ce texte de Heinrich Böll fut écrit en 1956. Il figure aujourd'hui dans *Essayistische Schriften und Reden I, 1952-1963*, Kipenheuer und Witsch Verlag, Köln.

LE PHARE D'ALEXANDRIE

Du mythe au minaret

Les lumières de l'Alexandrie ptolémaïque ont ébloui le monde. Sur place, il n'en reste quasiment rien ; quelques pierres au fond des eaux turbides du port, que l'on remonte sous l'œil des caméras pour appâter le touriste. La Bibliothèque et le Musée ont brûlé, les palais n'existent plus, le tombeau d'Alexandre reste introuvable. Quant au Phare, on ne sait pas grand-chose du monument, sinon qu'il a existé et qu'il fut cité parmi les sept merveilles du monde. Ce serait Philon de Byzance (IIIe siècle avant notre ère) qui aurait dressé la première liste *De septem orbis miraculis*, classement repris et vulgarisé durant l'Antiquité tardive. Prodiges d'architecture, prestigieux symboles d'un pouvoir disparu, de ces sept monuments seules les Pyramides résistèrent au temps. En ce qui concerne *Pharos*, ce nom propre attaché à un îlot égyptien devenu un nom courant, *Pharus* puis phare, attribué aux tours à feu utiles au guidage des marins, il pourrait symboliser le destin des mots lorsqu'ils accompagnent l'imagination des hommes sur le chemin des lumières. Ce qui nous conduit en droite ligne jusqu'aux minarets des mosquées, ainsi qu'aux lanternes de nos voitures.

La légende alexandrine

Le mythique Phare d'Alexandrie est également emblématique de la fascination qu'exerce encore sur l'imaginaire des riverains de la Méditerranée le nom du conquérant macédonien et de sa ville égyptienne. Pourtant, Alexandrie n'est qu'une fondation coloniale voulue par un despote flamboyant au destin inouï.

Si l'on en croit les mémorialistes antiques, Alexandre fonda au cours de son entreprise fulgurante une soixantaine de villes et fortins auxquels il donna son nom ou celui de son cheval. Les historiens modernes parviennent à retrouver l'emplacement d'une douzaine de ces Alexandrie ou Bucéphala remontant au Conquérant. Le plus célèbre de ces établissements demeure Alexandrie à la commissure des bouches du Nil, en lisière d'Égypte, comme on disait en ces temps-là.

Prédateur modèle, archétype des conquérants à venir, Alexandre le Grand et son épopée impériale, s'achevant par la mort du héros en pleine jeunesse, occulte l'extraordinaire destin des Ptolémées, père et fils, véritables fondateurs d'Alexandrie et constructeurs du Phare.

Nous savons qu'à la mort du roi macédonien, survenue à Babylone au début de l'été 323 avant notre ère, le général Ptolémée fils de Lagos et compagnon de jeunesse d'Alexandre s'appropria la satrapie d'Égypte au démembrement de l'Empire.

Mais puisque légende alexandrine il y a, portons ses prémices à la lumière : la dynastie des rois de Macédoine se disait issue de la race d'Héraclès par les pères et d'Achille selon une filiation matrilinéaire. Ainsi, ces princes se voulaient descendants de Zeus, et bâtards de Dionysos pour faire bonne mesure, afin de contrebalancer le mépris des véritables Hellènes à leur égard. Alexandre fut élevé dans le culte d'Homère et des héros de la Mythologie. Il eut pour précepteur Aristote le « Prince des philosophes », l'*Iliade* était son livre de chevet.

Au temps de la naissance d'Alexandre en 356, les Grecs n'ignoraient plus l'Égypte réelle. Des mercenaires cariens et ioniens servaient dans l'armée de Pharaon et les négociants étrangers disposaient d'un *emporion* à Naucratis sur la branche canopique du Nil ; ce comptoir de Naucratis fonctionnait depuis plus de deux cents ans. Déjà Hérodote, vers 445, avait pu mener une enquête approfondie le long des rives du Nil et dans les principaux centres religieux égyptiens.

À ses origines, l'Égypte pharaonique n'était pas tournée vers la Méditerranée. De tout temps, elle avait boudé la Grande-Verte pour s'ouvrir au sud d'où provenaient ses richesses et les eaux fertiles. Foncièrement africaine, l'Égypte connaissait mieux la mer Rouge et les rives arabiques, elle ouvrait ses ports à des navigations orientales et lançait ses explorateurs vers la terre des Nubiens. Au nord, ses côtes méditerranéennes et son delta n'abritaient que des postes de douane et des guettes. Depuis la dynastie des Saïtes, un débarcadère situé précisément dans la rade où serait bientôt fondée Alexandrie, recevait les négociants des Cyclades et du Levant, attirés sur cette terre par les récoltes égyptiennes et les denrées exotiques arrivant d'Afrique Noire.

UN PILOTE GREC NOMMÉ PHAROS

La Méditerranée depuis des temps immémoriaux était parcourue par des bateaux de négoce allant de cap en cap, et les cadets en surnombre des cités ioniennes prenaient le large pour immigrer vers les terres barbares. Avant d'être le berceau de la cartographie marine, la Méditerranée vit naître le périple et le portulan, ce dernier n'étant que l'aide-mémoire du pilote portant la liste des repères côtiers et des amers.

Nous évoquions le légendaire, n'en sortons point. Le pilote grec de Ménélas, qui ramena Hélène après la guerre de Troie, s'appelait *Pharos*. Il fut piqué par un serpent sur une île non loin de la côte septentrionale d'Égypte, laquelle île depuis ce drame porte le nom du pilote. L'*Odyssée* la mentionne : « Il est en cette mer des houles, un îlot qu'on appelle Pharos, par-devant l'Égypte féconde… » (IV-354). Nonobstant, ce nom du soi-disant pilote de Sparte n'est pas de racine grecque mais égyptienne, et *Pharos* sera à l'origine de notre phare. Lesquels phares seront implantés sur les rivages pour venir en aide aux pilotes… Merveilleux destin des mots.

Toujours selon d'autres sources grecques, la ville de Canope qui donne son nom à la branche occidentale du delta du Nil, devrait son appellation à un autre pilote, *Canopos*, qui aurait conduit Ménélas en Égypte et aurait séduit la fille de Protée seigneur de Pharos… *Canopos* ou *Pharos*, les conducteurs de navires sont les héros célébrés précisément au moment de l'expansion coloniale des cités grecques et les mythographes n'hésitent pas à naturaliser les noms indigènes pour les entraîner dans leur sphère grecque.

Voici donc le jeune Alexandre sur les traces d'Achille se lançant à la conquête du monde habité. Il a 24 ans lorsqu'il met ses pieds légers en terre égyptienne, la tête pleine de récits fabuleux que sa mère et ses maîtres lui contaient.

ALEXANDRE PHARAON D'ÉGYPTE ET DE L'UNIVERS

En 341, Artaxerxès III, roi de Perse et conquérant de Mésopotamie, s'était attaqué à l'Égypte en mettant fin au règne du dernier souverain de souche nilotique, Nectanebo II. Cette seconde occupation perse allait durer neuf années, jusqu'à la victoire d'Alexandre.

Les troupes gréco-macédoniennes arrivent en Égypte à Péluse sur la côte est du delta, en octobre 332, sans grands combats. L'occupant perse n'était pas aimé, et la puissance du Grand roi Darius bien affaiblie. Trois ou quatre mois après son triomphe, Alexandre se rend sur la grève à hauteur de l'îlot de Pharos pour arpenter le mince bandeau littoral adossé au lac Maréotis. Gravissant ce *taenia* de sable et de roches arénacées formant un isthme aride, Alexandre et son entourage de généraux, de géographes, mathématiciens et architectes, choisissent l'emplacement de la future capitale de l'Égypte conquise.

Profondément religieux, sensible aux révélations surnaturelles, Alexandre n'entreprenait rien d'important sans écouter ses « voix ». Le choix de l'implantation résultait d'un rêve au cours duquel un vieillard lui avait récité les vers d'Homère désignant Pharos.

Face à la mer, ouverte sur les routes méditerranéennes (et non pas tournée vers l'Afrique), la nouvelle Alexandrie s'affirmait dès le tracé de son rempart le centre d'une thalassocratie émule des grandes métropoles, et de Rhodes en particulier.

Laissant à peine aux vols des oiseaux le temps de dicter leurs augures touchant au devenir de la ville, Alexandre, accompagné d'une fraction de l'armée sous la conduite de Ptolémée, se met en marche vers l'Ouest à travers le désert libyen. C'est un pèlerinage que le jeune roi entreprend. Il se rend à l'oasis de Siouah proche de la Cyrénaïque où prophétise un oracle réputé dans tout le monde habité, l'oracle d'Amon.

Amon est le roi des dieux, la plus grande divinité honorée en Égypte, les Grecs l'assimilent à leur Zeus. Il est le « Caché », dieu de l'air et de la fécondité. Son animal symbolique, le bélier, porte le soleil sur sa tête. La religion égyptienne représente parfois Amon sous les traits d'un homme à tête de bélier, et toujours avec deux grandes plumes dressées sur sa coiffure. Il règne à Thèbes et à Koush. Son épouse est *Mout* la déesse vautour.

Le mythe de la théogamie royale selon lequel Amon féconde la reine et lui donne un fils spirituel est connu à Karnak. C'est une prophétie de cette nature qu'Alexandre vient recevoir de la bouche du grand prêtre dans le temple de l'oasis de Siouah. Et c'est ainsi qu'Amon-Zeus va lui parler : « Roi Alexandre tu es bien fils de Zeus !... »

Nous sommes au cœur de la légende dorée alexandrine. Nous devons le récit de la révélation oraculaire à Ptolémée fils de Lagos, qui consignera ses mémoires. D'autres hagiographes, tel Aristobule, raconteront les péripéties du voyage à Siouah et les errances du héros à travers le désert guidé par deux serpents ou protégé par des corbeaux.

Le fils putatif de Zeus-Amon peut quitter l'oasis satisfait, désormais il se sent investi d'une mission pour régner sur la terre entière. Il se rend à Memphis afin d'y être intronisé pharaon d'Égypte, et repart aussitôt, à la fin de l'année 331, pour attaquer et vaincre Darius III à la bataille d'Arbèles en Assyrie.

Le séjour d'Alexandre en Égypte aura duré moins d'une année. Il n'y retournera jamais. Le 10 juin 323, il meurt à Babylone. Lors du partage de l'Empire entre les *Héritiers*, Ptolémée fils de Lagos s'adjuge la satrapie d'Égypte.

L'enfant de Philippe de Macédoine, et d'Olympias fervente de Dionysos, reconnu fils spirituel du dieu Zeus-Amon, va entrer dans la légende des siècles sur les trois continents. L'Europe médiévale se délectera de ses prouesses et se laissera bercer au rythme des alexandrins. La Perse adoptera son vainqueur et le nommera *Iskandar* dans son épopée nationale (Ferdousi, *Le Livre des rois*). Tandis que la Bible enregistre les exploits d'un conquérant prodigieux et cruel (Macchabées I, et Daniel XI-3).

Au Coran, Celui des deux cornes

La gloire d'Alexandre, couronné dieu et pharaon d'Égypte, va ressurgir superbement dans la révélation dictée par Allah au prophète Mohammed. Dans la sourate *La Caverne des Sept-Dormants* : « On t'interrogera, Ô Muhammad, au sujet de Dhoul'Qarnaïn. Réponds : Je vous raconterai son histoire. Nous affermîmes sa puissance sur la terre, et nous lui donnâmes les moyens d'accomplir tout ce qu'il désirait, et il suivit une route. Il marcha jusqu'à ce qu'il fût arrivé au couchant du soleil… » (XVIII, 82-84).

Dhoul'Qarnaïn se traduit par « le Possesseur des deux cornes », ou « le Père bicornu », c'est-à-dire Alexandre. Les deux cornes en question étant les cornes du bélier d'Amon, qui étaient devenues les attributs symboliques d'Alexandre le Grand, avec le scalp d'éléphant évoquant ses conquêtes indiennes. (Les Latins écrivaient *Ammon*, d'où ammonite pour les mollusques fossiles à coquille enroulée comme une corne d'ovin).

En 640 après J.-C., lors de la conquête arabo-musulmane d'Égypte, le calife Omar envoya ses cavaliers reconquérir Alexandrie, fondée par le Grand *Dhoul'Qarnaïn*, et en chasser les Infidèles selon une logique qui n'apparaît peut-être pas au premier regard…

La monarchie des Ptolémées

Alexandre disparu, Ptolémée monte sur le trône d'Égypte sous le nom de Ptolémée Ier *Sôter* (Sauveur). Il fonde en 304 la dynastie Lagide qui perdurera jusqu'à la disparition tragique de son dernier représentant masculin, Ptolémée de Mauritanie, assassiné par ordre de Caligula à Lyon en 40 de notre ère. Ce sont les Lagides qui vont perpétuer la gloire d'Alexandre le Grand et asseoir sa légende où il est assimilé au dieu soleil Hélios. Et c'est à Alexandrie que s'élaboreront les poèmes dont la Perse et l'Occident feront leur miel, lesquels exploits inspireront les conquérants en herbe, Bonaparte et bien d'autres.

Les monuments d'Alexandrie sortent de terre sous les directives de Ptolémée Ier. Fortifiée et dotée d'arsenaux, de ports bien protégés, la nouvelle ville se veut en marge de l'Égypte millénaire mais face au monde grec comme la capitale d'une monarchie militaire solidement retranchée dans sa rade.

Sans le génie des deux premiers souverains, le père et son fils qui surent transcrire dans leur politique architecturale l'héritage platonicien et les leçons d'Aristote, jusqu'à faire de leur place forte une métropole au rayonnement universel, Alexandrie n'aurait été qu'une simple thalassocratie concurrente de Rhodes, et un comptoir enrichi. Elle devint un centre de culture universel et un foyer de civilisation.

Ptolémée II Philadelphe (285-246) appellera auprès de lui soixante-douze exégètes de la Bible hébraïque, venus de Jérusalem, pour élaborer une version grecque de la Thora. Enfermés, dit-on, pendant soixante-douze jours d'isolement dans l'île de Pharos, ces savants produiront chacun, miraculeusement identique, leur traduction des livres sacrés. Ce sera la première Bible grecque connue, la Septante. L'île de Pharos se voulait Phare d'érudition avant la lettre.

Alexandrie émule de Rhodes

Grâce aux richesses des pays conquis, les premiers souverains Lagides vont bâtir une fabuleuse cité selon des plans dressés par Dinocratès de Rhodes, l'architecte préféré d'Alexandre. Elle s'étalera sur le cordon littoral, entre le lac Maréotis et la mer. La petite île au centre de la rade, connue sous le nom d'*Antirhodos,* « Rivale-de-Rhodes », portera des palais somptueux. L'île de Pharos s'ornera de temples et de sanctuaires à la gloire d'Isis et des dieux Sauveurs chers aux Ptolémées.

L'île de Pharos, sans doute le point le plus élevé de cette côte au relief très bas, devait former un amer sur lequel les marins de toutes les époques se dirigeaient. Elle protégeait la sûreté du mouillage à l'intérieur des ports. Au nord, au-delà des flots, en mer Égée, à quatre jours pleins de navigation par vent portant, l'île de Rhodes rayonnait de tout son prestige et de son rôle de carrefour maritime. De Rhodes partaient les capitaines et les marchands. Le sculpteur Charès de Lindos, disait-on, construisait une gigantesque statue d'Hélios en bronze, haute de plus de trente mètres, pour commémorer la victoire des Rhodiens sur Démétrios, et signaler le port principal de l'île d'une colossale effigie du Soleil-Hélios. Ptolémée releva le défi que lançaient les Rhodiens dans cette course à la maîtrise des mers et commanda l'édification à sa gloire d'un monument emblématique : la Tour de Pharos.

Les bateaux partaient de Rhodes ? C'est à Alexandrie qu'ils aborderont désormais ! Venus de « la brume des mers, de cet interminable et dangereux voyage !... » (*Odyssée*, IV-481), les nautoniers avaient besoin d'un bon guide, d'une tour de guet avec vigie et signaux de feux pour se repérer. Sur l'île Pharos, surplombant l'ensemble des bâtiments, le temple d'Isis sera flanqué et couronné d'un fanal merveilleux, le plus haut qu'il sera possible d'édifier, un *Veilleur* tourné vers le large.

En remerciement du soutien apporté par Ptolémée lors du siège de leur cité par Démétrios, les Rhodiens avaient consulté l'oracle d'Amon de Siouah et spécialement bâti dans leur île un *ptolémaïon* pour honorer le souverain égyptien. Ne peut-on imaginer que le *Veilleur de Pharos* ait arboré un signe en écho de complicité avec le Colosse des Rhodiens, par exemple une tête auréolée de rayons solaires ? Il n'est peut-être pas gratuit de souligner que l'épiclèse cultuelle de *Sôter* (Sauveur), attribuée à Ptolémée Ier, lui vient de l'aide apportée lors du fameux siège de l'île... Décidément, Rhodes était bien au centre de cette Méditerranée !

Les navigations antiques

Bien avant Homère, depuis la nuit des temps semble-t-il, la Méditerranée avait été parcourue d'esquifs transportant des marchandises d'un pays à l'autre, et de jeunes hommes sans feu ni lieu.

Les épaves de l'Âge du Bronze récent (1600-1100 avant notre ère) livrent aux archéologues leurs vestiges envasés. Longs d'une quinzaine de mètres, navigant à la voile et munis d'avirons, souvent construits en bois de cèdre et de chêne, assemblés par chevilles et mortaises ou même

« cousus », ces caboteurs aventureux transportaient des minerais, de l'huile, des lingots de verre d'Égypte, de l'ébène d'Afrique tropicale, de la pourpre de murex, des aromates, de l'ivoire en transit de Nubie.

Ils voguaient durant le jour de préférence. L'hiver, le marin et son gouvernail restaient au sec. Par mauvais temps et les nuits sans lune, on tirait la barque sur l'arènier. La navigation à vue nécessitait de se repérer sur la terre en journée, sur les étoiles la nuit. Dans les Cyclades, de rares cités élevaient des tours sur les hauteurs de leurs rives pour êtres identifiées de loin, et allumaient un fanal. Ce n'est pas tant la mer qui est fatale aux caboteurs, mais bien la terre et ses enrochements, la terre basse sans repères, les écueils, les atterrages, les hauts-fonds sableux. Le pilote se guidait sur le soleil et les astres comme le laboureur. Il guettait le bruit des récifs, il observait le vol des oiseaux, la couleur des eaux et les senteurs venues de la terre, l'odeur du feu et des fumées que le vent porte au large.

Ce ne sera qu'au IIe siècle avant l'ère commune, qu'Hipparque établira, à Rhodes justement, les premières éphémérides nautiques et la carte des étoiles utiles aux marins. Rhodes où passait le parallèle fondamental de la carte du monde habité.

Les tours de guet deviennent phares

« Il y a trois sortes d'humains, les vivants, les morts, et ceux qui vont sur mer ! », écrira un terrien, avouant la méfiance suscitée par les navigateurs à leurs accostages.

Le terrien se méfie de l'errant, du nomade. La cité s'affirme dans son rempart d'où la sentinelle contrôle le chemin. Le port vulnérable ouvert sur la mer élève ses tours de guet pour surveiller l'horizon. La principale utilité des postes de vigie est de prévenir les autorités de l'arrivée des pirates. Du haut du sémaphore, le gardien observe le large et avertit la cité de l'approche des brigands. Avec des signaux de fumée, accompagnés de ronflements de trompes pour alerter les vigiles.

À Alexandrie, Ptolémée rompant avec l'usage, commandera l'édification d'une tour à feu utile aux marins : le *Veilleur de Pharos*. Le génie maritime européen s'en souviendra et nommera les tours à feu de ce nom égyptien latinisé *pharus*.

Au IIe siècle avant notre ère, Poseidippos de Pella composa une épigramme en l'honneur de Pharos : « Voilà pourquoi, dressée toute droite, découpe le ciel une tour visible à d'innombrables stades, durant le jour. La nuit, bien vite, au milieu des vagues, le marin apercevra le grand feu, qui au sommet, brûle, et pourra courir droit sur la corne du Tauros… » Ce texte peu connu a été trouvé à Memphis.

La *Géographie* de Strabon

Les pages qu'on vient de lire montrent à quel point il est difficile d'échapper au légendaire dès qu'on approche de l'Alexandrie antique ! Et du célèbre Phare en particulier, dont on sait qu'il a existé mais dont il ne reste rien qu'un ensemble de récits plus ou moins fantastiques et quelques pierres disséminées au fond de la mer dans le chaotique gisement de blocs du port.

Parmi les textes antiques décrivant le Phare d'Alexandrie avant les premières destructions accidentelles causées par les séismes, retenons le récit du Gréco-romain Strabon, qui visita la ville autour de l'an 25 avant notre ère, et publia dans sa *Géographie* une longue description de l'Égypte faisant toujours autorité.

« Strabon était et demeure le troisième classique obligé de l'égyptologie » (après Hérodote et Diodore), écrit Jean Yoyotte dans la préface de la traduction française de Pascal Charvet. « Le philosophe stoïcien, conservateur du grand cartographe Ératosthène et dont les démarches préfigurent à divers égards celles de la géographie moderne, doit sa réputation à son esprit de synthèse et à des exigences scientifiques qui s'expriment dans une écriture sans grands effets, garantie de sérieux et d'exactitude. Modernité de Strabon : son propos, à la fois théorique et pragmatique, culturel et politique, est de livrer une somme universelle aux philosophes désireux de savoir et de penser le monde en ses permanences et aux hommes qui auront la charge d'administrer l'"œcoumène" finalement unifiée par les armes d'Octave et le génie de Rome et d'Auguste. »

Voici donc ce qu'écrit Strabon concernant l'île de Pharos et sa tour à feu ; extraordinaire monument qui passait auprès des voyageurs pour une merveille du monde, après le Colosse de Rhodes : « Pharos est une île de forme oblongue, très rapprochée du rivage, et constitue avec lui un port à deux ouvertures, […] La pointe même de l'île est un rocher battu de tous côtés par les flots et portant une tour faite en pierre blanche, admirablement construite, à plusieurs étages, du même nom que l'île. Sostrate de Cnide, ami des rois, l'a dédiée au salut des navigateurs comme le signale l'inscription. En effet, comme la côte était dépourvue d'abris, basse de chaque côté, et bordée de récifs et de bas-fonds, il fallait à ceux qui venaient du large un signal élevé et brillant qui pût guider favorablement leur course vers l'entrée du port. » (Livre XVII, 1-6, traduction de Pascal Charvet).

La dédicace de Sostrate de Cnide, pour autant qu'on puisse la restituer, se terminait vraisemblablement par ces mots : « Aux dieux Sauveurs pour le salut des navigateurs ». Les dieux Sauveurs étant Zeus, Poséidon, Isis et leurs représentants sur terre, les premiers souverains ptolémaïques.

Le Phare porte-feu

Les écrivains qui traiteront de l'île Pharos à la suite de Strabon prendront la tour comme modèle du genre, et appelleront « phare » toutes les guettes surmontées d'un feu destiné à guider les navires vers leur havre.

Du haut de sa tour, sur son îlot, le Phare aurait brûlé nuit et jour ; la nuit pour briller de toute sa lumière, la journée lâchant des signaux de fumée. Quel pouvait être le combustible que les gardiens utilisaient ? Du charbon de bois plus des fagots ? L'Égypte n'est pas un pays de forêts, le bois est rare au désert, et cher à importer. Des graisses animales ? Une batterie de lampes à huile de ricin ou d'olive, et tout un jeu de miroirs à la mode d'Archimède ? Hérodote mentionne bien l'utilisation de l'huile de ricin en Égypte pour l'éclairage ; aux flammes, s'ajoutaient la fumée noire et l'odeur puante facile à identifier (*Enquête,* II-94). L'image d'un nautonier pilotant sa barcasse un jour brumeux en pointant le nez vers l'avant pour renifler l'odeur des huiles brûlées me plaît assez, « Je sens Alexandrie plein sud ! ». Et pourquoi pas du bitume ou de l'asphalte de Judée ? Les Ptolémées possédaient leurs entrées sur cette terre du Levant.

Il est certain qu'à l'origine, les souverains ne devaient pas lésiner sur l'entretien du Phare, et des norias d'ânes chargés de résineux en fagots sont envisageables. Un papyrus, un jour, nous le dira peut-être. Les Grecs, qui avaient des pratiques funéraires différentes des anciens Égyptiens, ont-ils pu employer aussi les stocks de produits destinés à la momification, poix, résines, bitume, huile de cade, cire d'abeille, onguents, toutes matières éminemment inflammables ? Nous savons qu'à l'époque moderne des locomotives roulèrent grâce à la combustion de milliers de momies venues d'Égypte…

Une tour de trois étages plantée sur un îlot, haute et parée de pierre blanche, portant un feu à son sommet. Voilà ce qui est à peu près acquis. Le premier étonnement des contemporains venait peut-être de son utilisation : le guidage des pilotes de bateaux.

La date du début de la construction du Phare est fixée aux alentours de 297 avant notre ère, sous Ptolémée Ier, et son achèvement à la mort de ce roi. Ces informations sont tirées d'un lexique byzantin du Xe siècle de notre ère que l'on appelle la *Souda*. C'est dire la grande incertitude qui demeure autour de ce monument. De même, on ignore sa hauteur totale et quelles étaient les statues qui ornaient sa coupole.

La tradition affirme qu'un tombeau bâti par un riche citoyen grec à Taporisis Magna, au IIe siècle avant notre ère, serait l'imitation du Phare en modèle réduit ; le monument toujours debout aujourd'hui n'est pas très impressionnant. Des monnaies d'époque romaine portent des représentations du Phare, ces gravures sont-elles réalistes ? Un précieux gobelet en verre trouvé à Begram, non loin de Kaboul, daté du Ier siècle avant notre ère, pourrait représenter le Phare : au sommet d'une tour simple, on voit une grande statue d'homme nu tenant une rame (?). S'agit-il d'un objet hellénistique acheté par un voyageur afghan ?

Plus fiable est la célèbre mosaïque découverte dans la Cyrénaïque proche et datée précisément de 539 après J.-C. Ce pavement de basilique justinienne, identifié par une inscription, *o pharos*, se trouve à Qasr el-Libia dans les ruines de l'église de l'évêque Makarios. Sur une tour crénelée, on voit un personnage nu tenant une lance (?) et portant sur la tête une couronne de rayons, attribut d'Hélios divinité représentant le Soleil et frère de Séléné, la Lune. Au second plan, une autre statue masculine se dresse, de même hauteur que la première ; ce couple pourrait tout aussi bien être identifié aux Dioscures, Castor et Pollux. Cette mosaïque paléochrétienne pourrait laisser croire que le Phare existait encore au VIe siècle de notre ère avec sa statue sommitale originelle intacte. Nous savons pourtant qu'il avait subi des dommages considérables dus aux séismes, aux assauts de la mer, et aux destructions fanatiques initiées par Théodose, et mises en pratique par l'évêque Théophile qui ordonna la destruction du *Serapeum* d'Alexandrie et des « idoles » en 391.

La mer monte, la terre s'enfonce

La première destruction brutale d'Alexandrie par un séisme pourrait avoir été enregistrée dès le premier siècle de notre ère. Cette zone côtière a été victime depuis l'Antiquité de phénomènes de mouvements géophysiques importants. Des portions de rivages ont disparu sous les eaux. Écoutons Jean Yoyotte : « Le schéma simpliste d'un ou plusieurs tremblements de terre venant casser Alexandrie, ne peut rendre compte des observations effectuées ces dernières années. D'une part, il y a des mouvements de subsidence et de remontée extrêmement lents, qui se produisent un peu partout et qui ne laissent pas de traces dans les souvenirs des habitants ni dans les chroniques. D'autre part, un séisme qui arrive sur une côte rocheuse n'a pas les mêmes effets que lorsqu'il frappe une côte de boue, comme ce fut le cas dans la région orientale d'Alexandrie autour de la bouche canopique et d'Héracléion. [...] Les phénomènes de transgression c'est-à-dire d'élévation de l'eau de la Méditerranée n'interviennent que pour une faible part dans la disparition de certains points de la côte. C'est essentiellement un phénomène de subsidence : ce n'est pas seulement l'eau qui monte, c'est la terre qui descend ! » Le Delta s'enfonce sous le poids des alluvions, la mer monte, et les séismes ravagent les constructions, abattent les tours...

Le célèbre Colosse de Rhodes à l'effigie d'Hélios, construit vers 304-290 avant notre ère, aurait été abattu peu de temps après, vers 227, à la suite d'une catastrophe géologique. Pour le Phare d'Alexandrie, les avaries se succèdent au cours des siècles, jusqu'à la destruction majeure qui se trouve consignée dans le *Petit Thalamus* de Montpellier, un cartulaire occitan du XIIIe siècle, où l'on peut lire : « ... en l'an 1303, le 8 août, il y eut un grand tremblement de terre à Alexandrie qui fit tomber le Phare et bien le tiers de la ville ».

Les Romains organisent les routes marines

Avec l'occupation romaine, après la mort de Cléopâtre, les mentions du Phare dans divers écrits vont se multiplier. Pline l'Ancien : « Pharos. Unie par un pont à Alexandrie, elle est maintenant pourvue d'une tour dont les feux nocturnes règlent la marche des vaisseaux... » (*Histoire naturelle* V-128 et XXXVI-83). Suétone mentionne à deux reprises le Phare « où des feux brillaient toutes les nuits pour éclairer les routes des navires » (*Caligula*, XLVI ; *Claude*, XX).

C'est désormais sa fonction de fanal maritime qui domine dans les mentions. L'image d'Hélios que nous avons rencontrée ne signifiait pas autre chose. La représentation du Phare sur le pavement décoratif d'une église d'époque byzantine de Cyrénaïque pourrait aussi être le symbole du Christ conduisant le monde par sa lumière, image que reprendront les musulmans.

Des phares du temps des Romains sont par ailleurs bien répertoriés. La Corogne en Galice au IIe siècle, le *Faro* de Messine, le phare de Leptis-Magna, de Sambûcar en Andalousie, d'Ostie, de Fréjus, le phare du Bosphore figuré sur la Table de Peutinger, et d'autres, accompagnant le trafic maritime en pleine expansion.

Reconquête d'Alexandrie, la ville du Bi-cornu

En 640, le calife Omar successeur du prophète Mohammed, lance ses cavaliers à la conquête de l'Égypte. Les musulmans s'emparent de la plus prestigieuse cité d'Afrique, *Al-Iskandariyah,* la ville d'Alexandre, ce conquérant qui parcourait le monde du Couchant au Levant, et bâtissait, d'après le Coran, des ouvrages de pierre et d'airain à la gloire d'Allah, le « Possesseur des deux cornes » de la sourate XVIII, 97 : « Cet ouvrage, dit Dhoul'Qarnaïn, est un effet de la miséricorde de Dieu… »

À compter du VIIIe siècle, ce seront les voyageurs arabes qui visiteront Alexandrie d'Égypte, l'étape obligée du pèlerin vers La Mecque, comme Venise attirait le Chrétien en route pour la Terre Sainte. Les voyageurs arabo-musulmans s'acheminent vers la Lumière (*Noûr*), et « comprennent avec le cœur ce qu'ils doivent comprendre » des lieux rencontrés. Leurs récits décrivent la splendeur d'Alexandrie reconquise. Ya'Qoubi, vers 880 : « Alexandrie, grande et splendide cité […] Parmi les prodigieux édifices, on compte le Phare situé au bord de la mer. C'est une tour solide et bien construite, haute de 175 coudées, au sommet de laquelle se trouve un foyer où l'on allume des feux lorsque les vigies aperçoivent des navires loin au large. »

Quelques années avant la visite de Ya'Qoubi, à la suite d'un séisme et du lent affaissement dans la mer selon un phénomène de subsidence qui affectait le Delta, plus quelques raz-de-marées, Alexandrie avait déjà perdu une partie de ses richesses architecturales.

En 873-883, le sultan Ahmed Ibn Touloun entreprend des travaux de reconstruction et de consolidation de la tour sur l'île Pharos. Il aménage un oratoire au dernier étage, sous la lanterne *(fanousa)* proprement dite. Cette première mosquée l'incitera à doter le grand sanctuaire qu'il entreprend au Caire d'un mirador d'où le muezzin lancera ses appels à la prière. La tradition affirme que le plus ancien minaret du Caire, celui de la mosquée d'al-Hakim, avait été bâti sur les plans du Phare d'Alexandrie en modèle réduit.

Les minarets comme des phares

Plantée au milieu de la steppe basse, Kairouan se dresse tel un vaisseau sur la mer. La Grande mosquée Jamâ Sidi Oqba, le plus ancien lieu de prière de Kairouan et d'Afrique du Nord est lui aussi doté d'un minaret (*manâra*, tour de lumière en arabe) de trois étages, haut de 35 mètres, réputé reproduire le Phare d'Al-Iskandariyah d'Égypte ; ce minaret daterait de 723.

D'autres auteurs arabes se relaieront pour illustrer Alexandrie au fil des décennies et mentionner l'état de l'édifice et les dégâts causés par le temps et les éléments. Al-Andalousî décrit le Phare avec force détails et mensurations émerveillés. D'après lui, l'île est couverte de ruines inhabitées. Il mentionne la mosquée au sommet de la tour. Al Idrisi, le plus fameux des géographes, vers 1150, admire le Phare utile aux navigateurs, et indique l'étonnante technique de construction alliant les pierres brutes au plomb fondu, ce qui pourrait relever davantage d'une référence aux travaux prodigieux du « Maître aux deux cornes » du Coran que d'une observation objective. De passage à Alexandrie, Ibn Jubayr vers 1185 témoigne à son tour : « Parmi les merveilles de la ville, citons le Phare qu'Allah — le Puissant et Majestueux — a édifié par la médiation de ceux qui furent assujettis à ce travail afin que cet édifice soit un signe pour les hommes qui cherchent à connaître la vérité, et un point de repère pour les navigateurs… » Ibn Battuta sera le dernier grand voyageur à parcourir les substructures du Phare, encore visitables en 1326. Quelques années plus tard, il ne pourra plus pénétrer dans l'édifice tant les éboulements auront obstrué les passages.

Effondrements et reconstructions partielles émaillent l'histoire du Phare jusqu'au coup de grâce du séisme de 1303 mentionné dans le cartulaire occitan de Montpellier. La disparition complète aura lieu en 1375, à la suite d'un ultime séisme.

Sur ordre du sultan Qayt-bey, en 1477, un fort est construit sur l'île Pharos arasée en remplacement de la tour et des temples.

Les Phares baudelairiens

C'est un phare allumé sur mille citadelles,
Un appel de chasseurs perdus dans les grands bois !

Baudelaire, reprenant le superbe nom de phare, replace au centre de notre propos en quoi une conquête peut parfois, rarement, présenter des aspects positifs. Tout dépend du point de vue ou du camp dans lequel on se place. Ce ne sont pas les bâtiments, les ponts, les routes et les ports qui enrichissent l'humanité civilisée, mais les bibliothèques, les musées, les écoles, les instituts de recherche, les phares baudelairiens.

Il est admis que, dès sa création et pendant près de sept siècles, Alexandrie fut le foyer de l'hellénisme. Gardons présent à l'esprit qu'une part de nos connaissances, non seulement de la civilisation égyptienne mais également du savoir grec, a pu fructifier et se conserver grâce à l'Alexandrie des Ptolémées. Sans anachronisme de bons sentiments toutefois. La ville était grecque, peuplée d'Hellènes en majorité. Le Musée et la Bibliothèque royale n'ouvraient leurs portes qu'aux dignitaires de la cour, et les savants œuvraient pour la grandeur des souverains, lesquels voulaient accumuler dans leurs palais tout le savoir du monde, instrument perpétuel de puissance.

Jean-Marie LAMBLARD

BIBLIOGRAPHIE

EMPEREUR Jean-Yves, *Le Phare d'Alexandrie, La Merveille retrouvée*, « Découvertes » Gallimard, 1998.
GODDIO Franck, *L'Égypte engloutie : Alexandrie*. Avec BERNAND A., Tana & Arcperiplus, London, 2002.
ILBERT Robert, *Alexandrie 1830-1930 ; histoire d'une communauté citadine*, vol. 2. Le Caire, IFAO, 1996, p. 609-618, « Entre Alexandre, César, et Pharaon ».
RENARD Léon, *Les Phares*, L'Ancre de marine, 1991.
STRABON, *Le voyage en Égypte, un regard romain*, Yoyotte Jean, Charvet Pascal, Gomprest Stéphan, Nil Édition, 1997.
VERNUS Pascal, et YOYOTTE Jean, *Dictionnaire des pharaons*, Noêsis, 1998.
YOYOTTE Jean, « Les rivages d'Alexandrie », dossier *Pour la science*, octobre 1999, p. 44.
YOYOTTE Jean, « La découverte de Thônis-Héracléion » *L'Égypte, Afrique et Orient*, n° 24, Avignon, décembre 2001.
YOYOTTE Jean, et CHUVIN Pierre, « L'Égypte des marais », *L'Histoire*, n° 88, et n° 99.
WILL Edouard, *Histoire politique du monde hellénistique,* Le Seuil, 2003.

LA MACHINE À ÉCRIRE

LEOPOLDO BRIZUELA

Il n'est guère de générations d'écrivains — mis à part en certaines époques lointaines — où l'on ne s'interroge sur l'importance et la technique de l'art de conter. Près de nous, l'art du roman continue à susciter enquêtes, discussions, tentatives de définition, recherches des secrets de fabrication. Bien entendu, on n'arrive jamais à la précision et à l'accord. La complexité de l'art est sans doute en cause, même si l'illusion demeure d'une découverte des façonnages. Cela vaut aujourd'hui pour le roman tel que nous l'entendons approximativement, par son calibre et ses caractéristiques générales vagues. Cela vaut aussi pour le récit bref, le conte ou la nouvelle que l'on considère surtout par rapport au roman proprement dit. On admet que ce sont des *genres* d'une autre sorte qu'on peut tenter de décrire par leur brièveté, leur petit nombre de personnages ou d'épisodes. Et aussi par leur densité ou leur écriture, bien que sur ces derniers points les choses ne soient pas très claires ou facilement explicitées. En fait, nous sommes là en présence d'un double aspect de l'art de conter : l'illusion de la recette, d'où la reprise de tout ou partie de cet art par les épigones, à toutes les époques ; l'apparition d'une invention, d'un mode original de conter et raconter qui va trancher avec le convenu (et susciter bien sûr de nouveaux épigones !).

Je réfléchissais à tout cela et particulièrement à l'art du conte ou de la nouvelle, après avoir lu une œuvre très intéressante et originale du romancier argentin Leopoldo Brizuela, *Le Plaisir de la captive*, traduit — fort bien, me semble-t-il — par Bernard Tissier (Éditions José Corti). L'ensemble du volume se compose de trois récits très courts *(Le Plaisir de la captive, Révélation, Lune rouge)* et d'un récit d'une centaine de pages qui, lui-même, se découpe en brefs récits ou confidences qui émiettent, en se complétant ou s'opposant, la biographie imaginaire d'un *vrai* personnage historique *(Le Petit Pied de Pierre)*.

Certes, ce découpage, quelque important qu'il soit, ne saurait suffire à la qualité ou aux caractéristiques de l'œuvre. C'est la dramaturgie intérieure de chaque partie qui importe peut-être principalement. Or, l'habileté narrative est ici fort grande. Son intérêt vient de ce que ces pages nous font entendre la voix de l'auteur intervenant avec force et discrétion dans le récit, son art de mêler réel et fiction par cette double présence de l'auteur et du commentateur, même si cette dualité, au fond, est illusoire. Ce qui n'empêche pas le conteur de nous révéler dans son « Livre de bord », à la fin du volume, les diverses sources de ses récits ou de nous dire avec netteté ses intentions : « J'ai voulu explorer le comportement des Espagnols et des créoles devant l'altérité ; j'ai voulu sonder leur aptitude à imaginer l'autre, en recourant à ma propre imagination postérieure et métisse. » Araucans, Yaghan ou Ona, c'est aussi la voix des vaincus qui obsède l'auteur, l'un des grands thèmes du livre étant l'anéantissement des populations et des cultures indiennes par les Blancs.

Ces récits sont nettement et fortement enracinés, et c'est sensible à toutes les pages. L'écrivain nous dit encore à quel romancier il emprunte pour sa description de la pampa, à quel personnage historique il se réfère, Ceferino Namuncurá (1886-1905), pour composer sa biographie fictive, quel anthropologue lui fit des confidences... Et il révèle aussi quelques influences étrangères fort diverses : Marcel Proust, Hanna Arendt, Carlo Ginzburg ou… telle romance napolitaine populaire. C'est rappeler la multiplicité des sources et souligner que le caractère typique d'une œuvre n'exclut jamais le nombre et la variété des souvenirs littéraires.

La nouvelle centrale du volume est donc la biographie inventée d'un personnage historique, Ceferino Namuncurá dont le père, cacique à la tête de la Confédération indigène s'opposa à « la fraîche éclose nation argentine ». Ce Ceferino avait pour mère une captive blanche. Le premier conte du livre se rapporte à cet amour à la fois infiniment difficile et infiniment passionné. Ceferino se destina d'abord à une carrière sacerdotale et mourut en 1905 de tuberculose. On ne sait quasiment rien de lui. « Il est parti sans laisser de traces » dit la biographie *réelle*. D'où la liberté que prend avec plaisir l'écrivain de conter, de reproduire cette réalité absente. Il peut s'abriter ainsi derrière la phrase de Jorge Luis Borges : « J'ignore si l'histoire est vraie ; l'important est qu'elle ait été rapportée et crue. »

Cette reprise ou transcription de la réalité nous ramène à deux fonctions ou domaines — apparents — de l'art littéraire : l'imitation, l'invention. Un genre particulier demande ici notre attention : celui du pastiche. Un écrivain d'importance nous aide fort bien à y réfléchir : Marcel Proust dont les pastiches et les réflexions sur les pastiches méritent beaucoup plus que des sourires amusés. Ses pastiches de l'Affaire Lemoine (escroquerie à partir de diamants fabriqués ou prétendus tels) ont pour lui d'abord un intérêt d'hygiène. Entendons par là le fait de « se purger du vice naturel d'idolâtrie et d'imitation. Et au lieu de faire sournoisement du Michelet ou du Goncourt… d'en faire ouvertement sous forme de pastiches, pour redescendre à ne plus être que Marcel Proust quand j'écris mes romans. » Il dira encore : « Aussi pour ce qui concerne l'intoxication flaubertienne, je ne saurais trop recommander aux écrivains la vertu purgative, exorcisante, du pastiche. » Brizuela nous rappelle qu'il connaît Proust et il le cite à propos de la nuit et du sommeil, évoquant la transformation d'un vieillard qui revit après sa mort dans une étreinte amoureuse et féconde. Mais peut-on parler à propos de l'auteur argentin d'une répétition ou d'un pastiche du réel ? Sans doute d'une certaine façon et en précisant que ce *jeu* n'aboutit pas forcément au comique dérisoire parfois du pastiche, mais retrouve ce sentiment tragique de la vie que les lettres hispaniques expriment souvent.

Dans *Le Petit Pied de Pierre*, l'invention de la réalité historique nous est retransmise par une multiplicité de voix, récits ou témoignages prétendus tels. L'écriture à la fois très précise, très descriptive, garde en même temps des nuances poétiques propres à l'auteur, à ses personnages, à ses décors. La haute qualité de ces pages venues d'Argentine les éloigne de la couleur locale au sens banal et convenu : elles nous retiennent par ce qu'elles expriment de typique, avec une savoureuse éloquence, et par ce qu'elles apportent de nouveau à l'art de conter. Romanciers et lecteurs peuvent y réfléchir.

Pierre GAMARRA

LES QUATRE VENTS DE LA POÉSIE

LA RAGE DE VOIR, LA RAGE DE VIVRE

Kenneth White, René Depestre

La poésie est sans doute une autre manifestation, une autre forme de l'altermondialisme. Tant pis si cette formule étonne ou choque : elle correspond à une réalité. Si marginalisée soit-elle dans bon nombre de pays — dont le nôtre —, écartée des grands médias, ce qui parfois condamne cette soupçonnée sans éloge à une manière de quarantaine, la poésie voyage, circule, se diffuse, émet ses messages de mémoire en mémoire et contribue à sa façon à la résistance impérieuse que suscite une certaine dégradation de la culture et l'irresponsabilité face aux dangers immédiats qui menacent l'environnement et l'écosystème de la planète.

C'est ainsi que l'anthologie personnelle de Kenneth White, *Un monde ouvert* (Poésie / Gallimard), se conclut sur un poème qui a valeur d'avertissement, « Colloque à La Hague » :

« En 1900 l'Himalaya avait 10000 glaciers
à présent 2000 de moins

au cours du siècle du siècle et demi
la masse glaciaire des Alpes s'est réduite de moitié

les glaciers de l'Alaska
ont diminué de vingt pour cent ces cinquante dernières années »

ils disent que la planète se réchauffe
ils prévoient des tempêtes et des inondations
de nombreuses terres basses vont disparaître

assis en ce lieu
sur un promontoire rocheux de l'Europe
je regarde passer les nuages
et j'écoute la rumeur de la mer.

Ce sont là des informations d'ordre statistique qui ont déjà été divulguées ailleurs, dans des journaux, des magazines, des émissions TV, des colloques scientifiques et qui ont tout de même eu pour effet, fût-ce lentement, de secouer les consciences, de mettre les pouvoirs au pied du mur. La poésie est-elle le lieu le plus propice pour placarder ce qui est manifeste, répercuter l'inquiétude et l'indignation que suscite le laisser-aller généralisé ? Oui, à n'en pas douter, la poésie est dans son rôle d'être au premier rang des vérités qu'on ne trouve pas toujours bonnes à dire. Une poésie, justement, qui ne se contente pas, comme d'illustres devanciers du lyrisme de la nature, de « regarder passer les nuages » afin d'en décrire avec volupté les milles nuances, mais qui scrute en ces nuages les symptômes d'une catastrophe en suspens. Il ne s'agit pas de jouer les Cassandre de sous-préfecture ou les auxiliaires de la météo, mais de prouver par l'écrit, par les cris, que la terre est aussi le patrimoine de la poésie, parce qu'elle est l'avenir de l'homme.

Le poète Kenneth White, né à Glasgow en 1936, nous propose de parcourir, dans ce volume, l'itinéraire de toute une vie, vouée pour une part importante à sillonner le monde, un monde ouvert à son insatiable curiosité, à sa passion pour la beauté des choses, les beautés évidentes et les beautés secrètes de la nature. Il est en quelque sorte le Nicolas Hulot des images transformées en mots. Le Hulot d'une perpétuelle découverte des paysages les plus singuliers de l'Arctique au Pacifique, arpenteur des deux hémisphères, captateur des événements minuscules, des coutumes insolites, des langages perdus, des impressions les plus fugitives et les plus inoubliables. Pour qui sait observer et pour qui sait aimer ce que la nature a conçu dans sa prodigieuse diversité, l'incroyable inventivité de ses ressources. Ushuaïa se situe partout. Ce n'est pas seulement un but de reportage sensationnel, un sujet d'émerveillement, mais un point de rencontre de la sensibilité poétique et du sentiment de la genèse. Et surtout un lieu de vie. Un lieu qui permet de revivre.

L'œuvre de Kenneth White est vaste — des dizaines de titres, depuis sa première publication, *En toute candeur*, dans une traduction de Pierre Leyris (Mercure de France, 1964) —, composée à quelques exceptions près uniquement en anglais et traduite presque toujours, avec autant ferveur que de précision, par Marie-Claude White. Cette œuvre, éparpillée dans de nombreuses publications, il est temps d'en prendre la pleine mesure. Elle n'appartient à aucun genre, à aucun académisme. Sauf à l'académie des goélands dont elle se réclame volontiers.

Car il s'agit d'une écriture migratrice, une écriture affranchie de tout maniérisme et qui n'a fait choix que d'une manière d'être — la liberté dans l'errance — et d'une esthétique : celle de la brièveté, de la notice dense ou fulgurante qui parfois l'apparente au haïku, sans s'astreindre pour autant à une structure d'avance définie. Le poète procède à la manière d'un ethnologue : il prélève des échantillons d'existence, constitue une mosaïque des moments vécus, des choses vues, de morceaux de paysages examinés en détail. D'où un discours — disons plutôt un texte — où l'observation commande, où la description est le principe même du rapport au monde et de l'interrelation avec les éléments. Un rapport qui peut se résumer par la formule : donnant-donnant. Ce que le regard englobe et révèle nous est restitué à peine anamorphosé par les mots. Écrire, c'est décrire. Et décrire, c'est créer, ou recréer.

Cette démarche n'est certes pas sans antécédents. On peut y repérer des traces, des filiations plus ou moins éloignées : Whitman, Segalen, Wallace Stevens et Cendrars, entre autres. Elle suppose aussi une philosophie et celle-ci participe d'un métissage de l'Occident et de l'Extrême-Orient. Présence sous-jacente de Nietzsche ou des présocratiques et présence spirituelle du bouddhisme zen. La prolifération des voyages conduit à une prolifération des pensées, sous l'influence directe du contact avec les peuples, les idiomes, les coutumes les plus inusitées du Nord et du Sud. Kenneth White, qui montre une prédilection pour les régions où domine la blancheur de l'hiver, la neige, le froid, la brume (mimétisme du nom ou magnétisme d'une ascendance gaëlique ?) dénonce une certaine pénurie de sens dans notre civilisation hyper-technologique : « la pensée se décompose / le langage pourrit / sous les chiffres et les opinions tapageuses / promus au rang de raison / la terre disparaît / de l'esprit des vivants / les mots n'ont plus de sens ». Ce n'est plus seulement la complainte écologique de Hulot qui trouve ici son écho, mais ce que Tzvetan Todorov analyse dans *La Littérature en péril* (Flammarion, 2007) comme une perte de sens dans la fiction, encouragée par les conceptions étriquées de la critique et de l'enseignement.

Le sens que pour sa part Kenneth White s'attache à insuffler dans ses écrits, c'est celui que lui inspirent ses « pérégrinations parmi les signes premiers » auxquels appartiennent, par exemple, la rarissime mouette rosée célébrée dans *Mahamudra.* L'œuvre de White est un catalogue précieux des espèces animales et tout particulièrement des oiseaux. Ce n'est pourtant pas une aventure d'ornithologue ou de naturaliste. Gilles Plazy, dans une préface alerte, cite l'auteur : « En poésie il n'y a pas de conclusion. Absolument rien à cataloguer. Seulement une nudité, et la figure d'une danse. C'est en dansant la danse que le danseur avance en nudité. » Cette profession de foi, White s'applique à la respecter de plus en plus au sens strict, par une décantation du langage qui conduit le poète, essentiellement figuratif, à la limite de l'abstraction : « La réalité prend forme / sur les rives de l'abstrait. ». Kenneth White se veut exempt « de toute idée d'une "réputation à forger" » et pourtant l'ensemble de son travail n'est pas exclusivement le fruit du nomadisme. Il comporte une vision du monde, une structure, y compris dans les phases de solitude et de détachement. Si le dépouillement est l'un de ses principes, la recherche et la transcription de la beauté en est un autre : « La beauté est partout / même / sur le sol le plus dur / le plus rebelle / la beauté est partout / au détour d'une rue / dans les yeux / sur les lèvres / d'un inconnu / dans les yeux les plus vides / où l'espoir n'a pas de place... ». Empruntant et conjuguant « ordre et anarchie / chaos et cosmologie », cette vision tente d'élaborer une « géographie de l'esprit » qui ne serait aucunement le décalque de la géographie terrestre, mais une autre assimilation et expression du tellurisme.

Parce que, dès le départ (« C'était un froid un lent brouillard agglutiné ») Kenneth White entreprend sa « marche matinale » dans une atmosphère raréfiée, une cristallisation du frimas qui permet sans doute une certaine concentration de la pensée, il a su associer la nudité de l'écriture et la netteté de son découpage. Il parcourt la terre et les océans comme un immense réservoir de mémoire et de sensations. Il esquisse, tenant lieu de biographie, une « poétique de la pluie » ou suit les méandres de « la rivière qui traverse le temps » au moyen d'une écriture et d'une prosodie préservées de tout pathos, préciosité ou effusion lyrique. Faut-il y voir, du coup, un excès de sécheresse, un langage qui sans être engoncé dans la glace se tiendrait sous une pellicule de givre, dans la juste distance de l'observation et du sens critique ? Kenneth White a beau dire : « Je partage l'esprit de la terre et des eaux / avec le chasseur et le pêcheur », ses déambulations parmi les archives boréales ou tropicales sont le fait d'un solitaire par vocation à qui importe davantage sa familiarité avec les baleines bleues et les hérons cendrés qu'avec le genre humain... Il se retrouve dans son élément, toutefois, dans la famille des « navigateurs de l'esprit », Héraclite, Virgile, Ovide, Boèce, François Villon, Rimbaud, Mandelstam, dont il épelle une série de croquis très vifs et très personnels. Sans parler de ce « Moine au Tibet » avec lequel il s'identifie sans doute le plus pleinement : « je contemple les nuages du matin / me drape / dans la neige de la méditation / dans le pur pays de l'esprit libéré ». Esprit libéré, en effet, que celui du poète Kenneth White. Esprit aérien, qui flotte au-dessus des eaux, au-dessus des glaciers de son temps, au-dessus des hommes, en leur indiquant le chemin que le soleil ne déserte jamais.

*

René Depestre lui aussi a sillonné le monde, non par goût de l'aventure et du dépaysement, mais habité, dès sa jeunesse, par l'espoir enraciné qu'il pourrait contribuer à révolutionner ce monde, à le changer de fond en comble, à rejeter toutes les chaînes, à commencer par celles qui entravaient la partie noire de l'humanité. C'est que, né en 1926 à Jacmel, en Haïti, il a vécu l'intolérable, la misère et la dictature aussi ubuesque que féroce des Duvallier et des Tontons macoutes. Adolescent il a tenté de l'abattre avec quelques complices insurgés et s'est trouvé contraint à l'exil, puis à l'errance. Je l'ai bien connu à Paris, dans les années cinquante, parmi les jeunes poètes d'alors dont il était l'un des plus rayonnants, dans l'orbite d'Aragon et d'Elsa Triolet, aux côtés de ses amis Jacques Roubaud et Alain Guérin. Il est devenu l'un des écrivains les plus renommés des Caraïbes, après le prix Renaudot qu'il reçut en 1988 pour son roman exubérant et savoureux *Hadriana dans tous mes rêves* (Gallimard). Proche de Senghor, ami d'Aimé Césaire (qui préfaça l'un de ses livres) et apôtre d'une négritude dont il a repris — avec une certaine distance critique — quelques-unes des théories, René Depestre a poursuivi d'autre part une œuvre poétique dont on peut mesurer l'ampleur, le foisonnement, la vibrante beauté avec *La Rage de vivre* (Seghers), un volume qui se veut « complet » et s'affirme en effet comme un bilan. Il faut reconnaître qu'avec autant de rigueur que d'honnêteté intellectuelle l'auteur a tenu à ne rien escamoter dans ces pages, y compris les textes apologétiques de ce que l'on pourrait appeler la « période stalinienne ». De ces textes-là, il serait trop facile de sourire ou de ricaner : si naïfs soient-ils à l'évidence, et boursouflés de grandiloquence, ils sont les témoignages d'une époque où soufflait l'utopie comme un cyclone libérateur. Le vent est tombé à plat et ce que l'on croyait être libération s'est avéré une nouvelle et sinistre oppression. René Depestre est passé par tous les cercles infernaux des contradictions, de l'espoir quasi mystique à la désillusion la plus radicale. On relira avec intérêt, tant elle a gardé son actualité, sa controverse avec Claude Roy autour de *Poète à Cuba*. Au poète qui proclamait son souci « de ne pas jeter l'enfant de la révolution avec l'eau de son bain », Claude Roy fait observer : « Si l'enfant y fut noyé, et pas dans l'eau mais dans le sang, ai-je envie de dire à René, ne crois-tu pas qu'il faut avoir le courage de prendre le deuil, d'essayer de comprendre pourquoi et comment l'enfant a été étouffé. Pour aider à naître, autrement, demain, d'autres enfants ? » René Depestre n'est certes pas le dernier à admettre que la lucidité historique était en l'occurrence du côté de Claude Roy...

Après avoir quitté Cuba, où il résida durant de nombreuses années, dédiant à l'icône de la jeunesse, le Che, des vers flamboyants, il s'est définitivement installé en France dans les années soixante-dix, et c'est là qu'il travaille en paix, dans un village de l'Aude, un bref retour à Haïti, il y a quelques années, lui ayant valu des ovations et un regain de popularité. Désormais, il n'est plus seulement le chantre de la négritude, mais celui qui dresse le constat implacable des dérives meurtrières de ce que l'on a appelé le « socialisme réel », comme en témoignent en particulier les *Poèmes d'adieu à la révolution cubaine* (1992).

Depestre demeure une des voix majeures d'un peuple humilié, offensé, mais d'une prodigieuse vitalité. J'avais salué et présenté dans *Les Lettres françaises*, en 1967, quelques extraits de son *Arc-en-ciel pour l'Occident chrétien*, que je tiens toujours pour un chef-d'œuvre et l'un des moments cruciaux de sa démarche. On y voit se déployer l'originalité la plus éclatante de son langage poétique, embrassant la saga du vaudou, la magnifique épiphanie des mythes, associés à l'esprit de révolte de celui qui allait exalter le « métier à métisser » comme protestation contre toutes les formes de racisme. Il nous offrit alors, dans la lumière éblouissante des Caraïbes, un chant qui pouvait se comparer au *Romancero gitan* de Lorca : « Écoutez monde blanc / Mon rugissement de zombi / Écoutez mon silence de mer / Ô chant désolé de nos morts / Tu es mon destin mon Afrique / Mon sang versé mon cœur épique / Le pouls marin de ma parole... » Ce pouls marin de la parole, on l'entend battre comme un ressac vivifiant, non seulement dans le *Journal d'un animal marin*, autre tournant de son itinéraire, mais dans la plupart des poèmes ultérieurs. Ils ont permis à Depestre de continuer à son rythme propre, de demeurer avec une exceptionnelle vigueur « en état de poésie », selon sa propre expression. Ce rythme particulier, qui confère au vers libre la fougue et la vitesse d'un alezan au galop, est celui du foisonnement, de la métaphorisation communicante, de l'explosion verbale à jet continu. Cela suppose un risque d'égarement dans le discours, l'emphase qui est la rançon de la prolixité, le clinquant et la saturation des images, laquelle peut générer la « vieillerie poétique » contre laquelle Rimbaud mettait en garde.

Il existe toutefois une puissante panacée à ces dérapages, un élixir de jouvence qui n'est pas exclusivement l'amour de la vie, mais celui des femmes, l'amour débridé, effréné, entraînant corps et âme dans la sarabande d'un érotisme dont Depestre est certainement le griot, le sorcier, le chaman, bref le magicien qui en illustre tous les codes, emportements, enchantements, métamorphoses. Le corps de la femme est l'objet d'un culte jubilatoire qui n'est peut-être pas éloigné du vaudou. Fétichisme de la sexualité qui est peut-être l'antidote du fétichisme idéologique… Le coït n'est pas pour autant un substitut à l'utopie, mais c'est certainement ce qui entretient, comme un brasier, la « rage de vivre ».

Charles DOBZYNSKI

LE THÉÂTRE

OBJETS INANIMÉS

Le verre d'eau, d'après Francis Ponge

Dans le quartier de la Nouvelle Athènes à Paris, au fond d'une impasse, s'élève une bâtisse dont la façade claire et avenante ne laisse pas supposer un seul instant aux passants qui effectuent leur promenade dominicale en famille qu'elle est peuplée de fantômes. Qui pourra dire combien de souffrances et de mises à mort ont eu lieu ici ? Combien de femmes éventrées ? Combien d'enfants empalés ? Combien de malheureux patients à qui des médecins sadiques ouvraient le crâne ou crevaient les yeux ? Combien de scènes de tortures pratiquées devant un public fasciné et ravi, horrifié et hilare ? C'est en effet ici, au fond de la cité Chaptal, que s'est dressé durant des décennies, de la Belle Époque jusqu'en 1962, ce temple dédié au culte de la cruauté et du rire : le théâtre du Grand Guignol [1]. Par le plus grand des hasards (ô destinée singulière des lieux !), ce même théâtre accueille depuis janvier dernier l'*International Visual Theatre* (IVT), dirigé par Emmanuelle Laborit. Il y a désormais un lieu à Paris voué à la représentation de spectacles mêlant la langue des signes et le français. Emmanuelle Laborit tient beaucoup à cette mixité. Contrairement à ce que certains ont pu écrire avec une certaine condescendance, il ne s'agit pas d'un théâtre pour les sourds, mais d'un théâtre pour tous. Simplement un endroit dont, pour une fois, les sourds ne sont pas exclus. L'IVT se veut un lieu de rencontres entre sourds et entendants, sur scène, en coulisse et dans la salle. Cette première saison s'avère déjà très prometteuse, avec des ambitions artistiques de très haut niveau. Après, pour l'ouverture du théâtre, la création d'une pièce inspirée du *Roi Lear* interprétée par une troupe mixte, on a pu voir un remarquable spectacle inspiré par la poésie de Francis Ponge [2].

La poésie de Ponge a souvent inspiré les gens de théâtre. Situation paradoxale. Il semble à première vue y avoir peu à glaner pour les metteurs en scène dans cette poésie matérielle et rugueuse, dont les êtres inanimés, les objets, sont les personnages principaux. Comment, en partant de la description, ou plutôt de l'expression poétique du savon, de la pomme de terre ou du mimosa, concevoir une représentation scénique susceptible d'entraîner l'adhésion du public ? Comment créer ce que j'appellerai, en reprenant et détournant un néologisme conçu par Ponge lui-même, un « objeu » théâtral ? Il y faut à la fois un talent d'écriture affirmé et un savoir-faire dramaturgique véritable. Yves Chevallier, qui a conçu l'adaptation scénique des poèmes de Ponge, est assurément doué au plus haut point de ces deux qualités. Il n'en est pas à son coup d'essai, et on avait pu apprécier en particulier le remarquable montage de textes autour de l'œuvre de Georges Braque intitulé *Mon Vieux Vilbure, l'atelier Braque*, paru aux éditions de l'Amandier en 2003. Il a choisi cette fois-ci de placer son texte sous le signe d'un objet qui tient une place centrale dans la poésie de Ponge : le verre d'eau. Objet familier et insaisissable qui, du fait de la double transparence et de la double opacité du verre et de l'eau rend leur présence à la fois problématique et manifeste. Objet qui résiste plus qu'aucun autre peut-être à la description, il en devient par conséquent essentiel dans le projet poétique de Francis Ponge. On sait comment le poète tourne autour du verre d'eau, interrogeant ses reflets, les traces qu'il laisse sur le papier, le nom parfait dont il se plaît à montrer comment chaque lettre sait exprimer un caractère particulier d'une réalité tangible et toujours fuyante. Il se trouve par ailleurs que le texte consacré par Ponge au verre d'eau dans *Le Grand Recueil* use abondamment, on l'a noté, de la rhétorique de la conférence. Cela permettait à Yves Chevallier de glisser aisément la poésie de Ponge dans une structure relevant du spectacle. Car la conférence, quoi qu'on en dise, est un spectacle. Elle est même l'une des formes les plus codifiées et austères du spectacle. Ce sont précisément ces codes et cette austérité qui offrent aux dramaturges d'inépuisables ressources comiques. La conférence insolite ou qui dérape est une recette déjà ancienne et qui a fait ses preuves (le chef-d'œuvre du genre étant certainement l'extraordinaire causerie sur *Les Méfaits du tabac* imaginée par Tchékhov).

La force du spectacle mis en scène par Ivan Morane à partir de l'adaptation scénique d'Yves Chevallier est d'avoir su renouveler le genre. Comment faire du neuf avec du vieux ? Ivan Morane y a réussi en renouvelant une autre vieille recette : celle du duo comique. De tout temps, les auteurs dramatiques ont conçu des duos dont la confrontation constituait le principal ressort comique. Patron benêt et serviteur rusé, père avare et fils prodigue, mari jaloux et épouse volage, maître pédant et élève incapable, clown blanc et auguste, le théâtre, le cirque et le cinéma semblent avoir fait le tour des possibilités. C'est pourtant un duo, sinon inédit, du moins rarement vu sur scène que celui constitué par le conférencier sourd-muet (Levent Beskardes) et son interprète (Christine Wurm). À vrai dire, il serait réducteur de considérer Christine Wurm seulement comme une interprète. Ces deux-là se complètent pour former un tout indissociable. Ils expriment, lui par le geste, elle par la parole, un arbre, une bouche, une tulipe, une cruche, du vin, des larmes, un cageot, etc. Et c'est toujours dans l'entre-deux que les objets apparaissent. C'est toujours le concours des deux qui fait exister durant un instant un être inanimé, et le dote d'une existence concrète, solide, indiscutable. À tel point que nous portons à ces objets banals l'intérêt que l'on éprouve d'ordinaire au théâtre pour les personnages d'une pièce. On a véritablement le sentiment, à la fin du spectacle, d'avoir parcouru avec les deux comédiens un périple à travers un univers où des objets familiers seraient devenus, on ne sait par quelle alchimie, étranges et précieux. Et les êtres humains n'y ont ni plus ni moins d'importance que ces objets fabuleux. Quand ils arrivent sur scène au début du spectacle, l'homme porte la femme sur son dos. Quand ils en ressortent quatre-vingts minutes plus tard, l'homme est porté sur le dos de la femme. Ils sont aussi objets l'un pour l'autre, ils ont acquis cette dignité-là.

La poésie de Francis Ponge est une évocation des objets, au sens où l'on évoque les esprits ou les démons. Pour avoir été trop souvent vus ou manipulés, les objets qui peuplent notre quotidien semblent avoir perdu toute qualité. C'est à la poésie que Ponge assigne la tâche de leur redonner leur saveur et leur parfum. Si le spectacle est une réussite, c'est parce que les deux comédiens, avec des moyens qui ne sont pas ceux de la poésie ont su s'associer au projet du poète et le mener en quelque sorte à son terme. Par sa prononciation outrée, Christine Wurm donne aux réalités dites une évidence et comme une épaisseur charnelle. Quant au langage des signes par lequel s'exprime

Levent Beskardes, il a, pour qui ne le comprend pas, quelque chose de proprement magique. Pendant un instant un geste fait apparaître un mot et la chose qu'il désigne, indissolublement liés. Et ce mot et cette chose existent véritablement durant cet instant, et flottent dans l'air comme une bulle de savon. Puis un autre geste vient crever la bulle. Et le mot et la chose disparaissent. Sans doute vont-ils rejoindre dans les glaces du pôle les paroles gelées que Pantagruel, nous dit Rabelais, saisissait à pleines mains.

Karim HAOUADEG

1. Sur le Grand Guignol, voir le dossier d'*Europe* coordonné par J.-M. Thomasseau et J.-M. Pradier, n° 835-836, nov.-déc. 1998.
2. International Visual Theatre, 6 février-3 mars 2007.

LE CINÉMA

LA PORTE DU NOUVEAU MONDE

Golden Door (*Nuovomondo,* Lion d'argent au dernier Festival de Venise) est le troisième film d'Emanuele Crialese (né en 1965) et se présente un peu comme un mode d'emploi de ses deux premières mises en scène : *Once we were strangers* (1997, conçu aux États-Unis où l'auteur étudiait le cinéma) et *Respiro* (2002, tourné en Italie). Le premier opus montrait le sort à la fois incertain et cocasse d'un jeune Italien sans papiers vivant chichement à New York, le deuxième s'attachait longuement à la vie d'une femme qui étouffait sur l'île de Lampedusa entre son mari et ses fils possessifs. Toutefois, la matière était traitée en demi-teinte, avec parfois des touches de burlesque, surtout dans *Once we were strangers*, et aucun de ces longs-métrages ne débouchait sur la tragédie. Même si les personnages étaient parfois expansifs, une certaine sobriété, plus proche de Gianni Amelio que de Dino Risi, donnait à ces films un air élégiaque. En perte de repères depuis la fin du néoréalisme puis de la « comédie à l'italienne », le cinéma transalpin, longuement dominé par le recours à la fable des frères Taviani et à la critique sociale « décalée » de Nanni Moretti, est maintenant affaire d'outsiders qui, comme Crialese, se constituent une identité artistique en mêlant diverses traditions.

Golden Door débute, dans les premières années du XXe siècle, en Sicile. Le film est divisé en trois parties : la vie en Italie, le voyage vers la terre promise et l'arrivée à Ellis Island, le fameux centre de tri qui permet ou non de devenir citoyen américain. Salvatore Mancuso et sa famille — une vieille mère et deux fils, dont l'un un peu caractériel — sont intrigués par les messages, articles, vrais ou faux, qui leur parviennent d'Amérique, et qui présentent cette terre comme un paradis.

Salvatore vend ses maigres biens et s'embarque pour le Nouveau Continent. Il fait la connaissance de Lucy (Charlotte Gainsbourg), femme volontaire — mais toutes le sont dans cette saga. Jeune Anglaise bloquée en Italie, Lucy se fait passer pour sa femme afin de pouvoir monter à bord du navire. Elle deviendra ensuite réellement l'épouse de Salvatore pour ne pas être refoulée du territoire américain. L'exil et le statut de la femme sont toujours au centre des préoccupations du cinéaste.

Aux grands espaces arides de la première partie succèdent des plans très découpés, presque théâtraux, dans les deux parties suivantes. Le début de *Golden Door* se présente comme une suite de *Respiro*. Salvatore est interprété par Vincenzo Amato, acteur qui tenait déjà le rôle du mari de Grazia dans l'opus précité. Resté veuf, il décide donc de partir avec ses enfants en Amérique. Il y pénétrera, mais réussira-t-il à mieux s'intégrer qu'Antonio, le cocasse personnage de *Once we where strangers* ? La dernière partie fait écho au documentaire que Martin Scorsese a consacré à ses parents originaires de Sicile, *Italianamerican* (1974). Les résonances sont différentes dans *Golden Door*, car Crialese est revenu en Italie et, désormais, c'est en cinéaste péninsulaire qu'il s'exprime. Dans son dernier long-métrage, nous sommes toujours en deçà de l'Amérique, dans une problématique du test, de l'essai. Le cinéaste, comme ses personnages, ne sait lui-même comment se situer. Vincenzo Amato, le complice de tous ses films, est devenu quant à lui un sculpteur et vit en Amérique depuis 1993 : il tient le rôle d'un possible *alter ego* du réalisateur quand celui-ci le lui demande. Étudiant aux États-Unis, Crialese a témoigné de l'exclusion dans laquelle sont maintenus les émigrés. Italien d'une nouvelle génération, il trouve par ailleurs les traditions siciliennes trop rigides. Son dernier film, en fin de compte, propose une série de questionnements sur les problématiques de l'identité culturelle.

Crialese montre cette hétérogénéité des cultures, des visions du monde, par le recours à divers styles : élégiaque et paradocumentaire au début, il s'oriente vers une sorte de fable didactique post-brechtienne au fur et à mesure qu'on avance dans le temps, l'action, et l'inévitable confrontation avec l'« autre culture ». Un dialogue difficile s'instaure, de prime abord, entre Salvatore et Lucy — chose rare, cette dernière parle l'italien, ce qui fait figure d'exception dans les productions traditionnelles où tout le monde est censé s'exprimer dans l'idiome majoritaire. Salvatore est attiré par la jeune femme, qui n'est peut-être pas insensible à son charme, mais lui laisse entendre que si elle l'épousait, ce ne serait pas par « amour ».

Sur le bateau s'opère une sorte de syncrétisme de tous les us et croyances siciliennes, de tous les préjugés liés à la femme, à la culture, à la nouveauté, au mode de vie. Puis, à l'arrivée, une plus grande individuation est opérée. Quelques personnages d'hommes et de femmes sont discernés, mis en avant — en vedette ! —, comme autant de doubles de Salvatore et Lucy. Crialese nous fait assister aux divers tests d'intelligence et d'adaptabilité auxquels sont soumis les candidats à la citoyenneté américaine. Située dans l'État du New Jersey, Ellis Island a accueilli, entre 1892 et 1954, plusieurs millions d'émigrants venus de tous les coins du monde. Ils y étaient soumis à des tests médicaux et psychosociologiques. L'un des fils de Salvatore, qui refuse de parler face aux examinateurs, est recalé, ainsi que la propre mère du « héros », jugée trop vieille. Le film se termine en demi-teinte : seuls les couples peuvent pénétrer sur le Nouveau Continent. Ainsi assistons-nous à des mariages rapides entre passagers du navire, mais aussi entre résidents de longue date et nouveaux venus qui se sont entendus, par correspondance, sans se connaître.

Golden Door est un film très dense qui ne se rattache à aucun courant. Le cinéaste évite toute dramatisation excessive des situations. Chacun des personnages centraux découvre, avec le spectateur, le sort qui lui est réservé et, nonobstant quelques gestes de révolte, se conforme aux règles du jeu. Le cinéaste se réservant peut-être la possibilité, dans un prochain film, de creuser de manière plus « militante » ce sillon.

Raphaël BASSAN

LA MUSIQUE

PASCAL DUSAPIN AU COLLÈGE DE FRANCE

Le Collège de France, depuis le départ de Pierre Boulez, avait besoin d'un musicien : il vient d'élire pour cette année à la chaire de Création artistique, Pascal Dusapin. On ne peut que se réjouir de ce choix d'un des musiciens les plus inspirés de notre époque, d'un musicien en pleine activité dont les œuvres sont demandées dans le monde entier, aussi bien par le Philharmonique de Berlin, que par le Festival d'Aix-en-Provence, d'un musicien qui pratique tant de formes diverses, instrumentales, orchestrales, chorales, qui a écrit déjà cinq opéras, dont *Faustus* et *Médée*. Son immense culture lui permet de se situer au confluent de plusieurs arts : théâtre, cinéma, photographie, arts plastiques, littérature (*Treize pièces pour Flaubert*). S'il préfère créer dans le domaine musical, c'est que la musique permet d'atteindre « des couches plus graves de la conscience » : et sa leçon inaugurale a été pour lui l'occasion de le démontrer magistralement.

Mais il a tenu à souligner d'abord les liens qui existent entre musique et architecture et sa dette à l'endroit de Xenakis dont il a suivi les cours de 1974 à 1978 : les questions de rapport mathématique, de volume, de masse, d'angle, de formes se posent également à l'architecte et au musicien. L'autre maître auquel il a rendu un vibrant hommage, c'est évidemment Boulez : Dusapin a évoqué la leçon inaugurale de 1976 et la profonde influence qu'avaient eue sur lui les cours et la personnalité de Pierre Boulez, tant par ses œuvres musicales que par ses écrits théoriques.

En venant ensuite à son propre cours, Dusapin se demande s'il est possible d'enseigner la création : on peut révéler le contexte d'une création, mais non la création en train de se faire. Le musicien lui-même ne sait pas ce qui se passe en lui à ce moment où naît l'œuvre à venir. Comment dire la musique par des mots ? La musique fuit le sens, ou plutôt elle est porteuse d'un autre sens, d'une autre logique que celle du discours. Dès lors, « écouter, c'est retrouver la perte du sens » ; ni la composition ni l'écoute ne sont des activités uniquement rationnelles. Dusapin avait composé une courte et saisissante pièce pour piano qu'il nous fit entendre à plusieurs reprises, œuvre qui illustrait admirablement les paradoxes de l'écoute et de la composition, dans une indéfinissable mélancolie.

Dusapin a souligné un certain nombre de paradoxes qui remettent en cause des idées reçues, et c'est là le rôle le plus salutaire des paradoxes. Ainsi on a dit et redit que la musique est l'art du temps, par opposition aux arts plastiques qui seraient ceux de l'espace. Mais le temps du musicien, ce n'est ni celui du philosophe, ni celui du physicien. Le musicien compose à côté du temps, il invente des pulsions dans un devenir où tout est mouvant ; et « la musique n'a guère besoin de temps, elle est le temps ». Composer, c'est ne jamais finir ; et si bien des formes musicales reposent sur la répétition, rien pourtant ne se répète jamais ; l'auditeur et le compositeur n'entendent jamais deux fois la même phrase. « La musique, c'est le deuil incessant de l'instant ».

S'interrogeant sur le rapport de la création musicale à l'écrit, Dusapin révèle d'autres paradoxes : une partition n'est pas la musique, elle est son moyen, et ce que l'on joue ne peut pas toujours s'écrire ; et pourtant l'écriture intervient dans la création ; certains musiciens ont besoin pour composer d'un piano ou d'un ordinateur, Dusapin quant à lui préférerait inscrire directement sur le papier une écoute intérieure. Et, même si la partition n'est pas la musique, la musique peut naître de ce mouvement de la main sur la feuille, et alors le format de la page, la qualité du papier ont un rôle pour le musicien comme pour l'écrivain, comme pour Flaubert.

Cette belle leçon inaugurale [1] où écoute et composition interféraient sans cesse, avait pour titre : « Composer. Musique, paradoxes, flux ». Elle a attiré un public nombreux qui sera heureux de suivre le cours de Dusapin toute l'année, mais aussi de mieux connaître cette œuvre musicale si neuve. Composer, n'est-ce pas, en effet, créer « un écart des modèles antérieurs », que ces modèles soient ceux de prédécesseurs ou du compositeur lui-même, dont le flux se renouvelle sans cesse ?

Béatrice DIDIER

1. Le texte intégral paraîtra prochainement chez Fayard.

LES ARTS

RIEN

Dimanche dernier, je suis allé voir deux expositions d'art contemporain recommandées par *Le Monde*. Je ne dirai rien de leur contenu comme tel ; je ferai seulement part des impressions, négatives, qu'elles m'ont inspirées. Précisons seulement qu'il ne s'agissait pas de peinture, mais de photos, de vidéos et d'« installations » sculptées.

Ce que j'en ai retenu, c'est qu'il n'y avait là *rien* à voir ; et c'est ce rien que je voudrais interroger. Mise en scène laborieuse et coûteuse, prétentieuse, d'un vide, d'un néant. J'eus, de manière brutale, consternante et accablante, le sentiment qu'à la différence du rien dont la pensée de Heidegger prend son départ, posant que, justement, « rien n'est pas rien » — *« Nichts ist nicht nichts »* —, ce rien-là n'était rien de plus qu'un rien, qui s'affaissait en son propre vide.

De ce rien, on pourrait ne *rien* dire. Mais il me paraît possible de l'interpréter, si l'on veut comme un symptôme. Voici comment je le ressens, non en mon corps, mais en ma pensée. Posons ceci : tout se passe comme si, du marché de l'art, il ne restait rien que l'art comme marché, que le pur mécanisme capitalistique en sa nudité. Or, le mécanisme en question ne se donne jamais autant à voir comme tel que s'il a pour objet le rien. Dès lors, on peut se concentrer sur le mécanisme : sur le jeu d'échanges qu'il suppose, sur les mises financières, et surtout sur le consensus qui le supporte, et sans quoi il ne serait rien. Ici pur consensus d'être consensus sur rien. Et, si ce n'est rien d'autre qu'un pur consensus qui soutient l'art, alors il se pourrait bien que l'art tourne désormais au pur artefact, artefact de consensus.

Après tout, on pourrait m'objecter que, dans le registre littéraire, il n'y a rien de plus moderne que l'écriture qui se retourne sur elle-même. Et il m'arrive d'ailleurs de pratiquer parfois ce genre-là. Soit ; mais une écriture qui se retourne sur elle-même reste encore une écriture, à lire et lisible. Alors que, dans ce j'ai « vu » dimanche dernier, il n'y avait plus rien à voir. Quand Lacan écrit que le comble de la pulsion scopique, ce serait de voir ses propres yeux arrachés et jetés à terre, il y a encore, si l'on peut dire, *des yeux à voir*. Dimanche dernier, je n'ai même pas vu d'œil.

Je vais franchir un nouveau pas dans mon effort de conceptualisation. Ce rien donné à (ne pas) voir permettait sans doute de voir la machine capitalistique fonctionnant à nu ; mais peut-être qu'il permettait concomitamment de voir le *produit* même de cette machine ; ce produit comme néant, comme pure marchandise sans usage autre que d'échange, ce produit comme *table rase*. Le capitalisme mondial comme producteur d'une table rase culturelle. À ceci près qu'autrefois, une table rase pouvait être prometteuse d'un nouveau départ et d'un renouveau, d'une place faite à l'invention.

Alors qu'ici, c'était la pure table rase comme telle qui était donnée à (ne pas) voir. Or, c'est au nom de cette seule table rase que nos maîtres en art proclament à tout va la *fin* de la peinture et de la sculpture. Une fin à laquelle se substitue *rien*.

Je vais reprendre la question par un biais légèrement différent, et en me référant plus explicitement à Heidegger, et à son discours sur la *technique*. En un sens, ce qui s'exposait là à mes yeux dimanche dernier, c'était la technique comme telle, en une sorte d'aboutissement hyper-bolique. Et la scolie que je serais tenté d'ajouter, c'est que, si se manifestait et s'exhibait la fin de la peinture et de la sculpture, *ce n'était pas pour autant la fin de la métaphysique.* Au contraire ! On sait que pour Heidegger, la technique ultramoderne n'est jamais que l'avatar ultime et exsangue de la plus pure métaphysique non critiquée. Or, pour autant que ce qui était présenté au public véhiculait du discours, ce dernier était réduit au pur *slogan*, ultra-simpliste et ultra-univoque. Et qu'est-ce qu'un slogan sinon le trognon minimal, le fantôme, à la fois inconsistant et ultra-consistant, ultra-consistant parce que inconsistant, de l'*idée*, le résidu increvable de la métaphysique. Le slogan peut être, sans aucune distinction, idéologique et publicitaire. C'est la publicité comme idéologie et l'idéologie comme publicité.

Non, décidément, ce n'est pas en poussant la métaphysique à son terme, en l'exacerbant jusqu'à la vider, qu'on produira du nouveau ! Certes, ce vide est sa vérité. Mais encore faut-il la reconnaître pour telle, au lieu de se laisser leurrer et fasciner par elle…

Fernand CAMBON

NOTES DE LECTURE

POÉSIE

Juan GELMAN : *L'Opération d'amour.* Traduit de l'espagnol (Argentine) et présenté par Jacques Ancet. Postface de Julio Cortázar (Gallimard, 17 €).

Récompensé par le prestigieux Prix Juan Rulfo, à Mexico, en 2000, Juan Gelman, né en 1930, à Buenos Aires, est un des grands poètes argentins d'aujourd'hui. Dans sa présentation, Jacques Ancet éclaire l'œuvre, donne à entendre « cette voix tissée de tant d'échos » et relate quelques événements tragiques de la vie de l'auteur, contraint à l'exil en 1975, à la veille de la dictature. Son fils Ariel et sa belle-fille ont été assassinés dans les geôles des militaires. Cette dernière, enceinte, a accouché en prison avant son exécution et c'est après de longues recherches que Juan Gelman a retrouvé sa petite-fille alors âgée de 23 ans. Selon les méthodes fascistes de la dictature, elle avait été adoptée dans une famille de militaires.

L'Opération d'amour rassemble deux recueils écrits et publiés en exil en 1978-1979 : *Commentaires* et *Citations*. La langue de Gelman associe celle des grands mystiques espagnols (Thérèse d'Avila, Jean de la Croix) et le parler de Buenos Aires (le porteño). Julio Cortázar, ami fidèle du poète, avait présenté l'œuvre en 1981. Son témoignage lucide et solidaire est ici publié en postface. Il y écrivait notamment : « Un seul et unique poème naît de tous, le dernier éclaire le premier comme le premier contient le dernier, et chacun est un pas sur la continuité de la route […] mais il ne nous servira à rien de suivre le sentier si nous ne commençons pas à nous débarrasser des toiles d'araignée de l'habitude, des catégories têtues de la convention. Ici s'est faite parole la réalité la plus concrète de l'Argentine de ces dernières années […] Cette attitude n'a besoin ni de cris, ni de proclamations, ni d'injures… » La perte (le pays confisqué, les êtres chers tragiquement disparus, etc.), l'absence définitive (Dieu ?), sont retournées en présence effective sur le mode de l'interrogation existentielle : « avec l'amour qui me submerge et tombe / tout autour de moi grossissent les bêtes / minuscules que ton absence me donne à / manger / ou est-ce ta présence qui // me rend si petit comme pieds qui foulent / des tristesses aux rives de ce qui va chanter / comme une grande victoire où / mes âmes ne sont que clarté de toi ? ». Semble ainsi s'opérer la résurrection de ce *toi* multiple par l'invocation, l'éclat de la langue : « cette blessure de toi / plaie / lumière / comme créature blessée / ou peine de toi qui vis-meurs / jusqu'à la tuer la faisant // bonheur de toi encielant les furies / palais / où ma langue est collée / comme langue de toi / terre où / tu pousses comme douceur / toi // qui m'as commencé je veux que tu m'achèves / au beau milieu de toi / pays / refuge / où passe toute vie… ». Chanter la douleur l'exaspère en la soignant, l'attise par la douceur : « blessure du feu que tu soignes / en la faisant / en la soignant / tu la fais plus profonde / comme / soleil ou chaleur / comme ventre // où ta main viendrait se poser / en me blessant pour mon salut… » En quête de « l'impossible lumière où renaître », Gelman évoque une alchimie intime à vif : « l'âme inondée par cette douceur / comme si l'homme / tout entier / intérieur extérieur / devenait un / et que cette douceur on la mettait / dans la moelle de tous les petits os // qui nous transportent pour le pire / pour le meilleur / cette vie / que tu vis en moi / les sucs que tu me / converses en silence comme patrie / ou grand parfum si doux […] que suis-je sinon désastres ? ». Les variations sur l'unique thème de l'absence se tissent dans ce dialogue intérieur, cette mise en abyme de l'ombre portée de sainte Thérèse, dans le champ intime, par ce chant profond de l'âme fêlée du poète : « je bois mon existence / ô mon amante / autrement dit ramée qui m'aimes / signe / que je te fais oiseau à toute force / contre la pauvre après-midi. » La révolte en est comme sublimée, sacralisée, retournée en désir, interrogations en chaîne, illustration allégorique de *l'opération d'amour* : « … délice / de toi où j'ai perdu mon effroi / ai-je / eu grandeur comme toi ? / mon aimée où / ma vie est lumière celée de toi ? »

Rien de désincarné dans ce chant mystique, la sensualité s'épanouit, s'exalte, symbiose effervescente du charnel et du divin : « fête de toi / plaisir de ce jouir / d'allégresse / où la peine est de se taire / bonne folie que de te crier dans / les rues du monde / de te révéler // manifester / donner / être ta preuve / te conduire / t'exister / belle chance / qui m'est venue de toi / délice / cour / où parler de toi / paroles reçues // hautes comme la vie que tu donnes… »

On ne saurait mieux dire qu'avec cette appréciation sensible de Julio Cortázar : « la force la plus extrême de la parole de Juan, c'est d'avoir laissé derrière elle la surface de la douleur et de la colère pour plonger dans ses racines, dans cette zone vitale et mentale d'où la réflexion et l'action peuvent renaître avec une efficacité qui leur a si souvent manqué dans le bruit et dans la fureur. » Encore convient-il de souligner les difficultés de la traduction. C'est à une relecture créatrice que s'est livré Jacques Ancet en tentant par l'invention de mots, les barbarismes suggestifs, les mots-valises, de restituer le travail de Gelman sur les registres de langue, l'invention verbale, les ruptures rythmiques. En effet, la métrique elle-même exigeait une recomposition pour donner à entendre la brisure syntaxique, le halètement court du questionnement métaphysique, le souffle oppressé parfois jusqu'au grincement, le murmure voilé : « mémoire de mon être ? / humble de soi ? / journées sans rémission ? / nuits de travail ? / aller vers la mort ? / même si on sait / car on sait / peur qui es restée derrière ? // mes yeux posés sur toi ? / parolouvertes / qui ne servent à rien / fer qui me marques / au cœur comme tatouage de l'âme… » Poésie en quête d'elle-même, éclats d'indicible, ou encore selon une formule d'un ouvrage de Jacques Ancet, reprise par Juan Gelman dans une lettre antérieure à la traduction de cet ouvrage : « corps douloureux ignorant de sa langue… »

MÉNACHÉ

Nicolas CENDO : ***Perdue aux lèvres*** (La Dogana, 12 €).

Les courts poèmes en prose de Nicolas Cendo oscillent dans un entre-deux, un trou d'air, un creux dont les bords s'effacent (« tous les repères engloutis comme un aveu »), si bien qu'il n'est pas étonnant d'y lire à plusieurs reprises ce mot : *attente*, « à l'heure où visages et regards ne se donnent qu'à travers l'instant qui leur manque ». Car c'est bien la conscience d'un manque qui fonde ces poèmes, avec « l'impression ne n'avoir jamais rien saisi de tangible ». L'attente, alors, est peut-être l'attente de ce qui comblerait, mais rien n'est jamais comblé. « L'épuisette est percée… Quelque chose était à saisir » qui a glissé comme une truite entre les mains. Ces poèmes se confrontent à l'impossibilité de saisir tout le réel, à l'impossibilité d'y répondre d'une façon plus pleine. Ces poèmes, dans leur beauté, sont des poèmes d'insatisfaction. « Il y a dans l'air et par-delà chacune des pages du livret, loin du son, de sa vibration, de sa perte parfois audible, une réplique que nous n'entendrons pas. » C'est Jonas, non pas dans le ventre de la baleine mais dans le ventre du langage, comme ces « premières fleurs » dans l'herbe, « comme si […] elles allaient frileuses au-devant de ce fil d'air franchir une brèche ». La lenteur, seule, peut sans doute permettre d'approcher, jusqu'à le toucher, ce désir d'une plus grande ouverture à la clarté, d'une plus grande ouverture au monde quand la vitesse en éloigne irrémédiablement : « "Gagner du temps", ces simples mots m'ont laissé atterré, ont fait de moi un somnambule. » Comme hallucinés par la présence des choses sans pouvoir les rejoindre dans la profondeur de leur réalité concrète, ces courts poèmes oscillent, tremblent, fragiles comme une flamme, « ainsi d'une bougie l'infime pellicule entre le souffle qui l'anime et celui qui l'éteint ». C'est dire une délicatesse, une incertitude quand « au-delà des cyprès, l'invisible ouvre un pas qui trébuche, cherche, point illisible, à recoller quelque chose dans l'ombre ». Il y a, dans ces poèmes qui se tiennent indécis face à la réalité la plus tangible, la plus terrestre (« herbe », « salade des fossés », « pommiers », « poiriers », « fleurs »…), une part, serait-elle par ailleurs bien éveillée, irrémédiablement onirique — « même s'il s'élance à travers la vitre, le regard ne trouve repos qu'en ses points de fuite ».

Jacques LÈBRE

Pascal COMMÈRE : ***Prévision de passage d'un dix cors au lieu-dit Goulet du maquis*** (Obsidiane, 15 €).

Ce dernier livre de Pascal Commère est une réussite dans un genre singulier. Rien de plus difficile que de parler aujourd'hui, tout au long d'un recueil, d'un terroir, de ses hommes, ses bêtes, ses travaux, en échappant tout à fait au « genre rustique » : lyrisme suranné, ou plainte et complainte, ou beuveries et mots gras évoqués profusément. Ce n'est pas le cas ici. On sent de quelle passion vraie ce Bourguignon nourrit une évocation qui n'est d'ailleurs pas spécifiquement rattachée à une province, mais plutôt à quelque vaste terre parfois venteuse et boueuse, de ciel changeant sur les peupliers, les eaux sombres et les brouillards : une région de pays tempéré frais, avec ses sourires de « fringante avoine », ses moments où « moutonne / la clématite, couronne de fumée sous la herse des prés ». Une terre qui peut être belle « en sa grandeur muette, ors / et verts à l'infini multipliés », ou étrange, avec « trois arbres que brouillard maroufle, chênes régnant formant clôture ». Ce sont ces arbres, ce sont les bêtes et gens, qui occupent avec force la poésie et lui donnent un ton. Matrones « de sueur et d'os mains / aux hanches dans novembre », garagistes, mécanos, « Martin valet » « dès petit qui fut dit d'attache torse et connivence », ou bien quelqu'un « qui n'a mémoire qu'en sifflant un chien maigre », ou vachers dont les cloches sonnent morts et mariages : tout un peuple tenace, pauvre, à la parole rare. Ils ont dans le recueil une place comparable à celle des bêtes, celles qui grattent leurs échines aux troncs, qui fouissent et fourragent. Mais l'attention va surtout aux bêtes qui sont dites domestiques, et ne le sont pas plus que cet homme récemment mort qui a vécu sans identité, « pour qui n'a famille et de nom qu'un prénom seul oubli tout court / le temps d'un signe qui vaut croix au vent glacé ». Dans la bétaillère, « mufle au vent yeux écarquillés et la pâlotte rose imprimée des naseaux / s'étranglaient les génisses — et gloire à l'innommable ! » Et les chiens errants, et les parties intitulées « Mémorial des fourrières », « Cimetière des chiens » ! Mélancolie particulière pour eux qui passèrent sans nom… Mais quand les hommes ont un nom, celui-ci est vite oublié, à moins que l'auteur n'en fasse comme ici une énumération : tous autochtones, sauf un d'Espagne, de quelqu'un venu aider à la betterave. Cette vie-là est menacée, comme le dit la dernière partie, qui donne son titre au recueil. Menacée, comme la liberté et la sauvagerie du gibier : « Désormais terres / jetées contre primes / à la mâche d'un gibier dit grand, comme à graine / l'herbe montée, de telle façon qu'andouillers / à la nuit n'éventrent (patte-d'oie / maints chemins privés) les poubelles personnalisées ». L'ensemble du livre est caractérisé par une grande diversité de cadences : des proses, coupées de parties en vers aux enjambements parfois haletants. Mais le recueil est parcouru par une même rythmique, marquée d'ancienneté, en particulier par l'omission fréquente des articles, et rappelant sans aucun esprit de pastiche tels auteurs médiévaux. Une langue de mémoire, comme la terre, les gens, les bêtes le sont ici, voués peut-être à disparaître et dits avec une force et un attachement, qui, s'ils excluent la plainte facile, ne s'en laissent pas conter.

Marie-Claire BANCQUART

Gabrielle ALTHEN : *Cœur fondateur* (Voix d'encre, 18 €).

Gabrielle Althen a publié de nombreux recueils, à la lecture desquels on peut constater combien sa voix est devenue peu à peu plus personnelle et par là, au sens élevé du terme, plus touchante. D'abord elle a choisi, sous l'influence de René Char, une parole assez altière, assez distancée ; mais cette traductrice de Rilke, cette commentatrice de Thérèse d'Avila et de Dostoïevski, a évolué vers une expression plus intime et de plus grand partage, ce qui n'exclut nullement une tenue très surveillée. Ce recueil donne un bel exemple d'une pareille maturation. Il pose d'emblée, dans la partie « De proche en proche », les questions essentielles : voici l'homme qui marche « entre son charme et sa méchanceté / chacun dans une main », s'interrogeant sur sa responsabilité envers les autres, dans un grand paysage de montagnes où perce le soleil froid et rouge ; l'homme qui se demande tout à coup, devant le ciel : « Pourquoi cette limpidité me conduit-elle au noir ? » ; ils sont pris dans une dualité essentielle, celle de nous tous, « habités par la bouche des vents », qui nous sentons emprisonnés dans le monde, comme Jonas au creux de sa baleine, et en recherche d'une intensité de l'immanent, que nous ne savons pas trouver parce que « Nous n'aimons pas assez / Pour que les choses soient ce qu'elles sont ». Il y a chez Gabrielle Althen un élan jamais abouti à son gré dans la saisie de notre vie, de *« cette chance bizarre que l'on nomme destin »*. Sans arrêt nous balançons entre le manque et la plénitude. Il arrive que nous nous accordions fugitivement à la « présence coloriée » des fruits, mais nous ne savons pas souvent « être là devant ce qui est là », habités que nous sommes par la peur, par l'orgueil, et par la demande de quelque chose de plus. Dans le beau poème « Acquiescement de février à l'élégie », Gabrielle Althen propose pour modèles une tulipe qui « accepte son poids dans le poids de ce monde » et le saint Jean du tableau de la *Déposition* de Fouquet, avec des deux mains sur le voile de Marie, « caresse pour être là devant ce qui est là ». Le rapprochement est éloquent : souhait d'être simple comme une chose, souhait de comprendre les tourments de l'homme sur la terre. Sont-ils conciliables ? Sans doute non : ils font la tension de la poésie, comme il est dit dans la seconde partie, « Le pays devant soi », faite de successions de craintes et d'épanouissements. « J'ai peur de prendre peur / De ce qu'on voit au fond de la limpidité ». Paysage, choses, énumérés, clairement vus, mais sans cesse échappant au désir. Solitude de chacun, dans ce qui devrait être une communauté avec l'autre. S'agit-il donc toujours d'« un silence de pauvre percé d'un menu fil de joie » ? Mais non, il est de violentes plénitudes, celle de l'île en été, celle de « tes mains sont fluides et je te suis rivière », celle de « Chaque fois que tu te baignes / Tu deviens un poisson dans le temps », de « Ce sera l'absolu en chemise très simple ». Mer, clarté, montagne, amour. Mais cette apparente paix des choses est menacée dans « Fraîche » : « Joli poisson sur votre main / Ce ciel tout nu / Mot imprévu / La soie est fraîche / Un cœur s'annonce / Larme de sang / Et mon chat se repose. » Larme de sang. L'être se retrouve divisé, « Tous mes chemins se désassemblent. » L'âme est « peu sûre », Dieu est « perdu ». La troisième partie du recueil, intitulée « L'Imprenable », est une sorte de reprise en accelerando de l'ensemble des thèmes de la dualité, de la peur : « C'est toujours l'expérience apeurée / De ces deux mains d'éponge / Qui ne rapportent rien. » Dans la dernière partie, au titre étrange et prenant, « De statues et de chiens », c'est enfin une évocation agitée, très violente, de l'homme qui porte son « plein d'entrailles », sa « chambre du dedans ». Proche de la bête, proche aussi de son œuvre difficile, la statue, à tâtons dans le monde, « au pied du mur du jour comme au pied du calvaire ». Pourtant « des mots des reins des mains / L'homme crée sa mince création / Autant de rets sur de la brume ». Oui, c'est notre « chance vénielle » : « Le rien commence / La terre pense. » Proche de « mes semblables mes frères / Mes hypocrites mes chéris », le poète est tel « Ulysse dans la mer des visages », au milieu des contradictions et des gouffres. Mais « J'ai épelé la vie et un nom a crié / Et la lumière a ri »… Un vraiment beau recueil, où le cri même a de la tenue, où la détresse s'arc-boute, et où la vraie simplicité du monde, la douceur du partage, sont dits avec des mots trop persuasifs pour qu'on mette en doute l'intensité du tragique.

Marie-Claire BANCQUART

Eduardo JORDA : ***Mais ça arrive.*** Poèmes traduits de l'espagnol par Renée Sallaberry (Fédérop, 14 €).

Natif de Palma de Majorque, Eduardo Jorda s'est d'abord fait connaître avec des carnets et récits de voyage (au Maroc, en Irlande, en Malaisie et en Inde). Poète, il est l'auteur de cinq recueils récemment publiés, de 2000 à 2005. Les éditions Fédérop ont repris le titre du poème *Mais ça arrive* pour présenter aux lecteurs cette anthologie bilingue. Titre emblématique pour rassembler une œuvre largement ouverte aux faits et gestes de la vie quotidienne, attentive aux fureurs individuelles ou collectives, frottée aux multiples facettes de l'expérience humaine : du bonheur d'exister à l'horreur des entreprises d'extermination.

Eduardo Jorda revisite monuments et trésors de la littérature universelle, imagine *Les lamentations d'Ophélie* reprochant à Hamlet l'égarement feint qui leur a été fatal, ses « paroles puantes » ravageant « tels des ulcères, le dernier repli de [son] esprit », avant de se précipiter dans la rivière, ou les derniers jours de Montaigne en sa tour : « … la paralysie l'a assailli. / Sa langue est devenue frondeuse / et obstinée comme celle d'un huguenot. / Il écrivait : "qu'on amène mon cheval", / "Mon pourpoint", "Mon vase de nuit", "Mon livre", "Il suffit…" »

Sa géographie intime est le décor de ses angoisses et de ses méditations. Ainsi dans *La colline de l'Ermitage*, sa description d'un soir se mue en peinture baroque de la mélancolie : « De grands blocs / de glace bleue naviguent parmi les ombres, / les astres éprouvent de la panique, un pétrolier s'échoue /alors que nous, nous flottons, seuls, libres, /sur un été lent, interminable. »

Sa voix sonne particulièrement juste quand il dévoile son intimité, évoque des proches et le passé familial. Il dit pourtant se sentir traître envers les siens, pauvres paysans sans orgueil et sans haine, quand il s'exprime dans une langue qu'eux-mêmes ne comprenaient pas : « c'est en catalan qu'ils ont fait leurs adieux à ce monde, / … / gens de peu qui n'ont pas sali l'Histoire / parce que l'Histoire ne s'est pas souvenue d'eux », confie-t-il dans *Le poème que mon grand-père n'a jamais écrit.*

Les poèmes de *Singe hurleur*, son dernier recueil, se dépouillent de toute gangue formelle, faisant mieux entendre l'aisance et la profondeur de cette voix particulière. De l'infime à l'intime, *Une feuille d'érable* : « Entre mes mains elle crépite comme le feu. / Elle a été une étoile de mer qui n'a pas connu l'eau. / Elle a été un murmure d'oiseaux et de rivières. / … / Si personne ne me voyait / je m'inclinerais devant cette feuille d'érable. / Elle a la couleur d'un homme / qui se sépare pour toujours / de la seule femme qu'il ait jamais aimée. » Des souvenirs d'enfance surgissent : la solitude, les brimades, les drames… *Trois jours de 1965* évoque l'émoi collectif dans Palma après le viol et l'assassinat d'une fillette séquestrée par un chauffeur de taxi. Le poète, dans *Four crématoire*, s'adresse à une enfant victime parmi tant d'autres de la barbarie nazie : « Qui peut dire que le feu purifie ? / C'est toi qui a purifié le feu. » Enfin, la douleur et la peur de l'abandon explosent dans le dernier extrait du recueil, éclairant la métaphore du titre : « Sans toi, je n'ai plus de subsistance, / je n'existe pas, je ne suis plus qu'un minuscule / singe hurleur qui gémit au milieu / d'un arbre calciné. / À quoi sert de savoir / que d'adieux et de pertes / est faite la matière mystérieuse / qui sans fin fait grandir l'univers. »

Hymne à la vie à la lisière des champs de ruines…

MÉNACHÉ

Christian HUBIN : *Dont bouge* (José Corti).

On reste au bord d'un nouveau livre de Christian Hubin, comme à chaque fois rebuté et saisi, dans une perplexité qu'on pourrait formuler ainsi : jusqu'à quel point peut-on aller dans l'illisible pour que, contre toutes les lisibilités simplistes et autres pensées, idées et même perceptions toutes faites, quelque chose pourtant se fasse ? Car de ce quelque chose on ne peut rien dire. Sauf, peut-être, par sursaut, dans l'apnée du sens où nous plonge cette écriture extrême.

Dont bouge, ne fait pas exception à la règle. Au contraire. Dans la nudité réverbérante de notations brèves et laconiques, tout le livre se tient sur la réitération de deux particules grammaticales, l'adverbe « où » et le pronom relatif « dont ». Autrement dit sur le double schème du lieu et de l'appartenance.

Le lieu, lui, est sans lieu. Tout se passe « Aux extrémités », comme le dit l'incipit. Là où la parole se perd, ne dit plus rien. Mais, c'est ce rien qui insiste : « Où / maintenant // sans // se passer ». On a cru voir, mais non. On est dans l'« infiguration ». Dans ce pré-apparaître de la parole qui ne dit que la motion d'une venue — une é-motion — un mouvement hors de. Mais interrompu, toujours, clignotant, syncopé : « Et par / arrêts // cette sorte de / hochement vers… » Ce qui, d'apparaître, disparaîtrait aussitôt — et qui, donc, reste « paralysé / d'apparaître ».

Cette, préapparition, cette « parole libérée du langage », comme le dit si bien María Zambrano, ne peut nous offrir que des bribes, des vibrations, à peine. Qui, bien qu'éparses, appartiennent pourtant à un tout qui n'en est pas un. À un « continuum », plutôt, pour emprunter le mot titre d'un livre de 1991 (José Corti). D'où cet usage insistant du « dont » qui donne son titre au livre — *Dont bouge* — et suggère que toute forme ou tout mouvement perceptible ne se lève que sur le fond d'un imperceptible toujours latent, toujours actif.

C'est pourquoi l'écriture de Christian Hubin ne cesse d'aller non pas vers le non-sens, mais vers ce *hors sens* qui vibre aux lisières du sens. Elle ne cesse — et c'est son paradoxe fondateur — de s'avancer sur ce bord extrême où toute *réalité* nommable, délimitable disparaissant, s'entrevoit une fraction de seconde, peut-être moins, l'illimité, l'innommable du *réel*. Qu'elle cherche à approcher *comme tel*. D'où son apparente « illisibilité » pour qui s'attend à du « lisible », c'est-à-dire à du reconnaissable. La démarche est, ici, de *connaissance* et non de re-connaissance. Elle ne peut donc se faire que dans une sorte d'asphyxie graphique, syntaxique et sémantique (« Où / le cal, // le / frottement // sans / respirer »), hors de toute rhétorique, de toute poétisation — d'ailleurs, *cela* est-il encore de la « poésie » ? Dans une réticulation qui érige le fragmentaire, ou mieux, le hoquet verbal, en principe d'écriture. Alors, par instants pointe « L'hymne lié à / la floculation », formulation qui pourrait être celle d'une poétique. Une sorte de contre-chant ou, mieux, de hors-chant (champ), une non-figuration qui laisse pourtant « floculer » par grumeaux d'une densité d'autant plus grande qu'ils sont plus rares (le houx, le pré, la nageoire, le bois, etc.) une présence de la matière et de l'invisible qui la porte : « Une saisie / où la / matière // sans / elle ».

Parce qu'elle ne cesse de traquer l'« illisible » dans le « lisible » ou, si l'on préfère l'invisible dans le visible, cette écriture, dans sa radicalité, son intransigeante rigueur, est à proprement parler, *métaphysique*. Peut-être l'une des seules de ce temps à rendre à ce terme si galvaudé sa portée et sa profondeur.

Jacques ANCET

Jean-Pierre VÉDRINES : ***Les Cérémonies de l'oubli*** (Atelier du Hanneton, 26300 Charpey, 10 €).

Jean-Pierre Védrines avance d'un pas à l'unisson égal et tourmenté, un pas de romancier et de poète, la poésie n'étant jamais absente d'ailleurs de ses œuvres en prose. Le titre dont il revêt comme d'une annonce le présent texte allie un des plus terribles manques — l'oubli — au rituel par lequel l'humanité conjure le plus flamboyant et tragique de sa condition, l'effacement. Splendeur et négation en un même drapé. Célébrer et nier est-ce l'attitude porteuse, au sens le plus noble du terme, du beau nom de poésie ? Celle-ci parfois ne file pas entre nos doigts, ne se dérobe point à nos yeux écarquillés. L'arbre est ici prééminent, dès l'abord, comme maître des cérémonies : « Mais avant tout en moi il y a cet arbre », constatation réitérée et enrichie à un moment de cette incise : « visage d'ombre au regard fixe ». Avant tout ce vague, « il y a » signifie la surprise d'être habité dans l'effarement, la merveille : un corps étranger à l'intérieur d'un corps humain qu'il habite. Qui peut l'ignorer, cette réalité de la nature contient un trésor de symboles : entre autres, la concrétisation de l'éternité (ou de son illusion ?), celle du supplice. Nous pensons à un violent sonnet de Góngora qui envisage et dévisage le destin du Christ : « Il pendra à un bout de bois. » Le corps et son incarnation réciproque avec ce végétal ramifié ne sauraient délaisser le poète appliquant son « oreille attentive » à l'enfourchure ; évident souvenir de la fourche qui dessine l'ossature et l'attache des jambes dans le recueil de prose poétique intitulé *La Flambe d'eau*, du même auteur. La liberté humaine reste préservée par cet arbre implanté mais légèrement distant : « Soudain l'arbre nous observe », lointain écho de la gitane du « Romance somnámbulo » de Lorca, femme aveugle, endormie ou morte que les choses regardent alors qu'elle ne peut les voir. L'arbre fécond et inquiétant confond ses branches et rameaux avec les membres de l'homme, sans déliter toutefois les identités réciproques : « il suffisait que j'incline mes branches ». Ce personnage, l'arbre, est respecté, il magnifie le désir, le transmet, en dégage l'essence, de façon ambiguë et dépouillée : « l'arbre dévêtu, la terre s'ouvre / comme un fruit ». La dichotomie menacée de douleur trouve un exutoire, une expression de métamorphose, l'exorcisme de la privation : grâce à « la feuille qui s'est faite eau ». Jean-Pierre Védrines évite l'abandon tout court au profit de l'abandon dans le sens d'offrande.

Non sans que sourde dans la chair et l'esprit l'inquiétude existentielle, laquelle, par la mort peu explicite, taraude tout être humain, souvent sous forme de glacement, puisqu'il évoque le mouvement violent, brutal, qui « encastre les oiseaux du froid l'un dans l'autre ». La menace se montre diffuse, se traduisant en neige étreinte, cette neige dont on connaît la beauté d'ensevelissement, l'uniformité et la fragilité. En douceur, en tamisage, la chevelure blanche « craque » au sommet de qui vieillit, fusion fascinante du bois et du corps. La douleur peut-être atteint sa plus intense expression dans la crudité de cette main « que déchire l'espace », puissance insaisissable et préhension humaine. Le poète n'ignore nullement la vérité des affrontements mais nous rend sensible aux fusions destinées à sauvegarder l'espoir, un espoir infiltré de doute.

La beauté prenante du perçu, la subtilité de la formulation imposent sans rudesse la poésie du contact et de l'approche. Ici et là l'étreinte grâce à laquelle l'amour peut communiquer avec la neige. L'animal lui-même s'impose en ce qu'il a de plus émouvant et, disons-le, de plus humain, lorsque, par exemple, lissage ou adoucissement de la blessure, l'homme lèche le « sommeil noir ». L'ambivalence, signe de la vraie, émouvante et juste poésie, imprègne les fibres du bois, le nœud de celui-ci (extrême de l'interpénétration). Un brin de nostalgie et le danger d'anéantissement nous interrogent dans ce seul oiseau personnifié qui subsiste au sein de la mémoire de l'arbre. Comment être insensibles également au spectacle de cette chevelure primordiale, ces cheveux dont on ne sait heureusement s'ils sont ceux de l'automne ou de la fille bleue ? Très subtilement, sans choc ni verbiage, on jette « dans la pluie le jour flamboyant ». Effleuré par la pensée que l'écriture si précieuse à nos faiblesses humaines sait moins que le silence, Jean-Pierre Védrines est capable en poète de condenser le monde : le résumer dans un raccourci vibrant de densité prégnante — « la neige au bord du gouffre, le buis sombre, l'écorce lisse du cerisier » — qui miraculeusement n'altère en rien l'intégrité permanente du réel.

Ainsi accomplit-il sans béate satisfaction l'élan de signifier et constater le règne, concomitant mieux qu'alterné, de l'absence-présence, dissolution-survie. Un rimbaldien espoir allume le feu des foules en attente de temps futurs — la « future vigueur » du Bateau ivre. Éclat du verre et de la fragilité, disait de l'amour le grand Racine. Ici, délicate « fleur inlassable », toujours le végétal nous envahit en la « brûlure d'herbe jaune », contrastée, composite. L'énigme n'exclut point la vie, nous suggère-t-il, mais nous entraîne à la disponibilité sans égale de la poésie, laquelle « laisse respirer les feuilles et les bourgeons ». Et selon une vision familière à ce poète, surgissent devant nous, au passage, les « cavaliers du soir » galopant vers les étoiles, semeurs d'amour après s'être enchantés de son immobilité presque de pierre.

Gaston MARTY

Mercedes ROFFÉ : *Définitions mayas et autres poèmes.* Traduit de l'espagnol par Nelly Roffé. Préface d'Hélène Dorion. Bilingue (Éditions du Noroît).

Mercedes Roffé écrit à partir de mots de tous les jours, de ceux qui s'effacent de nos bouches au point que nous les entendons à peine et qu'elle reprend pour faire jaillir ce qu'ils portent en eux sans crier gare. Hélène Dorion souligne dans la préface de *Définitions mayas* cette attention de Mercedes Roffé « aux plus infimes glissements de la parole, et donc de la vie ». Elle met ainsi au jour les subtiles variations du temps, ses modulations au plus quotidien de nous-mêmes. *« Des fois »* : « Ça se dit quand / on ne peut pas toujours faire quelque chose / une habitude ou une coutume / quand ce n'est pas très fréquent / quand ça n'arrive pas tous les jours. » *« Aussi »* et *« Alors »* suivent ce *« Des fois »* qui se clôt sur *« Paysage »*. L'espace est ici délivré d'une chronologie linéaire qui n'autorise que par intermittence le « aussi » du simultané. Mercedes Roffé relit le monde, conjure les sortilèges, traverse une page qui est foisonnement, lieu de rencontre des cultures, de l'Argentine où elle est née, de New York où elle vit… Avec la charnière des mots, elle franchit l'histoire et l'espace, là où les êtres humains se rencontrent dans ce qui est « aussi », « des fois », et culmine parfois dans un « alors ». Son écriture ne cède à aucune illusion lyrique et trouve sa puissance dans le regard lucide qu'elle pose sur le monde. De là naissent ces « définitions » qui resituent les choses, lorsque le quotidien les a épuisées, brouillées. Est-ce dire que la poésie de Mercedes Roffé serait strictement spéculative ? Ce serait manquer toute la richesse de l'émotion qu'elle rend aux occurrences très simples des mots restitués au plein jour. Ce serait oublier la part si importante qu'elle fait à la musique dans ce recueil, dont toute une partie est écrite en écho à des œuvres de Bach, Schönberg ou Benjamin Britten. Les poèmes y sont ouverture, déferlement d'espaces et d'images toujours conçus avec une sobriété porteuse de force et de puissance. *« Cinq nuits »* (A. Schönberg) : « Et l'ombre ? / Et l'ombre longue ? / Une autre nuit / Une autre musique / D'autres ailes / Seule / la même perspective / bleue / perverse / seul le même calme bleu / terrifiant / La mort et la jeune fille / pourraient ne faire qu'une. » Chez Mercedes Roffé, poésie et musique se fondent et entrent en une résonance décuplée.

Cécile OUMHANI

Évelyne ENCELOT : *À partir d'écrire* (Éditions de l'Amandier, 18 €).

À partir d'écrire, rassemblé avec ferveur et publié par Claude Ber, Jean Rubin et Frédérique Wolf-Michaux, comprend des textes majoritairement écrits par Évelyne Encelot entre 1993 et sa mort, en 1998, après l'expérience de « la traversée de la souffrance psychique », selon l'expression de Claude Ber. Ils sont divisés en quatre sections qui empruntent leur titre à des poèmes : « À partir d'écrire », fragments du journal, de la maladie à la guérison, toujours provisoire, qui décrit « l'énorme pas qui consiste à vouloir vivre — que l'on fait à partir d'écrire… », « Les Akènes de la nuit », qui témoigne de la lutte de « ceux dont le monde bascule sous le poids de la souffrance », « Ritournelles », où l'emploi de vers libres, parfois de refrains, rend la poésie, toujours grave, cependant plus légère, et enfin « Pandragon », dont l'inspiration n'est pas différente de celle des « Akènes », mais où l'urgence d'écrire et de vivre est rendue plus sensible pour le lecteur par le fait qu'il s'agit des derniers poèmes (1997-1998). Une profonde unité, cependant, confère au volume sa densité, l'intensité d'une douleur qui ressemble à celle de tant d'autres, Virginia Woolf par exemple, mais qui est cependant toujours unique, douleur devant l'échec, devant la culpabilité de ne pas avoir réussi à « faire les choses justes, accordées aux saisons, aux heures, aux gens », devant le constat qu'« il n'y aura pas de répétition générale ». Et pourtant, il n'était pas possible de réussir à mieux vivre, tant le monde est « une membrane noire », tant la vie « est une cuisante énigme » : comment concilier sa splendeur, ses « pyramides de lys », son « tuyautage de tulipes » avec ses « lames, tranchoirs, hachoirs, pièges » ?

Tous ceux qui parlent « du fond de la détresse » ne sont pas poètes. Évelyne Encelot, parce qu'elle ne manie pas le vers régulier et la rime se refusait parfois ce titre : « Je ne suis pas poète… / Mes mots sont fragiles, hissés à grand-peine de la douleur. » Pourtant, poète, elle l'est bel et bien. Par l'attention à ce que Virginia Woolf appelait « instants de vie », la « lumière de bonheur » du Sud, la vigne, la couleuvre, les pins et les mimosas, et les « giroflées à l'odeur de pain d'épices », les petits pommiers et poiriers du pays de l'enfance et le Pré-aux-chevaux, la Fontaine des Bellandrons dont le chemin ne s'est jamais effacé de la mémoire. Par la formule fulgurante qui sait si bien résumer l'immensité d'un sentiment (« Impression par moments de marcher dans une plaie ouverte », ou encore, « Moi, comme interdite de vivre »).

C'est une poésie lyrique, qui a tantôt la forme du poème, tantôt celle de la prose, qui se déplie dans les recueils. On y entend une voix narrative qui cherche à retrouver, à reconstruire un moi éclaté, à rassembler une personnalité « déchirée et éparse ». Ce travail quotidien, sans cesse menacé, il a pour matériaux les mots, car « c'est de leur endroit que […] coule la vie ». Quand le monde et le moi sont miettes et lambeaux, l'écriture donne une continuité, tisse une toile comme Arachné. Cette voix raconte, cherche à donner forme à l'informe à travers le fil du temps dévidé de poème en poème. « Curriculum vitae » : ce titre d'un des textes de « Pandragon » aurait aussi pu servir de guide pour l'ensemble. L'écriture évoque des souvenirs pour avoir prise sur l'avancée des heures, pour arracher à l'inconsistance les années « perdues, envolées, gaspillées », pour retrouver la petite fille « douce ». Au loin dans le temps, il y a la maison de l'enfance, les villes habitées, les paysages regardés et traversés, les êtres aimés. Dorénavant, les chemins ne mènent plus nulle part, la « rumeur humaine » s'est tue, les mains sont vides. Dorénavant, le temps ne déroule plus ses aventures et ses rencontres, dans l'incertitude d'un demain menaçant, il est devenu attente de la mort, à laquelle l'écriture essaie de voler des éclats de vie.

Joëlle GARDES

ROMANS, RÉCITS, THÉÂTRE

J.M.G. LE CLÉZIO : *Raga, Approche du continent invisible* (Seuil, 15 €).

« Quand on écrit, il me semble que c'est pour faire apparaître un mirage » dit Le Clézio *(Trois villes saintes)*. Et voici qu'apparaît dans *Raga* un « continent invisible » : l'Océanie. Raga, en langue mélanésienne, c'est l'île de Pentecôte, au Vanuatu. L'*approche* renvoie au mode réel d'accès à l'île par bateau. Le Clézio a fait partie des écrivains embarqués à bord du trois-mâts *La Boudeuse* dans un tour du monde à la rencontre des peuples que l'on ne peut aborder que par voie d'eau. Approcher est aussi maintenir une distance, un respect, une humilité. Les amorces des premiers chapitres commencent ainsi à distance : le continent invisible, la pirogue en mer, le village en l'air, les rivages accostés. Le récit aborde Raga en relatant les faux mythes, celui d'Anyan, du continent austral, du culte du cargo, puis témoigne du présent (les violences conjugales, le sida) et de l'histoire (l'exploitation par les *blackbirds*, les transferts de population, le rapt d'enfant). Il raconte la vie des femmes, en particulier celle de Charlotte qui a contribué à leur ouvrir le chemin de l'indépendance en faisant accepter la valeur marchande des nattes qu'elles confectionnent. Avec précision, Le Clézio décrit l'art de la fabrication des nattes. Il vit le lieu dans sa concrétude, corporellement. Lorsqu'il monte vers Ilamre avec Charlotte, les transitions de paragraphes correspondent au rythme de la marche pour passer d'une étape à une autre.

Si la quatrième de couverture de *Raga* indique, à raison, que « ce texte ouvre une réflexion et une critique de la mondialisation » (qui est aussi critique de l'Occident égocentrique, de la colonisation et de ses effets), Le Clézio n'écrit pas comme un maître à penser mais comme un conteur qui invite à questionner, à regarder, à *ouvrir,* à respecter. Il nous conduit à regarder la réalité contemporaine — ce qu'a démontré Marina Salles dans *Le Clézio, notre contemporain* (PUR, 2006) et *Le Clézio, peintre de la vie moderne* (L'Harmattan, 2007) —, tout en ayant souci des temps anciens. Dans son livre s'articulent la poétique et l'éthique, la légende *au lieu de* l'histoire, en son lien avec une terre. Loin du « cynisme de la modernité », Le Clézio rencontre l'île après avoir lu des textes ethnographiques qui indiquent comment fut « pensé » le lieu : souvent méprisé par les voyageurs occidentaux, outrageusement simplifié (société décrite comme machiste, extrapolation du sacrifice humain à partir de celui des cochons), il inspira aussi des observations plus fines à certains anthropologues. En contrepoint, Le Clézio évoque les légendes, l'or des mémoires, la teinture rouge de la liane laba, les feuilles du taro, l'igname, toute la fertilité des plantes nourricières et de la tradition du Gol. La célébration de la beauté d'une île ne nous laisse pas oublier la violence des colonisateurs. Lorsque l'auteur parle du kava, il précise que la plante a échappé à l'interdiction des gouvernements coloniaux de la cultiver. Le kava « contient l'esprit du lieu, c'est leur langue, leur mémoire commune ». Ainsi la précision botanique n'est pas pure érudition mais est liée à une réalité historique et aux conditions d'exportation du kava. En trois pages, nous glissons de la saveur du kava à l'histoire (le kava est *lié* à la cruauté d'épisodes historiques), à son origine mystérieuse, à la recette du breuvage et enfin à la part du songe. À la première page on apprend que les femmes sont exclues du rite du kava, mais on constate ensuite que « la légende attribue sa découverte à une femme », qu'il soit né du crâne d'une lépreuse ou d'une pierre logée dans le vagin d'une ogresse. Alors le lecteur sait que tout est lié, que « le mythe n'est pas séparé du réel », que le présent n'est pas coupé de la mémoire, qu'être contemporain de son temps c'est être sensible au feuilleté des temps, des époques lointaines à aujourd'hui.

Si le livre, très documenté, a la simplicité de l'écoute et de l'observation, c'est parce que l'auteur nous fait sentir une présence physique du monde mélanésien. Peu à peu se dessine un imaginaire du lien. Par exemple, les objets font lien : lien des femmes autour des nattes, lien des hommes autour des « os du temps » que sont les mâchoires de cochons. Les hommes ont emporté les mandibules des cochons, enroulées dans les nattes des femmes. Deux pratiques traditionnelles, sexuées comme souvent dans les mythes, sont réunies. Casser les canines supérieures des cochons permet de les laisser pousser, d'accroître leur valeur rituelle. « Les dents en spirale sont l'image du temps, des lignées qui ne s'éteindront pas ». Un autre objet, le « tronc renversé », participe de l'imaginaire du lien entre les époques — le tronc, « cette épave qui semble un pont joignant les temps et les croyances ». Lien, temps, lieu. Ni un « non-lieu, peuplé de sauvages », ni un paradis fait de clichés.

Raga ouvre la collection « Peuples de l'eau » dirigée par Édouard Glissant, cet autre passeur soucieux d'« une poétique de la relation ». L'écrivain martiniquais explique : « Ce qui m'intéresse dans cette aventure, c'est la confrontation de l'imaginaire d'un écrivain avec celui d'un peuple. J'en avais un peu assez des descriptions ethnographiques, souvent décevantes. J'aime cette idée de remplacer l'ethnologue par l'écrivain ou l'artiste. » L'imaginaire de Le Clézio rencontre celui de Raga en ses objets réels les plus investis et les plus quotidiens. Nulle simplification chez un auteur conscient de la réalité des échanges marchands, de la violence des rapports, et qui rêve les mythes comme un imaginaire du lien entre les différents peuples insulaires. Comme l'écrit Gérard de Cortanze « le mythe n'existe que replacé dans le cadre de la réalité d'aujourd'hui » (*Magazine littéraire*, nov. 2006). Le Clézio place le rapport de mémoire non seulement dans un aujourd'hui mais encore dans une situation de présence. Son récit fait lien : témoin du présent et d'une mémoire vive, non pétrifiante pour ceux que nous ne saurions qu'approcher.

Isabelle ROUSSEL-GILLET

Kwon YOONJOO : ***Toi, mon chat.*** Traduit du coréen par Choi Mikyung et Jean-Noël Juttet (Zulma, 25 €).

De tous les animaux, le chat est certainement le plus littéraire, celui qui a le plus inspiré poètes et romanciers. Les histoires de chiens se ressemblent, fidélité ou rancune, leurs instincts sont transparents. Le chat garde tout son mystère. À quoi rêve-t-il, sur quoi médite-t-il ? On ne choisit pas un chat comme on choisit un chien : c'est lui qui vous choisit. Il vous adopte ou vous tourne le dos, hérissé. Il vient se frotter à vos jambes, saute sur vos genoux, mais sans la moindre servilité, celle qui incite le chien à vous lécher la main.

De Corée nous parvient cet album ravissant. Sur ses pages, en alternance, de très belles photos du chat de l'auteur, un européen tigré de gris, éveillé ou endormi, montrant une patte qui ressemble singulièrement à une main humaine (les redoutables griffes cachées, bien sûr). En alternance, c'est l'histoire du chat et de son maître, illustrée de petits dessins colorés et légendés. Dans toutes les situations qui se présentent, c'est toujours le chat, plus malin, qui a le dessus. Il n'est jamais pris au dépourvu, sait ruser ou mentir quand il le faut, et le lecteur se fait son complice. À côté de ce subtil animal, comme l'homme paraît balourd, peu compréhensif, tout juste bon à recevoir des leçons de dressage qui le préparent à son rôle : servir le chat.

Et voici un grand événement : le chat se marie avec une chatte aussi belle que lui, tigrée d'une belle couleur d'écaille. Ils ont même un chaton. Bonheur éphémère. La traduction est parfaite.

Vous achèterez peut-être ce livre pour en faire cadeau à vos enfants, mais vous le leur emprunterez en cachette, parce qu'il reflète parfaitement l'énigmatique âme du chat. Et, le mot n'est pas trop fort, sa poésie.

Nelly STÉPHANE

Robert MARTEAU : ***Dans l'herbe*** (Champ Vallon, 23 €).

Si sympathiques et utiles que soient les fermes pédagogiques, fêtes des métiers d'antan et vacances à la ferme, elles ne peuvent donner qu'une image superficielle, édulcorée, de la vie dans les campagnes. Elles sont incapables de faire renaître le monde paysan tel qu'il a existé jusque dans les années soixante du siècle dernier, de le faire vivre et donc d'en transmettre une véritable connaissance. Il en va autrement de la littérature !

Dans l'herbe en apporte une remarquable démonstration. Il ne faut pas se laisser égarer par le titre et s'attendre, comme on pourrait le penser naïvement, au récit de quelque idyllique pastorale avec bergers et bergères folâtrant dans les prés en quête de bonheur. Avec ce roman foisonnant de plus de 400 pages, Robert Marteau nous plonge au cœur du quotidien d'un village charentais (mais qui pourrait être de n'importe quelle autre région) dans les années vingt et trente du XXe siècle (mais les choses n'avaient guère changé au lendemain de la Seconde Guerre mondiale). Et même si de temps en temps le lecteur trébuche sur quelques termes empruntés au patois local, il n'est pas question pour l'auteur de cultiver un facile dépaysement folklorique. Ce qu'il communique, c'est l'évidence de la réalité.

Le roman est construit comme une tapisserie ou une œuvre polyphonique : un narrateur, voix anonyme, membre changeant de la communauté, raconte ce qu'il voit ou sait, construit la trame, le fil directeur, la ligne mélodique où, tels des tableaux ou des interventions de solistes, viennent se greffer les scènes qui mettent en action directe les divers personnages impliqués dans le récit. Il résulte de cette construction une impression de cohésion, d'unité du groupe, quels que soient les divergences ou les conflits qui opposent les familles ou les membres des familles les uns aux autres. Nous sommes dans un monde fermé sur lui-même, dont ne sont sortis, passagèrement, que les hommes appelés à la guerre ou au mieux (?) la jeune fille perdue qui a suivi un représentant en machines agricoles trop beau parleur. La vérité des scènes et des portraits est fascinante : mariage, fête, sacrifice du coq ou du cochon, battage, alcoolisme, commérages, idiot du village, rumeurs d'incestes… lorsque le roman s'achève, on est surpris car il pourrait tout aussi bien continuer, et l'on ne serait pas lassé d'être porté par cet immense fleuve d'oralité.

Auteur d'une œuvre importante et variée, Robert Marteau a obtenu en 2005 le Grand Prix de poésie de l'Académie française. Il mériterait d'être récompensé pour *Dans l'herbe* par de très nombreux lecteurs.

Jean GUÉGUAN

Héléna MARIENSKÉ : *Rhésus* (P.O.L, 19 €).

Dès sa parution à l'automne 2006, ce premier roman d'une romancière jusque-là inconnue a eu l'effet d'une bombe. *Rhésus* a été salué largement par la critique, comme épopée des papys flingueurs, exaltant les révoltés du mouroir, inventant une odyssée délirante de l'espèce humaine où le singe apporte son salut à l'homme. Divers prix ont confirmé cet accueil favorable à une romancière d'une trempe nouvelle qui s'avance désormais dans la carrière des lettres hors des sentiers battus. Loin à la fois des romans de l'intime ou de l'autofiction comme des vastes fresques historiques qui fleurissent actuellement, *Rhésus* s'affranchit des limites de l'écriture romanesque tout comme des convenances morales et s'attaque de front un problème crucial pour notre société actuelle — celui de la juste place à accorder aux personnes âgées. Pour aborder un tel sujet Héléna Marienské a fait un pari audacieux : celui d'utiliser les ressources de la farce selon une tradition ancienne aujourd'hui peu en vogue. En somme avec du vieux faire du neuf, comme avec des vieux faire de la vie, tels semblent bien être les ressorts fondamentaux de ce récit qui « décoiffe ».

Emprunté à un fait divers — un singe échappé d'un cirque est recueilli par les pensionnaires d'une maison de retraite qui ne veulent plus le laisser repartir, tant l'animal a su se rendre sympathique — le personnage de Rhésus insuffle un élan vital dans un lieu où la vie s'exténue peu à peu, sur le chemin de la mort. Rhésus comme Éros c'est la vie, comme « Rrose Sélavy » telle que Marcel Duchamp l'a jadis inventée pour glisser à mots couverts diverses inconvenances érotiques. Seulement, là où Duchamp pratique l'art du peu, Héléna Marienské — nouvelle Rrose mais sans voiles ni voilette ? — se lance dans une épopée burlesque où le sexe et la langue jouissent sans entrave. Fête effrénée et jubilatoire d'Éros, *Rhésus* se joue dans ce lieu imaginaire où la mort est suspendue, où, à suivre les inflexions de la langue, la vie a partie liée avec la vieillesse.

D'où la générosité de ce livre scabreux. Traitant d'un sujet qui obsède la conscience contemporaine — celui du « grand âge » — mais refusant de le traiter avec le dolorisme qui est généralement de mise, la romancière use de tout un arsenal littéraire pour que ses héroïnes et ses héros se déchaînent dans des scénarios burlesques — évoquant aussi bien une guerre de Troie en miniature que les exploits des Max Brothers.

En réfractant à travers les points de vue de cinq personnages l'intrusion du singe Rhésus dans la maison de retraite, Héléna Marienské s'est ménagé la possibilité à la fois d'afficher « le peu de réalité » des histoires racontées mais aussi de parodier des styles narratifs bien accueillis de nos jours : style du journal intime selon Raphaëlle, de l'autofiction selon Céleste, du roman historique selon l'académicien Dhorlac ou de la télé-réalité selon Witold.

Par ce recours au burlesque et à la parodie s'élabore ce que l'on pourrait appeler le style « Rhésus », qui singe des styles épuisés à force d'usage et qui tente de renouveler la donne littéraire. L'entreprise est en parfait accord avec l'effet revitalisant du primate, — bonobo, chimpanzé ou gorille — qui remplace avantageusement les placebo distribués par le Professeur Muret aux pensionnaires de l'hospice. Certes le style « Rhésus », à la fois délirant et lucide, nous propose un traitement de choc qui s'applique aussi bien à nos habitudes de lecture qu'à nos comportements face à certaines détresses. À chaque lecteur d'en faire l'usage qui lui convient.

En tout cas, il est réconfortant que l'originalité d'un tel ouvrage ait été reconnue. Souhaitons qu'Héléna Marienské, sans rien perdre de sa hardiesse et de sa verve, continue à s'avancer loin des sentiers battus.

Marie-Claire DUMAS

Néstor PONCE : ***La Bête des diagonales.*** Traduit de l'espagnol (Argentine) par François-Michel Durazzo (André Dimanche éditeur, 22 €).

Néstor Ponce (La Plata, 1955) aime les histoires qui racontent les origines, plus ou moins ratées, de son pays de naissance, l'Argentine. Il nous place souvent dans ses romans au XIXe siècle, quelques dizaines d'années après l'indépendance des colonies sud-américaines, et face à la question suivante : comment faire pour construire une identité nationale dans un vaste territoire de contrastes qui hérite des structures de la pensée européenne tout en refusant de reconnaître sa réalité ethnique autochtone ?

Dans *La Bête des diagonales* (finaliste du prix Planeta 1998) Ponce reprend trois des piliers de son écriture : le questionnement de l'Histoire, la recherche imaginaire et le travail autour de la langue. L'action se déroule à La Plata. La ville, fondée en 1882, est en pleine expansion ; ses infrastructures, son modèle architectural et urbain, doivent répondre aux canons de beauté décrétés par quelques notables de l'époque. La Plata doit être la ville de l'utopie, un exemple mondial de perfection, où rayonne l'harmonie. Mais voilà qu'une série de crimes vient entacher la réputation immaculée de la ville qui, dans son acte de fondation même, cache une malédiction justifiant ces crimes abjects. Ces meurtres — dont les victimes sont des femmes blanches argentines ou d'origine européenne —, seraient-ils une sorte de vengeance face à la superbe de l'histoire argentine, semée d'extermination et de barbarie ? En tout cas, on est fondé à y voir une démythification de la probité intellectuelle et morale héritée de l'Europe bien-pensante.

À partir de cette trame et d'une structure propre au roman policier, Ponce s'attarde dans la recréation de scènes et d'ambiances à la fois déliquescentes et mystérieuses, expansives et colorées, où l'on passe des hautes sphères de la société *platense* aux bas quartiers. Les descriptions des ambiances nocturnes convoquent dans notre imaginaire les atmosphères londoniennes brumeuses et sombres qui, également à la fin du XIXe siècle (la coïncidence n'étant pas fortuite…), sont le décor d'autres crimes de même facture signés par un certain Jack l'éventreur. Les personnages qui habitent le roman sont à l'image d'une altérité migratoire bouillonnante — tant au niveau des nationalités que des couches sociales — qui caractérise les grandes villes argentines. Mais dans cette galerie rehaussée parfois de touches grotesques, se détachent deux personnages centraux qui mènent l'enquête : le commissaire Roca et Bernal, l'assistant du gouverneur Fajardo.

Le roman, écrit tantôt à la première personne, tantôt à la troisième, joue de cette tension polyphonique. Les différentes voix narratives orientent et brouillent à la fois le destinataire, c'est-à-dire un lecteur animé par la soif de savoir, d'enquêter, de déchiffrer et de défricher les chemins qui nous conduiraient jusqu'à l'identité de la bête. C'est cette recherche dans le langage narratif qui permet à Néstor Ponce de franchir les contrées formelles traditionnellement associées aux polars. L'enquête se met au service d'une quête d'identité qui dépasse l'anecdote meurtrière à schéma classique. Ponce rend hommage à Conan Doyle, à Edgar A. Poe, à Robert Stevenson, etc., mais ces clins d'œil intertextuels sont parfois empreints d'ironie. Ce roman n'entend pas devenir un simple jeu d'énigmes, où l'élucidation du crime justifierait le déploiement de l'histoire. Dans *La Bête des diagonales* — et ce n'est pas pour rien qu'on peut parler d'une réécriture postmoderne du polar — c'est l'histoire qui fait du crime un mobile, un simple prétexte au service d'une quête qui va au-delà de l'enquête, en interrogeant la dimension pulsionnelle et individuelle de l'être humain, mais aussi son identité collective, où les polarités « bien-mal » tissent également le tissu social.

Comme les diagonales qui traversent La Plata, le roman est traversé de binômes récurrents qui rythment l'action : le paysage urbain (construction de la ville en damier) *versus* la nature encore sauvage et non apprivoisée ; le jour *versus* la nuit (nombre de scènes renvoient à la nuit et à son rapport avec les forces obscures) ; la belle *versus* la bête ; l'utopie *versus* le chaos, ou, autrement dit, le rapport entre le rationnel (le genre policier) et l'irrationnel (le genre fantastique). Au demeurant, comme dans les sacrifices initiatiques, c'est la mort qui prend le pouls de la vie. La Plata, ville de l'utopie, devient donc, grâce au crime, une ville réelle parce qu'imparfaite.

Antonia AMO SÁNCHEZ

Georges-Emmanuel CLANCIER : *L'Oiseleur pris au piège* (Le Bruit des autres).

C'est une très belle et intéressante opportunité que nous offrent ici les Amis de Robert Margerit que de republier cet essai dramatique d'un poète qui avait trente ans en 1944 et qui venait d'écrire son premier recueil *Le Paysan céleste*.

C'est la fonction des dieux et des mythes que de rester hors de portée de l'homme et c'est tout le génie de Georges-Emmanuel Clancier d'avoir, dès le départ, su qu'un être aussi merveilleux que Merlin l'Enchanteur devait rester merveilleux et non point descendre, condescendre aux sentiments humains. Pourtant tout le sujet de ce drame réside précisément dans cette problématique : Merlin est-il capable du sentiment amoureux et doit-il alors déroger à son rôle de dieu de la forêt. Le titre indique clairement qu'*a priori*, l'aventure se terminera au bénéfice de la jeune Nivienne venue conquérir l'amour du sorcier. Mais l'auteur a su retrouver le mythe et redonner à la nature le primat sur la cupidité humaine. Merlin l'Oiseleur saura en définitive se sortir de son propre piège pour rentrer dans le monde qui est le sien : la forêt des mythes. Car comme le dit Robert Margerit dans son article de *L'Appel du Centre* du 24 avril 1944, donné « en guise de postface », Merlin est pris au piège « de soi-même, à sa faiblesse d'homme, à la loi de son humaine condition ». C'est quand les dieux se font hommes qu'ils ne sont plus libres, et que la nature devient inaudible.

Mais l'autre apport de cette pièce tient dans le langage : à la manière d'un Audiberti ou d'un Giraudoux, par exemple, Clancier sait ne pas renoncer à la poésie en écrivant pour le théâtre : « Tu es trouble encore, tu trembles, tu te brises alors même que tu jaillis vers moi. » Parfois il devient plus moralisateur : « La vie est sage, la vie doit se boire à longs traits, sans penser, sans savoir », ou encore philosophe : « Dieu m'a confié le soin de réapprendre à tous les êtres quel enchantement est le seul fait qu'ils vivent. » Mais avant tout domine l'espoir : « Le jour viendra où Merlin aura oublié son désir. Ce jour-là il ne sera plus prisonnier de lui-même, plus rien ne le retiendra, Merlin sera libre de nouveau. » C'est donc une pièce sur l'aventure du vivre à laquelle nous assistons, dans toute sa complexité. Vivre selon soi, vivre avec l'autre, vivre dans le monde et savoir quelle place on y tient. Assurément c'est un sujet de haute volée qu'avait abordé ce jeune poète, et qu'il avait traité avec tout ce qu'il faut de tendre ironie, d'humour, et de beauté verbale. On se prend à rêver que l'auteur nous révèle un jour quelque beau jeu de cette sorte oublié dans un tiroir… *Les Frères*, par exemple, dont l'auteur nous dit dans sa préface que c'est le dernier acte de son écriture dramatique, mais qu'il fait pourtant diptyque avec ce Merlin.

À côté des deux personnages principaux, le dramaturge a su créer deux lutins, l'un naïf, l'autre roué pour donner tout à la fois de la grandeur aux deux protagonistes majeurs et pour détendre une atmosphère sérieuse et mélancolique. Les fées viennent alléger la scène de leur chant tout autant que les évocations de silhouettes bien connues comme celles du roi Arthur et de Galahad. S'inspirant de Chrétien de Troyes, Clancier renouvelle le mythe de Merlin et de Viviane. Dans *L'Éternité plus un jour*, roman récemment réédité (La Table ronde 2005), le théâtre tient une grande place : on y voit des jeunes gens s'y essayer avec plus ou moins de succès. Le théâtre pour Clancier est une part de sa vie assez inconnue que cette publication vient heureusement nous donner à lire, à découvrir.

La pièce n'a été jouée qu'une seule fois à Cerisy lors du colloque consacré à son auteur en 2001, bien après avoir été interprétée à la radio en 1950, grâce à Paul Gilson, par Maria Casarès et Jean Servais. On attend qu'un heureux metteur en scène puisse redonner vie à ce texte d'une grande finesse dans une langue fraîche comme les bois de Brocéliande.

Bernard FOURNIER

Jean FABRE : *C'était un temps déraisonnable* (Le Temps des cerises, 15 €).

Comme son recueil de nouvelles *C'était un temps déraisonnable* nous l'apprend, Jean Fabre est un homme d'action. Aussi s'il écrit, ce n'est pas en tant que romancier qui brode des histoires mais en temps que combattant dont la vie fut placée sous le signe de la lutte, qu'elle soit au couteau, au revolver ou à la pointe acérée de la plume.

Sous forme de nouvelles brèves — d'une à trois pages —, d'essais plus développés comme « La Complainte du Grand Satan mélancolique » ou de « Lettres » à divers destinataires, Jean Fabre décline les principaux fronts de sa lutte : d'abord, sous l'Occupation nazie, les actes de sabotage au sein de la Résistance, puis lors de la guerre d'Indochine son action aux côtés des Vietnamiens luttant pour leur indépendance, puis en France la militance politique à partir de 1952 dans le PCF et les responsabilités au Comité central dans le secteur économique. Jamais il n'a désarmé.

C'est bien ce qui ressort de ces récits qui restituent avec concision et vivacité des moments intenses, tragiques ou humoristiques, de ce combat que les circonstances n'ont cessé de relancer. Ce sont ainsi les nuits de veille et d'angoisse, les avancées et les défaites, la mort toujours présente lors des années d'Occupation, ce sont aussi les rencontres fortuites et vite violentes dans les « quartiers sensibles » où l'auteur se fait traiter de « vieux con ». Tous ces récits tiennent le lecteur en haleine car si Jean Fabre n'est pas écrivain de profession, il manie la plume avec pugnacité. D'où un style qui, dans ses raccourcis, transmet la force des états émotionnels vécus et maîtrisés par l'auteur.

À juste titre Jean Fabre se défend d'écrire des « Mémoires » ou une autobiographie. Seule une notice biographique, qui évoque son parcours entre l'Indochine et la France de 1921 à aujourd'hui, esquisse la toile de fond sur laquelle s'inscrivent les divers récits du livre. Il transmet à ses proches des éclats de souvenirs qui éclairent sa personnalité au-delà de son image d'homme politique indéfectiblement fidèle à son parti, malgré les échecs reconnus et les critiques assumées. Dans un XXIe siècle où la donne géopolitique a considérablement changé, où les fronts de lutte n'ont cessé de se multiplier, les principes qui avaient animé son combat personnel gardent à ses yeux un sens toujours urgent. « C'était un temps déraisonnable », avait dit Aragon. « C'est toujours — et encore davantage — un temps déraisonnable », dit Jean Fabre. Alors, suggère-t-il, à chacun, où il se trouve, il revient de résister.

Marie-Claire DUMAS

ESSAIS

Claude VIGÉE : *Les Portes éclairées de la nuit.* En collaboration avec Sylvie Parizet (Cerf, 25 €). *Pentecôte à Bethléem* (Parole et Silence, 23 €).

À l'occasion de la remise du Prix de l'Amitié judéo-chrétienne à Claude Vigée en octobre 2006, deux ouvrages ont paru : *Pentecôte à Bethléem*, réédition d'essais majeurs parus entre 1960 et 1987, des *Artistes de la Faim* (1960) à *La Faille du regard* (1987), et *Les Portes éclairées de la nuit*, recueil d'entretiens, essais et récits inédits publiés en collaboration avec Sylvie Parizet. Le premier fait suite à *Être poète pour que vivent les hommes* (Parole et Silence, 2005).

Pentecôte à Bethléem doit son titre à l'essai originellement paru dans *La Manne et la Rosée,* « Pentecôte à Bethléem, ou une affaire de famille » (1986) et concernant le *Livre de Ruth*, où il est question, développe l'auteur, d'« une racine humaine unique » œuvrant pour son salut « en dépit du Mal qui mine et creuse la création inachevée et imparfaite ». Face au drame, la poésie surgit, en dépit de tout, comme parole vive, « langage du futur incontrôlable », car « c'est sous la menace que l'on commence à explorer avec une pleine et douloureuse conscience sa condition de créature vulnérable et mortelle ». La poésie de

Claude Vigée se fonde sur le paradoxe d'une conscience aiguë du tragique, induite par l'Histoire mais aussi par sa propre histoire familiale, et d'une irréductible aspiration à la joie : « En tout lieu nous guettent la maladie, la vieillesse et la mort que le jeune prince Siddharta Gautama rencontra en quittant pour toujours le palais du roi son père. Mais nous sommes aussi lumière, bondissement, cri, chant, et joie native… Que vaut une vie qui ne serait pas orientée fondamentalement vers cette joie ? »

Au cours des entretiens qu'elle mène avec le poète dans *Les Portes éclairées de la nuit*, Sylvie Parizet, qui enseigne la littérature comparée à Paris X-Nanterre, lui permet de revenir sur ses origines familiales alsaciennes, sur le « conflit perpétuel » qui divise ses parents, « piège mortel » dont il lui fallut, enfant, s'extraire, seule solution sans doute, mais qui « donne mauvaise conscience à l'enfant pour sa vie entière… » Claude Vigée y évoque aussi avec beaucoup d'émotion son grand-père Léopold, de Seebach, seul membre de la famille à parler encore à l'époque le judéo-alsacien, qu'il apprend à son petit-fils. « Léopold était une sorte de Prométhée de village » qui n'avait de cesse de faire le pitre, ce qui faisait dire à son épouse Sarah, désabusée : « Moi aussi, je rirais… si le fou n'était pas à moi. » Léopold avait recueilli l'héritage de la « foi de ses ancêtres » d'une façon sincère et naïve, récitant les prières en hébreu sans y entendre goutte : « Je lui demandais alors pourquoi il fallait se lever ou s'asseoir. Et comme il ne comprenait pas la raison précise de ces rites, il me répondait : "Il le faut… parce que *ça, c'est important* !" — argument décisif. »

Ceci constitue la part nostalgique de l'ouvrage, la part pour les larmes, mais on passe aussitôt au rire, avec ce voyage épique à Nice organisé par le père de l'auteur, Robert Strauss, en 1932 : « Les premières grandes vacances », qui font pendant aux « Dernières grandes vacances » — l'été 1939 — contées dans *La lune d'hiver* (1970), de même que le « Cahier parisien » fait écho aux « Cahiers de Jérusalem » (*Dans le creuset du vent*, 2003). Claude Vigée y rend hommage à son père : « Pour lui, comme d'ailleurs pour moi, l'essentiel, dans la vie, est de fuir loin de son travail. La routine, c'est la mort ! » M. Strauss aimait rire et le « coup de tonnerre » provoqué en pleine après-midi du 15 août 1932, alors que tout le monde sommeillait dans la pension de la Comtesse de Luna, par l'écroulement du lit vermoulu de la susnommée « sous les coups de boutoir » de son amant scandinave lui en donna amplement l'occasion : « Les vacances à Nice, comme plus tard celles de Deauville [été 39], sont des aventures d'ordre mytho-poétique. Des événements fondateurs qui créent en chacun la dimension du mythe. Et qui, en dépit des vicissitudes d'un destin souvent contraire, m'ont appris à choisir la vie. » Le savoir livresque, littéraire, chez Claude Vigée, a toujours pris racine dans cet humus existentiel : « Il fallait apprendre à la fois les mots et les choses, à l'aide d'un dialecte fruste, mais riche de significations humaines fondamentales. Il n'y avait pas d'Académie française dans notre petit monde campagnard, et c'était bien mieux ainsi. »

Impossible de détailler dans cette courte note de lecture la richesse de ce livre, où il est question, dans l'entretien qui a pour titre « Expérience spirituelle de la joie et de l'abîme », du paysage rhénan de forêt, de brouillard et de mystère : « Mes poèmes sont sortis de ces courses parce que les balades en bicyclette signifiaient la conquête de la liberté ». La poésie s'y révèle accès au lieu utopique que crée le dire, l'œuvre humaine en nous nous incitant à explorer le « mystère enfoui au plus profond de nous ». Le dialecte alsacien, cette langue de « noms durs et résistants comme des objets » et, plus tard, l'hébreu, « langue du même type, taillée dans la réalité concrète du monde sensible », fournissent la chair verbale de cette poétique : « Ensuite, quand j'ai appris le français, et d'autres langues plus structurées, dont la grammaire, et surtout les verbes, permettent d'articuler des rapports — toute une syntaxe —, alors, à ce moment-là, ce qui était non-dit, indicible, mais déjà disponible s'est tissé pour se lover dans le moule des phrases en obéissant à des mouvements rythmiques. »

Être poète, pour Claude Vigée, c'est « vivre par l'oreille ». Dans les essais qu'il consacre à la littérature, dans *Pentecôte à Bethléem*, l'auteur, universitaire également, étudie la « Genèse de la sensibilité poétique moderne », la réclusion de « l'artiste de la faim » en son ego (ce que Blake nommait « Selfhood ») et la « dévaluation massive des choses » qui lui est concomitante et menace d'asphyxie la poésie moderne : « Le cartésianisme, en exaltant la conscience de soi isolée du monde, prépare la voie à un narcissisme à la fois extatique et analytique, qui triomphera chez Jean-Jacques Rousseau comme chez Laclos et Sade. » Le « refus du monde dans la poésie moderne », fait des mots des « noms purs » abstraits de la réalité des choses et de leur ancrage existentiel : « … ainsi médusés, séparés du monde de la *praxis*, [ils] suggèrent, à travers leur géométrie éblouissante et froide comme des joyaux, cet absolu négatif dont ils sont le révélateur ». C'est alors la « communication humaine » qui est vouée à « défaillance pure et simple ». Heureusement que certains poètes, dont Claude Vigée, au cours de la seconde moitié du XXe siècle notamment, ont réagi à cette « tentation du poète en Occident », en substituant une poésie de l'existence douée « d'une conscience d'autrui plus haute » à cette « interprétation égocentrique d'une existence extérieure sombre et dure ».

La poésie, davantage que sur ce que lui donne l'espace, s'ancre de façon décisive sur la conscience du temps, et plus particulièrement du paradoxe du devenir existentiel qui s'inscrit, chez Claude Vigée (comme chez Blake d'ailleurs), dans une lecture du texte biblique conçu non comme dogme, mais comme poétique : « Quand on lit tel quel le texte mosaïque, on découvre que l'accent y est mis sur la fidélité à une Création imprévisible, soumise à un processus de métamorphose incessant. »

« Vivre par l'oreille », c'est se dégager « d'un espace réduit à une série de surfaces finies » (*Pentecôte à Bethléem*, p. 9), c'est s'extraire du « domaine des apparences ». Devise à méditer dans notre monde enchaîné à l'extériorité médiatique et condamné de ce fait même à un appauvrissement de la parole et de l'existence partagée : « Toute interprétation orale novatrice, tout dialogue fécond et généreux avec autrui sur l'écrit lui ménage un lendemain imprévu : il le ressuscite d'entre les morts. » Claude Vigée parle du « rôle séminal de l'ouïe et de la voix dans l'éclosion de la vie intérieure ».

Voici deux livres dont on ne saurait trop recommander la lecture. L'introduction de Sylvie Parizet aux *Portes éclairées de la nuit* ainsi que le dossier de photographies que contient l'ouvrage en son centre, permettront au lecteur de faire connaissance avec celui qui est un des plus grands poètes de notre époque, ou simplement de le mieux connaître en partageant avec lui la joie et la tristesse de toute existence.

Anne MOUNIC

Pascal RANNOU : ***De Corbière à Tristan* — *Les Amours jaunes* : *une quête de l'identité*** (Honoré Champion, 100 €).

Édouard-Joachim Corbière est connu, sous le nom de plume de Tristan Corbière, pour avoir publié un unique volume de poésie : *Les Amours jaunes* (1873). Né le 18 juillet 1845, en Bretagne, dans un milieu bourgeois hostile à la langue et à la culture locales, il est amené à renier son groupe social d'origine pour embrasser des formes de civilisation marginales (le petit peuple breton, les marins, la bohème parisienne, les prostituées), dans un langage dont la syntaxe bousculée, le rythme haletant, le vocabulaire riche et métissé, les audaces morales et littéraires attestent qu'il s'est libéré des traits culturels normatifs caractéristiques de son éducation. Apprécié par Verlaine, qui le rangea, en 1883, parmi ses *Poètes maudits*, aux côtés de Rimbaud et Mallarmé, Corbière s'était surtout imprégné des *Fleurs du mal* baudelairiennes. De santé fragile, il meurt le 1er mars 1875, sans être parvenu au terme de sa trentième année.

Dans cette même revue, en 1950 (*Europe*, n° 60), Tzara (un autre Tristan) écrivait (« dans un article grave et recueilli, intitulé *Tristan Corbière ou les limites du cri* », note Rannou) que « la volonté d'expression atteint à une sorte d'exaspération verbale qui, loin d'être désordre, est au contraire le déroulement cohérent de la pensée poétique » et il a, à propos du recueil tristanien, la magnifique formule de « livre en forme d'homme ».

S'appuyant sur les travaux de l'ethnologue Sélim Abou, Pascal Rannou, dans cet ouvrage tiré de sa récente thèse, tente de montrer « comment la quête identitaire est le principe organisateur des *Amours jaunes* ». Après un panorama (critique et argumenté) de la bibliographie des travaux sur l'œuvre de Corbière, Rannou démonte la machine stylistique tristanienne dans un quadriptyque analytique. Dans *L'identité contrariée*, il montre comment les procédés linguistiques habituels fonctionnent à vide chez Corbière, la dissociation culturelle dont il est victime l'amenant à refuser violemment les valeurs que son milieu initial lui proposait. Dans *L'identité niée*, nous voyons comment Corbière fait table rase de cet héritage mental insupportable. Avec *Le désarroi identitaire*, apparaissent des textes nihilistes où le déracinement et l'exil sont posés en principes créateurs. Enfin, dans *L'identité retrouvée*, Tristan se recompose en adhérant à des groupes culturels dont son origine aurait normalement dû lui interdire l'accès. Et c'est grâce à cette stabilité retrouvée que Corbière, selon Rannou, a pu conférer à son recueil cohésion et cohérence, deux remparts contre le risque d'« éclatement mental » qui menace l'être assailli par des expériences de l'ordre de celle vécue par Édouard-Joachim-Tristan.

En violentant la langue poétique en vigueur à son époque, Corbière qui avait « pris conscience de son aliénation, […] de sa difficulté d'être », a su et pu se libérer de la névrose identitaire qui le guettait. Le travail de Pascal Rannou met intelligemment en lumière tout « le chemin que Corbière a parcouru pour devenir Tristan ».

Philippe FRÉCHET

Isabelle KRZYWKOWSKI : ***Le Temps et l'Espace sont morts hier. Les années 1910-1920 : Poésie et poétique de la première avant-garde*** (Éditions L'improviste, 24 €).

Avant le surréalisme, qu'y avait-il ? Telle est la question à laquelle cet essai tente de répondre en examinant la poésie de la décennie 1910-1920, sur le plan international. Plus précisément, Isabelle Krzywkowski affirme que le surréalisme, par ses choix esthétiques et politiques, a occulté les recherches de la génération qui l'a précédé, Dada y compris. Mais cela ne signifie pas que celles-ci aient totalement disparu. À preuve leur résurrection au départ des néo-avant-gardes des années 1950-1970, et ensuite leur redécouverte par la génération la plus récente de poètes expérimentaux.

Comment et pourquoi l'escamotage s'est-il produit ? Il convenait d'y aller voir de plus près, en comparatiste, c'est-à-dire du point de vue le plus large possible. D'abord en reconsidérant la périodisation en histoire littéraire, qui pose traditionnellement une coupure radicale des générations et des esthétiques au moment de la guerre, en faisant de Dada une conséquence du premier conflit mondial, alors qu'il apparaît plutôt comme un aboutissement du bouleversement radical dont le sommet se situe en 1913. Ensuite en parcourant les techniques, voire les mythes de cette avant-garde allant du Futurisme en Italie, au Cubo-futurisme en Russie, à l'Expressionnisme en Allemagne, jusqu'à Dada dans toute l'Europe. La machine y est un motif esthétique plutôt que thématique ; le manifeste une théorie-pratique de cette avant-garde. Faisant écho aux découvertes scientifiques, le temps et l'espace y sont l'objet de divers traitements poétiques, du cosmique au spatial, du simultanéisme à la synthèse. Isabelle Krzywkowski définit chacun de ces concepts selon la terminologie de leurs promoteurs, qu'elle confronte à leur production pour en montrer les limites ou les impasses. Elle ne cache pas sa passion pour les expériences d'Henri-Martin Barzun, objet d'un véritable coup de foudre, qui méritent effectivement une reconsidération, et qui furent à l'origine des poèmes simultanés de Tzara et de ses amis dadaïstes. La troisième partie, la plus neuve me semble-t-il, porte sur « l'écriture comme matière », en d'autres termes sur la matérialité de cette poésie, sa conception du rythme, de la répétition (avec l'exemple paradoxal de Gertrude Stein, en ce sens qu'elle semble appartenir à la modernité plus qu'à l'avant-garde) et de l'abstraction. Élargissant le compas, la dernière partie envisage la réflexion sur le langage menée par ces poètes qui avaient nom Marinetti, Kroutchonykh, Stramm, Tzara. Elle porte d'une part sur le primitivisme comme refus du rationalisme et recherche de l'universel, insertion du corps dans le dire poétique ; sur les diverses formes de l'oralité (dans la poésie écrite) d'autre part : travail sur les sons, matérialisation graphique des effets sonores, mise en espace. Cette poésie s'inscrit en faux contre les principes de la linguistique saussurienne : linéarité, arbitraire du signe, etc. et elle aboutit étrangement à la déshumanisation du langage, ce contre quoi le surréalisme réagira. Le chapitre de conclusion s'interroge sur la fin (possible) de cette avant-garde par une comparaison des œuvres d'Apollinaire, Marinetti et Auguste Stramm devant l'épreuve de la guerre. Il s'agit alors de dire le réel par des moyens proprement poétiques et, finalement, exprimer l'indicible.

Pour examiner cette poésie en elle-même, Isabelle Krzywkowski a dû l'isoler comme on isole un spécimen sous le microscope, en écartant l'idéologie ambiante. Toutefois, on peut se demander si ce n'est pas l'idéologie qui l'animait et dont elle était porteuse qui fut la cause de son occultation temporaire : les dérives nationalistes du Futurisme, voire de l'Expressionnisme, leur refus de prendre en compte la demande sociale appelaient un dépassement incarné en France par l'Unanimisme et le groupe de l'Abbaye puis, plus massivement et d'une façon déterminante, par le surréalisme qui lui-même devait s'internationaliser.

Après tant de travaux ponctuels sur chacun des aspects évoqués ci-dessus (dont la bibliographie rend largement compte), le besoin se faisait sentir d'une large synthèse englobant les œuvres de la plupart des pays européens durant cette décennie prodigieuse. Une poétique universelle, en quelque sorte. Il faut remercier Isabelle Krzywkowski de nous l'avoir fournie avec intelligence, sensibilité, et surtout, sous-jacente, cette connaissance de l'actualité poétique contemporaine. Si bien qu'à la formule de Marinetti « le Temps et l'Espace sont morts hier » on serait tenté, à la manière de Desnos, d'opposer celle-ci : « le Temps et l'Espace sont morts demain ».

Henri BÉHAR

Hélène L'HEUILLET : ***La psychanalyse est un humanisme*** (Grasset, « Nouveau collège de philosophie », 12 €).

Que l'homme soit irréductible au statut commode d'étant disponible ou d'objet à traiter par des techniques valables seulement pour les êtres de la nature est une leçon, déjà ancienne, que ce bref et incisif essai a, par les temps qui courent, le courage de rappeler. Que la psychanalyse puisse revendiquer le statut de « science » ne veut en rien dire que son « objet » d'étude puisse se réduire aux structures « objectives » et réifiantes que les sciences de la nature étudient et manipulent. L'incompréhension de Sartre à l'égard de Lacan et des structuralistes — leur reprochant d'oublier que l'homme « est autre chose que ce qui le fait être ce qu'il est » — ne doit pas faire oublier le socle commun de questions qui ne cessent de se poser non seulement aux philosophes mais primordialement à tous ceux qui ont en charge leur être (générique et singulier). Quel humanisme ? Celui que Sartre, lors de sa célèbre conférence d'octobre 1945 *(L'existentialisme est un humanisme)*, revendiqua en le bouleversant, celui des Lumières, celui inauguré par Pétrarque à l'aube de la modernité ? Tout cela, en partie, mais aussi et avant tout un humanisme de « l'autre homme » (Levinas) tenant compte des apports des recherches freudiennes sur la nature du psychisme. Pratique issue de la clinique, la psychanalyse a affaire à l'homme envisagé dans sa totalité détotalisée et jamais totalisante d'être désirant et souffrant, libre et empêtré dans des relations à lui-même et aux autres et non point à une quasi-machine qu'il s'agirait de remettre sur ses rails afin qu'elle retrouve les chemins d'un « bon » fonctionnement. Derrière tout être souffrant se love un sujet en proie à ses maux (*sujet à* mais aussi *sujet de*), capable, ne serait-ce que sur un mode crypté, de les adresser par leur mise en paroles. À négliger cette prise en compte fondamentale du sujet, les modernes, et de plus en plus régnantes, « psychagogies » (comportementalistes, cognitivistes...), fortes de leurs succès apparents, procèdent à une réduction violente de l'être-homme à une chose à traiter.

Ce court essai, clair, incisif, aussi philosophiquement questionnant que savamment informé, a le mérite de nous rappeler qu'il n'y a pas de solutions miraculeuses à l'existence incarnée des sujets que nous sommes. Rien à attendre de l'extérieur, tout à patiemment élaborer dans le commerce des autres, à partir de notre singularité, de nos désirs et savoirs. De nos dires et délires, de nos pouvoirs et impotences de sujets en quête d'une liberté difficile et sans cesse à inventer. Oui, la psychanalyse, lue sous cet angle, est bien partie prenante d'un « humanisme » toujours et encore à inventer à l'horizon de nos modernes déconvenues.

Francis WYBRANDS

Jean-Yves TADIÉ : ***De Proust à Dumas*** (Gallimard, 23 €).

Dans ce recueil d'articles, de préfaces, de recensions et autres écrits égrenés au fil d'un demi-siècle, en marge d'une œuvre majeure de critique littéraire et d'éditeur, on voit d'abord la chance d'accéder facilement à ces textes dispersés sans avoir à rechercher une collection complète de la *NRF*, de *L'Express*, de *French Studies* ou des livrets-programmes de l'Opéra Bastille. S'en réjouiront tous les lecteurs épris de Dumas ou de Proust, mais aussi de Mallarmé, de Giraudoux, de Sarraute, du genre romanesque et de ses débordements tant cinématographiques qu'opératiques, et de tout ce qui touche à la littérature française ou éventuellement anglaise — curiosités croisées que Jean-Yves Tadié ne se contente pas d'additionner, car il est de ces gens qui savent « multiplier ce qu'ils savent par ce qu'ils savent », et qui sont aussi avides de raccourcis lumineux, par exemple : « le mot "chien" ne mord pas », ou « la simplicité est une ruse du mystère ».

Les admirateurs de Jean-Yves Tadié en feront une deuxième lecture : chasseur d'autobiographes (non seulement Proust, mais Dumas, mais Marcel Raymond), il refrène mal, à l'approche de la retraite, la tentation de l'autobiographie. Déjà, il avait découvert plusieurs pans de son enfance et de sa vie dans la belle collection « L'Un et l'Autre », reprenant à Jules Verne ses propres mots en titre : *Regarde de tous tes yeux, regarde !* (Gallimard, 2005). Aller « de Proust à Dumas », et non l'inverse : ce retour vers la littérature de sa jeunesse n'est-il pas un signe ?

Loin de lui la fatuité des auteurs de Mémoires, et, comme il l'écrivait à propos d'un livre de Julien Gracq, « Rien de personnel, mais toute la vie, comme si la vie n'était que dans les livres. » Jean-Yves Tadié l'avoue dans la préface : « Nous sommes des enfants de la plume, qui écrivons, lisons, vivons des livres. » Le voici donc enfant dans la bibliothèque familiale, lecteur précoce ; élève des Jésuites, en première à quinze ans, et qui en est déjà à Mallarmé si bien que son professeur le prend à part et lui demande « de ne pas dire du mal de Lamartine en cour de récréation » ; normalien à vingt ans et bientôt collaborateur de la *NRF*, sa biographie semblant dès lors se confondre avec sa bibliographie.

Entre ce critique, et tel et tels autres, quelle est la différence ? « Certains sont des écrivains, d'autres, non. » On peut ainsi déchiffrer, en filigrane dans ce recueil, quelque chose comme : « Anch'Io sono scrittore ». Ainsi s'explique la présence, au milieu du volume, d'une trop brève section intitulée « Voyages », qui nous promène des rives du Nil à celles de la Tamise. Je ne résiste pas au plaisir de rapprocher la montagne des morts à Louxor que « le soleil console de l'absence éternelle de la neige par l'autre neige rose de sa lumière » et la tournée du laitier à Londres, qui dépose à la Noël, « dans la blancheur du matin, des bouteilles de neige ».

Est-il indiscret de révéler que Jean-Yves Tadié dirigea l'Institut français de Londres après celui du Caire, où il connut sa femme, Arlette Tadié, elle-même écrivain et arabisante distinguée ? Qu'il aille plus loin dans le souvenir et la confidence, ou qu'il donne dans la fiction, Jean-Yves Tadié nous doit maintenant une œuvre de création. Allons, encore un pas, c'est notre vœu, et que les armes de la critique cèdent devant la plume de l'écrivain.

Jacques BODY

Irène LANGLET : *La science-fiction, lecture et poétique d'un genre littéraire* (Armand Colin).

Au moment même où paraît aux éditions Bragelonne le premier colloque de Cerisy sur *Les nouvelles formes de la science-fiction,* Irene Langlet, maître de conférence en littérature comparée à Rennes nous offre un « grand manuel de synthèse » concernant ce genre littéraire. Elle le fait avec brio en développant et en enrichissant le travail de recherche de Richard Saint-Gelais, auteur québécois de *L'Empire du pseudo — Modernités de la science-fiction* (Éditions Nota Bene, Québec, 1999). Elle aborde le genre sous divers angles. Comme fonctionnement original d'un dispositif, destiné à des lecteurs qui se voient incités à intégrer, à leur « encyclopédie intellectuelle », des éléments qui leur permettent une « expérience de pensée ». Ceci en articulant l'aspect narratif original et une « distanciation cognitive ». Cet aspect est très bien analysé dans les chapitres I et II de la première partie, la plus innovante. Le tout aboutissant à des créations d'univers assez lointains (dans l'espace, le temps, le présent, le passé, l'ailleurs…) mais assez familiers pour que l'on ne s'y perde pas. Le lien entre les deux mondes devant être à la fois ténu et susceptible de provoquer ce fameux *sense of wonder*, ce qui fait de la SF une « merveilleuse machine textuelle ». La démonstration lumineuse devrait aisément convaincre les grincheux de tout bord qui refusent le statut de littérature à la SF au nom d'une prétendue « littérarité » — hypostase dont elle serait, par essence, dépourvue.

Le texte d'Irène Langlet n'est pas une somme théorique abstraite. Elle s'appuie sur des textes de toutes les époques de la SF, qu'elle analyse avec subtilité, déconstruisant une histoire superficielle (uniquement chronologique) du genre, au profit d'une exploration en profondeur. Pour la partie théorique de sa démarche elle se fonde sur quatre romans dont elle donne *in fine* les synopsis. Il s'agit de *Neuromancien* de W. Gibson (1984), de *L'Usage des armes* de I. Banks (1990), *Des Milliards de tapis de cheveux* de A. Eschbach (1995) et de *Chronique du Pays des Mères* d'E. Vonarburg (1999). Quatre romans de la dernière décennie, et représentatifs d'une mondialisation du genre puisque nous avons un États-unien, un Anglais, un Allemand et une Québécoise.

Un ouvrage de bonne tenue, roboratif, subtil dans ses analyses et qui s'adresse aussi bien aux étudiants en littérature qu'aux amateurs. Il se livre aussi à tous ceux qui ont le goût de la découverte de mondes imaginaires et qui s'interrogent parfois sur le fonctionnement de ces merveilleuses machines qui les mettent au jour.

Roger BOZZETTO

André BOUCOURECHLIEV : ***À l'écoute.*** Textes choisis et présentés par Jean Ducharme (Fayard, 19 €).

« La musique est une aventure. » Le compositeur André Boucourechliev, qui nous a quittés en 1997, n'est pas le seul à conseiller à l'auditeur, à l'amateur de découvertes, une écoute active. Son aîné Luigi Nono, avec qui, à Venise, il parlait pendant des heures — et en dialecte vénitien, lui qui était Bulgare d'origine —, n'avait-il pas nommé *Verso Prometeo,* créé à l'église San Lorenzo en septembre 1984, « Tragédie de l'écoute » ?

Plusieurs musiciens, dans le courant de « l'œuvre ouverte » de Umberto Eco, lançaient l'imagination des interprètes dans le sillage de la leur et demandaient au public de partager leur rêve. Ce rêve et ces jeux n'effaçaient pas la douloureuse mémoire de la guerre encore proche et l'intolérance dans le monde. Autour des années soixante, des compositeurs prolongèrent les témoignages, en quête de la non-violence. Pour d'autres, de Penderecki à Messiaen, la musique était aussi une expression de leur foi. Derrière John Cage, le grand aîné, tous cherchaient le vierge « aujourd'hui ». Dans *Thrène*, pour la mort d'un enfant, André Boucourechliev s'appuyait sur Mallarmé et demandait à Roland Barthes d'être son récitant. Luciano Berio travaillait avec Edoardo Sanguineti, Girolamo Arrigo suivait la pensée de Bruno Levi…

André Boucourechliev lorsqu'il devenait écrivain, liait l'intuition, le sentiment admiratif, la clarté de l'analyse et la rigueur historique. Ses essais, ses livres proches de nous — sur Schumann, Chopin, Debussy — gardent leur force, leur poésie. Pierre Boulez ouvrit à André Boucourechliev compositeur les portes du « Domaine musical ». Musicien engagé dans son temps, comme il aimait le dire, Boucourechliev, était passionné par l'œuvre des autres ; on le voyait à tous les concerts contemporains — Darius Milhaud aussi manifestait cette qualité d'attention. Il découvrait les créations de Stockhausen, Berio, Maderna, Nono, Betsy Jolas, Gilbert Amy, Dieter Schnebel, Xenakis… Il n'a cessé d'écrire pour prolonger ce qu'il avait écouté. Il disait : « Écouter n'est pas subir, mais agir : se confronter incessamment à cet autre univers. Aimer telle œuvre veut dire, finalement, que la confrontation a été positive, c'est le signe, la révélation d'une concordance entre deux actions. »

Ce recueil d'articles nous fait tout revivre — et pour ceux qui n'ont pas écouté les créations en ce temps-là, il est une consolation : beaucoup d'œuvres sont toujours programmées au concert. Les interprètes changent, le public s'est familiarisé avec les langages de cette époque.

Ce livre est précieux et il est plein de charme, de brio, d'intelligence. Il recueille des articles parus dans *Esprit, La NRF, Preuves, Harmonie, Réforme.* Voici publiés aussi des tapuscrits, plus difficiles à apprécier, inachevés souvent. « Écrivain de la musique », André Boucourechliev vécut ces temps d'effervescence ; on tendait l'oreille pour mieux comprendre, on fuyait quelquefois, devant la violence du monde sonore exploré.

Ce qui me trouble — et nous trouble souvent dans les écrits critiques de Debussy —, c'est la subjectivité qui ne peut s'empêcher de se frayer un passage dans la volonté de demeurer objectif. La passion intérieure du compositeur donne au style sa persuasion mais change parfois la perspective. C'est aussi ce qui rend vivant le témoignage du critique. André Boucourechliev était médiateur et poète…

Martine CADIEU

Jean CHOLLET : *André Acquart, architecte de l'éphémère.* Préface de Laurent Terzieff (Actes Sud, 40 €).

Beaucoup d'ouvrages sur le théâtre sont publiés chaque année en France. Pièces anciennes ou contemporaines, essais, travaux d'histoire du théâtre, études et biographies consacrées à tel ou tel dramaturge, metteur en scène ou acteur. Force est de constater néanmoins que certains domaines sont délaissés par l'édition. Parmi ces domaines, il faut citer en particulier le travail de ces artisans pourtant indispensables à la pratique du théâtre que sont les éclairagistes, décorateurs et scénographes. Il y a là un paradoxe si l'on songe que notre époque théâtrale se caractérise précisément par une coexistence tout à fait inédite de structures scéniques, et je dirai même de logiques scéniques diverses et contradictoires. Scènes à l'italienne ou tréteau, scène centrale ou bifrontale, plateau nu ou décor naturaliste, tout est possible, tout existe aujourd'hui, tout est accepté par un public de plus en plus tolérant et complice. Cette situation ne rend que plus flagrant le déficit de réflexion dans ce domaine pourtant capital. Car si, l'acteur modifie, par son jeu, l'espace scénique, s'il crée ce qu'Aristote appelait son lieu, il le fait à partir d'une structure conçue par un autre. Le scénographe doit être capable d'imaginer et de réaliser un espace cohérent où pourront se rencontrer Antigone et Créon, Don Juan et Sganarelle, Figaro et le comte Almaviva. La principale qualité du scénographe est la justesse. Comme l'éclairagiste, il doit s'employer à être juste vis-à-vis de tous ceux qui rendent possible la représentation théâtrale. La scène doit servir l'auteur, doit être complice des choix du metteur en scène, doit permettre le déploiement du jeu des comédiens, doit dire au public quelque chose de la pièce.

Pour découvrir la scénographie contemporaine, on pourra lire avec profit la monographie que Jean Chollet vient de consacrer à l'un des plus grands noms actuels de la discipline : André Acquart. Lui-même architecte de formation et diplômé d'études théâtrales, directeur de la publication de la revue *Actualité de la scénographie* pendant plus de vingt ans et critique dramatique, Jean Chollet est une autorité incontestée, en particulier dans le domaine des études sur la scénographie. Nul, sans doute, n'était mieux placé que lui pour mettre en lumière une œuvre originale et foisonnante comme celle d'André Acquart. Retraçant la vie du scénographe de son enfance à nos jours, c'est plus d'un demi-siècle d'une existence vouée au théâtre que déroule devant nous Jean Chollet, d'une existence qui marquera en profondeur l'art dramatique. André Acquart fut en effet l'un de ceux qui, dans les années cinquante et soixante rompirent avec une conception picturale du décor de théâtre : le but du décor désormais ne sera plus simplement d'illustrer le texte, mais de l'exprimer.

Deux créations auxquelles a participé Acquart ont bouleversé la vie théâtrale française de cette période. En 1958, en pleine guerre d'Algérie, Jean-Marie Serreau souhaite monter *Le Cadavre encerclé* de Kateb Yacine. Il fait appel pour concevoir la scène à André Acquart, qui a vécu de nombreuses années à Alger. Le décor est une évocation d'une rue d'Afrique du Nord, loin de toute reproduction naturaliste et de tout relent d'exotisme, avec des contrastes marqués entre les ombres et les lumières. L'arbre mort auquel s'adosse Lakhdar pour parler d'entre les morts était l'une des plus remarquables trouvailles de cet admirable décor. Huit ans plus tard, c'est à un autre événement théâtral considérable qu'André Acquart est associé. Le 16 avril 1966, jour de la création à l'Odéon des *Paravents* de Jean Genet dans une mise en scène de Roger Blin, est en effet une date importante dans l'histoire du théâtre au XXe siècle, et Acquart y est pour quelque chose. Les décors et les costumes qu'il avait conçus ont tellement marqué les esprits que c'est aujourd'hui encore à eux que l'on songe immédiatement quand on évoque son œuvre. Ce qui est d'autant plus réducteur qu'il n'existe pas de « style Acquart ». Il explore tous les univers visuels, utilise tous les matériaux. Pour *Les Nègres* de Jean Genet qui avaient été mis en scène en 1959 par Roger Blin, Acquart imagine un extraordinaire échafaudage constitué de tubes d'aspect dégradé. L'année de la création des *Paravents*, il réalise pour Jean Tasso, qui met en scène le *Marat-Sade* de Peter Weiss, un assemblage constitué d'une multitude de praticables de bois enchevêtrés, qui forment néanmoins une scène parfaitement lisible. En 1969 enfin (pour ne donner que ces trois exemples), pour le *Suréna* de Corneille que Gignoux monte au TNS, Acquart fait jouer la lumière et les ombres grâce à des panneaux métalliques verticaux, plans ou convexes. Quoi de commun entre ces trois décors ? Rien d'autre qu'une exigence commune : que la forme se crée de l'intérieur, que la scène soit un dialogue entre le texte et le jeu.

Grâce à ce livre somptueusement illustré et dont le texte est d'une rare tenue, ce sont des dizaines de spectacles que nous revivons par le souvenir ou l'imagination, tout en découvrant l'œuvre d'un artiste contemporain remarquable.

Karim HAOUADEG

POUR N'EN JAMAIS FINIR AVEC ARTAUD

Exposition (BNF) et gamme de publications

Surprenante conjonction nouvelle, et pas seulement éditoriale, autour d'Antonin Artaud. La fin de l'année 2006 ne correspondait pourtant à aucun anniversaire directement exploitable, et n'entrait guère dans l'impérieux calendrier des commémorations obligées. Force est d'admettre qu'une telle floraison, assez inattendue après les célébrations multiples des années 1990, répondait à une véritable nécessité. Comme si les parutions et expositions de naguère, à Paris, à Marseille ou à l'étranger, n'avaient pas permis de tout dire et tout révéler, et qu'il était devenu impératif de créer des exutoires pour ce trop-plein.

S'il fallait à tout prix détecter un signe déclencheur de cette marée soudaine, on pourrait l'associer à une disparition récente, et qui ne fit pas grand bruit : celle de Colette Thomas en octobre 2006, à l'âge de 88 ans. Elle était la dernière — après Paule Thévenin et Marthe Robert — de celles qu'Artaud avait appelées ses « filles de cœur à naître ». Très belle (tous en ont témoigné) et psychiquement fragile, elle fut la première épouse d'Henri Thomas, et rencontra avec lui Artaud à Rodez, avant de le retrouver à Paris et à Ivry. Son influence sur elle fut si forte que, dès avant le décès du « Mômo », elle bascula dans un délire dont elle ne devait plus sortir. Non sans avoir publié, sous le pseudonyme de « René », un livre étrange, *Le Testament de la fille morte*, très imprégné de l'inspiration d'Artaud [1]. Jusqu'à sa mort, Colette Thomas allait garder le silence et, si quelques-uns purent aller la saluer (elle vivait retirée dans le Midi, chez son frère), nul ne parvint à l'interroger ou à la filmer, ni à obtenir qu'elle parle d'Artaud. Il avait fait d'elle un portrait qu'on a pu voir (catalogue p. 91) dans la récente exposition de la Bibliothèque nationale de France [2].

Quelle a donc été, après tant d'autres, la raison d'être de cette exposition ? Les manifestations antérieures, du moins en France, portaient le plus souvent sur un seul des visages d'Artaud : ses dessins, ses manuscrits, son calvaire psychiatrique. À Tolbiac et sur une ample surface (900 m²), on a tenté, non pas d'absolument tout dire et montrer (aucune volonté d'exhaustivité), mais de regrouper ses principales facettes. Jusqu'ici, la plupart du temps, on tendait à privilégier l'Artaud des asiles et des derniers mois à Ivry. En raisonnant comme si tout ce qui avait précédé l'internement de 1937 — le surréalisme, le théâtre, le cinéma… — était de moindre importance et ne méritait pas qu'on s'y attarde. Guillaume Fau, le concepteur et commissaire de la manifestation de la B.N.F., a pris le parti de ne laisser dans l'ombre aucune des grandes étapes de cette vie tumultueuse. Le grief de surabondance excessive qui lui a été adressé par un journaliste du *Monde* (17 nov. 2006) nous semble infondé. Il était légitime qu'une exposition rende enfin justice à la pluralité des visages d'Artaud, sans faire l'impasse sur telles étapes de son parcours.

Ainsi du cinéma. L'habitude s'était prise d'oublier tous les films (une vingtaine) où il avait tenu de petits rôles et qu'on jugeait (un peu vite) négligeables parce que supposés juste « alimentaires », pour ne retenir comme seuls mémorables que le Marat du *Napoléon* de Gance et le moine de la *Jeanne d'Arc* de Dreyer. Déjà en 2005, Dominique Païni avait entrepris, pour une exposition donnée à Düsseldorf et à Milan, de réparer cet oubli en montrant des extraits de films tournés avec L'Herbier, Pabst ou Fritz Lang. C'est un parti que nous appelions de nos vœux depuis longtemps, pour l'avoir esquissé jadis, dans un film de télévision intitulé *A. Artaud: le visage* (INA, 1974). Que le projet se soit aujourd'hui matérialisé et que les divers travaux d'Artaud pour le cinéma (scénarios, critiques, ébauches multiples) ne soient plus tenus pour des activités mineures et d'intérêt quasi nul, il faut en savoir gré à l'exposition de la B.N.F. et à son responsable. En soulignant que le catalogue fait superbement écho à cette réorientation.

Autre entreprise d'envergure et visant clairement, elle, une presque exhaustivité : la monumentale biographie — un millier de pages — publiée par Florence de Mèredieu (*C'était Antonin Artaud*, Fayard, 2006). Dans ce registre, il y avait eu au moins deux devanciers, Jean-Louis Brau (La Table Ronde, 1971) et Thomas Maeder (Plon, 1978). Une génération plus tard, il était légitime de vouloir tout reprendre à la base, en raison de la foule d'éléments nouveaux recueillis depuis lors. Dans un préambule alerte — « Pour en finir avec toute biographie » — l'auteur affirme catégoriquement qu'« une biographie d'Artaud

1. René, *Le Testament de la fille morte*, Gallimard, 1954 (épuisé). Dans le catalogue de l'exposition de la B.N.F., Guillaume Fau mentionne (p. 91) l'existence, au département des manuscrits (dont il est le conservateur), d'une copie dactylographiée du livre signé « René », avec des commentaires élogieux de la main d'Artaud.

2. Sur Colette Thomas, voir aussi l'article de Claire Paulhan dans *Le Monde* des 5 et 6 novembre 2006. Article nécrologique et remarquablement informé.

constitue d'une certaine manière un non-sens » (p. 22). Puis enchaîne, dans la foulée, sur une considération à peine moins tranchée : « Mais le fait même, pour cette biographie, d'être problématique la rend nécessaire » (*ibid.*). Admettons, et aussi que « toute biographie a quelque chose d'obscène » (p. 34). Ainsi parée contre les objections, l'enquête peut prendre son envol.

Elle est conduite avec une extrême minutie, dès le premier chapitre (« Les enfances »), et s'arrêtera net à la mort d'Artaud, le 4 mars 1948, sur un constat à la fois prudent et ouvert : « Artaud et ses œuvres n'en ont, eux, pas terminé avec les vivants. Mais ceci est une autre histoire. Qui appellerait d'autres développements » (p. 1017). Sagesse du procédé. L'auteur a dépouillé un nombre inouï de livres, de documents, de manuscrits. Elle s'y réfère en évitant les trop longues citations, et parvient à tenir le cap sans se laisser submerger. Il en résulte un bout à bout (rédigé quasiment au fil de la plume) d'informations à peu près maîtrisées, qui alternent avec, de loin en loin, des analyses solides ou brillantes. La meilleure part du livre, à coup sûr, est faite des chapitres qui traitent de la période des asiles, et de Rodez surtout. Rodez à cause de la question des électrochocs : Florence de Mèredieu y a naguère consacré un ouvrage (*Sur l'électrochoc, le cas Antonin Artaud*, Éditions Blusson, 1996). Ici, elle s'applique à démontrer qu'à Ville-Évrard déjà, les psychiatres envisagèrent — à la demande de la mère d'Artaud — d'utiliser l'électrochoc, et peut-être même de le pratiquer sur lui une ou deux fois avant le transfert à Rodez.

Sur le personnage du Docteur Ferdière, sur la sexualité d'Artaud, de nombreuses pages entraînent l'adhésion. À peine est-on gêné (mais le grief concernerait plutôt l'éditeur) par l'absurde statut des notes rejetées en fin de chapitres, et donc irrepérables sauf recherches lassantes. Par ailleurs, il était inévitable que le brassage d'une masse d'informations à ce point vertigineuse entraîne quelques erreurs ou bavures. On ne s'y attardera pas ici, sauf dans un cas précis : pour déplorer une fâcheuse confusion entre le café Cyrano, haut lieu du surréalisme, et la pièce de Rostand (p. 294). Plus grave : l'auteur, à diverses reprises, n'évoque Breton et son groupe qu'en termes sévères ou acerbes : « André Breton et sa clique » (p. 264) — « le roi (ou le Pape) de cette institution, avec son cortège d'académismes » (p. 281). Ces jugements sans nuances sont d'autant plus surprenants qu'ils s'écartent des analyses, sur le même sujet, d'une autre « spécialiste » d'Artaud, Paule Thévenin.

Sous le titre *Antonin Artaud : fin de l'ère chrétienne* (titre emprunté au n° 3 de *La Révolution surréaliste*, 1925, conçu et presque entièrement rédigé par Artaud), les éditions Lignes / Léo Scheer viennent de publier un ensemble de textes de Paule Thévenin. Textes restés jusqu'alors largement inédits et portant sur la relation d'Artaud avec le surréalisme et avec André Breton. Il n'est pas exact — comme l'a écrit un journaliste du *Monde* (17 nov. 2006) — que cet ensemble n'ait pas été daté par l'éditeur. Le préfacier du volume, Michel Surya, indique clairement que ces textes furent écrits « selon toute apparence dans le début des années soixante-dix » (p. 17). Même sans cette précision, le lecteur s'en serait avisé à bien des indices : grâce en particulier à de multiples références à des études ou livres parus entre 1970 et 1972 (Barthes, Blanchot, Kristeva, Sollers et surtout Derrida). Enfin, telle allusion à un événement donné pour récent, et qui se produisit précisément en 1971, lève les derniers doutes : la redécouverte de la brochure *Point Final*, qui avait clôturé en 1927 la querelle d'Artaud avec les surréalistes.

Pourquoi Paule Thévenin n'avait-elle pas publié elle-même ces pages ? Michel Surya impute ce renoncement à un « scrupule excessif » et à un esprit de « sacrifice » : elle aurait, selon le préfacier, considéré que son rôle était de « faire lire » Artaud, et non pas de le « lire », de proposer sa propre lecture. Explication séduisante, mais discutable. En fait,

Paule Thévenin avait laissé publier en 1992 (de son vivant) une quarantaine de ces pages — sous le titre « L'automatisme en question » — dans un recueil collectif, *Folie et psychanalyse dans l'expérience surréaliste* [3]. Il est vraisemblable qu'elle se proposait de reprendre ou de compléter certains chapitres, et qu'elle considérait l'ensemble comme inachevé ou perfectible.

Avec le recul des années, diverses erreurs factuelles sont repérables dans le volume d'aujourd'hui : à propos de *La Coquille et le Clergyman* (p. 209), de *L'Âge d'or* et du *Sang d'un poète* (p. 214-215, n. 34) ; et tel texte attribué à Vitrac est en réalité d'Artaud (p. 167, n. 63). Mais ces quelques bavures peuvent être tenues pour négligeables en regard de la qualité d'ensemble de ces pages. Elles révèlent une connaissance approfondie des écrits surréalistes et, d'autre part, des théories freudiennes. Le projet global était de nature, pourtant, à éveiller une certaine méfiance. On pouvait craindre qu'afin de porter Artaud au pinacle, Breton et le surréalisme soient incidemment plus ou moins malmenés (comme, on l'a vu, par Florence de Mèredieu). Or Paule Thévenin a évité cet écueil. Breton et les siens ne sont jamais piétinés ni dévalorisés, bien au contraire. De pertinentes analyses sont consacrées à Artaud et Leiris, ou encore à Artaud et Joyce. Même si certains chapitres sont très « derridiens » — et l'auteur ne cache pas sa dette envers lui (p. 200, n. 20) — d'autres développements — sur les femmes (Génica, Cécile, Anie) ou sur les psychiatres (Allendy en particulier) — rendent un son très personnel. Au point qu'on ne sera sans doute pas toujours d'accord avec telles interprétations des rêves d'Artaud. Mais il n'empêche : cet ensemble, même imparfait, est de bonne tenue et n'a rien de fonds de tiroir. L'écriture en est attentive et soignée, et on a eu raison de le publier. L'image qu'on pouvait s'être faite de Paule Thévenin — celle d'une « vestale » touchante mais rigide et peut-être limitée — s'en trouve ici heureusement corrigée.

Reste encore à signaler une double publication gallimardienne, moins considérable en volume, mais d'intérêt certain. À défaut de la publication des derniers tomes des *Œuvres complètes*, tels que les avait préparés Paule Thévenin, mais qui restent apparemment bloqués par la volonté obstinée d'un ayant droit, on nous présente une sorte de lot de compensation : le fac-similé de l'un seulement des 406 carnets d'Artaud recueillis par la B.N.F. C'étaient, on le sait, de très humbles cahiers d'écolier, chacun d'une cinquantaine de pages quadrillées. Le choix s'est porté sur un des tout derniers cahiers, rédigé à Ivry en janvier 1948 (Artaud allait mourir le 4 mars), et il est reproduit scrupuleusement à l'identique, graphie et dessins, et jusqu'aux salissures. Un second fascicule propose une transcription du cahier, due à Évelyne Grossman. Le tout est regroupé sous une jaquette aux allures de la fameuse collection « blanche », celle-là même des *Œuvres complètes* suspendues. Publication originale et hors normes, répondant à un objectif qui apparaît clairement dans la préface (p. 12) : le travail éditorial antérieur de Paule Thévenin y est nettement remis en cause (après un rapide hommage à sa « ténacité »). Son erreur, selon Évelyne Grossman : avoir tenté d'ordonner, de reconstruire le chaos des manuscrits, au lieu de respecter simplement leur « désordre », et d'avoir introduit un ordre artificiel qui trahit le jaillissement de l'écriture d'Artaud. La querelle ainsi cherchée à la précédente éditrice n'est pas sans fondement. Au surplus, elle est

3. Collectif (sous la direction de Fabienne Hulak), *Folie et psychanalyse dans l'expérience surréaliste*, préface d'Alain Jouffroy, Z'Éditions, Nice, 1992, coll. « Le Singleton / Art et psychanalyse ». Textes de Marguerite Bonnet, André Breton, Marie-Claire Dumas, Étienne-Alain Hubert, Paule Thévenin...

formulée avec modération et habileté. Observons toutefois que ce type de différends n'est pas neuf. Il s'est élevé déjà presque dans les mêmes termes — toutes proportions évidemment gardées — à propos des *Pensées* de Pascal, et le débat dure depuis des siècles. Mais l'idée de donner à apprécier le problème aux profanes par le biais d'une élégante mini-publication constitue une trouvaille digne d'être saluée.

En parallèle et à l'intention justement des profanes, signalons enfin la parution du petit volume *Antonin Artaud, un insurgé du corps*, toujours d'Évelyne Grossman, dans la collection « Découvertes » / Gallimard. Le principe de cette collection est connu : ramasser en une centaine de pages un maximum de données, de documents et d'images, avec clarté et vigueur, mais sans s'attarder sur les méandres.

Si l'on jette un regard d'ensemble sur les diverses publications qui ont accompagné l'exposition de la B.N.F., sans préjuger de celles qui sont annoncées, une constance nous frappe dans la plupart des volumes récents : la persistance d'erreurs factuelles, souvent dénoncées déjà, mais inlassablement reprises d'un livre à l'autre. Deux exemples précis. D'une part, la supposée « exclusion » du surréalisme en 1926 (23 novembre 1926) : le terme est impropre. Au contraire de Soupault, qui fut officiellement exclu par vote quatre jours plus tard, Artaud, lui, « se retira volontairement » du groupe, selon les mots mêmes d'un procès-verbal de séance cité par Marguerite Bonnet. Rupture violente, avec véhémences mutuelles, mais non pas exclusion formelle, et Artaud lui-même s'est exprimé là-dessus sans équivoque [4]. D'autre part, il est aberrant de continuer à écrire qu'en 1943 Artaud fut transféré en « zone libre ». Car, depuis novembre 1942, la France était entièrement occupée, et les troupes allemandes s'étaient installées tout près de l'hôpital psychiatrique de Rodez. En sorte qu'Artaud a pu les voir à son arrivée dans la ville (février 1943). Il est dommage que des bévues si voyantes soient perpétuées dans des ouvrages par ailleurs de grande tenue.

Pour en revenir à notre point de départ — le jaillissement indéfini des parutions en dehors même des anniversaires convenus — bornons-nous à marquer quelques jalons récents. Une revue nouvelle, *Angst*, aux contributions anonymes, mais vouée à Michaux, Bataille, Eliade, Gurdjieff, Guénon, vient de consacrer une étude fervente à *Pour en finir avec le jugement de dieu*, avec ce sous-titre : « Du blasphème à la transcendance [5] ». Auparavant, dans un pamphlet contre la cinéphilie qui fit un peu de bruit à la fin de 2004, *La Mort dans l'œil*, Stéphane Zagdanski consacrait une trentaine de pages passionnées à Artaud, auquel l'ouvrage était globalement dédié. Pages ensuite reprises — sous le titre « Jouvence d'Artaud » — dans le n° 2 de la revue de Marc Dachy *Luna Park* [6]. Le flot, on le voit, ne tarit pas, et il est aisé de lui prévoir pour bientôt d'autres « répliques », au sens donné à ce mot dans le langage des séismes.

*

Le bilan ci-dessus était sur le point d'être donné à l'impression lorsqu'apparut, dans le prolongement de la rafale de publications déjà évoquées, un nouvel ouvrage de vif

4. *À la grande nuit* (1927) : « Que les surréalistes m'aient chassé ou que je me sois mis moi-même à la porte de leurs grotesques simulacres, la question depuis longtemps n'est pas là » (Artaud, *Œuvres*, « Quarto » / Gallimard, 2004, p. 236).
5. *Angst*. Essai 1 (août 2006). B.P. 30008, 75721 Paris Cedex 15 (Artaud, p. 35-41).
6. Stéphane Zagdanski, *La Mort dans l'œil*, Éd. Maren Sell, 2004. Sur Artaud, voir p. 353-383. Pages reproduites dans *Luna Park*, nouvelle série, n° 2, hiver 2004-2005, p. 79-102.

intérêt. L'auteur, Olivier Penot-Lacassagne, a dirigé plusieurs ouvrages collectifs sur Artaud, et créé naguère un *Bulletin international Antonin Artaud*, qui doit être relayé prochainement par un blog. Titre de son livre : *Antonin Artaud* (« Moi, Antonin Artaud, homme de la terre »). Éditions Aden (52, rue d'Émerainville, 77183 Croissy-Beaubourg). Collection « Le Cercle des poètes disparus » (autres titres : Pessoa, Michaux, Saint-John Perse, Alexandre Blok…).

L'ambition de ce nouvel essai est neuve. Retracer « l'aventure d'une écriture ». Montrer comment, pendant une trentaine d'années, elle s'est construite, forgée, radicalisée, en suivant chronologiquement les étapes de cette vie déchirée : textes surréalistes, *Héliogabale*, écrits sur le Mexique avant et après 1936… Un exemple : le terme de « cruauté » n'a plus tout à fait le même contenu à dix ans d'intervalle, avant et après la période asilaire. Extrêmement minutieuse, la démarche de l'essayiste prend appui sur des auteurs rarement évoqués à propos d'Artaud : D.H. Lawrence *(Le Serpent à plumes)*, ou bien Synge, ou encore (moins inattendu) René Guénon. Retour est également fait sur des épisodes peu explorés jusqu'ici, comme les rapports d'Artaud avec le petit groupe du Grand Jeu (Daumal et surtout Renéville). Ajoutons que l'écriture du livre est soignée, l'enquête pratiquement exempte de ces erreurs qui déparent nombre d'ouvrages par ailleurs estimables, et enfin que le lecteur est totalement dispensé de la rituelle corvée des notes en bas de page ou en fin de chapitre.

Bien entendu, on pourra n'être pas d'accord en tous points avec l'auteur. Il fait apparaître vers 1937 l'horreur artaudienne de la sexualité, alors qu'elle était déjà flagrante une dizaine d'années plus tôt (1928), lors de son bref compagnonnage avec les surréalistes. D'autre part, Olivier Penot-Lacassagne commente avec justesse les textes « délirants » de la période asilaire et post-asilaire, ainsi que les glossolalies, sans verser dans la compassion attristée qui est parfois de mise chez les commentateurs, mais on aurait aimé qu'il fasse également un sort aux phases de truculence jubilatoire (voir sa *Lettre contre la Cabbale*[7]), qui accompagnent parfois les tirades apocalyptiques. Avec une verve inouïe, perçue notamment par J.M.G. Le Clézio.

Il ne s'agit ici, soulignons-le, que de l'Artaud écrivain, ou plutôt « écrivant ». Ses autres visages ne sont provisoirement pas pris en compte : le dessinateur, le critique d'art[8], ou bien l'acteur de théâtre et de cinéma, tel qu'on a pu le voir dans la multiforme exposition de la BNF. Mais ils réapparaîtront dans un autre ouvrage que le même auteur nous annonce pour l'automne 2007 : *Vies et morts d'Antonin Artaud* (Éd. Christian Pirot). Gageons que nous n'en aurons pas fini pour autant avec le « Mômo ».

Alain VIRMAUX

---

7. *Lettre contre la Cabbale adressée à Jacques Prevel* : texte publié posthume en 1949, non repris dans les volumes des *Œuvres complètes*, mais recueilli dans le volume « Quarto » des *Œuvres* (Gallimard, 2004), p. 1524-1531.

8. Signalons à cet égard un livre paru en Italie : Giuliana Prucca, *Antonin Artaud*, « évocations plastiques et picturales dans les écrits des années vingt », Aracne, Rome, 2005 (références sur le Net). Étude des liens entre l'écriture artaudienne et les arts visuels.

europe

BULLETIN D'ABONNEMENT

Nom : .... Prénom : ....

Adresse : ....

....

Code postal : |_|_|_|_|_| Ville : ....

s'abonne pour un an (ou six mois) à EUROPE à partir du numéro du mois de............... inclus et vous adresse le montant par chèque bancaire, mandat-carte, chèque postal.

A.. le...................................

Signature :

France 1 an : 75 € **Autres pays : 105 €** **France 6 mois : 43 €**

Vous pouvez également nous adresser votre commande d'abonnement sur papier libre.

Vous pouvez consulter le site internet d'*Europe*
http://www.europe-revue.info

CATALOGUE

Nos	Titres	Dates		Prix
Hors série	Algérie : Littérature & Arts			18,30 €
Hors série	Paul Eluard			18,30 €
Hors-série	Le premier roman			14 €
563	Agrippa d'Aubigné	Mars	1976	14 €
566	Blaise Cendrars	Juin	1976	18,30 €
601	Théophile Gautier	Mai	1979	14 €
609-610	Saint-Simon	Janv.-Fév.	1980	14 €
619-620	Hetzel	Nov.-Déc.	1980	14 €
623-624	Alfred Jarry	Mars-Avril	1981	14 €
625	Littérature de Bretagne	Mai	1981	14 €
636	Pierre Véry	Avril	1982	14 €
643-644	Eugène Sue	Nov.-Déc.	1982	14 €
649	De l'Italie : vingt ans de poésie	Mai	1983	14 €
654	Le Moyen Âge maintenant	Octobre	1983	14 €
662-663	Mémoires imaginaires	Juin-Juillet	1984	14 €
664-665	Le roman noir américain	Août-Sept.	1984	14 €
666	Littérature de Cuba	Octobre	1984	14 €
669-670	Littérature occitane	Janv.-Fév.	1985	14 €

N°	Titres	Dates		Prix
671	Victor Hugo	Mars	1985	14 €
672	Chine : une nouvelle littérature	Avril	1985	14 €
673	Jules Laforgue	Mai	1985	14 €
676-677	Virginia Woolf / Gertrude Stein	Août-Sept.	1985	14 €
678	Zola / Poésie coréenne	Octobre	1985	14 €
679-680	René Crevel	Nov.-Déc.	1985	14 €
681-682	H.-G. Wells / Rosny aîné	Janv.-Fév.	1986	14 €
683	1936, arts et littérature	Mars	1986	14 €
684	Jacques Audiberti	Avril	1986	14 €
685	Machado / Guillen / Alberti	Mai	1986	14 €
686-687	Heinrich von Kleist	Juin-Juillet	1986	14 €
688-689	Jean Tardieu	Août-Sept.	1986	14 €
690	Littérature d'Argentine	Octobre	1986	14 €
691-692	Ronsard / Scève	Nov.-Déc.	1986	14 €
693-694	Mme de Staël	Janv.-Fév.	1987	14 €
695	Littérature de Norvège	Mars	1987	14 €
696	Victor Segalen	Avril	1987	14 €
698-699	Henri Michaux	Juin-Juillet	1987	14 €
702	Littérature de Tunisie	Octobre	1987	14 €
703-704	Le Mélodrame	Nov.-Déc.	1987	14 €
705-706	René Char	Janv.-Fév.	1988	14 €
707	Le Fantastique américain	Mars	1988	14 €
708	Littératures d'Afrique du Sud	Avril	1988	14 €
709	Saint-Pol-Roux / André Suarès	Mai	1988	14 €
715-716	La Révolution française	Nov.-Déc.	1988	14 €
717-718	Aragon romancier	Janv.-Fév.	1989	14 €
720	La bande dessinée	Avril	1989	14 €
722-723	URSS : Littérature et Pérestroïka	Juin-Juillet	1989	14 €
724-725	Jorge Amado	Août-Sept.	1989	14 €
726	Le théâtre ailleurs, autrement	Octobre	1989	14 €
727-728	André Malraux	Nov.-Déc.	1989	14 €
732	Rétif de La Bretonne	Avril	1990	14 €
733	Écrivains des États-Unis	Mai	1990	14 €
734-735	André Frénaud / Guillevic	Juin-Juillet	1990	14 €
736-737	Lewis Carroll	Août-Sept.	1990	14 €
738	Vivre le français	Octobre	1990	14 €
739-740	Charles Perrault	Nov.-Déc.	1990	14 €
741-742	Robert Musil / Hermann Broch	Janv.-Fév.	1991	14 €
743	André Breton	Mars	1991	14 €
744	Herman Melville	Avril	1991	14 €
746-747	Arthur Rimbaud	Juin-Juillet	1991	14 €
748-749	Jacques Prévert	Août-Sept.	1991	14 €
750	Henry Miller	Octobre	1991	14 €
751-752	Littérature d'une fin de siècle	Nov.-Déc.	1991	14 €
753-754	William Faulkner	Janv.-Fév.	1992	14 €
755	Francis Ponge	Mars	1992	14 €
756	L'invention de l'Amérique	Avril	1992	14 €
757	Rabelais	Mai	1992	14 €
758-759	Joseph Conrad	Juin-Juillet	1992	14 €
760-761	Baudelaire	Août-Sept.	1992	14 €
762	Roger Martin du Gard	Octobre	1992	14 €
763-764	Littératures des Pays baltes	Nov.-Déc.	1992	14 €
765-766	Virgile	Janv.-Fév.	1993	14 €
767	Boris Pasternak	Mars	1993	14 €
768	Littérature de Grande-Bretagne	Avril	1993	14 €
769	Philippe Soupault	Mai	1993	14 €
770-771	Samuel Beckett	Juin-Juillet	1993	14 €
772-773	Guy de Maupassant	Août-Sept.	1993	14 €
774	Yannis Ritsos	Octobre	1993	14 €
775-776	Chateaubriand	Nov.-Déc.	1993	14 €
777-778	Pierre Reverdy	Janv.-Fév.	1994	14 €

N^{os}	Titres	Dates		Prix
779	R.-L. Stevenson	Mars	1994	14 €
780	Littérature suédoise	Avril	1994	14 €
782-783	Le Grand Jeu	Juin-Juillet	1994	14 €
784-785	Paul Nizan	Août-Sept.	1994	14 €
786	Le vaudeville	Octobre	1994	14 €
787-788	Les Frères Grimm	Nov.-Déc.	1994	14 €
789-790	Georges Bernanos	Janv.-Fév.	1995	14 €
791	Vladimir Nabokov	Mars	1995	14 €
792	J. Supervielle / O.V. de L. Milosz	Avril	1995	14 €
793	Littérature suisse	Mai	1995	14 €
796-797	1945-1995 Les Écrivains et la Guerre	Août-Sept.	1995	16,77 €
798	Valery Larbaud	Octobre	1995	14 €
799-800	Saint-John Perse	Nov.-Déc.	1995	14 €
801-802	Madame de Sévigné	Janv.-Fév.	1996	15 €
803	F. S. Fitzgerald / J. Dos Passos	Mars	1996	15 €
804	Walter Benjamin	Avril	1996	15 €
805	Charles Trenet	Mai	1996	15 €
806-807	Sport et littérature	Juin-Juillet	1996	15 €
808-809	Jean Genet	Août-Sept.	1996	15 €
810	Littérature du Danemark	Octobre	1996	15 €
811-812	Marivaux	Nov.-Déc.	1996	15 €
813-814	Faust	Janv.-Fév.	1997	15 €
815	Italo Calvino	Mars	1997	15 €
816	USA : Nouvelles voix du Sud	Avril	1997	15 €
817	Rudyard Kipling	Mai	1997	15 €
818-819	Fernand Léger	Juin-Juillet	1997	16,77 €
820-821	Jazz & Littérature	Août-Sept.	1997	15 €
822	Byzance	Octobre	1997	15 €
823-824	Bernard-Marie Koltès	Nov.-Déc.	1997	15 €
825-826	Stéphane Mallarmé	Janv.-Fév.	1998	16,77 €
827	Benjamin Fondane	Mars	1998	16,77 €
828	Kateb Yacine	Avril	1998	16,77 €
829	Jules Michelet	Mai	1998	16,77 €
830-831	Giacomo Leopardi	Juin-Juillet	1998	15 €
832-833	Aimé Césaire	Août-Sept.	1998	15 €
834	Écrivains d'Israël	Octobre	1998	16,77 €
835-836	Sade / Le Grand-Guignol	Nov.-Déc.	1998	16,77 €
837-838	Les Tragiques grecs	Janv.-Fév.	1999	16,77 €
839	Octave Mirbeau / Louis Guilloux	Mars	1999	16,77 €
840	Ibsen	Avril	1999	16,77 €
841	Jean Giraudoux	Mai	1999	16,77 €
842-843	Pouchkine	Juin-Juillet	1999	18,30 €
844-845	Jack London	Août-Sept.	1999	16,77 €
846	Albert Camus	Octobre	1999	16,77 €
847-848	Michel Leiris	Nov.-Déc.	1999	16,77 €
849-850	Littérature & philosophie	Janv.-Fév.	2000	18,30 €
851	Hölderlin / Robert Desnos	Mars	2000	18,30 €
852	Voix d'Espagne	Avril	2000	18,30 €
853	Charles Ferdinand Ramuz	Mai	2000	18,30 €
854-855	Antoine Vitez / Anna Seghers	Juin-Juillet	2000	18,30 €
856-857	Bertolt Brecht	Août-Sept.	2000	18,30 €
858	August Strindberg	Octobre	2000	18,30 €
859-860	Roger Caillois	Nov.-Déc.	2000	18,30 €
861-862	Paul Celan	Janv.-Fév.	2001	18,30 €
863	Jean Potocki	Mars	2001	18,30 €
864	Littératures de l'Inde	Avril	2001	18,30 €
865	Homère	Mai	2001	18,30 €
866-867	Littérature d'Autriche	Juin-Juillet	2001	18,30 €
868-869	Edgar Allan Poe	Août-Sept.	2001	18,30 €
870	La science-fiction	Octobre	2001	18,30 €
871-872	Junichirô Tanizaki	Nov.-Déc.	2001	18,30 €

Nos	Titres	Dates		Prix
875	L'ardeur du poème	Mars	2002	18,30 €
876	Droit & Littérature	Avril	2002	18,30 €
877	Armand Gatti	Mai	2002	18,30 €
878-879	Nâzim Hikmet / Jacques Decour	Juin-Juillet	2002	18,30 €
880-881	Valère Novarina	Août-Sept.	2002	18,30 €
882	Gustave Roud	Octobre	2002	18,30 €
883-884	Henri Calet	Nov.-Déc.	2002	18,30 €
885-886	Choderlos de Laclos / Thaïlande & Laos	Janv.-Fév.	2003	18,30 €
887	Karen Blixen	Mars	2003	18,30 €
888	Raymond Queneau	Avril	2003	18,30 €
889	Robert Walser / Birmanie & Cambodge	Mai	2003	18,30 €
890-891	Yves Bonnefoy	Juin-Juillet	2003	18,30 €
892-893	Ingeborg Bachmann	Août-Sept.	2003	18,30 €
894	Jean Cocteau	Octobre	2003	18,30 €
895-896	Emmanuel Bove	Nov.-Déc.	2003	18,30 €
897-898	Robert Pinget / Jean Grenier	Janv.-Fév.	2004	18,30 €
899	Yvan Goll	Mars	2004	18,30 €
900	Le romantisme révolutionnaire	Avril	2004	18,30 €
901	Jacques Derrida	Mai	2004	18,30 €
902-903	Pétrarque	Juin-Juillet	2004	18,30 €
904-905	Mythe et mythologie dans l'Antiquité	Août-Sept.	2004	18,30 €
906	Ludwig Wittgenstein	Octobre	2004	18,30 €
907-908	Pierre Jean Jouve	Nov.-Déc.	2004	18,30 €
909-910	Jules Verne	Janv.-Fév.	2005	18,50 €
911	Les Formalistes russes	Mars	2005	18,50 €
912	Les Surréalistes belges	Avril	2005	18,50 €
913	Littérature de Bretagne	Mai	2005	18,50 €
914-915	La comtesse de Ségur	Juin-Juillet	2005	18,50 €
916-917	J.-K. Huysmans / Villiers de L'Isle-Adam	Août-Sept.	2005	18,50 €
918	Lorand Gaspar	Octobre	2005	18,50 €
919-920	Littérature du Brésil	Nov.-Déc.	2005	18,50 €
921-922	Marguerite Duras	Janv.-Fév.	2006	18,50 €
923	Franz Kafka	Mars	2006	18,50 €
924	Michel Vinaver	Avril	2006	18,50 €
925	Marcel Schwob	Mai	2006	18,50 €
926-927	Écrire l'extrême	Juin-Juillet	2006	18,50 €
928-929	Mythe et mythologie du Nord ancien	Août-Sept.	2006	18,50 €
930	Jean-Jacques Rousseau	Octobre	2006	18,50 €
931-932	Écrivains de Nlle-Zélande / François Augiéras	Nov.-Déc.	2006	18,50 €
934-935	Littérature et peinture / Elfriede Jelinek	Janv.-Fév.	2007	20,00 €
935	Gérard de Nerval / P-A. Jourdan / Aïgui	Mars	2007	18,50 €
936	Paul Verlaine	Avril	2007	18,50 €

Dépôt légal : Avril 2007
Commission paritaire n° 0511 K 88048
Gérant de la SEP Europe :
Marcel Saint Pol

PAO : *SPC*
Imprimé par Darantiere
Numéro d'imprimeur : 27-0305
Imprimé en France